岡田鯱彦探偵小説選Ⅰ

論創ミステリ叢書 77

論創社

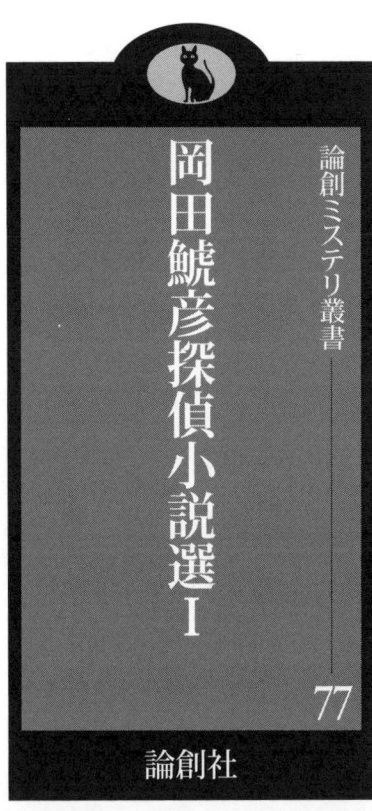

岡田鯱彦探偵小説選Ⅰ

目次

凡　例

一、「仮名づかい」は、「現代仮名遣い」（昭和六一年七月一日内閣告示第一号）にあらためた。
一、漢字の表記については、原則として「常用漢字表」に従って底本の表記をあらため、表外漢字は、底本の表記を尊重した。ただし人名漢字については適宜慣例に従った。
一、難読漢字については、現代仮名遣いでルビを付した。
一、極端な当て字と思われるもの及び指示語、副詞、接続詞等は適宜仮名に改めた。
一、あきらかな誤植は訂正した。
一、今日の人権意識に照らして不当・不適切と思われる語句や表現がみられる箇所もあるが、時代的背景と作品の価値に鑑み、修正・削除はおこなわなかった。
一、作品標題は、底本の仮名づかいを尊重した。漢字については、常用漢字表にある漢字は同表に従って字体をあらためたが、それ以外の漢字は底本の字体のままとした。

紅い頸巻《マフラー》

（作中でヴァン・ダイン『グリーン家殺人事件』の犯人に言及しています。未読の方は御注意下さい）

第一章　恐怖

一

ここに述べようとする物語は、今年の正月早々「雪深き狼峠の惨劇」として新聞面を賑わした、昨年の大晦日――詳しく言えば十二月三十一日の午後から元旦の夜明にかけて、上越国境S温泉附近の狼峠で行われた、元公爵中御門家に属する呪われたる三人の男女が互に殺し殺されたという、血腥い殺人事件の真相である。新聞では、殺人の動機は単なる痴情の争と発表されたが、実はこの事件は世間に知られているように単純な事件ではなかったのである。あの狼峠の惨劇より四ケ月半以前に、中御門家の嗣子公臣《きみおみ》君（一九）が偶然な過失死を遂げているが、これも実際は陰険なる殺人者の犠牲になったものであるから、この事件と連関を持った――と言うより、一つの事件の別の面に過ぎなかった訳である。これが狼峠の時に問題に取り上げられなかったのは不思議なようであるが、後者が単なる痴情の事件として簡単に解決されてしまったためであろう。

私は、この事件のために命を失わなければならなかった、この物語の悲しき女主人公中御門紅子《べに》（公臣君と三つ違いの姉）と、ある事情から特別に親しい関係にあったのでこの事件の初めから終りまで詳しく観察した――いや、観察したなどと離れた立場で言えた義理ではない。その渦中に巻き込まれて、効果なく妄動した、と潔く告白しておこう――それで私は、この悲しき女主人公が、陰険極まる悪人共からいかに執拗に命を附け狙われいかによく彼女がそれと闘い、いかに悲痛に彼女が呪われた運命に泣いたかを、余りにも詳しく知っている。そして、今それを思い浮かべると、こうして雄々しく悪人共と苦闘の末、遂に若い命を散らして行った彼女のために、私はそぞろに泪なきを得ない。と同時に、彼女の悲しい運命をいかんともする事の出来なかった私の間抜けさ加減に、自ら腹立たしくもなるのである。

実は、私にはこの事件は余りに生ま生ましくて、まだ小説にする余裕はないのだ。しかし急に発表する必要に迫られたので、私はこの事件に関係ある手紙類を整理し、私の日記にもとづいて、私の目の前に、展開して行った事件の経過を忠実に叙述して行く、という程度で我慢して頂きたいと思うのである。

私としては、もしもこの物語の悲しき女主人公である美しい中御門紅子の、死に臨んでの切なる希望がなかったなら、私は私一人がたった今知ったばかりのこの事件の真相——前にも言った通り、事件の渦中に動き廻って、世間に発表されなかった事件の真相を知り抜いていると思っていた私が、初めて知って驚愕した、この事件の恐ろしい真相を、永久に人に語る気にはならなかったに違いない。否、今でも私は、たとえ死者の切望であったとしても、それに従って、この世間を騒がせた忌まわしい事件の恐ろしい真相を、今更世間に発表する事が、本当の意味でいい事であるか、どうか私には分らない。しかし、私は私の愛する紅子の——いや、こんな事は言わなくてもよかった事だが、まあいい。最初に言ってしまえば、私の気持はそれだけ軽くなり、この物語の叙述もそれだけ楽になると言うものだ。——しかも彼女の生前にお互に「愛する」という言葉を口にし得なかった彼女に対して、彼女が世を去った今になって初めてこんな言葉を口にし得るとは、何という悲しいめぐり合せであろう。——ああ、私は愛する彼女の死の刹那における私への依頼を拒み得る根拠を見出し得ない今、ともかくも彼女の遺志のままに、この忌まわしい殺人事件の真相を発表するより外に術はないのだ。

勿論、執拗に彼女の命を狙った憎むべき狡智な、そして兇暴なけだもの共も——ああ、こんな口汚ない事を口走る私の昂奮を、読者よ許せ——既に娑婆世界から姿を消した今日、私がこれを発表したからといって、改めて私が命を狙われる心配があるわけではない。あの事件に初めから関係していながら、犯罪を防止し得なかったという点で、私はあるいは法律的には何等かの処罰を受けなければならぬ事になるかも知れぬが、それは結局私の無智のしからしめた所で已むを得ない。私はそんな事を恐れて故人の遺志を握り潰すほど、不信の徒ではない。私に躊躇を感ぜしめるものは、これを発表する事によって、紅子が私に発表してくれと依頼した「真相」の範囲を越えて――はっきり言えば、彼女の父君、古い公家華族の名門であり、財界の有力者として大蔵大臣の地位にまで附いたことのある、彼女の父君元公爵中御門公友《きんとも》氏の、彼女も知らなかったかも知れぬ秘密を暴露しなければならぬ事である。しかし、もともとこの事件を発表してくれという彼女の念願が、恥を忍んでも真相を発表して世の批判を仰ぎたいという、彼女の普通の人情を超えた、極度に悪を憎む潔癖性に発するものである以上、私は敢えて勇気を奮って、少しも私意を交えずにありのままの真相を発表する事にしよう。それが故人の遺志に忠実なる所以であると信ずるから。

彼女から来た手紙を整理して順序に列べて見ると、彼女が陰険なる犯人の彼女を窺う眼に初めて気が附いたのは、昨年の六月である。して見ると、彼女は半年の間敵から絶えず命を狙われ通していた訳で、よく闘い抜いたというべきであろう。前にも述べた通り私は彼女の呪われた運命から彼女を救い出し得べき位置にありながら、むざむざ彼女を死へ追い遣ってしまった自分自身の不明さに、いよいよ慚愧に堪えぬ次第であるが、日記を繰り展げて行くと、罪はあながち私一人にあったのでもない事が分る。彼女自身にも――否、彼女自身の方が、私よりも責めらるべき節があるのだ。と言うのは、私は彼女の「恐怖」を黙視し得ず、彼女の命を狙うけだもの共を告訴して公の処罰を仰ぐべき事を、彼女に勧めている。しかるに、何故か彼女はこれを拒絶しているのだ。その癖一方で彼女は私に「恐怖」を訴えて、私の救を求めて止まなかったのだが。これは彼女としては無理のない所でもあったのだ。彼女はどの程度まで父君の秘密を知っていたかそれは私には分らないのであるが、聡明な彼女が、それに気附かなかったはずはない。彼女は私の質問に答えて彼女の父君について私に語った以上に、知っていたのであろう。知っておればこそ、私の心からの勧めを拒けてまで、断乎として公の手に事件を任せる決断が附かなかったのに違いない。そして、犯人の側から言えば、ここが附け目であったのだ。

ああ、私にもう少しの聡明さがあったなら――いや、それが望めない以上は、一層もう少しの無鉄砲さでもあったなら、ああまで敵の跳梁に任せなくても済んだのであろう、私は彼女の意志に背いてでも、事件を公に暴露してしまえばよかったのだ。ひょっとすると、彼女は内心ではそれを望んでいたのかも知れぬ。望んでいなかったとしても、そういう風に事を運んでしまえば、結局愛する彼女の命を守る事は出来た訳で、こんな悲しい結果になるよりは免れなかったとしても、ある程度の悲劇はよかったのに違いない。少くとも、愛する女に取遺されて、その愛人の悲しい死の顚末を書き綴らねばならぬ私にとっては、その方がどんなに幸せであったか知れない……しかし、私は彼女の意志に背いて事件を公にする決断力はなかった。私には、彼女の一時の憎しみを買っても、若い彼女の長い幸福を将来しようという芸当の出来る肚がなかったのである。もしもあの「斑らの紐《スペックルド・バンド》」その他によって我々に御馴染の、シャーロック・ホームズの奇智と胆力とが私にあったなら、彼女の意志に背く事なく犯人の「顔を見せぬ脅迫」を払拭し得たでもあろうが……しかし、私は当時は自分では結構ホームズ気取りで、私の器量一杯に智能を働かして、隠れた犯罪を暴露しようと動き廻っていたのだから、一層恥ずかしい。要するに結論は、私自身に聡明と勇気とがなかった事がこんな悲しい結果を招いたまでであって、誰を怨む筋もないという事になってしまうのだが……

紅子が彼女の「恐怖」について初めて気が附いたのは昨年の六月である事は前に述べたが、彼女がそれについて私に語っているのは、七月十五日附の手紙が最初であるからそれから、始める事にしよう。この手紙には、彼女と私だけの私的《プライヴェート》な事に亘って、この事件には関係のない所があるが、私が何故あんな名門の令嬢と親しい交渉を持つに至ったかを説明する上に役に立ち、かたがたこの重苦しい陰惨な物語に僅かでも軽い色彩を添える事になると思うから、敢えて省かずに読んで頂く事にしよう。

二

（七月十五日附、中御門紅子の手紙）

先生、暫らく。御元気ですか……御元気の事は分っているんだけど、やッぱり一応はこう書かないとネ……だって、もう五月以来一度もお目に掛らないわ。まる二タ月！　先生も勝手ね、お忙しくなると、ちっともおいでにならないんだから。そりゃ、もう私も女子大を卒業したし、先生に来て頂く用事はなくなってしまったけど……それに、先生も同時に大学を卒業なさってお忙しいでしょうけど、……でも、たまには会いたくならない？　随分お見限りネ……あら、御免なさい。こんな事言うと、きっと先生は「こら、またそんな下品な詞遣いをする」って詞咎めをなさるんでしょ？　先生ったら、随分貴族趣味なんだから。お口では「僕は下町の町人の子です」なんて、仰言《おっしゃ》りながら、先生はそれはそれは鼻持ならない貴族趣味者なのよ。御自分では御気附きにならないのでしょ？　私は昔なら公爵令嬢ってとこなんだけど、先生の眼から、見たら、まるで下賤の民なんだから、悲観するわ――と、これも一応の御挨拶で実は私は昔から先見の明のあった平民主義者だったんだわ。先生は古臭いのよ。人の詞遣いが下品だの何だのって……もっとも、源氏物語ばかり有難がってるお方だから、現代人の詞遣いが気に入らないのは御もっともだと思うけれど、それでもネ、町人の癖に……あら、御免なさいネ。すぐこれだから先生に……嫌われちゃうわ。久しぶりでお目に掛ると――ほんとに、お目に掛ったんならいいけど、お手紙でお目に掛るだけでこんなにはしゃいじゃうのですもの、いじらしいみたいなもんですネ……

さて、何を話そうと思ってたのかしら……あ、そうそう、何故先生が御元気でいらっしゃる事を私が知ってるか、という事よ。これが今日お手紙を差上げたくなった原因よ。先生、この頃、探偵小説をお書きになってるのネ。分るわ。だって、本名でお書きになるんだもの、誰だって分っちゃうわ。先生と探偵小説の話に夢中で夜更かしした女学校時代を思い出すわ。なんて言うと、ひどく年寄じみちゃうけど……先生も若かったわネ。坊主頭で――終戦前だったから……そして、小倉服の詰襟で、腰に汚ない手拭いをぶら下げて……貴族趣味の先生には、あれがどんなに不似合だったか。御存知なかったのネ。その癖、大学に入ると、トタンに慶応ボーイのようなハイカラさんに早変りしちゃったんだから、笑わせるわ。でも、服装だけは私は貴族趣味の方に賛成するわ。だって、あの垢じみた小倉服は、何だか、お机の下で触れ合ってる私のセーラー服のスカートへ、変な虫が移住して来やしないかと思って、ヒヤヒヤさせられたわ……それでも、あの頃先生は厭にお澄ましやさんだったので、それを言う事も出来ず、私は勉強の方より、お机の下で膝のさわる方が気に掛って仕方がなかったわ。あら、どうしてこんな事書いてるんでしょう……ああ、そうそう、そのお澄まし屋の先生が、談たまたま探偵小説に及ぶと、急に情熱家になって滔々とまくし立てるので、とても面白かったわ。一番始めは、私が学校で聞いてきたポウの「黒猫」の事を、先生に知ってますかって訊いた所から始まったのだわ。先生は「知ってるかとは何ですか」と言って、目の色を変えて話し出したので、私は最初はどうかしたのかと思って、驚いちゃったわ。……それから、先生の探偵小説好きに影響されて、私も結構ファンにさせられてしまいました。

そして、そもそも先生が、女子大へ行こうと志した私のために家庭教師になって下さった動機というのが、戦争が激しくなって一寸も本屋に出なくなった、先生の私淑してる探偵小説家の全集が見附かって、是非それを買いたいと思ったが、少し値が張ったので「親爺にそういう金をせびるのは厭だから、学校の共済部へアルバイトを申込んだのだ」という事を伺って、私はなるほどと思いました。ところが、それを仰言った時に、先生は「それで、もう本も買えたから、そろそろ家庭教師を止めさしてもらおうと思ってるんですが」と仰言ったので、私は自分でも何故あんな事になったのか分らないのですが、「そんなの、厭々ッ」と叫んで、ワーッと泣き出してしまって、先生を驚かしましたわネ。すると先生も「どうか泣かないで下さい。そんなに言われるなら、自分の勝手で始めたり止めたりしては御迷惑だろうから、貴女がもういいと言うまでやります。なあに、実は大して勉強の邪魔にもならないんです。却って勉強のたしになる位なんです。どうせこの頃は学校へ出たって、勉強よりも工員として工場で働く方が多いんですから」と、先生も多分に未練ありげに仰言ったので、私はホッとして嬉しくなり、思わずニコニコ笑い出して、先生に笑われてしまいましたわネ。

その探偵小説好きの先生が、大学は国文科へお入りになったのには、私は驚いてしまいました。古典文学と探偵小説とどういう関係があるのか、私には分らなかったからです。その先生が大学を出ると、トタンに御自分で探偵小説をお書きになったので、私はまた驚いてみたり、しかし一方では、やッぱりそうだったんだわ、とホッと安心してみたり……ともかく、嬉しくて堪りませんでした。けれど、作品そのものはまだ駄目よ。あんな在り来りの定まった形式の小説では詰まらないわ。先生も新人なら、ポウ以来百年間の既成の探偵小説になかったような全然新しい形式を創作する位の野心を持って頂きたいわ。そしたら、私は喝采を吝みませんわ……この前のは駄目、あんな事ではヴァン・ダインにも及ばないわ

——

（手紙の途中であるが、ここで筆者は註を挿んでおく義務を感ずる。いくら彼女が乱暴でも、「ヴァン・ダインにも及ばないわ」という言葉は穏かでない。「ヴァン・ダインには」と言うなら、一応意味だけは分るが——こう言って、私は早速詞咎めをしてやった。その返事は、次の手紙に書いて来ている）

——もっと勉強して、立派な探偵小説を書いて下さい。……私達を題材にしてお書きになるといいわ。いいえ、冗談じゃないの。ほんとよ。「N公爵家の秘密」——もうそんなの無いわネ。元公爵じゃ仕様がないわ。「令嬢を突如襲った暗い恐怖」……あら、書いてみると、いやに古臭いわネ……でも、これが冗談じゃないんだから、厭んなっちゃうわ。先生、私ほんとにこの頃、何だか知らないけど、えたいの知れない「恐怖」を感じるのよ。それが何だかちっともはっきりしないの。けど、それだけに一層私は怖いのよ。どうしてこんな事になったのか、それも分らない。でも、いつからこんな事になったか。それは大体分るわ。それは六月の始めに従兄妹《いとこ》の大隅武夫さん嘉子さん兄妹が、家へ入って来てからの事です。

先生は大隅兄妹の事はまだ御存知なかったと思いますから、少し詳しく御紹介しておきましょう。嘉子さんは私より三つ年上で二十五。先生と同じネ。武夫さんはそれより五つ上で、今年三十です。父の弟の子ですが、小さい時に両親に死なれて、私の家で育ったんです。二人とも学校嫌いで、武夫さんは中学を途中で止めちゃって、新聞社の写真部に勤めたりしてたんですが、太平洋戦争の始まる直前に、一旗挙げるんだと言って大変な意気込みで満洲へ出掛けて行きました。二十の時だったのですが、おませさんで、その頃、もう恋人が居て、その女をよほど愛していたとみえて、行く時に泣いて父に頼んで行ったんです。それで、父はその女《ひと》を家へ入れてやったのです。百合江さんといってカフェーの女給さんだったんです。綺麗な女《ひと》でしたわ。だけど、今から考えると、相当な女だったらしく、武夫さんの妹の嘉子さんがまた利かん気の女だったので、二人はしょっ中喧嘩ばかりしてて、そのために嘉子さんが家を飛び出しちゃった位です。父がその女《ひと》の方に味方をしたとか言ってネ……父は大変心配していたんですが、嘉子さんはそれっきり消息が分らなかったのです。百合江さんの方もどうしたのか、嘉子さんの家出後間もなく家を出てしまいました。

その武夫さんが、この六月にやっとソ連から引揚げて来たんです。嘉子さんも、どこに居たのか、兄さんと一緒に帰って来ました。何しろ父のただ一人の弟の子供ですから、父は喜んで昔通り家に置いて上げる事になったのです。ところが、武夫さん達はそれを当然だと言わぬばかりの顔で有難いとも思わず——いいえ、有難がってもらわなくたっていいんですけど、二人とも、何だか……何と言ったらいいか分らないんですけど、ひどく気持が荒んでしまって、とても僻んでるのよ。とても交際《つきあ》いにくいの。その癖、私達に食って掛ったり、議論を吹ッ掛けたりするんなら、まだいいんですけど、そんな所はなくて、私達が何を言ってもニヤニヤしているだけで、「相手にせず」という感じなのよ。それならそれでちっとも構わないようなもんですけど、陰で何か二人でコソコソ相談しては、よからぬ事を企らんでるような感じがするの。ああ、あの二人の陰気な厭らしい暗い目！ ただ事ではないわ……

これは別にどうという証拠を挙げる事は出来ないけれど、何か起りそうな気がして仕方がありません……ただ、何となくそんな気がするのです。謂わば私の「勘」よ。先生は勘なんて軽蔑なさるでしょうけど……そして、私だって今までそんなもの軽蔑していたんだけれど、今度初めて勘を信ずるようになったわ……もっとも、多少この「勘」を裏附ける事情を私が知ってる、という事はあるんだけど……その事を申上げれば、先生にも私の今の「恐怖」がもっと分って頂けると思うのですけど……でも、それは私の口からは申上げにくいわ……それに、私もはっきりと知っている訳じゃないんです……何だか支離滅裂になってしまって、訳が分らないって先生に叱られそうだけれど、でも、今日はこれだけで勘弁してネ……

先生、一度来て下さい。お手紙でなく、口でならお話出来るかも知れませんわ。いいえ家では駄目。どっか外でお会いしたいわ。誰にも聞かれない所で。先生の下宿へお伺いしては不可《いけ》ない……いいえ、まだ駄目。会っても何も申上げられないわ。何の証拠もない、莫然とした疑で、人を疑うなんて悪い事ですものネ……ああ、私はどうしたらいいでしょう。先生だけが頼りです。先生どうか私の力になって下さい。お願いします。

私はこの中途から突然気分の変化する奇妙な手紙に呆然として、初めは彼女の悪戯ではないかと思った位だった。こんな妙な、探偵小説的な奇怪な事を言い出して、私を揶揄《からか》い兼ねない彼女だったからである。しかし、この手紙の狂《きちが》いじみた調子が、却って私に彼女の並々ならぬ真剣さを伝えて、私は何か恐ろしい予感に悚然《ぞっ》とするような気がした事は事実だった。が、私は忙しいままに、彼女の所へ駆け附けもせず、この彼女の救を求めた絶叫に手を貸す事を知らなかったのは、今から思うと遺憾に絶えない次第である。

三

（七月二十日附、紅子の手紙）

御返事有難うございました。先日は変な事を書いてしまって、飛んだ御心配を掛けました。先生の仰言る通り、疑心暗鬼に過ぎないのかも知れません。そうであってくれればいいと思います。でも、私にはそう思い切れない所があるんですけど……

先生の御手紙を読んで、何だか先生が遠くへ行ってしまったような気がして、正直に言うと、私は淋しかったわ。でも、私も先生に打明け兼ねてる所があるんだから、仕方がないと反省もしています。また先生にお目に掛って、昔のように夜の更けるのも知らずに探偵小説談に耽ってみたいわ……あ、そうそう、先日の「ヴァン・ダインにも及ばないわ」という私の言葉に対する先生の御抗議にお答えしますわ。あれはやッぱり「には」でなくて「にも」でいいのですわ……と言うのはですネ、先生のお好きなヴァン・ダイン先生を悪く言っては済まないけれど、私はヴァン・ダインをそれほど買ってはいないのよ。「生意気言うな」って、昔の先生ならすぐ怒り出して、目の色を変えて議論をお始めになる所ネ。目に見えるようだわ。今の先生はどうなんでしょう。今でも、お変りはないんじゃないかナ……お怒りになったら、すぐお出掛け下さい。逃げ隠れは致しませんから……もっとも、私達、もうすぐお留守になるけど、また逗子へ行くんです。ああ、先生も来て下さるといいんだがナ……さて、議論の続きを申上げましょう。誤魔化したと思われると癪だから。

で、ヴァン・ダインですがネ、先生の一番お好きな「グリーン家」でも、私には文句があるのよ。あの小説はいかにもフェアにデータを示してるようにみえるけれど、私には一つ気に入らない所があるの。探偵が悲劇の女主人公のようにみえたアダを掴まえてから、アダが犯罪的素質を先天的に持っていた事を述べ立ててるわネ。あすこよ。もっとも、あの間抜けな探偵は最後へ行ってやっとそれを調べる気になったんだから、一応仕方はないけれど。ほんとにファアな遣り方なら、あれこそ一番先に示しておかねばならぬデータだわ。もっとも、あれを最初に示しちゃったら、すぐ犯人が発《ば》れちゃって、話が始まらないけれど……検事か警部がも少し気が利いてたら、そんな怪しい素性の人間の身許調べをやって、探偵より先に真相を見抜いてしまうわ……幸に、皆揃いも揃って間抜けだから、最後までアダに疑を掛ける気にならなかったのでしょうが、それならそれでいいから、最後になってあんな先天的犯罪性など持ち出さない方が、いいんだわ。

しかし、私は犯人の性格なぞお構いなしに、トリックばかり拈《ひね》ればいいという訳じゃないのよ。むしろその反対よ。人間の犯罪なんですからネ。人間が生きてなければ、詰まらないわ。だから、性格の描写こそ大切だと思うの。それを最初に並べて、手の中を見せてもらいたいわ。そこにこそ、フェアの問題があるんだと思うわ。そして、そこにこそトリックがあり得るというものよ……あ、公臣が来ましたわ。公臣なんて今頃流行《はや》らないわねえ。でも、弟は名前ばかりはもっともらしいけれど、私以上に平民的な所は感心だわ。新制の高等学校なんて言ったって、昔なら中学生だわ。生意気盛りで、煩さくて仕方がないわ。隣の部屋から、私を呼んでるわ。また逗子行きの準備よ。明後日《あさって》だというのに、もう今夜にでも出発するような騒ぎだわ。では、もっと今の議論を続けたいんだけど、割愛しとくわ。

ね、先生、逗子へいらっしゃらない？　また去年のように泳ぎましょうよ。先生でも来て下さると、安心なんだけど……いいえ、本当なのよ。私は今年の逗子行きは気が進まないの。何だか悪い事が起りそうな気がして仕方がないの。先生は先日の御手紙で私が「勘」の事を言ったからって、「焼きが廻った」なんて毒舌を弄しなさったけど、こんな心配をするとは、自分ながら「焼きが廻った」って感じがしますわ……でも、構わないわ。ともかく、厭な予感がする事は厳然たる事実なんだから、仕方がないわ。私は私の予感を信じます。予感なんてものは、肯定の証明も出来ないけど否定の証明も出来ないでしょ？　世の中にはまだ証明の出来ない事は沢山あるわ。だから、否定の証明の出来ない事は、肯定を強いる事は勿論出来ないけれど、それと同じ程度に、否定を強いる事も出来ないのよ。予感の問題もそれだと思うわ。実際、何時間か何日間かの未来に起きる事件が、今私達の中の誰かの心の中に企らまれているとしたら、それが私達の中の他の誰かの心の中に感覚せられたからって、不思議はないでしょう？　私はそういう風に予感を解釈してるのよ……また公臣が呼んでる。もう気分が落着かないから、止めますわ。

ね、先生、一度お暇を見て遊びに来て下さらない？　逗子へ行く前に、一度お目に掛りたいの……これ、真剣なのよ。

この手紙が来たのが、投函の日附の翌日、即ち彼女等が逗子へ立つという前日の昼頃であったから、すぐに行けば会えた訳であるが、そんな旅行前夜の忙しい所へ行くのも悪いと思って、わざと行かなかったのだが、私も彼女の言うような未来を見透す神秘的な力を持っていたなら、そんな遠慮を口実にせずに、取るものも取り敢えず彼女の許へ駆け附けたのに違いない。紅子は、いかに聞かぬ気の聡明な女性とは言え、今年女子大を卒業したばかりの、まだ少女と言ってもいい位の、うら若い、小さな胸一つには、包み切れない大きな心配事であったのであろう。それを冗談めかして言ってきている彼女であるだけに、今読み返してみると、一層私は不憫さに胸を絞め附けられる思いがするのである。

一体私がこんな前大臣の経歴のある財界の有力者、公家華族の名門たる中御門一家と、何故交渉を持つようになったのか、そしてその令嬢紅子と、何故こんな巫山戯《ふざけ》きった手紙を貰うような親しい間柄になったのかと言うと、それは彼女の前の手紙に書き尽されているように、数年前のひょっとした私の気紛れのようなアルバイトから始った訳であるが、それがただ、気紛れのアルバイトとして終りを告げるには、私も紅子も余りに感じ易い年齢にあったのであった。そして、かりそめのアルバイトから、彼女が女子大へ入ってから後まで、いや、とうとうその卒業まで、彼女から「先生」と呼ばれる不思議な関係が続けられたのである。

勿論、女子大に入ってからは、英文学を専攻する彼女に対して、私が何を教え得たろう。私の英語は高等学校時代から一歩も進み得なかったのだから。彼女が卒業論文のためにコールリッジを撰んで研究し始めた頃には、高等学校で「老水夫の歌」の梗概を聞いているばかりの私には、彼女にやっと合槌を打てたのが関の山で、あべこべにそれを詳しく話してもらって大いに得る所があった位だ。どちらが教えてるのか分らなくなってしまった訳である。もし私が、彼女の父君から渡される多分の謝礼を目的にした、普通のアルバイト学生だったなら、私は恥じてとうに辞職していなければならなかったろう。幸に、私にはそういう必要性がなかったから、そしてその事を彼女の方でも充分に認めていたから、この彼女との関係は必要以上に長続きしたと言える。否、むしろ私は彼女に対する一種の同情から、もはや必要性のなくなった家庭教師の職を続けたと言った方がいいと言うのは、早くから母のない彼女が、年取った父と弟とを守って、女中達を指揮してともかく一家を切り廻して行く、聞かぬ気と優しさとの混淆した不思議な魅力——その優しい面を、私にだけは安心してさらけ出して見せる彼女（——従って彼女にとっては、そういう私は彼女の唯一の慰安の窓であったのに違いない）に、私は限りない可憐さを感ずるようになっていたからである。で、私はもはや彼女から離れるという言葉を言い出しそびれてずるずると必要のない家庭教師の職を尸位素餐《しいそさん》していた、という事になる。それなら、貰いたくもない月謝をお断りした方が私としては気楽だった訳だが、そうする事も出来なかった。それは、そうする事によって、今は一週間に一回位、私の気の向いた時にやって来る、この不思議な何も教えない「家庭教師」の職の、その不思議さを彼女の父君や弟に見抜かれ、もはや私にとっても楽しみ以外の何ものでもなくなったこの地位を、危くする恐れがあったからである。

　それなら、私達は互に既に恋に陥っていた、と言うべきであろうか、そうかも知れぬ。少くとも私には、そうでなかったと言い切る勇気はない。しかし、私達はお互に、お互が「恋」を感じているという事を認めまいと努力していた。それは私達が恋の感情を一層満喫するために、こっそりと、人目を忍ぶ恋を弄んでいたかったからであろうか。そうではない。いや、あるいは私達も知らぬ裡にそういう心理があったかも知れないが、少くとも私達の意識する範囲ではそんな訳ではなかった。私達はそんなずるい考はなかった。理由は何でもなかった。彼女に許婚者《いいなずけ》があったからだ。それは彼女の女学校時代にきまったのだ。私が彼女の所へ来るようになってから、間もなくの事だった。即ち、私達が私達の感情に目覚める前に起った事だった。それはやはり古い公家華族の一人である、元子爵阿部知則氏の御曹子知彦氏だった。私より一つ若いこの貴公子は容貌と言い、才能と言い、美しい紅子の配偶者として、私の眼から見ても申し分のない人物に違いなかった。ただ、ツンと澄ました権高に見えるその容貌は、少し冷めたい感じは与えたけれど、それはこういう境遇に育った人にあり勝ちな所で、そういう種類の美貌には附きものであるものかも知れなかった。彼女もこの父君のお気に入りの美少年に、別に異議を唱える必要は感じなかったのであろうと思われる。少くとも、私というものがはっきりと彼女の心の網膜に印象される前においては――と、こういう言い方は、これは私の自惚れを告白してるような事になるかも知れぬから、この位で止めておく事にしよう。

ともかく、そんな工合で、私達は用心深くお互におお互の感情の秘密には知らん振りをして過したのであった。そして、彼女と私とが同時に学校を卒業してしまうと、もはや幾ら何でもこの不思議な職業を続ける訳には行かなくなったので、心ならずも私と彼女との長い師弟関係は終りを告げたのである。が、その後一ケ月余りしばしば彼女に呼ばれて、今までより却って頻繁に懐かしい彼女の笑顔を見る機会を得たのであるが、それは彼女にしても私にしても一種の反動作用であったに違いない。しかし、私はこうして、彼女との表面上の関係が切れて、改めて私と彼女との早晩離れ去らなければならぬ運命に直面してみると、彼女に対する私の気持が急にひどく固定されて行くのを感じた。そして、何気ない顔をして彼女に会うのがだんだん苦しくなり、私は思い切って五月以来、仕事に没頭する事によってそれを忘れ去ろうと決心したのであった。

そんな私の気持だったから、私は、彼女が逗子へ立ってしまった後で、彼女に会わなかった事を心惜しくも思い、また彼女の「恐怖」を真剣に考え直して、すぐにも逗子へ飛んで行きたい気持も心の中で起ったが、自分を反省してみると、どうもそんな事にかこ附けて実は恋しい彼女に会いたいという気持があまりに強いので、私は自ら恥ずかしくなり、それを実行に移し得ないのであった。彼女の方でも、あんな事を理由にして、実は私に会いたい気持を訴えているのではあるまいか――と、余計な気を廻してみたり、今度会ったらお互にどんな事になるかも知れぬなどといい気な事を考えたりして、私は一層動き難い自分を感ずるのだった。
　ところが、これらが総べて私だけの勝手な恥ずかしい思い過しであった事が、その次に来た八月一日附の手紙によってはっきりと示され、私は二重に恥ずかしい思をすると共に、彼女の身の周りに迫った「危険」について、私は真面目に考え直さなければならなくなったのである。

四

（八月一日附、紅子の手紙。逗子より）

　先生、とうとう出発前にお目に掛れなかったのネ。残念でした。でも、先生はお忙しいようですから、勘弁して上げますわ。だけど、紅子は先生がだんだん遠い所へ行ってしまうような気がして淋しいんです。何だか、これきりもう会えないのじゃないか、ってそんな気がするの……ホホホ。随分神経衰弱的ですネ。先生の御診断の通りよ。でも、神経衰弱にもなるわ。だって……ねえ、先生、この間申上げた事、先生はどうお考えになったのでしょう。私の予感の事です。何か恐ろしい事が起りそうだ、という私の予感……これも神経衰弱の徴候だと、先生は仰言るのかも知れませんけど、そうだわ、そんなら、その神経衰弱を治して頂きたいわ、先生に。お医者でもない僕に、神経衰弱なぞ治せるものか、って仰言るの？　いいわ、意地悪！　知ってらっしゃる癖に。私は先生が「今日はア」って来て下されば、そのトタンに神経衰弱も何も治ってしまうのよ。例の予感なんかも吹ッ飛んじゃうかも知れないわ。ねえ、先生、是非来て下さい。此方へ来たって、お仕事はお出来になるわ。私達が居ちゃ煩さくて、と仰言るの？　決して煩さくしませんから……紅子、淋しくて仕方がないのよ。いいえ、人数は御承知の通りの人数ですから、煩さい位なんだけど、安心して話の出来る人が居ないので、淋しいのよ。お父様はお忙しくてまだ来て下さらないし、弟は私の話相手になってくれないし……この頃、公臣はすっかり大隅の武夫さんに馴附いて、毎日ボートを乗り廻してますわ。武夫さん、この間随分変な事を書いたけど、ひょっとすると、あれ私の思い過しだったのかも知れないの。何だか、こちらへ来てから、公臣にも親切にするし、私にも愛想がよくなったような気がするわ。却って気味が悪いと言えば、言えるけれど……嘉子さんは大抵私の相手をして下さるわ。いいえ、お台所の世話は老女中のお兼さんと、小間使のお雪さんが来てるから、私は暇なのよ。毎日泳ぎに行ってるわ……

こう書いて来ると、極めて平穏無事に行ってるようですけど、実はそうでないのよ。表面上は極めて平穏なんだけど、やッぱり私の予感は嘘じゃなかったのです。今日とうとう敵は爪を出し掛ったのよ。今日はその事を先生にお知らせしようと思って、お手紙を書き始めたのです。私は出来るだけ詳しく今日の出来事を書いてみますから、どうか先生の御意見をお聞かせ下さい。

今日はお昼から、私は嘉子さんと兄さんと三人でボートに乗って沖へ出てみました――。

（ここに初めて出て来た、彼女の「兄さん」という人物を、少し説明しておく必要があろう。これは私は前からよく知っている。彼女の家にずうっと居たから。しかし、紅子と血の繋がる兄妹ではない。彼女のまだ生まれない頃に、なかなか子供の出来なかった彼女の親達が、諦めて父君の友人の子を養子に貰った。それがここに「兄さん」と書かれてる中御門茂樹だ。年は紅子と三つ違い。即ち、私や嘉子と同年の二十五才である。ところが、彼が貰われて来ると、すぐに紅子が生まれ、それから公臣君まで生まれたので、彼茂樹君は貰われて来た目的を失った、気の毒な境遇になってしまったのであるが、彼女の両親は今更この養子を見捨てるような不義理はしなかった。それから間もなく彼女の母親は亡くなり、父君の手一つで三人は育てられたのだが、茂樹は自ら僻み根性を起し、小学校に上らぬ中から不良化して、父君の金を盗み出したりして勘当された事もあった。その中に年頃になると、女学生の紅子に変な真似をして、父君からひどく叱責され、その晩家出をしてしまったり、お定まりの不良ぶりで一家の持て余し者だった。未だにこれという仕事に就こうともせず、ああいう社会の怠け者の典型を示しているような人物である。背の低い、まるまると太った、童顔の、腕白小僧のような青年で自分では一っぱしの不良らしく凄んでいるのがお愛嬌な位の、愛すべき男だ）

――武夫さんと公臣とは、二人でさっさと釣道具を持ってどこかへ行っちゃったので、私達三人で行ったのです。いいえ、兄さんの目的は嘉子さんにあるのよ。この頃兄さん、少し可笑しいのよ。嘉子さんが来てから、とても朗らかになっちゃったの。以前はあんなに塞ぎの虫だった兄さんが。でも、私それで幾らが気が軽くなったわ。だって、兄さんの塞ぎの虫は、私にも責任があるような気がして、私本当に困っていたんですもの。こんな事で兄さんが朗らかになってくれれば、父は嘉子は何をしてたか分らんからと心配していますけれど、私そんな事問題じゃないと思うわ。そりゃ、嘉子さん随分荒んでいらっしゃるけれど、今にきっと気持も直ってくるんじゃないか、って私は父に言って上げました。……で、今日は私はツマみたいなものなのよ。だから、沖へ出て波を食らってボートが引繰返った時――いいえ、私達巫山戯半分にわざとボートを引繰返した感じがあるの――嘉子さんはすぐ彼氏の手に縋って救い上げられたけど、私はそういう風にまず私より先に嘉子さんの方を、救け上げる彼氏の感情を擽ぐったいような妙な感じで――いいえ、決して妬くなんて感じとは遠いんです――面白く眺めながら、わざと拗ねて、その次に私へ手を出した兄さんに厭々をして、抜手を切ってボートから離れて行ったの。「二人きりにさして上げるわ」って、そんな顔をして見せながらネ。そしてグングン泳いでる中に、だんだん夢中になって、私は後をも見ずに大分泳いじゃったの。

ところが、急に水が冷めたくなって身体がゾーッとしてきたので、私は思わず振返って見ると、どうでしょう、ボートはずっと遠くの方に居るじゃないの。一寸も追ッ掛けて来てくれなかったのよ。私は摑まるまいと思って一生懸命泳いでいたのに……私はハッとしました。というのは、この水の冷めたさに、ここを流れてる危険な渦流があるって聞いてた事を思い出したからです。それに気が附くと、水の冷めたさと恐怖とで、私は身体が竦《すく》んで手足がうまく動かなくなっちゃったんです。そして、こりゃ堪まらぬと思って、見栄も忘れ、手を挙げて「助けてーッ」と、叫んでしまいました。本気であんな悲鳴を上げたの生れて初めてよ。でも、兄さん達のボートは知らん顔で、遠くの方に居るのです。こちらに一寸も気が附かないんです。私は狼狽《あわ》ててしまって、声が大きく出なかったので聞こえなかったのかも知れませんが、こちらを見ててくれれば分るに違いないのです。私は怨めしくなりました。誰も居ない沖で、おっぽり出してしまって――と、そう思った時、尚更いけない事には、例の予感が私の頭にフッと浮かんで来てしまったのです。「あ、これだったのだ！」――と思うと、もう駄目です。恐ろしさで私はもう声も出なくなってしまいました。それでも私は、無我夢中で冷めたい水流から逃れ出ようと泳ぎました。しかし、すっかり疲労してしまって、水に流されてく自分がよく分りました。恐ろしい渦流に捲き込まれてく自分が……もう駄目だ、私はとうとう殺されるんだ！——こう思った時、不意に私の目の前に和船の舳が飛び出して来て、「何アんだ。姉さんじゃないか。どうしたの？」と言う弟の声が聞こえて来ました。「何ッ？」と言って、舷へ顔を出したのは武夫さんでした。二人に救い上げられて、私は船底にヘタヘタとへたばってしまいました。二人は兄さん達のボートを見掛けて、漕ぎ寄せて行く所だったのでした。

兄さん達と一緒になると、弟と武夫さんとは兄さん達を責めましたが兄さんと嘉子さんは却って驚いたように「ほんとかい、溺れかけたなんて？」「嘘でしょ？　巫山戯てたんじゃない？」と、こうです。私は気が遠くなりそうな疲労でぐったりしていたんですが、とぼけている彼等の気持の恐ろしさに、竦然《ぞっ》と慄え上りました。ああ、もう少しで私は死んでしまうところだったのだ。いいえ、殺されてしまうところだったのだ！　……

ねえ、先生。私は今日の事を必ずしも、兄さんや嘉子さんの計画的にやった事だとは言いません。けれど、過失にしては少しひど過ぎやしないでしょうか。私がもし、あの冷めたい渦流に捲き込まれた時に、びっくりして心臓麻痺でも起したら、それっきりじゃないの？

ねえ、先生。どうお思いになる？　どうか先生の御考を忌憚なく仰言って下さい。私は考えれば考えるほど、口惜しくて泪が出て来てしまいます。それは、恐ろしいと言うより、敵の遣り方が陰険で、此方に手の出しようがないのが口惜しいのです。人の命を危険に陥入れておきながら、此方が九死に一生を得てその陥穽から運よく逃れ出して来ると、敵は空とぼけて全然気も附かなかったような顔をしているのです。いいえ、命を取られ損なった御当人さえ、果して敵の計画であったのか、偶然の事であったのか、はっきり分らないという始末です。私のように変な「予感」に悩まされてる人間でなかったら、あれきり死んじゃっても、「殺された」とは気が附かずに死んじゃったのに違いありません。まして他の人に、どうしてそれが殺人であった事が看破出来ましょう。たとえそれを疑ったとしたって、何の証拠もないのに、どうしてそれを責める事が出来ましょう。私自身が彼等を詰《な》じったところで、「何を馬鹿な事を！」と言って、笑って誤魔化されてしまうでしょう。そして、こちらに責めようがないのを、向うは腹の中で、「どうだ」と嗤《わら》っているのに違いないのです……ああ、私はそれが口惜しいのです。

殺されたっていいけど、今日のような殺され方では死に切れませんわ。命の遣り取りなら、もっと正々堂々とやってもらいたいわ。敵の攻撃が失敗したら、今度はこちらの攻撃の番だ。という位のフェア・プレーでやりたいわ。知らずに殺されちゃうのなんか、我慢が出来ませんん。まして、殺され損なったのに、殺し損なった連中と一緒に御飯を食べ、お茶を飲み、話したり、笑ったりしていなければならないなんて……

ああ、私はどうしたらいいのでしょう……先生、こういう陰険な敵の攻撃を、命を狙う「危険」を、どうして防いだらいいのでしょう。

五

（八月七日附、紅子の手紙、逗子より）

先生、御返事有難うございます。私を脅かしていたものが、前の手紙ではAだったのに、次の手紙ではBに変った。こういう取り止めのない所が、神経衰弱症の特徴だ——と、先生は笑っていらっしゃる。そう言えば、前のお手紙では私は専ら大隅兄妹の事を書きましたのネ。そう、確かにあの時の私の「恐怖」の対象は大隅兄妹だったんだわ。それが、先日の実際的な「危険」は兄さんによって惹き起されたのネ。私は確かに的が外れていたかも知れません。ですが、私の予感は決して大隅兄妹だけに対象をおいていた訳ではなかったのよ。いいえ兄さんの事を考に入れていたとは言いませんが、「予感」は大隅兄妹に対する反感と、そのままイコールではなかったのよ。無論大隅兄妹も含まれてはいるけど、必ずしも大隅兄妹によって何かが惹き起されると限った訳じゃないのよ。あんまり莫然としているけど……そうよ、莫然たる恐怖なのよ。そこが怖い所なのよ。武夫さんと定まってれば、そんなに怖くはないわ。嘉子さんと定まってれば、そんなに恐ろしくはないわ。兄さんと定まってれば、防ぎようがあるわ。いいえ、三人一束になって来たって、はっきりと分ってれば、そんなに恐ろしくはないと思うわ。誰が何を考えてるか、何を企らんでるか分らない所に、恐怖があるのよ。

ねえ、先生。これも神経衰弱の徴候でしょうか……紅子も、何だか、こう書いていながら、自分の気は確かかしら、と余計な事まで心配になってきたわ。……しかし、先生、私の恐怖はそんな病的な幻想の描き出したありもしない犯罪の恐怖ではありませんわ。と言うのは、また「危険」が起ったのです。それをお話ししたら、冷血の先生も少しは刺戟をお感じになるかも知れないと思うわ。……それとも、これも偶然な暗合に過ぎないかしら。前の溺死未遂事件よりもっとあやふやな所もあるんだけど……ともかくお話ししてみましょう。

それは昨夜《ゆうべ》から今朝へ掛けての事件ですが、私達の別荘がもう少しで焼けてしまう所だったんです。偶然に別荘番の弥兵衛爺さんが、夜釣りに出ようと夜中に起き出したので、大事に至らず発見されて、火は母屋の戸袋を焼いただけで消し止められたのですが、石油の臭いがプンプンしてましたし、火の出るはずのない所だし、放火である事は疑いなしだ、と警察の方も言ってましたわ。半月ばかり前にこの辺でやはり別荘の放火未遂の事件があったので、同じ犯人だろう、と警察は言ってました。が、私だけは皆と違った疑惑を思い浮かべずにいられなかったのは、随分厭らしい女だと先生はお考えになるでしょうか。私も反省してみると自分ながら情なくなるのですが、しかしそういう自分に目を潰ってみたところで仕様がないし、そんな疑惑に私を追い遣った者共が（——もしありとすれば）悪いんだ、と強いて思って、先生に思った通りをお話ししているのです。

といって、では誰が疑わしいか、そしてどういう根拠があるか、という事になると、私には何も言えないのです。いいえ、言っては悪いから言えないというのではなくて、何も分らないのです。何も摑めないのです……ですが、私は知っているのです。これが、そんな外から来た行きずりの放火犯人の仕業ではない事を。必ず私の家の中に、紳士然として——と言ってしまうと、男性と限定する事になりますが、そういう根拠もある訳ではないので——紳士淑女然として澄ましている人達の中に、これをやった者があるに違いないと私は信じています。では、詮議してみたらいいではないか、と先生は仰言るでしょうが、どうしてそんな事が私に出来ましょう。警察の方に言ってみたところで、同じ事です。犯人は、尻尾を摑まえられるようなヘマはしていないでしょう。そして、証拠もなく疑って掛れば、却って逆捩じを食わせ、狂い扱いし、そしてこちらのどう仕様もない事を冷笑して見せるに違いないのです。……ああ、私はどうしたらいいのでしょう。

先生、これはただの放火事件ではないのです。火の起った場所に一番近いのは、私と弟の部屋でした。火事の発見がもう五分遅かったら、私達は火に包まれて助からなかったかも知れません。と言うのは、恐ろしい事に、私はそんな騒ぎに少しも気が附かずに、ぐっすり寝込んでいたのです。皆が火事だと騒ぎ出して、一方では火を消す一方では飛び込んで来て私達を叩き起こす――私達を起しに飛び込んで来てくれたのは、小間使のお雪さんでした――そんな騒ぎになるまで知らずにぐっすり寝込んでいたという事は……いいえ、私だけじゃないのです。私と弟と二人もです。いくら昼間泳ぎ疲れたからと言って、そんなに私は正体もなく睡ってしまうはずはないのです。殊にこの頃のように、暗い恐怖に脅かされている私は……そう気が附くと、さっきお雪さんに叩き起こされた時に、頭の芯が痛く、胸が苦しいような気がした事を思い出しました。そこで庭から部屋へ入って、昨夜寝しなに弟と二人で運んだ水瓶を探しました。ところが、それがないのです。お兼さんやお雪さんに訊いてみても、知らないと、言うのです。台所へ行って見ると、流しにそれがおいてありました。そこへ嘉子さんが来たので、

「これ、ここへ持って来たの嘉子さんですか」

と訊くと、嘉子さんは、お兼さん、お雪さんの顔を順々に見渡してから、フフと冷笑を浮かべて、

「そうよ、私よ。引繰返すといけないから、持ってきといたのよ。ついでにすっかり洗っといて上げたわ」

私は失敗《しま》った、と思いました。この水瓶には睡眠薬が入っていたのに違いないのです。それを洗い去らない中に発見出来たら……しかし、もう駄目です。私は部屋に帰って、机に凭れて考え込んでしまいました。

敵は何故毒薬を使わなかったのか。それなら、確実に私達は殺されてしまったのだ……私はこの考に悚然《ぞっ》としましたが、毒薬を使わなかった理由はすぐ分りました。そんな犯跡を残すような事は、陰険な敵はやるはずがないのです。睡眠薬ならたとえ疑って解剖してみたとて、殺人の嫌疑を掛ける訳には行きますまい。自分で飲んだかも知れませんからネ。死んでしまえば、口は利きませんものネ。……

ところが、放火が失敗に終ったので、敵は私が睡眠薬の事に気附く事を察し、予め持ち出して洗ってしまった訳です。そして、誰も持ち出さないのに水瓶が歩き出すはずはないので、図々しい敵は詰らぬ隠し立てはせず、「私が持って来た」と平気で嘯《うそぶ》いているのです。隠し立

てをしない方が、却って責めようがない事を知っているからです……

ああ、私は胸が張裂けそうです。とにかく、早くここを引揚げなければ、私か公臣かあるいは二人一緒にか、必ず殺されます。それも何の証拠も遺さずに、何の疑わしさも遺さずに……ああ。もうこんな危かしい所には居られません。早速東京へ帰ります。もっとも、東京へ帰ったからといって、必ず危険から遠ざかれる事になるかどうか分りませんけれど……

先生、是非近々にお目に掛りたいわ。お目に掛って、何もかも申上げたいわ。取乱した御手紙で、御免なさいね。

私はもう「今度は『恐怖』の対象が、嘉子さんになりましたネ」なぞと皮肉を言ってやる気になれなかった。これは打棄《うっちゃ》ってはおけない、という薄気味悪さを感じないでは居られなかった。それでも、重い尻を上げ兼ねている間に、事態は破局へ突入してしまったのである。

六

（八月十一日、紅子からの電報）

―キミオミデ―　キシスベ―　ニコ　―

（八月十一日附、紅子の手紙、逗子より）

先生、とうとうこんな悲しいお知らせをしなければならなくなりました。あるいは、もう先生はこちらへ来て下さる途中かも知れませんけれど、私は、恐ろしさにじっとしていられないので、今公臣の遺骸のそばから自分の部屋へ退ってレターペーパーを開いてしまいました。こうしていると、先生と話をしているような気になれるからです。

先生、とうとう「恐怖」は、はっきりした形を取って、私達の前に姿を現わしました。今日の昼――詳しく言えば、三時頃――弟公臣が、ボートで沖に出て游泳中溺死してしまったのです。

あの、私が先日溺れ掛った場所の辺りらしいのです。また大隅の武夫さんと二人きりで、ボートに乗って出たのです。武夫さんの話では、さんざん漕ぎ廻って、日にカンカン照り附けられ暑くて堪らなくなって、「一泳ぎしよう」と言うと、公臣は「ウン」と言うや否や、いきなり飛び込んだのだそうです。そして、「アーッ」と言って両手を挙げたのですが、武夫さんは巫山戯ているんだと思って笑ってると、そのまま潜ってしまって、いつまで経っても上って来ない。暫くして、武夫さんは、こりゃ大変な事になったんだ、と気が附いてすぐ飛び込んで捜し廻ったが、分らない。大声で遠くに居た漁師の舟を呼んで、六、七人で捜索に掛ったと言うのです。

私達は何も知らずに、海岸で泳いでいたのですが、何か事ありげな沖の様子に、私は何故かハッと致しました。「溺死人だ」と言う声に、私はもう胸が潰れました。狂いのようになって海岸を駆けずり廻り、漁師に船を出してもらって沖へ出て行くと、大勢まっ黒な漁師の若者達と一緒に、武夫さんも浮いたり潜ったりして捜してる最中でした。茂樹兄さんも飛び込みました。私はそばで何のかのと話し掛ける嘉子さんの言葉も碌々耳に入らず、「早く見附かってくれれば、早く見附かってくれれば」と、同じ事を胸の中で繰返していました。時間の経つに連れて、だんだん絶望の色が濃くなって来ました。「もう見附かっても駄目だネ」――私の船を漕いでいた漁師が、何度目かに船に上った時そう言いました。もう一時間近く経ってしまったのです。その中に、武夫さんの指図で皆が捜しに掛った所よりずっと離れた所で捜していた船から「見附かったぞーッ」と言う声が上りました。

弟はもう身体を突っ張って、顔も身体も紫じみた土気色でした。身体の一入《ひとしお》大きな一人の漁師が、弟の身体を擁えるようにして、自分の膝小僧に鳩尾《みぞおち》を当てるように俯伏せにして背中を押し、水を吐かせようとしましたが、水はほんの少し吐いただけでした。誰の目にも、もうどうにもならぬ事ははっきりしていました。私は泪も出ず、何か呆然とした気持でいたようです。海岸で砂の上に筵を敷いて、気を利かした人が早くも呼んで来てくれた医者は、一通り調べると、心臓麻痺でコロリと逝ったのだ、と言いました。あの沖には冷めたい水流があって、そこへ知らずに入って手足が利かなくなり、ハッとした拍子に心臓麻痺を起す者が随分居るのだそうで、医者は少しも珍らしくないという顔附でした。

さっきの身体の大きな漁師が、弟を別荘まで担いで来てくれました。私は医者が帰ってから後、いつまでもいつまでも、人工呼吸を続けました。疲れて身体が動かなくなってしまうまで。大隅兄妹や茂樹兄さんが、「心臓麻痺で死んだ人を、人工呼吸をしたって仕様がありませんよ。いつまでそんな事したって、生き返りっこないんだから」と言って、止めようとするのを、私は泪をふり落としながら、頑強に死人の胸を押し続けました。もう私にも、公臣が生き返らない事は分っていたんですけれど、私は意地になって、どうしても生き返らして、弟を殺した人の名を死人の口から言わせずにはおかない……と、歯を食いしばって、もう、気味悪い冷めたさを帯びてきた死体を、押し続けました。二時間位もやっていたでしょうか。私はもう身体が動かぬほど草臥《くたび》れてしまいました。医者が気休めのためにやりたいならと言って、やって行ってくれた、ガーゼで括って口の外へ引き出してある死人の舌の先も、だんだん紫色になって、もうここに冷めたく硬わばって横たわっている肉体は、弟とは違った恐ろしいものであるような気がして来ました。私はゾーッと背筋が寒くなって来ました。「もう、いい加減に仏様を静かにさせて上げた方がいいでしょう」と、お兼さんが言ってくれたのを機会に、私は茫然と弟の死骸から離れ、黙って自分の部屋に退りました。そして今、この手紙を認めている所です。

先生、先日私を溺れさせ損なったのは、茂樹兄さんであり、今日弟を溺死させたのは――こう言い切ってしまっては不可ませんネ――今日弟と一緒に居たのは武夫さんです。だから、たとえそれが同じ場所であったとしても、ただ偶然の事に過ぎない、と先生は仰言るかも知れません。私もそう思いたいのです。あんなに親切らしく弟と仲よく遊んでいた人、そして私にもこの頃は愛想のいい顔を見せていた人が、そんな恐ろしい事をなさろうとは、私だって思いたくはありません。きっと、弟は偶然の過失で溺死したのでしょう。私はそう思いたいのですが……しかし……しかし……私は自分の心を偽る事は出来ません。先生、私は自分の心が、十日前の――、あの私の溺死未遂の晩の夕食時の会話を思い出しているのを、どう抑え附けようもないのです。自分の気持を軽くするために、その事だけ先生に聞いて頂きたいんですけど。あの晩、食事の終り頃、弟が昼の出来事を言い出して、兄さんと嘉子さんを責めたのですが、私はそれを抑えて、

「でも、私が心臓が弱かったら、心臓麻痺を起して伸びちゃったかも知れないわ」

と言うと、嘉子さんが、

「心臓が強いお蔭で助かったという訳ネ、フッフフ」と笑いましたが、そばで聞いでた武夫さんは、妹を窘《たしな》めるように、

「冗談じゃないゾ。危ないぜ」

と言っただけでしたが、私はその時ハッとしたのです。と言うのは、先生も御存知でしょうが、公臣は心臓が悪くて、小学校時代から駆け足なぞやるとすぐ真蒼になって、ハアハア喘ぎ出すのです。この頃は、自分でも気を附けて無理をしない習慣になってるので、そういう事も二三年起らなかったので安心していた訳ですが……その事を私は思い出してしまったのです。ああ、飛んだ事を言ってしまった――と、そう思って私は悚然《ぞっ》としたのです……

ああ、こんな事を書いたら、私は一層恐ろしくなってしまいました。私は、そろそろ弟のそばへ行ってやらなければならない。あの恐ろしい人達の眼に、弟の亡軀《なきがら》を曝しておく事は出来ない――こう思いましたが、私はあの冷めたい死骸のそばへ行くのが何だか怖くなってしまいました。ああ、、あれはもう「亡き軀《がら》」なんだわ。弟はもう居なくなっちゃったんだわ。ああ、今までは弟という肉親が――私の唯一の味方が――居たけれど、もうその弟も居なくなってしまったんだわ。私はたった一人なんだわ。

ああ……。

父と先生に電報を打っておいたけれど、いつ来て下さるかしら。果して、先生は来て下さるだろうか……

ああ、私は愛する彼女に、こんな淋しい思いをさせた事に対して、自分を責めなければならない。しかし、私は下宿に居てこの手紙を受取るほど、彼女を思う念が薄くはなかった。私は電報を受取ったその夜、急遽中御門家を訪れ、愛児の不幸に自失している、彼女の父親を励ましながら、共に逗子へ急行したのである。そして、私の胸に泣き崩れた紅子の手から、この最後の手紙は手渡されたのである。

第二章　父と娘

一

八月半ばの逗子の海の悲劇に紅子を見舞うべく急いだ夜から、十二月末の狼峠の雪の惨劇に至るまでの四ケ月半の時間を、私は全く彼女のために費してしまった、と言っても大して誇張ではない。そして、今までの数年間の彼女と私の友愛が、この数ケ月の間に、全くもうこの世のいかなる掟があろうとも、それらを超えた、神の前にも恥じぬ——いや、神の前にだけ恥じぬ、力強い絆で結び附けられる事になってしまったのである。この事がなかったなら、私と彼女との友情は、あのまま、お互に無限の思い出を残しながら、合流し得ぬ二つの流れとして、時間の経過と共に次第に離れ去って行く事が出来たかも知れない。それを、私達は聡明にも二人とも念願していた事は確かである。しかるに……ああ、何という運命の皮肉か！　あの陰険な悪魔のお蔭で、私達の感情は遂に友情を超えて恋にまで、遮二無二突入してしまったのであった。しかも、私達のその切ない「恋」の熱情は、花咲く春を待つ事を得ず、今こうして私ただ一人取残されるという悲しい目に会わなければならなかったのだ。しかし、私は悔いはしない。何十年という長い年月を共に棲み得たとて、悠久の時間の流れから見れば、所詮は電光の一閃に過ぎないであろう、よし彼女と私との恋愛が儚い一瞬の火花であったとしても、そしてそれが遂に少年のようなプラトニックなものに終ったとしても、それが何であろう。私はこの世でこれほどの熱情を以て一人の女を愛し得たというだけで、満足なのだ。それ以上に、何を求める所があろう。もしもあの忌まわしい「恐怖」の四ケ月半が私になかったなら、私はこれほどの熱情を一人の女に注ぎ得る事を——否これほどの熱情そのものが私にあり得たかどうかを、私は自ら実証する事が出来なかったのに違いない。……が、まあ一人よがりな述懐は止めて、ここでは、あの最後の惨劇に突入するまでの四ケ月半の経過を、私の日記に基づいて物語る事にしよう。

私は、紅子の弟公臣君の変死事件によってもはや彼女の「予感」を笑い捨てる訳に行かなくなった事を知った。そして私は、非常な意気込みを以て急遽逗子へ赴いたのであったが、青春の夢多かるべき未来を残して慌しく逝った、哀れな少年の亡軀を前にして、愚かな私は何の犯罪をも摑む事は出来なかった。けれど、その代り、私は不思議な事実を暴露されたくない気持――そう言って悪ければ、少くとも犯罪を表沙汰にしたくない気持が、当の紅子及父君公友氏によって、私の想像以上に強硬に示された事である。私は父娘《おやこ》に、警察に例の「疑惑」を打明けて相談してみる事を勧めたのであるが、父娘は断然これを拒絶したのである。父娘の気持も分らぬ事はない。私とて証拠もない「疑」でお上を動かす事の出来ない事位は知っている。私は私の提議がいかに愚かしいものであったかを認めない訳ではなかったが、父娘の必要以上の手厳しい峻拒に出会うと、私は反抗的に彼等の心事を疑いたくなってしまった。事、苟くも彼等の息子や弟の死に関する事ではないか。他人の私でさえ、こんなに取乱すほど心を動かされているのに、あまりに冷静な彼等の態度が、私にはむしろ不思議だった。弟の死に、犯罪の疑を抱いているのは紅子自身ではなかったか。そして、父君といえども、その疑を全然無視しているのなら話は分るが、そうでないのだ。私は東京からここへ来る途中で、紅子の「疑惑」について詳しく語ってみた。それに対して、父君は決して頭から否定して掛りはしなかったのである。して見れば、彼等は二人とも、公臣の死に全然疑を抱いていないという訳ではないのだ。今度は紅子の番であるかも知れないのだ。その「危険」を防止するためにも、この際断乎として犯罪の疑を闡明すべく努力しなければならないはずである……私はしかし、思い直して、それならせめて怪しい人間を紅子の身辺から遠ざける事を、公友氏に要求した。しかるに、それさえ拒絶されるに及んで、遂に私は私の結論に到達せざるを得なかったのである。それは、彼女等父娘に私の知らない秘密がある、という事だった。そして、それを闡明するのでなければ、彼女の「恐怖」を解明し、彼女の「危険」を回避する事は難かしい――と、私は確信するに至った。

私は帰京後早速、ひそかに公友氏とたった二人で会う機会を作って、彼等父娘の秘密を闡明しようと試みたのであるが、それは失敗に終ったのであった。公友氏は、私の態度を僭越だとは言わなかった。否、むしろ彼は、彼の息子位の若造である私を、信頼すべき一個の友人として、私の好意を素直に受け容れてくれた。しかし、彼の秘密は私に打明けるにはあまりに深刻なものであるらしかった。私は今強いて事情を闡明しようと努力しても、無駄である事を知った。そこで、先日、一度提案して拒けられた所ではあるけれど、差当り緊急の措置として、紅子の身辺から、ともかくも疑わしい人物を除去する事は、どうしても必要であると信じた。果して疑っていいかどうか分らない人々に対して、その退去を願う事は随分乱暴な話であり、あるいは間違った事でさえあるかも知れないが、私はそれを行うのでなければ紅子の安全を保証し得ない、という結論に立って、たとえ間違った事であっても已むを得ない、という強硬な決意を以て、それを彼女の父君に強要したのであった。

公友氏は私の顔を凝視《みつ》めて深い沈黙に陥ったが、結局、それは出来ない、と断わるのだった。私は無躾に、何故かとその理由を訊してみたが、もはや老人は頑として口を開こうとはしなかった。私はじれったくなった。

「公臣君の死に、敢えて疑を挿むわけではありませんが、私にはどうも紅子さんの恐怖にも理由があるように思えてならないのです。もっと早く手を尽したら、あるいは公臣君を死なせなくても済んだのではないかと思うと、私は自分がみすみす公臣君を殺してしまったような気さえして、心が咎めるんです。この上、紅子さんの身の上に万一の事があったら、それがたとえ誰がどうというものでなくて、本当の事故であったとしても、私としてはもはやそれを単なる事故としては見過せない位な気持になっているんです。で、この際、体裁とか外聞とかいう事を捨てて、断乎たる処置を取られる事をお願いしたい訳なんですが……今までの私の提案が、どれ一つ容れられないとしたら……」

勝手にしろ、私は手を引く他はない――と言いたかった。が、紅子の青白い愁いを含んだ花のような顔を思浮かべて、私は僅かに破局的な言葉だけは回避する事が出来た。

「……どうでしょう、それでは、紅子さんの身辺を護衛するために、信頼の出来る人をおそばに附けておいて頂く、という考は……これだけでもやって頂かなければ、私は不安で黙ってはおられないのです」

こう言い出した時は、これは本当にその場で思い附いた事に過ぎなかったのだが、それを口にしてる中に、私にはそれが非常にいい思い附きであるように思われてきた。だが、実際には、どんな人物をおくか、なかなか出

来ない相談であるとも、考えられてきた。果して、中御門氏は、

「そんな事を仰言っても、そんな人がある訳ではなし……表沙汰になる事は厭だし、私立探偵などに来てもらうのも厭だし」

と渋って見せた。

「では、どうでしょう。突然な話ですが、私がお宅に住み込むという事は」

私は自分の思い附きに、自分で吃驚《びっくり》した位だから、相手の老人が驚いたのは無理もない。

「そんな……そりゃ……」

驚くのはいいが、結局中御門氏は何故かこの申出でにも、いい返事をしようとはしないのだった。

私はもし「それでは是非先生に来て頂きたい」という風に言われたら、きっと、「飛んでもない事を言ってしまった。とても自分には、今そんな余裕はない。誰かうまい人を探してみる事にしましょう」と逃げてしまったに違いない。事実、それに違いないのだった。一寸したはずみで言ってみたに過ぎなかったのだ。が、中御門氏に断わられてみると、妙に反撥的に、どうしても自分の言い条を通してみたくなった。私には、中御門氏の拒絶の理由が分らなかった。さっきから、私の全く好意に基づく所の忠告を、彼は何一つ容れようとしないではないか。態度は慇懃を極めていながら、内心は極めて頑迷である、と言わなければなるまい。彼は他人の私を家に入れて、自分の「秘密」を嗅ぎ附けられる事を恐れているのではないだろうか。それほど深い彼の秘密とは、一体何であろう。娘の命の危険をも顧みずに守らなければならない、その秘密とは？……よしこの人の「秘密」を探ってやろう——こう私は決心した。そうすると、私はそれによって総べてが解決してしまいそうな感じさえしてきた。

私はそのためにも、また差当って彼女の身辺に迫る「危険」から彼女を護るためにも、何とでもして私は彼女の身辺に起臥して、身を以て護衛してやらなければならない、と決心した。そして、それには、この老人に直接ぶつかるより、紅子の方から父を説き伏せてもらう方がいいかも知れぬ、と気が附いた。

二

「紅子さん、こんな下宿へ来てもらって済みませんでしたネ。でも、貴女と二人きりでお話がしたかったので」

「いいえ、私も先生と二人っきりでお話したかったの……案外いいお住いじゃないの。金魚なぞお飼いになって……金魚お好きなの、先生?」

「知らなかったんですか? お話ししなかったかナ……金魚は好きです美しくて……」

紅子は純白のブラウスの胸を悩ましく息づかせ、顎の下に蝶結びにした真紅のリボンが、目の覚めるような鮮かさである。いつもは青白い、燻し銀のような艶のある卵形の形のいい顔が、今日は一人でこんな所まで出て来た冒険に上気して、薄手の皮膚の下に紅い血汐の温かさを仄めかして、なまめかしいばかりの匂やかさである。私は「今日の紅子は、金魚のように美しい」と思った。

紅子は、机の上の大きな四角い金魚鉢に顔をすり寄せ、金魚と睨めっこをしている。私は急に彼女を揶揄ってやりたい衝動を感じた。

「金魚はネ、紅子さんのように美しく……可愛らしくて……しかも――」

「しかも?」

「お饒舌《しゃべり》をしません」

「アラ、御挨拶ねえ……それじゃ、せっかくうんとお饒舌しようと思って来たのに、饒舌れなくなっちゃうじゃないの、意地悪!」

「いいえ、今日はどうか沢山饒舌って下さい。貴女の方で饒舌らなければ、こちらから訊問致します」

「ええ、いいわ。何でもお答え致します。ああ、その前に先生に見て頂きたいものが、あるんですけど……私逗子から帰ってから、何か分りゃしないかと思って、公臣の日記を読んでみたんです」

「ウム……それで、何か得られましたか」

「いいえ、何も得られませんでした。公臣は日記など附ける性質《たち》ではなかったので、それで新制高等学校へ入ってから急に附ける気になったので、まだ二冊しかないんです。私の求めるものは得られませんでしたけれど、意外なものが見附かりました」

「え? 何ですか」

「それは……私、紙を挟んでおきましたから御覧下さいません?」

なるほど日記には、昨年の二ケ所、今年に三ケ所、都合五枚飛び飛びに紙が挟んであった。私は初めからパラパラと頁《ページ》をめくって見た。内容は学生の日記らしく、殆んど学校の授業、校友会の行事、交友関係等に尽きている。今年の六月以降の所を少し鄭寧に見たが、やはり同じ事であった。大隅兄妹の事や茂樹の事についても、別に注目すべき事は見附からなかった。また昨年の分を取り上げ、紅子の紙を挟んだ所を、前から順にゆっくり読んでみる事にした。

一番初めのは、昨年の九月十日のもので、

「姉の友Nさん来る。一緒に来た妹のT子は、おとなしい美しい人であった」

と、それだけだった。私は「何だ」と思ってがっかりした。紅子は何だって、こんなものを見附けて喜んでいるのであろう。

次は、十月十五日。

「姉の友Nさん来る。妹T子も一緒」

とあって、それから唐突に詩が書いてあった。

まだあげ初めし前髪の
林檎のもとに見えしとき
前にさしたる花櫛の
花ある君と思ひけり

やさしく白き手をのべて
林檎をわれにあたへしは
薄紅の秋の実に
人こひ初めしはじめなり

「藤村の詩ですネ。『初恋』と言うのでしたネ、これは」

「ええ」

「僕もこの詩は好きなんです。このあとは、

わがこころなきためいきの
その髪の毛にかかるとき
たのしき恋の盃を
君が情に酌みしかな

と言うんでしたネ。何故、途中までしか書かなかった

のかナ……フム、まだここまで行っていなかったわけですネ。恋の盃を酌み交わす所までは」

今年のには、一月二日の所に最初の紙が挟んであった。それにも「T子来る。その姉Nさんと一緒」とあって、それから、

　春の夜の源平将棋
　あはれなほ思ひぞ出づる。
　ただ一夜《ひとよ》あてにをさなく
　ほのかにも見てしばかりに。

に始まる白秋のロマンティックな詩が書き列ねてあった。

「オヤ、これも途中で切ってしまってる。しかも、『その後は露だにあはず』という所は棒を引いて消してある。『露だにあはず』という文句は気に入らなかったわけですネ……なるほど、で、このT子さんというのは、どんな人なんですか」

「そこに書いてある通り、私のお友達の妹さんです。まだ中学生の、可愛い方よ。『かぶろ髪ゆめの眸《まみ》して』って感じネ。お友達がよく遊びに来るので、その人もちょいちょい来るのよ。弟も無邪気に話し合っておりましたが……こんな事を考えてたなんて、全然気が附きませんでしたわ」

それから後の二ケ所も、同じような若い純情の詩が書き列ねてあった。彼は稚い恋人に会う度に、自分の気持に合った詩を手当り次第に書いたのであろう。初恋の喜びに胸ふくらませた若人には、人の作った詩も自分の詩も区別はなかったのだろう、自分の溢れる思を文字に表わす技巧を知らぬ若人は、自分の好きな詩人の詩によって、自分の思を吐き出していた訳だろう……私は、まだ、子供らしさの抜けなかった、紅子に似た卵形の美しい顔立の、男としては少し繊細《デリケート》過ぎる青白い若者の顔を瞼に浮かべ、あの公臣君がそんな異性の俤《おもかげ》を胸に抱いていたという事実に、泪ぐましいような微笑ましさを感じた。私はだんだん目の中が熱くなってきて、紅子にそれを見られるのが羞ずかしいので、煙草をやたらに吹かして、そのために泪が出て来たように装う事にした。……なるほど、これは彼の溺死に関する犯罪の疑惑に対しては、何らの解明をも与えるものではなかったけれど、私はひどく心を動かされ、あわれはなかなか深かったのである。

が、この青春の花開かんとする若い命を、儚なく散らして行った薄幸の若人に対する心からの同情は、やがて激しい憤ろしさに変って行った。私は、もし彼の死が何者かの手によって故意に齎《もた》らされたものであったなら、いかなる困難があろうとも、その残酷なる犯罪を発《あば》き出し、その無慚なる犯人の頭上に膺懲《ようちょう》の鉄槌を加えてやらなければならぬ！……

三

「この日記、あずかっておいてもいいですか。後でゆっくり読んでみたいから……さて、と、それでは、訊問を始めさして頂きますかナ」

「どうぞ」

「では……と、こう改まると、話しにくくなっちゃうけど。まず、第一に貴女は今度の公臣君の事件をどう思いますか」

「どうって？」

「つまり、単なる溺死か、他殺か、ということ」

「それは……私には何とも言えませんわ。何の証拠もありませんもの」

「フム。証拠がないから、殺人とは言えない、と言うんですネ。宜しい。立派なお答です。……もし、証拠がありさえすれば、殺人だと思う、と言う訳ですネ」

「厭だわ、先生。あまり自明の事、仰言らないでよ」

「ああ、いや……こりゃ参ったナ。どうかはぐらかさないで下さい。僕の言うのは、ですネ、証拠はない。けれども、貴女は殺人の疑を持っている。しかし、証拠がないから、殺人だと、言う事が出来ない――と、こう言うのかと言うのです」

「その通りですわ、先生。私の感じから物を言わして頂ければ、公臣の死は断然殺人ですわ。計画的な殺人ですわ」

「宜しい。では、殺したのは誰ですか」

「……それは私には言えませんわ」

「また始まった。ここは法廷ではないんですから、そんなに用心しないで、思ったままを言ってくれなくちゃ。……では、僕の方から訊きましょう。公臣君の溺死の場合、一緒にボートに乗っていたのは、大隅武夫さんでしたネ」

「ええ」

「嘉子さんと茂樹君は、どこに居たんですか」

「浜に近い所で私と一緒に泳いでいました」

「それは確かですか。確かに貴女のそばに居ましたか」

「ええ……確かですわ」

「そうすると、もし——もしですよ——他殺だとすれば、犯人は武夫さんだという事になりますネ」

「そうなりましょうネ」

「すると、この場合は、怪しいのは武夫さんですネ。ところで、その前の、貴女の溺死未遂の場合は、嘉子さんと茂樹君でしたネ。それから、あの放火事件の場合は、皆同じように怪しいという訳ですネ」

「その通りですわ。……でも、今までのでも、今度のでも、全然摑みどころがないんだから、厭んなっちゃうわ。殺すなら殺すでもっとはっきりやってもらいたいわ」

「同感ですネ……しかし、もし犯罪だとしたら、巧妙だと言うべきですネ、全然摑み所がないというのは。それに、この犯罪の特徴は、犯人が平気でその場に顔を曝している事ですネ。なまじ犯人が姿を晦まそうとしたりすると、アリバイを作るために苦心したり何かして、余計な事をして却って、そこから割れてしまうという事にもなるんだけれど……貴女の場合でも、公臣君の場合でも、ちゃんとそこに居るんだから、ひどいナ。そして、決して尻尾を摑まれないように出来てる。彼等のその時の心の中を解剖して見せる事が出来ない限り、何とも責めようがありませんからネ。殺された公臣君が生き返ってきたって、犯跡を挙げる事は出来ないかも知れませんよ。いや、恐らく殺された事も知らんのじゃないかナ。神様だけが知ってる、という奴ですネ……全く厭んなっちゃうなア……密室殺人とか不可能犯罪とかいうものの方が、まだ始末がいいですよ。どんなにややこしくたって、とにかく、犯罪の行われてる事は明らかなんだから、犯人を見附け出しさえすればいいんですからネ……ところが、我々の場合は、犯罪そのものの有無がはっきりしないんだから、厭んなっちゃう……どうです、紅子さん、実際犯罪がなかったんじゃないんですかネ？　紅子さんの疑心暗鬼じゃないんですかネ？」

私は、わざと吐き棄てるような調子で言った。

「そうかも知れません」

紅子も冷淡な口調でこう言い棄てて、沈黙に陥ってしまった。それは決して、心の底から私の言葉に満足しているのでない事は明かだった。私とて決して、今私の言ったようになぞ考えている訳ではなかった。だが、私は強いて気軽そうに言ってみた。

「そんなに憂鬱そうな顔をしないで下さい。……僕も一緒に心配して上げますからネ。こう見えても、僕だってそうマカロニのような太い神経を持ってる訳じゃありません。貴女の恐れてる気持には充分同情が持てるんですよ。……しかし、どうも敵の犯行をこうやって二人で考えてみても、何も結論が出て来ませんネ。犯人の方が役者が上だという事になりますかナ……そこで、ト、甚だ残念ですけれど、こんな摑み所のない陰険な犯人を相手に、独り相撲みたいな争いを続けるのも、随分鬱陶《うっとう》しい話だし、その癖『危険』の迫ってる事だけはどうも確実らしいんだから、ともかくそれを避けなければならないし……どうです、紅子さん、君子は危きに近よらず、一番安全な、いい方法があるんだがナ」

「それは、どういう事ですか」

「と開き直られると、誠にお恥ずかしい次第なんだが……ねえ、昔から、三十六計に優った方法というのがあったじゃありませんか」

「また……逃げ出すのですか……いいわ、私逃げ出しますわ。先生、匿まって下さる？」

「えッ、僕ですか？　……そりゃお門が違やしませんかネ？　ナニ、僕の方は勿怪《もっけ》の幸だけど、決闘でも申込まれちゃ、迷惑するから」

「アラ……先生、心にもないお世辞みたいな事仰言らないでよ。本気にするわよ」

「いや、どうも済みません。これは、ほんの冗談です」

「まあ……酷いわ。先生。こんな時に冗談を仰言るなんて」

「いや、満更冗談でもないんですよ。許婚者《フィアンセ》のある人が、若い男の所へ逃げて来ようなんて、苟《かりそ》めにも口にすべき言葉じゃありません。僕が許婚者だったら、決闘を申込みます」

「だって、御自分から、逃げ出せ、と唆かしなさった癖に」

「だから、逃げ出すのですよ。但し、僕の所へじゃありません」

「まあ……では、どこへ行くんですか」

「だから……いっそこの際結婚してしまったら、どうですか。貴女が阿部君の所へ行っちまったら、どうだろうと、思うんですがネ」

「まあ……」

彼女は悲しげな表情をして見せた。それは私への儀礼ばかりとも思えない、沈んだ表情だった。

「どうでしょう」

「駄目よ。だって、あの方は御養子に来て頂く方なのよ」

「え？」

私は何か奇妙な感じがした。

「そりゃ、公臣君がこんな事になったから、養子に来て頂く外はないでしょうが……」

「いいえ、そうじゃないの。初めから、御養子に来て頂く約束なのよ」

「何ですって？　可笑しいじゃありませんか。公臣君が居るのに」

「それがネ、公臣はあの通り身体が弱かったし、父は年取ってるし……それで、父はあとの事を心配して、私に婿養子を取って弟の後見になってもらう事にしたのよ。少くとも弟が結婚するまで、出来ればその後もずっと、家に居て頂くという――そういう計画を父は考え附いたのです。そして、その条件で探し当てたのが、阿部さんなんです」

「へええ、そういう訳だったんですか」

私は何だか、騙されていたような、変な気持がした。

「一寸も知らなかったナ。……そうですか。阿部君は、養子に来る事になってたんですか」

「ええ、……私、よそへ嫁けるんだったら、あの方と婚約なぞしなかったわ」

こう言って、紅子は私の瞳をじいっと凝視した……

四

私はハッとした。これは大きな衝撃《ショック》だった。

私は、心の中で浅黄の幕が切って落とされるのを感じた。ああ、私の知らない世界が、その幕の後ろに展開されていたのだった。私の頭には、数年前の一つの場面が鮮かに浮かび上った……小倉の詰襟を着た高等学校の生徒たる私と、女学生の紅子とは、いつものように彼女の勉強室で膝のぶつかり合うのを気にしながら、「数学」を勉強していた。私は彼女のために、幾何の宿題を解いてやらなければならなかったのだが、その中の一題がどうしても解けなくて、私は当惑していた。紙の上には円や三角形が重なり合って、だんだん自由画のように崩れて行った。「誰がこんな問題を考え出しやがったんだろう」——私は泰西の碩学達を怨みながら、益々図形を真黒く塗り潰して行く努力を続けた。とうとう彼女が助け舟を出した。

「いいわ、こんなもの。明日、お友達に聞くわ」

「ウム。……どうも、初等数学ってものは、むずかしいばかりでちっとも面白くない」

私は、こんな負け惜しみを言って空嘯いてみたが、気拙さはなかなか救われなかった。

そういう時に、彼女は詰まらない学校の出来事なぞを面白そうに饒舌り出して、局面の転換を図るだけの悧口さがあった。この時もそれだと私は思ったのだ。もっとも、話題は甚だ突飛なものであったけれど……

「先生。先生は御養子に行くの、お嫌い？」

彼女は、悪戯っぽく目をクリクリさせて、こう訊くのだ。

「僕は養子なんて大嫌いだ」

私は言下に答えた。幾何の解けない鬱憤のせいばかりではなかった。ほんとに私はそうなのだった。彼女は吃驚したようだったが、やがて狂ったように笑い出したので、此方の方が吃驚した位だった。

「そうネ。先生は御養子には向かないわネ。我儘だもん。養子タイプじゃないわ」

「そんなタイプがあるんですか」

「フフフ……のっぺりしていて、奥さんに優しくて……」

「尻に敷かれても平気で……と言うんでしょ？　ところがネ（——私は漸く彼女の策略に乗って、機嫌よく饒舌り出した）僕は、のっぺりはしてないかも知らないけど、奥さんには優しい積りなんですよ。奥さんの尻に敷かれてるのって、美しいもんですよ。僕は好きだなア。僕も結婚したら、尻に敷かれよう、と思ってるんですがネ。ハハハ、結婚しない中から、そう思ってるんだから、尻に敷かれる事はほぼ確実です。……それだから、僕は養子に行きたくないんです。養子に行って尻に敷かれると、あいつは養子だから——って言われるでしょ？　それが厭なんです。まあ、人の思惑なんか気にしなくたっていいようなもんだけど、御当人の奥さんまで、そう思うに違いないんです。いや、ひょっとすると、自分までそんな気になってしまうかも知れません。実際その必要があるかも知れませんからネ……それでは、僕の尻に敷かれたいという趣旨に反する事になる。僕はどこまでも、自主的に尻に敷かれたいんです。だから、養子には行かれないいんです」

高等学校の生徒は、何か訳の分らぬ昂奮に駆られて、こんな事をベラベラ饒舌ってしまった。

「分りましたわ。大変面白いお説だわ……先生の奥さん、幸せネ。先生ぐらいの我儘な方を尻に敷けたら、敷き甲斐があるというものですわ、ホホホ」

少女も何故か昂奮して、こんな大人びた物の言い方をした。

私は、私の冗談が彼女に、私が養子に行く事を実は肯定しているかのように取られるかも知れない、と気が附いて、急に真面目な顔になって附け加えた。

「いや、今のは冗談ですが、僕は実は一人ッ子だから、親爺の跡を襲がなきゃならないんです」

私はあの頃、この少女を妹のように可愛く思ってはいたけれど、まだセーラー服の女学生を妹以上の対象として考えた事は——少くとも、自ら意識して考えた事はなかったし、彼女の方でもそんな事を考えていようとは思わなかったので、何の成心もなく一般論としてこんな冗談めかしい事を言ったに過ぎなかったが考えてみると、彼女はあの頃阿部氏との縁談を父君から言い渡されて、小さい胸を痛めていた時であったのに違いない。彼女にしてもまだ本当の恋が目覚めていた訳ではなかったろうが、少くとも彼女は父君からの話に承諾を与える前に、ひそかに私の気持を探ってみたのではなかったろうか……あの会話の後、間もなく私は、彼女と阿部氏との婚約の整った事を知った。彼女の婚約を知った時、私は初めて私がどんなにこの少女を愛していたかを悟ったのであった。私は彼女の「養子」の事情なぞ知らなかったから、何か彼女に裏切られたような気がし、そして阿部氏に対して、子供らしい淡い嫉妬を感じたりしたのだった……

その後も、私は彼女の「養子」の件については、少しも知らなかった。ともかく、公臣君が居るのだから、そんな事は私には思も寄らない事だったのである。……今初めて聞く所なのだ。彼女のこの凝視なのだ。

私は心から動揺を感じた。そして、私はあの昔の彼女との会話を、劇の場面を見るようにまざまざと思い浮かべた。私は、あの浅黄幕の裏の舞台装置を少しでも知っていたなら、あんな下らぬ饒舌は弄さなかったであろうに。彼女が「養子」を取らなければならぬ境遇だったのなら、私は一人息子ではあるけれど、親爺を説き伏せるべく全力を傾注したであろうに。ああ、私の下らぬお饒舌は、思い悩んでいたに違いない少女の心に残酷な一撃を加え、匂やかに花咲かんとしていたかも知れない私達の運命に、致命的な決定を与えてしまったのであった。私の全く知らない間に……、そしてしかも、それを、今更知らなければならぬとは……

私はじっと目をつぶって、心を静めた。……私は自分に言って聞かせた――誤りを犯してはならぬ。お前の仕事は探偵ではないか。探偵に恋愛は禁物だ。犯罪に関係ある者の性格の闡明こそは必要であるが、探偵自身の恋愛は一向犯罪の究明に役に立たぬ。役に立たぬばかりか、往々にして重大な誤りを犯させる事になる……私はやたらに煙草を吹かして、心の動揺を誤魔化し終わせると、静かに口を開いた。

五

「でも、まだお父さんも御達者なんだし、貴女が居なくなったからって、差支えがある訳じゃないんでしょう？　今度は、貴女が跡を襲がなきゃならなくなった訳でしょうけれど、当分の間は、貴女がどこに居たっていい訳じゃありませんか？　第一、新憲法の世の中なんだから、跡なんか襲がなくたって、いいんじゃないの？」

「どうしても、阿部さんの所へ行かせよう、ってのネ、先生は……そんな、こちらの都合ばかり考えたって駄目よ。あの方、貧乏華族の三男坊なのよ。だから、外へ出そうとしてるのよ。そこへ押掛けて行くなんて……」

「出来ませんかネ。命を狙われてる場合なんですよ。もう少し、真剣に命を惜しがったら、どうですかネ」

「だって、……そんな事出来ませんわ。第一、命を狙われてるなんて事情、向う様へ話せませんもの。恥ですから」

「フーム。そんなもんですかネ……では。この際、いっそ阿部君に養子に来てもらっちゃったら、どうです。そして、連中を追ッ払ってしまうんですよ。怪しい連中を全部ネ。それが一番いいかも知れませんネ。どうせ、来てもらうんでしょ？……一体、いつ来てもらう事になってるんですか？」

「……それは、私が学校を出たら、っていう事になったんですから、もう時期は来ているんです。四月から、向うではせっついて来ていますし、父からも勧められてるんですけど、私どうにも気が進まないので、待ってもらっているんです」

「そうですか。それなら、丁度いいじゃないですか。この際――」

「厭……どうして、そんな事ばかり仰言るの？　先生の意地悪！　……アラ、御免なさいネ……でもネ、先生。それは駄目なんです。たとえ、あの方に来て頂いたとしたって、あの人達を追ッ払うなんて、とても出来る事じゃありません。出て行くような人達じゃありませんもの。却って、あの方を私達の血みどろな渦の中へ引込むだけの事になってしまいますわ」

「それでは、『あの方』にもお気の毒ですネ」

私は少しばかり皮肉な気持で言ったのだけれど、彼女は大真面目で、

「ええ、何の関係もない人を、こんな地獄の中へ引摺り込むのは、お気の毒だと思うわ」と澄ましている。

私は歎息して、

「だが、どうも僕には納得出来ないなア……と言うのはですネ、今貴女はあの人達を追ッ払う事は出来ない、と言ったけど、そりゃ、貴女の『兄さん』と言ってる人でもあり、従兄妹という血縁の人達ではあるけど……それに、何の証拠もないという点もあるけど、……しかし、貴女の方から考えれば、命の危険に曝されてるんですからネ。どうして、そんなに連中に遠慮しなければならんのですかネ……公臣君の時でも、僕はよッぽど表沙汰にしてしまおうと思ったんですがネ。今でも、あの時一騒ぎしてしまってもよかった、と思ってるんですよ。よし疑が単なる疑に終って、貴女がたが攻撃されるような事になったとしてもですネ――恐らく、そんな事になったに違いありませんが――それでもですネ、それで憤慨して連中が貴女がたと袂を別つという結果になれば、それでもよかったんじゃないですかネ。こういう遣り方は、少し悪辣であるかも知れないけれど。しかし、貴女の『恐怖』は、そういう手段をも悪辣と認めない程度のものじゃ、なかったんですか。僕は、貴女がたが、手が出しにくいんなら、僕が憎まれ者になってもいい、と思っていたんです。ところが、貴女や、貴女のお父さんから、厳重に止められてしまったんだ。泣かんばかりにしてネ……僕は何だか訳が分らなくなっちゃった。正直に言いますとネ、僕は『貴女がたも同類なんですか』って言いたい位でしたよ……勿論、狙われてる貴女が同類だとは思いませんでしたがネ……」

私は饒舌ってる中に、だんだん昂奮して、「こんな事まで言ってしまって、これは、少し言い過ぎたかナ」と思って、紅子の顔を眺めた。しかし、彼女は、悪戯をして叱られた子供のように、素直にすっかり恐縮してしまってるので、私は却って、昂奮した自分が恥ずかしくなった。が、それと共に、こうまで言っても、勝気な彼女が私に反撥して来ないのが、私には目を瞠る気持だった。「これは、何かある」——一昨日《おととい》、彼女の父君と話し合った時に感じたと同じ疑惑が、私の心に重く蔽い被さって来た。

「……それでは、まあ、それはそれでいいです。ところで、阿部君の方の話が、貴女が行く方も、来てもらう方も、どちらも駄目だとすると、……実は阿部君の話は、貴女の顔を見てから急に思い附いた事だったんですが……貴女の身の危険を防ぐために僕が考えてた方法は、もう一つあるんです。それは、お父さんに一昨日お話ししてみました」

「それはどういう方法ですの？」

「僕が護衛のために貴女の家に住み込もう、と言うのです」

紅子はハッと顔を上げて、私の顔を見た。「本当ですか」という表情だ。私がそれに目で頷くと、忽ち彼女の顔は嬉しそうに眼が輝き、頰に血が上った。

「僕は誓って、貴女の身を護る以外に野心のない事を、はっきり申上げておきますよ。またそういう気持があったら、僕はこんなに乗り出す気にはなれないだろうと思います。どうですか、紅子さんのお考は？　……もっとも、これは一応阿部君の方にも諒解を得とかなきゃならんかも知れないナ」

「アラ、またあんな事を……有難いわ、先生。是非お願いしますわ。父もどんなに喜ぶことでしょう」

「ところが、お父さんには一昨日断わられました。……しかし、貴女の命の危険を本当に感じられたら、きっとお許しになると思います。で、貴女から、その点をよくお父さんに話してもらったら、と思うのですがネ。今日来て頂いた目的は、この事だったんです」

「父には、よく話します。……先生、本当に来て下さる？　有りがとう」

彼女は感動に堪え難いらしく、椅子から立ち上って、西洋人のように私に片手を差出した。私は少し擽ぐったい感じがしたけれど、彼女の真剣な表情に押されて、「これ位はいいだろう」と思って彼女の手を握った。彼女の手は温かく、しっとりと柔らかで、私は思い掛けぬ官能的な刺戟にギクリとしたが、彼女と固く手を握り合ってる中に、彼女の純粋な感動は快く、私に伝わって、私は「この女《ひと》のためなら」と、固く心に誓うのだった。

六

「紅子さん、それでは、僕はお父さんのお許しが出次第、早速お宅へ住み込んで、貴女を護衛することにします。ですが、僕が乗り込むまで、その事を絶対に連中に気附かれないように注意して下さい。そうしないと、僕が乗り込むまでの間が、最も危険な時期になりますからネ。ナアニ、乗り込んでしまえば、僕は命に賭けて護衛します。もっとも、この名探偵、案外敵のために簡単に一服盛られて伸びちまうかも知れませんが、そうなったら、紅子さん、貴女はそれを機会に、連中の犯罪を発き立てて下さい。僕はむざむざと彼等の尻尾も摑まずに犬死はしませんからネ」

「まあ……そんな事仰言られると、先生に来て頂くの悪い気がしちゃうわ……でも、やッぱり来て頂きたいわ……一日も早く、ネ……ああ、私、何だか酷くこわくなってしまったわ。あの人達の中へ帰って行くのが……」

「ナニ、そんなに心配する事はありません。彼等もそうやたらに手は出せませんよ。用心深い連中ですからネ。その中に、僕は貴女をもっと安全な状態におく工夫を見附け出せると思います。お父さんが連中を追ン出す決心が附くように、説き伏せようじゃないですか、貴女と二人で」

彼女はまた暗い表情になった。一体、どういう秘密が彼等父娘に、連中を追い出す強硬手段を取る事を、そんなに躊躇させているのであろう。

私はそこで、用意していた疑問を何一つ質《ただ》さない中に、時間があまりにも経過した事を知って、愕然とした。私は彼女の家に住み込む事になれば、どうも私の疑問を質す機会は充分に恵まれるとは思ったが、彼女の家では連中の目にふれる恐れもあり、今日の機会はやはり見過すべくあまりに惜しかった。

「どうでしょう、紅子さん。大分時間が経っちゃったんですが、もう少しいいですか?」

「ええ。夕食までに帰らないと不可ませんが、でも、もう三十分ぐらいいいですわ」

「では、早速、出来るだけ詳しく話して下さい。大隅武夫さんのこと、嘉子さんのこと、それから茂樹君のことについて」

この三人のことについて、私が紅子から聞き得た事は、今までに分ってる事の復習が多かったが、新しい事と言っては、武夫や嘉子の父、即ち中御門公友氏の弟大隅公《きよ》武《たけ》氏は、早くから大隅家に入った訳だが、非常に事業経営の才のあった人らしく兄公友氏と共同で鉱山業に広く手を出し、相当な成功を収めた。公友氏はそれによって今の財産を得た訳で、その後弟とは意見の相違で袂を別ったが、家柄と金力に物を言わせて貴族院議員として相当政界に力を振い、遂に大臣にまで進んで輝かしい晩年に進み得た。ところが、弟の公武氏の方は、兄が手堅く引締めて行ったのに反して、兄と独立してから自分の思う通りに益々手を拡げて行った所で、不況時代に遭遇し、ひどい没落ぶりで、恥ずかしい罪に問われたりさえして、汚辱の中に生を終ったのであった。この間に彼は羽振りのいい兄公友氏に再三助けを乞うたが、公友氏は彼に満足を与え得なかったようで、彼は窮迫の底に兄を怨みながら死んで行った。既に、その前に彼の妻は亡くなっていたので、武夫嘉子の二人の遺児は、兄公友氏が引取ってやらなければ、路頭に迷うような憐れな状態だった――という事を、紅子は古い女中のお兼さんから聞いていると語った。

これは相当重要だ、と私は思った。私は更に、武夫が満洲へ行く時に伯父公友氏に託して行ったという、情人の百合江について確かめてみたが、これについては別に大した新智識も得られなかった。それから、その百合江と喧嘩して中御門家を飛び出したという、武夫の妹嘉子については、武夫の帰って来るまで何をしていたかという事を訊きたかったが、これも何も分らないようだった。中御門茂樹については、前に勘当された時に籍を返されて、その後泣きを入れて戻った時に、それでは当分様子を見てという事で、そのまま籍が入っていない、という事が新しく訊き得た事実だった。これも相当重要な意味がありそうだった。彼が紅子に言い寄ったのも、彼女に恋したというよりもそういう自分の不安定な境遇から自己の位置を確定したいのが目的で、いわゆる色と慾との二筋通であった、という風に紅子は見ていた。更に、この茂樹が彼女に手を出そうとした事から、父君公友氏は急に彼女のために許婚者を決めて、この不良少年の兄の詰まらぬ野望を諦めさせようという気になったのだった。

して見ると、この男は私の不幸な運命にも重大な影響を及ぼしている訳で、悪い意味で私にも他人ではあり得ない男であると言うべきであろう。もしこの茂樹が、前に一度やり損なったかと思われるように、彼女の命を狙っているとすれば、理由は彼女に撥ね附けられた恋の怨みと、相続者になり損ねた金の怨みと――恋と金との重なる怨みという事になるのであろう。が、その性格から言えば、計画して人を殺すほどの男とも思えない弱々しい男であるのだが……しかし、色と慾と怨みが重なっては、どんな事にならぬものでもない。が、――

「僕には、どうも武夫さんとお父さんの間に、何かもっと深い怨恨があるんじゃないか、と思われるんですが、どうでしょう。御存知ないのですか」

この質問に対しては、やはりそれ以上補足すべき答は得られなかった。

紅子を電車の停留所まで送って行ってから、私は下宿に帰り、机に頰杖ついて金魚を凝視めながら考に耽った。大隅武夫、中御門茂樹について、大分重要な智識を得られた事は確かだった。しかし、まだまだ結論を導き出すには材料が足りない、と思った。否、こんな不充分な材料から結論を出して、謬まった先入観を作ってはならぬ。と私は考えた。彼女の家へ住み込むようになったら、彼等をじかに観察する事が出来るし、更に老女中のお兼さんから、武夫の父公武氏と紅子の父公友氏との関係それから武夫の内妻百合江のことについて、もっと何か訊き出せるかも知れない――私は彼女の家に乗り込む事に、次第に昂奮を覚えてきた……

第三章　秘密

一

それから三日目に、私は中御門家に乗り込む事になった。私は阿部知彦氏に一応挨拶をする必要があるかとも思ったが、紅子父娘が彼女等のそういう家庭内部の暗闘を阿部氏に知られたくない事は明らかであったから、私は思い切って黙って乗り込む事にした。私は何も彼に対して疚しい料簡がある訳ではなかったから、彼女の命を護るために危地に入る事は、少しも恥ずる所はないと思ったし、阿部氏から文句の来る筋もあるまいと思った。むしろ、紅子のために、阿部氏に内密にこの彼女の一家にかかった暗雲を払い除けてやるのが私の任務であろう、と私は自分に言い聞かせた。

品川の海を見晴らす彼女の邸の、母屋の二階の一室が私に当てがわれた。紅子や父君公友氏の居間はそれぞれ二階にあった。公友氏と、紅子と、死んだ公臣君の部屋が二階に列んでいるわけである。そして、その三つ列んだ次に、階段の降り口を隔てて、次にここだけ洋風の一室がある。私が家庭教師に来ていた頃、ここで紅子と机に向き合ってリーダーを読んだりした、懐かしい部屋である。私はここへ入れられたわけである。壁には、折り畳みのベッドも設《しつ》らえてあって、私には格好の部屋であった。私は公臣君の部屋にしてもらった方が護衛の目的のために都合がいいようにも思ったが、自分からそれを言い出すのは一寸気が引けた。いくら護衛のためとは言え、襖一つ隔てて令嬢の次の間に寝起きするという事は、若い私にはさすがに言い出しにくかったのである。

階下は、玄関と、洋風の応接室と、打解けた客のための日本間と、これも洋風の主人の書斎とそれから女中部屋や運転手部屋や台所などがあった。大隅兄妹と茂樹とは別棟の離れに居た。離れは平家建てだが、部屋数は多いので、彼等は一人で一間ずつ占領しているようであった。

私の部屋は、前にも言った通り、階段の上り口にあるので、誰が上って来ても、注意して居ればその足音を聞く事が出来るわけで、護衛の部屋としてはまず申し分はなかった。

食事は自ら、母屋の者と離れの者と別に摂るのだった。紅子は父君の居間で、父君と一緒に食事をする習慣だった。私のためには、「先生は夜更かしをなさるんでしょうから、いつでも勝手な時に召上って下さい」と、私の部屋へ食事を運ぶように、紅子が女中に言い附けた。しかし、昼や晩は父君は大抵家に居ないので、私は公友氏の部屋で紅子と食事を共にしてやる機会が多かった。これは護衛者の義務の一部であると、私は自分に言って聞かせたが、嫌いでもない美しい女と一緒に楽しく食事をする事は、決して厭な義務ではなかった。

私がかなり思い切った覚悟を以て中御門家へ乗り込んだ第一夜は、私を紹介するために、大隅兄妹や茂樹君も呼んで、……公友氏の居間で皆で食事を共にした。紅子は勿論、父君も今は大いに喜んでいるらしい様子だったが、大隅兄妹と茂樹君とが案外愛想よく私を迎えてくれた事は意外だった。私は共に食事をしながら、全身の注意を集めて彼等を観察した。

　大隅武夫は、満洲まで行って苦労して来ただけの事はあって、三十という年よりずっと老けて見えるが胸でも患らってるのか、あるいは何か悪い病気でも持ってるのか、顔色が青黄色く沈んで、頬はこけ、鼻は高く所謂鷲鼻で、額は広く、眼は陰気な、しかし粘りっこい熱を帯びていて、ギロリとこちらを見られると何か暗い印象を感じさせられた。この顔を一目見た瞬間から、私は私の頭の中に古くから巣食っているある顔に似ているナ、と思ったのだったが、それが誰だったか私はどうしても思い出せなかった。

　彼の妹の嘉子は、兄貴に似た険しい、色の浅黒い、尖り顔で、濃い眉毛や鋭い眼附きが私には印象がきつ過ぎ、表面こそお嬢様らしく温和しそうに澄ましているが、その内心はほんとの阿婆擦れで、普通の男には手に負えぬ女である事は明らかだった。ガラガラした声の、蓮ッ葉な言葉附きが、私にはひどく厭らしい印象を与えた。

　茂樹君は私にはもうお馴染みだ。彼は武夫とは対照的な存在で、背も低く太り肉《じし》で、極めて安易《イージーゴーイング》な表情の男だ。彼も嘉子も私も、同じ二十五歳なのだが、私には嘉子は姉に見え、茂樹は弟に見える。赤ン坊のような丸ぽちゃな下り目の、目鼻が顔の中心により集まった可愛らしい童顔で、まるまると大仏さんのようなまるまる味を帯びた肩の肉の感じも、典型的なデブちゃん型だが、その癖、案外軽快な動きをする、お調子に乗り易そうな感じの男なのである。

　公友氏は、私が探偵小説の長篇を書きかけていて、下宿が煩さくて仕方がないので、それが出来上るまでここへお泊りになる、というような言い方をして私を紹介したので、彼等は三人とも時々探偵小説は読むと言って、愛想よく調子を合せるのだった。彼等は、そう見せ掛けているのかも知れないけれど、全く他愛のない様子で打解けて談笑しているのだった。私は、私の目的が彼等を疑って、彼等の尻尾を摑んでやろうとしているのである事を考えると、何だか私一人が悪人であるように思われて、妙な気持がした。総べてが、私や紅子の思い過しの疑心暗鬼であるような気さえして来た。

　が、一人部屋に引取って、ベッドに入って天井を凝視めながら、冒険の第一夜をこうして事もなく蒲団の中に寝ている自分を、不思議な事のように考えて感慨に耽っていると、この部屋の階段口を隔てた向うの部屋に居た公臣君の、あの子供っぽさの抜けぬ新制高等学校の学生姿が目の前に浮かんで来た、それからいきなりそれが溺死する瞬間の苦悶の顔にオーバラップして行った……私はあの三人の中に憎むべき殺人者が居るのだ、と思うと、彼等が温和しそうに見えるだけ、私は何か悚然《ぞっ》とするような恐ろしさを感じた。そして、公臣君の空き部屋の向うの部屋に寝ているであろう紅子、更にその向うの部屋に寝ているであろう公友氏を思い浮かべながら、私は何とも知れぬ不安に襲われるのだった……私は目をつぶった。すると、武夫嘉子茂樹の三人の顔が順々に瞼の裏に映って来た。と、私の頭に、さっと武夫の顔を見て、思い出しそうになってとうとう思い出せなかった顔が、突然映画のカットのように浮かび上った。私はハッと、それに気が附くと同時に「ハハア」と大いに悟る所があった。私が何故こんなにもお馴染みの顔が今まで思い出せなかったかと言うと、彼は私の胸の中の肖像と瓜二つと言ってもいい位の甚だしい近似性を持ってきたのに拘わらず、肝心の所が一ケ所だけ違っていたからだった。鋭い鷲鼻、広く禿げ上った額、キリッとした冷酷そうな薄い唇、こけた頬、尖った顎――、全体として禿鷹を連想させる険しいその顔は、もし彼の陰鬱な暗い眸を除いて、そこに澄んだ、キラキラ輝く眸を入れたならば、これはもう考える暇もなく、シャーロック・ホームズの顔が出来上るはずだった！

私はこの発見に、陰険な殺人犯罪の容疑者が、あの孤高の風格ある名探偵に似ているとは、どうも怪しからん話だ、とその皮肉を笑いたかったが、その贋ホームズの暗い眸を思い浮かべると、私の微笑はそのまま凍り附いて、背筋がゾーッと寒くなって来るのだった……

二

私は翌朝早速父君公友氏に会い、都合を訊くと、幸い今日は午前中なら私のために時間を潰してもいいと言うので、私の部屋に来てもらって、話を聞く事にした。

私は言いにくい事ではあったけれど、武夫の父公武氏が公友氏を怨んでいたという事情について、詳しく話してくれるように要求した。私はともかくこの点から明らかにして行かなければ、何の動きも出来ない事を悟ったから、かなり強硬な気持があった。でもし、公友氏が事情を明らかにしてくれないようなら、私は第三者として令嬢の命の保全のために、私の必要と信ずる道を取る外はない、と少し嚇かしになって悪いと思ったが、言ってみた。公友氏は暫く沈痛な表情で黙し続けていたが、やがて諦らめたのか、確かな証拠が摑めない限り、滅多に表沙汰にしては困る、と固く戒めてから、重い口を開いた。

それによると、公友氏と公武氏とはもともと性格が甚だしく相違していて、温厚な地味な兄と鋭い派手な弟とは、事毎にそりが合わなかった。それがために、二人は事業が成功していたに拘わらず袂を別ったのであったが、結局、不況時代を迎えるに当って、手堅い兄はそれを切抜けるのに成功し、派手な弟は失脚した訳だった。そして、公武氏は遂に破廉恥罪まで犯すに至ったのであるが、彼が、破廉恥罪に問われたのは、これが初めてではなかった。その前に、兄と一緒に事業をやっていた頃にも一度あった。その時のが実は兄公友氏と共犯であったのを、弟一人で罪を引受けたのだった。兄は金で弟にその償いをした訳であるが、弟の方にしてみれば、こういう弟の犠牲がなければ、兄のその後の成功、大臣にまで経のぼる栄達は不可能なはずであって、謂わば、この時の恩は後になって非常に大きなものになった訳である。それ故、後年弟が罪を犯した時には、既に政界に乗り出して相当名をなしていた兄は、もっと身を入れて弟の苦境を救ってくれてもいいはずだった。またそれが出来るはずだった。ところが、その救が与えられなかった。それが与えられたら、弟はまだもう一旗挙げ得るはずだったのに、ここで兄の充分な援助が得られなかったために、弟は体刑を加えられるまでに至り、遂に全く再起不可能に陥った。あまつさえ不幸が重なって、その刑期中に妻君にまで死なれるという悲運に見舞われ、公武氏は深く公友氏に怨みを抱いた。その後彼の財運が挽回し得たなら、それほどでもなかったのだろうが、とうとう不遇の中に彼自身も病を得て、悲憤の中に世を去らなければならなくなったので、総べての不幸が兄一人によって齎らされたように思い込み、「武夫嘉子の二人の子供に言い含めて必ず仇を取らせる」と兄に最後の怨み言を書き残して死んだ。

公友氏は遺された行き方もない子供二人を打棄ててもおけないので、家に引取って育ててやることにした。公武氏は果して遺書の如く子供に怨みを言い含めたかどうかは、公友氏には分らなかったが、どうもその事が邪魔になって甥と姪に充分愛を注ぐ事が出来なかった。成長するに連れ、どうもその怨み言は本当に遺児達に伝えられたものと思われてきた。というのは、子供等が妙にひねくれて、反抗的に出るようになったのだ。それで、公友氏の方でも愛する気が益々失せる。子供等の方では、紅子・公臣兄妹と自分等を比べて、益々僻む。武夫が早くから学校を止めて職業に就いたり、満洲へ渡って行ったりしたのも、怨みを晴らせと亡父に託された、その仇に恩義を蒙る事を潔としなかったのであろう。彼は、窮迫のどん底に死んだ父に比べて、財力と名声とに恵まれた伯父の、豪奢な生活ぶりを見ているに堪えなかったのに違いない。そうした情況だったので、武夫が満洲へ行った時は、公友氏は却ってホッとした感じだった。それが終戦後ソ連から引揚げて、後から家を飛び出した嘉子と一緒に帰って来た時には、公友氏は正直の所、また暗い思いをしなければならぬかと、何かうすら寒い思いがした……という事である。

「いや、よくお話し下さいました。大分事情がはっきり致しました。で、その事は、紅子さんは御承知なのですか」

「さあ、遺書の中は知るはずがありませんが、大体の事は知ってるでしょうネ」

「で、その遺書は今でも保存してありますか」

「いいえ、先生。読むとすぐ焼き棄ててしまいましたよ……もう十七八年も昔の事です。古い話ですよ」

「そうですか。すると、武夫さんが――」

「武夫が十二、嘉子が七つの時です。紅子がまだ四つ、公臣が生まれたばかりの所でした」

「そうですか……その外に、何かお話し下さる事はないでしょうか」

「えッ、どうして？」

「いや、別にどうして、という訳ではありませんが」

「それで全部お話ししたと思います」

「そうですか。どうも有難うございました。……しかし、私には、これ位の事なら、表沙汰になって、今更貴方の御身の上にどうという事もないでしょうから、そんな事を心配せずに、断乎としてお嬢さんの安全のために、怪しい人間を遠ざけられたら、いいんじゃないか、と思われますが」

「ソ、そりゃ、先生……何の証拠もないのに、そんな事は……そんな事をしたら、あれらはどんな事をするか分りません」

「それをしないでいる方が、どんな事をするか分らないんですがネ……現に、公臣君だって私は――」

「ま、先生。はっきりした証拠――彼等に有無を言わせない証拠が摑めたら、その筋に訴えて処分してもらいますが、さもない限りは――今のような状態では、下手に手を出せば、藪蛇になりますから……」

「そうですかねえ……証拠を摑めた時は、お嬢さんが殺されてしまっていた、と言うのでは何にもならんと思うんですが……まあ、宜しいです。それでは、御希望に沿うて、お嬢さんの御身体を護るという方に全力を尽す事にしましょう……ですが、私は危険だと思ったら、私の思う通りの行動を取るという自由だけは、保留しておきますよ」

「ソ、そりゃ……しかし、徒らに彼等を刺戟しないで下さいよ。彼等を沈黙せしむるに足る証拠を握るまではネ……先生がこういう目的で家においでになってると、いう事も、彼等には絶対に知られないようにして下さいよ」

一体、何で公友氏はこんなに彼等を刺戟する事を恐れるのであろう。彼等の感情を刺戟した時に彼等が何をしようと、それを恐れるより、もっと恐れなければならぬ事が、現に起りつつあるのではないか。私は公友氏の頭がどうかしているのではないか、と思いたい位だった。自分の息子の命を取られたのかも知れぬ、という疑の上に立ちながら――そして、もしそれが事実とすれば、（そして、それが公友氏の話を聞けば、私には益々事実であり得るように思われてきたのであるが）更に同じ事が令嬢の上に起らないとは保証し得ないのに――いくら証拠がないからと言って、何を躊躇する事があるのであろう。……ひょっとしたら公友氏には、もっと違った事情――もっと深い秘密があるのではあるまいか、……公友氏の態度は私にこんな余計な疑惑をさえ、起させる底のものであったのだ。

しかし、ともかく、この冒険第二日の午前中の収穫は、相当大きなものだと言ってよかった。私はなお、茂樹についても公友氏に質してみたが、それは私が既に紅子から聞いている所より一歩も出なかった。従って、この会見の結果は、大隅武夫に対する私の疑惑をいよいよ深めた――と言うより、確定的なものにした、と言ってよい、と私は思ったが、それは公友氏の立場を透明なものであると仮定しての事であって、もしも更に私が用心深く疑うならば、「公友氏の言葉は、武夫に対する私の疑惑を確定的ならしめるのに力があった」と言うべきである、と私は考え直した。

三

老女中のお兼さんは、以前から私に好意を持っていてくれたので、私は今度ここへ乗り込むにつけては、必ずこのお婆さんから何か聞けるだろう、と期待していた。

で、私は、その日の午後この人を部屋に呼んできて、「私がここへ来たのは、実はお嬢さんの身に危ない事があっては不可ないから、それを護るためだ。大きな声では言えないが、公臣君の溺死にも疑がない事もないのだ」と、正直に事情を打明けて、中御門父娘の食事に万全の注意を払ってもらう事にした。女中はお兼婆さんの外に、若い小間使のお雪さんとお鈴さんという二人が居るので、あれには事情は明かせないが、お兼さんからそれとなく匂わせて、充分の注意を払わせる事にした。お兼さんは疑わしそうに私の顔を眺めたが万事承知したと頷いた。私は、それから、「お兼さんは若い時からこの家に勤め上げた人だから、何か公友氏公武氏兄弟の事について知っているかも知れない。あるいは、公友氏から聞き得なかったこの家の秘密を、聞き得ないものでもあるまい」と思ったので、お兼さんに「この家《うち》の秘密について知っている事があったら、私に教えてもらいたいのだが」と言ってみたが、お兼さんは何とも言えぬ不思議な顔をして、黙って部屋を出て行ってしまった。それは「何も知ってるけれど、何も知らぬ」と、拒絶した顔とも思えるし、「私は知ってるけれど、お前などに話せるものではない」と言った顔のようにも思われる。私は一寸思案に耽ったが、やがてもう一度誠意を示して押してみたら、何か得られそうな気がしないでもなかった。

私は、次には誰に当ってみようか、と考えた。紅子からは、もうあれ以上は聞き得ないだろう。武夫、嘉子、茂樹の三人に直接ぶつかってみるのも一策だが彼等の用心深さを考えると却ってこちらの疑を彼等に教えるだけで何も得られないという結果になるのではなかろうか。では、若い女中二人はどうだろう。これも一応訊してみる必要はあるが、お兼さんと違って、深い事情は知ってるはずはないし、うっかり手を出して敵方に通じられては敵わない。もう少し彼等二人をよく観察してからにしよう。……もう、外には居ないだろうか――と考えた時に、ビビビッと警笛が鳴って公友氏が玄関から自動車で出て行くらしかった。そうだ、運転手が居た。あれはもう六年も勤めているのだそうだから、主人の秘密は相当に知っているかも知れぬ。女出入りの噂のない公友氏ではあるけれど、あの通り年取ってはいてもどこか瀟洒たる美男子であり、昔と違って名門の出という事は流行らないはずだけれど、それでもある方面の女達には――否、ある方面でなくても、女達には依然魅力たるを失わないであろう。それに、第一、あの財産と、政界の名士たる現実的名誉とは、あるいは隠れた女の一人や二人居たって――否、居る方がむしろ不思議でないかも知れぬと言うものだろう。よし、そんな方面から案外重要な秘密への鍵が摑めるかも知れぬ……もとより私は単なる好奇心から、人の、殊に知り合いの公友氏の秘密を嗅ぎ出そうなぞという料簡は持たないけれど、今や私には人の生命を保全する重大なる責任があるのだ。そのためには、そういう一見犬のような真似をするのも、已むを得ないことだ――と、私は自分に言って聞かせた。

しかし、この運転手の山下君に近附くのには、意外な困難があった。と言うのは、彼は、大抵午前十時頃から夕方まで、主人と共に外出していた。それも、一日おき位の割で夜に入って帰邸する、という有様だったからである。しかし、私はこの困難を冒して、彼が早く帰った晩を見すまして彼を品川駅前の盛り場に誘い出し、酒場などに連れ込んで酒を飲ませ、色々他愛ない話をして打解けさせようと試みた。彼は長い顔の、目の細い、どこか象を連想させる、柔和な男で、だんだん私にも親しみを感じてきたようだったが、私が一寸でも主人の醜聞《スキャンダル》に類する事に話を持って行こうとすると、彼はどんなに管を巻いている時でも、ビクッと正気に返って言葉柔らかに話題を転じ、今夜こそはと意気込んだ名探偵を、忽ち失望させてしまうのであった。彼は主人からよほど厳重に口止めされているか、あるいは本当に何も知らないのであろう。私は、十日ばかりの間に四回も彼を誘い出す事に成功したが、遂に収穫は、公友氏は忠犬のような信頼すべき運転手を持った、と感心させられただけの事だったが、私のこの甲斐のない努力は、意外の方面から酬いられる事になったのである。丁度私が中御門家に乗り込んでから十日目の夜、もう十一時を廻っていた。私はもう、寝ようと思っている所だった。うっかり階段の足音にも気が附かずにいた私はいきなり忍びやかに扉を叩く音に驚かされた。深夜の訪問者は部屋の中へ素早く入ると、急いで後を閉め、それから小さなしゃがれ声で「御免なさいよ」と言った。お兼婆さんだったのだ。

　彼女は小さな身体をぎごちなく椅子に掛けると、狐のような細ッそりした顔をきっと上げて私の顔を凝視めながら、何か言い出そうとしたが、どうも言い出し兼ねている様子だった。私は黙って彼女に煙草を勧め、火を点けてやって、私も煙草を吹かしながら、じーっと彼女を眺めていた。これは効果があったらしい。やがて彼女は大分落着いた様子で、私の方に身体を近よせるようにして、まだ、昂奮の残る慄え声で話し始めた。

「先生。こんな夜分にこっそりお伺いして、本当に済みません。さぞお驚きになったでしょうね。でも、私はわざとこんな時刻に来たのです。人に知られると不可ないので……」

　私は今夜は、公友氏が留守であった事を思い出した。公友氏は時々――そう、一週間に一回位の割合で、熱海や湯ケ原へ、財界や政界のお交際いで出掛けるらしいのである。その留守を見込んで、お兼さんは私の部屋を訪れた訳である。彼女はまたじっと私を睨むように見据えて、思い詰めた風情で言い出した。

「先生。先生は一体何をしにここへいらしたのですか」

　彼女が何か話してくれるものと期待していた私は、あべこべにこんな露骨な質問を浴びせ掛けられて面喰らった。

「何だ。僕はお兼さんがやっと僕に秘密を話してくれる決心が附いたのかと思ったら、そんな事を訊きに来たのか。それはネ、この間も言った通りサ。僕はお兼さんを前から、信用してたから僕の秘密をお兼さんにだけ、すぐに打明けてしまったんだ。そうすれば、お兼さんも僕の味方になってくれる、と思ったからネ。……僕はお嬢さんの命を狙ってる奴が憎い。それは誰だかまだ確定しないけれど、誰であっても僕はそいつが憎いんだ。僕は必ずそいつを取って押さえて、その野望を挫いてやるんだ。お兼さんも、お嬢さんの身を思うのだったら、僕を敵に廻さずに、僕の味方になってくれなくては困る」

「先生、飛んでもない、先生を敵に廻すなんて……、私、先生が信用して下さったのを、有難いと思いました。でも、先生が本当にどんなお気持なのか分らなかったもんで、今日まで様子を見ていたんです。……先生は山下さんを一生懸命口説いていらっしゃいますネ。山下さんから聞きました。いいえ、心配は要りません。山下さんはやたらに饒舌りはしませんから、いいえ、私に饒舌ったのはネ、山下さんは先生の事を疑ってるんです。何か御主人の秘密を嗅ぎ出そうとしてるんじゃないかってネ。心配して私に相談した訳なんです。私は先生の御熱心に打たれました。先生の御気持が分ったと思いました。お嬢さんのために、あんなに一生懸命になっていてくれるのか、と思うと、私は嬉しくて……でも、先生、山下さんに訊こうとなさっても、駄目ですよ。あの人は何も知りません。いいえ、御主人は運転手なぞに隠し事を悟られるようなヘマな事はなさいません」

ああ、いよいよ彼女は「秘密」に触れてきた。私はわざと平気を装って、黙って温和しく聞いている。

「先生、今夜も御主人はお出掛けになりましたネ、熱海へ行くと仰言って……、いいえ、本当に熱海へいらっしゃったのかも知れませんが、いらっしゃらなかったのかも知れません。私は御主人が隠し事をなさってる事が、感じで分るんです。いいえ、私が御主人の秘密を知ってるから、分るのかも知れません。御主人はある所へいらっしゃるのです。いいえ、どこだか私にも分りません。山下さんだって無論知らないでしょう。知らないどころか、山下さんはそんな事疑ってみた事もないでしょう……先生。私だけが知ってるのです。御主人には隠し女があるのです」

私は、いよいよ来たナ、と思った。が、わざと冷淡に、

「その位、当り前じゃないかネ、あの位の人に二人や三人、女が居たって……」

と言ってやると、果してお兼婆さんは、激しい調子になった。

「いいえ、先生、それが大変なのです。お嬢さんが命を狙われていらっしゃるのも、そのためなのです。……公臣様の亡くなりなさったのも、先生の仰言る通り、殺されなさったのに違いありません。……ああ、恐ろしい。先生、聞いて下さい。私は知っているのです。御主人の秘密を……そして、誰がお嬢さんを殺そうとしているのかを……」

四

お兼婆さんのたどたどしい話しぶりを、要約しておくと、彼女は、例の公武氏の怨みの遺書の事は、無論知らないが、公友氏と公武氏の不和、それから公武氏の遺児

の武夫、嘉子が中御門家に引取られてから、子供ながらに彼等が公友氏に白眼を向けていたこと、公友氏も持て余していたこと、従って二人が前後して家を出た時は、一家に平和が戻ったような気がしたこと——などを語った。が、実は、この時、武夫の公友氏に対する敵意を、遂に救い難いまでに燃え立たせるに至った原因が、既に用意されていたのだった。……ここからが、私には新しい話だった。

問題は武夫が、満洲へ行く時に、伯父に託して行った情人の百合江にあった。武夫は年少で得たこの情人を心から愛していたらしく、伯父に泣かんばかりの顔附きで後を頼んで行った。百合江はカフェーの女給をしていた女だったが、その妖艶な美しさは一寸類いがなかった。「勿論、お嬢さん（紅子）のような、上品なお美しさとは違うのですが」、男心を唆る魅力に溢れた女だったらしい。それで、早くから妻に死別して孤独な生活をしていた公友氏が、この娘のような女の「魔力に騙された」とお兼さんは言うのだ。実際は、どちらから手を出したのか分らぬけれど、割に女の方面には悪い評判のなかったらしいこの人が、あの年になってそんな間違いをしたのは、まあ「魔がさした」のには違いあるまい。公友氏も自己の過失の重大さを知って、充分の金を与えて手を切ったのだが、お兼さんは「確かに、どこかに囲い者になされた」のだと、見ていた。その頃から、今まで旅行の嫌いだった公友氏の「熱海行き」が頻繁に行われるようになったのだ、と言うのである。「御主人はあんな女と別れたかったのだが、女に『私を捨てるなら、この事を武夫に告げる』と脅迫されて、已むを得ずそういう事になったのだ」と、お兼さんは、彼女自身の想像をまるで事実のように私に語るのだから、「こりゃよほど用心して聞かないと不可ない」と私は思った。

困った事は、まだこの百合江が家に居た頃に、公友氏と百合江との関係を、武夫の妹嘉子が嗅ぎ附けてしまった事だった。犬と猿の百合江と嘉子は、それでなくてさえ始終啀《いが》み合っていたのだが、とかく百合江の肩を持ち勝ちだった公友氏を、その事あってから嘉子はそのためだったと僻み、怨み、怒り、とうとう家を出てしまった訳だった。だから、今度、武夫が嘉子と共にこの家に帰って来たのは、その事を嘉子から聞いて、重なる怨みを晴らすために乗り込んで来たのに違いあるまいのだ——と、お兼さんは見ていた。彼等が知っているに違いない百合江の事を、ただ「家出をして行方が分らなくなってしまった」と言う公友氏の言葉を、咎め立てずに温和しく聞いているのが、何よりの証拠だ——と言うのだ。

　お兼さんは、公友氏に面を冒して、彼等を拒ける事を進言してみたが、それは容れられなかった。それは、公友氏は暗黙の中に、武夫に百合江の件で弱点を握られてしまっているので、うっかり強い態度に出たら、その「秘密」を発かれて、彼は名誉を失墜しなければならないからであろう。しかし、たださえ公友氏に白い眼を向けていた武夫が、こんな事を聞いては、どんな事を仕出かすか分ったものではない——そう心配している矢先に、公臣君の溺死事件が起ったのだから、お兼さんは、「さてこそ」と慄え上った。で、彼女は、武夫が公友氏に復讐するために、まず公臣と紅子を殺して公友氏を苦しめようとしているのだ、と、考えた。で、「今度はお嬢さんの番だ」と思うと、早くから母の亡い紅子に、ひそかに親代りの気持で、慾得離れた愛情を捧げて仕えてきた彼女は、心配と恐ろしさで夜も寝られず、一人その胸を痛めていた。そこへ私が乗り込んで来たので、彼女は私と二人で相談して何とかしたい、と思ったが、私の気持を見定めてからと思って、様子を見ていたのだ——というのだった。

　私は何もかもはっきりした、と思った。亡父の臨終に憎悪と怨恨を叩き込まれた武夫が、更に自分の愛妻を当の仇に奪い取られるに至っては、どんなに残酷な復讐を思い立ったとしても、不思議ではないかも知れぬ。思うに彼は、当の公友氏一人を一思いに屠っただけでは、満足し得ないのであろう。二人の子供をまず血祭りに上げて、「今度はお前をこの通りにしてやるぞ」と苦痛と恐怖を味わい尽させた上で、最後の止めを刺そう、というのに違いない。公友氏の方で、それと疑っても、容易に強硬な態度を採る決心が附かない理由も、ほぼ呑み込めた。公友氏も言ってるように、のっ引きならぬ証拠を摑んで確実に相手を罰し得るのでなければ、相手を切ろうとする刃であべこべにこちらが致命傷を蒙らされる危険がある。公臣君の場合のように、犯罪か犯罪でないか誰にも分らぬ——恐らく、死んだ当人にさえも分らぬ——ああいう、あやふやな事件では、どんなに動機が充分であろうと、それで犯罪を決定する事は出来ないに定まっている。公友氏が手が出せないのも、無理はないと言うべきであろう。敵はこれを充分計算して掛っている仕事なのだ。最後の場合はともかく、公臣紅子殺害には絶対に犯跡を残してはならないのだ。動機は充分なのだから、少しでも疑わしさを残してはならないのだ。そして逆に、それさえ注意深く完全にやれば、どんなに動機が充分であろうと、法律はこれを罰する事は出来ないのだ——ここに、この事件の狂的なまでの険悪さの必要性が生まれた訳なのだ。そして、その陰険さは唾棄すべきであるが、犯人の身になって考えれば、救い得べき手を差伸べずして肉親を悲境に憤死せしめたり、託された女性の貞操を蹂躙して恋人から背かしめたりする所業は、よし法律では処罰し得ないとしても、道徳的観点からすれば「殺人」と何ら撰ぶ所のない重罪でなくて何であろう。この法律で罰し得られない、残酷な道徳的犯罪の被害者が、その訴える所のない憤懣を晴らすために、己れもまた、法律で罰し得られない、残酷な方法で、復讐を図ったとしても、それを「陰険」の一語で貶《おと》しめ得るであろうか……私はここまで考えて、この事件の悚《ぞっ》然とする恐ろしさに、背筋が寒くなる気がした。

が、私は、あの胸に恋の蕾を抱いて、青春の花まさに開かんとする若い命を毟り取られて行った公臣君の、まだ子供っぽさの抜けぬ、繊細《デリケート》な高貴な顔立を頭に描き、犯人の陰険な脅迫に戦きながら、必死に私に救いを求めている美しい紅子の容貌を瞼に浮かべるとそんな罪のない命をむざむざと復讐の犠牲にして顧みようとしない残忍な犯人に、やはり限りない憎悪と瞋恚《しんい》を感じずには居られないのだった。しかし、これも犯人にしてみれば、亡父の刑期中に死んだ母親の事を言い出したいかも知れぬ。所詮は、理窟を超えた、人間に宿命の、憎悪と憎悪との闘争であるのかも知れぬ。自分の身に近いものを護って、互に命の奪い合いをやる、原始民族の闘争と、何の異る所があろう。よし、それなら、敵はその憎悪の打ち合いの埒外にあって屠られた、母のために闘うがよい。私は同じく憎悪の衝突の埒外にあって犠牲に上げられんとする紅子のために闘うのだ！

私は、あの禿鷹のような贋ホームズの顔を頭に思い浮かべてみた。あの陰鬱な暗い眼は地獄の底を凝視めている眼に違いないのだ。私は、あの汚れた悪魔の爪に、私の清らかな天使の胸を引き裂かしめてはならない。私は、何としても、これから行われんとする残酷な犯罪を許しておく訳には行かないのだ！

あのお兼婆さんさえ、さっき言っていたではないか。あの長い話の末に、二人は暫く沈思に陥ったが、私が思い余って、

「こういう、確かにあいつだ、と見当は附きながら、

実際には何の摑み所のない、陰険な犯人に対して、お兼さんは一体どうしたらいいと思うかネ」

と訊いたのに対して、お兼さんは暫く狐のような細い顔を俯向けて考えていたが、思い切ったようにキッと顔を挙げると私の眼を真面《まとも》にじっと凝視めて、言い出した。

「殺《や》ってしまうのですよ。……先生、その覚悟は附きませんか。あいつを殺ってしまうのですよ。お嬢さんを殺そうとする、あいつを殺ってしまうのですよ。此方が殺らなければ、向うが殺るのですからネ。……いいえ、先生が出来ないなら、私がやります。私はこんなお婆さんですから、あと何年の命でもありません。この年取った婆アの命で、お嬢さんの若い命が買えるんなら、私は喜んで命を差上げますよ。こんな悪者を黙ってのさばらしておかなければならないんなら、私は死んでしまった方がましです！」

私はさっきのお兼さんの昂奮した表情を思い浮かべ、その一途な誠意に心を動かされた。そして、私も次第に心が昂揚して来るのを感じた。そうだ。私だって紅子を愛する事において、敢えてお兼さんに譲るものではない！　と、私は一人呟やいてみた。私だって、いざとなったらやる。しかし、今はまだその時機ではないのだ。彼の犯罪であるかどうかが、ただ私には本当には確認されないのだ。莫然たる疑で事を決行する訳には行かぬ。血迷ってはならぬ。どこまでも理性にかなった行動をしなければならぬ。さっきのお兼さんの話とて、公武氏の事情や、百合江の件は、恐らく事実であろうけれど、それにしても、武夫が伯父を怨んでるという事が分るだけで、伯父の子を殺す意図を持っている事を実証する何物もある訳ではないのだ。第一、お兼さんの話では、武夫一人が怪しいのであるが、実際には、茂樹を見落としていいものかどうか。武夫に比べては、悪党らしい感じは劣っていて、たとえ共犯者としても、せいぜい武夫の命を受けて踊る傀儡に過ぎぬと思われるが、しかし、それもただ感じの問題であって、勿論、そうと決める何らの根拠もない。そして、茂樹として、充分紅子の命を狙ってもいい因縁はあるのだ。そこを武夫に利用される、という事も考えられる訳だが。それから、嘉子とて、公武氏の子であり、武夫の妹である嘉子は、茂樹以上に嫌疑を掛けられていい資格があるかも知れぬ。……

とにかく、私は彼等の尻尾を摑まえなければならぬのだ。尻尾を出さない彼等の尻尾を、私は必ず摑まえてやるのだ。私等は必ず近い中に、次の手を講ずるに違いない、第二の犠牲に向って。その時こそ、私はその手を引ッ手繰って、とったりを食わせてやるのだ。敵は密林の猛獣のように、身体を隠して此方の隙を窺っているのであろう。此方も、その敵の出る隙を狙ってやるのだ。敵の動き出す鼻を引ッぱたいて、一瞬に勝敗を決するのだ……こう考えて、私は明日からの闘争への期待に胸を躍らせた。

第四章　護衛

一

しかし、私の期待にもかかわらず、彼等は何らの動きをも見せなかった。彼等は私の目的を嗅ぎ附けて、用心しているのであろうか。それとも、用心深い彼等は人目の多い東京の家では敢えて火中の栗を拾おうとしないのであろうか。無理な危険は冒さずに、悠々と機会を待っているのであろうか。それとも、私のような邪魔者が入ったからそれが痺れを切らして退散するまで手を出さずに、待っていようというのであろうか。

私が中御門家に乗り込んでから最初の十日間には、私は相当な収穫を挙げ得た。私は、殆んど確定的に犯人を――少くとも、犯人の範囲を、決定し得た、と思った。あまり容易に犯人が確定して行ったので、あるいは何者かの策略に乗せられて、間違った方向へ走らせているのではないか、と反省してみたりしたが、考えてみると、犯人は、私がここへ住み込む前から、この程度には分っていた、とも言える訳だった。それに、犯人が確定したと言っても、それはどこまでもこちらの想像の上だけの犯罪であり、犯人であって、現実的には少しも犯罪の証拠を摑み得たわけではなかった。そして、その嫌疑で公の手によって、犯罪を詮議しようとすれば、被害者の一家が迷惑するという、極めて厄介な事件でもあるのだ。そして、私の想像の犯人、及びあるいはその共犯者であり得るかも知れぬ連中共は、一見極めて温厚な態度を持していて、少しも犯罪の気振りも示さないのだった。

そして、私の想像する犯人達の、極めて紳士的な（そして、淑女的な！）柔和な、当り触りのない、従って摑み所のない応待の中に、空しく一月《ひと》が経って行った。無事に一月が経って行った。――と私は喜ぶべきであったのだろうが、私はもうこういう不明朗な犯罪の監視にすっかり厭き厭きしてしまったのだ。いっそ何か事件が起きてくれる事の方を、私はひそかに望んでいたのかも知れぬ、と私は苦々しく反省しなければならなかった。もしも、中御門家の複雑な家庭事情――茂樹と紅子との間の経緯《いきさつ》、大隅兄妹の公友氏に対する関係等を忘れ去るならば、私は一番最初に戻って、総べては紅子の思い過しではないか、と考えたくなる位だった。いや、その陰険な彼等の家庭事情を考えても、私はもはや初めの中のような情熱を持ち続けていることは出来なくなった。それほど、中御門家は無事平穏に過ぎて行ったのである。

犯人共が私というものの監視を恐れて、手を出す隙がなかったと言うのならば、大いに私も満足してしかるべきだが、彼等は私の存在なぞ無視して、初めから人目の多い東京の家では、全然、手を出さぬことに定めているのではあるまいか、と思われた。――こういう厭怠に陥る事は敵の謀略に乗せられる所以であるとは思いながら、私はそれをどうする事も出来なかった。もし紅子という美しい人が居なかったなら、私はこんな生活にはもはや一日も堪えられないだろう――と、私は一人呟いてみたりした。そして、それはそうに違いなかったのだ。最初は紅子のために、私はこんな冒険を敢えてする気になったのだ。しかし、今はその紅子によって、あべこべに私が慰められているという、妙な状況になってしまった。

私は既に許婚者のある人に、こんな風に慰めを感じたりする事は、よくない事だと思いながら、無聊に苦しむ私を慰めるために紅子が誘ってくれるままに、私は彼女と連れ立って芝居へ行き、映画を見、時には父君の自動車で郊外にドライヴを試みたりして、一日の清遊を恣《ほしいまま》にすることさえあるのであった。

許婚者の阿部知彦氏は、月に一回ぐらいの割で訪ねて来るようだった。彼は紅子を好いている事は明らかだったが、非常に礼儀正しく愛情を示す性質の男であるらしかった。お兼さんの話では、「阿部さんはあれでなかなか女にだらしがないという噂のある人で、それだけが欠点です」と言うのだが、私はむしろ、そんな噂は本当に噂に過ぎないと思いたい位、感じのいい青年だった。もっとも、そういう種類の人は概して当りのいいものではあるけれど……。阿部氏は、来れば、紅子を芝居や映画に誘い出したり位はするのだった。そんな時に、私は甚だ筋のない事ながら、妙な憂鬱に陥っている自分を発見して、今更自分に目を瞠る気持だった。

阿部氏は、人柄がいいのか、温厚で内心を色に出さない人なのか、あるいは慧眼に私が何もし得ない男である事を見抜いていたのか、とにかく、私という妙な存在にも何の懸念も示さず、顔を合せれば愛想よく私に挨拶するし、紅子を通じて私の事を聞くとみえて、わざわざ私の部屋へ紅子と一緒に入って来て、探偵小説の話をしてみたり――しかし、彼が本当に探偵小説を好きで読んでいる人でない事は、少し話をしてみると、すぐに私には分るのだったが、私はそんなに興味も感じていない小説について私に話を合せようとする彼の人柄に、却って心から敬意を表せざるを得なかった。そして、この人のために、私はどこまでも恥ずかしくない態度を持して行かなければならぬ、と自ら言い聞かせるのだった。その上、彼は紅子と外出する時に、私にも一緒に行くように勧誘したりさえした。私は驚いて、「今日は仕事がありますから、甚だ残念ですが――」と言って辞退するのだったが、彼の寛大な気持には打たれざるを得なかった。私はそれ故に余計彼の勧誘を辞退しなければならないのだったが、それればかりでなく実際は、この私よりも確か一つ位の年下の若い貴公子を、彼女と二人だけで自由に遊ばしてやろうとする気持よりも、そんな二人にくっ附いて行って、自分のみじめな立場を真正面から、凝視めなければならぬ事を、恐れているのかも知れなかった。

そう言う彼に対して、私は紅子と二人だけで外出したり、ドライヴまでするのは悪いと思いながら、しかし、毎日の陰険な敵との鬱陶しい睨み合いに堪えられなくなっている私は、彼女に誘われると、もう何の顧慮もしている暇はなく嬉しくなってしまって、一緒に出掛けてしまうのだった。そして、私の勝手な想像では、彼女も彼と外出するよりは、私と一緒に出る事の方を好んでいるように思われるのだった。一緒に多摩河畔なぞへドライヴに出ると、彼女はキャッキャッと、朗らかな笑い声を立てて、少女のようにはしゃぐのであった。運転手の山下君は今は非常に私を信頼していて、この若い、血の気の多い護衛者を、全く何の気を廻す事もなしに、これも護衛の任務の一部分だと心から信じているらしく、彼は彼なりに私に感謝して、そういうドライヴから帰ると、彼は私に対して「どうも御苦労様でした」という奇妙な挨拶をするのであった。

私は皆からこういう信頼と敬意を払われて、手も足も出なくなって行く自分を感じて、益々憂鬱になって行くのだった……。

二

こうして一月が経ち、二月が経った。十一月に入ってすっかり日が短くなった一日、私は紅子と一緒に丸ノ内で映画を見てから、お濠傍を散歩した。紅子はその名前からきた好みであろうか、紅い色を好んで用い、またそれが白皙の顔によく似合った。今日も、日本人には少し大胆過ぎるような真紅の外套が、燃え立つように鮮かであった。二人はいつの間にか腕を組んで歩いていた。夕暮のお濠傍は、人恋しさに胸を締め附けられるような、甘い悲しい晩秋の感傷が漂っていた。

「ねえ、紅子さん。何ンにも起りませんねえ。もう、どうやら僕の護衛も要らなくなって来たような気がするんですが、どうでしょう」

「アラ、……どうしてそんな事仰言るの？　先生、もう厭きちゃったのネ？　早いわねえ」

彼女は怨めしそうに私を睨んだ。

「いいえ、厭きはしませんけれど……どうやら、我々の疑心暗鬼じゃないかと思えて、仕方がないのですよ」

「それが敵の謀略よ。先生は敵の謀略に引ッ掛っちゃったのネ」

それは私にもよく分っていた。だが、私はどうにも堪えられなくなってしまったのだ。私は敵の謀略に陥る事を防ぐために、私の仕事を持込んでみた。しかし、絶えず私を圧迫している陰険な敵の目を感じては、仕事に全心を打込む事は出来ず、この三ケ月ほどの間に何一つ仕事は成果を生まなかったのだ。私は、仕事はただ私の退屈を紛らす手段に過ぎなかったから、収穫の得られない事は少しも苦にならなかったが、仕事に精神を打込めない事は、一層私の焦燥を高める事になった。

彼等は時々私に会うと、「お仕事は捗どりますか」とか、「いい小説がお出来になりまして？」とか、「近頃はどうです」なぞと言って、（私の僻みかも知れぬが）私を揶揄うのだった。私はそれが口惜しくて、「ナアニ、長篇に取掛ってますから、これだけで半年や一年は退屈しません」なぞと言って、却って、退屈して困ってる事を敵に見透かされるような事を言ってしまったりした……

「ねえ、紅子さん。さっきの映画でもそうだったけど、探偵小説では、犯人は被害者に脅迫状を送ったり、探偵に挑戦したり、密室で物凄い殺人を行ったり、とにかく、自己の犯跡は昏ましても、何とか相手を退屈させないだけのお芝居はやってくれるのですよ。それがために、結局摑まっちまうんだから、実際には馬鹿な話だけれど……密室で、しかも殺人である事の明らかな犯罪なんて、これほど馬鹿げた話は、実際問題としたら、ないって言う人もあるけど、そこが犯人の茶気のある所で、嬉しい所なんですよ。ところが、僕等の場合は、犯人はあまりにも現実派でちっともそういう茶気がないんだから、厭んなっちまう。こちらは多少とも詩人なんだから、向うも少しは考えてくれなくちゃ……」

「オヤオヤ、探偵が悲鳴を上げちゃったのネ。じゃ、私が命を取られて、先生の退屈をさまして上げなくちゃならなくなっちゃうわ。……命を狙われてる被害者が、無事に毎日平然と暮らしていられれば、探偵は大成功と言うものよ。名探偵が事件に関わりながら、後から後から殺人が繰返されてくのなんか、探偵の恥だわね……、そう思えば、以て冥すべしよ」

「以て冥すべし、はいいですがネ。僕が名探偵で犯人が手が出せないってんなら、いいんですがネ。……何しろ、敵の方は、たった一人の人間を狙って、日限を切らずに、何年掛っても殺っつけさえすればいいんだから、向うは勝手に休みたい時に休んで英気を養っておいて、隙を見附けていざという時に、全力を挙げて飛び掛ればいいんだからいいけど、此方はいつやられるか分らないんだから年中緊張していなけりゃならない。こりゃとても敵わない」

私は紅子が憂鬱そうに顔を顰めて黙り込んでいるのに、気が附いた。私はこの美しい人にどうにもならぬ私の退屈を訴えて心を痛めさせている自分を反省した。いつの間にか、二人は日比谷の交叉点まで来ていた。宮城の杜は暗く、ビルディングの窓は明るかった。

私は散歩の間じゅう、私の勝手な愚痴で相手を悩ました事を恥じた。私はもうこんな詰まらぬ泣き言は決して口にすまい、と思った所が、そう思いながら、殆んど私の意志とは無関係のように、私の口を突いて、またしても同じ愚痴が飛び出してしまった。——

「実際、そういう陰険な犯人どもには、敵わないなあ……」

紅子はじっと私を凝視めて、悲しそうに言った。

「ほんとに先生にはお気の毒だわ。……ああ、私どうしたらいいんでしょう」

三

しかし、この遣り切れない事態は、十二月に入って、意外な方面から呆気なく解決されることになった。

それは、根気よく紅子の気持を待っていた阿部知彦氏が、とうとう待ち切れなくなって結婚の促進方を申込み紅子が家の事情で、即ち大隅兄妹が家に入り込んでいるので当分彼に来てもらう事が出来ない事を言うと、彼は、「今まで彼の家に居た次兄夫婦が、今度は九州へ転勤になって、その住んでいた離れが空いたのでそこへ入って新家庭を持つ」ことに事を運んでしまった、これを聞いて中御門氏も驚いたが、私に相談を持込まれた。私としては、異論のあろうはずはなかった。私は、阿部氏にこの家へ来てもらって、悪人共を追ッ払ってしまう方が、更に徹底していていいと思うのだが、中御門氏にその決心が附かない以上、紅子がこの危険な連中から逃避するのが、差当っての良策である事は、私が前から考えていた所だった。で、早急に話は決まって、正月早々に輿入れすることになったのだ。

私はこれによって、彼女の危険が最も当り触りのない形で解消される事になった事を、喜ばなければならなかった。しかし、こうなって見ると、私は今までの、彼女と同じ軒の下に暮らした四ケ月が、今更懐かしく思い返されるのだった。陰険な犯罪の危険に脅かされた、奇妙な事情の下にではあったけれど、心の底ではもはや愛している事を自ら否み得なくなった紅子と、僅かな月日ながら、一緒に暮らし得たことを、この上もない幸せだったと、私は考えないでは居られなかった。

紅子も、最初は必ずしも反対もしなかったようだったが、話が進むに従って、やはり私と同じような感傷的な気分に陥って来たらしかった。ああ、私が彼女にあんなに「退屈」を零《こぼ》さなかったなら、紅子は最初からこんな申出に賛成はしなかったかも知れなかったのだ。彼女は今更私に向って、

「ねえ、先生。敵に後ろを見せるのは厭だわ。私は今のままの生活を、何年でも頑張っていたいの。先生さえ居て下されば……ねえ、先生。父にそう言って、断わって下さい。先生が反対して下されば、父も承知するわ」

などと言い出したりするのだが、どうして私にそんな

事が出来よう。

私は痩せ我慢をして、自ら「やれやれ、これで俺の護衛の役目も無事に終った」と言ってみたが、さっぱり嬉しい気持はしなかった。——しかし、実際にはまだ私の役目は終った訳ではなかった。彼女の輿入れは正月なのだ。まだ一月ばかりあるのだ。あともう一月！……、こう呟いて、私はいよいよ紅子と一緒に暮らし得る最後の一ケ月を、急に残り少く思い始めるのだった。

ところが、私の任務が終りに近附いた、この十二月の末に至って、初めて私が中御門家に住み込んだ目的の仕事がその必要性を発揮し、私がもはや退屈を歎かなくなった時になって、初めて私の冒険が要求される事になろうとは、何という運命の皮肉であろう。しかし、それは決して偶然のめぐり合せではなかったのである。紅子の輿入れという事が、辛抱強い敵にとうとう最後のスプリングボードを与えたのだ。鳴りを静めていた敵は、この事態の急変に今までの態度を改めて、獲物に対して急攻撃を敢行する機会を虎視眈々と窺う事になったのであった。

四

紅子は、何の効果もなかったようにさえ思われる私の護衛の冒険を記念するために、そして、二人の数年に亙った美しい友愛の最後の思い出とするために、この年末の数日を、彼女が昨年の十二月に女子大生仲間で行った、上越国境狼嶽山麓のS温泉へ、スキーをしに行こう、という計画を立てた。S温泉なら、私も行った事がある。狼峠へ登って、狐の湯の古風な温泉に浸《つか》った思い出もある。私も大いに心を動かされたが、しかし、これは結婚を目前に控えた許婚者のある娘として随分乱暴な話でもあるので、私は最初この計画を紅子から聞いた時、「阿部君と一緒に行くんなら」と答えた。彼女は「意地悪！　またあんな事を言い出す……」と言って、私を嫣然と睨むのだった。私はこの可愛いい人が、間もなく私から遠く離れてしまうのかと思うと、ちょっとした誤りから別々の軌道に乗って走り出してしまった私達を、今更、どうにもならぬ事ながら、口惜しく、哀しく思い返さずには居られなかった。

紅子は早速電話を掛けて問い合せ、「阿部さんは年内は一寸むずかしい。行けたら、後から行きますから、先生と先に行って下さい、という返事だった」と報告に来た。それで、彼女はもう二人で行く事に決めているらしいのである。私が「貴女と二人だけでは厭だ」と言うと、彼女は仕方なしに、「じゃ、去年行ったお友達を一人連れて行こう。それならいい?」と言うので、私は渋々承知した。しかし、私とて、本当は、彼女との最後に違いない一冬の思い出を、清い愛の思い出を持ちたくないことはないのであった。

ところが、彼女と一緒に行く事になっていたお友達というのが、旅行の二日前に、急に肺炎を起してしまって「行かれない」と断わって来た。彼女は急に、他の友人達に連絡を試みたが、どれも、うまく行かないので、苦し紛れに嘉子を誘ってしまった。

これが悪魔に、乗ずる隙を与えた事になった。否、彼女の輿入れの話が決まって以来、虎視眈々と機会を窺っていた悪魔の方では、私もその事を察していると思ったに違いないから、紅子の勧誘を私達の挑戦と思ったかも知れないのだ。

嘉子は早速紅子に快諾を与えたが、その晩兄の武夫と茂樹も一緒に行きたいと言ってるがいいだろうか。と、紅子に申し入れた。紅子は驚いて「困るわ」と言ったが、これはほんとの感じだった。しかし、彼女には断わる口実は見附からなかった。こういう風に、みすみす危険と知りつつも、それをはっきり口に出して断わる事は出来ない、そういう穏かな敵の態度である訳なのだ。彼女が当惑していると、

「いいじゃないの。貴女との最後の冬ですもの、皆お別れをしたいのよ。ネ、先生と相談してみてよ。きっと、いいって言うわよ」

こう言って、嘉子はさっさと部屋を出て行ってしまった。それで、紅子は私がもう寝ようと思ってる所へ、飛び込んで来た。彼女はこの重大事態を報告して、

「だから、二人っきりで行きましょう、と言ったのに。先生が変な事仰言るもんだから、こんな事になったのよ」

と、怨み言を述べた。

紅子は、この旅行はもはや不可能になったものと思っている。私も彼女の考え方が穏当だと思った。せっかくここまで無事で来られたのに、わざわざ東京離れて彼等の毒牙に曝される危険な旅行は避けなければならぬ、と

思った。

するとそこへ階段をバタバタ踏み鳴らして嘉子が私の部屋へ顔を出した。

「あ、紅子さん頼みに来てくれてたのネ……私、話が面倒そうだから、自分で来てみたのよ。どうだった？　アラ、駄目なの？　……ねえ、先生、いいじゃないの？　兄達も言ってたわ。先生が御邪魔でなかったらば、ってネ」

私は嘉子の顔を凝視めた。この武夫の伝言は、表面、私と紅子との旅行を邪魔しては……という遠慮に見せ掛けて、実は、その底に私への初めての敵の「挑戦」が潜められている事を、私は感じたからだ。……いや、そんな余計な事を考えずに、断わりさえすれば、よかったのだ。何も敵は、表面切って挑戦して来た訳ではなかったのだから。……しかし、私は多少神経質になっていた。

それに、武夫、茂樹の参加を拒めば、嘉子も当然一人だけ蹤いて来るはずはあるまい。そうすれば、私達も旅行を止めなければならない。いや、武夫、茂樹の参加を拒むにはその理由がないから、私達の旅行そのものを、私の仕事の都合で中止する事になった、とでも宣言する外はないのだ。……私は、こんな事のために、私達の最後の思い出の旅行がオジャンになる事は、やッぱり惜しかった。こんな事になってみて、私は紅子との旅行に、どんなに自分が期待を掛けていたかを、初めて知ってびっくりした。

「ねえ、先生、連れてってよ。……兄が言ってたわ、先生お困りかしら、って……」

先生がお困りだと？　……私はいよいよ露骨な敵の挑戦を感じた。気のせいか、嘉子は口では丁寧な言い方をしながら、顔にはあけすけに冷笑を見せているように、私には感じられた。

紅子も、それを感じたようだった。紅子は頰を紅潮させ、目や輝かして、私に「行きましょう！」と促しているように見えた。——勝気な彼女には、敵の挑戦にむざむざ頭を下げて引ッ込んでしまう事は、死ぬより辛いかも知れぬ。「よし、それなら！」——私は漸く決心が附いた。

「そうですか。いいえ、別に僕の方には差支えありません。一緒にいらっしゃっても一寸も困りやしません、って兄さんに言って上げて下さい。しかし、あんまり面白くないかも知れませんよ、ってネ」

前の公臣君の場合は、美事に完全犯罪を遂行したかも知れないが、今度は私という護衛者が附いてる以上、そう易々と御注文通りには参りませんよ！——こういう意味を、私は含めた積りだった。

「よかった！　それじゃ、明日の晩、出発ネ！」

嘉子は大袈裟に喜んで見せた、それは勝ち誇った凱歌のようにも思え、また、もう考え直しても受附けませんよ、という宣言のようにも思われた。

それから、嘉子は急に小声になって、紅子に「貴女、何着てく？」と、さすがに女らしい相談を始めた。結局、ズボンは揃わないが、上着はお揃いで白のブラウスを着て行こう、帽子も白がいいわ——というような事で、割に簡単に落着し、

「それじゃ、気の変らない中に、帰ろう、っと」

と、腕白小僧のような言い方をして、バタバタと嘉子は出て行ってしまった。

五

二人っきりになると、しんしんと冬の夜の、身にしみるような静けさが感じられた。急に、遠くで消防自動車のサイレンが鳴り響いた。それが聞こえなくなると、静寂は前より一層深くなった。二人の息遣いが、可笑しい位はっきり聞かれた。

二人は顔を見合せて、互に探るように昂奮した眼を覗き合った。

「大丈夫ですか？」

私は小さい声で訊いた。紅子は、子供のようにウンウンと頷いて見せ、昂奮した声を強いて押さえ附けて言った。

「先生がそばに居て下されば！」

ああ、この可憐な美しい人を、残忍なる悪魔の手にむざむざ殺させてなるものか。私は、私の命に換えても、この人の命を護り通して見せる！——私はこう決心して、彼女を部屋から送り出した。

彼女は別れ際に、ふとまた私を見返って、私の眼を強く見据え、

「先生。私はどんな危険を冒しても、弟の仇が討ちたいんです！」

と、声を低めて、しかし、執拗な意志を籠めて囁いた。

ベッドに入ってからも、私は異常な昂奮に寝つかれなかった。——私は次第に、私のしようとしている事が、

不安で堪まらなくなって来た。ああ、私は飛んでもない事をしてしまった。あんな敵の挑戦（それも、私が一人で勝手に臆測しているだけかも知れぬのだ！）に応じて、わざわざ愛する紅子を危地に陥れる必要がどこにある。馬鹿々々しい意地ッ張りは止せ。今やもう一月足らずで、彼女を安全地帯に送り届ける所まで来たのではないか。もう、一寸の辛抱だ。我慢しろ。今からでも遅くはない。今度の旅行は中止しろ。中止しろ。……私の心は、こう叫びながら、一方で私の耳には敵の嘲笑が鳴り響いて止まぬのだ。

「どうです。華々しく、最後の決戦をやりませんか。この期に臨んで、何を躊躇してるのですか。これを貴方は長い間痺れを切らして待っていたのじゃないんですか。……それとも、あれは此方が手を出さないと知っての、強がりに過ぎなかったのですか。……ハハハハ、そんなだらしのない先生なら、早く頭を下げて、引ッ込んで下さい。何アニ、無理に先生を虐《いじ》めようとは言いませんよ。先生が頬被りをして、次の保護者に引渡そう、ってのなら、それでも構やしませんよ。此方は、新しい保護者と闘争を開始するだけですよ。何アニ、いつかは目的を果さずにはおきません。それにしても、先生はうまく責任を逃れましたネ。へへへへへへ、運がいいですネ、先生の手を離れたら先生の責任ではありませんからネ。先生は気が咎めなくて済む、と言うものですよ。へへへへ、それが悧口な遣り方と言うものですよ。しかも、先生は酷いや、彼女が新しい保護者に身を任せる気になったのも、先生が「退屈だ、退屈だ」って零したのが原因だそうじゃありませんか。ずるいネ、先生も、ヒヒヒヒ……オヤ、それでも、お怒りになる気力は持ってらっしゃるんですか。へええ……そんなら、どうです。一つ思い切って一勝負……ハハハ、此方も、相手にとって不足ながら、今度は一つ、この前のような闇取引でなく、間抜けな名探偵の目の前で完全犯罪を遂行してお目に掛けたい、と思ってるんですがネ、へへへへへへ」

——私はやッぱり、さっきの決意を遂行しようと決心した。今、私がやらなければ、禍は後に遺されるのだ。私は私の命を賭けて、敵の挑戦に応じ、敵の意向の裏を掻いて敵の企図を粉砕し、陰険な敵の魔手から紅子の命を護り通して、敵の鼻を明かしてやらなければならぬ。否、あべこべに、敵の動き出してきたのを幸い、私は敵ののっ引きならぬ尻尾を摑まえてやるのだ。私は身命を賭して、彼女の命を風前に消える一瞬の危きに救い、敵の殺人の意志を未遂に引ッ捕えて、前の公臣殺人の既遂の事件と併せて、敵を絞首台に送ってやるのだ！　そうだ、将来の禍根を絶つ絶好の機会《チャンス》だ。……もしも不幸にして私が敵に敗れ、愛する紅子の命を敵の手に散らさせるような事があったら、その時は勿論、私はのめのめと甲斐なき命を貪ぼろうとは思わぬ。已に手套は投げられたのだ。もはや、後へは退けぬ。美事、敵が間抜けな名探偵の目の前で完全犯罪を遂行し終わせるか、あべこべに、私がその敵の出鼻を引ッ捕えて尻尾を押さえ得るか。勝負は二つに一つ。私は潔く全力を奮って、愛する紅子のために、悪を殲滅《せんめつ》してやるのだ！　……

　こう考えて、私は昂奮のあまり、ガタガタと全身が武者震いに慄えるのを感じた。

第五章　決戦へ

一

　二十二時五十八分上野発新潟行上越線の夜行列車は年末のスキー客で満員だった。それでも、我々の一行七名はうまく塊まって腰掛ける事が出来たのは幸いだった。私は紅子を窓際にやって並んで座った。武夫と嘉子とは私達と向き合た。彼等と背中合せに、茂樹と運転手の山下君が向う向きに座り、茂樹と向い合って小間使のお雪さんが、窓際にこちら向きに座っている。山下君やお雪さんを連れて来る事にしたのは、今朝になって急に私の考え附いた所で、紅子を狙っている仮想敵が三人だから紅子を護る味方も三人にした訳である。私一人では目が届かない事を恐れての緊急措置であったが、三対三なら、フェアでないという事はあるまい、と私は一人で言訳しているのである。

私はこのように極めて闘志満々として、決闘場にでも行くような意気込みで出て来たのであるが、私の仮想敵は――ああ、何とした事であろう。昨夜あんなに私を刺戟し、私を昂奮させた、あの敵の挑戦とは、私の疑心の生んだ暗鬼に過ぎなかった、と言うのであろうか。彼等はいつものように――否いつもよりもっと他意なく、無邪気に、親しげに、振舞っているのだ。私は何かはぐらかされたような気持で戸惑った。彼等は、――大隅兄妹と茂樹とは、私を先導者格《リーダー》に祭り上げて、「先生、先生」と、下にもおかず話し掛けて来るのだ。贋ホームズの眼は相変らず暗いけれど、それでも今日は努めて明朗に、嘉子と紅子の他愛ない話に、横から冗談口を出してみたり、私に、秋から昔の縁故でまた勧めるようになった、新聞社の写真取りの話なぞを、面白そうに話して聞かせたりしている。お調子者の茂樹君に至っては、上野を出て何分も経たない中から、お雪さんの荷物の中から蜜柑や林檎を取り出しては、背板の上からまるまるした身体をこちらへ乗り出すようにして、

「ホラ、先生、蜜柑はいかが。ホラ、紅子さんも。ホラ、武夫さん、それから嘉子さん……先生、次は林檎……」

といった調子で、わざと一つずつ手渡して寄越したり、

「先生、先生はスキー、どの位出来るんですか、……いや、失礼。どれ位上手なんですか、って言う所だったんですよ、ハハハハ」

なぞと、このデブちゃんは、子供のように一人ではしゃいでいる。

嘉子も――昨夜あんな挑戦（と、私が勝手に考えたのかも知れないが）に来た事も忘れて、険しい顔を綻ばせて、愉快そうに紅子と巫山戯合ったり、私に探偵小説の話をさせようとしたり……とにかく、無邪気で朗らかである。殺人を計画しているようではない。

が、そう言えば、紅子自身も彼等に劣らず、何の心配もなさそうに朗らかに談笑しているではないか。紅子だけは、これは確実に、無邪気で居られるはずはないのだが……してみると、皆お芝居をしているのだ、と言う事が出来る。何という呪われた連中であろう。私は皆の無邪気さ、朗らかさが、どうしてもお芝居とは思いにくいほどであるので、それだけに一層空恐ろしさを感じずには居られなかった。

ああ、これが何の蟠《わだか》まりもない、本当に無邪気な旅行であってくれたら！――私は、心からそう念願したい

気持になった。

私はうとうとしていた浅い眠りからふと目覚めた時、汽車の速度がすっかり鈍っている事に気が附いた。もう利根上流の谿谷を、かなり山深く登っているらしい。その中に、嘉子がむくむくと身体を起すと、武夫も紅子も皆目を覚ましてしまった。

「ここどこいらなの?」

紅子が訊いた。私は時計を見て答えた。

「もう沼田を過ぎましたネ」

紅子は窓の水蒸気を紙片で拭き取って、硝子《ガラス》に鼻をくっつけるようにして外を眺めた。

「一寸も雪がないわ。これでスキーが出来るかしら」

外は月光で明るかった。遠くに白い山が見えた。

「これで結構向うへ行けば、雪だらけなんですよ」

武夫が紅子に答えた。

その中に、沿線の小山にも、冬枯れの木立の間に白いものがちら附き始め、その白さが次第に増えて行った。清水峠に近附いて、急な傾斜を汽車が喘ぎ喘ぎ登り始める頃になると、窓外の白さが黒さを征服する速度は、刻一刻増大した。国境の長いトンネルを抜けるともう月光の下に白一色の世界があるばかりだった。

青白い薄明のN駅に下り立った私達は、それからバスで小一時間、狼川の谿谷に沿う、危なっかしい崖道を登り、その終点から、昔は馬橇で行った記憶のある雪の山道を、銘々スキーを引ッ担いでテクテク歩き出した。歩くに従って靴の下でキュッキュッと鳴る雪が、私にはひどく懐かしかった。

私はじきにじっとりと汗ばんきた。紅子と嘉子も暑くなったと見えて、外套を脱ぎ、山下君とお雪さんの荷をふやした。二人はキャッキャッとはしゃいで、先導の私を追い抜いて先に立った。

二人は、私の前を仲よく並んで歩いて行く。私は厭応《いやおう》なしに、二人の若々しい肢体を眺めながら、歩いて行った。外套を脱ぐと、若い女の魅力はこんなにもむき出しに現われるものであろうか。私は今まで、すんなりと伸びた弾力ある肢体から、紅子の方がずっと背が高いのだとばかり思っていたが、こうして並んで行く所を見ると、嘉子も紅子も殆ど同じ身長であった。少し脚は短いのだが、それでも、気張ってシャキシャキ歩いて行く所は、なかなか嘉子らしい、負けん気が表われていて宜しい。二人とも、真白な帽子に真白なセーター、それに花やかな赤青白だんだらの靴下までお揃いだ。ズボンは、紅子が紺色、嘉子が茶色だがどちらも燻んだ色で、感じは似ている。ただ一ケ所――そして、その一ケ所だけでパッと二人を違った感じにしてしまう、その、著しい相違点は、二人の頸巻《マフラー》だ。紅子は紅《あか》い、嘉子は緑色の、頸巻をしている。どちらも、目の覚めるような鮮かな、紅《あか》であり緑である。この鮮かな紅と緑を、一層鮮かにするための帽子とセーターの白さであり、その白さはまたこの紅と緑によってその純白さを一層引き立てられている事は、私にも感じられた。そして、紅子の紅い頸巻は、例によって彼女の名前から来た好みである事は言うまでもない。そう言えば、この夏、彼女が私の下宿へ来た時も、これと同じ紅と白だった、もっとも、あの時は、紅い胸かざりであったけれど。紅子はこの取合せが好きなのに違いない。紅と白……金魚……私はこの連想から、あの夏の日、私の部屋で金魚と睨めっくらをしていた紅子を思い浮べ、一人頬笑んだ。

道は山峡を出て広い高原に掛った。行く手にごつごつした厳しい山容の狼嶽が、真白に陽に輝いていた。

最初は元気だったお嬢さん達は、果して途中ですっかりへたばってしまい、だんだん速度が遅くなり、小さな煙突から煙を出している雪に埋もれた小屋を見附けると、キャッキャッと騒いで二人は真ッ先に飛び込んでしまった。薪をくべたストーブにあたりながら、熱い「おしるこ」を飲んだ。武夫は「もうスキーを穿こう。担いでるのは重くて敵わん」と言った。茂樹がすぐ賛成した。で、小屋を出ると、皆スキーを穿いた。

S温泉ホテルへ着いた時は、もう昼を廻っていた。前以て葉書を出しておいたので予定より人数はふえたけれど、喜んで二階の、狼嶽を真正面に望む、いい部屋へ案内してくれた。紅子が去年来たと言うホテルだ。もっとも、ホテルと言ったって、それは名ばかりで、ただの宿屋に過ぎない。まだ客は思ったほど入っていなかった。「年内一杯でございましたナ」と言って、番頭は正月にはお約束がございますが、それまでは二階が四部屋空いておりますから、御使い下さいと言った二部屋は続いていたけれど、間が一部屋ふさがっていて、その先きの二部屋と、二つに分れなければならなかった。

どう人数を分配したものか、と私は当惑した。私は護衛の目的からは紅子のそばに居たかったが、紅子と一つの部屋に入る訳には行かない。そこで、彼女と嘉子とを一緒にして、私がその隣室に入ろう、と考えた。ところが、大隅兄妹と茂樹とは、当然の事のように、さっさと離れた二部屋の方へ、リュックを提げて引き取ってしまった。残ったのは、私と紅子、お雪さんと山下君だ。こうなっては、紅子一人を向うの二部屋の方へやる事は出来ないから、紅子はお雪さんと一緒にする外あるまいと私が考えていると、お雪さんと山下君とは、私と紅子を残して、さっさと二人で次の間へリュックを運んで入り込んでしまった。私達二人を一間に泊らせる事に、少しも不審を抱かない様子だ。私は当惑したが、向うの二間へ行ったのは三人だった事に気が附いて、多分茂樹が一部屋に入ったのだろうから、

「僕は茂樹君の部屋へ行きます」

と、リュックを取り上げると、紅子は怨めしそうに私の顔を見上げて、

「アラ、厭だなア、先生がそんなに遠くへ行っちゃっちゃ」

と、子供のような口調で抗議した。

「だって……」

「厭よ、そんなの……絶対に！」

紅子は、駄々ッ子のように呟いた。彼女は私に一つ部屋に居ろ、と言うのであろうか。

私は、しかし、次の間へ行って、お雪さんに、

「お雪さん、君は紅子さんと一緒に居て下さい」

と言った。

お雪さんも、山下君も、驚いて目を瞠った。そして、黙って私の申出に控え目な反対の意を表した。私にも、彼等にはこの方が窮屈でない事はよく分っていたが……そこへ、嘉子がバタバタと廊下を渡って来た。この勝手な女は、それでも、私達がどうなったか少しは気になると見え、

「どう？　部屋割りは決まった？」

と、面白そうに紅子の部屋へ顔を突込んだ。が、私が居ないので、

「オヤオヤ、ここは女ばかり？」

そう言って、またバタバタと私の部屋へ来て、覗き込んだ。

「オヤ、山下さん、先生と二人で窮屈そうネ……あちらへいらっしゃいよ。茂樹さんが一人で淋しがってるわ。ネ、先生は静かなところがお好きなんだから、一人でおいて上げなけりゃ……紅子さんとなら、別だけど。フフフ、これは内証。ねえ、ほんとに山下さん、あちらへいらっしゃいよ」

山下君はおずおずと私の顔を見た。茂樹の方が、私よりは窮屈でないのかも知れぬ。

私が「どっちでもいいよ」

と言ってやると、彼は「それでは」と言って、リュックに手を掛けた。嘉子は山下君の背中を押しながら、賑やかな笑い声を立てて廊下を渡って行った。

お蔭で私は、一人で一部屋占領して、やっと少し落着いた。私は一人になると、

「さあ、これから一週間の闘争だ!」

と、自分に言ってみた。が、私には、彼等との闘争という事が少しも実感を伴わず何か現実離れのした空虚な嘘であるような気がして仕方がなかった。

二

それから不思議な数日が経って行った。

初めの三日間は、午前も午後も、皆ゲレンデへ出てよく滑った。お雪さんと山下君とは、二人とも東北の雪国生まれで、さすがに私達とは段違いの滑り方だった。私達が靴を穿き、下駄を穿くのと同様に、スキーを穿いている連中だから仕方がない。他の連中は、私と武夫が少し滑れる位で、紅子嘉子茂樹なぞは似たりよったりの、滑ったり転んだりという組だった。

私はいつも出来るだけ紅子のそばに居るように努めた。少くとも、彼女の姿が私の視界から逸しないように努めた。これは何でもない事のようだが、実際には相当骨の折れる仕事だった。仕舞には面倒臭くなって、私は人の思惑なぞ構わずに、彼女の後を追って、彼女が登れば登り、彼女が滑れば滑り、彼女が休めば休む事にした。こうしたら、よッぽど楽になった。山下君もお雪さんも、このスキー行を止めさせようと目の色を変えて私に迫ったあのお兼婆さんから、それとなく言い含められたらしく、口には出さないが、紅子を護衛する気持のある事が、私にははっきり分った。お雪さんなぞは——私がうっかり紅子の尻に跟く義務を忘れて、「紅子さん、さあいらっしゃい」と、先に立つと急傾斜を滑降し、下へ下りてしまってから、紅子が躊躇して高い所に一人取り残されているのに気が附き、急いでスキーを開いて登りに掛ると、紅子のうしろに茂樹が近附くのが見えた。「こりゃ不可ん」と、思って慌てた時、どこからともなく、スーッと得意の美事な滑走ぶりでお雪さんが紅子のそばに姿

を現わして、私を喜ばせたりした事もあった。茂樹が紅子に附いたとて、何も出来るはずはないではないか――、とも思ったが、しかし、陰険な敵が何を考え出すか分ったものではないから、私はやッぱり目を離しては不可ない、と思った。

雪の上でも、公臣君の場合のような「殺人」が出来るかどうか――私は高い岡の上から紅子と一緒に、遥か下の方で蟻のように滑ってる人達を見下ろしながら、そんなあらぬ事を考えてみた。自分が殺人を行わんと企図している犯人の積りになって……。ひょっとした衝撃《ショック》で、公臣君のように心臓麻痺を起させ得る場合があるかどうか。この岡の上から、油断を見すまして紅子を突き落とし、自分は下から見えないように尾根の上を走って、違った所から滑り降りる。いや、そんな逃げを張ると、却って怪しまれる因だ。私達が一緒に居るのを見た人があるかも知れないから。そうだ、我々の陰険な敵の流儀は、逃げ出したりはしないのだった。平気でここに居て、彼女が私の知らぬ間に墜落した事にすればいいのだ。あるいは、大声で「落ちたぞッ」と、人を呼んだりさえするかも知れない。突き落とす所さえ人に見られないように、気を附ければいいのだ。疑を掛けられたとしたって、何の証拠もありはしない。死人は口を利かないし……あッ、そうだ。彼女は完全に死んでくれなければならない。虫の息で殺人犯人の名前なぞを饒舌られたりしたら、それっきりだ。

その点はどうだろう、彼女をここから突き落としたとして……。私は紅子を見、それから下方の蟻どもを見下ろした。相当な高さだ。しかし、いくら急な傾斜でも、斜めになら滑降が出来る程度だし――いや、お雪さんや山下君なら平気で直滑降で吹ッ飛ばしてしまうのだ。紅子は突き飛ばされてぶっ倒れ、雪の面を転がり落ちる……足を折るか、腕を折るか……しかし、頸の骨を折って死ぬような事は……なかなかそううまく行きそうには思われない。一思いに死ななければ、計画は失敗を招くのだから、これはうっかり手が出せない。

もし、そういう不確実な方法で、万一の確率《プロバビリティ》を僥倖するとすれば（前の公臣溺死の場合はそれに属する訳だろうが）突き落とした事を、紅子自身にも絶対に気附かれないように、やらなければならない。それには、どうしたらいいだろう……私には、なかなかいい考が思い附かなかった……

「何を考えてらっしゃるの、先生？」

雪の上でも、陽がカンカン照り附けてるので、春のように暖かい。スキーを脱いで腰を下ろしていると甚だ長閑《のどか》で、私は今自分がどんなに飛んでもない事を考えていたかを振り返って、可笑しくなった。

「フフフ……貴女を殺す方法を考えていたんです。どうやって殺したら、いいだろうか、ってネ」

「まあ……それで、うまい方法が考え附きましたの？」

「それがネ、どうもうまく行かないんです。……恐らく、敵方も今頃どこかで、同じような事を考えてるかも知れない、と思うんですがネ」

「そうね……怖いわ、私」

「で、僕は、ゲレンデでは、まず海上よりも安全だろう、という結論に達しました」

「そう？　よかった」

「敵方も同じ結論に達してくれれば、いいんですがネ……敵はこちらよりも頭がいいかも知れないから、何とかうまい方法を見附けるかも知れません」

三

四日目から、皆草臥《くたび》れちゃって、午前だけになったり、午後だけになったりした。私も大分疲れが出て来たが、とかくこういう時に魔がさすものだから、気を緩めてはならぬ――と、自分に言って聞かせ、私はもうすっかり自分の気持は抛棄して、紅子が行きたい時に行き、休みたい時に休むことにした。

入浴には、お雪さんを必ず連れて行くように、一人では絶対に行かないように、彼女に注意した。湯は千人風呂で、湯気で向うの縁が見えない位だった。こういう所では、どんな思い掛けない事が起らないとも限らない。

食事は、私達は紅子とお雪さんと私と、三人で一緒にした。

紅子は、スキーに出ない時は、殆んど私の部屋に来ていた。寝る時だけお雪さんと一緒になるのだった。

こういう私の周到な注意のお蔭で、敵は手が出せなかったのか、あるいは、此方に油断させるために鳴りを静めていたのか、ともかく無事に五日間が過ぎた。あまり無事で、私は独り相撲を取ってるような間の悪さを、自ら感じないでは居られなかった。私はまたしても自分の闘争精神《ファイティングスピリット》を巧みにいなされて、所謂暖簾《のれん》に腕押しをしてるような、張り合いのない気の抜けた感じに悩まされた。

しかし、私は、「これでいいのだ」と思い返した。とにかく、無事に紅子を東京に連れて帰る事が出来れば、私の四ケ月の「護衛」は成功を収めた事になるのだ。私はもはや敵の尻尾を摑まえようなどという事は忘れて、ただ紅子を無事に安全地帯に送り込む事ばかりを考えなければならぬ――と、自分に言って聞かせた。

「あともう二日だ！」――私は複雑な気持でこう呟いた。

六日目（三十日）の午前のスキーからの帰りに、――連中三人と、私と紅子の五人だったが――皆一緒になった時に、武夫が私に言い出した。

「先生、先生は狼峠へ行った事ありますか」

「ええ、ずっと前ですが、一度行きました」

「紅子さんは？」

「私？　行った事ありませんわ、そんな所《とこ》。……大変なんでしょ？」

「ナアニ、そうでもないらしいですよ。私はホテルの女中から聞いたんですがネ……いいそうじゃないですか、生生……狼峠へ登って、それから裏手へ下りて狐の湯へ一泊して来るといい、って言ってました」

「そうです。僕もそのコースを取りました」

「どうでしょう、先生。予定を一日延ばさなきゃならないけど、明日狼峠へ連れてってくれませんか。皆行きたがってるんです」

「そうですねえ……もう少し早く行けば、よかったですネ。明日は東京へ帰る事になってるんだから」

「だって、昨夜《ゆうべ》聞いたばかりなんですよ、先生。女中の奴、早く教えてくれりゃいいのに。昨夜御飯を食べながら、それを聞いてネ。コースを詳しく聞いて、『こりゃいい』って事になったんです」

「なかなかあの登りは骨ですよ。何しろ、あの通りのゴツゴツなんだから」

私は魁偉な山容の狼嶽へ眼をやった。

「でも、女中の話では、女でも訳ない、って言ってましたよ」

茂樹が傍から口を挿んだ。

「行きたいわネ」

嘉子が、紅子の同意を促すように叫んだ。

紅子は敏感に私の気持を察したのか、黙っていた。私は気が進まなかったのだ。それは、帰京を元日に延ばさなければならない。という事より、登攀が困難だという事より、私は妙な予感を感じたのだ。予感なぞと妙な事を言い出すと、怪しまれるかも知れないが、私は最初から敵が何らかの手段に出る事を期待しておったような訳だったから、今この申出に、「とうとうおいでなすったナ」という気がしたのだ。そして考えてみると、このいよいよ引揚げるという時に及んで、急にこんなツアーを提案してきたのは、怪しむべきだった。敵はゲレンデでは遂に手が出なかったので、窮余の策として外へ出る事にしたのに違いない。そう考えると、狼峠のコースは、彼等には極めて都合のいいコースであると言える。峠へ登るのは骨が折れるだけの話だが、狼峠を越えて裏手の道を狐の湯へ下りるその間が千仞《せんじん》の谷を見下ろす切り立った崖ッ縁を通る狭い危ない道だった。スキーで一気に滑るのは爽快極まりない事だが、危険もまたこの上もなかった。敵は今、コースを詳しく聞いて「こりゃいい」と考えたと言ったが「何のために」いいと言うのだ?

私はこんな危険な申出に応ずる事は、わざわざ敵の掛けた罠に陥って行くようなものだと思った。もう一日でこのスキー行も終るのだ。明日はもう東京へ帰れるのだ。もう一日の辛抱だ。それで、私は敵に打勝てるのだ。私は遂に紅子の身を安全に護り通せた事になるのだ。少くとも、敵の攻撃に対して鼻を明かしてやる事には、成功した事になる。この勝利を目前にして、わざわざそんな危険を冒す事は慎しもう——私はそう思って、

「ねえ、先生。せっかくここまで来て狼峠へ登らなくちゃ……先生の外は、一人も行ってないんですからネ。皆行きたがってるんですよ。紅子さんだって行きたいんでしょ? ね、先生、思い切って明日——」

と、執拗に食い下る武夫を、

「まあ、止めときましょう。ちょっと危ないと思う所がありますから」

と突ッ放した。

すると、武夫は黙って私の顔を見ていたが、急にその目に露骨な軽蔑の色を見せ、冷笑するように頬を歪めると、

「危ない所がネ……はあ、そうですか。先生が危ないと思うんなら、止めてもいいです」

こう言って、ストックを突ッ張ってツーッと、先へ滑り出した。

私はハッとした。ああ、私はまたしても、敵の「挑戦」を感じたのだ。しかも、今度は敵の主謀者自身の口から。……「先生が危ないと思うんなら、止めてもいいです」ああ、これが挑戦でなくて何であろう。敵は「怖いなら止めろ」と言っているのだ！

しかし、私は何と言われても、止めておこう。うかうか敵の挑戦に乗って、こんな所へ出て来ただけだって、実はどうかと思える事なのだ。またまた敵の策略に引ッ掛って、意地になって死地に飛び込む必要がどこにあろう。もう決戦は済んだのだ。……こう思う一方で、私の心の中では、また悪魔の囁きが聞こえてきた。ここへ来て以来、敵は何らの動きもしなかったではないか。何らの手も打たなかったではないか。決戦はこれからだったのかも知れぬ。敵は今日初めて決戦を挑んで来たのではなかったのか。……敵が初めて競技開始の笛を吹き鳴らした今、敵に後ろを見せる位なら、初めから挑戦に応じない方がよかったのではないか……よし、やってやれ。明日こそは、いよいよ最後の智慧比べ、腕比べ。美事、敵が私の目の前で完全犯罪を遂行するか。私が敵の尻尾を摑まえるか……

こんな気持で、私は惑いに惑いつつ、黙々と皆の後に蹤いて宿に帰った。

四

午後は、紅子はもう出ようとは言わないので、私もそれを幸いに、半日寝そべって本を読んだ。が、いつの間にか私の頭は書物から離れて、気が附いてみると、同じ所を何度も何度も読み直しているのだった。私は諦めて立って行って障子を開き、目の前に厳めしく聳え立つ狼嶽を眺めた。その頂上の尖ったところから少し右によった所に、知らずに見たのではちょっと気が附かない位の窪みがあるが、あすこが狼峠なのだ。こちらから見ても随分ごつごつした険しい山容だが、狼嶽の本当の烈しい姿はあの裏側にあるのだ。あの峠を越した向う側の凄まじいばかりの険しさ。屏風のように切り立った狼谷の、一寸類のない威圧するばかりの谿谷美——ああ、それは美と言うにはあまりに厳めしく、あまりに荒々しい……

私はさっきから私を悩まし続けていた武夫との会話を

また反芻してみた。あすこなら、あすこでなら——私の頭には、目に見える狼嶽の裏側の、厳めしく荒々しい狼谷の、凄まじい谿谷美が映っていた——「あすこでなら、敵と命を取っても取られても、悔む所はあるまい！」

私は自分のこの考に悚然《ぞっ》と身を慄わせ、恐ろしい誘惑物から逃れるために、急いで障子を閉めて、室内に戻った……


紅子の部屋で、お雪さんと三人で夕食を済ましてから、一人自分の部屋に引取って、いよいよ終りに近附いた、私の夏以来の冒険——実は、さっぱり冒険でもなかったのだが——を感慨深く思い返していると、バタバタと例のせわしない足音が廊下に響いて、嘉子が顔を覗かした。

「先生、どうして狼峠行かないの？　意気地なしネ。皆行きたがってるわ。ねえ、先生。連れてってよ。紅子さんと皆で。ねえ、何考えてるのよう？　考える事ないじゃないの？」

「駄目ですよ。危ないんですよ。君は行った事がないから知らないでしょうが、一寸転んでみ給え。狼谷の谷底まで真逆様なんですよ。君は危なくなると転ぶ主義らしいけど」

「まあ、ひどい。でも、そんなに怖い所《とこ》なの？　……？　そうそう、兄さんが言ってたわ。どうも先生御自身が怖いらしい、って。最後の機会なんだけど、って……」

「最後の機会だって？」

私は聞き咎めた。ああ、私はもう敵の仕掛けた罠に引ッ掛ってしまったのだ。

「一体、何の最後の機会だって言うんです？」

「え？　……私達の楽しい思い出のよ、勿論……そうじゃないの、先生？　外に何かあるの？」

私は嘉子を通して、冷笑している武夫の顔を思い浮かべた。あの禿鷹のような、険しい、暗い目のホームズの、陰険な薄ら笑いの顔を……「先生御自身が怖いらしい。最後の機会なんだけど」……私の血管を血が逆流した。よし、それほどに言うなら。最後の機会を与えてやろう！——私は決心した。

「宜しい。君の希望はよく分りました。何とか御希望に添いたいと思います。が、僕だけで行くんじゃないから、一寸相談して、いずれとも御返事に行きます。今から十五分以内に」

私はそう言いながら「そうだ、総べては紅子の考次第にしよう」——そう考えた。

嘉子の足音が遠ざかってから、私は隣室へ声を掛けた。

「紅子さん、居ますか?」

「ええ」

待っていたように、すぐ返事があった。

「ちょっと御邪魔したいんですが」

「どうぞ」

私は障子を開けて一旦廊下へ出て、彼女の部屋へ行った。間の襖は開けない事にしているのだ。

「紅子さん。少し話があるんですがネ」

私がそう言って、煙草のケースを袂から取り出すと、お雪さんは気を利かして、御不浄にでも行くような様子で、さりげなく座を外した。

沈黙が部屋を領した。

「狼峠でしょ?」

紅子の方から口を切った。今の嘉子の挑戦を襖越しに聞いていたのであろう。

「行きましょうよ。先生!」

紅子は目を異様に輝かして言った。私は何か悚然とするものを感じた。紅子がこう出てくれればいい、と心の中で思っていた事も忘れて。……それほど、彼女の目には、何か憑かれた者のような狂的な光があった。それは怒りの焔だった。不当に命を狙われ、追い詰められた者の怒りの焔だった……

「ねえ、先生、お願いしますわ。行きましょう。私は怖くはないのよ。先生が居て下さるんですもの……それに、私どうしても弟を殺した犯人を、はっきり知りたいんです。いいえ、あの人が本当に弟を殺したのかどうか、それをはっきり知りたいんです。先生、それを知る最後の機会ですわ!」

ああ、紅子もまた、最後の機会だと言うのか!

「宜しい。行きましょう」

私は低い声で、しかし決然と、呟いた。

ああ、私もまた、何かに憑かれていたのだ! 否、敵と言えども、何かに憑かれて、あんな陰険極まる残忍な殺人計画を、半年の長きに亙って執拗に続行したのであったろう。その敵の狂熱が、今や私達にまで乗り移って来たのに違いないのだった。

こうして、ほんの薄紙一重の違いで、あのまま無事に別れ得たかも知れなかった敵と味方とは、どちらも何かに憑かれたような狂気に駆り立てられて、血腥い破局には、何か憑かれた者のような狂的な光があった。向ってまっしぐらに突入して行ってしまったのであった。

第六章　断崖

一

午前中は凄い位真蒼に晴れ渡っていた空が、狼峠の頂上へ辿り着く頃から、一面に薄雲が広がり始め、私達七人が頂上で昼飯の弁当を食べ終った頃には、すっかり雲が濃くなって、山の裏側即ち北側の谷から急に気味悪い風が吹き上げて来た。

「こりゃ不可《いか》ん。吹雪になるかも知れん」

そう思った時には、もうちらちらと白いものが舞い始めた。

私達は、急にあたりが夕暮のように陰鬱になってしまったのに気圧《けお》されて、何か慌しくスキーを穿いて滑り出したが、それから二十分も経たない頃、フーッと一塊り、先も見えぬような吹雪の塊りが押し寄せて来て忽ち私達を純白の世界に封じ籠めてしまった。私達はいよいよ来たナと思って、急いでスキーを走らした。吹雪の息はだんだんせわしくなってもう殆んど連続して白い塊りは私達を押し包み、飛び去った。

更に二十分ばかり滑った時、私達はいよいよ狼谷の崖道に出た。私は吹雪の中だけれど、ここで皆に充分休息を取らせる事にした。疲労していると、危なくない道でもとかく事故が起り易い。まして、これからの一時間は熟練したスキーヤーにとっても、相当な難所だ。充分英気を養って一気に吹ッ飛ばそう、と私は考えた。

吹雪はいよいよ募り、私達の周りを吹き廻って私達を揺り動かした。私はお菓子を頬ばりながら、さっきから武夫と茂樹が、皆と離れて何かヒソヒソ熱心に話してるのが気にかかった。私は紅子に「これからが危ないんですから、気を附けて下さい」とやっとそれだけ囁く事が出来た。嘉子が監視するように、私達のそばに食ッ附いて離れなかったからである。

「さあ、では、そろそろ出発しましょう。スキーを着けて下さい」私は大きな声でそう言って立ち上った。まだ二時だというのに、日暮のように薄暗かった。何かゾクゾクするような、凄い陰鬱な気分だった。

私は吹雪の中に立って、悲壮な気持で皆に注意を与えた。

「これからが狼峠の崖道と言って、狭い危険な道ですから、充分に気をつけて下さい。皆ビンディングの緩んでるような所のないように、一度点検して下さい。何しろ右側は狼谷の千仞の断崖ですから、落っこったら、それっきりですからネ。それから、あと一時間ばかりでこの崖がなくなった所が、狐の湯です。道は一本道。左は山で右は谷だから、間違う心配はありません。狐の湯まで休みなしに突ッ走ることにしますから、各自の速度で滑って下さい。――では、武夫さんがまた先頭になって下さい。それから山下君――」

私はいつも武夫を先頭におき、私と山下君とが交り番こに武夫のすぐ後に続いて、絶えず彼から目を離さないように監視した。こうすれば、いくら武夫でも手も足も出せまい。今度は山下君の番だったが、これからが問題の場所だから、私は自分が代ろうかとも思ったのだが、紅子の方も心配だから、やはり武夫は山下君に任せる事にした。

「――山下君の次が茂樹君、それから嘉子さん（私はとにかく危険分子を先にやってしまう方がいいと考えたのだ）それから紅子さん、それから僕。エキスパートのお雪さんは、やッぱり殿《しんが》りを頼む」

私と山下君を除けば、今朝から同じ順番だ。皆もう馴れっこになって、私の言葉なぞ聞いてもいない。

「さあ、出発！」

いよいよの機会だ。ここを過ぎては、もういい場所はない。やるなら、ここだ。美事やるか！――私は緊張で全身が慄えた。私は神経が異常に鋭くなっていたのであろう。武夫がストックを振りながら、大声で「ブラヴォー」と妙な叫びを上げて吹雪の中へ突進して行くその瞬間に、素早く茂樹に眼で稲妻を走らせたのを見て取った、それはほんの一瞬の、文字通りの「瞬き」だったが、私はそれをはっきりと見て取ってしまったのだ。

「こりゃ不可ん！」

と、私が考を纏める暇もなく、武夫に続いて山下君、それを追って茂樹、嘉子、紅子と次ぎ次ぎにスタートして行った。私は「どうしよう。どうしよう」と心は最善の処置を求めて苛立ちながら、ともかく遅れてはならぬと、自分の心に決断を叩き附けるように、パッと飛び上ってスタートし、紅子の跡を追った。

私は出発の瞬間の心の乱れで、こんなにも遅れてしまったのであろうか。私は急ぎに急いだけれど、なかなか、紅子に追いつかなかった。全速力で走る私の耳には、吹雪が音高く軋《きし》った。私の眼の中には、茂樹に目配《めくば》せする武夫の眼が執こくこびり附いて、消えなかった。「大変だ。大変だ」——こんな訳の分らぬ事を口走りながら、私はもどかしくストックで雪を蹴った。不安の中に十分余りも経過した。私は焦りに焦った……やっと、三百米ばかりの前方に吹雪の中に、見え隠れする紅い頸巻《マフラー》を発見した時、私は「ああッ」と歓声を上げてしまった。

「紅子さあん！」

私は大声で呼んでみた。ぐんぐん距離はせばまった。私の声は彼女に達し、彼女は此方を振向いた。

「ああ、よかった。やっと追い附いた！」

私は息が切れて、言葉も出なかった。彼女の白いセーターの胴のくびれをギュッと力一杯抱き締めてやりたい狂暴な衝動を感じた……

「どうしたの？　先生」

蓮ッ葉な嘉子のガラガラ声に、私は引繰返るほど驚いた。ああ、どうしたと言うのだ！　紅子ではなかったのだ。

「先生！　不可ませんよ！　……私だったからよかったけど、紅子さんだったら、先生どうする積りだったの？今の眼なかったわ……フッフフ、そんな変な顔するもんじゃないわ、先生。私だっていいじゃないの。フフフ、もう少し黙ってりゃよかったナ。もう少しで接吻しちまう所だったわネ！」

茶色の日除眼鏡の顔が、大きな口を開けて哄笑した。私は恥で目が眩みそうになった。どうして、この顔に気が附かなかったろう。だが、濃い眉がロイド眼鏡の縁で隠されたのだ。黄色い皮膚が日除白粉《アンチ・ソラチン》で隠されたのだ。いや、それよりも——

「ソ、その頸巻は……」

嘉子は、紅子の紅い頸巻をしているのではないか。

「ホッホホホホ。これで間違えたって訳ネ……いいの間違えたって……先生。私構わないわよ、間違えて接吻しちゃったって……ねえ、……」

女は吹雪の中で妙に昂奮して、情熱に身もだえしながら、私の肩に手をかけて身体をすり寄せて来た。私はそっと、それを押し戻した。

お雪さんの姿が後から見えて来た。が、二百米位先で立ち止まってしまった。彼女も、私が紅子と話をしていると思ってるのだろう。それにしても、この頸巻は？

「そんなに頸巻ばかり見るもんじゃないわ。顔だって附いてんのよ。失礼ねえ、先生も……この頸巻はネ、教えたげるわ、そんなに訊きたいなら……これ、たった今ここで紅子さんと取り換えっこしたのよ」

「ナ、何でそんな事を……」

「そんなに怒らないでよ……文句があったら、紅子さんに言ってよ。先生を揶揄おうって言い出したの、紅子さんなんだから……こうなのよ、先生。私もう草臥れちゃってボンヤリ滑ってたら、紅子さんに追い附かれちゃったの。そしたら、紅子さん『後ろから先生が来るから、一つ私の身代りになって揶揄ってみない？』って言うのよ。そういう事なら、私尻込みする方じゃないから、早速引き受けちゃったの。それで、……頸巻の取り換えっこをした訳よ。……彼女、先生の気持知ってんのネ。ハアハア息を弾ませてサ、可愛かったわ……果して彼女の予想通り、先生は私に――」

私は彼女の揶揄から逃れるために、執こく絡んでくる彼女のわきを通って滑り抜けた。

「危ないわよ。そんな崖ッ縁を……そんなに慌てて逃げ出さなくたって、いいじゃないの」

嘉子の言葉を後ろに聞き流して、私は恥ずかしい気持を紛らすように遮二無二吹ッ飛ばした。今度こそは本当の紅子を取ッ摑まえて、こんな冗談をした彼女を、有無を言わずにギュッと両腕の中に締め附けてやらなければ――そういう狂暴な、憎悪とも愛慾とも区別の附かぬ激情に胸を沸らせながら……

しかし、嘉子のために時間を潰されたので、いくら急いでもなかなか追いつかなかった。あたり一面真白な、ただ真白な中を、私は夢の中のようなボーッとした気持で、滑りに滑った。狼谷の谷底から吹き上げる吹雪が、その白い流動が、私に私の行く道を指示してくれているのだった。が、そんな危なさも忘れる速度の快感に、私は陶然としていた。お天気なら、この高い崖道は広い広い見晴らしで素晴らしい眺めなのだが、今日はただ白い壁があるばかりだ。立ち止まれば、遥かの下を流れる狼川の水の音が聞こえるはずだが、雪を滑るスキーの音と、耳を掠める風の音とで渓流の響きは耳に入らなかった。

私はいくら走っても姿を現わさない紅子に、次第に不安を感じ始めた。さっきの武夫と茂樹との目配せ……あれは確かに私の気のせいではなかった。残忍な悪魔の「殺人の合図」であったに違いない！　私は私の想像にゾーッとしてブルルッと身慄いした。ああ、今の嘉子の言葉！　紅子があんな馬鹿な事は言うはずはないではないか……ああ、これは飛んでもない事になったのではないか。既に敵の最後の一撃は効を奏してしまったのではないだろうか。私は白い壁の中へ、千仞の谷底めがけてふッ飛んで行く、紅子の姿を想像した……

ああ、さっきの嘉子の笑い声！　あれは悪魔の勝鬨《かちどき》ではなかったのか。彼女の持っていた紅子の紅い頸巻こそ、悪魔の戦利品ではなかったのか。

私は嘉子を待ち受け、摑まえて事情を明かさせようか、と思った。が、また思い返して滑り続けた。何だか、まだ紅子が前方に居るような気がしたのだ。そして、今や危地に向って遮二無二突入して行く途中のような気がしたのだ。私はともかくも意を決して、夢中でスキーを吹ッ飛ばした。一二度、もう少しで崖から滑り落ちそうになって、ヒヤリと胆を冷やした。しかし、私は速力を緩める気にはなれなかった。「紅子紅子！」――私はもうワーッと悲鳴を上げたいような気持で、胸の中に紅子の名を絶叫しながら、夢中で白い壁の中をまっしぐらに進んだ……

突然、真白な壁の中に巨大な化物の黒い影が、ポーッと浮き上った。「ああ、一本松だ！」――と、私は昔の記憶を思い出した。それはこの崖道の真ン中ほどの地点にあって、崖ッ縁から狼谷の上へ身を乗り出している、物凄く巨大な松の木だった。ここで道が急角度に屈曲しているので、この地点に立てば両方の道を見渡せるが、上から降りて来ても、下から登って来ても、この巨大な老松が道の涯のように空間に聳え立っているのだった……私はこの一本松を見てハッとした。それは、一本松附近は傾斜が相当急である上に、直角に近い角度で屈曲しているのだから、相当制動をかけて行かないと、危ない。いい気持で吹ッ飛ばして行こうものなら、そのまま千仞の谷底まで直行してしまう恐れがある。私はすっかり忘れていたのだ。この事をさっき出発の時に、皆に注意しておくべきだった。

そう思った時、丁度その一本松に近附く白い小さい姿が、吹雪の中にチラと見えた。緑色の頸巻を着けた――ああ、これこそ本当の紅子だ！　……私は彼女が無事に一本松を通ってくれる事を、神に祈った。忽ち、彼女は雪煙りを立てて一本松の下に突入し、そのまま姿は見えなくなった。私は夢中で後を追った。一本松に近附いても速度を緩める気にはなれなかった。私は身体を投げ出すように振って全速で急カーヴを切った。そして、急傾斜の崖道を転落するような速度で滑降しながら、前方に目をやると――遥かの前方を滑って行く無事な紅子の「緑色の頸巻」が目に入った。

二

私は再び彼女に逢い得た喜びで、もう文句も何も言う気にはならなかった。相当疲れたらしい彼女を、私は先に立って適当な速度で導きながら、滑って行った……

「狐の湯」は、崖道がだんだん低くなって谷川まで下り切った所に、狼川に臨んで建った二階建ての大きな、しかし、たった一軒の宿屋であった。山の中の一軒家である。私と紅子とは、この朽ちかけたような古ぼけた、どこか化物でも出そうな荒涼たる感じのする、たった一軒の温泉宿を、屋根の真上から見下ろしながら、急坂を滑り下りて行った。――ああ、私はとうとう紅子を無事に狐の湯まで送り届ける事が出来たのだ！

宿の二階の手すりによって、此方に手を振ってる人が居るのに気が附いた。今着いたばかりという恰好の武夫だった。山下君や茂樹の姿は見えない。武夫のひどく打ち解けた感じが、私に彼も紅子を妹と見違えているのではないか、と思わせた。とうとう決戦に敗れたと思われる彼が、私と紅子にあんな愛想のいい顔を向けるはずはないではないか。きっとそうに違いない。ズボンなぞは真ッ白になってしまってるので、紺も茶も区別が附きはしない。特徴の頸巻の色で、嘉子と思うのも無理はない。私だって、さっき嘉子を紅子と間違えたのだから……と思うと同時に、私はさっきの嘉子の事を思い出し、嘉子が帰って来たら、さっきの事を皆の前で面白可笑しく素ッ破抜くに違いない。これは困った事になったと思った。

と、私は急に悪戯を思いついて、紅子に「二階に顔を見せないように」と言って、私の陰に隠れるようにさせた。玄関の土間から迎えに出た山下君も、紅子を紅子と認識するまでは相当の時間を要した。彼は紅子と分ると、肩や胸の雪をはたいてやって、

「お嬢さん、こんな事になると思ったら、外套を着てらっしゃるとよかったですねえ……何しろ今朝はあんないいお天気だったから、きっと暑い位だろうと思ってましたのに……お冷えになると不可ませんから、服をお脱ぎになってすぐお湯でおあったまりなさいまし」

と、行き届いた注意をしている。

私達は、スキーの手入れを山下君に頼んで、二階へ上

って行った。

武夫は服を脱いで丹前に着換えながら、

「先生、すぐ湯に入りましょう。ここに丹前が来てますよ。……嘉子もネ。……今日は全く参った。こんな吹雪になろうとは全く思いがけなかったですネ。……でも、さっきより大分静かになりましたネ。……ああ、すっかり身体が冷えちゃった。嘉子、お前もすぐ湯に入れ。男女混浴だけど、構わぬから入れ」

こう言った時、私の背中に隠れるようにしていた紅子が、日除眼鏡を外して武夫の前にニュッと顔を出した。

武夫は本当に「アッ」と声を出して驚いた。妹とばかり思い込んでいたのだから無理もあるまい。彼はまるで幽霊でも見た人のように、ゾーッと顔色を蒼白にさせて
「あわ、あわ、あわ」と言葉にならない声を出して、卒倒しそうにさえ見えた。私はあまり嚇かしが利き過ぎて気の毒になったが、そんなに驚かなくたっていいじゃないか、と、大袈裟過ぎる彼の驚きように少し反感を覚えた。

彼は私達を見比べて、

「ヨ、ヨ、嘉子はどうしました？」

と、訝かしそうに訊ねた。

「後から来ますよ……じゃあ武夫さん、湯に行きましょう。紅子さんは後から入りますか？　茂樹君もう行ってるんですネ？」

「シ、茂樹君は……マ、まだ来ません」

「えッ、まだ来ない？」

今度はこちらが驚く番だった。

「ド、どうしたんです？」

「どうしたんですかネ……貴方がた知らないんですか？　私は先頭に来たんだから、何も知らないけど……可笑しいなア」

そう言ったが、彼はそれよりさっきの驚きの方にまだ拘《こだ》わっていた。

「紅子さん……貴女どうして妹の頸巻なぞして来たんですか？」

「あ、これ？　これ、嘉子さんと取り換えっこしたのです」

「ええッ、じゃ、妹は貴女の紅い頸巻をしてるんですか？」彼は再び蒼白になり激しい調子で訊ねた。

紅子は落着き払って答えた。

「ええ、そうよ」

「ド、どうして、そんな事を？」

彼はかみ附きそうな激しさで、目を据えて詰るように訊く。

紅子は平然として、

「どうして、そんなにお驚きになるんでしょう……私達ただちょっと揶揄ってみたかっただけよ」

(ああ！)――私は息を呑んだ。

武夫は益々苛立って、

「ダ、誰を揶揄うんです？」

「皆をよ。皆をだましてみようと思ったのよ。頸巻だけが違っているんだから、きっと騙せると思ったのよ……でも、武夫さんがこんなにお驚きになるとは思わなかったわ……フフフフ、嘉子さん来たら喜ぶわ」

私は、武夫の様子があまり真剣なので、笑う気も起らなかった。武夫につり込まれて、私も紅子も手すりに摑まって、嘉子の来るのを見ようと崖道の方を注視した。

丁度その時、遥かの崖道を滑って来る人影が見えた。もう吹雪は大分収まってきた様子だ。

「嘉子さんが来たわ」

紅子はそう言って、武夫の顔を見返った。武夫は真蒼な顔で、血走った眼を剝いて凝視めている……が、それは尖がり頭巾を被った紛れもないお雪さんだった。蓋し、お雪さんは、疲れてスピードの出なくなった嘉子の尻についていて、こんなに遅くなったのだろう。それにしても、嘉子は一体どうしたのだろう。お雪さんも面倒になって追い抜いて来たんだろうか。それなら、嘉子は後から来るであろう……だが、考えてみると、殿りを引受けたお雪さんが、人を追い抜いて来るはずはないとすれば、嘉子は一体どうしたのだ。いや、嘉子ばかりじゃない。茂樹も、どうしたのだ、茂樹も……

お雪さんは、急坂を滑り下りて玄関へ廻って来た。それへ上から、私達は声をかけた。武夫が手すりにやっと摑まってるような恰好で、一生懸命、

「ヨ、嘉子はどうした……嘉子はどうした……」

と言ってるのだが、声がさっぱり出ないので、そばに居る私達にやっと聞こえる位で、とても下まで聞こえはしない。

私が助けてやった――。

「お雪さん、嘉子さんはどうしたの？」

「嘉子さん？　嘉子さん、まだ来ないんですか」

私達三人は、「いよいよ……」と、改めて顔を見合せた。

「ウン、まだ来ないんだ。それに、茂樹君もまだ来な

いんだ」

「ええ？　茂樹さんも？　まあ、どうしたんでしょう。今すぐそこへ参りますわ」

お雪さんは頭巾も取らずに、慌てて上って来た。そして、いきなり紅子のそばへ駆け寄って、手を取らんばかりにして、嬉しそうに紅子の顔を凝視めた。その目には泪さえ浮かんでいた。

「ああ、お嬢さん、お帰りになってたんですねえ、よかったわ……私、お嬢さんのお姿を見失って、心配しながら来たんです……お嬢さん、大分お疲れの御様子でゆっくり滑ってらしたから、私心配しながら、蹤いて来たんですけど……途中で、ホラ、あの大きな松の木の立ってる曲り角ネ、あの辺までは確かにお嬢さんの紅い頸巻が見えてたんですが……あれからあと見えなくなっちゃって、随分心配しちゃいました……でも、よかったわ、御無事で……」お雪さんはやはり嘉子を紅子と思っていたのだ。お雪さんは、紅子さえ無事であれば、嘉子も茂樹もどうでもいいらしい。

「お雪さん、嘉子さんと茂樹君がまだ来ないいんだがネ、君の後になった訳では……」

「そんな事ありませんわ。私、誰も見ませんでしたわ……もうとうに帰ってらっしゃると思ってました」

私はとうとう事件が起きてしまった事をはっきり感じた。茂樹が姿を隠した。そして、紅子の紅い頸巻をした嘉子が帰らない。これは、どう解釈したらいいのか……それに、さっきからの武夫の尋常《ただ》ならぬ様子……私の瞼には、また先ほど最後のコースへ出発する時の、武夫と茂樹の目配せが浮かんできた……そして、吹雪の中を走る紅子の「紅い頸巻」が……。が、この時私の頭をある暗い疑惑がチラと掠めて、それ以上私の想念を凝視めて行く事を妨げた。

武夫は、身も世もあらぬ混乱に陥ってるらしかったが、それを強いて色に表わすまいと悲壮な努力をしている、という感じだった。私は敵のひどい失策（それは勿論私の勝手な想像だったが）を、気味がいいと嗤笑う気にはなれなかった。むしろ、敗軍の将をいたわってやりたいような気持で、

「武夫さん、元気を出しなさい。皆で探しに行きましょう。途中でお腹でも痛くして、道ばたにしゃがんででもいたのかも知れませんよ」

と言ってみたが、そんな馬鹿な事があり得るはずがないのに私は苦笑した。片側は山、片側は谷の、あの狭い

崖道でそんな事をしてたら、後から来る者の目に附かぬはずはない。ああ、嘉子は途中で消えてしまったのだ！

　武夫は私の言葉を嘲笑と感じたのか、ピリッと肩を慄わせると、きっと私達の方に振り向き、目を据えて思い掛けない激しい口調で紅子に食って掛った。

「紅子さん、貴女はひどい事をしましたネ。貴女は今、冗談に頸巻を取り換えたような事を言ってたが、本当はわざとやったんですネ。嘉子に紅い頸巻をさせるために……紅子さん、頸巻の交換を言い出したのは、貴女の方なんでしょう？」

　私はブルッと慄えた。ああ、私はその事を紅い頸巻の嘉子から聞いて、知っているのだ。私の「暗い疑惑」というのは、これだったのだ。紅子もすぐその意味を察したらしく、蒼白く総毛立ったように見えたが、彼女は一生懸命な努力で驚くべき事を答えた。

「いいえ、頸巻の取り換えっこを言い出したのは、私じゃありません。嘉子さんです。嘉子さんの発案です」

「ええッ、嘉子が？　バ、馬鹿な奴めが……」

　彼がこう叫んだ時、私は崖道の遠くの方を走って来る一人の姿を見附けた。

「ア、茂樹君らしい」

　武夫は「えッ？」と言って、身を乗り出すようにしてそちらを睨んだ。それから、急にフラフラと手すりから離れ、私達の手を振り払って廊下に出て行ってしまった。

三

　やがて、まだ少しチラついてる雪の中を、丹前姿のまで藁沓を穿いた武夫が、玄関から出て急坂を崖道の方へ登って行くのが見えた。

「紅子さん。武夫さんは何をしに行くのか分りますか。茂樹君と打合せをしに行くんですよ。殺人計画の齟齬を知らせに行くんですよ。いきなりここへ茂樹君が入って来て、目を廻されると困りますからネ、ハハハ」

　私は胸が晴々としていた。やッぱり、紅子があんな酷い冗談の張本人ではなかった、と私は考えて満足した。そして、さっきから私の胸に蟠まっていた「紅い頸巻」に関する暗い疑惑が解消されたのが嬉しかった……私は今や事件を直視する勇気が出た。

「ね、紅子さん、どうやら、決戦は我々の勝利に終ったようですネ。貴女がここにこうして無事に生きているという事が、何よりの勝利の証拠ですよ。もっとも、僕がうっかりしてる中に、勝負が附いちまったんで、名探偵ちと面映ゆいんですがネ……確かにクリーン・ヒットと言う訳には行かないナ。敵の失策《エラー》ですネ。でも何でも、僕は紅子さんがセーフでホーム・インしてくれたんだから、満足します。……そうだ、紅子さん、これは敵方の飛んだ失策だったんですよ。ランナーに逃げ込まれた上に、敵方は味方の、死球《デッド・ボール》を食ったらしいですすナ……」

私は調子に乗ってベラベラ饒舌ってしまったが、紅子の尋常ならぬ顔色に気が附いて、口を噤んだ。すると、彼女は急に我に返ったような様子で、蒼い顔を上げて呟いた。

「それで先生、一体これはどういう事になったと言うのですか」

「分りませんか、紅子さん。敵方は貴女を殺そうとして、誤まって味方を殺してしまった——かも知れないんです。……僕はネ。紅子さん、さっき最後のコースへ出発する時に武夫さんと茂樹君がチラッと目配せするのを見てしまったんです。それから、貴女の前を滑ってたはずの茂樹君が、途中で姿を消した。そして貴女の紅い頸巻をしていた嘉子さんが、やはり途中で消えてしまった。そして、茂樹君は今やっと帰って来た。どうですか。これだけの事実から、結論は出ませんか……ついでに嘉子さんも後から帰って来れば、何事もなかった、という事になるでしょうが、僕は嘉子さんはもう帰らない、と思います」

「じゃ、先生は、兄さんが私と間違えて嘉子さんを……」

紅子は、恐ろしそうにガタガタ慄え出した。

「そう思いますネ。勿論、茂樹君だけの意図じゃないでしょう。武夫さんの命令によってやったんでしょう。ね、さっき武夫さんは貴女の顔を見てあんなに驚いた癖に、茂樹君の来ない事は一寸も不思議がらなかったでしょう。これが、武夫さんが茂樹君にやらせた証拠ですよ。……武夫さんは茂樹君に命令して、自分の妹を殺させた訳です。自業自得という所でしょうネ。もっとも、嘉子さん自身は知らなかったらしいけど。貴女と頸巻の交換をしたりしてる所を見ますとネ。しかも、自分の方から言い出して……」

彼女は消え入りそうにうつろな眼をして、

「先生。嘉子さんは私の頸巻をしてたために殺された訳ですネ。すると、私が殺したようなものだわ」

「ソ、そんな事はありませんよ。詰まらない事を気に病んだりしちゃ不可ませんよ。貴女は自分が殺される所だったんですよ。運がよかったんですよ。もし頸巻を交換してなかったら、今頃貴女は――」

私はしかし、途中で止めた。ただささえ怯えている人を、これ以上脅かす事は慎しまなければならぬ。

「まあ、怖いわ……先生、これからどうなるでしょう……どうしたら、いいでしょう」

「充分注意してる事が必要ですネ。とにかく、あまり彼等を刺戟しないことにしましょう。破れかぶれに出られると、危険ですから」

丁度この時、崖道の方を注意して眺めていた私の眼に、一つの山襞に隠れて見えなくなっていた武夫と茂樹の姿がまた現われて来た。彼等は何を語り、何を行わんとしているのであろう、これからが一番危ない時間になるのかも知れぬ――私は一人胸の中でそう考えた。

「先生、先生は本当にあの人達が私の命を狙ったんだ、とお考えになりますか」

紅子は妙な事を訊き出した。

「え？　どうして？　僕は、もう彼等の犯罪を確信しております。疑心暗鬼だなどとは、もう言いません。公臣君の死だって、奴等の犯行に違いありません」

「では先生、法律によって、あの人達を罰する事が出来ますか」

私は忽ち壁に突き当ってしまった。

「さあ、それは……今日の事でも、彼等に殺人の意志のあった事は確かなんだが、証拠と言っては何一つ摑んでる訳ではないんだから……やっぱり駄目かナ。たとえ、嘉子さんでなくて貴女が殺られちゃったとしても、僕は今と全く同じように、何も摑めなかったんだろうなア……ただ過失で崖から落ちた位な事にされちまうんじゃないですかネ。例の敵一流の陰険なやり方でネ。公臣君の場合と同じようにネ……だが、どういう風にやったかしら。彼等の事だから、証拠の残るピストルや短刀を使うはずはないしすぐ後から、人が来るんだから、格闘していて見附かっては拙いし……あの陰険な彼等の事ですから、やッぱり、最後まで顔を現わさずにやろうとしただろうと思いますネ。すると、何らかの工作を弄したか、という事が考えられますネ。そこに何か殺人の証拠を摑む事が出来るかも知れません。……いずれ、武夫さん達は嘉子さんを探しに行くでしょうから、僕も蹤いて行って調べてみましょう」

四

その時、宿への入口の急坂を、武夫と茂樹の下りて来る姿が見えた。やがて、玄関が騒々しくなった。私達は下へ下りて行って見た。茂樹は私達を見ると、ビクッとして当惑の色を隠そうともしなかった。このデブちゃんは、今にもワアッと泣き出しそうな子供のような顔をして、黙り込んでいた。

皆のスキーの手入れをしていたらしい山下君とお雪さんは、手を休めて呆然とこの騒ぎを見ていた。

「とても駄目だネ。もうじき真暗になっちゃうからネ。谷底へ落っこちた、てったって、どこだか分ってもいないものを、四人や五人で行ったたって、どう仕様もねえ。貴方がたは狼谷を知らねえんだ。S温泉へ連絡して、捜索隊を出してもらう外ねえ」

親爺は皺だらけの眼をしょぼしょぼさせながら、頑強に頭を振った。息子らしい二人の若者は、気の毒そうに武夫の顔を見ている。武夫はなお執拗に親爺を口説き落とそうと懸命である。

私は顔を外らしている茂樹のそばへ行って訊いてやった。

「茂樹君、君はどうしてこんなに遅くなったんです?」

彼は童顔の円な眼を一層まるくして、

「ボ、僕はここへ入る曲りに気附かずに、真直に行っちゃったんです。何しろスピードで吹ッ飛ばしてたもんですから」

「へええ、こんな大きな家が目に入らなかったんですか」

彼は怒ったように口を尖らしたが、何も言葉は出て来なかった。私は妙にこの若者をいじめてやりたくなった。

「茂樹君、この宿の二階から見るとネ、あの崖道がずーっと向うまで見えるんですよ。後で上って見給え……で、君が今上の方から下りて来る所もちゃんと見えた訳ですよ。ハッハハッ」

茂樹は泣き出しそうに顔を顰めた。

「で。嘉子さんを捜しに行こう、ってんですネ。早く行かなけりゃ。場所は分ってるんでしょ?」

私は彼の答え方に注意を集めた。

「ええ……いえ……分ってやしません。僕は知らなかったんですから、嘉子さんが落ちたなんて事」

「フン、そうでしたネ。嘉子さんが落ちたとは思わなかったでしょうネ、あの頸巻ではネ」

彼は身体をブルッと慄わせた。

「ハハハ、まあ、そんな事はいいですよ。早く助けに行かなきゃ不可んですネ……僕も行って上げますよ。落ちたとしても、凍死しない中に救い上げれば――」

親爺が聞き咎めた。

「駄目ですよ、旦那。狼川はまだ凍ってませんからネ。大きな岩がゴロゴロしてるんですよ。崖道から落っこちりゃ、キュッと一息で行っちゃいますよ」

武夫は蟇口を出して、金を握らせようとした。

「駄目々々。俺はそんな事で横着言ってる訳ではねえんだ。落ちた場所も分らねえで、捜せるか捜せねえか、分りそうなもんじゃねえか」

老人はじれったそうに叫んだ。

茂樹が武夫に何か小声で相談を始めた。それから、武夫が、

「それじゃお爺さん、僕等だけで行って来るからザイルを貸して下さい。それから、懐中電燈でもあったら。夜になるから」

「そんな洒落たものはねえ。提灯ならあるだ」

すると、息子の弟の方が口を出した。

「お客さん、そんなもの要りませんよ。もう雪もすっかり止んだから。この頃は月が明るいですよ」

親爺は呆れた、という顔で、

「どうでも行って見る気かね、やれやれ……そいじゃ、駄目だったら、早く帰って来なさいよ」

と、気休めに行って来い、と言わぬばかりの調子で言って、息子にザイルを出して上げろ、と命じた。

私と武夫とは服を着換えるために二階に上った。紅子は私を廊下へ呼んで、

「お止しになって……危ないわ」

と、小声で囁いた。

「じゃ、山下君にも行ってもらいましょう……紅子さん、僕は行ってみたいんです」

「駄目よ。お爺さんの言う通りだわ。見附かりっこありませんわ」

「いいえ、見附かりますよ。彼等は、落ちた場所を知ってるはずですからネ」

武夫、茂樹、私、それから山下君の四人がスキーを穿いて宿を出たのが、もう四時を廻っていた。幸い風も雪

もすっかり止んだが、山峡はもうひどく薄暗くなっていた。暫く行くと、後から爺さんの息子兄弟が、まだ火を入れぬ提灯を腰に差して、ストックを振りながら急いで追って来た。爺さんが「一緒に行って上げろ」と言ったので、と言う。二人とも、雪国の猛者《もさ》らしい、頼もしげな、屈強の若者である。

それから三時間余り経って、漸く一本松が月明りの空を背景にして、黒々と巨大な姿を見せてきた。殆んど円に近い明るい月の青白い夢のような光に照らし出された、雪の狼谷谿谷の広い見晴らしは素晴らしかった。切り立った深い谷底を覗くと、直下数百米の目の下に、狼川の水が月光にキラキラ光って、青白い夢幻の世界を貫いて金色の竜が身をくねらせるようにくねっていた。身心共に疲れ切った私は、この凄まじいばかりの谿谷美に、怖いという気持を通り越して、何か恍惚としたものを感じた。

二人だけがずっと先を歩いていた武夫と茂樹が、一本松の下に身体を乗り出すようにして谷底を覗き込んでいる。私達が近附くと、

「あれ、そうじゃないかしら」

と、茂樹が慄え声で言うのだ。そういえば、谷川の黒い岩の上に、小さな白いものが見える。

宿の若者二人は、

「そうだ、あれに違いない。月夜でよかったと言うもんだ。……それにしても、よく見附けたもんだなア」

「ここで落っこったって、分ってたんですか」

若者は知らずに、こんな急所を抉る質問を茂樹に浴びせ掛けた。

ああ、もし紅子が落とされたのだったら、どうだろう。彼等は口を拭って素知らぬ顔をしたのに違いない。死体は容易に見出されなかったのに違いない。幾日経っても見附からぬかも知れぬ……私は言い知れぬ憤怒が胸に燃え立つのを感じた。

「どうだろう」

武夫が若者に訊いた。

「助からないかネ?」

「助からないかって?」

若者は目を丸くして、

「冗談言っちゃ不可ません。あの通りもろに岩にぶつかったんじゃ、とても駄目ですよ。ここは一番悪い所なんです。崖が、真ッ直ってよりも、一本松で固められて、ここは下より突き出てる位なんですからネ……それに、

ここは傾斜がひどくて、道が急に曲ってるときてるんだから、落っこちるにゃ、持って来いの所なんですよ、全く……やれやれ、俺は、今夜はまさか仏様は見附からないだろう、と思って出て来たのだが……」

皆谷底を眺下ろして、沈黙してしまった。死体を担ぎにこんな崖を下りるのは、いくら雪山の猛者でも尻込みせざるを得ないのだろう。

武夫はまた蟇口を取り出した。今度は蟇口ごと若者に手渡した。

若者達は相談し、やっと下りてくれる事になった。二人でザイルを一本松の根もとに結び附け兄貴の方が身体を綱の一端で縛って、腰のバンドに提灯の柄を差し込み、それからズルズルズルズルと綱に掴まって崖から滑り下りて行った。

私は松の木に近附いて、用意の懐中電燈を出して、木の幹を調べて見た。山下君が何か手伝いたい気持で、私のそばへ来た。今ザイルを結び附けた時に、根方の雪は払い落とされたが、その上の方は、雪の吹き附けた側は厚く雪が積もっていた。それが、よく見ると平らでなくて、地上一尺ぐらいの所で、グルッと幹を巻いた窪んだ溝が附いてる事が発見された。何か紐か針金で幹をグルリと巻いた後のようである。勿論その後からまた雪が吹き附けて積もっているけれど、他の部分より窪んで溝になっているのである。雪を払い除けて見ると、微かではあるが、確かに幹をグルッと一周りした跡のように細い条《すじ》が附いていた。それは針金でも巻き附けた跡のように思われる。木の皮が剝げる程度ではないが、強い力でキュッと締め附けられたように窪んだ条になっている。

私は山下君と顔を見合って頷き合った。武夫と茂樹が私達のそばに立って、じっと私達を見据えていた。茂樹の怯えたような、怒ったような眼。武夫の脅かすような、暗い憂鬱な眼。私はそれらを冷笑を浮かべて撥ね返し、冷静に機構《メカニック》の秘密を看破しようと思考を凝らした。松の幹に、地上一尺ばかりの所で、針金を結び附けた……その針金をどこへ持ってったろう。そうだ——私は、道を横切って山側の立木を物色した。懐中電燈で照らし附けて点検すると、予期したものはすぐ発見された。丁度、一本松と相対した栂《とが》の木が、やはりその地上一尺ほどの所に同じ溝を持っていた。雪を払って見ると、これも同じような針金か何かで引締められた条が現われた。もっとも、条と言っても、あると思えばあると思われ、ないと言えばないとも言える、微かなものなのである。これは一本松の方も同じである。……しかし私にはこれで充分だった。敵の機構《メカニック》だけははっきり看破された。何という簡単な罠！　敵は道の両側に相対した立木に結び附けて、地上一尺の高さに針金を張ったのだ。急傾斜でスピードの出た犠牲者は、この障碍に引ッ掛って顚倒し、そのまま一気に崖下へ転がり落ちてしまったのであろう。私は恐ろしい空間を真逆様に墜落して行く紅子の姿を頭に描いて、竦然《ぞっ》と身を慄わせた。

私は立ち上り、今は恐怖にブルブル慄えながら、血走った眼を剝いて私を睨み附けている茂樹と、月光の下で真正面に相対した。私が一足踏み出せば、彼はキャーッと叫んで飛び上って逃げ出すか、あるいは破れかぶれで遮二無二打ち掛って来るか、どちらかに思われた。私は私がえらい刑事なら、ここでこの男をふん摑まえて、恐れ入らしてすっかり泥を吐かせてしまう事が出来るのだろう、と思った。私はしかし、そういう芸当も出来ないので、次第に私の身内に沸り立ってきた憤怒の情を眼に籠めてじいっと彼を凝視した……彼は恐怖に堪え切れなくなって、オドオドしながら何か言おうとしたが、声にならなかった。が、遂に彼が、

「セ、先生、ボ、僕は——」

と言い出した時、忽ち武夫の図太い笑い声が起って彼を飛び上らせた。

「ハッハッハ、先生、探偵ごっこはその位にしといて下さい。オイ茂樹君、ぼんやりしてないで引揚げの手伝いでもし給え」

こう言って、武夫は茂樹を崖ッ縁に拉し去った。

私も山下君もそれに釣られたように、崖ッ縁に立って下を覗き込んだ。

遥か目の下の岩の上で、若者は今死体を背負って自分の身体に括り附け、綱に摑まって崖を攀じ登り始めた所だった。それは大変な作業だった。私達は、青白い月光の下に展開された、この地獄の底の若者の苦闘を、敬意を以て見守った。私はゆっくりゆっくり絶対の自信を以て、重い荷を負って崖を攀じ登って来る若者の姿を眺めながら、自分がいかに見え透いた敵の犯罪さえ発きかねて、力弱く戸惑っているかを思って、胸が痛かった。

私はそこで、また懐中電燈を振ってその辺の雪の上を探し廻った。針金でも——その切れ端でも落ちていはしないか、と思ったからである。山下君もそれと察して、一緒に探してくれたが、もとよりそんなものを敵が残しておくはずはなかった。どこか途中で谷底目掛けて投げ

棄ててしまったのに違いない。彼等をふん摑まえて、ポケットを探る事が出来たとしても、もはやそんな犯罪の重要な証拠物件が出て来るはずはないであろう。あれほどに私にははっきり敵の犯行を物語る木の幹の条にしたって、私は雪面の窪んだ溝を見て、その下にあの条を見出したから、はっきりそれと分ったものの、実は気のせいでそうも見える位の心細いものなのだ。一日もすれば、それさえ消えてしまうのではあるまいか……

結局私に摑めたものは、犯罪の行われたのは確かだ、という確信だけだった。私には、敵を攻撃し得る尻尾は摑めなかったのだ。ああ、敵は公臣君の場合と同じように、美事に陰険な犯罪を遂行してしまったのだ。しかも、殺されたのが嘉子だったから、ここまで私に犯罪を確信させる羽目になったものの、もし敵の意図通り成功していたら、私は全然敵の犯行か否かを知る事が出来なかったに違いない。恐るべき敵の陰謀！……しかし、その美事に計画された敵の犯罪も、その犠牲者が狙った紅子でなくて、自分の妹であり、自分の恋人である嘉子だったとは、何という運命の皮肉であろう。これこそ神の摂理と言うべきであろうか。

嘉子の死体が担ぎ揚げられると、武夫は妹の身体に抱き附いて、見栄も恥もなく声を放って哭いた。茂樹は肱を張った、子供のような泣き方で泣きじゃくった。嘉子は頭を打ったらしく、額が割れ、顔面がおしひしゃがれて鼻口から血を噴き出し、無惨な死顔だった。片方のスキーは脱げてしまったらしいが、片足には、足許から真ッ二つに割れて、尖《さき》の方の無くなったスキーがまだしっかりと食ッ附いているのが哀れだった。

私は、この憐れな犠牲者の頸に巻かれた、紅い頸巻に強く惹き附けられた。不思議な運命の悪戯を齎らした、その「紅い頸巻」に。敵の考え抜いた陰険なる計画犯罪を、成功の一瞬に躓かせた、その「紅い頸巻」に……

五

若者達は二人で代る代る死体を担いだ。その後から、武夫茂樹が黙々と続いた。私はその後から、彼等が突然振り返って私に向って来る事を用心して、少し距離をおいて行った。山下君は私のすぐ後に続いた。

宿に帰ったのは、十時だった。宿では、紅子と宿の主人夫婦とが、玄関の次の間の囲炉裡を囲んで、心配そうに待っていた。死体を担ぎ込んだので、親爺はすっかり驚いてしまった。どうしてそう簡単に捜し出せたか、老人にはどうしても合点が行かぬらしかった。

　死体は階下においてくれ、と親爺が言うのを、武夫は無理に二階へ上げて、さっきの部屋へ運び込んだ。そして、今夜はお通夜をしてやると言った。

　私は階下へ行って親爺を宥め、奮発して大枚の金を握らせた。親爺も私の誠意を認め、やっと承知した。老婆は「お気の毒なこったネ」と、目をしょぼつかせながら、仏壇からお線香や仏具を出して来てくれさえした。

　私達も、嘉子のそばに座って黙っていたが、空気はあまりに重苦しかった。十二時――古い年の逝く大晦日の十二時が過ぎた。

　私は紅子に言った。

「貴女は疲れたでしょうから、もうお休みなさい。顔色がよくないですよ」

　すると、山下君とお雪さんは、待っていたように紅子に「お休みにならなければ不可ません」と、無理強いのように勧めて、三人で部屋を出て行った。

　武夫は顔を上げて私を眺め、

「先生も、どうか休んで下さい。お疲れでしょうから」

と、案外素直な声で言った。それで私も「ナニ、いいですよ」と言ってしまったが、それから三十分ばかり経ってから、紅子を見てやりたいと思い、

「それじゃ、僕も一寸休ましてもらって、後で代りましょう」

と言って立ち上った。

　武夫は、

「いいですよ。どうせ僕達は起きてますから」

と言った。

　武夫と、魂の抜けた人のように茫然としている茂樹とを残して廊下に出ると、ずっと向うの廊下の突き当りの部屋が明るいので、「あそこか」と思って、長い廊下を渡って行った。今まで居た武夫達の部屋は八畳だったが、他は大抵暖を取り易いために、六畳位の小さな部屋が沢山廊下の両側に並んでいるのだった。偶然か――それとも、大晦日の晩に、こんな山の中の化物の出そうな温泉宿に泊りに来る気粉れ者もないのか、この惨劇の夜は、私達七人――いや、六人と一個の死体と言うべきか！――の外には、一人も泊り客がなかったのだった。宿屋もたった一組の、飛んでもない不吉な客人に泊られた訳である。廊下の両側の、人の居ない暗い部屋は、障子の

開いてるのもあり、ピッタリ閉ってるのもあり、そのどちらもひどく無気味で見せ物の化物小屋よりは確かに気持がよくなかった。私はこの暗い冷めたい廊下を、突き当りの部屋の明りを頼りに、トンネルを抜けてくるような気持で歩いて行った。

紅子は蒲団の中に入っていた。お雪さんが蒲団の裾をまくって、炬燵の火を見ているところだった。山下君は裾に近い所に胡床《あぐら》をかいて、頰杖突いてウトウトしてた所らしかった。彼は私を見ると、狼狽てて座り直した。

紅子は放心の態でぐったりしていたが、私を見ると急に眼を輝かして何か話したそうな様子を示した。私も何か話さなければならぬ事があるような気がした。

私は山下君とお雪さんに、

「君達も寝給え。山下君には二度も行ってもらったりして、済まなかったナ。二人とも、随分草臥れたろう」

と、ねぎらってやると、

「先生こそお疲れでしょう。ですが、先生、さっきのあれは……」

山下君は、さっきの一本松の「条」の事を訊きたいらしかった。

「ウン、まあ、後にしよう。今どうする事も出来ないから……さあ、寝給え、寝給え、ナアニ、構やしないよ」

私はこう言ったが、彼等もお通夜に出席する義理は感じていないのだった。

「奴等の事ですか、誰が構うもんですか。仇じゃありませんか」

山下君は激越な事を言い出した。

「先生、私は今までは実は半信半疑だったんですが、今日という今日ははっきりと分りました。私の考えじゃあ……」

昂奮して饒舌り出した山下君を宥めすかして「一寸紅子さんに話があるから」と言うと、やっと、「そうですか、それでは」と御輿をあげた。

「先生、お隣りにお蒲団を敷いときました。炬燵も入れときましたから、もう温まってるでしょう」

お雪さんもこう言って、出て行った。廊下の向う側にそれぞれ部屋を取ってあるらしい。

「あの人達、可笑しいのよ。女中さんがもっと向うのお部屋に仕度をしといてくれたのに、あんな汚らわしい人間共と近い所じゃ不可ないと言って、どんどん此方へ歩いて来て、とうとうこのどん詰まりの部屋まで来ちゃったのよ。もうこれ以上は行かれないから、仕方がないんですって、ホホホ」

紅子は私と二人きりになると、ひどく嬉しそうに饒舌り出した。私は、枕許に座って、彼女の髪を撫ぜてやった。紅子は子供のようにじっとしていたが、急にハッとしたように、

「嘉子さん、お気の毒ねえ」

というと、泪がポロポロとほうり落ちた。

私は無言で頷いた。

「しかし、貴女が無事で、何よりでした。危ない所でした。僕は貴女にお詫びしなければなりません」

「そんな事ありませんわ。先生のお蔭ですよ。……私が不可なかったんです。わざわざこんな危ない所へ出て来たりして……それでも、ほんとによかったわ。こうして先生と、もうお話が出来なかったかも知れなかったのネ」

紅子は感慨に胸が詰まって、言葉が出なくなってしまった。私とてその感慨は同じだった。私は何か言いたい事が一杯あるようで、何も言えなかった。

「あまり昂奮すると不可ないから、もうお休みなさい。僕もお隣りへ行って寝ます」

しかし、紅子は何故かひどく私を離したくない風情だった。

「もう少し、ね……さっき一寸山下さんから聞いたんですけど、証拠が掴めたそうですネ」

「いいえ、駄目なんです。犯罪の確信は得ましたがネ。彼等をやっつけるには足りないのです。もっとも、この場合、実際に彼等が殺ったのは彼等の味方だったんだから、こちらからかれこれ言う筋はないかも知れませんけれど……でも、やり方だけは、どうやらはっきりしましたよ――」

私は先ほど一本松の所で発見した、松の木と栂の木の幹に遺された「条」の事について話し、私の想像した犯罪方法を語った。

「ね、何しろスピードを出して吹ッ飛ばしてるんですから、あんな吹雪の中でなくたって、そんな針金なぞに気が附きはしないでしょう。アッと言う間にそれに引ッ掛って、ステーンと引繰返り――自分でも何の事か分らぬ中に、そのまま崖から地獄へ直行という所でしょう」

「まあ……」

紅子は顔からサーッと血が引いて行ったが、強いて気強く、

「それでは、証拠が得られた、という訳ですネ？」

「それがねえ……針金なぞは無論見附からなかったし、木の幹の条というのも、実はあるか無しかという微かなものですネ……犯罪の確信には役に立つけど、犯人を罪に落とす事はどうですかネ……それに、それが仮りにうまく行った所で、茂樹君の殺人が指摘し得るだけですからネ。僕は、それだけじゃ詰まらんと思うのです。鼠を摑まえて、虎を逃がしちゃってはネ……僕は、本当に恐ろしいのは武夫さんだと思うんです」

「私もそう思いますわ。茂樹さんは手先に使われただけよ。……それじゃ、先生、今度も武夫さんは尻尾を出さなかった訳ですネ」

「出しませんネ、絶対に。何しろ、武夫さんは手を下していないんですから。……茂樹君に目配せしたというだけなんですからネ。どうにもなりませんネ。茂樹君にでも告白してもらわない限りは、駄目でしょうネ。その茂樹君が、奴の絶対支配に服しているんだから、どうにもならない……」

　こう言いながら、私はさっき一本松の所で、茂樹がもう少しで私に何か告白しそうになったのを、武夫が横から妨害した事を思い出した。私はひょっとすると茂樹の身が危なくなりはしないか――と考えた。武夫は、茂樹から秘密の漏れる事を恐れて……

　いや――と、私は反省した。そんな余計な心配なぞしている余裕はない。それより、此方が危ないのだ。身から出た錆で、妹を失い、恋人を失って、遣り所のない憤怒に胸を沸らせているに違いない陰険な敵は、重なる復讐に、是が非でも紅子の命を奪わずにはおかぬと、いよいよ毒牙を剝いて飛び掛って来るのではあるまいか……間抜けな私に、よくそれを防ぎ得るであろうか……

　私かこんな憂悶に、思わず沈黙に陥っていると、紅子もあらぬ空間に目を据えて、じーッと考え込んで黙ってしまった。私はそれに気が附いて、疲れて睡くなったのだろうと思い、もう一度頭を撫ぜてやって、

「それじゃ、ゆっくりお休みなさい。僕もお隣りで少し寝ます。本当に疲れちゃった」

　私が残り惜しく彼女の顔を見て、立ち上ろうとすると、彼女も別れにくいらしく、目で縋り附いて来た。そして、

「先生！」

　と言って、蒲団から指を出した。

　私はその可愛らしい、しなやかな指を握ってやり、頰ッぺたに食っ附けた。紅子は嬉しそうに黒目勝の眼をク

リクリさせ、形のいい唇を綻ばせて白い歯を覗かせて頬笑んだ。私はいといとしさに堪えられなくなり、思わずその指に唇を附けた……

温かい寝床に入ったが、私は昂奮でなかなか睡れそうにも思われなかった。私は一人天井を仰いで物思いに耽っていると、狼川の川瀬の音が雨の音のように耳に入ってきた。暗い沢山の部屋を隔てた遥か向うの部屋には、頭の割れた若い女の無惨な死体がある、このどこか廃寺のような感じのする大きな湯の宿が、私にはひどく無気味なものに思われてきた。私は、早く夜が明けてくれればいいと、何がなしに神に祈りたい気がした。

私はしかし、快い炬燵の温かさに、間もなく疲れが出てトロトロしてきた。私は、お通夜にも出てやらなければならないと思い、また紅子の護衛のために熟睡してしまっては不可ないと思いながら、いつの間にかぐっすりと寝込んでしまったのであった。

第七章　潰滅

一

朝の日がカンカン明るく障子に照り附けるまで——従って、女中が雨戸を繰ったのも知らずに、私は熟睡してしまった。腕時計を見ると八時半だった。

ところが、私ばかり寝坊した訳ではなかったと見えて、私が慌てて部屋を飛び出した時、紅子とお雪さんと山下君とが、湯殿で洗面を済まして、長い廊下を渡って来る所だった。私は紅子の無事な顔を見て、「ああ！」と嬉しさに声を立ててしまったが、昨夜は一晩中彼女の護衛のために起きてる積りだったのに、すっかり寝込んでしまって、今頃目が覚めたのが自ら大いに決まりの悪い思いだった。

四人はまた紅子の部屋に集まって、一緒においしいお雑煮を食べた。ああ、今日は元旦だったのだ。私は食事

をしながら、女中に「向うの連中は起きてるかネ」と訊くと、

「まだお寝《よ》ってらっしゃるようです。お疲れになったんでしょう。昨夜、お蒲団は入れといて上げましたから」

　と答えた。

　連中も草臥れた上にお通夜で、さぞ疲れた事であろう、と敵ながら何だか可哀そうな気もした。疲れ切って、明るくなった所でぐっすり寝込んでしまった彼等の姿が、目に見えるような気がした。私は昨夜はとうとうお通夜をすっぽかしてしまった事が、少し気が咎めた。思えば、武夫が妹を失い、茂樹がその恋人を失ったのは、自業自得と言うべきであるが、犠牲の祭壇を血塗った嘉子という女は、何という呪われた憐れな生涯を送った女であろう。よし、彼女とて連中と一緒になって、紅子の命を脅かしていたと思われる筋があるとしても、それとて父に妻を奪われた兄の妹と運命附けられた、彼女の宿命のさせた業であって、突き詰めて考えれば、彼女の知る所でなかった、と言えるかも知れない。少くとも彼女の最後は、面も向けられぬ無惨な死によって、無意識ながら、彼女の仇敵紅子の命を救っているではないか……私は皮肉に嗤うのでなくて、心からあの険しい尖がり顔の、負けん気のシャキシャキした彼女のために、憐憫に眼頭が熱くなってくるのだった。

　食事が終ってから、「それでももう九時を廻ったから、今日は嘉子さんの始末もある事だしお膳を下げたら、一度起してみてくれないか」と、私はこの十六七にしかならぬと思われる小柄な女中のお篠さんに言い附けた。

　ところが、それから十分ばかりして、武夫等の部屋の方でキャーッという悲鳴が聞こえた。障子を開けると、バタバタとお篠さんが慌てて廊下を駆けて来た。

「オ、お客さん、大変です」

小女は真蒼になって、私にしがみ附いてきた。

「あちらのお客さんが……あちらのお客さんが……」

「ド、どうした」

「死んで……いいえ、殺されています」

「ええッ」

私は驚いて、他の三人と共に廊下を駆け出した。

八畳の間の障子が開いている。飛び込むと、死人の足許の方に敷いた蒲団の中で、大隅武夫が土色の顔をして、苦しげに顔を顰め、眼を剝き出し、虚空を摑んで縡《こと》切れ

ていた。その頸には、喉仏のわきに二つ爪の跡が深く食い入っている。両手で絞め附けた拇指の爪跡に違いない。私は手早く調べて見たが、外には傷一つ見附からなかった。頸を絞められたのが致命傷である。

それに並んだ、もう一つの蒲団は空ッぽだった。茂樹は……茂樹はどうしたのだろう。

私は死人の方に目をやって見たが、嘉子の死体は何の異常もないようだった。

私はこの思い掛けない出来事に動顚してしまった。紅子は真蒼な顔をして、眼を大きく見開き、恐ろしそうに武夫の死体を凝視めている。お雪さんも、山下君も、呆然として口も利けない様子だ。私は考を纏めようと努力したが、頭がうつ
ろになったようで何も考えられなかった。

そこへ、お篠さんに聞いたのだろう、親爺が狼狽てた顔で飛び込んで来た。息子の兄弟もドタバタ階段を踏み鳴らして上って来た。その後から、お婆さんまでお篠さんに引ッ張られて部屋を覗き込んだ。家中の人間が全部集まってしまった訳である。

「一体こりゃ、どうした事だ」

老人は部屋の中の二つの死体を眺めて、迷惑極まりない事だ、という顔で、吐き棄てるように言った。

「お連れの若い方は、どうしましたネ?」

親爺は、すぐ茂樹の居ない事に気が附いた。私はこの時、初めて茂樹の帽子や服がなくなった事に気が附いた。昨夜は壁に掛っていたのだった。私は親爺と共に階下へ行ってみた。茂樹のスキーはあった。が、藁沓が一つ無くなってる事を息子の兄貴の方が発見した。

ああ、茂樹は昨夜の中にこの宿から出て行ったのだろうか……

私は老主人に、「宿の人達に気附かれずに出て行けるだろうか」と聞いてみると、

「そりゃ、こっそり出て行く気になれば、行かれない事はないだろう。階段からすぐ玄関の土間なのだから宿の人達に気附かれずに出て行く事は訳はない。玄関の大戸は重くてえらい音がするけれど、潜り戸が附いてるから、大戸は開けなくても、そこからそっと出られる訳だ。大戸には大きな錠を掛けるが、潜り戸はただ、輪鍵を掛けて釘を刺しておくだけだから、誰でも出られる」と言うので、

「では、今朝大戸を開けた時、潜り戸の輪鍵が外れてたか、どうでしょう」

と、私が訊くと、女中のお篠さんが答えた。

「私が大戸は開けるんですが、潜り戸の輪鍵には気が附きませんでした。けど、大戸を引いて見れば、すぐ分りますわ」

そこで、私は女中を手伝って重い大戸をガタピシ引いて見ると、果して潜り戸の輪鍵は外れていた。いよいよ茂樹が出て行った事は確かになった。

「昨夜は死人が担ぎ込まれたと思ったら、今朝は人殺しか……やれやれ」

親爺は迷惑そうに、顔を顰めて呟いた。

「人殺し？　自殺じゃないのかナ」

弟息子が真面目にこんな事を言い出したので、親爺はとうとう鬱憤を爆発させた。

「バ、馬鹿！　自分で自身の頸が絞められるか！」

「じゃ、誰が殺したんだ」

弟息子のこの質問には、誰の胸にも答は既に用意されていたのに違いなかったが、誰も、その恐ろしい事を口に出し兼ねていた。

ところが、とうとう兄貴の方がそれを言い出した。

「そりゃ、潜り戸から出てった、あのお客さんに違いないよ。……俺は昨夜死人を担いで帰る時に、あの若いお客さんと、二階に殺されてるお客さんとが、何か一生懸命言い争ってるのを聞いたんだ。人に聞かれないように、声を殺して饒舌ってたんで、何を言ってるのか分らなかったが、言い争ってた事は確かだった」

そうだ。茂樹は過失ではあったが、そして恐らく武夫の言い附け通りに動いただけの事であろうが、とにかく武夫の妹を殺してしまったのだ。二人は仇同志だ。武夫は茂樹を殺すかも知れない。更に、武夫は茂樹から秘密が発れる事を恐れて、その点からも茂樹を殺す気にならないとは保証し得ない。……従って、それを感じて、茂樹の方でも武夫を殺す理由はあり得るという訳ではないか。食うか、食われるか、早い者が勝ったのだ……私は、謎は解けたと感じた。

親爺は、兄息子をS温泉の警察に走らせた。警察に知られるのは已むを得まい、と私は思った。とにかく、茂樹を掴まえてもらわなければならないのだから。これきり彼が行方不明になってしまっては、物騒で仕方がない。もっとも、武夫が居なくなってしまえば、茂樹一人では人の命を狙う事が出来るかどうか問題ではあるが……

二

「先生、茂樹さんはどうしてスキーを穿いて行かなかったんでしょう」

紅子は私を引ッ張って二階の部屋へ戻ると、突然こう言って私を凝視めた。

私はハッとした。ああ！　私はどうしてそこに気が附かなかったろう。彼はスキーを穿かずに、藁沓を穿いて行ったのだ。スキーをいじくってると音を立てるから、という理由も考えられる。しかし、逃亡のためにS温泉へ、そしてN駅へ急ぐとすれば、少しく困難でもスキーを持ち出したに違いない。そう考えると、彼は、S温泉へ下ったのでなくて、山へ登ったのだ、という事になる。しかも、下りて来ない積りで。これは不思議だ。S温泉へ下れば逃亡の道はあるが、山へ入り込んだら、この雪の中でどう逃げられるものではない。……ここまで考えて、私は突然頭に浮かび上った考えに愕然とした。

「すると、茂樹君は……」

「ね、先生。私、茂樹さんは山へ死にに行ったんじゃないか、と思うのよ」

「そうですか。……大きにそうかも知れません。いや、それに違いないかも知れませんネ」

紅子は蒼い顔をしてじっと考えに沈んでいたが、急に思い決したように、一気に言ってのけた。

「それでネ、先生。私、茂樹さんを助けに行きたいと思うのよ。先生、一緒に行って下さい」

「ええ？」

私は驚いた。

「ね、先生。敵は同志討ちをやって自滅したのよ。自滅したのよ。自業自得だわ。……でも、私、みすみす兄さんの死ぬのを打遣《うっちゃ》って見ていられないんです。お願いです、先生。助けて上げて下さい。もう今度は、兄さんもあんな事はなさらないのに決まってますから……ね、先生、紅子一生のお願い！」

私は、敵をして後腐れなく潰滅せしめる方がいい、という気持が確かに心の中でしていたのだが、しかし、紅子にこう言われると、いかにもそれが偏狭な敵愾心のように思われ出してきた。私には、どうしていいか、本当の所は判断が附かなかった。しかし、紅子の言う通り、茂樹を救ってやった所で、もはや彼は紅子の命を狙ったりする事があり得ない事は確かだ。無益な殺生はしないい方がいいかも知れぬ。それに、悪人とは言え、自殺しに行こうとする者を見殺しにする事は、人道上から言って許されるか、どうか……そんな事まで考えて、私はともかく紅子の言う通りに動く外はないと、決心した。

「もう間に合わないかも知れませんけど、それでも打遣ってはおけませんわ。……先生、勝手な事ばかり言って済みませんねえ。紅子ほんとに感謝してるわ。ねえ、先生、行って下さる?」

「そりゃ、貴女が行けと言うなら、僕はどこへでも行きますがネ。こんな危ない所まで出て来た位なんですから……しかし、それじゃ、紅子さんは家に居て下さい。僕は山下君と二人で行って来ます」

「いいえ、私も連れてって下さい」

「だって、どこまで行くか分りませんよ。自殺者は死ぬまで迷い抜く、という話だから……」

「いいえ、場所は分ってるわ。一本松よ」

私は吃驚して、彼女の顔を見直した。

「当り前じゃないの。兄さんは、恋人の嘉子さんを殺した場所で自殺するのに定まってるわ」

私は紅子の独断に驚いたが、しかし、考えてみるとそんな所かも知れなかった。

「それじゃ、とにかく行ってみましょう」

先頭に山下君、それから紅子——紅子は今日は頸巻を巻かなかった。お天気がよくて、日に当って歩いてると暑い位だからでもあるが、それより彼女は、彼女の命を救ってくれたとは言え、自分の主人の命を救い得なかった嘉子の緑色の頸巻は、もう気味が悪くてする気になれないのであろう。頸巻のない紅子は、頸の辺りがひどく間が抜けて淋しげだった。紅子はやッぱり、あの鮮かな紅い頸巻をしなければ——私はそう感慨に耽りながら、彼女の後からスキーを踏んで行った。その私の後から、私が特に応援を頼んだ弟息子が、ザイルを担いで蹤いて来る。というのは、私の考えでは恐らくもう茂樹は生きてはいなかった。だから、また昨夜のように一骨折ってもらう必要があると思ったのだ。ところが、紅子も大してそれに不賛成も唱えなかった所を見ると、彼女自身も必ずしも茂樹がまだ生きていると信じている訳でもないらしかった。そうだ、紅子とて、もはや今頃行ったって、必ず茂樹を救えるとは思っていないのであろう。ただ、苟《かりそ》めにも「兄さん」と呼んで生涯を共にしてきた人が、たとえ自分に辛い仕打をしたとは言え、自殺を思い立って一本松へ向った事を知っては、間に合おうと間に合うまいと、とにかくそれを救いに駆け附けずには居られなかったのであろう。

嘉子と全く同じ場所で、恐らく嘉子がぶつかった同じ岩で、同じように頭を割って鼻口から血を噴き出し、無惨な死顔をした、茂樹の死体を宿に担ぎ込んだのは、もう二時を廻っていた。

丁度S温泉の警察から捜査官の一行がスキーで駆け附けて、武夫の死体を調べている所だった。私達が茂樹の死体を見附け出して来たので、彼等の余計な思考の無駄は省かれたという訳である。

口髭のもじゃもじゃした、ちょっとソ連の独裁者の顔を思い出させる、熊のように大きな身体の捜査係長は、

「オッ、また死人を担ぎ込んだゾ」

と、お道化た調子で言って、早速新しい死体の調査に取り掛った。

茂樹の死体からは、皆が期待したであろう遺書も何も、出ては来なかった。私も、彼が確かに自殺だと思われるだけに、これは一寸意外だった。武夫を殺して、逃げ出すのに急で、遺書なぞ書く余裕がなかったのであろうか。ただ左の内ポケットから、小瓶のこわれたらしい欠けらが現われた。それは、臭いによってクロロフォルムを容れたものである事は明らかだった。ポケットもその臭いが強かった。内容物の入ったまま、崖から落ちた時に小瓶がこわれたものであろう。……この謎のような物の外には、蟇口、手帳、名刺、ハンケチ——このハンケチにはO・Yの頭字《イニシアル》が刺繡してあったから、恋人の嘉子から貰ったものであろう——等で、別段注目すべきものは出て来なかったようである。

しかし、呑気らしい風貌の捜査係長は、囲炉裡に気持よく燃え上る生ま木の焰に両手をかざしながら、まだ死体の調査を続けている三人の部下を眺め、濃い口髭をもぐもぐさせながら、部下にともなく私達にともなく、大きな声で、

「単純な事件だよ。犯人はそいつサ。二階の奴を絞め殺してずらかったが、逃げ終わせられん事を知って、自殺したんだ。動機だってはっきりしとる。痴情に定まってるよ。二階に死んでる女が原因さ。そいつが女に懸想してサ。それが近頃振られた、と想像してみりゃ、何もかもはっきりしちゃう。そいつが女を詰《なじ》って、崖の上で

ゴタゴタしてる中に、故意か過失か、そこまでは俺にも分らんが、とにかく女を崖から落として殺した。そいつを、女の兄貴に悟られたので、已むを得ずこれも殺した――という、ありふれた痴情の殺人事件サ。さて、そのクロロフォルムだが、詰まらない物を持ってやがったが、それで女をどうかしようと思ってたのかナ。ハッハッハ」

彼はこう事もなげに言ってのけた。それから、私に向いて、

「ねえ、お客さん、後で署で詳しく聞かしてもらいますが、どうです、そんな所でしょうが」

私は慌てて答えた。

「ソ、そうですネ……私も、そんな所じゃ、ないかと思います」

武夫も茂樹も嘉子も死んでしまった今、中御門家の人に知られたくない複雑な家庭事情も、もはや暴露される心配はなくなったのだから、そういう事にしておいてもらえば有難い――と私は考えた。

三

事件は大袈裟に東京の新聞にも出てしまった。私は新聞に出ないように骨折ったのだけれどとてもこんなセンセーショナルな事件を秘密裡に葬り去る事は出来なかった。しかし、それは、私達だけの知っている、もっとセンセーショナルな事件――即ち、紅子を中心として命を賭けて――の闘争の真相については、触れる事の出来なかったのは勿論の事である。ただ、名門の家に属する三人の若い男女の、醜い痴情の殺人事件として、あのスターリン髭の捜査係長が慧眼に洞察した所と大体同じように、世間に報道された訳である。

私は、私達の旅行がこんな思い掛けない不思議な結果に終った事を、苦笑したいような気持で眺める外はなかったが、私の働きでなかったとは言え、ともかく紅子の命は無事に護り通せた訳だし、敵の尻尾を摑む事には成功しなかったけれど、悪人は全部自滅してしまったし、私は喜んでいいかどうか分らないが、安心していい結果の齎らされた事は、悪くはないと思った。警察の用事で

三日ばかり遅らされた帰りの車中で、私はしみじみと今度の冒険を思い返しながら、感慨深く紅子に私の感想を漏らした。——

「紅い頸巻があんな錯誤を起させて敵側を潰滅させたかと思うと、何だか不思議な気持がしますネ、僕は、『神の摂理』だっていう気がしますよ」

紅子はハッとしたように、血の気のない顔を一層蒼ざめさせながら、私の顔をまじまじと凝視めるのだった。

「ハハハ、柄にもなく『神』なぞ持ち出したので、紅子さんは驚いているんですネ。……しかし、こんな事に会うと、誰だって『神』の事を考えたくなりますよ。いいえ、『神』で不可なければ、『宇宙の意志』と言ってもいいのですよ。……そういうものの力が感じられませんか、紅子さんは？」

私は益々憂愁に沈んで行く紅子の蒼い頰を眺めながら、

「あの紅い頸巻を貴女が何の気もなしに嘉子さんと取り換えっこしたばかりに、命を狙われた貴女は危うく助かり、あべこべに仲間の嘉子さんが殺されてしまって。そして、恐らくそれが因で、武夫さんが殺され、茂樹君が自殺してしまった、っていうんですからネ。……あの紅い頸巻が、人間以上のものの意志を代表して悪人を滅ぼした、という風に考えたくなるんですよ」

しかし、彼女は益々気持が沈んで行く様子だった。私はだんだん彼女の憂愁に引き摺り込まれて行く自分を感じながら、何とかして彼女の気持を引き立ててやらなければならぬ、と思った。

「ああ、紅子さん。貴女は、彼等が果して悪人だったかどうか、という疑惑を持っているんではないんですか？　あの陰険な悪人共の犯罪は、とうとう明るみに暴露されずに終ったから、貴女は今になって、却ってそんな疑惑に取っ憑かれているんじゃないですか？」

すると、紅子は子供のように頭を振って、

「いいえ、先生。そんな事はありません。……私は、あの三人の犯罪を確信しています！」

彼女は、こうきっぱりと言い切った——これには、却って私の方が少したじたじとなった位にきっぱりと……

第八章　神の摂理？

一

東京へ帰ってから、私は早速品川の中御門邸を引き取って、本郷の下宿へ帰った。私はもう私の「護衛」の役目が終った事を知ったからである。

私は下宿の自室に茫然と机に頬杖ついて金魚と睨めっくらしながら、紅子の結婚の通知を心待ちにしつつ、憂鬱な毎日を送っていた。中御門氏は、こんな事件があったけれど、阿部氏との婚姻は予定通り今月中に行う、と私に語ったのであった。……が、とうとう一月が終っても、私は紅子の結婚の通知に接しなかった。まさか紅子が、私に残酷なその通知を寄越す事を遠慮した訳でもあるまい。私はそこまで私の気持を、色に表わさなかった積りだ。私は彼女にそんな事をされたら、却って腹立たしい気持になるであろう。

しかし、二月がだんだん経って行っても、何の通知も来ないので、私は少し心配になり焦燥に堪えられなくなった。私は、彼女が病気でもしているのではないか、とも思ったので、一日品川の邸に出向いて見舞ってやる事にした。

紅子は別に病気をしていた訳でもなったが、顔色は蒼ざめて、何だかひどく窶《やつ》れたようにさえ思われた。私はその事を言って、

「どこか悪いんじゃない？」

と、訊いてみると、彼女は泪ぐんで頭を振った。ひどく感傷的になっている事が分る。

「何だか、昔の紅子さんのようじゃありませんネ……いつまでも、あんな事件のこと気にしていては不可ませんよ。もう何もかも終ったんですから、安心して朗らかにおやりなさい。悪人に命を狙われていた時あの時分の方が、元気だったじゃないですか。敵が居なくなって、張合いがなくなっちゃったという訳ですか……早く結婚でもして気分を変えるんですネ。そうそう、まだ、結婚しないのですか。一体、どうしたんです。一月中に結婚の通知が来るかと思って実はビクビクして待ってたんですがネ。ハハハ、いや、それは冗談です。僕は、貴女が

早く結婚して朗かになって下すった方が、やッぱり嬉しいんですよ。……もう何でしょう、阿部君に此方へ来てもらっていい訳でしょう?」

紅子は何も答えずに、憂鬱そうに顔を曇らせて、下を向いてしまった。私は急に心配になって、

「阿部君の方に何かあったんですか?」

「いいえ」

「では、何故――」

「先生。私、結婚したくないんです。……いいえ、しない積りです!」

「えッ」

私は本当に驚いた。

「ド、どうして?」

私は何か胸騒ぎがした。紅子は黙っている……

「紅子さん、貴女は阿部君がお厭なんですか?」

「いいえ、別にそんな事ございませんけど……」

「だったら、早く――」

彼女は無言で、私に厳しく咎める眼差しをぶつけた。私はたじたじとなって、

「どうも分らないなア。……それじゃ、誰か外に――」

彼女は苦しげに、殆んど怒ったような調子で言った。

「そんな事仰言らないで……厭ッ!」

そうして、彼女は口惜しそうに下唇を嚙み、下を向いた。その目からポタポタと泪がほうり落ちた。

「そうですか」

私は憮然として沈黙し、煙草をふかすのみだった。私は彼女の言葉に、怒って黙ってしまったような振りをして見せたが、内心はそうではなかった。彼女の気持があまりにひしひしと私の心を打ったからである。私はもはや何も言う事が出来なかったのである。私達はもう一歩で、堰き止められた感情の爆発点に近づいている事を感じた。で、私は黙ってしまったのだが、しかし、もう遅かった。

「先生!」

紅子はそう言うと、急に激情を奔らせた。

「先生、私の気持、お分りになっていらっしゃる癖に……私が結婚したいと思う方は、たった一人しか居ない事を、先生は知っていらっしゃる癖に……、私は父を安心させるために、結婚を承知したのです。先生にいつまでも護衛して頂くのがお気の毒だったので、結婚する気になったのです。ですが、もうその必要もなくなりました。……いいえ、父を安心させるためには、やッぱり結

婚して上げたいんですけど……私には出来ません……」

彼女はこう言って、遂に俯伏して泣いてしまった。

私は心ない事を言って、彼女を混乱させた事を後悔した。私は途方に暮れた。しかし、次第に私の心は彼女の激情に揺すぶられ始めた。彼女のひたぶるな情熱は、強い鞭となってピシピシと私の心を鞭打つのだった……私はとうとう一生口に出すまいと思っていた事を、口に上せずには居られなくなってしまったのである。——

「紅子さん、済みませんでした……僕が卑怯だったのです。僕は貴女の気持も、僕自身の気持もよく知っています。……殊に今度旅行から、帰って、貴女と分れて下宿へ戻ってから、はっきりとそれを知りました。……ですが、僕にどうしてそれが言い出せましょう……僕にはやッぱり諦めるより、どう仕様もなかったのです。……しかし、僕は決心しました。僕達は自分の気持に、もっと忠実に行動しましょう。いいえ、僕は一人息子だけれど、親爺は僕の自由は認めてくれます。紅子さん、僕は——」

しかし、ここで私は予期しない彼女の厳しい拒絶に出会って、呆然としなければならなかったのである。彼女は泪に濡れた顔をきっと上げると、激しい調子で言い放った——

「先生、何も仰言らないで！……私は駄目なんです。私は先生とも結婚は出来ないんです！」

そうして、彼女はもう堪えらなかったのであろう、つと立って、隣へ駆け込んでしまった。恐らく、そこで彼女は泣き倒れているのであろう……私はしかし、彼女の後を追って飛び込んで行く勇気はなかった。私はあまりにも強過ぎた彼女の拒絶に、押し潰された胸を抱いて下宿に帰った……

二

私はこんな事で意地をつついて、彼女に会わなかった訳ではない。やッぱり私は、私が彼女の前に完全に姿を消す事によって、彼女もやがて父君の懇請にほだされ、阿部氏との結婚も成立する事になるのであろう、と思ったのだ。少くとも、私にはそうするより外には彼女の幸福を将来する資格のない事は明らかだったので、私は紅子に対して無限の好意を抱きながら……否、それ故に、彼女から遠ざかる事にしたのであった。

こうして、三月はとうとう一度も彼女に会わず、四月に入って花の信《たよ》りが新聞面を賑わし始めた頃、突然、私は彼女の父君、中御門公友氏の急逝の報を受け取ったのである。

私は早速彼女の家に弔問に行き、彼女と二人きりで会う機会を得たけれど、彼女はいつかの取り乱した激しい感情はどこへしまってしまったのか、優しい愛情に満ちた瞳を私に向けてはいたけれど、私にはやはり、何か薄紙一重ふっ切れぬものが感じられた。私はこうして全く肉親を失ってしまった憐れな彼女に対して、いたく同情はしたけれど、その同情も碌々口にし得ない中に、弔問客の応対を気にしているに違いないと思われる、彼女の前を辞さなければならなかった。阿部氏の事なぞ口にする隙も彼女は見せないのだった。……ああ、しかし、彼女は本当にそんなに冷めたい女になってしまったのであろうか。私は何事にもそうであったが、人の心を見抜く事においても間抜けであった自分を、今恥ずかしく思い返さなければならない。

それから――一週間後、即ち今朝の未明に、私の愛する彼女、中御門紅子は、花咲く春に背き、若い命を自ら絶って父君の後を追って行ったのである。

急報に接し、動顛して中御門邸に駆け附けた私は、今はあらゆる苦悩を超えて、安らかに睡っているように思われる彼女の枕頭に、あの懐かしい字で「先生への遺言」と書いた部厚い一包みを、慄える手に取り上げなければならなかったのである……

（中御門紅子の遺書の前書）

先生、私は亡き父の初七日の今夜、悩み多かりし我が生を自ら絶って行くに当って、私を心から愛して下さった先生に対し、無限の感謝を捧げます。

そして、何故私がこの世でただ一人の人と思ってるお方のお胸に飛び込んで行けなかったか、という事を理解して頂くために、ここに「狼峠の惨劇」の真相をすっかりお知らせ致します。先生、あの事件には、実は、先生が御覧になった事実の裏に、隠れた真相があったのです。同封致しました、茂樹兄さんの遺書を最初にお読みになって、それから私の遺書をお読み下さい。そうすれば、私が何故、私が熱愛しているお方のお腕の中に身を投じて行けなかったか、が分って頂けると存じます。

そして、更にお願い致したいのは、先生の御手で直ちに、この事件の真相を世間に発表しなければ誰にも知られずに済んでしまう秘密ですが、私は敢えて真相を発表して、世の批判を仰ぎたいのです。

　私は悪を極度に憎みます。人の目を晦ます陰険なる犯罪を、人に知られぬままに打捨てておく気にはなれないのです。それが何人によって行われたものでありましょうとも！　先生は、こんな真相を発表する事を、私のために躊躇されるであろう事が、私には想像されます。けれども、私は、先生がその感情を乗り越えて、真相を発表して下さる事を、死に臨んでの紅子の最後のお願としてお願いしたいのです。私は、私が悪を憎む事がどんなに激しいかを、先生に、そして世間の人に、知って頂きたいのです。そして、私が悪を憎む事のいかに激しいかは、この恥ずかしい真相を、自ら世間に発表して下さい、とお願いする事によって、最もよく理解して頂く事が出来ると信じます。

三

（中御門茂樹の遺書）

ああ、俺は愛する嘉子を自分の手で殺してしまった。嘉子は、何だって紅子の紅い頸巻なぞしていたのだ。……が、これも悪の報いで仕方があるまい。罪のない紅子の命を取ろうとしたのを、神が罰し給うたのだ。

　俺は紅子に言い寄って、撥ね附けられたことがある。その怨みは深いが、それがために紅子の命を狙ういわれはない。俺の方も、もともと紅子を愛したと言うより、俺の憐れな、必要性のなくなった養子という不安な地位から、中御門家の婿君たる権利を確保したい、色と慾の二筋道だったのだから、悧口な紅子が俺の野望を見抜かぬはずはなかったのだ。そして、純粋な紅子が、俺の不純な気持を憎まぬはずはなかったのだ。

　親爺は、俺のこの事件をきっかけに、阿部氏との縁組を定めてしまった。俺は親爺を怨んだ。しかし、俺には親爺を殺すほどのいわれはなかった。

　俺は武夫と嘉子に唆かされたのだ。彼等は親爺を殺す理由を持っていた。彼等は父公武氏の遺言で、……彼等は親爺を父の仇と狙っていたのだ。その上、武夫自身、妻の百合江を親爺に奪われているのだ。彼等もまた、法律によってどう仕様もない怨みを、自分等は、その法律によってどう仕様もない陰険な手段で、報復する事を計画したのだ。俺は彼等の気持には動かされたけれど、その復讐に加担する因縁はなかった。ところが、その中に、俺は嘉子を愛するようになった。これは、明らかに嘉子が俺を誘惑したのだが、俺にはその誘惑を拒む理由はなかった。いや、それどころか、俺は有頂天になり夢中になってしまった。ところが、嘉子は自分の方から誘惑しておきながら、最後のものを要求すると、彼等の復讐に加担する事——いや、それに成功する事、少くとも紅子と公臣を殺害する事を交換条件にした。彼等の目的は親爺を殺す事にあったが、まず子供等を殺して親爺を苦しめ、苦しめ抜いた上で親爺を殺そう、と言うのだった。俺は罪もない子供等を——仮にも、俺の妹であり弟である者を、殺す事は厭だ、と断わった。が、俺は断わり通す事は出来なかったのだ。鼻の先に突き附けられた、香ぐわしい嘉子の肉の魔力に、とうとう俺の理性は麻痺してしまったのだ。

今年の夏、逗子の海で、一日俺は嘉子・紅子と三人でボートに乗って沖へ出た。わざとボートを引繰返し、あの沖の冷たい水流で殺してやろう、と計画した。これは、嘉子の思い附きだったのだ。計画は予想以上に成功し、紅子は一人でわざわざボートから離れてグングン泳ぎ出してしまった。俺はハラハラして見ていると、果して紅子は冷めたい水で身体が利かなくなり、手を挙げて救いを求めた。その声も俺の耳に入り、その苦しみ踠く様子も俺の目に映った。俺は堪まらなくなって、自分の目的も忘れ、オールを握って、紅子の救援に赴こうとした。すると、嘉子は俺の腕を押さえ、濡れた身体を俺に押しつけて、唇を尖らして見せた。これは、接吻をさせる時の彼女の合図なのだ。俺はオールを離して、女の身体をしっかりと抱き締めた。

ところが、この時は、突然公臣の船が出て来て紅子は危く救われた。これに、武夫も乗っていたのだから、皮肉だ。しかし、武夫はこの方法の巧妙さをひどく感服して、賞めそやした。成功しても、失敗しても、絶対に人に看破されない。否、殺される当人にさえ、殺されるかどうか分らない——という所が、陰険な武夫の気に入ったらしかった。武夫は後にこの方法を用いて、一人で公臣を殺してしまった。が、その前に、別荘に放火をして、紅子・公臣姉弟を焼き殺そうとして、失敗した事があった。予め嘉子が姉弟の寝しなに飲む水瓶に睡眠薬を入れておいて、熟睡させる事には成功したのだったが、肝心の俺の放火の方が手間取ってる中に、生憎爺やが夜釣りに起き出したりして、飛んだ失敗に終ってしまった。この放火殺人の計画は、総べて武夫が立てたのだった。

武夫が首尾よく公臣を殺してしまった夜、彼は、「今度は紅子だ。これさえ殺せたら嘉子をやる。紅子も死んでしまえば、もう中御門家のあとはお前と俺達の三人のものだ。三人で仲よく分けよう」と言い出した。武夫兄妹にも金の慾はあったのだ、と、この時初めて知った。俺はそれを知ると、こんな事で公臣や紅子を殺すのは可哀そうだ、と思ったたし、公臣の死体のそばで顔色も変えずに、同じ年頃の女同志でありながら、紅子を殺せと俺に迫る嘉子が恐ろしくなり、こんな仲間に加担しているのが厭になった。が、武夫兄妹は俺が武夫の公臣殺害を知った以上、裏切ったら生かしてはおかぬと嚇かした。その上、嘉子は俺に媚態の限りを示し始めたので、俺は再び盲になってしまった。嘉子の身体を俺のものにするためなら、何でもやろうと決心した。

しかし、東京へ帰ってからは、なかなか手が出せなかった。逗子から帰ると間もなく「先生」が家に住み込む事になったからだ。先生も何とか誤魔化していたが、紅子の「護衛」が目的である事は明かだった。敏感な紅子は、俺達の陰険な計画に感附いているらしかったから、きっと紅子が頼み込んだのだろう。先生は紅子を恋しているのに違いない、と俺は前からも思っていたが、紅子の許婚者の阿部氏とも喧嘩もせずに仲よく交際っている所を見るとそうでもないのかとも思われ、どうもあの連中の気持は俺には理解しかねた。……それはともかくとして、先生が居ては邪魔だから、これから先に片附けてしまおうか——と、嘉子が提案した時があったが、武夫はそれに反対して「あれは飽きっぽそうな男だから、退屈させて退散させる事にしよう」と言い出した。

武夫は、よくあせらずに已れの計画を実行した。決して無理をせず、じっくりと腰を据えて、少しも無駄なく仕事を進めて行く男だった。だから、形勢の不利な間は、手を出そうとはしないのだった。先生を追ッ払うにしても、退屈して出て行くのを待っていよう、と言うのだから驚く。俺の方があせり出して、「いくら先生が監視していたって、それなら、ついでに先生も一緒に、一服盛って片附けてしまったらどうだろう」と、武夫に言ってみたが、「飛んでもない事だ」と、あっさり片附けられた。彼は「毒殺なんて事は、のっ引きならぬ証拠を残す、最も愚かな殺人方法だ」と言うのだ。絶対に手掛りを残さない、というのが武夫の主義だったからだ。

武夫の予想通り、先生は初めの間はひどく張り切っていたようだったが、じきに退屈に困り出したらしく、紅子と方々遊び歩くようになった。俺は、いっそ先生が紅子をそんなに好きなら、掻ッ攫ってどこか俺達の手の出せない所へ逃げてってくれればいいと思った。そうすれば、武夫兄妹も諦らめて、あの条件を撤回してくれるかも知れないからだ。が、臆病な先生は、あんなに一緒に出歩いていても、ちっとも紅子に手を出そうとはしないらしく、なかなか俺達の注文通りに事は運ばなかった。

ところが、その代りに——という訳でもあるまいが、紅子と阿部氏との縁談が急に促進されて、正月早々輿入れという事になった。すると、武夫兄妹は急にあせり出して、嫁に行かぬ中に片附けようと決心した。そして、虎視眈々と隙を狙ってると、丁度うまい工合に、紅子は先生と一緒にS温泉へスキーに行く事になったので、これ幸いと、俺達も蹤いて行ってそこで殺っつける事に決めた。

先生は俺達と一緒に行く事を渋ったが、嘉子は適当に「挑戦」を仄めかして、うまく計略に乗せた。

しかし、行ってみると、なかなかうまく行かなかった。俺はクロロフォルムを用意して行ったが、武夫に見せると一笑に附されてしまった。「そんなもの寝ている人間にでも嗅がせる気ならいいが、そうでなけりゃ使えやしないよ。誰がそんなひどい臭いのするのを嗅いでくれるもんか」——彼はまるで、俺が外科手術でもする気でいたように、嗤笑うのだった。だが、その武夫にも、別段いい智慧がある訳ではなかった。彼は毎日その工夫に専念した。夜も睡らずに考えている、と嘉子が言っていた。

何しろ、誰にも気附かれぬように——というのが、万一失敗した時にも何度でもやり直しが出来るように、殺される御当人をも含めて、誰にも気附かれぬように、殺人を遂行しようと言うのだから、骨が折れる。こういう難かしい注文には、人目の多いゲレンデでは、そもそも無理だった。そこで、少し離れた所へ紅子を誘い出そうとしても、紅子は決して一人では蹤いて来ないし、山下君やお雪さんのような余計な者まで来て監視の眼を光らしてるんだから、とても駄目だ。いや、それよりも、先生がもう執拗く紅子の尻を追い廻して、片時もそばを離れないのだからひどい。

俺も嘉子も全く諦め掛けた時に、とうとう武夫が食事の時に女中から「狼峠」の事を訊き出した。コースを訊いてみると、なかなか危なそうな所があって何とかなりそうな気がした。俺達三人は、目で互に合図をした。というのは、俺達の食事には、俺と同室の山下運転手が一枚加わってるので、秘密な話は出来ないのだった。俺達三人がもっとよく話し合い、一緒に殺人方法を検討しておいたら、あんな恐ろしい間違いは防げたかも知れないのだ。三人で話が出来なかったばかりでなく、襖一重で俺達（俺と山下君）の耳へ隣の話は聞こえて来るから、武夫は嘉子と相談する事も出来ず、一人で案を練っていたのだ。俺達はやっと翌日ゲレンデで、武夫の「狼峠行き」の計画を聞く事が出来た位だった。しかし、戸外へ出ても、先生や山下君、それからお雪さんまで俺達を監視してるので、殺人の計画なぞはとてもおちおち相談しては居られないのだった……今度も先生は、すぐに承知しなかった。が、また嘉子が「挑戦」に行って、とうとう二人を誘い出す事に成功した。

当日は、向うでも用心して、先生と山下君が代る代る武夫に附き纏って離れなかった。これでは、さすがの武夫も手が出せまい、と俺は心配した。武夫の顔にも明らかに当惑の色が見えた。

「今日は駄目ネ」

と、嘉子は俺に囁いた。というのは、前にも言ったような事情で、今日の計画はすっかり武夫に任せて、狼峠の崖道でやろう、というだけで、細かい事は俺も嘉子も聞いてなかったから、武夫の手が封じられては、残念ながら今日は諦めるより外はないのだ。

「こんな事なら、遣り方をよく聞いておけばよかったわネ。そしたら、私達だって代ってやれたかも知れないのに」

嘉子はそう言って口惜しがったが、武夫はどうも放火事件で失敗して以来、人に頼る方針は捨てたらしく、公臣殺害の時も、一人で抜け駆けにやってしまったのだし、今度の事にしても、相談する暇もなかったのには違いないが、武夫は必要の生じない限り一人でやって行きたいという気持があったように、俺には思われる。

とにかく、こうしてもう「今日は事は行われない」と、嘉子が思い込んでしまった事が、あの「間違い」の起る、大きな原因の一つであったろう。さもなければ、あんな頸巻の交換なんて馬鹿な事は、嘉子だってしなかったに違いないのだ。

ところが、「事」は急に行われることになってしまったのだ。――いよいよこれから狼峠の崖道に掛るという所で大休止をした時に、武夫は俺をわきへ連れてって、

「今日は俺は執拗く監視されてるから、とても駄目だ。

お前がやってくれ」

と言って、遣り方を詳しく説明し、ポケットからそっと針金を取り出して俺に渡した。

俺は、

「そんな面倒な事はしないで、突き落としちゃう方が早いぜ」

と言うと、

「いや、後からすぐ先生か山下君が来るんだから、格闘なぞしてる所を見られては拙い。それに、万一死に損なったら、という事も考えなければならんから、やッぱり顔は見せない方がいい」

と、どこまでも用心深い武夫だった。

「場所は、昨夜あれから俺一人で女中に詳しく聞いてみたんだが、『一本松』という所がよさそうに思われるんだ。行って見て決めようと思ってたんだが……そうだ、俺がまた先頭だろうから、いいと思ったらストックを振り上げるからナ。出来るだけ距離を詰めて、滑って来てくれ」

俺は、困った事になったと思ったが、断わる訳にも行かなかった。

出発する時に、また彼は俺を見返って目で合図した。

「きっとやるんだゾ!」と言う猛夫の目だった。俺は観念した。「その代り、今夜は嘉子の身体を抱かしてやる」――そう言った彼の言葉をもう一度思い起こし、俺はまた胸をドキドキさせた。嘉子が先生と紅子のそばに食ッ附いて居たので、この事を話しておけなかったのが気掛りだったが、彼女も俺が紅子を殺す事に成功したら、今更約束を破る事もあるまい……こう思いながら、俺は、武夫とそれに続く山下君の跡を追って、武夫の合図を見落とすまいと急いだ。

一本松は全く絶好な場所だった。俺はスキーを山側の立木の間に隠し、一本松と真向いの栂の木に針金をグルッと捲き附けて端を捩じ附けた。それから、それを道に這わせて靴で雪の中に踏み附けながら、松の根もとへ行き、その崖から下った所に露出した根に乗って身体を隠した。頭だけ崖の上に出して、松の太い根もとに隠れながら今来た道の方を睨んでいると、暫くして嘉子の姿が吹雪の中に見えて来た。これが紅子だろうなぞとは、全然考えてもみなかった。何しろ、今度は嘉子の来る順番だったし、……例の鮮かな緑色の頸巻をしていたし……頭は茶色の日除眼鏡と真白な日除白粉で、そばへ寄ったところでどっちがどっちだか分りやしない。帽子とセーターはお揃いの白で、その積りで見ればズボンの色だけは紺と茶で違ってたはずだが、全然それを疑ってみようなんて気はなかったし、それに雪で真白になっていて、その積りで見ても分らなかったかも知れない。いや、何より頸巻の取り換えっこなんて事は夢にも考えなかったから、二人の唯一の識別点である頸巻の「緑色」によって、当然それは嘉子であると思ったのだ。……否、本当は、全然そんな事は考えてもみなかった、と言うのが正しいかも知れない。

あとからすぐ先生が走って来た。これは順序が変ってた訳だが、俺は別に怪しみもしなかった。

先生が無事に関所を通って行った後、一寸間があって、やがて遥かに「紅い頸巻」が見えて来た。俺は急いで針金を雪の道から引き上げて、松の根もとへ捲き附け、これも端は捩じ附けた。こうして道の上に一尺の高さで針金が張られたのだ。

ひどい吹雪の中を「紅い頸巻」の紅子（と、俺は思っていたのだ）は走って来て、アッと言う間もなく針金に引ッ掛り、針金は切れたけれど、紅子はステーンと転がり、ツツーッと雪の上を滑って、真直ぐに飛び出してしまった。

俺は目が眩みそうだった。こんな酷い事をしなけりゃよかった、と身を慄わせた。恐怖で身動きも出来なくて、松の根にしがみ附いてる中に、お雪さんがスーッと通過して行った。針金が切れていたので、彼女は無事に、そして何も気が附かずに、通って行ってしまったのだ。

俺は気を取り直して、道に這い上り、ナイフで松の幹に絡げた針金を切って取り除け、向う側に行って栂の木の方に附いている針金をも取り除いた。それから針金が切れてそこらに落ちてやしないかと、よく調べて見て、何もない事を確かめてから、スキーを穿いて滑り出した。俺は谷底を覗いて見たが、吹雪が吹き上げて来て、何も見えなかった。切れた針金は丸めて、途中で谷底へ抛り投げた。滑りながら、俺は後ろから紅子が両手を伸ばして引ッ張りそうな気がして、無我夢中で突ッ走らした……

「狐の湯」の宿が見える所へ来たら、いきなり武夫が現われた。噛み附きそうな顔をして、俺をせき立てて道を戻らせた。山襞に入って宿が見えなくなると、武夫は初めて口を開いた。

「やったか？」

俺は「ウム」と、答えた。聊か得意だった。

ところが、武夫はそれを聞くと、

「そうか……」

と言って、それからヘタヘタとそこへ崩折れてしまった。

これには俺も吃驚した。

「どうしたのだ？」

「べ、紅子は帰っているゾ……お前は嘉子を殺ってしまったのだ」

「えぇッ……バ、馬鹿な事を言うな。ア、紅い頸巻に違いなかったゾ」

俺はしかし、武夫が蒼い顔をして、嘘や冗談を言ってるのでない事を知って、半信半疑ながら、ゾクゾクと身内が慄えた。

「ウン、嘉子の奴、紅子と頸巻を取り掛えっこしやがったんだ。馬鹿めが……あいつに言っとかなかったのが、失敗だった」

彼はこう言うと、黙って後ろを向いて歩き出した。俺は何だか気抜けがして、ポーッとしてしまった……

嘉子の死体を引揚げに行く時も、まだこのポーッとした状態から脱しなかった。夢の中で歩いてるような気持だった。

先生が一本松とその向う側の栂の木の、針金の跡を調べてるのを見て、俺は初めてポーッとした状態から脱出した。そして、現実の恐ろしい情況に、俺は慄然として身体が慄え出した。俺は、先生に真相を看破された事を知った俺は武夫に邪魔されなければ、もう少しでうっかり犯罪を饒舌ってしまう所だった。

嘉子の無惨な死体を見た時、俺は崖から飛び込んで死のうと思った。しかし、崖から下を覗いたら、目が眩みそうになって、足が竦んでしまった……


宿へ帰って、先生達が部屋を出て行って、武夫と二人きりで、頭の割れた嘉子の死体のそばに座っていると、俺はこわさでガタガタ膝が慄えて仕方がなかった。嘉子の顔が、こわくて見られなかった。

俺はガバと両手をついて、嘉子の死体に頭を下げた。武夫は、その俺に言った。

「お前は間違って俺の妹を殺した。が、紅子の命を取って来たら、勘弁してやる。……今夜から明日中に、必らず紅子を殺して来い」

俺は、彼の暗い恐ろしい眼に慄え上った。

「何を考えてるんだ。……フフ、その調子じゃ、とても人殺しは出来そうもないナ……こんな意無地なしを仲間にしたのが、俺の失敗だった。だが、茂樹、どんな事があっても、饒舌るんじゃないゾ。一寸でも饒舌ったら、生かしちゃおかないゾ」

彼はこう言って俺を睨み附けたが、俺は彼が俺の饒舌る事をどんなに恐れているかが、よく分った。それと共に、彼がどんなに俺を殺したがってるかも、よく分った。彼は俺が饒舌っても、饒舌らなくても彼の秘密を知ってる俺を生かしてはおくまい。彼はきっといつかは俺を――あの、少しも犯跡を遺さぬ陰険な方法で、睡らしてしまおうと決心しているのに違いない……

彼は暫く黙って考え込んでいたが、急に言い出した――

「よし、茂樹、お前にいい事をさせてやる。今夜は嘉子の身体をお前に抱かせる約束だったが、紅子を代りに抱かせてやる。例のクロロフォルムで寝かしてやるんだ。今夜は皆疲れてぐっすり寝込んでるから、そっと行って部屋へ忍び込むんだ。そして、ハンケチにクロロフォルムを掛けて、紅子の鼻と口の上へ載せるんだ。紅子は多分一人で居るだろう。もし、お雪が一緒に居たら、これもついでに睡らしちまうんだ。なあに、寝ている人間に嗅がせるんなら、訳はない。とうとう、クロロフォルムも役に立つ時が来たと言うものだ。フフ……

お前にゃ人殺しは出来ないから、それで勘弁してやる。……お前に汚されりゃ、紅子は口惜しがって、自分で死んでしまうから、同じ事だ……。さあ、行って嘉子の代りに、うんと楽しんで来い。いいか。やらなきゃ不可んゾ」

武夫は険しい目で俺を威嚇した。

俺は、妹の死体を前においてこんな厭らしい事を言う武夫が、憎くなった。俺はこれでも嘉子を本気で愛していたのだ。あんな道に外れた事に加担するほど、俺はとにかく嘉子が可愛くて堪まらなかったのだ。その俺に、嘉子の死体の前で、こういう事を言う兄貴！……

俺の目からポタポタ泪がこぼれた。俺はもう何もかも厭になった。嘉子は死んでしまったのだ。俺はもう生きている張合いはない……しかも、それがこの俺の手で殺してしまったのだ！……そして、そうだ、それを先生に見抜かれてしまったのだ。……ああ、俺はどうせもう助からないのだ。この恐ろしい武夫に殺されるか、絞首台に上げられるか……どっちみち助からない俺の運命と

定まると、俺は却って気持が静まって来た。……俺は自分の目からポタポタ畳の上へ落ちて行く泪を凝視めながら、

「この上、罪もない紅子をいじめる事は止めよう。こんな卑しむべき男のために、そんな可哀そうな真似をする事は止めよう」

と決心した。

「早くやれよ。もう皆寝込んだ頃だ。ホレ」

こう言って肩を突いた武夫を、俺は睨み返して叫んだ――

「厭だ！」

彼は吃驚して、俺の顔を見た。俺がこんなに頑として彼の言葉に反抗したのは、初めてだったからだ。俺はしかし、平気で空嘯いていた。彼は漸く驚きから醒めると、今度は怒りに唇を慄わせた。

「キ、貴様何を言うか！　厭だとは、何が厭だ！」

俺は益々冷静になって、彼が怒りに慄えているのを笑止な事と冷笑しながら、益々、彼を怒らしてみたくなった。

「お前の言う事を聞くのが、厭だと言うんだよ。紅子をいじめるのが、厭だと言うんだよ。……いいか。俺はもうお前と縁切りだ。俺はもともと紅子をいじめるいわれは無いんだからナ。ただ俺は嘉子さんが欲しいばっかりに、お前達の仲間に入って、紅子を殺そうとしたりしたんだ。お前だって嘉子さんを餌さにして、俺を利用しようとしただけじゃないか。その嘉子さんという餌さが無くなっちゃった今、もう俺に紅子をいじめさせようたって、俺はお前の言う事を聞く義理はないんだ。ハハハ、分ったかネ。至極明快じゃないか、ハハハハ……」

俺は、彼が怒りで蒼くなって、口も利けずにワナワナ慄えてるのを見て、「少し薬が利き過ぎた。もう止そう。もう止そう。少し危なくなって来た」――こう思いながら、憑かれたようにベラベラと、自分でも止められずに饒舌ってしまった。そして、少し彼を怒らせ過ぎた、と思いながら、そんな彼と睨み合ってるのが馬鹿らしくなり、

「あああ、馬鹿々々しい事をしたもんだ。俺は睡むくなっちゃったから、もう寝るよ。あとで目が醒めたら、代ってやるよ」

こう言って、さっき女中が死体の足の方に敷いて行った蒲団に入って寝た。

と、ころを見て、武夫は急にカッとなって俺に摑み掛

って来た。

「キ、貴様、俺の妹を殺しときながら、よくもそんな事が……」

彼は逆上して、俺の頸を両手で絞め附けた。彼が蒲団の上から俺にのし掛っているので、俺は身動きも出来なかった。俺はいよいよ彼に殺されるんだ、と思った。しかし、俺は、どうせ死ぬんだ。……が、ここで殺されたって構わない、と思って観念した。息が詰まって苦しくなって来ると、俺は急に彼に対する憎悪が火のように燃え上って、力一杯身体を揺すった。すると、彼の身体は意外に軽く飛び上った。俺はこの思い掛けない彼の軽さに吃驚すると共に、急に軽蔑を感じた。そして、こんな身体の軽い男に殺されるのが、馬鹿々々しくなった。俺は「勝てる！」と思った。そう思うと、無理に蒲団の中から手を出し、力一杯彼の手を内側から撥ねのけて、あべこべに彼の頸を絞めに掛った。こうして、両方で頸を絞め合う事になって、双方顔を真赤にして頑張った訳だが、俺の方が腕が内側に入っていたので有利だった。俺の意識が朦朧とし始めた時、彼の唇が土色になり、彼の手の力がゆるんで、俺は急に楽になった。益々俺は力を得て、無我夢中で指に力を籠めた……

気が附くと、彼はもうぐったりしていた。俺はハッとして目が覚めたように、今自分が、何をしていたかに、愕然とした。これは大変な事になった、と思った。が、もう彼は揺すっても動かない……そこで俺は、ともかく彼の身体を蒲団の中へ込れ、掛け蒲団を掛けた。

俺はこれから、あの一本松の所へ行って、嘉子を殺したあの崖の上から、飛び込んで死のうと思う。人を二人も殺してしまっては、もう助かりようはない。それに、俺はつくづく厭になってしまったのだ。何もかも……生きている事さえ……。思えば、武夫も嘉子も可哀そうなものだ。あんなに夢中になって、何もかも忘れて復讐の鬼になっていたが、とうとう人を殺そうとして自分が殺されるような事になってしまった。自業自得と言ってしまえばそれまでだが、彼等とて何も始めから、復讐の鬼になって、人を殺してやろうと思って生まれて来た訳ではあるまいに……一体、誰が悪いのだ？　何が悪いのだ？　俺には分らない。どこかが確かに間違っていたに違いないのだが……こんな事を考えると、何かを怒りたいようでもあり、泣きたいようでもある……。

ああ、俺は何だって、こんな詰まらぬ事を一生懸命書いてしまったのだろう。いや、別に理由もない。ただ、俺はうっかり武夫を殺してしまって、自分も死のうと決心したら、急に俺の気持を書き遺しておきたくなったのだ。俺の馬鹿な気持を、ありのままに書き遺しておきたくなったのだ。俺が「神」を信じているなら、神に告白したくなったのだ。

と言いたい所だ。

だが、俺はそんなものを信じてやしない。では、誰に見せようと思って、書き始めたのだろう? ……まあ、いい、そんな事は。俺はこれを紅子に遺《おく》る事にしよう。紅子に読まれるのが一番恥ずかしく、一番辛いわけだが……ああ、俺はどうして罪もない紅子の命を狙ったりしたのだろう。可哀そうな紅子! こんな出来損ないの俺を、仮りにも「兄さん、兄さん」と呼んでくれる可愛い紅子! どうか、この悪い、恐ろしい「兄さん」の罪を許しておくれ……

四

(中御門紅子の遺書)

同封の茂樹兄さんの遺書は、昨年の大晦日の夜から、今年の元旦にかけて泊った、あの「狐の湯」の宿で、元日の朝、武夫さんの部屋へ私達が飛び込んだ時に、嘉子さんの枕許の仏具を載せた小机の上においてあったものです。私は部屋に入るなり、すぐにそれと気附きました。先生達が武夫さんの死骸に気を取られてる隙に、私はそれを素早くそっと懐に入れました。

それは、その上書に「紅子へ」と書いてありましたから、当然私が取っていい訳のものでしたが、私がそんなにこっそりと懐に忍ばせたのは、私はきっと、これには私達一家の秘密が書かれていると直感したので、誰にも見られたくないと思ったからです。私は早速人の来ない所へ入って、それを読みました。果して、そこには父の恥ずかしい秘密が書かれてありました。先生にも知られたくないような。私はやッぱりこっそり持ち出してよかった、と思いました。お蔭で世間に知られずに済んだ、と思いました。いいえ、先生にだけはお見せしてもいいのでしたが、いいえ、お見せしなければ不可ないと思ったのですが、つい父の顔を思い浮かべると、出しそびれてしまったのです。

しかし、遺書がないために、皆様に余計な御面倒をお掛けしては不可ない、と思い、またそう考えてる中にひょっとしたらまだ兄さんを救えやしないか、と思い出したらもう矢も楯も堪まらなくなり、兄さんの自殺である事を先生にそれとなく仄めかして、一本松に一緒に行って頂いたような次第です。

遺書はなくても、一見、事情は誰の目にも明白でした。武夫さんが兄さんに殺された事、それから兄さんが自殺した事、原因はやはりそこに死体となっている嘉子に纏わる痴情――こんな風に解釈されました。そして、新聞で賑やかに世間に発表されてしまいました。

しかし、事件の真相、即ち、武夫さん達が前々から執拗く私の命を附け狙っていた真相は、誰にも知られず、遂に私達だけが知っている真相という事になりました。

ところが、本当の真相は更にその奥にあったのです。先生の知っていらっしゃる真相の、更にその奥に……そして、それを知っているものは、天にも地にも、この私一人なのです。あの世間を騒がせた「雪深き狼峠」の惨劇の本当の真相を知っているものは……。先生も、山下さんも、お雪さんも知らないのです。武夫さんも、嘉子さんも、兄さんも、知らなかったのです。……ああ、誰も知らないこの「真相」のために、私は私の一生に得たただ一人の恋しいお方――ああ、この先生に差上げる最後のお手紙において、初めて出てきたこの言葉！　を先生はお許し下さるでしょうか――その恋しいお方の拡げて下さったお腕の中に、私は飛び込んで行く事が出来なかったのです。この「真相」のために、私は今我と我が命を絶って、父の後を追って行かなければならないのです。

先生！　どうか、紅子の最後の悲痛なる告白に、姑《しばら》くお耳をお貸し下さいませ。……そして、この憐れなる女が、何故こんな恐ろしい罪を犯さなければならなかったか――いかにその罪の呵責に苦しんだか――を御諒察下さって、一掬《いっきく》の泪をこの悩み多かりし女の短い一生のためにお濾ぎ下さるならば、どんなに紅子は嬉しく思うことでございましょう。

その、何人にも知られない「狼峠の惨劇」の真相とは

——あの十二月三十一日の午後から元旦の夜明けにかけて、狼峠で命を失った大隅武夫嘉子兄妹と中御門茂樹の三人の悪人は、あんな風な殺され方、死に方をしておりますが、実は三人ともただ一人の意志によって殺されたのだ、と言うことです。そして、その恐るべき犯人とは、何を隠しましょう、その「真相」を知っている、この世にただ一人の人間、かく言う中御門紅子に外ならないのです！

ああ、こんな事をお聞かせしたら、先生はどんなにお驚きになるでしょう。どんなにお歎きになるでしょう……、それを思えば、私はこんな告白など書き遺さないで、黙ってあの世へ逝ってしまいたい位です。しかし、私は、私以外に誰も知らないこの罪深い秘密を、私を心から愛して下さった先生に黙ったままで、この世を去る事がどうしても出来ないのです。

ああ、恐ろしい真相……しかも、それを知っているのが、この世でただ一人であるという事の恐ろしさ——先生はこういう恐ろしさを、想像なさったことがおありでしょうか。殺人事件は多くの場合、殺害者と被害者との両者だけにその真相が知られ、しかも、その被殺害者が永久に口を閉じてしまう所に、絶大のスリルがある——と、いつか先生は仰言いましたネ。ところが、「狼峠の殺人事件」においては、被殺害者は三人とも真相を知らないのです。彼等は、誰に殺されたかを少しも知らずに、死んで行きました。ですから、この事件では、真相を知っているものは、初めからただ一人なのです。こんな陰険な恐ろしい殺人を、私が犯したのです。私が黙って死んで行けば、この犯罪は生者死者の両世界を通じて、全く私以外の誰にも知られずに、葬られてしまうのです——ああ、私はその恐ろしさに堪えられないのです。

私が何故こんな恐ろしい罪を犯さなければならなかったか——そして、いかにそれを犯したか——それをこれから詳しく申上げますが、しかし、私は今、この恐ろしい罪を犯した事を後悔しているか、と訊ねられたならば、私は「否」と答えるでしょう。やはり、どうしてもああなるより外、仕方がなかったように思います。勿論、あんな罪を犯さなくても済むような、全然違った境遇に置かれるならば、別ですが、あの通りの境遇で、同じ条件の下に置かれるのならば、私はもう一度初めから遣り直しをさせて頂いたとしても、やッぱり、彼等三人をあれと全く同じ方法で、殺してしまうのに違いありません。

そうです。これは、何度やり直しても同じ、私に課せられた避くべからざる宿命なのです。私は今でも、やらなければよかったとは思いません。どうしてもこうなるより仕方のなかった自分であると思います。

先生、私が私の陰険なる敵に対して「必らずいつかはその犯罪の確証を摑み、その悪を懲らしてやろう」と決心したのは、去年の夏、逗子の海で弟公臣が彼等の謀略によって殺害された時でした。

私は、刻々冷めたくなって行く弟の身体に、魂を呼び返そうと、甲斐なき努力を腕に籠めて人工呼吸を施しながら——これから、まさに人生の春に花咲かんとする、罪なき一人の若者を、単なる復讐の一手段として、虫けらのように無慈悲に屠り去った者共に対して、衷心からの憤りを感じ、どうしても弟の仇を取ってやろう、と神に誓ったのです。神に——いいえ、自分自身に誓ったのです。

先生もよく御存知の通り、敵は陰険極まる卑劣なけだもの共で、その犯罪は少しも証拠を遺さないという周到な計画の下に行われるのでした。弟公臣の死は殺人である事を、私は信じておりましたが、それにも拘わらず、殺人であるという証拠は何一つ挙げる事は出来ませんでした。私は、弟の仇を討ちたいと思いました。しかし、法律も、この少しも犯跡を遺さぬ悪賢い犯人を罰する力はありませんでした。私は、それでも、殺人を確信していました。そして、私はこういう陰険な犯人を一層憎く思いました。許して、おけぬと思いました。法律にその力がないなら、私は自分の手で悪人を成敗してやろう、と考えました。

敵は弟の殺害で終ったのではなく、今度は私を狙っているのに違いないのでした。いいえ、私が済めば、最後はその鋒先は父に向けられる事は明らかでした。（私はその事を「感じた」のですが、今になってみると、やッぱり私の感じは正しかった、という事が分ります）私は、弟のために、私自身のために、父のために、どうしても敵を屠らなければならないのでした。敵を屠らなければ、こちらが屠られてしまうのでした——これは正当防衛が成立する、と私は考えてみた事があります。しかし、全然証拠を摑む事が出来ないのですから、正当防衛と言っても、それを証する事は出来ません。私はこういう敵にかかっては、全く手も足も出ない事を知りました。

そこで私は、こういう敵の陰険な殺人に対抗する防衛手段としては、こちらも証拠を残さぬ陰険な殺人を採用する事が許されていい、という結論に達しました。そして、私はそれに着手する決心をしましたが、しかし、私はその前に、法律的に有効であるかないかは別として、自分だけでも「間違いなし」と確実に認め得る、敵の犯罪の証拠を摑みたいと思いました。私の直観だけに頼って敵を屠るのは、自分としてもあまりに根拠が薄弱に思われたのです。そこで、私は、敵の犯罪の確信を得たい、と思いました。それが得られたら、私は容赦なく攻撃に突進する事に決めました……と言った所で、私には、あの陰険な敵の裏を掻く陰険な殺人方法が考えられていた訳でもなく、また実際に敵の犯罪の「確信」を得るために、何らの試みをした訳ではなかったのですけれど……

　しかし、この、敵の犯罪の「確信」を得たい、そして、それが得られたら、容赦なく攻撃に突進するという、私の決意が私の心の中に内肛して燻ぶっていたために、私は私の身の安全を心配して下さる先生のお気持にも拘わらず、遂に敵の挑戦に応じてのこのこ温泉まで出掛け、そのうえ、みすみす危地に飛び込むと知りつつ、わざわざ狼峠にまで誘い出され、遮二無二あの最後の破局へ突入して行く事になってしまったのです。そして、その追い詰められた土壇場において、この私の心中に燻ぶり続けていた火が遂にパッと燃え出して、私にあの恐ろしい、不思議な「殺人」を行わせてしまったのです。

　ああ、先生、私はいよいよ私の恐ろしい犯罪を告白しなければならぬ所へ参りました。私は先生によく納得して頂くために、姑《しばら》くあの「狼峠の惨劇」の当日に戻って、あの日の最後のコースたる狼峠の崖道へ出発する前の、吹雪の中の大休止の辺りから、少し詳しくあの時の事を振り返ってみたいと思います。

　――あの大休止の間、私は武夫さんが茂樹兄さんをわきへ連れて行って、吹雪の吹きめぐる中で熱心に話し込んでいるのを、注意して見ておりました。いよいよこれから今日の、否、今度のスキー旅行の、最後のクライマックスたる、危険な狼峠の崖道へ掛ると言うのですから、私の神経は極度に緊張しておりました。この最後の難関を無事に通過し得るか否かで、敵と私達との勝敗が決しよう、と言うのですから……。で、私はこの敵方二人のひそひそ話に「いよいよ何かあるナ」という予感を感じました。で、先生にそれを言いたかったのですが、敵の片割れたる嘉子さんが、私達のそばに食ッ附いているので、先生と相談する事も出来ず、私は一人でやきもきしていました……

そして、出発。その出発の時、更に私は、武夫さんが茂樹兄さんに目配せしたのを、見て取りました。待ちに待った機会でもあるけれど、また悚然《ぞっ》とするような生命の危機が、今こそ私の目前に迫った事を感じて、私はただ気持が上ずってしまい、「どうしよう、どうしよう」と思いながら、何の智慧も浮かばず、「しかし、このままでは殺されてしまう」などと、取り止めもなく心乱れて、私は殆んど夢中でスキーを飛ばしておりました。

暫く行くと、吹雪の中から、私の前をひどくのろのろと滑っている、嘉子さんの姿が見えて来ました。忽ち追い附いて、「どうしたの?」と言うと、

「草臥れちゃったのよ……もう滑るの、厭ンなっちゃった。まだ長いのかしら……紅子さん先へ行ってよ」

「そう? そいじゃ、先へ行くわ。……じっとしてネ。危ないから」

私は狭い道を、やっと嘉子さんのわきを摺り抜けました。私は崖側を通り抜ける時「こんな時にちょいと一突きされたら、それッきりだ」と思ってハッとしました。が、幸いそんな事もなく、私は前に出ました。嘉子さんは本当に疲れ切っていて、私の命を狙う事も忘れているように見えました。

嘉子さんの前に出て、そのまま滑り出そうとしながら、私はふと、「こんなに順序を変えたら、先生が私の後ろから私を『護衛』して蹤いて来てくれるのに、悪いナ」と思いました。それと共に、「嘉子さんの前を走ってる茂樹兄さんが、後ろから来る恋人の嘉子さんを、ひょっとしたら途中で待っているかも知れないのに、そこへ私が行ったらがっかりするだろうナ」と思いました。「それとも、こんな吹雪の中だから、私を嘉子さんと間違えて、何か言い出しやしないかしら……」と、そんな事を想像して一人可笑しくなりながら「そうだ。頸巻さえ換えたら、ほんとに間違えちゃうわ」と思いました。

この時です。悪魔が私の耳に、その「智慧」をそっと吹ッ込んだのは。悪魔――いいえ、人によったら、神の啓示と言うかも知れません。その悪魔だか神だか分らないものが、私に囁いたのです。「嘉子さんをお前の身代りにお使い!」……私の瞼には、さっきの武夫さんと茂樹兄さんとの目配せが閃きました。「敵は私を狙っているのだ。私の命を狙っているのだ!」……敵がどういう手段に出るのか分らないけれど、私はとにかく、嘉子さんと代って見てやろう――こう私は決心しました。

そこで私は、どうしたら頸巻を取り換えられるだろうか。と大急ぎで考えめぐらしました。私が嘉子さんの頸巻をし、嘉子が私の頸巻を捲かなければ不可ないのです……咄嗟に私はうまい策略を考え附きました。

私は私の恐ろしい計画に胸をドキドキさせながら、顔だけは面白い悪戯事を思い附いたようなお道化た表情で、言いました。

「後ろから先生が来るから、一つ私の身代りになって揶揄ってみない？」

嘉子さんの乗って来そうな、うまい思い附きでした。果して、嘉子さんはすぐ賛成しました。

で、頸巻の交換ですが、そこまで此方から言うのは、これは私の気のせいかも知れませんが、何だか此方の本当の計画に感附かれそうな気がしてこわくもありました し――それに、嘉子さんは自分が発案した事を人に実行させるのが好きな人ですから、私は、既に先生を揶揄う事をこちらから提案したので、後は遠慮して向うに思い附かせる事にしました。そこで、私は彼女の服装をじろじろ見上げ見下ろしながら、

「先生、きっと間違えるわよ。私達、背の高さも同《おんな》じだし、帽子もセーターもお揃いだし……ズボンは一寸違うけど、こんなに雪で真ッ白になっちゃってるから、分りゃしないわ」

と、言うと、嘉子さんは、

「駄目よ。頸巻を取り換えなきゃ、すぐ分っちゃうじゃないの。お馬鹿さんねえ……さあ頸巻を取り換えっこしましょう」

こう言って、自分から、緑色の頸巻を脱いで私に差し出しました。

「これで完全だわ」

嘉子さんは、自分から発案した頸巻の交換に満足して、そう言いました。つい今し方、あんなにだらけ切った眼の色だったのが、すっかり元気に活気を帯びて来ました。嘉子さんはそんなにこの遊戯に興味を感じてるのか、と思うと、私は少し困惑を感じました。でも、先生には後で事情を話してお詫びすれば、分って頂けると思いました。ところが、嘉子さんは、少し色っぽい眼附をして見せて、

「でも、紅子さん、先生を揶揄うの、貴女から言い出したんだから、憶えててよ。後で文句を言われると困るから」

と、こんな事まで言って、変な所で私を一寸脅かしま

した。

でも、こうして、嘉子さんは少しも怪しまずに私の計略に引ッ掛り、私の紅い頸巻を頸に捲き附けて、それから十数分後には、私の身体を呑み込もうと、大きな口を開いて待っていた地獄の谷底へ、私の身代りとなって、真逆様に墜落して行ったのです……

先生、これが私の犯罪です。勿論、私は敵が嘉子さんを――いいえ、私を、あんな風に狼峠の断崖から墜落させて殺す積りであった事は、知りませんでした。いいえ、本当に殺すのかどうかも、知っていた訳ではありません。しかし、それを確かめていたら、私は殺されてしまわなければなりません。で、私はそれを自分で確かめる代りに、嘉子さんに確かめてもらったのです。私は、敵の犯罪の「確信」が得たかったのです。そして、その「確信」を得ると共に、攻撃に突進したかったのです。敵がもし、私を殺す積りであれば、この頸巻の交換によって、敵は嘉子さんを殺してしまうはずです。私は敵の犯罪の「確信」を得ると同時に――文字通り、同時に、敵方の一人を屠り去る事になるのです。何という、素早い攻撃でしょう。そして、陰険な敵はどんな巧妙な方法で、殺人を行う積りか分りませんが、此方はそれと全く同じ巧妙な方法で、敵に敵を殺させるという事になる訳で、謂わば、敵よりも更に陰険であり、更に巧妙であると言うべきでしょう。その上、面白い事は、敵が私を殺す積りであれば、敵の一人である嘉子さんは殺され、もし敵が私を殺さない積りならば、嘉子さんは、そのまま死なないで済む、という点です。私の「殺人」は、敵の殺人の意志の有無に従って、あるいは行われ、あるいは行われないで済むという、甚だ不思議な性質を持ったものでありました。

従って、私はこの結果を見る事に、非常な期待を持っておりました。「狐の湯」へ先着していた武夫さんは、緑色の頸巻をした私が、紅子である事を知ると、あの落着いた彼が仰天して全く取り乱してしまいました。私は、初めて敵の犯罪の「確信」を得た、と思いました。「もう私は、敵に対して鉄槌を下していいのだ！　公臣の仇を討つ鉄槌を、敵の頭上に下していいのだ！」と、私は自分に宣言しました。しかし、もうこの時は、既にその鉄槌は私の手から離れて、敵の一人の頭上へ飛び掛っていたのでした……

その夜、頭を割られた嘉子さんの惨《むご》たらしい死体が宿に担ぎ込まれた時、私は「私がこうなる所だったのだ」と思うと、恐ろしさと憤ろしさに身体が慄えました。が、それと同時に、私は嘉子さんを殺した事に、少からず動揺を感じ始めました。それは、こうして、武夫さんと茂樹兄さんこそは、今日私を殺そうとした事が確実になり、従って、恐らく公臣の仇であろう事が確信されましたが、嘉子さんはどの程度に彼等の共犯者であるのか、まだ私には確認し得なかったからです……しかし、これは翌朝茂樹兄さんの遺書によって、嘉子さんも武夫さんと同様の悪人であり、茂樹兄さんに、公臣や私の命を奪う事を教唆した事、そして嘗て茂樹兄さんと共に私を溺死させようとした事実を知り、私は初めて嘉子さんを殺した自分を是認する事が出来ました。

　そして、既に私の鉄槌を受くべき資格のある事が明らかになり、またあのまま生きていたら当然それを受けたであろうと思われる武夫さんと茂樹兄さんとは、その夜、私の手を俟たずに、彼等自身の手で、陰険な悪人らしく仲間喧嘩を起して、自滅してしまいました。が、これも、私の点火した嘉子さんの死という火口から燃え附いた、感情の爆発とすれば、この二人もやッぱり私によって殺されたものと、言わなければならないでしょう。

　――こうして、大隅武夫嘉子兄妹と中御門茂樹の三悪人は、脆くも、かく言う中御門紅子ただ一人の意志によって、殺されて行きました。

　先生、……これが、何人も知らない――先生さえ御存知なかった「狼峠の惨劇」の恐ろしい真相です。

　ああ、私が私の紅い頸巻を、嘉子さんの緑色の頸巻と「取り換えっこ」するというあんな簡単な方法によって、あの陰険な、あの執拗な、悪人共は、脆くも滅びてしまったのです。私は、こうしてとうとう悪人との闘争に勝利を得た訳です。しかし……しかし、勝利を得た瞬間に、私を襲ったものは何だったでしょうか――勝利の快感！――いいえ、そんなものではありませんでした。ああ、それは無限の哀愁でした。底の知れぬ憂鬱でした。何故でしょうか――言うまでもありません。私は人を殺したからです！

　こう言うと、あるいは先生は、私があの時、頸巻を取り換えなかったならば、私は当然敵の仕掛けた罠に掛って殺されてしまった訳だから、たとえ私の意志で嘉子さんを私の身代りにしたものであっても、それは正当防衛が成立する、と仰言るかも知れません。実は、私もその時は、そう思っていたのです。法律上の問題はともかくとしても、私は自分では、少くとも道徳上の正当防衛を確信していました。しかし……私は実際に人を殺した瞬間に、法律上にせよ道徳上にせよ正当防衛などという言葉の、いかに人間の良心とは関わりのない、上ッ面の、力弱いものであるかを、知りました。私は、私の弟を殺し、私の命を奪おうとした悪人どもを成敗したのでありますが、やはり、人を殺した罪は自分の「命」で償う外、消えるものではない事を、はっきりと感じました。

ああ、これがもし、私に殺人の意志がなかったのだったなら……そして、頸巻の交換が、先生がお考えになっていらっしゃるように、何の気もなしに行われたのだったなら……それで、あのように悪人どもが自滅して行ったのだったら！　——私はこんな都合のいい事を想像してみる事もあります。ああ。しかし、そんな事では、決して悪人どもは自滅しては行かないのです！

先生は、温泉からの帰りの車中で、頸巻の交換によって、敵が悉く滅んで行った事に、「神の摂理」が感じられると仰言いましたネ。全く、頸巻の交換が私の殺人の意志と無関係に、偶然に行われたのなら、私も「神の摂理」に違いないと思いますわ……しかし、先生、神は（——おお、神にまで悪口つく呪われたる女！）そこまで細かく人間の事を構ってはくれないのです。狡猾な人間同志でさえ看破出来なかった、あの陰険な犯人の悪企みなぞは、邪気を知り給わぬ神様には到底お気がお附きにならないのでしょう。「神の意志」なぞに任せて打棄っておいたら、悪人の意のままに弟は海の底に沈められ、私は雪の谷間に埋められてしまう所だったではありませんか。悪人を滅ぼすには、「人間の意志」で、しかも自分自身の手で殺っつけなければならないのです！

そして、それが許されなければならぬ場合があるのです。その代り、それを行った人間は、その責任——即ち、神に代って、自分自身の手で「殺人」を行った責任は、自分自身で取らなければならないのです！

私は、しかし、年取った父の歎きを思うと、思のままに自分の身を潔くする事は出来ませんでした。私は父のために、父の生きている間だけ、私の命を貸して下さい——と、神に祈りました。

そんな私に、どうして結婚の事なぞ考えられましょう。父からも阿部さんからも、せき立てられましたけれど、どうしてこんな恐ろしい罪を犯した人間に、そんな事が許されましょう……いいえ、本当はそればかりでは、なかったのでした。それよりも、あの旅行から帰って、先生とお別れしてから、私は私が今まで強いて目をつぶろうとしていた自分の感情を、もはや自分自身に隠していられなくなった私を発見してしまったのです。

あの、よく晴れた寒い二月の一日、久しぶりで私を訪ねて下さった先生が、先生の私に対するお気持を、初めて私にお漏らしになろうとなさった時——私はもう嬉しさで夢中になり、何もかも忘れて、先生のお胸に飛び込んで行きたくなりました。私は、私の心の中の百の中、九十九まで嬉しさに顚倒しながら、僅かに残った一の理性で、その甘い流れに身を委ねようとする自分を一生懸命食い止めようと努力しました。その癖、私の心の中の九十九の分子は、先生がもう一歩——ただもう一歩進んで、私の心の百分の一の理性を、粉砕して下さる事をどんなに願ったことでしょう。ああ、人を殺した身で、先生のお腕に抱かれたいと切望した恐ろしい私……先生があの時、あとを追って私の部屋に入って来られなかったばかりで、危うく危機を脱する事が出来た私でした……

私は、「父の生きてる間、命を貸して下さい」と神に祈りましたが、その父は意外に早く、事件後僅か四ケ月も経たぬのに、急に脳溢血で世を去りました。私は後始末をするのに、一週間を費しました。そして、父の初七日の今夜、私は神への約束を——いいえ、自分自身への約束を、果すことに決心致しました……

先生、私は今、先生が昨年の夏の終りから今年の一月の初めまで、四ケ月半の月日を私の「護衛」のために寝泊りして下さったお部屋——私の女学生時代から女子大卒業まで、先生に「家庭教師」に来て頂いた、懐かしい思い出に満ちた私達の「勉強部屋」のお机に向って、この先生への最後の御手紙を認めております。花瓶にさした桜の花は、世の春を私に知らせ顔でございます……私はこうして、私の最後の夜を「先生の御部屋」で、先生への最後の、長い長い御手紙を、ほぼ書き終えた所です。

じっと目をつぶると、母の顔を知らない私の瞼の裏には、懐かしい先生のお顔が一ぱいに浮かび上るばかりです。私は、先生がここにいらした、あの楽しかった四ケ月半を思い出し、胸が締め附けられるように切なくなりました……思えば、先生とは私がセーラー服の女学生時代から、そして先生は朴歯の下駄に汚ない手拭いを腰にぶら下げていらした高等学校時代から、お互に離れられない、一つの軌道を走るべき運命にあった二人なのでした。お互に――と言うと、先生は抗議を申込まれるかも知れませんが、姑く私の勝手な夢を許して下さいネ。……そんな深い因縁に結び附けられていながら、私達はうっかりして、あまりに深過ぎたお互の愛情に気が附かなかったのネ。そうして、別々の軌道に乗って走り出してしまってから、初めてそれに気の附いた私達でした……

それが、あの悪人どもの無言の脅迫によって、無理強いに、また――否、初めて、私達は一つ軌道に乗せられる事になったのでした。ああ、楽しかった、あの四ケ月半！……先生はこの前いらした時、「悪人に命を狙われてた時の方が、貴女は元気で朗らかだった」と、仰言いましたわネ。その時、私は心の中で、

「だって、あの頃は、先生が家にいらしたんですもの！」と叫びました。そうですわ。私は命の危険に曝されながらも、あんなに楽しかった時間は、私の一生の中にありませんでした。私はあの四ケ月半のためになら、百年の寿命を犠牲にしても惜しくはありません。……ああ。その百年の命より貴い四ケ月半の楽しさを、私に齎らしてくれたものが、実は私の命を狙った悪人達だったとは！　私はそう思うとあの悪人達にさえ、心から感謝を捧げたくなる位です。

先生……先生の事を考えていると、私は正直の所、私の決心がぐら附きそうで心配です。では、先生……思い切ってお別れ致します。

ああ、あんなにも陰険に、あんなにも執拗に、私達姉弟を附け狙って、遂に弟の命を奪い、更に私の命を取ろうとして、あべこべに自分達が殺されて行った、大隅武夫嘉子の兄妹、並びに中御門茂樹兄さん、――彼等の陰険なる犯罪を憎むのあまり彼等の流儀を借りて、何らの証拠も遺さず、美事に彼等三人を屠り去った私は、今、被殺害者達さえ、それと気附かずに殺されて行った私自身の陰険なる犯罪に対しても、それが何人にも知られず葬り去られて行く事に、激しい憎悪を感じないでは居られないのです。

そこで、私は、私の恐ろしい「殺人」の秘密を――誰も知らない、「紅い頸巻」を中心とする「狼峠の惨劇」の真相を――私の最も告白したくないお方の前に悉く告白して、愛するただ一人のお方のために限りなき愛着を感ずるこの世から、絶ち難き執着を一盞の毒酒を呷る事

によって、絶ち切って行きたいと存じます。

クレオパトラの眼

(1) 拾われたホームズ君

「いよいよ明日《あした》の晩だと思うと……伯父さん、僕は実の所、こうして飲んでいても心配で、さっぱり面白くありません」

「何だ、またその事か。くよくよするなよ。まだ飲み方が足らんのだろう。さあ、飲め飲め。……あれだけ用心してれば、びくびくする事はないゾ。意気地のない男だナ、若い癖に」

新宿の盛り場は武蔵野館を通り過ぎて、ちょっと左の狭い路地に入った飲み屋「ゆで蛸」の細い土間の一番奥のテーブルに向い合った二人。「伯父さん」の方は五十才ぐらいの西郷さんのような巨大漢《おおおとこ》、西瓜《すいか》のような大きな毬栗《いがぐり》頭に太いゲジゲジ眉、丸い大きな眼玉は一癖ありげな底光りを湛えて、赤黒く酔の廻った憎々しげな達磨《だるま》面《づら》は——何の事はない、これからどこかの家へ強盗に押入る所だ、と言った方が納得し易いようなお人柄だ。しかし、服装は、とにかく金の費《かか》った一流の紳士。チョッキのポケットに入れた大型の金時計の、太い金鎖りが太く突き出た腹の上に掛り、そう言えば太い無骨な手にも、幾つか幅の広い部厚な金指輪が光ってるという——この男がもう少し弱そうな男だったら、と追剝ぎが涎を垂らしそうな風態である。

甥の方は凡そ伯父とは対蹠的な、長身の痩せ形、スラリとしたスポーツマン型《タイプ》の青年紳士。だが、剽悍《ひょうかん》な眼の光と、腕力の強そうな所とは、伯父と共通していて、早速今夜の強盗のお供ぐらいは勤まりそうである。が、その彼がひどく浮かぬ顔をして塞ぎ込んでいるのを、伯父は忌ま忌ましそうに睨み附けると、舌打ちをしながらマダムの澄江に手を挙げて、またコップを持って来させた。

それを青年はじっと覗き込むようにして、

「何も僕はビクビクするなんて、そんな事は……ですが、僕は——」

「いいって事サ。俺はこれでも九州の炭坑夫から出て、代議士になり、大臣にまで伸し上った男だ。自慢じゃないが、議会でだって、人を殴ればって、殴られた経験はない。えたいの知れん泥棒ぐらいに脅迫されて堪まるかってんだ。へなちょこの泥棒の一人や二人、柔道二段のこの腕で捻り潰してやらあ。それに家《うち》にゃ俺達の外に、屈強な用心棒が三人も雇ってあるし、その上、お前があんまり心配するんで、あんな猛犬まで買い込んだりしてサ。フフフ、馬鹿々々しい。この上、お前は一体どうしよう、ってんだ?」

「どう、って言われても困るんですが……ああ、警察の手を借りられるんならなあ……用心棒が何人居たって、ヤッぱりこういう事は専門家でなければ……ああ、警察へ保護を頼めないなんて!」

「シッ!」

伯父は慌てて甥を制した。彼等のすぐ次のテーブルでは先ほどから議論が激して、大声で喚き合ってるので、彼等の声は聞かれる心配はないのだが、伯父は太々《ふてぶて》しい顔に似合わず、案外用心深い所があるらしい。甥は不服そうに口をモグモグさせて、コップの酒をグイと呷った。

隣りの連中は、どうも一人は無理に他の三人連れに割り込んだらしく、三人連れは少し迷惑そうに顔見合わせて、その議論好きな酔ッ払いを持て余してる気配だ。

「待ち給え。そんな事を言うが、諸君は政治家の腐敗をどう思うんだ。金力に非ずんば、腕力! ああ、今日の代議士たるやダ、凡そ腐敗しておらん者があるか、と言いたいネ。どうだ、諸君!」

三人連れは煩《うる》さがって「さあ」と言って立ち上ろうとした。すると、その酔ッ払いは、

「マ、まあ、待ち給え、諸君」

と、立ち上って執拗《しつこ》く引き留め、

「政治家を攻撃したからと言って、何も逃げ出さなくたっていいじゃないか。……さては、諸君は政治家か……まさか! 政治家らしい面構えもしておらんゾ、諸君は……こう見廻してもダ、政治家という面構えの奴は一人も――」

こう言いながら、上背は相当あるが、何か身体に合わないダブダブな服装の、どうにも見栄えのしない、その四十男の酔ッ払いは、自分の積りでは大見得を切って、店の中を睥睨《へいげい》したが、例の炭坑夫上りの政治家の方へグルッと振り向いた拍子に、足許が確かでないので、ふらふらと倒れ掛り、危うく甥の青年のわきにあった椅子の上にドカリと尻を落し込んだ。が、相手の巨大漢にギロ

リと凄い眼で睨み附けられると、ハッとして我に返ったらしく鼻白んだが、「えへ、えへ」と誤魔化し笑いをして、

「いや、これは失礼。平にお許しを……こちらはまことに政治家らしい面構えで……いや、なに、ソノ、手前これでも政治家には多少知合いのお方もございますので……へへ、手前の名前でございますか。実はこういうもので、どうぞ宜しく」

　こう言って、名前を訊ねもしないのに、ポケットから名刺入れを取り出し、一枚出し掛けたのだが、「ヤ、こりゃ不可《いか》ん」と言って、狼狽《あわ》てて外のを取り出して、達磨男の前にオズオズ差し出した。が、達磨の巨大漢の方では、もう全然彼を無視して相手にならないので、さすがに拍子抜けの態で、照れ臭そうに名刺入れをポケットにしまい込んで退散しようと立ち掛けたが、その時、前に出しかけて引ッ込めた方の名刺がパラリとテーブルの上に落ちた。甥の青年がそれを取ってやろうとして、一瞥すると、そこには、

「金丸私立探偵所長　金丸一平」

　とあった。その「私立探偵」の文字に、甥はオヤと目を瞠《みは》り、それを伯父の方へ向けて見せた。伯父もそれにちょっと目を留めたが、すぐ「フフン」と鼻で笑って顔を背けてしまった。

　酔ッ払い探偵は、そういう二人の遣り取りには気も附かず勘定を払ってふらふらと戸口の方へ歩き出した。

　その時、達磨男は急に目を輝かした。

「そうだ。あいつ私立探偵なんだナ。それじゃ、あいつを利用してやろうじゃないか。オイ、あの男を呼べ」

　甥が飛び上ってダブダブ服の酔ッ払い男を連れ戻して来ると、

「いや、お止めして相済みません。実は、ちょっとお話ししたい事があるんですが……」

　こう言って、怪訝そうに目をしょんしょんさせてる、見栄えのしない四十男を丁寧に椅子に就かせて、達磨男は低い声で言い出した。

「私は前に〇〇大臣をやった代議士の神山鉄蔵です。実は、貴方を『私立探偵』と知って、お頼みしたい用件があるんですが」

　すると、男は「ええッ」と驚いて、

「ア、貴方は、どうしてそれを御存知なのですか！」

　酔も醒めてしまったようにきっとして訊ねるのだが、どちらが探偵だか分らないようなこの問答に、傍で聞い

てる甥の青年は、「心細いホームズ君だ」と、心の中で苦笑した。

(2) 国際的故買者《けいずかい》

ここは新宿から僅かしか距ってはいないのに、夜なぞはちょっと深い山の中に入ったような感じさえある代々木の神山邸である。神山鉄蔵と言えば、○○党の幹部で、前に一度大臣になった事もある有名な男だ。しかし大臣在任中瀆職《とくしょく》事件で小菅《こすげ》に引ッ張られ、そのために大臣を退いた。その後、犯罪の方は有耶無邪《うやむや》に葬られてしまったが、世間の噂はひどく香《かん》ばしからぬ男である。終戦後めきめきと伸し上って、大臣にまでなったのも、手腕や人格を買われた訳ではなく、腕力と金力とで無理に押し上ったのである事は、世間の噂ばかりでなく神山自身それを認めている所だった。

神山代議士は、新宿の飲み屋「ゆで蛸」で拾って来た、和製シャーロック・ホームズ、金丸一平を、豪華な調度で飾られた彼の書斎に招じ入れて、先ほどからひそひそ声で密談中である。傍には彼の肉親の甥であり、秘書である所の石塚秀夫がただ一人、じっと控えているだけである。凄い位の静けさである。

「で、その脅迫状が来始めたのが七月十四日、今から六日前です。そして、それから毎日来るんです。それが明日《みょうにち》七月二十日の晩を指定して、あるものを頂戴に上る、と言って来てるのです」

「あるもの?」

「申し上げてしまいましょう。探偵さん、あなたは『クレオパトラの眼』という名前を聞いた事がありますか?」

「ええッ、『クレオパトラの眼』ですって」

「御存知ですか?」

「ええ、名前ぐらいはネ。あれはたしか十七世紀の初め頃から行方が分らなくなって、世界の謎の一つになっている——と言うんじゃなかったですかネ」

「そうです。そうです。あの埃及《エジプト》の女王クレオパトラの胸を飾ったと言われる、世界で一番大きなダイヤ!それが欧羅巴《ヨーロッパ》へ渡ってから、各国の王室を転々とする経路は、それを辿るだけで一篇の小説が出来ると言われております。が、十七世紀の初め頃に、和蘭《オランダ》の王室に所有されていたのを最後に、その所在が不明になってしまった。それは盗賊に盗まれた、という事になっているのですが、それが――」

「それが、どうしたんですか?」

「それが今、私の手許にあるのです!」

「えぇッ! ソ、それは本当ですか?」

「ちょっと御信じになれない事かも知れませんが、本当なのです。歴史に現われない、隠された事実を想像るとですな、和蘭が東印度《インド》会社を創設《つく》って、あの広大な南方諸島を経営するのに、あの宝石が大きな役目を果したらしいのですネ。それが、蘭領印度のある地方の酋長の所有になっていたのですからネ。……それを、今度の戦争で南方へ行ったある男が発見し、ドサクサ紛れに手に入れた、という訳です。恐らく口に言えないような非常手段を取ったに違いないのでしょうがネ。それを内地へ持ち帰るについても、それこそ小説よりも奇なりで、随分恐ろしい話があったらしいのですが、結果だけを申し上げますと、とにかく、何人目かの不幸な所有主から昨年の暮、私がそれを買い取ったという訳です。

　そのものの世界的な価格から言えば、まるで話にもならない、安値でしょうが、しかし私としては相当な巨額の金をやって、買い取ったのです。ですから、私としては不当な手段で入手した訳ではないのです。が、何しろ最初の入手手段が正当ではないのですから、私もこれを表向きにする訳には行かないのです」

「謂わば国際的な贓品故買者《けいずかい》という事になる訳ですナ」

「これは参った。が、まあ、早く言えば、そんな所です。そこで私としては、こんな脅迫を受けても、警察の御厄介にはなりたくないという訳なんです。それで、『私立探偵』たる貴方の御力をお借りしたい、と考え附いた訳です」

「いや、御事情はよく分りました。そこで、ト……まず、その脅迫状というのを見せて頂きましょう。あ、その前に、その脅迫状の差出人は心当りはありませんか」

「それがネ、全然分らないのです」

「例えば、さっき御話の、貴方がその宝石を買い取った男ですネ。それが値段の事で貴方を怨んで、脅迫状を寄越した、というような事も考えられるのですが」

「ところが、その男は私に宝石を売り附けてから、間もなく死にました。いいえ、南方で既に肺を患っていたのです。で、私に売りに来たのも、療養費が欲しかったからなのです。どうせ、その前の所有者をどんな目に合わせて手に入れたのか分りゃしませんから、因果は廻《めぐ》る小車《おぐるま》、今度は自分が不幸な、犠牲者の番になっただけの事でしょう」

　神山代議士はこう言って事もなげに笑った。が、金丸探偵は、「どうも何だか薄気味悪い話だ。その男というのも、果して死んだのか殺されたのか、分ったものではないゾ」と思った。そこで、彼は意地の悪い笑いを頬に浮かべて、厭がらせを言ってみた。

「なるほど。すると、今度はまた因果が廻って、貴方が犠牲者の番になる訳ですナ。これは恐ろしい事だ」

「止して下さいヨ、探偵さん。巫山戯《ふざけ》ちゃ不可ません」

「ハハハ。では、その外には、その宝石が貴方の手に入った事を知ってる者は、誰と誰ですか」

「それはどうもはっきり分りません。その男は、前の所有者はもう死んでしまったし、自分は誰にも饒舌《しゃべ》らなかったし、誰も自分が持ってる事は知らないはずだ、と言ってましたがネ。……しかし、その道の者には、こういう大物の行方は、飛んでもない所から、何とか嗅ぎ附けられてしまうらしいですネ」

（3）「鯱《しゃち》先生」の脅迫状

　脅迫状は今日のまで入れて、全部で六通。真ッ白な洋封筒で、勿論差出人の名はない。スタンプの局名も、本所、渋谷、芝、牛込、世田谷、東京中央、と一つ一つ違っていて尻ッ尾を摑ませない用意が窺われる。

　金丸探偵は「ウーム」と唸って、最初の封筒を取り上げた。

「拝啓

　突然斯様《かよう》な手紙を差上げる無躾けは、御寛容に与《あずか》りたい。

　吾輩の有する特殊な情報網から、吾輩は、終戦直前南方から内地に持ち込まれた、世界的に有名な大ダイヤ『クレオパトラの眼』を貴下が最近入手せられた、という情報を得た。

　斯くの如きの名宝を、貴下の如き心事陋劣な人物の手中に委ねおくは、猫に小判、豚に真珠の譬えもあれど、貴下の場合には、更に、狂人《きちがい》に刃物、強盗に拳銃《ピストル》とでも言う方が、より適切であろう。旁々《かたがた》名宝それ自身のためにも気の毒と言うの外なく、将又《はたまた》天下のためにも誠に遺憾に堪えぬ事であるから、吾輩は一週間後に、右のダイヤを吾輩の手に頂戴する事に定《き》めた。

吾輩はもとより貴下の如き卑しき人物とは、一面の識をも有せぬ者であり、従って個人的には何らの恩怨もない者であるが、不義不正に対して断乎たる攻撃を加える事を吾輩の義務と心得ている、天下の侠盗『鯱先生』であるから、貴下の場合も敢えて見逃がす訳には行かないのである。

右御諒承を乞う。

六月十四日

鯱　先　生」

金丸探偵は、手紙の終りに至ってハッと目を瞠ったが、やがてホーッと歎息《ためいき》を漏らして、

「ああ、『鯱先生』だったのか！」

と、呟いた。

「オヤ、探偵さんは、この『鯱先生』とか言うのを御存知なんですか?」

神山代議士は驚いて訊ねた。

「いや、『鯱先生』なら、今警視庁で秘密裡に躍起となって捜索している人物ですヨ。まだ発表を止められてるので、世間には知られてませんが、確かに終戦後一番の大物ですヨ。いや、戦前にもちょっと類がないでしょうネ。天下の怪盗ですヨ。何しろ凄い大胆な男で、予告をしては押入っているのです。それが、皆終戦のドサクサに不当な利益を得た連中を片ッ端から襲っているのです。で、そういう脛に傷のある連中の間では、相当な恐惶を捲き起してるらしいのです。しかもそういう脛傷連中の事ですから、警察の助けを借りたがらないのですネ。そこが『鯱先生』の附け目なのかも知れませんが。で、本当にやられてしまってから、初めて届け出るといった始末なんです。むざむざとやられてしまってからネ……

警視庁では、目下捜査一課長の堀垣警部がこれの係りになって、全力を注いでやってるようですが、どうも摑み所がないらしいのですネ。何しろ新聞に知られると煩さいと言うので警視庁内部でも、知ってるのは幹部級と、直接の係りの刑事達だけで、他の人は殆んど知らないという警戒ぶりです。でも、私は堀垣さんとは同郷の幼友達で、今でも特別に親しくしているし、特にこの問題では相談に与ったりしてるので、『鯱先生』の事はよく知っているのです。で、まあ、いい都合だった訳ですが

……

そうですか。『鯱先生』が相手だったのですか……こりゃ偉い事になったナ」

探偵は暫く呆然とした様子で、目を閉じてじーッと考え込んでしまった。それは飛んだ事件にかかり合った事を後悔してるのではないかとさえ、思われた。が、やがて気を取り直したように、次の手紙の内容を検《しら》べに掛った。

しかし、あとの五通は内容はほぼ最初のと同様であった。ただ、日附が一日ずつ遅れて来ると共に、気味の悪い約束の日数が、最初のは一週間後にとあったのが、六日後、五日後と一日ずつ減って行って、最後の今日の日附のには「明日の晩十二時に」となっている。

「で、神山さん。貴方はこれに対してどういうお考えを抱かれたのですか」

「そこです、探偵さん。私は最初から無論こんな子供だましの馬鹿々々しい脅迫状なんか、大して問題には致しませんでした。それに、『鯱先生』なんて――今伺えば警視庁でも大騒ぎをしてるという事ですが、私はそんな事は知らなかったので、一層平気で居られたという訳です。……

ですが、これが、こう毎日続けて抛り込まれると、やはりいい気持は致しません。あの宝石が手に入ってからは、私も大事を取って、屈強な用心棒を三人も雇い入れてありましたし、その上、脅迫状が来るようになってから、甥に進められて凄い猛犬も買い入れましたし、戸締りも厳重に致しましたので、私は別に大して心配もしなかったのですが、……馬鹿々々しいとは思いながらも、それが明後日《あさって》、明日と、だんだん切迫して来ると、何だかこちらもだんだん急《せ》き立てられるような気になって、本当に明日の晩、『鯱先生』が忍び込んで来そうな気がしてきて……今日なぞは、正直の所、さすがの私もそわそわして何も手に附かぬ始末でした。

で、夕方から憂さ晴しに、これと二人で新宿へ飲みに出た訳です」

（4）宝石の所在《ありか》

「家へそんな貴重な宝石を残してですか？」

探偵は驚いて、非難するように代議士の顔を眺めた。

「いや、探偵さん。それはちょっとも心配はないのです。今も申し上げた通り、屈強な三人の用心棒――柔道三段と、剣道二段と、拳闘の選手です。そ奴《いつ》らが腕をさすって居りますし、猛犬は居りますし……それに、この部屋の鍵は私が持って出てしまうのですからネ。絶対にこの部屋へは入り込めません。

また、たとえ仮に敵がこの部屋の中へ、煙のように忍び込む事が出来たとしてもですネ。どこにその目的の品物があるかとても泥棒風情には考え附かないような、うまい隠し場所に秘《かく》してあるんですから」

神山代議士はこう言って、自信ありげな微笑を漏らした。金丸探偵は「さては、その世界的な名宝は、この部屋に秘してあるのだナ！」と思って緊張を感じたが、努めてさりげなく、

「ホホウ、それはどこ？」

と、軽く訊ねた。大抵の者なら、この軽い調子に釣り込まれて、うっかり秘密の秘し場所でも何でも、さらけ出してしまう所だが、代議士もさるもの、

「いや、それですがネ……」

と言って、言葉を切って煙草を一服吸ってニヤリと狡そうな笑いを漏らした。

探偵は、これは手強《てごわ》い男だと思った。神山の眼は少しも動かないのである。探偵の顔を見て、ニヤニヤ笑いを湛えているだけである。探偵は素早く甥の石塚秘書の方へ目を走らせたが、この若い男はただ呆然と部屋の中を見廻しているばかりである。探偵は宝石の所在を嗅ぎ附ける事に失敗した事を自認した。

代議士はその探偵の顔を凝視《みつ》めながら、

「ハハハハ、それは私一人の頭の中に蔵《しま》ってあるのですよ。この甥にも教えてないのです。私は私以外の誰にも教えない積りなのです。

それはですネ、この甥のような男に私がその秘密を漏らしたとするとですネ、それはどんな機会に敵に乗ぜられないものでもないからです。例えば、探偵さん、今貴方は私達の視線によって、宝石の所在《ありか》を嗅ぎ出そうとされましたネ。私は油断をしないから大丈夫だが、この甥がもし秘し場所を知っていたら、甥の眼はきっとその隠し場所に走ったに違いないのです。そして、忽ち貴方に嗅ぎ附けられてしまった事でしょう。貴方だから、嗅ぎ附けられたっていい訳だが、これが泥棒に嗅ぎ附けられたら大変な事です。

で、私は甥を信用しない訳ではないけれども、隠し場所は教えてないのです」

若い石塚は、恥ずかしそうに赤らんだ顔を、不服そう

に膨らました。

探偵は面白そうに、

「いや、大変結構です。貴方にそれほどの用心深さがある事は、予期しませんでした。それなら、まず安心でしょう。……実は、仰言《おっしゃ》る通り、私はさっきから、その宝石の隠し場所を知ろうと思って、貴方や石塚君の視線を辿っていたのですが、どうにもならなかったのですヨ、ハハハハ……」

「いや、それにネ、探偵さん、私はこういう事も考えているんです。もしも、万一ですネ、『鯱先生』に押入られたような場合にはですネ、拳銃《ピストル》でも突き附けられて、宝石の所在を言えと脅迫されたとしますネ、そうすると、そいつを知ってると、どうしても言わない訳に行かないでしょう。知らなければ、言わずに済む訳です――ネ、だから、私は石塚にさえ、その所在を教えてないんです。いいえ、私自身ならたとえ脳天へ弾丸《たま》をぶち込まれたって、口を割りやしません。意地もあるし、それに私はあの宝石を高く売り附けて、その金でこれからこの世の思い出に政界で一花咲かせようと思ってるんですから、あれを取られる位なら、死んだ方がましです。だから、私を拳銃で脅迫しても、敵は宝石の所在を知る事は出来ないのです。こういう訳で、私は宝石の所在は、私一人の頭の中に蔵っておいて、甥の石塚にも教えない事にしてるんです」

「なるほど、なるほど、よく分りました。いや、そういう次第なら、私もお聞きしますまい」

「では、探偵さん。この部屋の中にあると申し上げただけで、それ以上その所在を明らかにしないで、貴方は満足して下さるのですネ。どうも有り難う。……私は、そんな事では盗難を防ぐ責任は持てぬ、と突ッ撥ねられるかと思って、心配していたのです」

「いいですとも。但し、この部屋の中にある事は確かなのですネ? ……それだけ伺っておけば、私は探偵ですから、自分で嗅ぎ出しますよ。この私の鼻でネ」

「ええ、それはどうぞ御随意に。但し、嗅ぎ附けられるかどうか。私の考えじゃあ、多分――」

二人はここで、ワハハハと笑い出した。石塚青年も釣り込まれて、ハハハと笑った。神山は、急に気が附いて話題を元に戻し、

「で、そんな工合ですから、私達二人が家を明ける事は、少しも心配はなかったという訳です。無論、家に居るのに越した事はないんですが、精神の素晴らしい活動

を期待するためには、頭脳の慰安と休養とが必要ですからネ。今日は一日中、少し『鯱先生』の脅迫によって苦しめられましたから、その疲労素を発散させて払拭しておく必要を感じた訳です。この鬱々たる状態を蓄積させて、悪い条件《コンデッション》で明夜の決戦に臨む事は、不利ですからネ」

「ハハハ、まるで巌流島《がんりゅうじま》ですネ。宮本武蔵と佐々木小次郎の決闘のような意気込みじゃないですか。それじゃ、貴方は明晩の鯱先生の襲撃を信じている訳ですネ」

「いや、そうはっきり信じている訳でもないんですがネ……しかし、今日は正直の所、全く鬱々として、外へ出ずには居られなかったのです。考えてみると、『鯱先生』の魔術に引ッ掛って、のめのめと引ッ張り出された、という感も、無きにしも非ずですナ……しかし、そのお蔭で貴方のような名探偵にお会い出来たんだから、意外な幸でした。報酬は充分差し上げますから、一つ怪盗対名探偵の一騎打ちを見せて下さい」

「ハハハハ、そう煽《おだ》てられては困ります。相手が警視庁と一騎打ちを挑みそうな『鯱先生』ではネ。何しろ、今までの所では、予告をした所は一つも失敗なくやっ附けてるんですからネ。手強い相手ですヨ。……けれども、私としても千載一遇の機会《チャンス》です。一つ私の一生の手柄に、何とかして『鯱先生』を美事撃退してやりましょう」

金丸探偵はこんな頼もしげな事を言い出したが、それにしても彼の顔色は冴えず、何か憂わしげな屈托の色が眼の縁に窺われるのを眺めて、「鯱先生」というのはそれほどの強敵であったか、と少し心細くなって、巨大漢代議士はそのゲジゲジ眉をピクピク動かして、苦り切るのであった。

（5）探偵の秘策

「では、今夜はこれでお暇《いとま》して、明日は朝からお邪魔して、対策に取り掛る事に致しましょう」

こう言って、金丸探偵が立ち掛けると、神山代議士は慌てて押し止め、今夜から泊って、用心棒どもに統制ある指揮を取ってくれ、と頼み込んだ。

「それに探偵さん。鯱先生は明夜十二時と言うけれど、そう言って油断させて、急に今夜来ないとも限りませんからねえ」

そして、彼は三人の用心棒を連れて来て探偵に紹介《ひきあわ》せ、今夜は彼等に寝ずの番をさせてくれと言い出した。探偵は、今夜はその必要はないと言ったが、神山が是非と言うので仕方なく、今十二時だから、三時半までの組と、それ以後六時までの組とに分けて、寝ずの番を勤める事にした。石塚君を始め、用心棒の柔道三段氏、剣道二段氏、拳闘選手氏の四人をその二組に分ける事にした。少しでも怪しい事があったら釦《ボタン》を押すと、電鈴によって家中喧ましく鳴り出す仕組になっていた。聞いてみると、誰にも皆拳銃《ピストル》が一挺ずつ渡されているのには金丸探偵も感心した。

明夜は探偵、神山、石塚の三人が書斎の中で徹夜する事にし、今夜はその必要もなかろうと、厳重に窓の鎧戸を下ろし、窓を閉めて止め金を掛け、廊下に出て扉に鍵を掛けて、初めの不寝番《ねずばん》の石塚君と柔道氏だけを残して、後は各自の部屋に引取って寝る事になった。

一旦部屋に引取ってから、金丸探偵はそっと起き出して、神山の部屋へ行った。ここで、神山代議士は隣の部屋に居た奥さんとお嬢さんを探偵に紹介した。探偵はそっけなく女達に挨拶を返し、神山に向ってひどく低声《こごえ》で話を始めた。それで、女達は遠慮して次の間へ下った。

探偵は「鯱先生」は約束を非常に厳格に守るから、今夜は来ない。しかし、明日の晩は必ず来る。従って明夜は万全の用心をしなければならぬ。それで、奥さんとお嬢さんをどこか安全な所へお遣りになった方がいいのではないか、と言い出した。

「それでは、伊東温泉に別荘がありますから、そこへでも遣りましょうか」

「それは結構です。……それからですネ、実はこれからが本当の目的なんですが」

と言って、探偵は神山代議士の耳へ口を持って行った。

探偵の言う所は、問題の宝石を明日一日だけ、この邸から遠ざけた方が安全だ。それで奥さんとお嬢さんを邸から避難させると見せて、こっそり例の宝石を持って行ってもらうのがいい。それも、女達がその事を知っていては、とかくそれを気にして、却って敵に嗅ぎ附かれる恐れがあるから、女達に気が附かないようにハンドバッグか何かの中へ、こっそり入れてやるがいい――と言うのである。

神山は初めは不安がって反対したが、探偵は熱心に口説いて遂に承知させた。

探偵は、この事は誰にも絶対に秘密にするように、と念を押した。そして、あの甥という石塚君や、三人の用心棒氏は充分信用が置けるのか、どうか、と心配そうに主人に訊ねた。

主人は、甥は自分の腹心で、将来自分の勢力で政治家になる事を、生涯の望みとしてる男で、絶対に信頼していい。それから、三人の用心棒は石塚の同窓生で、ずっと前からよく遊びに来た連中で、いずれも気心の知れた、信用していい人物だと思う、と言った。探偵はこれを聞くと、満足の表情を浮かべて頷いた。

「では、明朝《みょうあさ》、女達の気の附かないように、ダイヤはハンドバッグの中に入れて、女達に持たしてやりましょう。しかし、どうもちょっと危険ではないでしょうかネ」

神山はまだ少し不安げであったが、探偵に言われて、必ずやりましょうと、と頷いた。

(6) 掏《す》られたハンドバッグ

翌朝、金丸探偵は五時に書斎の前に行って、寝呆け眼《まなこ》の剣道氏と拳闘氏を寝室に引き取らせ、代って扉口《とぐち》の椅子に掛けた。彼等二人は六時までの約束だったが、探偵が来てくれたので一時間早く解放された事を喜んだ。

ところが、ここで金丸探偵は頗る奇怪な真似を始めた。書斎の入口の扉に背を食っ附けるようにして椅子に掛けたまま、彼はポケットから鍵束を取り出すと、それを丹念に一つ一つ鍵穴に当てがっては試めして行く。その中に、遂にカチリ！　と鍵は開いた。探偵は立ち上りながら、そっと扉《ドア》を開けて、スーッと中へ入って扉を閉めた。

探偵は部屋の中を見廻した。昨夜、神山とその甥と、三人で話し込んだこの書斎。世界の名宝「クレオパトラの眼」がこの部屋のどこかに隠されている、と言うのだ！　……探偵の顔には、悪戯《いたずら》ッぽい、子供のような無邪気な微笑が、頬に溢れた。

「フフ、吾輩のような名探偵に、宝石の所在が嗅ぎ附けられなくて、どうする。昨夜言明した通り、この吾輩の鼻で、じきに嗅ぎ附けてしまうからナ。大体、探偵に隠し場所を教えないなんて、失礼な話だゾ。それで盗難を防いでくれなぞと、虫のいい野郎だ」

そんな事を呟きながら、しかし、彼は熱心に部屋の調度、器物を調べて行った。書棚。硝子《ガラス》張りの本箱。その上のラジオセット。今は使わない暖炉。その上の置時計。風景画の額。カーテンの錘《おも》りの球。椅子の中に隠してはいないか、彼は長い針を用いて、椅子を丹念に刺し通して見た。本は一つずつ抜き出して、中がくり抜かれて宝石を隠していないかと調べた。一時間が空しく過ぎてしまった。もう止めないと危険だ。六時までは、剣道氏と拳闘氏の不寝番の時間だから、皆安心して寝てる訳だ。だが、もう駄目だ。皆が起きて来る！……

　彼は未練らしく部屋の中をまた眺め廻した。あの悪党代議士が「鯱先生」から脅迫されていて、一通りの場所にあの宝石を隠しているはずはなかった。人の意表に出る隠し場所。「盗まれた手紙《パーロインド・レター》」のように、あまりに目に附き易くて、却って気の附かない隠し場所！……だが、そんなものもない。あいつがちらとでも目を走らせれば、それで万事終りだったのだが、奴めこちらより役者がちょっと上ときてやがって、とうとう昨夜は尻ッ尾を出しやがらなかった！……

　最後に彼は、この洋間の書斎にはちょっとそぐわぬ碁盤に目を留めた。無造作に机の上に置いてある碁盤！……彼はハッとして、走り寄り、それを引ッ繰り返して、その足を抜いて見た。足をえぐり抜けば充分宝石は隠せそうな気がした。……だが、それも徒労に期した。

　探偵は遂に空しく諦らめる外はなかった。

　探偵は朝食の後、ちょっと用事があるからと言って外出した。その間に女達は伊東温泉へ行くために出発した。秘書の石塚青年は、ふだんなら早速お供して行く所だが、今日はこの家の警護の方が大切なので、一緒に行かれないのを残念に思った。彼は昨夜の探偵と神山との密談を知らないから、奥さんのハンドバッグの警護の方が、書斎の警護より大切であろうなぞとは、疑ってもみなかった。彼は、それから二三十分して、探偵が散歩でもして来たのか、暢気《のんき》な顔色で悠々と帰って来るのを見て、探偵はもう対策を練って、充分な成算があるのかも知れぬ、と思った。

　十時になると、朝の郵便配達が来た。女中が飛んで行って、郵便物を取って来たが、例の白い洋封筒が入っているのを、もう書斎に入り込んだ神山代議士と金丸探偵とは、直ちに認めた。「鯱先生」の脅迫状の文句は、今までの六通と大差はなかった。ただ日附が今日の七月二十日になっているのと、襲撃の時刻が「今夜十二時に必ず『クレオパトラの眼』は頂戴する」という所だけが違っていた。

　探偵は神山と顔見合わせて、意味深長な笑いを漏らした。彼はもう用のないはずのこの部屋に、なお宝石がある積りで、晩まで警護を続ける積りであろうか。秘密を知るものは、彼と神山と二人きりだから、二人は澄まして味方を欺くお芝居を続ける気であろう。そして、延《ひ》いてはそれは、目に見えぬ敵「鯱先生」を欺く手段になる訳だから。

二人は退屈そうに欠伸《あくび》をした。代議士は、

「碁はおやりですか?」

と言って、傍の机の上から碁盤を持って来て、二人の間の小卓に載せた。

探偵も碁は好きな方だったので、二人は握って先《せん》を定《き》め、最初は探偵が黒で打ち始めた。石塚青年もやって来て観戦した。

三人は女中に食事を書斎へ運ばせた。

午後は、石塚が探偵に代って、伯父と烏鷺《うろ》を闘わした。神山はよほど好きと見えて、少しも飽きる気配がなかった。

午後三時に、神山の脇の側卓《サイドテーブル》の上の電話が鳴り出した。伊東からである。奥さんとお嬢さんが、無事に着いた事を知らせているのだ。女の高い声がよく響いて、探偵の耳にもすっかり話が聞こえる。探偵が目配せすると、主人は頷いて、

「オイオイ、何も変った事はなかったろうネ?」

「変った事って?」

「まあ、例えば、ハンドバッグを掏り取られたとか——」

「まあ、……あなた、どうしてそんな事知ってるの? 実はネ、さっき汽車の中でハンドバッグが無くなっちゃって驚いたのよ」

「ええッ! ハンドバッグを掏られたのかッ!」

代議士は狼狽てた声を張り上げた。探偵もびっくりした様子で、顔色を変えた。石塚は何も知らないから「掏摸《すり》にやられたのか。物騒だなあ」と言いながら、碁の打ち手を考えている。

「ホッホッホ、驚いた? ……でもネ、降りる時になったら、棚の上に載っかってたのヨ。不思議ねえ。載せた憶えはないんだけど。でも、忘れちゃったのかも知れないわ。……だから、掏られた訳じゃなかったの。驚いた? ……ホホホ、私達も驚いちゃったから、ちょっとお父さんを驚かしてみたのヨ。御免なさいネ」

神山はホッとしたような顔をして、探偵の顔を見た。探偵は、その簡単に安心してしまってる神山の気が知れ

なかった。神山は平然と、それから無駄口を叩いて電話を切った。そして、また平然と碁盤に向った。

探偵は神山の平然としているのが、もどかしかった。あの老獪《ろうかい》な神山が、こんな事に気が附かないのだろうか――いや、そうではなかった。

「ハンドバッグは掏られたんじゃなかったんですネ？」

石塚が神山に訊ねた。すると、神山は、

「いや、掏られた事は掏られたんだろう。一旦掏って、後で返して寄越したのだろう」

知っているのだ、ちゃんと。しかもなお、この事もなげな言いっぷりは、どうしたと言うのだ！

「神山さん、大変な事になりましたネ」

探偵がとうとう我慢し切れずに口を切ると、神山鉄蔵は、

「ハッハッハッ」

と笑い出した。

金丸探偵がギョッとするのへ、

「いや、探偵さん、心配しなさんな。『クレオパトラの眼』は、そう易々と敵に渡しはしません」

探偵は益々驚いた。

「えッ、でも、掏摸がハンドバッグを……」

「ハハハハ、こんな事があるかも知れないと思ったから、私は用心したのです。探偵さん、私は今朝、女達のハンドバッグにダイヤを入れてやらなかったのですヨ」

「ええッ！」

「貴方のお言葉に背いて悪かったですけれど、どうも心配だったのでネ……もっとも、貴方の言う通りにすれば、美事に『鯱先生』に凱歌を揚げられる所でしたネ。私の勘の方が当った訳ですネ。でも、よかった。……それにしても、探偵さん、『鯱先生』はなかなかやりますなあ。恐らく、この家の前で見張っていたのでしょうねえ」

「ソ、そうかも知れません。この最後の日に、奥さんとお嬢さんがお二人で外出なされば、当然何かある！と思って尾《つ》けられる事は、覚悟すべきでした。私の誤りでした」

「いいえ、そんなに恐縮なさらなくても、いいですよ。私だって、どっちにしようかと迷った位ですよ。でも、結局、宝石が取られなかったから、よかったですよ。しかし、てっきりあると思って、開けて見たら無かった時の、掏摸野郎の顔が見たかったですネ。……今朝その事を貴方に言おうかと思ったんですが、敵を欺くにはま

ず味方から、と思って実は今まで黙っていたんですが……」

金丸探偵は呆れたように、神山鉄蔵の顔をまじまじと眺めた。何という「狸」であろう。これは、なかなか一筋縄や二筋縄で行く男ではない「鯱先生」が美事に土俵際で「打っ棄《ちゃ》り」を食ってるではないか！

「いや、驚きました。神山さん、貴方は確かに『鯱先生』には、いい相手です」

金丸探偵は讃歎するように言った。

(7) 密室への侵入

「『鯱先生』は今まで一回も、襲撃を予告して成功しなかった例《ためし》はないのです。だから、今夜失敗すれば、初めて土が附く訳ですから、名誉に掛けて全力を挙げて襲撃して来るに違いありません。だから、我々も全力を挙げて、これを撃退しなければなりません。では、いよいよ今夜半と言うのですから、今夜は一つ我々全部徹夜で頑張りましょう。で、二三時間ずつでもいいですから、今の中に睡眠を取っておくようにして下さい」

金丸探偵は、皆を集めてこんな風に激励した。が、誰も張り切ってしまって、とても睡るどころの騒ぎではなかった。

いよいよ日が暮れた。

今夜は、書斎は、神山代議士と金丸探偵と石塚青年が中に座り込んで見張っている事にし、三人の用心棒は、玄関に柔道三段氏、裏口に剣道二段氏が詰め、そして拳闘選手氏が書斎の前の廊下を玄関から裏口へと游弋《ゆうよく》して看視する事になった。二階も階下《した》も、窓という窓は厳重に鎧戸を下ろし、窓を閉めて止め金を掛けた。女中二人が二階の廊下を絶えず歩き廻って、見張る事にした。そして、前にも記した通り、各所に電鈴《ベル》の押し釦があって、少しでも怪しい事を発見したら、これを押せば家中リンリンと鳴り響くという仕掛けになっている。家の外は、無論、石塀の門の扉は早くから閉めて錠を掛け、爺やが塀の内側を、猛犬を連れて絶えずグルグル廻って歩く事にした。……これでは、いかな忍術の名人といえども、忍び込む隙はあるまい。

金丸探偵は何度か各部署の手管《てはず》を見て廻り、満足気な様子で書斎に引ッ返した。

書斎では、神山はまた退屈して甥の石塚を相手に碁を打ち始めた。探偵は深々と椅子に埋《うず》まって、手筈に抜かりがないかを、もう一度考え直してみた……何もない。満足だ、次に、彼は部屋の中を見廻して見る。この部屋の扉は出入の度に神山から鍵を借り、鍵を返す。即ち、この書斎は、内部から鍵を掛けられた密室である。多くの探偵小説では、密室犯罪と言えば、大抵いかにして犯人は密室から逃れ出たか――という事が問題となるが、今の問題は、どうして犯人が、「密室へ侵入」し得るかという事である。

金丸探偵は、まだグルグルと部屋の中を見廻している。今度は昨夜から彼が考え続けている問題――どこに宝石が隠されているかである。主人の神山代議士は宝石はこの部屋に隠されていると言う。しかも、その所在《ありか》は彼一人の頭の中にあって、石塚も探偵も知らない。所在も知らないで、それを警護するというのも奇妙な話だが、神山の言う理窟にも一理はある。

探偵はもう一度、何とかして宝石の所在を嗅ぎ附けてやろうと、部屋の中を眼で撫で廻し、引ッ騒き廻したが、やはり何も摑めなかった。主人は用心深く、盤上から目を外らさない。ひょっとした機会に、最も気に掛る方向へ視線を転じずにはおられないはずなのだが、いかなる修行を積んでいるのか、この神山という巨大漢は、少しもそういう隙を見せないのだ。あれほどの宝が、気に掛らぬはずはないのだが！……神山が石塚青年に所在を教えないのは、確かに神山の賢明さであると頷かれる。この青年なら、知って居さえすれば、探偵の巧みな言葉の暗示で、必ず、その所在を明《あきら》かにしてしまうに違いないのだ。

金丸探偵は、つくづく神山鉄蔵という男の底知れぬ、不思議な力に舌を捲く思いだった。これでは、たとえ「鯱先生」にいかなる術があって、あの高い塀を飛び越え、爺やと猛犬の眼を逃がれて、玄関の鍵をこじあけ、そこに張り番する拳銃を握った柔道三段氏の目を掠めて中に忍び込み、そして廊下に游弋する拳闘選手氏の目にも止まらずに鍵のかかった書斎の扉を開け、中に居る三人の男の目に見えぬ煙となってこの部屋の中を捜し廻ったとしても――どうして、彼は宝石の所在を発見する事が出来よう。怪人神山鉄蔵の、その巨大な脳天を割って、その脳髄に刻印された宝石の所在を読み取らない限り、彼はここまで来て、呆然と手を束ねてしまわなければならないだろう。今の金丸探偵その人のように……

しかし、彼は「今夜十二時を期して、必ず『クレオパトラの眼』は頂戴する」と言って来ているのだ。これは、こけ嚇しの文句に過ぎないというのであろうか。

金丸探偵はなおも宝石の所在を訪ねて部屋の中を睨み廻し、それから虎視眈々として、長い時間傍目も振らずジイーッと神山鉄蔵の姿を凝視して見た……が、どうにもならなかった。無心に碁盤を凝視めている彼の眼は動かなかった。探偵の屈托を嗤《わら》うかのような微笑みさえ、その口の周りに浮かんでいるように思われた。

「この男にゃ『鯱先生』も歯が立たぬかも知れん」

こう思うと、金丸探偵は何か身内がゾクゾクと振い立って来るような痛烈な爽快さを感じた。

(8) 皆の目の前で

暖炉の上の置時計は、十一時を指している。もう一時間！

廊下をコツコツと歩く拳闘選手氏の足音が聞こえるばかり。

金丸探偵は、また神山から鍵を借り、廊下に出て、便所へ行きながら廊下、玄関、裏口の各用心棒氏を見舞い、二階へ上って二人の女中をねぎらい階段を下りて来ると、丁度爺やに連れられて庭を廻る猛犬の荒々しい呼吸の音を聞いた。万事遺漏はない！

彼は鍵を用いて書斎の扉を開け、中に入って扉を閉めてまた鍵を掛けた。そして、鍵は神山に返す。それから石塚、それから神山、と代り合って便所に立った。皆、十二時の決戦を心に期しているのだった。

また部屋は密室に戻った。

三人揃った所で、神山が「武器は？」と石塚に向って聞いたのが切ッ掛になって、三人が皆拳銃を出して見せ合う事になってしまった。

それから、神山は石塚と盤を挟んで相対したが、さすがにもう気持が落付かぬ様子だった。若い石塚は、時々頬を膨らましてフーッと切なげな息を吐き出すのだった。

十一時半。

神山は探偵の方にちらりと達磨面を向けた。大きな鋭い目が、少し血走っている。二人ともまだ碁盤に向っているが、もうどちらも手は動かぬ。探偵は慰めるように盤側に椅子を進め、三人額を鳩《あつ》めて碁盤を覗き込んで研究しているような姿勢になったが、実はもはや碁なぞ誰の頭にもなかった。

置時計がカチカチと小刻みに時を刻んでいる。それと、廊下をコツコツと歩く懶《ものう》げな靴音……

「探偵さん、これじゃ、いくら『鯱先生』でも、ちょっと近寄れそうもありませんナ」

代議士が上ずった声を、強いて抑え附けて力んだような声を出した。石塚がその言葉を受けて笑おうとしたが、唇が硬張って笑えない。探偵は神山の大きな丸い顔を睨むように見返して、頭を振った。

「いや、『鯱先生』は約束を違えません」

このダブダブ服の私立探偵は、正気でこんな事を言ってるのだろうか？……神山は腹立たしげに、探偵の顔を睨み返した。探偵は黙ってまだ頭を振っている。

勝手にしろ、迷探偵め！

神山は、少し自分が昂奮してるのが癪だった。

「では、貴方は『鯱先生』が、ここへ入って来られると思うんですか？」

「ええ、そう思います」

神山は呆れて、大声で呶鳴った。

「『鯱先生』がいかなる怪人か知らんが、この堅固な囲みを破って、入って来られたら、それこそ幽霊か、化物か、忍術使いだ！」

すると、金丸探偵は何かゾッとしたように、顔を白ませて、

「ところがネ、神山さん、……『鯱先生』は、今あなたの言われた忍術使いなんですよ」

巨大漢はプッと噴き出そうとした。が、探偵は真面目な顔をグッと近寄せると、

「貴方がたは知らないのですか、現代にも、忍術使いが居る事を。もっとも、それは、あの忍術映画の創作した、印《いん》を結んでドロロンと姿を消す忍術じゃありません。極めて科学的なものですよ。科学の最尖端を行くものです。例えば、人間の心理の虚を衝いて、相手の意表の外に出るから、姿も消せる道理だと言うのですがネ。

何でも私の聞いた所では、『鯱先生』は有名な甲賀流十四世、藤田西湖《せいこ》という忍術使いの愛弟子で、甲賀流十五世を襲うべき人と、自他共に許していたのだそうですが、途中で先生あんな風にぐれ出したので、破門されたと言うのです。いや、師匠に累を及ぼさないために、自ら破門してもらうように仕向けたのだ、と言う人もあるのですが……

ま、それはともかくとして、そういう忍術の名人級の人間にとってはどんな堅固な囲みも、無人の境を行くに

等しいという事です。幽霊や化物と同じように、始末の悪い人間なんですよ、我々の相手は」

こう言って金丸探偵は、ほんとに恐ろしそうに頸をすくめた。

石塚青年は運動家だけに、藤田西湖の名前ぐらいは知ってるから、この探偵の話に一々頷いて聞いている。神山代議士はそれを見て、狐につままれたような気持で「忍術なんて、そんな馬鹿な事が」と、心の中で向きになって否定しながら、しかしやはり何か薄気味悪いものを感じないでは居られなかった。「そんな奴が現われたら、どうしよう」という気持である。これは、あの脅迫状に記された気味の悪い時間が刻々に迫っているためもあったであろう。

神山はまた神経質に置時計の方に顔を振り向けた。

十二時五分前！

ああ、あといいよいよ五分！

探偵も今は押し黙ってしまった。石塚青年は顔を真ッ蒼にして、口の周りをピクピク痙攣させ無意識に腰のポケットに入れた拳銃を上から押さえている。神山代議士も、自分の胸の動悸が激しく打っているのを、認めない訳には行かなかった。息詰まるような、切迫した時間！

十二時三分前――二分前――一分前！

ああ！　三人とも目をギラギラさせ、昂奮の絶頂で破裂しそうな心臓に、頸の血管を膨らませて、額からタラタラと膏汗《あぶらあせ》を流した。

ジャスト、十二時！

呼吸《いき》の詰まりそうな期待の時刻は空しく経過した。ああ、遂に、何事もなかったのだ。三人はホーッと歎息をついた。

中でも、一番怯えていた様子だった金丸探偵が、この約束の時刻の空しい経過に一番安堵の、胸を撫で下ろした顔色だ。

が、それはまだ早過ぎたようだった。探偵は何を聞き附けたか、ハッとして飛び上ると、入口の扉の方へ駆け寄った。神山も石塚も、同じく飛び上った後を追う。探偵の足許にヒラヒラと名刺が舞い落ちた。探偵はよろめいて扉に身体をぶつけながら、慄える手でそれを拾い上げた。

「オッ『鯱先生』だ！」

探偵の絶叫に、神山も石塚青年も動顚して、それを覗き込んだ。

名刺には、ただ一字「鯱」の字が印刷されていた。そして、その上に鉛筆の走り書き――

「正に十二時。〝クレオパトラの眼〟は約束通り、皆様の目の前で、確かに頂戴した。有り難く御礼申上げる」

探偵は扉にぶつかった。勿論、鍵が掛っている。

「畜生！　捕まえろ、樋口君！」

金丸探偵は地団駄踏んで、扉の外に向って叫んだ。ドタバタと廊下へ駆け寄って来る足音。素早く神山がポケットを探って鍵を取り出し扉を開けた。探偵と共に、三人揉み合うようにして廊下に飛び出した。しかし、裏口の方から駆け寄った拳闘選手の樋口君の外、「鯱先生」の姿はそこにはなかった。

(9) 鯱先生登場す

金丸探偵は、「そっちだ、そっちだ」と叫びながら、玄関の方へ廊下を駆け出した。石塚君、樋口君、神山代議士の順で後に続く。

階段の所で、二階から、女中二人が騒ぎを聞き附けて駆け下りて来た。玄関の方から、玄関詰めの柔道三段氏が拳銃片手に駆けて来るのにぶつかった。ああ、これで「鯱先生」は誰とも摺れ違わずに、煙のよう消えてしまった事になる。

皆はそのままドタドタと玄関へ殺到した。が、玄関の扉はちゃんと鍵が掛っていて動かない。皆、ここでゾーッとして顔を見合った。その時、金丸探偵はアーッと叫び声を上げた。その指さす所は、玄関の扉の間に挟まれた一枚の名刺！　――樋口君が飛び附くようにそれを取ると、そこには、「鯱」という名刺の上に、鉛筆の走り書で、ただ一語《ごん》、

「あばよ」

探偵は怒りで顔は真赤になり、目は血走っている。石塚は気転を利かし、主人から鍵を貰ってさっさと玄関の扉を開けた。皆ドッとばかりに飛び出す。探偵が目敏《めざと》く、「あ、門を越えてく！」と叫んだが、一瞬の差で、他の者は誰にも「鯱先生」の姿は目に入らなかった。

「門の鍵だ！」

と言って、神山は石塚に鍵を抛ってやった。そこで、探偵を始め一同ドッと門の方へ駆け出した。神山はそれを見送って、呟やいた。

「畜生！　とうとう〝クレオパトラの眼〟を盗られたか。……だが、一体、いつの間に盗りやがったろう。不

思議だ。……いや、そんなはずはない!」

彼は、そっと一人廊下を引ッ返すと、急いで書斎に飛び込み、扉をピシャリと閉めて鍵を掛けた。こうして、外界と遮断しておいて、彼は急いでテーブルの所へ歩み寄り、碁盤に手を掛けた。そこで一瞬躊躇したが、それから憑かれた者のように急《せ》き込んで、両手で碁盤を持ち上げて引ッ繰り返すと、その裏面のまん中「血溜り」と言う刳穴《くりあな》の所を、力一杯押し附けながら、それを横に捻った。それは仁丹《じんたん》の容器を開ける時のような動きで、ポッカリと穴が開いた。神山は、その中へ慄える指を突ッ込むと、ずるずると引き出されたのは、腸詰のような恰好の、細長い白い布の袋!——宝石は無事だったのだ。

「ああ、やっぱり、あった!」

彼は急いで再びそれを穴に押し込むと、歓喜に溢れてそのままへたへたと大きな身体は椅子に崩折れた。が、脇腹《わきっぱら》に何かコツンとぶつかる固い物があるので、身《からだ》を起すと、彼はギョッとして飛び上った。

いつの間にか、音もなく部屋に入って居た金丸探偵がそこに突ッ立って、右手で拳銃を彼の脇腹に押し附け、ニヤニヤ笑っているのだ! そして手早く、彼の拳銃を引き抜いて自分のポケットに押し込んでしまった。


「フフ、まだ宝庫を開けるのは、ちょっと早過ぎましたネ、神山さん。と言うのは、この置時計は時間が五分進んでおりましたよ。——もっとも、誰が進めておいたかは、言明の限りじゃありませんがネ」

服装は元のままなのだが急に十年も若返ったようにシャンとした、張りのある青年紳士になった金丸探偵は、こう言いながら、片手で碁盤をドカリと引ッ繰り返すと、今神山がしたようにして血溜りの穴を開け、腸詰をズルズルと引き出した。右手では油断なく拳銃の先で、神山の大きな腹をこ突きながら。そして左手で器用に腸詰の口を開くと、中からポロポロと宝石をテーブルの上に転がし出しながら、

「オー、これが世界に名高い〝クレオパトラの眼〟という大ダイヤだナ。ウーム、さすがに美事なものだ。吾輩としても、こんな美事なものにお目に掛るのは初めてだ。外の小さなものはどうでもいいんだが、残しておくと、また貴様が悪い事に使うと不可ないから、ついでに頂戴して行く事にしよう」

こう言って、無造作にそれらを上衣のポケットに押し込むと、左手でチョッキのポケットから懐中時計を引き出した。

「正確な時計で、正に十二時！『鯱先生』は約束は違えぬ事を知っておいてもらいたいネ。では約束通り、『クレオパトラの眼』は頂戴して行く。

何を目を白黒させてるんだ。ハハア、吾輩の出現が腑に落ちない、という顔だナ。では、貴様に納得の行くように、初めから一通りこの事件の解説をしておいてやろう。『鯱先生』は親切だからナ。

なあに、慌てる事はない。貴様の甥の秘書先生を始めとして、用心棒諸君は、吾輩の暗示で姿のない盗賊を追って、一散に追ッ駆けて行っちゃったからネ……『鯱先生』の犯罪講義を聴かして上げる時間はたっぷりあるよ。

さて、この事件の抑々《そもそも》の発端は、南方から復員した吾輩の部下が、あちらで聞き込んで来た、あの『クレオパトラの眼』掠奪の一件だがそこで、その系路を辿ってみると、結局貴様の所まで行った。で、貴様の身許を洗ってみると、腕力と金力に物言わして政界にのさばり、悪徳と淫行で社会を溷濁《こんだく》させる、腐敗政治家の元兇と知れた。吾輩、貴様の手から天下の名宝を救い出す事に定《き》めた理由は、大体あの脅迫状に書いた通りだ。

貴様の邸の様子を窺うと、用心棒を雇い、猛犬を飼って、なかなか要心堅固だ。だが、それを突破して押入ったところで、貴様も一通り覚悟の定まった悪党だ。拳銃や刃物《ナイフ》で脅かしたって、素直に宝石を渡すはずはあるまいと考えた。そこで、ちと子供だましで気が引けたが、脅迫状で恐怖の爆撃を行い、気持の動揺に乗じて、附け入る隙を見附けようと決めた。

毎日監視していると、とうとう秘書と二人で外出ときた。しめた、と跡をつけて『ゆで蛸』でお近附きの一芝居、まんまと『私立探偵』の売り込みが成功して、堂々と敵城にお乗り込み。

それから、『鯱先生』お尋ね者の一条《くだ》りは、あれは貴様の心を動揺させるための方便で、実はこの『クレオパトラの眼』が『鯱先生の初登場』という訳なのサ、まだ駆け出しで、警視庁ではその名を知っちゃあいないのサ。だが、ああいうトリックで貴様の心胆を寒からしめておいて、貴様の視線を辿って、宝石の所在を一睨みで嗅ぎ附ける計画だったのだ。

ところが、どっこい貴様の方も相当なもので、そう簡単には参らなかった。仕方がないから、今朝がた書斎は一応探って見たんだが……その時、碁盤の足まで引ッこ抜いて見たんだが、あんな胴中がくり抜いてあろうとは、気が附かなかった。

で、昨夜から打っておいたお芝居で、女達に宝石を持たせて温泉へ行かせ、部下にハンドバッグを探らせたのだが、これはまんまと貴様の計略《トリック》に引ッ掛った。正体を見抜かれたかとびっくりしたが、そうでもなかったので胸を撫で下ろした。

そして、ここまで来れば、後は度胸を据えて、約束の十二時まで、忍術話で『鯱先生』なるものの恐ろしさを、弥《いや》が上にも盛り上げて行き、空しく過ぎる約束の十二時に、ホーッと胸を撫で下ろす、その虚を衝いて『鯱先生』侵入の名刺の一幕。あれは、自分の手から名刺を落して、あたかも扉の隙間から抛り込まれたように見せ掛けた、初歩の手品に過ぎないが、居ない『鯱先生』を扉の外に居ると思わせ、皆を外に追ッ払った上、大事な宝石を貰ったゾという脅し文句で心を動揺させ、調べて見ずには居られなくさせた敵の心理の虚を衝く、これこそ『鯱先生』得意の忍術の奥義。とうとう宝石の所在を知る事が出来たという訳サ。

分って見りゃあ、何て事だ。貴様の視線は一日中、碁盤に集中していたんだっけ。

最後の鍵の掛ったこの部屋に、何で音もなく入れたか――それは、『鯱先生』ともなれば、合鍵の五十や百は常に懐中しているのサ。どれが合うかは、今朝ほどちゃんと検《ため》しておいた。

さて、ト……これで大体『鯱先生』の講義は終った積りだが、質問は無いかネ？　無ければ、これでおさらばとしよう。

そうそう、もう一言、大切な事を忘れる所だった。貴様は宝石を売って、その不浄な金で政界へのさばろうと思ってたようだが、それは、こうして宝石をすっかり頂戴して行くから、自然、沙汰止みになる事だろうが、もし性懲りもなく、また不当な手段で権力を握ろうなどという野心を起したら、今度は助けてはおかないゾ。貴様のような悪人にも、心を改める機会を一度は与えてやろうという、『鯱先生』の有り難いお気持を無駄にするなよ。

では、御退出の間、ちょっと大人しくしていてもらおうか。なあに、柔道三段君がすぐ帰って来るから、心配はない。……オヤ、もう帰って来たらしいゾ」

玄関の方で、ドヤドヤと騒がしい声がする。

「では、裏口から失礼するとするか」

金丸探偵は――いや、「鯱先生」は、拳銃を左手に持ち替えると、無造作に一当て脾腹を呉れて、「ウーム」

と悶絶する巨大漢のポケットから、裏口の鍵を取り出すと、さっさと後をも見ずに部屋を立ち去った。

不可能犯罪

1　招かれた中岡巡査

「昨夜《ゆうべ》は私の方が驚きましたヨ。何しろ交番の壁へ小便した人は、初めてでした。思わずカッとして、飛び出して殴り附けようとすると、貴方だったたんで……貴方の顔を知ってる私だったから、よかったんです」

「いや、それを言われると、全く恐縮です。その上、送って来て頂いたりして……いつもは自動車を待たしといて、スーッと帰っちゃうんで、どんなに酔ッ払っても大丈夫なんですが、昨夜は仲間の奴が梯子の相手に、どうしても離さないんで……ハッハッハ、いや昨夜の事はもう勘弁して下さい。しかし、お蔭でお近附きになれて幸でした。さあ、どうぞ、もっと飲《や》って下さい。大分行けそうじゃありませんか。嬉しいですナ、同好の士を得た事は。ハハハハ」

豪快に太鼓腹を揺すって笑うのは、この邸の主人、大沼電機株式会社々長、工学博士大沼英之輔《えいのすけ》氏。妻君を早く失った、全くの孤独な五十男。が、全身これエネルギーといった感じの膏《あぶら》ぎった大男だ。客は中岡良一という若い巡査。今日は非番と見えて、和服で寛いでいる。二人とも先ほどからサントリーが大分廻って、いい色になっている。

中岡巡査は、今の両人の会話でも分るような妙な経緯《いきさつ》から、昨夜大沼氏を送って来てやり、その時主人が中岡も碁をやるという事を聞いて「是非来て下さい」と言うので、今日は非番を幸い出掛けて来た所である。が、若い彼がわざわざこの邸へ出向いて来たについては、好きな碁のためばかりではなく、あるいは彼自身も気附かなかったかも知れないもう一つの理由があった。

それは、大沼邸には若い美しい令嬢が居たのである。今も言う通り、大沼氏は妻も子もない文字通りの独身なのであるが、この邸の離家《はなれ》に萩原三造氏という、主人と同年配の男が寄寓しているが、それの娘だった。萩原氏も主人同様配偶者はなく、病身らしく何もせずに、父娘《おやこ》二人きりでひっそりと離家で暮している。娘は百合子といって、年は二十年と三ケ月――そんなに詳しく知ってるのは、これは中岡巡査の商売だから已むを得ない。しかし、その美しい百合子嬢に、春山茂夫という恋人が居る事までは、戸籍調べの上には出て来ないから、彼が知らなかったのもまた無理はなかろう。

主人は呼鈴の押釦《おしボタン》を握って女中を呼び、日本間の客間から碁盤を持って来させた。主客二人とも和服なのだから、こんな洋間の応接室なぞでなく、日本間の方へ行って坐って打った方が落着いていいがなあ、と中岡巡査は思ったが、初めて訪れた家だから、そこまで言い出す訳にも行かなかった。そしてまた、洋間で腰掛けて碁を打つ、こんな不似合を敢えてするのは、そこに何か理由がなければならない――と考えるほど、彼は探偵小説ファンではなかったのだ。もっとも、世間の事は、そう探偵小説的に理詰めにばかり行く事は、めったにありはしないのだが……

暫く打っていると、大沼氏は、

「ああ、そうだ。百合子に珈琲《コーヒー》でも入れさせましょう」

そう言って、また女中を呼び、百合子を呼んで来るようにと言った。中岡巡査は、それを聞くと、胸がドキドキし出して、珈琲なら女中でも入れられるだろうに、何故わざわざ百合子嬢を呼ぶのだろうか、と不審に思ったが、勿論令嬢の顔を見られる事は嬉しくない事はない。大沼氏は令嬢が珈琲を持って入って来ると、そばの長椅子《ソーファ》に掛けさせて「お父さんは何をしてる？　部屋に居るのかネ？　また机に向って昼寝でもしてるんじゃないのかい？」なぞと話し掛けて、そばに置いときたい様子を示した。それで、仏蘭西《フランス》人形のような顔をした美しい人は、そのままそこに落着いて、ジロジロ中岡巡査の横顔を眺める事になったので、若い彼はサントリーの効き目が今になってまた急に現われたように、カーッと顔が熱くなって来た。

「そうそう、碁の本を貸してくれ、と仰言《おっしゃ》ってましたネ。あなたが考えてる中に、ちょっと取って来ましょう。まあ、この手で一つ、せいぜい考えていて下さい」

大沼氏はカチリと白石を下ろすと、令嬢と中岡巡査を残して、酔った足を踏みしめるようにして、堂々たる巨軀を扉《ドア》から廊下へ消した。若い女性と二人きりで残された中岡巡査は、妙齢の処女の香ぐわしい肉体を身近に感じてゴクリと生唾を飲み下した。

2　血腥《ちなまぐさ》い殺人事件

隣りの書斎の扉がギイッと開いて、それからバタリと閉った。それを中岡巡査と百合子は、こちらの応接室で聞いた。中岡巡査はじっと盤面を見据えて、考えに耽った。否、耽ろうと努めた――と言った方が正しいかも知れない。

すると、暫くして隣室から板壁越しに、大沼氏の声が聞こえて来た。

「中岡さん、中岡さん、どうです。打ちましたか、まだですか?」

中岡巡査はハッと我に帰ったような感じで、

「マ、まだ……まだです」

と、ドギマギしながら答えた。すると、

「まだ? ハハハハ、休むに似たり、と言う所じゃないんですか。まあ、ゆっくり考えて下さい。今、御注文の『棋経衆妙《ききょうしゅうみょう》』がどこにあったかを探してるんですがネ。外のは二三冊見附かりましたが……ええと、たしか在ったはずなんだが――」

その隣室の大沼氏の声が、終るか終らない中に(後から落着いて考えてみても、せいぜい五六秒ぐらい経ったか――それ以上では決してない)轟然たる拳銃《ピストル》の爆音が、離家の方角から起った。中岡巡査はびっくりして飛び上ると、百合子と揉み合うようにして扉を開けて廊下へ飛び出した。玄関の方へ駆け出そうとすると、百合子は書斎の扉に走って、それが開かない事を知ると、ドンドンそれを叩いて、

「小父さん、小父さん、大変よ。離家の方で……」

と金切声を上げた。すると、中から、

「ヨシ、すぐ行く。先へ行け」

と、大沼氏も狼狽《あわ》てて叫んだ。

それで、二人は先を争うように長い渡り廊下を離家へと走った。

離家は三間の平屋建で、渡り廊下に一番近い部屋は空き部屋で物置になっていた。それから、百合子の部屋、萩原三造氏の部屋と続いている。夏の事とて、物置部屋の外は二室とも障子が開け放ってあるが、その突ッ端れの萩原の部屋から、煙が溢れ出ている。飛び込むと隅の坐り机の前に仰向けにぶっ倒れている、ひょろ長い、痩せた男――それは言うまでもなく、百合子の父萩原三造

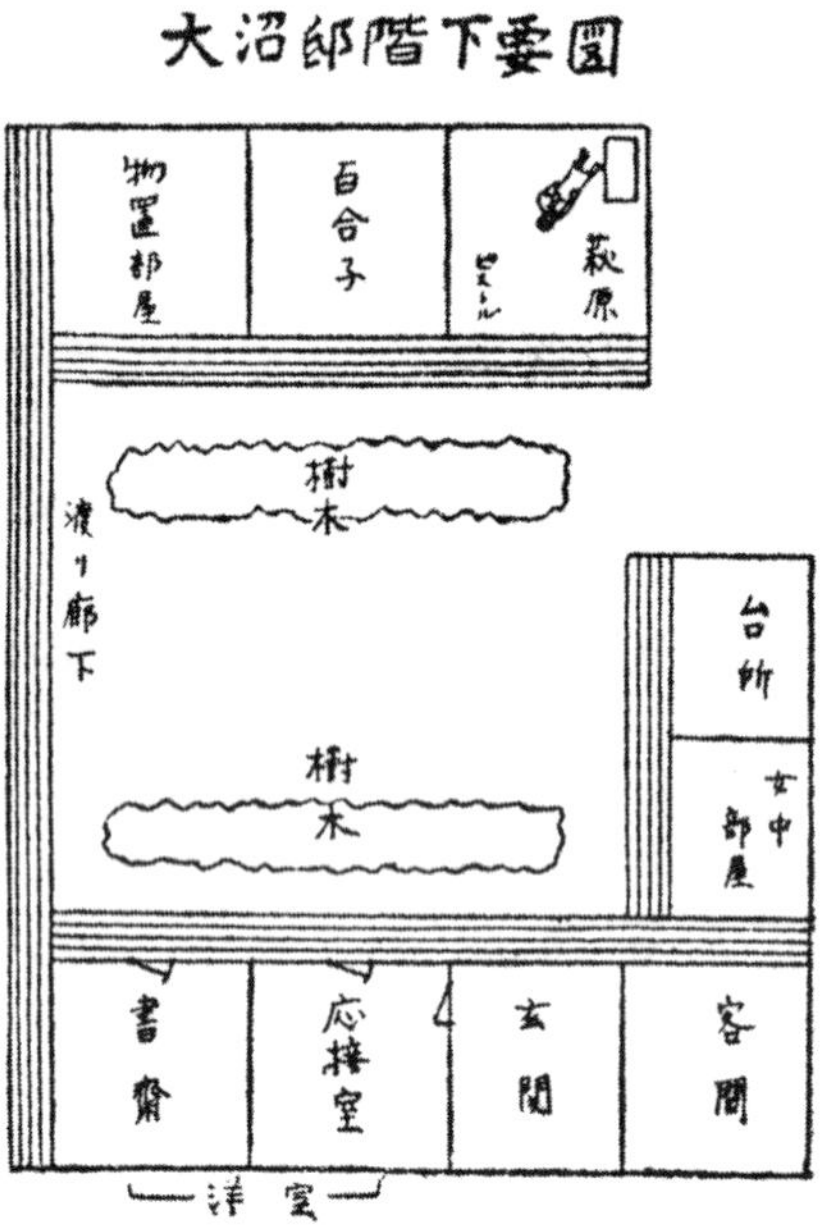

氏だった。

職業意識から一瞬に酔も何も吹き飛ばした中岡巡査は、男を抱き起こしたが、既に彼は歯を食いしばり、目を剝き出して、虚空を摑んで縡切《ことき》れていた。机に凭り掛ってる所を背後から心臓の辺りに射ち込まれて、美事な即死を遂げたものである事がすぐに分った。

百合子は血に塗《まみ》れるのも気附かず父に抱き附いて、狂人《きちがい》のように屍体を揺すぶり、「お父さん、お父さんッ」と泣き叫んだ。主人の大沼氏も狼狽てて飛び込んで来たが、この有様に呆然として口も利けない様子だった。

部屋には、屍骸の頭部から二米《メートル》ばかり離れた、障子に近い所に、発射したばかりの拳銃が転がっていた。中岡巡査は袂からハンケチを出してそれを包み、そっと元の場所へ置いた。

そこへ拳銃の音を聞き附けて、女中と運転手とが飛び込んで来た。それを見ると、中岡巡査はハッと気が附いて、跳び上りざま部屋を飛び出し、百合子の部屋を覗き、それから物置になってる空き部屋の障子を開けて覗いて見たが、犯人の姿を見出し得なかったので、また萩原氏の部屋へ取って返し、それから跣足《はだし》で庭へ飛び下り、母屋の外側を廻って駆け出した。犯人がまだその辺に居そうな感じがしたからである。

彼が客間の角を廻って、家の表側に出た瞬間、彼の目に玄関の前に佇んでる顔色の蒼い美貌の青年の姿が飛び込んで来た。中岡巡査は容赦なく青年に飛び掛って行った……これがこの事件の唯一の容疑者、春山茂夫青年だったのである。

中岡巡査は、偶然にも大沼邸に居合せた事を感謝した。血腥い殺人事件の現場に居合せ、しかも、唯一の有力な容疑者を直ちに自分の手で逮捕する事が出来た。何という幸だったろう……彼は得意だった。

捕えられた青年というのは、春山茂夫（二十五歳）で、取調べの結果、殺された萩原三造氏の娘百合子と恋愛関係にあったらしく、しばしば大沼邸を訪問していた事が分った。主人大沼氏の言によれば、一昨夜、娘の父萩原三造氏から娘との交際を断わられ、激しい言い争いをしていた、という事だった。この事は、百合子も認めたし、当人も否定しなかった。

では、春山は何故あんな際どい時間に、大沼邸の玄関の前に居たのか？　それに対して、春山は昨日電話で百合子から招かれたのだ、と答えた。しかし、百合子はその事実を否定した。勿論、彼女には春山がそう言ったとは知らせずに、その事を訊問したのである。それを知れば、百合子は恋人に都合のいい証言をするに定《きま》ってると思われたからである。そこで、人々は彼女が嘘を言ってるとは考え難かったから、春山が出鱈目《でたらめ》を言ってるのだろう、と解釈した。

被害者の萩原三造氏については、もと大沼氏と共同で事業をしていた人で、その後独立して事業を行い、失敗して今は大沼氏の厄介になってるものだ、という事が分った。

3　「鯱先生《しゃち》なら……」

「先生、何をそんなに感心して見てるんです？」

「『大沼邸殺人事件』サ」

「そりゃ分ってますがネ……『殊勲の中岡巡査、事件後五分にして犯人逮捕。近頃珍らしい警視庁のスピード検挙』か。フフフ、これじゃ賞めてるんだか何だか分らねえじゃねえか。ナニ、『犯人は犯行を否定』？　定り文句だあネ。『但し、情況は犯人に絶対不利』ざまあ見やがれ、てんだ。オヤ『犯人は被害者の令嬢と恋仲』と来やがったネ。ハアテネ、『令嬢も恋人の冤《むじつ》を確信』だって？……いくら恋人のために弁護しても、こりゃどう仕様もねえだろう。しかし、女の身になってみりゃ無理もねえ次第だ」

「うるさい男だナ。女と言うと、すぐ眼の色を変えやがる」

「そう言う先生だって、先刻《さっき》からその令嬢の写真に見惚《みと》れてるようだが……可愛い娘《こ》だネ、こりゃ……フフ、その次の文句がいいじゃないですか、ええ？『鯱先生なら、きっとこの殺人事件の隠れた真相を見抜いてくれますわ』だってサ。先生がフェミニストだって事を知ってやがるんだ」

鯱先生の子分「山猫」こと山下実が獲物に跳び掛る時には山犬のように剽悍《ひょうかん》な男が、今日は仔猫のように柔和な表情で、丸まっちい童顔に悪戯《いたずら》ッぽい眼丸《めだま》をクリクリさせて、鯱先生の顔を覗き込む。しかし、鯱先生は泰然として葉巻の煙をあげながら、

「そうかナ、俺のフェミニスト振りは、そんなに天下に知れ渡ってしまったかナ。だが、ほんとにフェミニストなんだから、どうも仕方がない」

「ヘッ、鯱先生、ぬけぬけと仰言いましたネ……だが、いくら先生がフェミニストでも、こう犯行が歴然としてたんじゃ、どう引ッ繰り返しようもないでしょう」

「ウン。これだけではネ。……どうも百合子嬢のために、形勢非だナ……だが――」

「オヤ、『だが――』と仰言いましたネ……じゃ、この犯罪、何か怪しい所があるんで?」

「令嬢の証言をそのまま信ずれば、この犯罪は何かトリックがある、という事になる」

「と言うと、つまり令嬢の恋人の――春山とか言やがったネ――そいつに罪を被せようという目的で、トリックをやったという訳ですネ」

「そうだ。……そして、それがトリックだとすると、真犯人は外にある事になる、その真犯人を探し出しさえすれば、令嬢が恋人の冤《むじつ》を救える事になる訳だ」

「それは、そうに違いねえ。……拳銃には指紋は発見されなかったんだから、何とも言えねえが……あっしあ、どうもそんな別な真犯人を信じる気にはなれやせんネ。別段、恋人野郎をやッかむ訳でもねえが……一体、先生はどういう訳で、そんな事を考え出すんです?」

「だからサ、今も言う通り、百合子嬢の証言を信ずれば、というんだヨ。それさえ無ければ、俺にも別に警視庁の見込に異論を挟《さしはさ》む理由はないヨ」

「オヤオヤ、いよいよフェミニスト振りを発揮して来ましたネ。心細いナ、先生も。綺麗な女の言葉だからって、そんなに信じなくたってよかりそうなもんだネ……フフフ、そうか、そうか。『鯱先生なら、この真相を見抜いてくれる』って言葉に、先生嬉しくなっちゃったんじゃないんですかい?」

「ウム……それもあるかも知れん。とにかく、吾輩一つこの事件を一応調査してみる事にしよう。オイ、山猫。

この事件の関係者全部を、皆で調べられるだけ調べ上げろ」

「やれやれ。先生のフェミニスト振りは、死なさきゃ癒《なお》らねえ、か」

山猫は可愛らしいまん丸い童顔の、無けなしの顎へ危うく手を当てがって、仔細らしい顔附で大袈裟に歎いて見せた。

4　二枚の素人写真

萩原百合子はあれから五日になるのに、外には一人として怪しむべき者も挙げられず、犯行を否定すればするほど益々不利な境地に陥って行くらしい恋人の身の上を思って、茫然と縁に腰掛けて物思いに耽っていると、何か生垣の所で白いものがチラチラする。彼女は庭下駄を突ッ掛けてそちらへ歩いて行った。

と、彼女の足許へヒラリと一通の白い角封筒が舞い落ちた。彼女は急いでそれを拾い上げて懐に入れながら、生垣に飛び附いて外を透かして見たが、もう何人の姿も見られなかった。

彼女は急いで部屋に帰り、障子を閉め切って、懐から手紙を出した。彼女は激しい胸の動悸を感じた。彼女には、それが全然誰からの手紙か分らぬようでもあり、はっきり分ってるような気もするのだった。封筒には、表にも裏にも何の文字もなかった。

「相談したい事あり。今夜七時、〇〇電停前の喫茶店『リラ』で会いたし　　鯱」

「やっぱり鯱先生だったわ！」

百合子は少女のような顔を赤らめて、その手紙を胸に抱きしめた……

百合子は、どれが鯱先生か迷う心配は要らなかった。柔和な温厚な――それでいて、凄い位澄み切った眼光が尋常人《ただびと》でない事を示す、三十五六歳ぐらいのハイカラな紳士が、ニコニコして彼女に笑い掛けているのを見ると、彼女は遅疑することなくツカツカとその人の所へ進んで行けるのが、自分でも不思議なようだった。

鯱先生は、百合子が誰にも蹤《つ》けられずに出掛けて来てくれた事を喜んだ。百合子のまだほんの少女のような、清純な美しい顔を見て、鯱先生は自分の想像が当っていた事を嬉しく思った。「やッぱり俺は乗り出して来てよかった。こんな美しい可愛い女を悲しみの淵に突き落とした奴は、何者であろう。そいつは必ず吾輩が引ッ摑まえて取ッちめてやらなければならぬ」と彼は決心した。

鯱先生は彼女にアイスクーム・ソーダを取ってやると、出来るだけ詳しく当日の情況を話してみてくれ、と彼女に言った。しかし、彼女の語った所は、この物語の初めに述べた所――即ち、新聞記事で鯱先生が既に詳しく知っている所より、更に附け加える事は一つもなかった。

彼はがっかりした。「やッぱり駄目か。山猫の言った通りだ……」しかし、鯱先生は強いて失望の色を女に示すまいと努力した。

百合子は一通り話し終ると、手提袋《ハンドバッグ》から薄暗い素人写真を二枚取り出して彼に渡した。一枚は死体を片附けた後の離家の殺人の行われた部屋の写真だった。彼女はあの日、警視庁から捜査一課長の堀垣警部の一行が来て、写真班がパッパッと殺人の現場写真を何枚も撮るのを見て、その死体が運び去られた後ではあったけれど、何かの参考になりはしないかと思って（と言うのは、春山茂夫が中岡巡査に捕えられて、殺人犯人の疑を受けたためであるが）彼女もひそかに一枚撮ってみたのだ、と言った。もう一枚の方は、書斎の内部で、やはり事件直後、まだ警察の人達が帰らずにゴテゴテしてる時に、そっと書斎に入って写したのであった。これは書斎内部で光線が足りぬせいか、一層暗くてまるで夜景のような写真だった。

しかし、鯱先生はこの暗い写真を見ると、ハッと顔色を変えて女の顔を凝視した。それは写真の中に何物かを発見した、というのではなかった。書斎の写真を彼女が写した、と言うその事実が鯱先生の胸をピンと突き刺すものがあったのだ。

「百合子さん、貴女は春山君の外に真犯人が居るというだけではなくて、真犯人が誰であるかということを知っているのですネ？……いや、そう言って悪ければ、誰が怪しいかを知っていますネ？……では、少くとも貴女は誰かを疑っていますネ？……」

百合子は蒼白な顔に、目を驚くほど大きく瞠《みは》って、じっと彼の顔を凝視《みつ》めていたが、やがて微かに肯いて見せた。鯱先生は何か切ない思いで、歎息《ためいき》をついた。

「そうか。そうだったのか……では百合子さん、何か証拠を握っていますか？……あるいは、その疑の根拠だけでもいい、言ってみて下さい」

「それが……それが……何もないんです」

彼女は絶望に蒼ざめ、眼を伏せて俯向いてしまった。それを見て鯱先生は彼女以上にがっかりしたのであったけれど、その彼女の悲しい歎きに心打たれて、そっと彼女の手を把《と》ると、

「元気を出して下さい。百合子さん。決して絶望しては不可《いけ》ませんヨ。貴女が怪しいと思う人を、充分に注意して見張っていて下さい。私も全力をあげて、貴女のために必ず真相を見抜いて上げますから」

鯱先生はこう言って、女の手を握る彼の手に力を籠めて、彼女を慰めてやった。

しかし、鯱先生は彼女と別れて隠れ家に戻って来ると、再び絶望に頭を振った。彼は彼女が誰を疑っているかを――あるいはもっとはっきり言えば、彼女が恋人の代りに、誰を真犯人にしたがっているかを、知り得たに過ぎないではないか――と自分自身に言って聞かせた……

5 「不可能犯罪に挑戦する！」

「いくら先生が甘……いや、フェミニストだからと言って、そこまで女の言う事を信用して掛らなくたって、よさそうなもんだ、とあっしあ思いやすネ。あんまり――」

「いや、別に俺は彼女の言う事を信用しているという訳ではないぜ。が、凡ゆる可能性を一応検討してみておく事は、必要だろうじゃないか。そして、この場合も、少くともその一つの可能性では、あり得るだろうじゃないか。ええ、山猫」

「あんまり可能性って気も致しませんネ、あっしあ。女自身がその殺人の一瞬前に、殺人の現場からずっと離れた書斎で、大沼氏が饒舌《しゃべ》ってるのを聞いてる、ってんだからねえ。音盤《レコード》を掛けてアリバイを作るって手はあるが、いつか先生に話してもらったホームズ先生のように隣室でヴァイオリンを弾いてるとか、フィロ・ヴァンス先生のように、殺される瞬間の呻き声を聞かせるとかいうのと違って、これはちゃんと問答を交してるんだからねえ。『中岡さん、まだ打たないんですか』『ええ、まだです』『まだ？　まあ、ゆっくり考えて下さい』って調子なんだからネ。これじゃ予め音盤に吹ッ込んどいて掛けるって訳に行きませんヨ。その上、拳銃《パチンコ》が鳴ってからすぐ、令嬢が書斎の扉を叩いたら、『すぐに行くから、先へ行け』って答えてるそうじゃないですか。巡査が聞

いてるんだから、確かだろう。そうとすりゃ、こりゃ大沼氏は書斎に居たとみる外はねえ。してみると、大沼氏は離家で拳銃を射つ事は出来ねえ……こりゃ、絶対の『不可能犯罪』だネ」

「馬鹿言え、その絶対の『不可能犯罪』が、現に行われているじゃないか」

「だからサ。あっしの言うのは、もしも犯人を大沼氏とすれば、という事ですヨ。……しかし、何もそんな無理な『不可能犯罪』を、強いて考え出さなくったって、差し支えねえと思うんですがネ。フェミニストの先生には気に入らねえかも知れねえが、女の言う事さえ撥ね附けちゃえば、事は明々白々でサ。しっかりした動機もあり、時間と場所も合う犯人が、ちゃんと控えているんですからネ……どうです、先生、諦めましたか」

「いや、諦めない。俺は敢然として、この『不可能犯罪』に挑戦する！」

「ヘッ！　執拗《しつこ》い先生だネ。じゃ、どうだってんですかい？　……アッそうだ。自殺だヨ。先生。萩原三造拳銃自殺説はいかがで？」

「馬鹿野郎。拳銃は身体《からだ》から二米も離れた所に転がっていたんだゾ。それに、自殺なら何で指紋を隠す必要がある？」

「オッと待った。だからサ。つまり、自殺をしておきながら、他殺と見せ掛けて、人を陥入れようという算段なんで」

「フフフ、山猫にしてはよく考えたが、合憎弾丸《たま》が背中から射ち込んである」

「アッ、失敗《しま》った。こりゃ不可ねえ。……それじゃ、自殺説も不可能か。……するてえと、大沼他殺説も、萩原自殺説も不可能となりゃ、残る所は、また元へ戻って、春山の殺人でなけりゃ、流しの強盗という事になる。盗まれたものもなし、昼日中流しの強盗でもあるまい。とすると——」

「どうしても春山の所へ戻って行くかネ。困った事になったナ。彼女は——」

「まだあんな事を言ってるヨ。厭だネ、先生は。ここまで来ても、まだ女の言う事を信用してえのかネ」

鮠先生の全国的な特別情報網から、刻々に情報が齎《もたら》されたが、何も注目すべきものはなく、山猫の気勢はいよいよ揚り、鮠先生はいよいよ意気消沈して行った。ところが、九州北部の通信所から、恐らく泥棒社会でなければ摑めない、大沼・萩原二氏に関する破廉恥な秘密に属する情報が来て、鯱先生を驚かした。それは、終戦時にMMからSKへ掛けての海底電線を引き揚げた、大掛りな盗賊団があったが、その事件は遂に絶対の迷宮入りになってしまった事は、読者諸君の中には御記憶の方もあろう。それが、その附近の泥棒仲間では、大沼・萩原両人の画策になるものとされているらしいのである。その関係者が全部闇から闇へ葬られてしまってるので、真の消息はその社会でも摑み得ないのであるが、彼等は皆二人の悪辣な犯罪を確信している、と言うのだ。

「ホレ、見ろ。大分、大沼も怪しくなってきたじゃないか……彼、どうやらとうに俺の閻魔帳に載せておいてもよかった人物らしいゾ」

鯱先生が俄かに勢を得ると、

「ですがネ、先生」

と、山猫は口を尖らして抗議した。

「大沼や萩原がどんなに怪しい人物だったとしてもですネ、では、あの絶対の『不可能犯罪』はどう破れるんですか。そいつがお伺いしてえ」

「ソ、そんな事、俺だって分るもんか。そいつを、これから発見するんだ。こりゃ、どうしても一度大沼邸に乗り込んで、実地検証してみる必要があるナ」

6 「どこか違ってる……」

翌日午後、大沼氏が春山茂夫の事で警視庁へ呼び出されて出掛けた留守を計って、鯱先生は大沼邸を訪れた。勿論、玄関から訪れた訳ではない。こっそりと、いきなり離家の縁先へその優美な長身を現わしたのである。

百合子は彼の姿を認めると、ハッとして立ち上り、縁先へ飛んで出て、

「まあ、鯱先生！」

と叫んで、嬉しそうに顔を赤らめた。彼は驚いて唇に指を一本立てて見せた。そう易々と鯱先生の名を叫ばれては、いくら変幻出没神変自在を誇る鯱先生でも、堪まったものではない。

問題の応接室へ案内された。ここで、あの殺人の一瞬前に、中岡巡査が隣りの書斎の大沼氏と言葉を交したと言う応接室だ。

それから隣りの書斎を見たいと言うと、百合子は気の毒そうに、

「駄目なのヨ。書斎は、鍵が掛ってるんです。小父さ

んは、自分が入っていない時は、いつでも鍵を掛けて、誰も書斎へは入らせないのです。あの日、事件の直後に扉が開いてたのは、ほんとに偶然だったのです」

ああ、その偶然に乗じて、彼女はあの写真を撮ったというのであろうか。

「そうですか。フーム……いや、ナニ、私の方は鍵なんか平ちゃらです。どんな所《とこ》だってすぐ開けちゃいますヨ。錐《きり》一本あればネ。……だが、こじ開けた事を知られては拙いから、まあ面倒を厭わず、合鍵を探す事にしましょう。ちょっと時間が掛りますから、女中さんでも来ないように、見張っていて下さい」

鯱先生はポケットから大きな鍵束を取り出し、それを一つ一つ丹念に鍵穴にはめて行った。最初は好奇心を唆られて、面白そうにそれを眺めていた百合子も、次第に退屈を感じ出した。鯱先生はしかし、少しも飽きずに、黙々とその仕事を続けている。見ている彼女の方が疲労を感じて、遣り切れない気持になって来た……と、遂にカチリと音がして、鍵は開いた。それは彼女には、一種の感動を与えるに充分だった。

書斎に入った彼は、戸口の所に立って室内に鋭い一瞥を与えた。百合子の撮った、事件直後の写真は、この戸口の所から写したものである事がすぐ分った。

「百合子さん、あれから何か位置が変った所はありませんか。本箱を動かしたとか、机《デスク》をずらしたとか、あるいは書物の置き場所が変ったとか……この部屋から何か外へ運び出したとか……」

「変った所はないはずですが……」

と言ったが、百合子はちょっと考えるようにして、部屋の中を見廻した。

両側の壁を埋めた、ギッシリ書物の詰まった背の高い書棚。正面の右側の窓際に据えた豪華な机と椅子。その左の窓の前に立てられた凄く立派な硝子《ガラス》張りの大きな本箱。その上に飾り物のように置かれた、立派なラジオ・セット……

「どこも変った所はありませんわ」

彼女は自問自答するように、もう一度言った。

「それに、何か運び出すなんて事は、とても出来ませんわ。私はあれ以来、そっと監視しているんですから」

「フム、そうですか。確かに変った所はない――と言いたいが、どうも変だ。そうだ、どこか違ってる……」

こう言って鯱先生はじっと考えているようだったが、やがて胸のポケットから例の暗い写真を取り出して眺めた。そして、再び炯々《けいけい》とした凄いような眼光で部屋の中を見廻しているのを、百合子は少し気味悪そうに蒼白な顔で見上げていた。それに気が附いてか、急に鯱先生は柔和な表情に戻ると、ツカツカと窓際へ進んで、「いいラジオですネ」と、急に暢気《のんき》な事を言い出した。

「ええ、七球《きゅう》のオール・ウェイヴです。小父さん御自慢のものですわ」

「百合子さん、このラジオは使えるのでしょうネ」

「ええ、使ってますわ。こうしてスイッチを入れるのよ」

鯱先生は狼狽てて、

「外へ聞こえないように小さくして下さい。小さく、小さく……そう、その位でいい。第一放送を掛けて下さい……なるほど。では、今度は第二……フーム」

「それから、こう廻すと上海《シャンハイ》が入りますし、この辺でホラ、紐育《ニューヨーク》が入ります。それから――」

鯱先生は急に興味を覚えたように、悪戯ッぽく眼をクリクリさせて、指紋よけの白絹の薄い手袋をはめた手を出して、自分で調節器《バリコン》のポッチを弄《いじ》り始めた。

「じゃ、ここいらまで廻したら、どうなるのですか?」

「あら、駄目よ、先生。そんな所へやったって何も聞こえやしませんわ」

彼女は呆れて、急いで指針《はり》を戻そうとして手を出し、思わず彼女の指が彼の指を掴んだので、彼女はハッと顔を赤らめた。

「でもね、百合子さん。この写真には、こちらへ指針が行ってるんですヨ。暗くてちょっと分らないけれど、よく見て御覧なさい」

彼女は「まあ!」と驚きの声を上げた。鯱先生は澄み切った、しかし人の肚の底まで射抜くような鋭い眼で、ジイッと百合子の瞳《め》の中を覗き込んだ。その鯱先生の眼の中には、遂に真相を見抜いた人の、自信と喜びとが溢れている事を、彼女は知った……。

7 「真犯人を指摘してやる」

翌日の午後、警視庁捜査一課で堀垣課長は、けたたましく鳴り出した鈴《ベル》に、うるさそうに受話器を取り上げた。が、見る見るその顔は緊張して行った。

「堀垣君かネ。こちらは鯱先生。早速だが、今夜『大沼邸殺人事件』の真犯人を教えてやる。君の目の前で、真犯人を指摘してやる」

「ナニ、『大沼邸殺人事件』の？　真犯人だって？　じゃ……オイ、ほんとか、そりゃ？　出鱈目じゃないだろうナ」

「鯱先生は嘘は言わぬ。吾輩が出鱈目を言った事が嘗て一度でもあったか？」

「ム、ム……」

「ホレ見ろ。……で、今夜八時までに大沼邸を訪問しろ。鯱先生が正八時《しょう》に、君と大沼氏の前で真犯人を指摘してみせる。吾輩がそう言ったと言って、大沼氏の書斎へ入って待っていてもらいたい。そこへは、大沼氏と百合子さんとだけを同席させて」

「ナニ、百合子さん？　……それじゃ、君は犯人は――」

「まあまあ、それは今夜のお楽しみ。……それから、もう一つ条件がある。警察の方は、君一人で乗り込んでもらいたい」

「ナニ、俺一人で来いと言うのか？」

堀垣警部はチョッと渋ったが、豪腹を以て鳴る警部は咄嗟に覚悟を決めた。

「宜しい。俺一人で行く！　……だが、ちょっと待ってくれヨ。俺はそれでいいんだが、もし君の言う通り真犯人を出してくれるんなら、そいつを逮捕するために、部下を二三人連れて行きたいナ」

「ナアニ、君一人で大丈夫だヨ、堀垣君」

「なるほど、そうか……そんなか弱い女性だ、と言う訳だネ？」

「そうじゃない。君がどんな男よりも強い、と言ってる積りだ」

「煽《おだ》てちゃ不可んヨ。……何にしても、そんな奴は部下が随《つ》いてるかも知れんし、当の大沼氏だって、ひょっとすると助力をしないとも限らんし……逃がしちゃっちゃ詰まらんからナ。ともかく、部下を少くとも二人は連れて行きたいなア……なあに、君の言葉が嘘でなかったら、ついでに君を逮捕するというような人の悪い真似はせんヨ。その点は安心してくれ。堀垣も男で。約束は破らん！」

「そうか。それなら、それでもいい。但し、その約束を忘れちゃ困るぜ」

「その代り、君の言葉が出鱈目だったら――出鱈目でなくても、君が真犯人を摘発し損ったら、こちらは出鱈目と見做《みな》す外はないから、その時は今の約束は自ら解消だゾ。それから、この約束は、君が真犯人を指摘してから十分間までの話だぜ」

「冗談じゃない。せめて逮捕後三十分という事にしてもらいたいネ。吾輩もたまには穏かに退散したいからナ」

「宜しい。逮捕後三十分、承知した。では、今夜八時、大沼邸だナ。時間は正確に行こうぜ」

「勿論、鯱先生はいつも時間は正確だ。そちらこそ几帳面《パンクチュアル》に願うヨ。じゃ、さよなら」

8 突如、不思議な声が……

大沼氏は突然の堀垣警部以下三名の来訪に少からず驚かされた様子だったが、来訪の趣旨を聞くと、「それでは、どうぞ」と書斎へ案内した。

女中に命じて椅子を隣りの応接室から持ち込ませ、二つの窓を背にして、左手の本箱の前に主人、右手の机の前に百合子が椅子に就いた。それと向い合って、堀垣警部を真中に、警視庁内切っての腕達者、柔道五段の檜山《ひやま》刑事が大沼氏に近く、剣道四段の鬼塚刑事が百合子に近く、三人ちょっと丸く席を占めた。いずれもポケットには拳銃を忍ばせ、素破《すわ》と言えば、直ちに火蓋を切る、少しの油断もない身構えである。

これに対し、主人側は、大沼氏は着流し、百合子は涼しげな水色の薄物のスウツで、いずれも拳銃一つ忍ばせている余地はなさそうに見える。その上、出入口は警部以下三名の背後の扉一つしか無いのだから、窓から飛び出さない限り、逃亡の道はない。

百合子は心持蒼ざめた顔色で、悪びれず、落着き払って、気のせいか頬笑みさえ浮かべていそうな顔にも見える。却って、大男の大沼氏の方が何かソワソワと落着かぬ気持を、無理に葉巻をくゆらしながら、気を鎮めようと努力してる様子が見える。

室内は空気が比重を増したかと思われる位、重苦しい沈黙に襲われた。約束の八時が、あと僅か五分に迫っているからである。秒一秒と命を刻むような、その重苦しい沈黙を、堪えられないように大沼氏は、緊張し切った、押し潰した声で破った。

「鯱先生が真犯人を我々の前に指摘してみせる、と言ったと仰言いましたネ。すると、八時に鯱先生がここへ来られる訳でしょうか」

堀垣警部は何とも答えなかった。それほど緊張していたのだ。ただゴクリと生唾を飲み込んで、頭を左右に振って見せただけだった。「そんな事は知らん」と言った積りなのだ。

三分……二分……一分……

と、百合子がツと立ち上って、大沼氏の背後のラジオを載せた本箱の前に立ち、右手を伸ばして窓のカーテンをめくって、戸外《そと》を覗くようにした。窓をもっと開けて風を入れようというのだろうか——刑事達は内心緊張に胸を躍らせて、スワと言わば飛び掛らん身構えで、身体をムズムズさせていた。彼女の身体が大沼氏の大きな身体の陰になっているのが、刑事達には気に食わなかった。それでも、百合子は諦めたような様子で、再び椅子に就いた。

堀垣警部は左手をちょっとあげて、腕時計を眺めた。

「正八時だ!」

大沼氏はその声に、ふと目をあげて扉の方を見やった。扉がこの瞬間にスーッと開きそうな気がしたのであろう。が、次の瞬間、五人は互に顔を見合せて、凄いばかりの静寂の底に、恐ろしい奇蹟の起るのを待つ緊張に心を慄わした。

一秒、二秒、三秒、……時間は脈を打つように流れる。呼吸《いき》が詰まりそうな圧迫感——もう堪えられぬ、と思ったその瞬間、突如静寂を破る薄気味の悪い笑い声!

「ハハハハハ……お待たせ致しました。こちらは鯱先生です。皆様お揃いでお待ち兼ねの御様子ですナ。但し、只今堀垣警部の声で『正八時だ』と云われましたが、あれは十秒ばかり時計が進んでおりますから、訂正しておきます。只今が、正八時なのです」

この不思議な声は、大沼氏の背後から聞こえてきた。一同ギョッとして、そちらへ視線を走らせたが、中でも大沼氏は動顚して、顔を土気色にし、「アアアッ」と絶え入りそうなかすれた呻き声を立てた。

「余談はさておき、早速ながら、お約束に従って、堀垣君、十日前の『大沼邸殺人事件』の真犯人を指摘します。それは諸君の目の前に、立ってるか坐ってるか、テレヴィジョンでないのでちょっと分らないんだが、今『アアアッ』と呻き声を立てたのは大沼氏だろうと思うのだが……その大沼英之輔氏こそ萩原三造殺害事件の真犯人です!」

この声の終らぬ中に、スックと立ち上った大沼氏の両手には、懐の裏側に附けたポケットに常に隠し持つブローニングが二挺、正面の堀垣警部と左手の鬼塚刑事に、ピタリと差し向けられていた。ハッと立ち上ろうとする檜山刑事を「動くなッ！」と制圧して、凄い眼で三人の警察官をギロギロと睨《ね》め廻した。

さすがの警部等も、これにはどう仕様もなく、椅子に釘附けになったまま、歯齦みして口惜しがった。ギリギリと骨を削られるような、緊張の点椅《きょくてん》！……と、ラジオの暢気な声が聞こえてきた。

「オヤオヤ、妙に静かになりましたネ。さては、犯人が拳銃でも突き附けたという所ですかナ」

そのラジオの声を払い除けるように、

「さあ、そこをどいてもらおう。どかなければ、遠慮なくぶッ放すゾ」

と、大沼氏は堀垣警部を威嚇した。

「ああ、やッぱりそうでした。しかし、皆さん、驚いては不可ません。こんな事を予想しない鯱先生ではありませんヨ。大沼氏所持のブローニング二挺は、昨夜夜中に綺麗に弾丸を抜いておきましたから、安心して下さい」

この声に、大沼氏はハッとたじろいだ。瞬間、三人の警察官は一斉に立ち上り、三挺の拳銃が大沼氏の身体に集中した。大沼氏はその間に引金を引いていたが、それはカチカチと空しい音を立てるのみだった。

と、檜山刑事が弾丸のように大沼氏に飛び掛って行った。二人の熊のような大男は、一塊になってドターッと本箱の前にぶッ倒れた。他の二人も折重なって行って、遂に大沼氏は両腕を背中に捩じ上げられ、身動きも出来ぬように縛り附けられて、丸太ン棒のように抛り出された。

9　トリックの真相

「どうやら捕物は終ったようですナ」

鯱先生がのんびりした声でまた放送を始めた。

「皆さん、怪我はなかったですか。取りわけ百合子さんはいかがでした？……鯱先生は、それが心配でしたヨ」

百合子はそれを聞くと、今の騒ぎに部屋の隅に茫然と板壁に凭れていたが、ハッと我に帰った様子で、ワッと両手で顔を蔽って子供のように大声を上げて泣き出した。

「オヤ、その泣き声なら、元気ですネ。それで安心しました。

さて、堀垣君並びに刑事諸君。諸君を驚かして済まなかったが、これは何も、しょっ中吾輩を追い廻してる諸君を、ちょっと窘《いじ》めてみたかったから、なぞという悪戯心ではない事を諒解してもらいたい。こんな派手なお芝居をしてみたのは、犯人に衝撃《ショック》を与えて、真犯人である事を諸君の前に犯人自ら示させるように、してみたかったからです。でないと、諸君は鯱先生が指摘しても、大沼氏を疑う気にはなれないかも知れんと思ったんでネ。

なぜ大沼氏があんなに動揺したかと言いますとネ、今鯱先生の使っているこの発信装置が、即ち大沼氏苦心の『大沼邸殺人事件』のトリックの真相を暴露する証拠物件であるからなのです。これは離家の、渡り廊下に近い端の物置部屋——その押入れの床板の下にあるのです。そちらの音を聞けるようになってるので問答も自由に出来るのです。あの殺人当日の、書斎の中の大沼氏と、隣りの応接室の中岡巡査との会話は、この装置で行われたトリックだったのですヨ。ハハハハ。

なあに、別に大した装置じゃありませんよ。探偵小説で禁物の、人の知らない新発明でも、新発見でもありません。こんなもの、新制高校の生徒なら平チャラで作りますヨ。諸君では、どうだか知りませんがネ。……もっと大きな電力で、近所へ放送して聞かせ、法律に問われた三人組の高校生が、ついこの間代々木で出たじゃありませんか。これは、離家から母屋までの短距離なんですから、電力も小さいし、ホンの子供だましの玩具《おもちゃ》のようなものですヨ。そちらの発信装置は、本箱の後の壁を刳《く》り抜いて入れてありますヨ。マイクロフォンはそのラジオの発声部の部分に、巧みに挿入されています。これ位な事、工学博士の大沼氏でなくたって、鯱先生だって朝《あさ》御飯《めし》前ですヨ。

さて、諸君。諸君に吾輩の現在位置を教えてしまった以上、吾輩もここらで足許の明るい中に引揚げたいと思うのだが、諸君に真犯人を指摘して上げた責任上、吾輩が調査して知り得た所を、今諸君にお伝えしておいて上げようと思う。……諸君、こっそり吾輩を摑まえに来たりしちゃ不可ませんヨ。吾輩のコルトは、大沼氏のとは違って、容赦なく火を噴きますからネ。第一、その前に吾輩は風を食《くら》って逃げ出してしまうから、損をするのは、犯罪の真相を聞き損う諸君ばかりだという事を肝に銘じて、温和しく聞いていらっしゃいヨ。

そこで、まず犯罪の動機だが、大沼氏は自分の昔の恐ろしい犯罪の秘密を知られてるという理由で、どうしても萩原氏をこの世から抹殺しなくてはならなかったのだ。そこへ、百合子嬢に対する年甲斐もない邪恋が拍車を加える事になった、と吾輩は想像したいのだ。即ち、百合子嬢の心を奪おうとしてる、憎い春山青年を利用して、萩原氏殺害の罪を押ッ被せようという、一石二鳥の計画を大沼氏は思い附いたのだ。

その春山君が萩原氏と言い争いをしたのを好機到れりとして、彼はそのかねての計画を実行に移す決意をした。で、大芝居の舞台装置が出来上ると、その筋の人間をアリバイの証人に一役買わせる事を思い附き、早速その夜、計画的に中岡巡査に近附いた。そして、演出当日はその中岡巡査と応接室で碁なぞ打ち、時刻を見計らって離家から百合子嬢を呼び寄せ、自分は隣りの書斎へ本を探しに行くと見せて、扉の開閉の音を応接室の二人に聞かせ、実はラジオのスイッチを入れると、今度はそっと音のしないように扉を開閉し、これに鍵を掛けて、離家へ急いだ。

物置小屋の押入れに入って、床板をめくり、応接室に居る中岡巡査に話し掛けてアリバイを作り、スイッチを切って、萩原氏を殺害して来て、今度は書斎の扉の前に来た百合子嬢との応待をやって除けた。そして、中岡巡査と百合子嬢がドカドカと離家へ駆けて来て、萩原氏の部屋へ入った様子を聞いていて、後からぬっと顔を出した――という訳だ。

春山君へは、前日中にどっかの女でも使って、百合子嬢の名で電話を掛けさせ、その時刻に呼び寄せるようにしておいたのだろう。あんなに旨い工合に中岡巡査に摑まえられるとまでは考えてなかったろうが、とにかくその時刻に下宿に居なければ、アリバイが成り立たないから、自然と彼の方へ疑いが向く――という大沼氏の計算だったのだ。この事は誰も――かく言う吾輩も――気が附かなかったのだが、百合子さんは前日に電話を掛けた事を否定しているのだ。この事は重大な事だったのに、誰も注意を払わなかった訳だネ。

しかし、それも無理はないのだ。何しろ、事件は犯人の計画通りに、あまりにも順調に進行してしまったのでネ……吾輩だって、正直に告白すれば、昨日初めて書斎に入って、事件直後に百合子さんの撮った書斎内部の写真と、たった一ケ所違ってる所――即ち、ラジオの指針《はり》の位置が違ってるという事を発見するまでは、この『不可能犯罪』を打破り得る自信は、実は全然無かったのサ。

百合子嬢と二人で調節器《バリコン》を弄《いじく》ってる中に、初めて吾輩の頭にこの呆れたトリックの真相が閃めいたのだ。後はバタバタと片附いた。即ち早速昨夜夜中に離家へ忍び込んで、推察通り発信装置を探し出す事が出来た。百合子嬢の監視の眼が光っていたため、犯人が百合子嬢の隣室からこの装置を片附ける隙《ひま》がなかったのは幸だった。そこで、吾輩は念のため、発信装置のスイッチを入れて、そこに懐中時計を置き、それから書斎へ行ってラジオの指針をあの写真通りにしてスイッチを入れた。すると、カチカチという秒《セカンド》の音が聞こえてきたじゃないか！　瞬間狼狽ててスイッチは切ったが、その時はさすがの吾輩も嬉しかったネ。

　なかなか巧妙なトリックだったが、犯行後まだ指針を直しておく隙がない中に、百合子さんに書斎に入られて、内部を撮影された事が、犯人の千慮の一失だった、という事になる。犯人は警察の一行に怪しまれないために、あの日だけは書斎の鍵は掛けずに、開けておかなければならなかった訳なんだが……

　こうして吾輩は敵のトリックを看破すると、そのトリックを用いて敵の頸を絞めてやる計画を考え出した。そして、今日警視庁へ電話を掛けて諸君を呼んでおき、それからここへ忍び込んで、百合子嬢に正八時に、書斎のラジオの指針を例の所へやって、スイッチを入れる役を頼んだ、という訳サ。

　さて、諸君。これで、このトリッキーな『大沼邸殺人事件』の真相は、納得が行った事と思う……ア、そうだ。一つ大沼氏に断わっておきたいんだが、二階のお居間の掛軸の後の隠し金庫から、現金・宝石類を一杯入れた、大沼氏の全財産と思《おぼ》しい大鞄——これは昨夜ゆっくり探しといた代物だが、先ほど警察官諸君を迎えに大沼氏が居間から出て行かれた後に入って、有り難く頂戴しておいたからね。火事場泥棒のようでちょっと気が引けるが、実は大沼氏はとうから吾輩の閻魔帳に名を列ねるべき人物だったのを、うっかり見落していただけなので、今回その誤りを訂正する事が出来た訳だから、悪く思わんでもらいたい。

　さて、鯱先生の御講義も、もう二十七分経ってしまったから、そろそろ退散する事にしよう。何しろ堀垣捜査一課長以下の警察官諸君はあまりに紳士的で——と言うのは、三十分という約束の時間が経過するや、遠慮なしにこの難事件の犯人を指摘してくれた恩人に飛び掛って来る恐れがある——という事だ。せっかく摑まえた真犯人を、早く連れて帰りたいのを我慢して、先刻から鯱先生のメイ講義を温和しく聞いてる振りをしてたのも、目的はそこら辺にあるのかも知れぬテ、ハハハハ。

どれ、足許の明るい中に、おさらばとしようか。……この大鞄はどうにも重くて厄介だナ。だが、仕方がない。我慢して持って帰ろう。鯱先生の本領は物盗りにあって、他意はない事を明かにしとかないと不可んからナ。

では、警察官諸君、さようなら……それから、私の可愛い百合子さん、さようなら。鯱先生は美しい貴女の信頼に応え得た事を、この上もなく嬉しく思っていますよ。貴女の春山茂夫君にも、宜しくネ……」

ハッと気が附いて、それッとばかり警察官達が長い渡り廊下を走って離家に着いた時には、既にもう逃げ足の速い鯱先生の姿は、掻き消すように消え去っていた。

密室の殺人

1　金庫と寝る老人

　この物語は実は読者の御記憶にまだ新《あらた》であろうと思われる、今から半年ばかり前、昭和二十五年三月十五日の夜に行われたもと三ツ木家の大番頭「河田隆之介老人殺害事件」の真相を述べようと言うのである。当時世間の耳目をあれほど聳動せしめながら、遂に迷宮入りをしたこの事件の大要を、当時の新聞に報道された所を参照しつつ、一応ここに復習しておく事にしよう。

　河田隆之介老人（六十才）は、孤独な人間嫌いな金貸しの百万長者（この頃の貨幣価値では、百万長者という言葉は、厳密には少し数字を変えなければならない訳だが）で、これがその住居《すまい》、渋谷区金王町五十九番地の樹木の鬱蒼とした大きな邸の中の一室で――所謂「密室で殺された」被害者である。

　……当夜（まだ肌寒い三月の一夜）同家に居た者は、秘書の岸本竹蔵老人（五十五才）と、その一人娘の岸本明子（二十三才）――この二人は平素からこの邸に居た訳だ――の外に、主人の河田老人の姪に当る河田真佐子（二十六才）の三人だけだった。

　変質的に極端に人間嫌いな河田老人の家には、岸本父娘《おやこ》の外には女中（守山すぎ、三十才）が一人居るだけだったが、これが偶然かどうか当夜は埼玉県粕壁《かすかべ》の実家へ泊り掛けで行って留守であった。

　河田真佐子は、被害者河田老人のただ一人の実弟河田房之介の娘であるが、河田の拝金主義と厭人性《えんじんせい》とから彼女の父房之介とその兄隆之介とは、二人きりの肉親であるにも拘らず、犬と猿と言いたいが、そこまでの交渉をさえ持とうとせぬ冷めたい間柄で、房之介の二人の息子と三人の娘も、真佐子を除いては、皆この伯父のシャイロック振りを憎んで、近附くのも厭がっていた。その中で、真佐子だけはただ一人、どこかウマが合うところがあるのか、時々この変屈者の伯父の家に遊びに来るし、老人の方でも不思議にこの娘だけには少しは人間らしい愛情を感ずるらしく、来る事を煩さがらないばかりかこの頃は時々この姪にせがまれて、岸本父娘と四人で麻雀《マージャン》に夜を更かす事さえあるのであった。

　惨劇の当夜も、女中が留守になるので淋しいからと、明子が父と相談して真佐子を電話で誘って（この電話はいつもの通り近所の薬屋で借りた。河田老人は秘書の岸本老人の懇請にも拘らず、いっかな電話を引く事を承知しなかった。これも老人の吝嗇性《りんしょくせい》と厭人性とを証明するものの一つであろう）その夜は夕食後から階下《した》の茶ノ間で四人で麻雀をやり、十二時頃になってそれが終ったが、それから明子が詰まらながる老人達を無理に仲間に入れてトランプを始めた。一時頃になって、河田老人は欠伸《あくび》を始め、「もう俺は寝るゾ」と言って部屋を出て行った。

　老人が真直ぐな廊下を自分の居間の方へ歩いて行く足音を、部屋に取り残された三人――岸本父娘と河田真佐子とは黙って聞いていた。老人の居間は廊下の端れにあった。茶ノ間から客間、玄関、二階への階段、応接室、老人の居間と、廊下の右側に並んでいる。そして応接室と老人の居間とが洋室になっている。もともと老人の居間は別に二階にあるのだが、彼の病的な拝金主義はかなり膏肓《こうこう》に入っていたとみえ彼は財産を銀行に入れる事もせずに、それを宝石類にして身近から離さない算段をするまでになっていた。彼はその莫大な宝石類と現金と――つまり彼の全財産をこの用心のいい洋室の中の金庫に蔵《しま》い込み、そしてそこを自分の居間として、終日金庫のそばで暮す事にした。が、それだけでは足りなくなって、とうとう老人には不向きなこんな洋間へ寝台《ベッド》まで入れて、変屈な独身老人は夜も全財産を入れた金庫と共に寝る習慣なっていたのである。勿論、部屋の内側から扉《ドア》にしっかりと鍵を掛けて……。

　河田老人が茶ノ間を去ってから、十分ぐらいも経った頃であろうか。誰も時計を見ていないからはっきりとは分らないのだが、茶ノ間では岸本父娘と河田真佐子とが、まだ老人の出て行った時の姿勢のままでボンヤリしていたのだから、そう長い時間が経っているはずはない。恐らく老人は、部屋の前にある便所へ行って、それから自分の居間兼寝間に入り、そしてまだ寝間着に着換えない中に、あの世間を驚かした悲劇に遭遇したのであろう。茶ノ間の三人は、河田老人の命を奪った異様な物音を聞いて、疲労の後の放心状態からハッと我に返ると、一瞬ギョッとして顔を見合せたが、すぐ一斉に立ち上り、三人先を争うようにして障子を開けて廊下へ飛び出した。

真直な廊下を走って老人の部屋の扉の前に駆け附けると、三人はドンドンと扉を叩いたが、中からは何の返事もない。

三人はいよいよ事が起った事を知って顔色を変え、三人一緒になって鍵の掛った扉に身体《からだ》をぶっつけた。とうとう錠が毀《こわ》れて扉が開いた。三人は一塊りになって、同時に部屋に飛び込むと、「アアッ！」と異口同音に叫んで立ち竦んでしまった。この鍵の掛った部屋の中で、守銭奴の老人は無惨にも額を割られて死んでいたのである……

2　血に塗《まみ》れた花瓶

河田老人は、入口から入って左手の壁にある、金庫に並んだ大きな暖炉の前に、仰向けに打倒れ、その額が西瓜《すいか》を割ったようにざっくりと割れて、二目と見られぬ凄惨な死顔であった。そして、その死顔に残るひどい恐怖と驚愕の表情は、その死の一瞬前における彼の恐ろしい環境を如実に物語るものであって、彼の死が決して自殺なぞではない事を証拠立てていた。

一見して、額の傷が致命傷になった事は明らかで、その兇器と思われるものは、老人の死体のすぐ傍に、いつも暖炉の上に載っていた、二尺もある大きな青銅の花瓶が、その上部の膨らんだ部分が血に塗れて転がっていたのである。

岸本老人、明子、河田真佐子の三人は、それから金庫の扉が開いてる事に気が附いた。その中味はゴッソリ無くなっていたのである。

「強盗だッ！」

岸本老人は病気の山羊のような、痩せた長い顔を緊張に硬ばらせてこう叫んだが、ふと庭に面した窓の方に目をやると「アッ！」と叫んだ。

明子も真佐子もそれに釣られて窓のある壁の方へ目を向けたが、その窓は全部ピッタリと閉まっている。しかも硝子《ガラス》窓の外には鎧戸まで下りている。明子と真佐子にも、岸本老人の驚きの理由が分った。廊下に面する側の窓もピッタリ閉まっているし、入口は今三人が錠を毀して飛び込んだ扉一つしかない。即ちこの部屋は「密室」なのだ……岸本老人、明子、真佐子の三人は互いに励まし合って、窓の締りを調べてみた。が、予想通り、窓という窓は、いつもの通り老人の用心深さから、厳重に内

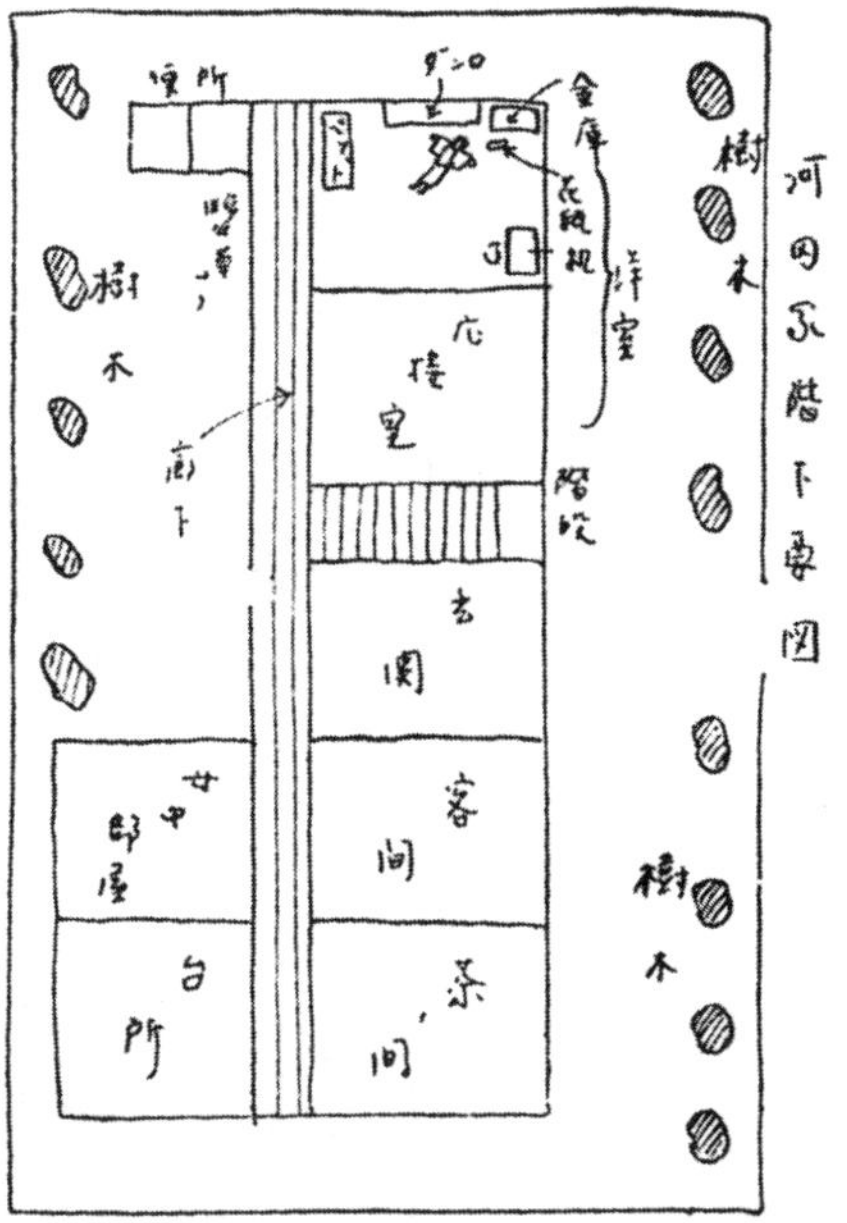

側から止め金が掛けてあり、庭に面する側の窓はその上、外側から完全に鎧戸が下りていた。そして、この部屋の扉のたった一つしかなかった鍵は、老人の左の袂の中に入っていた。即ち、完全な「密室」なのだ！……三人はいよいよ「密室の殺人」である事に気が附いて、ゾーッと襟首から水を浴びせられたように寒気を感じた。

しかもこの「密室」は、今、河田老人の死体は大きな暖炉の前に倒れていたと言ったが、この暖炉に思い掛けぬ抜け穴があったとか、壁や床がポッカリ開いて地下道へ通じていたとか、そんな詰まらぬ「密室」でなかった事は、予めここでお断わりしておいた方がいいであろう。

岸本老人が急に気が附いて、こわがる二人の女を残して、近所の薬屋へ駆け附け、電話で警察へ報告し、それによって時を移さず、警視庁から堀垣警部が、捜査課と鑑識課の精鋭をすぐって駆け附けた結果は、いよいよ「密室の殺人」であるらしい事がはっきりして来た。

河田老人の居間の窓という窓は前述の通り内側から厳重に止め金が掛けられ、しかもそれはネジ込み式で、針や紐で外側から小細工を弄する余地のないものである。もし犯人が脱出したとすれば扉からでなければならない。その扉は鍵が掛っていて、その鍵は老人の袂の中にあったと言うのだから、問題はややこしいのだが、その問題は更に後から考えなければならないとして、ともかく一応、犯人はこの扉から出て鍵を掛けて行ったものと考える外はあるまい。

そこで、廊下が問題になる訳だが、老人の部屋は廊下の端れにあって、廊下を隔てて便所に向き合っている。この便所のわきに戸袋があって、廊下の戸は早くから四人で閉めて、厳重に桟を下ろした。用心深い河田老人が後から注意して見て廻ったのだから、抜かりのあろうはずはない。そして、事件発生後にもちゃんと戸締りのされていた事は三人がはっきりと認めている。そうとすれば、あの物音を聞いてから三人が茶ノ間の障子を開けて、老人の居間まで見通しの利く真直な廊下へ飛び出すまでに二三秒はかかったとしても、その僅かな時間に、犯人は老人の部屋から飛び出して、その扉に鍵を掛け、便所か、応接室か、階段口か玄関かへ飛び込まなければならない訳だが、そんな早業が出来るはずはない。

それでも念のため、便所から応接室、玄関、更にもっと茶ノ間に近い客間から、女中部屋、台所、それから二階の各室と念入りに調査したが、いずれも戸締り充分で、犯人が脱出した跡は認められなかった……

こうして、「河田老人殺害事件」は初めから不思議な「密室」の謎に包まれて、幕を開けたのである。

3　容疑者3＋1

しかし、不屈な堀垣捜査一課長は「密室」ぐらいに辟易する人物ではなかった。彼は、老人の部屋が、そして建物全体が、外部との交通が完全に遮断されていたという事を知ると、当然の帰結として、内部の者に疑の眼を向けなければならぬと考えた。

彼は警察医の来るのが遅れてる事にいらいらしながら、そこでもう一度現場で三人を一人々々、屍体を眺めながら訊問してみる事にした。

岸本竹蔵老人は、父娘《おやこ》で河田老人に生活を支えられていたので、主人を心から頼りにしていた事は明らかで、妻に早く死別《しにわか》れたこの山羊面の老人は、典型的な自主性のない秘書型の去勢されたような人間であった。しかし、こういう人間がえてして陰険な犯罪を犯し兼ねないものであると、警部は自分に言って聞かせた。

娘の岸本明子は山羊老人の娘には勿体ない位美しい、可愛らしい顔をした、温和しい素直な娘という印象を与えられた。老主人は異常な性格で悉く人間を嫌ったが、この娘に対してだけは殊の外、愛情を持っていたらしかった。「変質的な性格から、とうとう女を知らずに過した老人の、異性に対する初めての情愛といったようなものが感じられて、少々薄無味悪い位だった」と、これは姪の河田真佐子の陳述である。この明子という娘のあどけない眼の色からは何ら犯罪の匂をも嗅ぎ出せそうもなかったが、しかし、そんな先入主に捕われては飛んだ失敗を招くかも知れない、と警部は自戒した。

最後に、河田老人の姪河田真佐子は、これは老人に嫌われないただ一人の血縁であるから、老人がその遺産を彼女に譲る遺書でも書いていたとすれば、ちょっと問題があり得る訳で、そのために老人の命を縮めるという事も考えられない事はない訳だが……もっとも、彼女は勝気なサバサバした、聞かぬ気の女ではあるが、遺産を貰う事を急ぐために伯父を殺すなんて、そんな大それた考を起す人柄とは思えない。何よりも彼女自身なかなか裕福な家庭の娘で、金なぞに対して特別な慾望を抱く理由が考えられなかった。

そして、老人の遺産の問題については、老人がどんな考を持っていたか、遺書を書いていたかどうか、誰も知らないのだった。相当気にしてもいい問題なのだが、彼等三人はそんな事をお互に話してみた事もないらしかった。そして、その事から彼等の仲は——というのは岸本父娘と河田真佐子との間柄であるが、真佐子の方は父娘を雇人という風に低く見下ろしていたらしく、お互にあまり好意を持っていた仲ではなく、従ってお互の心の中なぞはどちらも深く知っている間柄ではない事が分った……。

堀垣警部は不機嫌に、達磨面を膨らまして、やけに煙草を吹かした。岸本、明子、真佐子を訊問した所は、彼に何も齎《もたら》さなかったようである。「密室」についての彼等の陳述は、先ほどと少しの矛盾も言い損いも示さなかった。ただ一つ注意すべき新しい事実は、麻雀が終ってトランプに移った時に、岸本老人は便所に行って来るからと言って、トランプを一回だけ抜けて便所に出て行った。そして便所の窓から何気なく外を見た時に、裏庭の樹立《こだち》の陰に何か人影が動いたような気がした。彼はハッとして目を据えて見直したが、何の事もなかったので、そのまま帰って来た。が、部屋に帰ると「どうしたの?」と皆から言われてそれでは今の事で顔の色が変ってるのかと思って、岸本老人は庭の人影の事を話した。が「気のせいでしょう」と言う彼の言葉を、誰も疑おうとはしなかった——と言う陳述だった。これは明子、真佐子にも訊いてみた所、いずれも確かにそうだったと答えた。

これがもし本当に庭に何人かが居たのであったとすると、大いに有力な容疑者という事になるが……と、堀垣警部はもう一度考えてみるのだったが、その線に考を持って行くには、彼は躊躇を感じない訳には行かなかった。それは、三人が一つの利害関係に立って、口を揃えて偽りの陳述をしているのでないとすれば、この部屋はどうしても完全な「密室」と考えなければならない情況であるからだ。そんな庭先の人影なぞ考える余地のない、完全な「密室」だからだ。

警部には、三人が口を揃えてお芝居をしてるとは、どうしても思えなかった。三人が物音を聞いて茶ノ間から飛び出した時に、廊下に犯人の姿が見えなかったという事実は（厳密に言えば、そういう事実に対する彼等の証言は）どうも真実らしいのである。それが真実とすると、犯人は部屋から出なかった事になる。すると犯人は、窓という窓に内側からでなければ掛けられぬネジ込み式の止め金の掛った完全な「密室」の中から、どうして脱出したのであろう。

警部はそこでもう一度三人の証言の真偽を考え直してみた。三人が意識的に嘘を吐《つ》いているのではないとしても、ひょっとして何か感違いして、あんな陳述をしているという事は考えられないだろうか。例えば、考え難い事ではあるが、三人が同時に何か錯覚を起したとか、幻覚に捕われたとか、あるいはひょっとして、別の犯人あるいは三人の中の一人のために、三人あるいは残りの二人が魔法に掛けられたとか、催眠術に掛けられたとか（これらの馬鹿々々しい想像のいずれでもなかった事が、後に判明した事を、作者は断わっておこう）あるいはまた、犯人が透明人間であるとか、忍術使いであるとか……そこまで考えて、堀垣警部はちょっとゾッとする感じに襲われて、ブルッと肩を揺すった。そんな馬鹿な事はあり得るはずがない！……と、すぐ打消したが、彼の頭にはこの時ふっと「鯱先生《しゃち》」の名が浮かんだのだった。馬鹿な！……そこで、彼は更にもっと現実的な方向に思考を向けようと考えた。

ところが、丁度この時、遅れ馳せにやって来た渡辺警察医が、早速死体に取り掛って調べていたが、老人の固く握った右の掌《て》の中から、丸められた紙片を発見した。そして、それを拡げて見て「アッ」と声を上げた。堀垣警部が驚いてそばに寄って、それを取り上げて見ると、それは一枚の名刺で、何とそれには「鯱」と一字！……警部の手が思わず慄えた。ああ、「鯱先生」がこの事件に登場していたのであったか！

4　深まる怪奇性《ミステリー》

鯱先生の評判は甚だ宜しくない。金持の老人を襲ってその金庫を開け、全財産を奪って煙《けむ》のように消えたというのはいいとしても、アルセーヌ・ルパンではないが、血を見る事が嫌いだ、という評判だった鯱先生が、今度は血ミドロな「殺人」を行っている。世間の人気なぞというものは奇妙なもので、殺された老人は実際は偏屈な変質者で、金貸し業の方でも相当阿漕《あこぎ》な事をしていたという噂もあった男であったが、いつの間にか、罪のない憐れな孤独の老人という事になってしまい、それを無惨に殺害した犯人は、兇悪惨忍な憎むべき悪人であるという事になった。

それがあの人気のいい鯱先生であるという事は、初めは世人も頷き兼ねた位だった。が、どうやら外に犯人が摑まりそうもなく、兇器と推定される花瓶にも、被害者の老人や女中以外の指紋は発見されず、「鯱」の名刺だけが唯一の証拠物件となってみると、今まで鯱先生を泥棒だというのに、筋違いな讃歎を送っていた世人は、俄然鯱先生に対して反動的に囂々《ごうごう》たる非難を湧き立たせる事になったのだ……

そういう新聞記事から目を上げて、警視庁捜査一課の課長室から、春浅いお濠端《ほりばた》を見下ろしながら、堀垣警部は仏頂面をいとど膨らまして、苦い顔で煙草をプカプカ吹かしている。

そこへノックもせずに飛び込んで来たのは、課長に劣らない、熊のような巨漢《おおおとこ》の羆山《ひやま》刑事である。何か言いたくて飛び込んで来たのに違いないのに、そのまま言い出しそびれて、口をモグモグさせている刑事の顔を、堀垣警部は不機嫌に睨み附けて、無愛想な声で、

「何だ」

と言った。

羆山刑事は、先夜、河田事件に警部のお供をして行った刑事の一人である。

「課長……実は……今度の河田事件ですが……課長はほんとに鯱先生の仕業だと思ってるのですか」

警部の顔は一層曇って来た。

「え、課長?」

「と言うと、君は何か違った見込があるんだネ」

「イ、いや……それが無いんで弱ってるんですが……

ただ、どうも、わたしには鯱先生の仕業とは思い難いんですがねえ」

「その理由は?」

「理由ですか……ソ、それは別に……ただ、鯱先生が人を殺すとは思えないんです」

「鯱先生は人を殺さないという証拠があるのかネ?」

「……」

「そんな迷信に捕われては不可《いか》んヨ、君。相手は泥棒なんだぜ。それに、殺人を犯さないという言明をした訳でもなしサ。また言明をしたところで、泥棒の言う事なんぞ、当てになるものか」

「ですが……」

「フフ、いやに鯱先生の肩を持つネ、君は」

警部は厳しい声で定《き》め附けた。

「では……鯱先生だったら、あの『密室の殺人』は説明が附くんですか」

羆山刑事の逆襲に、警部はグッと詰まって、苦々しく顔を顰めてまたやけに煙草を吹かし始めた。

「鯱先生なら、あの『密室』から逃げ出せる、と言うんですか。二三秒の時間の間に、扉を開けて鍵を掛け、玄関か階段口へ駆け込む事が出来る、と言うんですか。そして、錠の下りた玄関から、あるいは戸締りの完全な二階から、その戸締りのまんま、煙のように逃げ出せる、と言うんですか。それとも、例の三人が扉を毀してる間に、ネジ込み式の止め金を掛けた窓から、止め金を掛けたまんまで、スーッと抜け出す事が出来る、と言うんですか。……もっとも、鯱先生は忍術使いだという事だから――」

「オイオイ、もういい。俺は鯱先生がやったと言った憶えはないゾ。ただ新聞がそう書き立てているだけの事だ。鯱先生でないという証拠がない以上、それを否定する理由もないから、俺は打棄《うっちゃ》っとくだけだ。……じゃ、君に聞くが、もし鯱先生でないとしたら、君はあの『密室の殺人』を説明出来る、と言うのかネ?」

「ソ、そんな事、わたしに出来るもんですか。それを課長に訊きたいんで……」

「俺にだって、そんな事分るもんか! 下らない事を言ってる暇に、何か新しい証拠か見込でも摑んで来いッ!」

堀垣警部は腹を立てて我武者羅《がむしゃら》に呶鳴り附けてしまってから、大人げない事をしたと後悔した。

刑事が不服そうな顔で立ち去った後、彼はまた前よりも一層苦り切って、机に頬杖を突いて考え込んだ。しかし、考えれば考えるほど、「密室の殺人」の怪奇性《ミステリー》は深まるばかりである……。

5　名刺の追跡

羆山刑事が出て行ってから五分ばかりして、ノックの音がして、返事も待たずに顔を出したのは、長いお馴染の東都新聞の花田記者だった。

不機嫌に蟇《がま》のような顔をして押し黙ってる堀垣警部に、記者は構わずベラベラと捲くし立てていたが、警部はまるで耳に入れずに、まだ淋しいお濠端の景色をボンヤリと眺めていた。

が、その中にハッと彼は聞き耳を立てた。新聞記者の早口なお饒舌《しゃべり》の中に、聞き捨てにならぬ一言を、敏感な警部の耳は聞き漏らさなかったのだ。

「……今日来た投書ですがネ。こんなのがありましたヨ。それもやっぱり鯱先生擁護派の声なんですがネ。『鯱先生が人殺しをするはずはない。現場に鯱先生の名刺があったそうだが、それは贋物に違いない。今までの鯱先生の名刺と比べて見るがいい。案外こんな所から、真犯人の目星が附けば幸である』ってんです。そこで私は考えましたネ。どうも鯱先生は……」

警部はしかし、聞きたい所だけはっきり胸に収めると、相変らず聞いてるのか聞いてないのか分らない無愛想な顔をしたままで、うるさい新聞記者が呆れて退散するのを待っていた。そして、花田記者の姿が扉から消えるや否や、堀垣警部はパッと電話器を取り上げ、国警の科学捜査研究所を呼び出した。

「ああ、モシモシ、萩野所長ですか。こちらは警視庁の堀垣警部。早速ですが、先日お廻しした河田事件の鯱先生の名刺ですがネ。あれを今までの鯱先生の名刺と……そう、七八枚は行ってるはずですヨ。そいつと比較して調べてくれませんか。ええ、至急、大至急お願いしたいんです。待ってますヨ」

名刺を写真で拡大する事によって、一字一字の活字の特徴から、ちょっとした植字の曲り方、間隔の偏りなど、微細な所まで明瞭に識別して鑑別して行く、新しい鑑定方法の驚歎すべき確実性は、既に平沢事件の松井名刺によって世間によく知られている所だが、鯱先生の名刺は「鯱」のたった一字であるけれど、今までの八枚の名刺は、全然同じ活字、同じインキで、同じ機械によって同じ用紙に同時に印刷されたものであり、今度の河田事件の一枚だけが、活字もインキも用紙も全然違うものである、という驚くべき報告が、その日の中に堀垣警部の下へ齎された。

警部は俄かに生色を取戻して、重ねて研究所に、その名刺の紙質、印刷所の調査を依頼すると共に、刑事を八方に派してその名刺の出所を探索させる事にした。

しかし、その調査と探索とが意外に困難で、せっかくのこの捜査線も遂に無効に終るか、と思われ出してきたその時、意外な方面から事態は急に一つの展開を示す事になったのである。それは、この名刺の調査は堀垣警部は極秘裡にやった積りだったが、早耳の東都新聞の花田記者がこの一件を嗅ぎ附けて、新聞にバラしてしまったのだ。

それで警部の憤激を買ったが、その反響として、新橋の露店の印刷屋で、小林正吉という男が、「鯱」という名刺を刷った憶えがある、という事を東都新聞社へ申し出て来たのだ。

花田記者は喜んでその男に会って訊いてみると、小林が鯱先生の名刺を刷ったのは、あの事件の当日より一週間ばかり前の事だったが、「鯱」という珍らしい名刺だったので憶えているのだ、と言った。しかし、彼は迂闊にも鯱先生という所までは、その時は気が附かなかったが、後でそれと気が附き、更にそれから一週間ばかり経ってあの事件の新聞記事を見て、ハアテナと思ってる所へ、今朝名刺調査の一件が出たので、「さてこそ」と思い当って申し出てきたのであった。

花田記者は探偵気取りで、その名刺を頼んだ男の様子を尋ねてみると、それはたしか子供だった、と言うのだ。用心深く子供を使って名刺を拵らえさせたものに違いない。

で、その子供を捜そうとしたが、素人ではなかなか面倒だし、根気も続かなくなって、花田は結果を教えてもらう事を交換条件にして、その事を堀垣警部に知らせて来た。

そこで、警部は早速羆山刑事を派遣して、その印刷屋の店に張り込ませる事にした。羆山刑事が朝から晩まで店に頑張って見張っていると、とうとう三日目にその子供を捉まえる事が出来た。巨漢の刑事はその子供にお菓子などをやって、うまく手馴附け、その名刺を頼んだ人物の様子を思い出させようと苦心した。

「それは、茶色の眼鏡を掛け、黒い帽子を被って、黒いトンビを着たお爺さんだった」

遂にこういう結果を引き出す事に成功した羆山刑事は、巨きな身体を雀躍《こおどり》させて警視庁へ報告に飛び帰ったが、堀垣警部はそれを聞いて更に調査を進めてみると、驚いた。茶色の眼鏡、黒い帽子、黒いトンビというのは、殺された河田隆之介老人の服装であったのだ……

6 論拠《データ》は出揃った

逸早くこの事を報道した東都新聞を前にして、堀垣捜査一課長はまた羆山刑事と二人で、苦り切った仏頂面を突き合わしている。

「新聞め、すっかりバラしちゃいましたネ。しかし、課長、これは一体どう解釈すれば、いいんですか。名刺を頼んだのが被害者の河田老人だったというのは……河田老人が何かの理由で、鯱先生の名刺を刷らせた……ハアテナ。河田老人が何かの理由で、鯱先生に襲われたと見せて、財産をどこかにこっそり持ち出そうとした——という事は考えられないかナ」

「フフ、命まで投げ出してかネ?」

「ソ、それは……」

「いや、いいんだヨ。君の考もなかなか面白いヨ。殺された事は、別に考えればいいんだ。河田は鯱先生に財産を奪われたと見せ掛けようと計画していた。で、そのために予め鯱先生の名刺を拵らえた。そして金庫の内容はどこかに持ち出しておき、いよいよ鯱先生襲来のお芝居を打つ段になって、意外な犯人の出現に会って命を取られた、とネ……いや、しかし、そう考えると、その新しい犯人があの部屋から逃げ出さなければならんから、『密室の殺人』の謎は依然として未解決に残されるナ」

「ヤレヤレ、またそこへ戻っちゃったか。わたしゃ『密室の殺人』はもう懲り懲りだ」羆山刑事はとうとう悲鳴を上げた。「それじゃ、やッぱり鯱先生がやった事にしておいてもらいましょうや。先生なら忍術使いだから、どんな不思議な事をやったって構わないんでしょ、課長?」

「馬鹿言え。忍術使いだって、『密室』の中でドロンと消えられるかい、映画じゃあるまいし……第一、鯱先生としたら、名刺の一件はどうするんだ。今度のだけは今までのと違うという事実は?」

今度は羆山刑事が「フフフ」と冷笑した。

「そんな事、問題じゃありませんヨ、課長。鯱先生だって、新しい名刺を使って不可《いけ》ないという規則はありませんや。今までの八枚が同じだったからって、九枚目から変ったのかも知れませんや。その名刺を頼みに行った爺さんだって、河田老人自身と考えるよりゃ、鯱先生が河田に化けて行ったと考える方が、よッぽど考え易い位なもんだ。別に河田に化けてく必要もないようなもんだが、鯱先生なら物好きだから、これから襲おうと狙いを附けてる奴の変装ぐらいして街をぶらつかないとも限らない……」

「フフフ、考えたネ。君にしちゃ。だが、この間はひどく鯱先生の肩を持ってたが、今日はすっかり風向きが変ったのは、どういう訳だ？」

「や、こりゃ参った。わたしゃ、もうすっかり匙を投げちゃったんですヨ。『密室の殺人』には」

「全くなア。……どうやら固い壁に突き当ったような感じだナ」

「もう新事実も出そうもありませんナ。このまま迷宮入りですか！」

羆山刑事が思わず吐き出した言葉に、堀垣警部は憤然として、

「オイ、詰まらん事を言うな。迷宮入りとは何だ！」

と呶鳴ったが、急に思い返して、冷やかすように刑事に言った。

「ハハハ、探偵小説なら、この辺で、どうやらデータは出揃ったと言うんで、名探偵が一人で頷いて、黙って犯人の逮捕に向う所じゃないのかネ」

7　真犯人の首実験

「お父さん、また刑事さんが来ましたヨ」

娘の明子の声に、岸本老人は舌打ちしながら玄関へ出て行った。そして、無愛想に挨拶すると、刑事は、

「実は真犯人は目星が附きそうなので、至急あなたに首実験をして頂きたいと思って、お誘いに上ったんですが、いかがでしょう」

と云った。

老人はこの言葉に、急に興味を感じたように見えたが、それも一瞬、

「ほんとですか？」

と、疑わしそうに刑事の顔を眺めた。が、刑事は口調こそ慇懃を極めているが、内心は刑事らしい押の太さで、梃子《てこ》でも動かない様子なのを見て取ると、老人は諦めて奥へ引込んで外出の仕度をした。

「お父さん、いらっしゃるの？」

「ウン……また今日も半日お交際《つきあい》だ。こう度々引ッ張り出されたんじゃ、遣り切れんなア」

刑事は老人と連れ立って通りへ出ると、黙々としてグングン歩き始めた。二人はいつの間にか国鉄電車の渋谷駅に出ていた。そこで初めて、岸本老人が、

「どこへ行くんですか。警視庁ですか」

と聞いてみた。が、刑事は黙ってニヤリと笑っただけだ。薄気味の悪い印象を、老人は消す事が出来なかった。電車が新橋駅に着くと、急に刑事は「さあ降りましょう」と言い出した。

刑事は賑やかな昼の露店街を銀座の方へ歩き出した。老人は何か気に掛る面持で刑事の横顔をチラと覗った。暫く人混みを分けて歩くと、刑事は、

「岸本さん、ちょっと待って下さい」

と言って、ポケットから眼鏡のサックを取り出し、

「これをちょっと掛けて下さい」と言った。

老人が怪訝そうに手を出すと、それは茶色の眼鏡だった。老人が不審な顔で刑事の顔を見返すと、刑事はまたポケットから畳んで入れてあった黒いソフトを取り出して老人に渡した。

「これを被って下さい」

老人は今はハッと気が附いた様子で、刑事の顔を疑い深く見視《みつ》めた。

「新聞で御存知でしょう。例の鯱先生の名刺を刷った印刷屋は、すぐこの先です……ああ、さっきあなたに犯人の首実験をして頂きたいと申し上げましたが、あれは首実験をさせて頂きたいと言う所を、うっかり間違えちゃったんですヨ。失礼しましたネ……ハハハハ、そんなにとぼけるものじゃありませんヨ。印刷屋の親爺はあなたの顔を知ってやしませんが、例のあなたがお頼みになった子供というのを、ちゃんと呼び寄せてあるんですから」

岸本老人はそれを聞くとガタガタ慄え出し、真蒼な顔から冷汗をタラタラ垂らして、眩暈《めまい》がしたようにそこへ蹲《しゃが》み込んでしまった。

8　思い掛けぬ真相

刑事は「チョッ」と舌打をすると、老人の身体を軽々と抱え上げるようにして、すぐ前の喫茶店に連れ込んだ。そして、奥まった席に陣取ると、老人の顔をグッと凄い眼で睨み付け、押し殺した低声《バス》で畳み掛けた。

「さあ、もうこうなっては、子供に恥を曝すまでもないだろう。首実験はお情で勘弁してやるから、御手数を掛けずに潔く白状しろ。こちらには何もかもすっかり分ってるんだ。お前は河田老人に化けて、鯱先生の名刺を拵らえ、河田の金庫の中味を奪って、爺さんを殺害した。どうだ、それに間違いはなかろう。ひでえ真似をしやがったじゃねえか」

老人は慄え声で、

「ス、済みません……恐れ入りました……ケ、けれど、御主人を殺したのは私じゃありません」

「フフフ、ほんとか、そりゃあ？　……じゃ、聞いてやるからすっかり話してみろ」

「……」

「お前の目的は金庫の中味を盗るだけだった、と言うんだナ？」

「ソ、そうです……それだけだったんです」

「そして、鯱先生にそれを塗《なす》り附けようとしたんだろう？」

「ソ、そうです……そのために、名刺を刷らせました」

「太《ふて》え奴だ。俺の考えた通りだ。だが、お前が殺したのでないというんなら、あの晩の事を正直にすっかり言ってみろ。嘘を吐いたら、絞首台が待ってるんだゾ」

「宜しゅうございます。正直に申し上げます。……あの晩、麻雀が終ってトランプが始まった時、私は手水《ちょうず》に立ちましたが、その時に御主人の居間に入って、金庫を開け、中味の宝石と現金を盗み出して、用意の麻袋へ詰め込み、手洗いのために雨戸を開けて、そこから蘭の繁みに隠れた縁の下へ投げ込んでおいたのです。……え、鍵ですか？　扉の鍵も金庫の鍵も予てから合鍵を作っておきましたので、そこは秘書の私ですから造作はありません。……で、金庫の扉は開けたままにして机の上には鯱先生の名刺を置いておきました。鯱先生が来たように見せ掛けるためです。そのために庭に面した窓を一つ開け、鎧戸も開けておいたのです」

刑事は吃驚《びっくり》した様子で、

「ナニ、すると、窓は開いてたのか？　では、『密室の殺人』じゃなかったのか？」

「私は何も『密室の殺人』にする積りはなかったんで……大体こう申しちゃ何ですが、物好きな探偵小説家か気狂《きちがい》でもない限り、わざわざ神秘的な『密室の殺人』なぞ拵らえる馬鹿は居りませんヨ。わざわざ人の注意をそこに集めるばかりですからネ。秘密を発《あば》いてもらいたい特別な望みがあれば別ですがネ……」

「フーム。……では、誰が窓を閉めたのかナ？」

「恐らく、御主人がお部屋へお入りになって、窓が開いてたので、閉め忘れたのかと思って、驚いてすぐお閉めになったんでしょう。戸締りはひどく神経質なお方でしたから。扉の鍵なぞはもう開け閉《た》てのたんびに鍵をなさる始末です」

「フム、それであの部屋はお前の意図に反して『密室』になってしまったという訳か……では、『殺人』の方はどうだ。河田は何であんな殺され方をしたのだろう？」

「ソ、それが私にも分らないんです。どうも不思議でならないんです。……いいえ、嘘を吐いてるんじゃありません。正真正銘です。……私が窓を開けてから御主人が部屋へお入りになるまでの間に、誰か入って来た者があるんではないでしょうか。それこそ、ほんとに鯱先生でも忍び込んだのではないかと……」

「馬鹿言え。誰かが入っていて河田を殺したんなら、そいつはどうしてあの『密室』から脱け出したんだ？　また『密室の殺人』に後戻りしちゃうじゃないか」

「そうすると、一体、どうして御主人は……」

「フフフ、手前《てめえ》の方で訊いてやがる。しかし、無理もない。それじゃ、俺の方から説明してやろうか……そう言う俺も、今お前《めえ》の話を聞いてる中に考え附いただけなんだが、こういう考えどうだ……河田は窓を閉めてから、机の上に鯱先生の名刺を発見し、ハッとして金庫を見る。金庫の扉が開いてる。中味が無くなってる。さては鯱先生に盗まれたかと、あの守銭奴が命より大切な全財産を奪われて、フラフラと目を廻し、暖炉の方にぶっ倒れる時に、あの背の高い花瓶を突き落とし、それが爺さんの頭に落ちて爺さんの額を割って殺してしまった……ネ暖炉のそばに爺さんがぶっ倒れていて、その暖炉の上に載ってた花瓶が死体のそばに転がってたと言うんだから、そう推定するより外はなかろうじゃないか。爺さんが死んだ時には誰もあの部屋には居なかったはずなんだからネ」

9　推理の根拠

岸本老人の顔には、不思議な明るさが浮かび上った。

「ソ、そうだったのか……」が、すぐ老人の顔は再び曇った。「いやいや、御主人がそんな過失死をなさったのも、もとは私のためなのだから、やッぱり私が殺したようなものだ」

「当り前ヨ。それを逃れる事は出来ねえ。手前何だって主人の金をふんだくろうなんて考を起しやがったんだ。その訳を言ってみろ」

「聞いて下さい、刑事さん。たった一人の娘の幸福を守るために、道を踏み外した親馬鹿の心持を……」

——岸本老人は、この頃主人の河田老人が年甲斐もなく明子に思を寄せて、是非老人の願を叶えてくれと迫られるのに困り切っていた。明子にはほのかな相思《そうし》の青年がある事を岸本老人は知ってるので、極力断わり続けたが、河田はいっかな聞き入れず、老人の恋をどうしても遂げさせてくれないなら、前に貸してやった金をすぐに返せと、とうの昔もう貰った積りになっていた借金の返済を河田は迫ってきた。その挙句、娘に結婚を承諾させれば莫大な金を提供する。それをしないなら、貸金返済をお上に訴え出て、表沙汰にして明子の恋愛を邪魔してやる、と言い出した。

明子の相手が相当な格式を重んずる家であるために、そんな事になったら本当に明子の恋愛が怪しくなる、という心配から、岸本老人は金策に窮し、遂に河田の金を奪ってやろうと決心し、鯱先生の名を借りて老人に一泡噴かしてやろうと考え附いた。

そこで前以て合鍵を作り、鯱先生の名刺を拵らえ、女中の留守になる夜を待って、河田の姪真佐子を呼んで、麻雀をやって河田を金庫の部屋から誘い出し、僅かの隙を見て金庫を襲う事に成功したのであった。

「フーム、なるほど。河田を殺す気は全然無かったんだナ……よし、聞いてみれば、泥棒にも三分の理という位の所はあらア。俺なんざ、いっそ手前の方に同情したくなる位のもんだ。河田の野郎も、因業親爺の上にそんな助平爺だったんだから、死んじまったって仕方はあるめえ。……しかし、手前、鯱先生に迷惑を及ぼしたのはよくねえナ。俺なザ刑事だけれども、あんな事になっても、鯱先生が人を殺したなんて、どうにも信じられなかったから、その汚名を雪《すす》いでやろうと考えて、あの『鯱』名刺を調べろって新聞社に投書してやった位だ」

「えッ、あなただったんですか、あの投書は……だが、どうして警察のお方がわざわざ新聞社なぞに……」

「フフフ、ちょっとした思惑があったもんでナ……それに広く世間の眼に訴えた方が早かねえかと思ったんでネ……その考の正しかった事は、ああして新聞を見て印刷屋がすぐ出て来たという結果が証明している……ところが、その依頼者が意外も河田老人自身だったという事になった時は、俺もちょっと驚いた」

「ソ、そこですが……私もあそこまで用心深くやっといてよかったと思って、実は安心していたんですが……どうして、あなたはあれが私だったという事が分ったのですか」

「フフ、その推理の根拠を聞きたいと言うのかネ……何でもないのサいいかネ。あの『密室』では、あの部屋及びあの家全体は、完全に外部との交通は絶たれていた。そうすりゃ、どんな情況でもあろうと、とにかく家の中に居た人間の中に怪しい奴が居るだろう、と考えるのは当然の事だ。そこで、例の名刺の注文者の人相と照らし合せて見ると第一に河田老人自身が怪しい訳だが、これは殺された当人なんだから、まず除外しておく。そうすれば、岸本老人、明子、真佐子の三人の中で、河田老人に化けたのは誰だろうという事になる。そうすりゃ、誰が考えたって、第一に岸本老人が怪しいという事になるのは、当然過ぎる位当然の帰結だ。

そうなると、手前は、あの前に便所に立った時に、便所の窓から庭に誰か居た、なぞとぬかしてる。それも準備工作だとすぐ気が附くし、事件後、手前は警察へ電話を掛けるために、近所の薬屋へ行ってるが、さてはその時に盗んだ品物を安全な所へ隠しやがったナ、とスラスラと分ってしまった。

だが、こんなはっきりした事に誰も気が附かなかったというのは、そこに神出鬼没、変装自在の鯱先生という全能力《オールマイティ》の切札が出ていたからなんだ。それで皆の注意がそっちへ集中してしまって、最も怪しんでいい岸本老人というものが盲点に入ってしまったんだ。だから、手前が鯱先生の名を出した事は、ともかく成功だったと言わなきゃなるまい。

ところが、俺だけは、河田老人を除外したように、鯱先生も除外して考えたから、真直に手前の所へ考が行ったんだ」

「えッ、あなただけ？　ド、どうしてあなただけは、鯱先生を除外する気になったんですか」

「フフフフ」

刑事は可笑しくて堪まらぬように笑い出した。

「ソ、その理由が聞きてえと言うのか？　じゃあ、言ってやろうか。その理由というのは何でもない。かく言う俺が外ならぬその鯱先生だからなのサ」

「ええッ！　ア、あなたが！　……」

「大きな声を出すない。人が聞いたら、どうする……ところで、鯱先生の名を名乗ったからは、話は早く附けよう。無断で吾輩の名を使用し、吾輩に迷惑を及ぼした罪は許し難い所だが、貴様の犯罪も娘の恋愛に原因があったと聞いては、貴様の罪を発き立てて、その恋愛の邪魔をする野暮な真似も出来まい。血を見る事の嫌いな鯱先生が、どうしても雪《すす》ごうと思い立った殺人の汚名だが、一個の女性の幸福のためとあれば、その汚名を被《き》てやる事も敢えて辞さんヨ、吾輩は。

但し、金庫の内容はそのまま貴様の所有にする訳には行かん。これは吾輩の名で盗んだ訳だから、吾輩が貰わない事には、どうにも名分が立たんからナ。その方が却って貴様も気が楽でいいのだ。

さあ、これから、そいつを隠した所へ案内するんだ。……安心しろヨ。鯱先生は貴様のような弱虫の罪を発くなんて、詰まらん事はしない。吾輩はこう見えても、警察官ではなくて泥棒なんだからナ。それどころか、吾輩は貴様の娘さんの幸福な結婚のために、これから頂戴に上る例の麻の金袋の中から、大粒のダイヤの一つ二つお祝に差上げたいと思ってるんだ。

さあ、そんなに驚いてないで、鯱先生を早く金袋の隠し場所へ案内しろい」

光頭連盟

1　異様な行列

「ねえ、先生……オヤ、睡ってるんですかい。呑気だなア、先生も。本を読みながら睡っちまうなんて……オヤオヤ、またコチトラにゃ分らねえ木版物を読んでたんだネ。これじゃあ睡くなるのも無理はねえ。秋の日ざしは障子に明るいし、どうやらこっちまで睡くなってきそうだ……だが、それにしても、戸締りもしねえで昼寝してるなんて、泥棒の癖に不用心な話だ」

「うるせえなア……もう少し睡ろうと思って黙ってりゃ、いつまでもツベコベ言いやがって、馬鹿野郎！」

いきなりこの鯱《しゃち》先生からドヤされて、「山猫」は木魚《もくぎょ》の蒲団のように厚い大きな唇を尖らせた。

「何だ、起きてたんですかい……いや、それは失礼いたしやした」

「いつ帰って来たんだ。何か用か」

「いや、別に用もねえんですが……もうそろそろ何か用があってもいい頃だと……どうにも退屈で仕様がねえんで」

「退屈はお互様だ。この頃のように鯱先生の名が売れちゃって、どいつも此奴《こいつ》も、脅迫状さえやりゃ待ってましたとばかりにこっちの注文通りになっちまうんじゃ、さっぱりスリルも味わえねえ」

「全くで……山猫ともあろうものが、近頃はまるっきり堅気の集金人になり下ったようなもんで、これじゃ泥棒になった甲斐がねえ」

「プフッ、言う事が一々逆だ。商売が繁昌《はんじょう》して身体《からだ》が楽なら、それで結構じゃねえか。有りがたいと思え」

「テヘッ、そう言う先生だって、大分御退屈の御様子で……訳の分らねえ虫食いだらけの古本など読んで睡ってる所を見ると」

「馬鹿言え。俺はこういうものが好きなのだ」

「ヘッヘヘ、笑わしちゃ不可《いけ》ねえ。好きなら、睡らなくたって宜さそうなもんだ」

「いや、こうして昔の本を読みながら、静かに居睡りをする気分は何とも言えない。お前らのような戦後派の哥兄《あん》ちゃんには分らない趣味だ」

「へえへえ、御もっとも様で。分らねえ趣味も結構でごさんすがネ、同じ事ならコチトラにも分る、目の醒めるようなパッとしたスリルに趣味を持ってもらいてえもんだナ……誰かまた、こないだのように先生の名前を騙《かた》って人殺しでもやってくれるといいんだが」

「やいやい、詰まらねえ事を言うな。やたらにあんな事をされて堪まるものか……だがなあ山猫、ほんとうの事を言えば、俺だって実は退屈で困ってるんだ。手前《てめえ》一つぶらぶらして何か拾って来い。犬も歩けば棒にあたる、という事がある」

「ヘッ、山猫を犬にしちゃいましたネ……じゃあ、お言葉に従って、一つスリルを拾いに出掛けるとするか」

「フフ、モク拾いみたいに言やがる……ドレ、俺はもう少し俺の趣味を続ける事にするかナ」

「アレ、まだ睡いんですか。そりゃ、ほんとにお邪魔をいたしやした。では、どうぞ御ゆっくり」

鯱先生の隠れ家を出た山猫は、やがて賑やかな新宿街を、人に揉まれながら歩いている。さすがに泥棒の身だしなみで、外へ出る時は頭にベッタリと油をつけて、リーゼント・スタイルの粋な哥兄《あん》ちゃんだ。顔もちょっとこしらえて、知ってる人が見ても山猫とは気の附かないようにはしてある。

が、山猫自身、そうやたらにスリルがそこらに転がってようと予期してる訳でもない。まあ、ビンゴでもやって、帰りに一杯ひっかけて来ようぐらいが、ほんとうの肚だ。

ところが、彼が行きつけのビンゴ屋へ行こうとして、角筈《つのはず》の街角を曲ったトタン、彼はそこに黒山のような人だかりを発見してハッと胸を躍らせた。忽ち駆けより、得意の図々しさで、無造作に人垣を掻き分ける。そして、前へ出てみると――

さすがの山猫もアッと驚いた。それは、まことに何とも言いようのない異様な行列であった。その行列は、ビンゴ屋の横丁を五六軒入った所にある事務所の前から、一列に列《なら》んでるのだが、黒山の人だかりも道理、その行列の人達は、どれもこれも皆美事な禿頭《はげあたま》なのだ。デップリした赤ら顔の洋服の巨大漢《おおおとこ》。鶴のように痩せた、紋附羽織の上品な老人。金縁の眼鏡をかけた、大学教授のような、鬚を蓄えた立派な紳士。みすぼらしい、大道易者の成れの果てといった身なりの、山羊鬚の爺さん。勿論、年配の人が多かった。が、中には四十ぐらいの血気盛りの人までいるようだった……が、どれもこれも、一様に美事な禿頭なのだ。

見るからに惚れ惚れするような、血色のいい、桜色した美しい禿頭。蠟を塗ったような、あるいはセロファンを通して新鮮な果物を見るような艶やかな——思わずソッと手を出して触ってみたくさえなる、ツルツルと磨きを掛けたような光沢のある禿頭があるかと思うと、いぶし銀のような艶消しの渋好みの禿頭もある。肉づきのいい豊かな感じの頭、ゴツゴツした頑固そうな尖《とんが》り頭、悠々とした頭、コセコセした頭、優しそうな頭、憎らしそうな頭……

一々見れば千差万別であるが、それらがズラリと真昼の秋の日に照らされて、テラテラと光る頭を列べている所は、これはまさに目の醒めるようなパッとした眺めに相違なかった。

2 退職金十六万円

山猫は漸く我に返ると、まわりの人達から、この行列はこの先の事務所で就職試験を受ける人達だ、という事を聞き出した。

彼は眩しい行列のわきを通って、その事務所の前に行って見ると、「光頭連盟事務所」と貼り紙が出ていた。

「光頭連盟」書記一名採用。希望者は○月○日四時までに当事務所に御光来《ごこうらい》下されたし、待遇、月収三万円。二ケ年以上勤続の時は、退職金十六万円を呈す。但し、光頭者に限る」

「ハアテナ」

彼はあちこち見廻すと、人垣の後にネオンの消えたカフェーがあって、その入口で、夜になれば妖艶な女性に変貌するに違いない若い女が、色気もなく裾をはしょり、掃除しかけのバケツを足もと置いて、哥兄ちゃん達に盛なお饒舌《しゃべり》を展開しているのを見附けた。

「姐《ねえ》さん、あの広告はいつから出てんのかネ?」

山猫は仔細らしく質問を試みる。

「ソウネ、二三日前から出てるワ」

「そうか、知らなかったなア。二年で退職金十六万円テナ、例のあれの真似みてえなもんだが、あれよりちっと割がいいじゃねえか」

「駄目よ、兄さん。羨ましがったって、その頭じゃネ……お気の毒さま」

女は山猫のリーゼントを見上げて冷やかした。

「ア、そうか、頭が禿げてなくちゃ不可ねえのか、ガッカリだなア……だが、一人採用ってのに、よく集まりやがったナ。美事な眺めじゃねえか。眩しくなっちゃうネ……みんな自慢そうに帽子を脱いでやがる」

山猫はひょうきんな言葉で、まわりの人を笑わせる。

「そうヒガミなさんなヨ、兄さん。何もあんたに面当てに、帽子を脱いでる訳じゃないのヨ。係りの人が脱がせたのヨ。ああやってると、それを見てまた禿の人が集まるだろう、って算段なんだってサ」

「へええ。だが、たった一人採用するのに、そんなに集めなくたって宜いじゃねえか。これも宣伝のうちかナ」

「いいえ。禿げっぷりに注文があるらしいんだヨ。今朝からやってるけど、まだ採用者が決まらないらしいヨ」

「フーン、呆れたもんだ……だが、コチトラにゃ縁がねえ。勝手にしやがれだ」

「兄さん、短気を起すんじゃないヨ。あんただって、今に立派な禿頭になれるからネ。そしたら、おいでヨ」

「ヘッ、巫山戯《ふざけ》るない。今日の間に合うけえ」

「という訳で、ガッカリして帰ってきた、という所か」

「別にガッカリという訳でもありやせんがネ……だが、あんな行列は初めて見た」

「フム、『光頭連盟』というのは聞いた事がないナ。日本光頭倶楽部《クラブ》とか、関東光頭クラブってのは俺も知ってたが……そいつはホームズ先生の『紅頭連盟《レッド・ヘデッド・リーグ》』をもじったものに違いない。ちょっと面白いナ」

「それより、退職金十六万円が皮肉じゃないですか。例のあれの真似ですヨ」

「月収三万円、退職金十六万円か……フム、ちょっと条件がよ過ぎるナ、ただの書記にしちゃあ」

「先生、羨ましがったって駄目ですヨ、私たちの頭じゃあネ」

山猫は、カフェーの姐さんから冷やかされた通りを、ローズにならない中に早速応用する。

「フフフ、だがちょっとスリルが感じられるナ。どうだ、手前一つ禿頭になって行ってみる気はないか」

「だからサ、先生。行ってみたくねえ事もねえが、今日の間には合わねえって話なんで」

「なあに、間に合うサ。変装の中じゃ、禿頭が一番らくなんだ。昔から禿のかつらは一番研究が進んでるんだ。うちにも、俺の愛用の上等なやつが一つある。手前にゃ勿体ないが、貸してやってもいい。いや、何なら、俺が行ってもいい」

「マ、待って下さいヨ、先生。そう言われると、どうもいくら先生でもお譲り申し上げられなくなっちゃった。是非一つそいつを貸しておくんなさい」

呑気な相談をまとめた二人は、早速こしらえに取りかかる。

「先生、いやに丁寧ですねえ。早くしないと、終っちまうと不可ねえ」

「フフフ、まあ、狼狽《あわ》てるな。思いの外、立派に出来上った。光頭連盟の書記じゃ、勿体ないくらいだ。会長ぐらいになれそうだゾ……お前はどうやら、リーゼントよりこの方が似合うゾ」

「変なほめ方をしないで下さいヨ。可哀そうに」

「本当だヨ、フフフ……まあ、鏡を見てみろフフフ」

「笑わないで下さいヨ。厭だネ、先生。……いや、やめた。俺は鏡は見ない事にしよう。向うへ行って、思い出して噴き出すと不可ねえから。じゃ、先生、ちょっくら行って来ますヨ。せっかくお化粧して頂いたのに、間に合わねえと詰まらねえから」

「オイオイ、帽子を被って行けよ。途中、光らして行く事はない。向うで脱ぐ時、そっと手で抑えるようにして脱ぐんだゾ。手前はそそっかしいから、一緒に頭まで脱いじゃうと不可ないからナ」

3　採用試験

山猫が駆けつけた時には、採用試験が終って、事務所の人が入口を閉めようとしてる所だった。

「もう採用候補者は五人決定しましたので」と断わるやつを、無理矢理押し入ってしまった。

が、中に入ってソッと帽子を取ると、そこに帰り仕度をしていた詮衡委員の三人は、一様にハッとした感じで山猫を凝視《みつ》めた。これには山猫の方が却ってドキリとした。しかし、履歴書はちゃんと、もっともらしい本当の人間のやつが用意してある。彼は悠々とそれを差し出した。

　委員達はそれを読んでから、三人でヒソヒソ相談をしていたが、履歴書について二三質問したあとで、詮衡委員長らしい、頭の生地の透けて見える薄毛の円顔の男が、改めて皆と目を見合わせてもっともらしく頷き合うと、

「大変結構です。当方では予選候補者として既に規定の五人をパスさせたのですが、あなたは非常に御立派に、ソノ、何していらっしゃるので、特に六人予選者を採る事にしました……いえ、私どもの考では、六人の中であなたが一番適当だと思います位で……」

　こう言いながらも、三人はジロジロと山猫の顔を眺める。山猫はかつらがずれてでもいるのじゃないか、と冷や冷やしながら、

「ソ、そうですか。そいつは有りがてえ次第だが……」

と言ったが、三人の眼附きが気のせいか、堅気にしてはどうも少し鋭ど過ぎる感じがある。殊に正面の薄毛の委員長と、右側の画家のように房々と長髪を垂らした、唇を被いかくすモジャモジャ髭の男とは、どうもただ者じゃない。左側の髪油《ポマード》をテラテラにつけた若い男は、まあ一番罪のなさそうな奴だ——と山猫はす早く観察しながら、

「一体『光頭連盟』ってのは、どんな事をしてるんですか。その書記ってのは、どんな仕事をするんですか。そいつを聞いておかねえと……」

「ハハハハ、あまり条件がいいので、どなたもそういう心配を抱かれるようですが、ナニ、仕事はむずかしい事はないんですヨ。『光頭連盟』というのは、光頭、エヘヘ（と言って、薄毛委員長はニヤリとして山猫の顔、というより頭を見上げながら）の方の社交機関、倶楽部です。その書記が病気のためやめる事になったので、急に補充する必要が出来たわけです。書記は会長の秘書役なので、連盟の規則で立派な光頭の人でないと不可ない事になってるので……そういう、謂わば特殊技能——というのも妙ですが、特殊の条件《コンディッション》があるので、待遇は特によくしてあるのです。……では、いずれ明日《みょうにち》中に会長と相談して決定の御通知を差し上げる事に致します」

　山猫はこのまま不採用になってしまえば、それでお仕舞だと思うと、ひどく物足りない気がしてきた。向うに確かに気があると察せられるので、彼は一押し押してみ

る事にした。

「どうですかねえ。駄目なら駄目でもいいんですが、今決めて頂けませんかねえ。実は友達の所に厄介になってるんで、明日《あした》はやっぱり就職のことで九州の方へ行かなきゃならねえ事になってるんで」

とやってみた。

すると、三人は――というより、薄毛委員長と長髪画家とが主だが――また額を集めてひそひそ相談していたが、やっと相談がまとまったらしく、薄毛がまたもっともらしく言い出した。

「では、私ども三人の意見は採用ということに一致しました。で、会長も急いで居られるので、早速会長に会って頂くことにしましょう。そうすれば、はっきり採用ということに決定出来ると思いますから」

三人の中の一番若いテラテラ頭は、運転台に乗った。これは運転手だったのだ。罪のないはずだ。あとの怪しげな二人は山猫を狭んで後の席に陣取った。何だかこのまま警察《サツ》へでも持ってかれちまいそうで、山猫は少し不安を感じた。が、その不安は却って彼の気持を昂揚させた。彼は浮き浮きした調子で饒舌り出した。

「どうもあっしは腑に落ちねえ事があるんですがネ。光頭連盟だってのに、まああなたは少し薄毛だが、こっちの大将なざひどく房々した髪の毛で、あんまり光頭連盟らしくありませんね」

すると、長髪男は申訳なさそうに苦笑して、

「へへへ、なあに、おえら方はみんな光頭なんですヨ。下ッ端の者ほど毛がある訳なんです。私とか、ホラ、この運転手とか、ネ」

この時、薄毛委員長が山猫に言った。

「ちょっと帽子を取って、外を見ていて下さい」

山猫はこんな命令をされるのは癪だったが、（ハハア、これも採用試験の中なのかも知れん）と考えたので、渋々《しぶしぶ》ソッと抑えるようにして帽子を脱いだ。

左右は薄毛と長髪が頑張ってるのだから、外を見ろと言えば、首をねじ曲げて後ろの窓から見るほかはない。山猫は不機嫌にいとど厚い唇をとがらして外を睨んだが、別に変った事もありはしない。が、お濠端《ほりばた》の十字路でシグナルが赤が出て停っていた時電事を待っていた男がふとこちらを見たが、山猫と視線が会うと、ハッと顔色を変えた。そして、狼狽てこちらへ走り出した。

山猫はギョッとした。彼は商売柄、それがただの人間でない事がすぐ分ったのだ。それは刑事に違いないの

だ！

が、そのトタンに自動車は急にスピードをあげて走り出した。刑事が狼狽てふためいて、喚いたり手を振ったりして追って来る姿が、見る見る小さくなって行く。やがてグイグイと自動車はハラハラするような急カーブを切って、完全に刑事を撒いてしまった。

山猫はホッとして、刑事の口惜しそうな顔を思い出してニヤニヤしていたが、ハッとある事に気が附いて再びギョッとした。というのは彼は自分の顔を知ってる刑事に見附かったと思ってたのだが、今は彼は変装しているではないか。禿のかつらを被ってる彼を、あんなに遠くから見破られるはずはなかったのだ。

「ハアテナ」

彼は何かえたいの知れぬ薄気味の悪いものを感じて、首をすくめた。

（あの刑事は俺を誰かと間違えやがったのかナ……）

4　狐と狸の化《ばか》し合《あい》

薄毛と長髪の二人はそ知らぬ顔をしてるが、今の事——刑事が山猫を認めて狼狽てて追おうとした事は、確かに見ていたのに違いなかった。そして、どちらかが運転手に命令を下したのに違いはなかった。そうでなければ、どうして偶然にあんなに気の狂ったようなスピードで自動車が走り出すものか……

その上、二人が今ひそかに顔を見合わせて頷き合ってるのを、山猫はこれもそ知らぬ顔をしながら、す早く見て取った。

（来るナ！）と思ってると、果して薄毛がまたもっともらしい声で饒舌り出した。

「山中さん、実は会長はちょっと遠くに居りますんで、今夜は一つ私どもの所へお泊りを願って、明早朝東京を出発したいと思いますんですがいかがでしょう」

すると、長髪も尻について、

「それがいいですナ。明日は早く出た方がいいですから、是非そういう事に願いたいですナ。そして、今夜は三人でお近附きに一献行こうじゃありませんか」

などと、言葉はいやに丁寧にすすめる。

だが、言葉は丁寧だが、左右から山猫をはさんで、いやとは言わせぬ気構えがはっきり感じられるのだ。が、山猫も、そうなるといいよいよ後には退けぬ気性だ。

「ようがす。お交際《つきあい》いたしやしょう」

「そうですか。早速御承引《ごしょういん》下さって有りがとう。その代り明夜はきっとお帰し致しますからナ」

こう言いながら、薄毛はチラと長髪に目くばせしてニヤリとするのを、山猫は煙草に火をつける方に気を取られてるように装いながら、ちゃんと横眼で睨んでいる。

(こいつら、いよいよ怪しげな奴らだ。何を企んでやがるのか。一度鯱先生に連絡を取っておきてえが、ナアニ、それほどの事でもあるめえ、先生は「犬も歩けば」と言ったが、いや飛んだスリルにぶつかったものだ……)

自動車はすっかりカーテンを下ろしてしまったので、どこを走ってるのか一向分らない。降ろされた所は閑静な邸宅の玄関《ポーチ》前で、黄昏《たそがれ》の乳色の靄《もや》が前庭にたちこめていた。高い石塀をめぐらした、鯱先生の隠れ家よりちょっとばかり立派な邸宅だ。


山猫は相当に飲んだ事は飲んだが、実際に酔った以上に酔ったふりをして、狸を極《き》め込むつもりで長椅子《ソファ》にぶっ倒れて目をつむったのだが、トタンに酔が発して昏睡に陥りそうになって狼狽《うろた》えた。

(チ、畜生ッ!)……

薄毛と長髪は、暫く山猫の様子を見ながらなおも酒を酌み交わしていたが、山猫の凄い鼾《いびき》が聞こえ出すと、二人は顔を見合わせてニヤリと笑った。

「大事な玉を風邪を引かしちゃならねえ」

こう言って、薄毛はどっかから毛布を抱えて来ると、山猫の身体にかけてやった。

「フフフフ、強がっていても、たわいのねえもので。罪のねえ顔で寝てしまいましたヨ。……しかし、意外な適任者でしたなア」

「フン、……会長はお喜びだろうテ、フフフ」

こう答えたのは、薄毛より下役のはずだったモジャモジャ鬚の長髪男だ。いつの間にか、二人の言葉つきが逆になっている。

「世間は広いナ。俺だって、これほどの適任者が見附かろうとは、期待していなかったヨ。……さっきの刑事だって、確かに此奴の顔を認めて、追いかけようとしやがったんだ。これなら大丈夫だ。注文以上の逸品だ」

「全くで。……では、明日。善は急げと申しますから」

「あんまり善でもねえが、フフフ……時に戸締りはいいかネ」

「ええ、もう……抜かりはありません」

狸寝入りの山猫は毛布の中でブルッと身を慄わした。

(畜生！……だが、狼狽てちゃ不可ねえ。こりゃ思ったよりえらい事になりやがったかも知れんゾ……)

二人がガチャガチャと音をさせて、念入りに窓を閉めて出て行ってから、暫くして山猫は「ウーウン」と声を出して伸びをし、のこのこ起き出して廊下へ出た。便所へ行くふりをして、廊下の窓をソッと調べて見ると、ここも厳重に錠が下ろされ、鎧戸が下りていた。彼は完全に軟禁された事を知った。

「畜生め、巫山戯《ふざけ》やがって……この山猫様を誰だと思ってやがんだ」

そう呟きながら、ふと窓の硝子《ガラス》に映った美事に禿げ上った自分の顔を見て、彼はゾーッとした。廊下が暗いのではっきりは見えないのだが……

(そうだ、奴らが俺を誰だと思ってやがるのかが問題だ！……)

やっと便所が見附かった。カチリと電燈をつけて鏡の前に立った山猫は、思わず「アッ」と声を上げてしまった。

ツルツルに禿げ上った大きなビリケン頭、吊り上った眼、そして木魚の蒲団のような厚い大きな唇……ああ、それは写真や漫画でお馴染みの、あの男ではないか！三ケ月ばかり前から逮捕状が出ているにも拘らず、全国的の捜査を尻目にかけて天に昇ったか地に潜ったか、その行方を完全に韜晦《とうかい》して当局を嗤笑《あざわら》っている、あの男！あの有名な男が、そこに立っているのだ！……

勿論、これは鯱先生の悪戯《いたずら》に違いない。鯱先生は山猫を禿頭に仕立ててる中に、持ち前の悪戯心から、山猫の顔の造作を利用して、例のあの男に仕立ててしまったのだ――山猫はそう思って、ニヤリと苦笑を漏らした。昼間、刑事が自動車の窓から彼の顔を見かけて、狼狽てて追い掛けようとしたのも、これではっきり頷けた。あれから捜査陣は一騒動やったに違いないのだ……

(それはいいが、そうとすると、ここの二人は一体どういう了簡で、彼を適任者だなぞと抜かしてやがるのだろう……ハテナ、ひょっとすると――)

彼は改めてサーッと顔から血が退いて行くのを感じた。彼は部屋へ戻って思案に昏れた。

彼がやっと到達した結論によれば、光頭連盟なぞと言うのは嘘の皮で、あんな事を言って例の逃亡男の身代りを捜していたのだ。そして、そこへ、これは確かに偶然の悪戯に違いないのだが、鯱先生が山猫を例の男に似させて寄越したので、奴等は「これこそ」と飛び附いて来たのだ。

恐らく当局の捜査が厳しくなって、あの男は身代りが欲しくなったのだ。東京に居ると見せて、本物は大阪に現われ、東北地方に行く必要のある時に、九州地方に身代りを出没させて、当局の眼を外らそうという企みであろう……

「だが、巫山戯るねえ。こっちだって泥棒にゃ違えねえが、鯱先生の一の乾児《こぶん》の山猫様だ。あんなビリケン野郎の手伝いなぞさせられて堪まるけい！」

と山猫は腹を立てた。

（そうと分ったら、早速ずらかるとしよう。どんなに戸締りをしていたからって、そこは山猫様だ。逃げる気になりさえすりゃ、何の造作もありはしねえ）

だが、山猫はいざ退散と事が決まると、何だか未練が出てきた。

（さっき飲んでる時に、明日は会長の所へ連れて行く。そして、早速今月分の給料を前渡しするように計らってやる、なぞと薄毛が言ってやがったっけ。何も金に未練がある訳じゃねえが、天下に居所の知られねえあの野郎の居所を知るという事は、こりゃ大したスリルじゃねえか……よし、こいつはそう易々たあ逃げ出されねえゾ。場合によりゃ、飛んだ強請《ゆすり》の材料にもなろうってもんだ。宝の山に入りながら、むざむざ逃げ出したとあっちゃあ、山猫様の名にかかわる……ようし、明日は一つ何食わぬ顔で、会長殿に会ってやる事にしよう）

こう覚悟を決めると、山猫は長椅子の上で今度は本当にグーグー鼾をかいて寝込んでしまった。……

5　大涌谷《おおわくだに》のじごく

山猫の推察は外れてはいなかった。が、相手が悪かった。相手は自己の保全のためには、人の命など屁とも思わぬ連中だったのだ。そこまで推察し得なかったのは、山猫の誤りだった——

夜半から降り出した霧雨の中を、自動車は快速力で東海道を疾駆した。それはそれ自身愉快でない事はなかったが、おかしな事には、一行は必要もないのにやたらに休息を試みるのだった。それも、わざわざ自動車を一流の旅館に乗りつけて、そこで酒を注文したりビールを呷ったりするのだった。

昔の東海道中じゃあるまいし、そう駅々でとまらなくたって、と山猫は思うのだが、彼にも相手の魂胆は想像されぬ事はなかった。もう仕事は始まっているのだ……どの宿屋でも、女中や番頭の中に山猫の顔をジロジロ見て、変な顔をする奴があるのだった。それほど、例のあの男の顔は売れてるのだ。

宿屋へ乗りつけるばかりでなく、時にはわざわざ国鉄の駅前で自動車を止めて、彼に帽子を脱がせて窓から覗かせたりした。そうしてると、きまって駅の出口で雨をよけてる連中の中の何人かが彼の顔を見附けて、「ハテナ」という顔をしたり、「アッ」と驚いたり、女同志だとヒソヒソと耳に口を寄せてこちらを指さしたりする……すると、忽ち自動車は滑り出して、そういう人達のあっけに取られた顔をあとに、雲を霞と逃げ出してしまうのだ。

つまり、掴まらない程度に、山猫の——いや、例の男の顔を人々に印象させて、男が東海道筋に現われたという事を、その筋に知らせようという魂胆なのだ——と、山猫は見て取った。

山猫はしかし、あの男の居所を突きとめるまでは、暫く敵の思うままになってやる事にした。彼はいざとなれば、禿のかつらを脱いで逃げ出せばいいのだから、心配はないのだった。だから、彼等の思惑以上に顔を曝し、彼等を却って冷や冷やさせて、ひそかに溜飲を下げたりするのだった。

が、ひょっとすると、この分では今日会長に会わせる気はないのではあるまいか——という心配が起きて来た。そうと決まったら、どこかで尻をまくって、この二人が持ってる有金をふんだくって帰ってやろう——と、気の短い山猫は早くも最後の決意を固めるのだった。

自動車は海から離れて山路にかかった。

「オヤオヤ、こりゃ箱根路の旅としゃれるんですか。一体、会長はどこにいらっしゃるんで？　まさか首相と同居してる訳ではありますまいネ？」

山猫は冗談めかしく訊き出そうとしたが、薄毛は「もうじきです」と言ったきりだった。

霧雨に煙る芦ノ湖はどんなに美しかろう——と思うと、心ない山猫も心が躍った。

「雨でせっかくの景色が残念ですなア」

そう言うと、薄毛は、

「なあに、雨が幸いなんですヨ。人が多くては、うるさいですからネ」

と言って、長髪と目を見合せてニヤリとした。

勿論、このニヤリはこっそりやったのだが、神経の昂《たか》ぶってる山猫はこれを見逃がさなかった。（ハテナ……）少し雲行きが怪しくなった事が、彼の第六感にピンと来た。

彼は呑気な顔をして外を覗いてるように見せながら、油断なく両側の二人の様子を窺った。二人は凄く緊張している。その緊張ぶりにはドキリと来るものがあった。見ると、二人とも右手をポケットに突ッ込んでいるが、そこに握っているものは、ポケットの上からでもはっきりそれと察せられる拳銃《ピストル》ではないか！

山猫は隙を見て腰のポケットの拳銃を掴もうとした。だが、どうしてもその隙が見出せないのだ……

今はもう露骨に山猫に鋭い眼を据え出した薄毛と長髪は、自動車が強羅《ごうら》から早雲山の裾を廻って大涌谷についた時、ツと立ち上りざま、いきなり両方から山猫の身体に拳銃を押し附けた。ハッとする間に、薄毛がす早く山猫の腰ポケットから拳銃を取り上げ、運転手に持たせた。

「さあ、降りるんだ」

長髪が凄く低音《バス》を響かせた。

地獄沢は一面に硫黄華の蔽った白ちゃけた凸凹《でこぼこ》地に、ところどころ噴火口の底のようなじごくが、ブツブツと硫気を噴きたぎらせていた。鼻粘膜を刺戟する硫黄の臭い……雨はあがったが、ちぎれ雲が慌しく頭上を掠めて物凄い。

「ナ、何て真似しやがるんでえ。一体、どうしようってんだ」

山猫は怒りにふるえて喚き立てた。

「フフフ、もう泣いても笑っても駄目だ。ここで手前の命を貰う事に、ちゃんと計画《プログラム》が決まってるんだ。人の来ねえ中に、さっさと片附けよう」

セリフを切るのはモジャモジャ鬚の長髪男だ。山猫は三挺の拳銃に威嚇されながら、ジリジリと後しざりして行く。一歩踏み誤まれば、煮えたぎるじごくに転げ込んでしまうのだ。

「そんなに悲壮な顔をするなヨ。立派な禿頭が泣くゾ……手前も薄々感附いたろうが、手前が誰かさんに似ていたのが不運――と諦めるんだナ。その誰かさんが、この所捜査が厳しくなって動きが取れなくなったんで、身代りを捜すために打ったのが、『光頭連盟』の一幕サ。手前ほどの適任者が見附かろうとは思わなかったが、禿げっぷりが似てるぐれえで我慢するつもりだったんだ。しかし、似てるに越した事はねえ。死骸の顔をつぶす面倒がはぶける訳だからナ……そう口惜しそうな顔をするなって事ヨ。手前らのような詰まらねえ奴の命で、誰かさんの自由な活動が買えりゃ、手前だって以て冥すべしじゃねえか、フフフ」

「何を言やあがる。俺や、あんな野郎は大嫌いだい。手前っちのように、そういう自分勝手な理屈をつけやがって、人の命を虫けらのように安く値切るのが、大体気に入らねえんだ。身代りに事を欠いて、すぐ命まで取ろうとしやがる。そこまで考えねえで、むざむざおびき出されたのは残念だ……だが、何だって手前らがわざわざこんな所まで連れて来やがったんだ。ハハア、そうか。パチンコでやらねえで、じごくへ突き落とそうって算段なんだナ」

「コラ、ふらふらしねえで、もっとさっさと歩け。もう少し奥の方が静かでいいからナ……フフフ、ここへ連れて来た理由《わけ》が訊きてえのか？　じごくへ突き落とされるかと思って心配してるんだナ。どこまでお目出たく出来てるんだ。こん中へ叩ッ込みゃ、せっかくの死骸がなくなっちまわあ。警察へ身代りの死体をお見せするために、わざわざあんなお芝居までして似た奴を捜し出したんじゃねえか……だが、指紋を調べられりゃすぐ身代りって事が発《ば》れちゃうから、このじごくの熱気で手前の手を焼き熔《と》かしておこうって寸法なのサ。今日あれだけ顔見世をしておいたから、おっつけ警察の方々がおいでになるはずだ。その頃にゃ手前の死骸の手首から先は、完全にとろけて無くなってるって訳サ。どうだ、納得が行ったか、ハッハッハハ」

6　泥棒の風上

「ウーム、チ、畜生ッ！」

武器のない山猫は、怒りで飛びかかろうとすると、長髪はグーッと拳銃を突き出した。薄毛とテラテラ髪の運転手とが、少し離れてその左右からピッタリと拳銃の狙いをつけている。さすがの喧嘩上手の山猫も、これではどうにもならない。

長髪は少しも隙のない姿勢で、グッと拳銃を突き出した。この男の氷のような冷酷な眼からは、人間一匹を犬の子のように何の感傷もなしに射ち殺してしまうであろう事が、明らかに看取された。

山猫は観念した。男の拳銃は僅かに二米《メートル》の距離で、ピタリと山猫の心臓を狙った。男は静かな姿勢で引金を引いた。拳銃は火を噴いた。

と、轟音と噴煙の中に、山猫の身体は毬のようになって、長髪に飛びかかった。弾丸《たま》は外《そ》れたのだ。男の手から拳銃が落ちた。彼の手の甲から血が噴いている。彼が射たれたのだ。

アッと驚いた薄毛と運転手。拳銃を取り直したが、長髪と山猫とがピッタリ取ッ組んでるので、射つ事が出来ない。薄毛はあせって、拳銃を突き出しつつ一二歩近よる。

この時、轟然一発、続いてまた一発、爆音は鳴り響いて、薄毛と運転手は右肩と右肘を射たれて拳銃を取り落とし、その場に崩折れた。

そこへ飛び出して来た一人の怪人によって、山猫と取ッ組んでいた長髪が、忽ち赤児のように両腕を捩じ上げられて縛り上げられ、薄毛も運転手も次ぎ次ぎに同じように後ろでっくに縛り上げられて行くのを、山猫はボーッとした頭で夢のように眺めていた。が、ハッと我に返ると、急に飛び上って彼はその男に抱きついた。

「シャ、シャ、鯱先生ッ！　ヨ、よく分りましたねえ」

「フフフ、大分驚いたらしいナ、可哀そうに。……いや、昨日《きのう》は手前を禿頭に仕立ててる中に、つい悪戯が過ぎて飛んでもねえ者に仕立てちまったんだが、てっきり落とされて帰って来るとばかり思ってた手前が、晩になっても帰って来ねえので、こりゃ失敗《しま》った。あの扮装で採用されたとなると、こりゃ只事じゃあねえゾ、と初めて気が附いた。

そうと気が附くと、初めから『光頭連盟』は少し臭かった。そこで、あの扮装の手前を採用する奴となりゃあ、此奴らの外にゃあねえ。此奴らとすると、手前の命が危ねえと狼狽てて飛び出したという訳サ。

ナニ、此奴らの隠れ家ぐらい、外の奴らは知らねえらしいが、この鯱先生だけは泥棒仲間の事なら何だって知ってる。早速駆けつけて、今朝から手前達のあとを跟《つ》け廻し、危ねえ所でパチンコ三発ぶっ放した、という次第だ。でも、怪我がなくてよかったなあ」

「先生、あっしも深入りする気はなかったんだが、此奴らの『会長』——いえさ、例のあの男に会いてえと思ったもんだから……」

「何？　あの男たあ何だ。それじゃあ、手前、まだ知らねえのか？」

鯱先生はいきなり長髪の男の頭に手をかけるとパッと長髪がとれて、そこに現われたのはツルツルな光頭！　モジャモジャ鬚をむしり取ると、山猫そこのけの木魚の蒲団のような、厚い大きな唇が現われた。

「ああッ、此奴があの男——列車顚覆強盗団の首領だったのですか」

「当り前ヨ。あの男がこういう大事な仕事を人まかせにするかってんだ。さっき泥棒仲間と言ったが、俺は此奴のやたらに尊い人命を犠牲にして顧みない殺人鬼ぶりが大嫌いなんだ。泥棒の風上にも——と言いてえが、風下にもおけねえ奴なんだ。

ヤイ、俺の乾児を殺そうとしやがった殺人鬼野郎、手前の身代りの死骸を引き取らせるために、手前が御招待しておいた警察の方々がお見えになるまで、ちっと硫黄の臭いでも嗅いで、腹の中の消毒でもしておけ。オッと、警察と言やあ、オイ山猫、俺達もそろそろ足もとの明るい中に引き上げようぜ……時に山猫、スリルは堪能したか？」

「スリル？　ソ、そんなものもう沢山でさあ」

そう言って、山猫は急に気が附いて、降参だというように、禿のかつらをスポリと脱いだ。

生不動ズボン

1　呼び掛ける女

「先生、いつまで、ここにいらっしゃるお積りですか。晩秋の海なんて凡そ意味がないネ」

「何だ、手前《てめえ》もう飽きたのか……こないだあ俺の悪戯《いたずら》から、とんだ危ねえ目に合わせたから、縮まった寿命を延ばさしてやろうと思って、こんな南伊豆の海岸の温泉に連れて来てやったんじゃねえか……少しは『いい景色だ』ぐらいな事を言って感心しねえか」

「へえ、相済みません。まことに何ともいえねえいい景色で、感心いたしやした」

「止せやい。景色の押売りをしてる訳じゃねえゾ……だが、この辺の海岸は岩が多くてちょっと珍らしい眺めだ。どうだ、あの岬の海に突き出した突《と》ッ鼻の断崖なぞ、下の方がえぐられてて、いつ崩れてくるかと思うようじゃねえか。凄いようなもんだ」

「へえ、……」

山猫はさっぱり気乗りがしないようです。

「あの崖下に打ち寄せる、岩と嚙む白波の物凄さ……いつまで見ていても飽きねえナ」

「へえ、……いや大きにそうかも知れませんが、時にあの旅館にはなかなかいい娘さんがいるんですナ。一人ッ子だそうですが……」

「何だ、こんな所へ来てまで、あんな事を言ってやがる……それなら、帰りたくなくなったろう」

「いえ、それがネ、あべこべなんで……と言うのは、その娘さんがネ、先生も御覧になってるでしょうが、二十五六の慄え附きたいような美人だが、昨日《きのう》あっしを人なき廊下で呼び止めやした」

「オヤ、お安くねえ話になりそうだナ」

「ところが、不可《いけ》ねえ。奴さんの訊きてえのは、専ら先生のことなんで……それで、あっしは益々ここが厭んなっちゃった」

「フフフ、そういう経緯《いきさつ》があったのか。だが、俺のことを訊きたがってたと云うのは、本当か。まさか、俺を鯱《しゃち》先生と気が附いた訳じゃあるめえナ」

鯱先生、少々心配げです。

「まさか、そこまで気が附いてる様子も見えなかったが……ともかく、先生とこっそり会わしてくれめえか、と頼みやがるんで」

「オイオイ、そりゃほんとにほんとか、山猫」

「そう乗り出さねえで下せえヨ、先生。そう押されちゃ、海へ落っこっちまわあ……で、あっしゃ、先生はお忙しいし、それに女は嫌《きれ》えだから駄目だって断わってやりやした……オヤ――」

山猫はどうしたのか、急にそわそわし出して、

「先生、あっしは急に腹の具合が変になったんで宿へ帰りますから、先生一人で散歩を続けなすって下せえ」

「いや、そんなら俺ももう帰る。少し寒くなってきたようだ」

「いえ、そう言わねえで、あっしは急ぎますから……人の何とかの邪魔をしたとあっちゃ、怨まれやすから。いくら山猫でも、犬に食われて死んじまいたくはねえ」

山猫はひとりで妙な事を云って駆けて行ってしまった。

鯱先生は呆れてそれを見送っていると、突然後ろの岩陰から、

「鯱先生！」

と女の声がして、緑《グリーン》のスーツを着けた美しい妙齢の婦人が現われたので、さすがの鯱先生も「アッ」と驚きの叫びをあげてしまった。

2　不思議な殺人

女は彼を屏風のような岩に囲まれた凹みへ連れて行った。

「ここなら、どこからも見られないし、話を聞かれる心配もありませんわ」

女は一人で頷いている。鯱先生は、いい気なものだと呆れたが、女の様子は上品で落着いていて、それに近よって見ると、匂うばかりの美しい可愛らしい顔立ちで、あながち鯱先生を取って食おうというのでもなさそうです。

「お驚かせして済みませんでした。わたし、先生の泊っていらっしゃる宿の娘で、桐沢翠《みどり》と申します。先生に是非聞いて頂きたき事があって、昨日お弟子さんにお願

いしたんですが、承知して下さらないので今日は夕方の御散歩の跡を跟《つ》けて来たのです」

「ああ、そうか。山猫の奴、あなたの姿を見掛けて、気を利かした積りで逃《ずら》かりやがったんだナ、ハッハハ。それにしても、あなたはどうして僕が僕であることが分ったんですか。まことに物騒な話だ」

「それは、女中が『山猫という人がいますヨ』と云って、わたしに知らしてきたのです。いいえ、女中はただ面白い名前だと思っただけです。が、わたしにはピーンと来ました。ハハア、さてはあの人が鯱先生だナ、と。と言うのが、わたしはこの鯱先生のことばかり考えていた所だったからです。どうしても一度先生にお目にかかって、お話し申し上げたいと思い詰めていた所だったからです」

「へええ」

話がいよいよ本筋に乗って来そうになったので、鯱先生は煙草を取り出して火を点けながら、

「で、その話というのは？」

「それが……先生、お驚きにならないでネ……殺人の話なんです」

「えッ、殺人の話？……」

鯱先生もこれは意外だったと見えて、驚かないでと断わられていたのに、せっかく点けたばかりの煙草を取り落としてしまった。

「いいえ、殺人かどうか分らないんですわ……いっそはっきり殺人と分っていたら、わたしはこんなに悩まなくても済むんだわ……ああ、わたしはどうしたら、いいんでしょう。先生、聞いて下さい――」


桐沢翠の語る不思議な殺人事件というのは、彼女の友人、新進の洋画家江崎浩と村松一男との彼女をめぐる三角関係から起ったものだ。二人ともともと同郷で、小学校時代からいつも同級。共に首席を争った仲で、揃って同じ道に進むくらい仲のいい親友だった。しかし、そういう因縁の深い親友というものは、それが共有出来ない唯《ゆい》一つのものを争う運命におかれた時には、普通には理解の出来ぬ深刻な競争心に駆り立てられるものらしい。

翠は東京に出て女子大に通っている時、彼の宿泊していた親戚の家へ下宿していた村松一男と、絵のことから親しく語り合うようになり、村松の紹介で、彼の親友江崎浩とも友達となったのだった。しかし、彼女は彼等が

友情以上のものを彼女に抱いていた事は知らなかった。

彼女は一人ッ子だったので、学校を出るとこの南伊豆の温泉旅館の家へ帰らなければならなかった。その別れぎわに、村松は彼女に胸の中を打明けて、二人は将来を約束した。

翠が海岸の温泉宿に引ッ込んでから、男二人は我武者《がむしゃ》羅《ら》に画業に、精進して、少しずつ世間に認められて行ったが、毎年夏になると、江崎が「彼女を慰めてやろう」と言って二人で連れ立って一月ばかり絵を描いたり泳いだりしに来るのだった。

そういう江崎に、彼女も村松も二人の約束を隠す気はなかったが、言い出しそびれていた。しかし、だんだん江崎の態度が積極的になってきたので、二人は事情をはっきりさせる必要を感じ、この春彼女は両親に打ち明けて二人は婚約を交わし、秋に結婚をすることにきめた。勿論、彼女は一人娘だから、村松は彼女と結婚するためには彼女の所へ婿入りしなければならぬ訳だが、彼はこの南伊豆の海の景色が気に入っていたし、いや、それよりも、彼は何を犠牲にしても悔いぬほど彼女を愛していたのだった。

彼は率直に江崎に総べてを打ち明けた。江崎は相当な衝動《ショック》を受けたらしかったが、すぐに思い返し、友の幸運を祝福した。率直な松村に比べて陰険な所のある江崎は、心の底から友の幸運を祝福したかどうか、それは分らない。その夏、まさか今年は一緒に行こうとは言わないだろうと思った江崎が「今年は二人で行く最後だから」と言い出したのには、村松はさすがにちょっと迷惑を感じた。しかし、彼には友の、単純と云っていいのか図々しいと云っていいのか分らないその申出を、断わる事の出来ない、人のいい気の弱さがあった。

江崎は「二人で行く最後だから」と言ったが、それはまさか二人の中の一人があんな非業の最後を遂げる事を意味したものではあるまい。それとも彼はそれを知っていたのだろうか……いずれにしても、事件は彼等がこの南伊豆の海岸に滞在していた八月の末に起ったのである。

3　崖の上の惨劇

崖の上は風が烈しかった。赤茶けた石がゴロゴロして危なくて仕方がない。突ッ鼻へ出ると、崖下へ打寄せる波の振動が響いてきてゆらゆらと立ってる地面が揺れるような気がする。覗きこむと、えぐられたような切りぎしの下に、白波が奔騰して、思わず目が眩んで飛び込んでしまいそうである。

ひょいと指先で突ついても、間違いなく空中へ飛び出してしまうに違いない、二人の男の白ズボンと白シャツの姿が青空の中に浮き出ているのを眺めながら、翠の心は突如言い知れぬ恐怖に襲われた。

「もう帰りましょうヨ」

彼女は自分の声が慄えるのも構っていられなかった。

「ウム」

村松がふり返って、ニッコリ笑った。彼女の泣き出しそうな声が、おかしかったのだろう――ああ、これが彼の笑顔の見納めだった。

「ちょっと待って下さい。オイ村松、あすこは水の色が変ってるネ」

こう言いながら、江崎は煙草を口に啣《くわ》え、ズボンのポケットから燐寸《マッチ》を取り出した。煙草好きの彼が今日は珍らしく今まで煙草を吸わずにいたのだった。風の烈しい中を煙草好きの巧みさで器用に吸いつけると、パッパッと煙をはいた。忽ち、燃えて行く灰が、風に吹かれて線香花火のようにサーッと風下の村松の方にかかった。と、村松のズボンはボワッという音を立てて、一瞬に燃え上ったのである！

翠ははっきりと事柄を眼で見ていながら、なかなかその事柄が頭に入って来なかった。あまりに有り得べからざることだったからであろう。しかし、事情は彼女が納得するのを待ってくれるような暢気《のんき》なものではなかった。突然火焔に身を包まれた生不動は「ア、アッ！」と悲痛な叫びをあげて飛び上ったが、慌てた彼は忽ちゴロゴロした石ころに足を踏みすべらして、恐らく彼自身も何事が起ったのか判断する暇のない中に、彼の身体《からだ》は空中へ飛び出し、撃墜された飛行機のように、火焔に包まれながら、サーッと海面めがけて落下して行ったのである。

「今でもわたしはあの時の事を考えると、自分の頭があの瞬間どうかしていたのではないか、と思いたくなる位ですわ。が、わたしは確かに見たのです。彼のズボンが全部一瞬にボワッと音を立てて燃え上るのを！……また、そうでなければ、村松だって度を失ってあの千仞《せんじん》の崖から落ちる訳はないではありませんか。

あの時、江崎さんも突然の変事に仰天して、なす所を知らぬ様子でしたが、村松の姿が崖下の奔騰する白波の中に消えてしまって後、随分長くたってから、漸く崖の角に腹這って覗いていた身体を起し、わたしを助けてもと来た道を引ッ返す事にしました。途中でわたしがあの火焔の事を彼に聞くと、

『昨夜《ゆうべ》二人でお酒を飲んだが、その時お銚子を引繰返して、お酒が一ぱい村松のズボンにこぼれたんです。きっと、そのアルコオルに火がついたんでしょう。あるいは、揮発でもついていたか……いずれにしても、僕の煙草の火がかかったために燃え出したとすれば、僕は過失致死罪は免れない』

と言って、頭を搔きむしって悶えるのです。

わたしは気の毒になって、とうとう彼が、

『僕が煙草を吸ったためである事を黙っていてくれませんか』

と云い出した時に、喜んで同意してしまったのです。で、二人で相談して、煙草を吸わない村松が自分で燐寸をするはずはないから、これはズボンが燃えた事は全然言わない方がいいだろう。幸い、彼が落ちたのは、部落の人家のある方とは反対の側になってるので、恐らく誰も見た者はないだろう――ということで、わたし達は村松がただ足を踏みすべらして崖から顚落した。ということにしてしまったのです。


それから四日目に、村松の死体は隣り村に近い海岸に打ち上げられましたが、ズボンはあの通り燃えてしまった訳ですから跡かたもなく、シャツが僅かに首のまわりに手拭のようにくっ附いたきり……いえ着物どころか、あの崖下の渦巻の中で岩の間を揉まれたのですから、皮膚も何も目茶目茶で二タ目と見られぬひどい様子でした。ええ、江崎さんの心配していた焼傷《やけど》の跡なぞ見附かりようもありませんでした」

4　心を被う疑惑

「こう申し上げてきますと、わたしは江崎さんの意のままに動かされていたようですが、実際今から考えると、あの人に催眠術でも掛けられていたかと思うようです。婚約者《いいなずけ》の思い掛けぬ出来事に頭がボーッとしてしまったのでしょうが、愛する村松が死んでしまった上に、この人まで警察へ連れて行かれるような事になったら大変だ。何とか救けて上げなければ――という気持があった事は確かです。

しかし、それは勿論あの人の『過失』と思ったからで、

もしあの時少しでも『殺人』という疑いが頭に閃いたなら、あんな事にはならなかったでしょう。

あの時でも、わたしは駐在所で巡査に訊かれた時に、生不動のような火焔の事を言い出そうかどうしようかと、随分迷いました。しかし、結局言わずに済ましてしまったのです。言えば、ただ一言で江崎さんの過失致死罪は決まってしまうし、もし言おうと思ったら後からでも言えるのだから――などと理窟を附けて……

怪しいと疑い出せば随分怪しい事だらけなのですが、少しも疑の気持のなかった時というものは仕様のないものですネ。あの不思議な火焔の事さえ、わたしは後から江崎さんに説得されるままに、それほどの火焔でもなかったのじゃないかしら……と、考え直す始末でした。

いっそ、あのままで疑を抱くことなしに過ごせたら、却って仕合せだったかも知れません。しかし、その疑は事件から三月もたった今頃になって目を覚ましてしまったのです。

それは江崎さんから結婚の申込《プロポーズ》を受けた時からです。わたしはあまり思い掛けない事だったので呆然としましたが、その呆然とした状態が過ぎると共に、ハッと心の中で目を覚ましたのが、あの『殺人』の疑でした。ひょっとしたら江崎さんが村松を殺したのではないかしら――この疑が一たび心に浮かんでからは、わたしの心は一瞬も休まる時がありません。

江崎さんは前からわたしを愛していました。それを知りながら、謂わば出し抜いた形で村松はわたしと婚約をしてしまったのです。彼が村松を憎んで殺す気にならなかったとは言えません。それに、そう考えてくると、あの日の彼の行動――不思議な火焔の事をわたしに言い出させないように、うまく持って行った彼の行動が、はっきりわたしの胸に蘇って来ました。

わたしの疑はこうしてだんだん決定的になって行くのでした。しかし、それならあの生不動の火焔の事は一体どうなのかというとそれは全然分らないのです。あんな事が彼にやれたのかどうか、わたしには想像もつきません。もし、彼があの火焔を仕掛けたのでないとすれば、彼にどんなに村松を殺しそうな理由があったとしたって、彼を疑ってはならないでしょう。せいぜい過失致死に過ぎないでしょう。わたしの理性は今度はそういう反省をわたしに促すのです。

江崎さんは一週間ばかり前からまたやって来て、わたしの心を結婚へ駆り立てようと努力しています。わたしも、あの恐ろしい疑さえなければ、あの人を嫌う理由はありません。村松のない今では、わたしをほんとに知ってくれる人は、あの人の外にはないと云ってもいい位なのです。

ああ、わたしは一体どうしたらいいのでしょう……

鯱先生、わたしが先生に聞いて頂きたい『殺人か殺人でないか分らない』不思議な殺人の話というのは、今申し上げた通りです。……先生、どうかこの迷える仔羊に、先生一流の明解な判断をお聞かせ下さいまし」

海の上はすっかり暗くなって、着物の下までしっとりと濡《しめ》り気が感じられるようです。鯱先生は「ホーッ」と溜息《ためいき》を吐いて、煙草の灰を気味悪そうに叩いて落としました。

「いや、よく分りました。一つだけお伺いしますが、その村松君の燃え出したズボンというのは、本当に村松君のズボンでしたか。村松君が前からはいていた……」

「それは村松のに間違いありません。前の日もはいて出たもので、帰ると部屋の壁につるしておく習慣でした。その晩もいつもの所につるしてありました。翌る朝、早くから江崎さんが誘い出して、わたしも一緒に三人で出かけたのです」

「なるほど。……殺人か殺人でないかの判断は、まだ申し上げられませんが、その不思議な生不動のズボンのことは、僕に心当りがないでもありません。いや、泥棒というものは飛んでもない事まで研究してるものですからネ、ハハハハ……で、明日その断崖の上へ行って、そこでいずれにしても、あなたの納得の行くような結果をお目にかけられると思います。……そうだ、江崎君とも懇意になっておきたいから、今夜あなたは江崎君の部屋へ行って、僕の事を話して——いや、いい加減の名前を云っといて下さい。そして僕を呼びに来るようにして下さい。そして、明日は江崎君とあなたと僕と三人で、その八月の事件の当日のように朝早くから、その問題の場所へ行ってみることにしましょう」

5　じわじわと探りの手

翌日、約束がしてあるからとは言え、鯱先生は朝早くから江崎の部屋へ出かけて、せき立てた。丁度、事件の当日の江崎が村松をせき立てたように。江崎は渋々丹前をぬいで壁にかけた洋服に着換え、緑《グリーン》の服を着た翠と三人連れ立って部屋を出た。が、階段を下りる途中で、鯱先生は江崎に身体をすりよせて、上衣のポケットから燐寸を掏摸《すり》取った。江崎は勿論、ちっとも気が附かない。

「村松君の落ちたというのは、あの岬の鼻ですか。随分高いなア。ここから大分時間がかかるでしょうなア」

江崎が答えた。

「なあに、三十分ぐらいなものです」

「江崎さん、あなたはあんな所へ僕を案内するのはお厭じゃありませんか」

鯱先生は何故か今日は妙にネチネチした調子で物を言う。江崎はちょっと顔をしかめて、

「何故ですか?」

「いいえ、別に何故って事はないのですが……親友を殺した場所というものは気持のいいはずはないでしょうからねえ」

江崎はちょっとギョッとした風だったが、すぐ憤然として抗議した。

「モシモシ尾形さん（と、これが翠が鯱先生を江崎に紹介した出鱈目《でたらめ》の名前だった）お言葉ですが、親友を殺したというのは穏かでありませんナ」

「ア、そうか。失礼、失礼……しかし、江崎さん、僕は何もあなたが村松君を殺した、と言う積りで言ったんじゃないんですヨ。子供が死んだと言う時に、『子供を殺した』と言うことがありますネ、あれです、どうか気を悪くしないで下さい。ハハハハ」

鯱先生は取って附けたような笑い方をした。

「別に気を悪くもしませんが、あまり変な事を言われるとネ……」

こう言いながら、江崎はポケットからピースを取り出して口に啣えそれから燐寸を探ったがない。あちこち手を入れて、ズボンにも手を突ッ込んだがない。

「尾形さん、済みませんが、燐寸をお持ちですか」

「ええ、たしかあるはずです」

鯱先生はこう答えたが、一向燐寸を取り出そうとはしない。悠然として歩を運んでいる。江崎は呆れて、彼の顔を見直したが、それでも一向平然としている。江崎はムッとして、

「燐寸があったら、ちょっと貸して下さい」

と、突慳貪《つっけんどん》な声を出した。

「分りました。いや、ちょっと考え事をしておりましたのでナ」

こんな事を言いながらも、鯱先生はまだ意地悪く燐寸

を出そうとはしない。江崎はいらいらして、

「ええ、貸したくないなら貸したくないで、早くそう言ってくれれば、引ッ返したのに……ちぇッ、仕様がねえなア、あったらさっさと貸して下さいヨ。勿体ぶらないで」

「いや、勿体ぶる訳ではありませんが、あなたのためを思って出し渋ってるので……いや、ナニ、今出して上げますがネ、随分煙草はお好きらしいですネ」

「好きにも何にも……十分と我慢は出来ませんヨ」

「へええ、そんなにお好きな方が、事件の当日は問題の崖の上まで煙草を吸わずに行ったというのは不思議だ」

「えッ、何ですって?」

「いえ、ナニ、ちょっと外の事を考えておりましたので……時に江崎さん、僕は面白い探偵小説の筋を考え附いたのですが、聞いてくれませんか、その犯罪の場所へ着くまでの間」

「犯罪の場所?」

江崎は低い声で呟やいた。もうさっきのように憤然として抗議する気がなくなった様子だ。

「ハッハハ、また言い損った。ナニ、お友達の亡くなられた崖の突ッ鼻のことですヨ。……まだ二十分ぐらいあるらしいから、丁度いい。僕の小説の筋をお話ししましょう。ナニ、それが僕が燐寸を出し渋ってる事と関係があるんです。その小説を聞くと、その理由が分るという訳です。ハハハハ、まず、小説の題ですがネ、驚いちゃ不可ませんヨ『生不動ズボン』と言うのです、御不動様の火焔のようにボウボウ燃え上るズボンのことです」

江崎の顔から血がサーッと引いて、総毛立った顔色になった。

「筋はこうです。Aという男がBという男を殺そうとする。二人は親友ですがCという女を争っての三角関係からです。AはBを断崖の上に誘い出して、煙草の火をかけてBの『生不動ズボン』を燃え上らせる。Bは吃驚《びっくり》して崖から落ちて死んでしまう。これをCの目の前でやるのです。CはAが『生不動ズボン』の仕掛けをしたとは知らないから、Aが殺したとは思わない。ズボンは燃えてしまうから、証拠は残らない。死体は崖下の荒波で目茶目茶になってしまうから、焼傷の事は気附かれない。もし気附かれたって、ズボンに揮発油でも入れてて引火したのだ位の所で済む。完全犯罪だ」

江崎は恐怖に蒼ざめ、唇をピクピク慄わしている。鯱

先生はジッとその顔を覗き込んだ。

「どうです、こんな筋は?」

「オ、面白いですネ。……しかし、『生不動ズボン』というのが超自然的でお伽噺になってしまうから探偵小説としては面白くありませんネ」

「実現不可能だ、と仰言るのですネ。ハハハハ、……ところが、こんな事は訳のない事なのです。あなたは『硝化《ナイトリフィケーション》』という言葉を御存知ですか?」

「ええッ!」

江崎の顔は土気色になり、唇は紙のように白くなった。今にも卒倒するかと思われた。

「ごく簡単な操作で出来ます。あまり簡単過ぎるから、人が真似をすると困るから、小説の上では省かなければならないんですが、濃厚《コンク》な○酸1と×酸3との混合液に四時間ぐらい浸けておいて、あと水洗いして乾かせばそれでいいのです。これで硝化綿が出来る訳で、火気が近づけば爆発的に発火します……どうです、実現不可能どころか、容易至極じゃありませんか。AはBが寝てる間に、そっと壁からズボンを外して自分の部屋で操作をして、またもとの壁にかけておいたのです。

但し、こういう引火し易いズボンですから、火を近づけては不可ません。途中で燃え出しては大焼傷ぐらいで済んでしまう恐れがあるし犯行も気附かれる心配があります。崖の上の注文にかなった場所まで火気を近づけずに持って行かなければなりません。幸いBは煙草を吸わない男ですから、Aは自分が三十分間煙草を我慢しさえすればよかったのです……ね、そうでしたネ? 江崎さん、あなたが当日、宿を出てから崖の上まで好きな煙草を我慢して行かれたのは、こういう理由《わけ》があったからなのですネ。……ハハハハ、もう降参したらどうですか、江崎さん。あなたは白状しなくても、あなたの顔色がすっかり白状していますヨ」

6 トリックのトリック

「へええ、まだ降参する気になれませんか。あなたは強情の権化《ごんげ》のような人ですねえ……」

さすがの鯱先生もいささか呆れた形で、江崎の蒼ざめ切った、しかし降参をしようとは言わないその顔を、持て余し気味で眺めた。

江崎は低い声で呟やき始めた。

「尾形さん、あなたの小説は大変面白かったですヨ。しかし、私に言わせると、あなたの推理は美事だが、何らの直接証拠をも摑んでおられないのが残念ですねえ。その『生不動ズボン』は勿論根跡も止めないし、『硝化』に使用した薬品なぞもAはとうに始末してしまったでしょう。今からAを訴えた所で、どうにもなりませんヨ。だから、いくらAを嚇かそうとしたってAは神経が繊細な男なら、顔色ぐらいは変るかも知れないが、精神はビクともしないだろうから、こけおどしに嚇かされるはずはありますまい。降参なんて、とても事でしょう」

「ホホウ、泥棒のお株を奪って、尻《けつ》を捲って居直りましたネ……いや結構。その方がこっちも張合いがあって、有りがたい位なんですヨ。と言うのは、かくもやあらんと、周到な鯱先生が昨夜から寝ずに仕掛けたトリックが、無駄にならずに済むと言うものですからナ。オヤ、うっかり本名を名乗ってしまったが、面倒臭え、もう偽名は止しとしよう。俺あ、御存知かどうか知らねえが、鯱先生という物好きなお泥棒様だ。幸い目的の岬の突ッ鼻へ来た。三月前に手前のために生不動にされて殺された、村松君が空から見てる所だ、泥棒と人殺しの智慧比べだ。翠さん、危ねえから、少し離れて見ていて下さい。

さっきあ手前が燐寸を貸してくれとせがむのを、無下《むげ》に知らん顔をして済まなかったなア。さあ出してやるから煙草を啣えろ。待て待て俺も吸うんだ、一本よこせ。俺だって吸いてえ煙草を、手前のつき合いで我慢して来たんだ。さあ、ここに燐寸がある。フフフ、燐寸も手前のだ。見憶えはねえか」

「あッ、どうしてそれを……」

「怒るな。手前のためを思って、危ねえから取り上げておいたんだ。不可ねえヨ。俺が点けてやる……が、点ける前に言って聞かしとかなきゃならん。俺は手前と違って闇討は嫌いだからナ。冥途の土産によく聞いておけ。そうだ、さっき話しかけた小説の続きで行こう。Aが首尾よくBを殺した所までだったっけナ。それから三月ばかりたってAはCに結婚を申し込む。ここに鯱先生が登場するんだ。先生Aを怪しいと睨み、その晩——というのは実際は昨夜のことだ——Aの寝てる所へ忍び込んで、壁にかかったズボンを盗み出し、自分の部屋に帰って、徹夜で『硝化』の作業だ。やっと乾かした所で、またAの部屋の壁へ掛けておく。鯱先生心配だから、早くからAの部屋へやって来て、ズボンに火がかからねえように監視している。手前がズボンをはいて上衣を着け部屋を出た時に、階段の所です早く燐寸を上衣のポケットから掏摸取った。これも謂わば手前のためなんだ。悪く思うな。手前が煙草を吸いたがって、燐寸をせがんだ時に、意地悪く燐寸を渡さなかったのも、皆これ手前が生不動にならねえための親切心からだ。

途中で鯱先生は得意の弁舌でAを嚇かしAの犯罪は明白と見極めがついたが、Aは強情に降参しない。ここで降参すれば、鯱先生は『生不動ズボン』に火を点けずに勘弁してやろうと思ってたのだが、どうしても降参しねえと決まったから、鯱先生もいよいよ燐寸をする事にした。と、こういう訳サ、も少し、先きを読んでやろうか、終りの所はこうやる積りだ。

『鯱先生の煙草の灰が風に吹かれてサーッと風下のAの方にかかったと、Aのズボンは突然ボワッという音を立てて燃え出した。Aは慌てて飛び上り、そのまま空中へ飛び出して火焔に包まれて、遥かの海面へ落ちて行く……』

フフフ、さあ行くゾ。シューッ、ボワッとナ。ハハハ、真蒼になりやがったナ。そんなにこわがってる奴を殺すのに忍びんナ。鯱先生は元来、人殺しは好きじゃねえんだからナ。どうだ、降参するか？……フン、黙ってやがるナ。勝手にしろッ」

鯱先生はほんとうに怒ったらしく、顔を真赤にして、眼をギラギラと光らせた。

「ようし、ソレ行くゾ？」

シューッ……とうとう鯱先生は燐寸をすった。小さく上る焔！

「マ、待ってくれッ……降参するッ！」

江崎浩が絶叫した。鯱先生は危うく燐寸を消した。

「では、白状しろ」

「私はたしかに村松一男を『生不動ズボン』をはかして殺した事を白状する」

「ようし。翠さん、お聞きになりましたネ。これで僕の仕事は終りました」

鯱先生はもう総べてを忘れたような顔で、道を引ッ返した。翠がその後に続き、江崎が最後に続いた。安全な場所に戻ると、鯱先生は振り返って、

「江崎君、僕は警察官ではないのだから、君をどうこうしようとは思わないヨ。だが、君は今犯罪を告白して紳士に戻った訳だから、君の良心に従って行動する事を望むヨ」

「ありがとう。鯱先生。私は春以来半年の血みどろな

迷いの夢が醒めた感じです。早速自首して裁きを受けます。そうと決まったら、サバサバして気が楽になりました」

実際、彼の顔色はさきほどの土気色から大分回復していた。

翠は興奮に蒼ざめているが、感慨の涙に光る眼で、鯱先生を見上げそっと、

「先生、先生は昨夜からもうあの人の『殺人』であった事を知っていらしたのですか?」

「いいえ、ここへ来る途中で、彼の顔色で分ったのです。ほんとうには最後の彼の白状によって分ったと言わなければなりません」

「まあ! ……それじゃあ、昨夜からあの人のズボンを『硝化』しておいたりして、少し乱暴過ぎやしなかったのでしょうか」

「ハハハハ、あれは僕の小説ですヨ。実際はネ――」

鯱先生は煙草に火を点け、つかつかと江崎のそばへ立ち寄ると、パタパタと灰を叩いた。風に次かれて火がサーッと江崎のズボンにかかった。江崎は驚いて飛び上った。が、火はたしかにズボンにかかったに拘わらず、ズボンはボワッと燃え出さなかった。

羅生門の鬼

1　宙に舞い上る話

「先生、起きて下さい。夜中にお騒がせしてすみませんが、どうもあっしもこんな事は初めてで……ねえ先生、起きて下さいヨ」

「うるせえナ。起きてるヨ。そんなにガタピシ入って来りゃ、誰だって目を醒ましちまわあ。まして、俺は――」

「泥棒の親分――いや、大先生でございましたネ。いや、御もっとも様で、ところで、事件というのは……」

「オイ、ちょっと待ちな。今二時半だナ。どうだ、明日《あした》聞こうじゃねえか。どうせ手前《てめえ》の話だ。明日になりゃ、話さなくてもよかったぐれえな所だろう」

「ジョ、冗談じゃねえ。そんな詰まらねえ話じゃねえんで、何しろ、戦後《アプレゲール》の御代《みよ》に、『綱館《つなやかた》』の実演を見ちゃったてえんですから」

「ナニ、『綱館』だと？　じゃ、羅生門の鬼でも出たというのか。どうせ、何か幻覚でも見たんだろう。だから明日聞こうってんだ。明るくなりゃ、そんな話は忘れちまわあ」

「仕様がねえナ、先生も。そりゃ先生が超自然現象をお認めにならねえって事は、よく承知していやすがネ。だが、この目ではっきり見てしまったんだから仕様がねえ。それに、あっしのほかにも四人の人間が見てるんだ。嘘だと仰言《おっしゃ》るんなら、いつでも証人を連れて来やすぜ」

「フフ、手前これ仕様のねえ野郎だ。せっかく寝てる所へ来やがって、すっかり目がさめちゃったじゃねえか。仕方がねえ。煙草でも吸いながら、一つ聞いてやるとしようか……ウム、そこの戸棚に角瓶があった。まだ半分ぐれえ残ってるはずだ。一杯《いっぺい》やりながら聞こう。グラスを二つ持って来い」

「有りがてえ。そう来なくちゃネ……、第一《でいいち》泥棒の親分――いや、大先生ともあろう方が、夜中に寝てるてえのは人聞の悪い話だ」

「余計な事を言うな。その『綱館』の話というのは、一体どういうのだ?」

「へえ、その渡辺綱野郎があっしらの目の前で、いきなり羅生門の鬼に襟髪をふん摑まえられて空中につるし上げられ、アレヨアレヨという間にススーッと高く天に昇っちまったてえんで……」

「何を言やあがる。アレヨアレヨはいいから、掛け値のねえ正味の所だけ話せ」

「へへへ、実は鬼に襟髪をふん摑まえられたかどうか、そこん所はあんまり当てにならねえが……何しろ鬼なんてものは、本当は目に見えねえものらしいから、仕方がねえ。どうです、極めて科学的になって来やしたネ」

「プフッ、笑わせるな。ところで、野郎が空中へつり上げられたと言うのは本当か」

「ソ、それはもう正真正銘、絶対掛け値なしのネットプライスで」

「何米《メートル》ぐらいつり上げられた?」

「何米ですって? ヘン馬鹿云っちゃいけねえ。何十米か、と聞いてもらいてえネ。何しろ煙突の天辺まで昇っちゃったんだから……百米を越えたかも知れねえ」

「ナニ、煙突? 煙突があったのか?」

「そうなんで。その煙突の天辺ぐれえまでつり上げられた所で、鬼の野郎が手を離しやがったんで、綱野郎サーッとばかりおっこって来るてえと、地面にめり込んでギャッと言って死んでしまいやした」

「そいつは可哀そうな事をしたナ」

「ナニ、可哀そうでもねえんで……そいつが死んだお蔭で、命拾いした野郎がいるんで——というのは、奴らはその煙突の下で決闘を始めようとした所だったんで」

「ヤイヤイ、手前の話はどうも順序が逆でいけねえ。落ちついて始めから話してみろ」

2　無理強いの決闘

「へえ……どうもそう改まって訊かれるてえと、さてどこから話していいか分らねえが……」

「あアだ。呆れて物が言えねえ。……その渡辺の綱というのは誰のことだ?」

「ア、ソレソレ。その綱野郎というのが新宿の鞍馬《くらま》親分で、ブルドックという綽名《あだな》の鞍馬が、女出入りで原宿の河原崎という、これはまたジャン・ギャバンのような色男の若え奴《わけ》と決闘することになりやした。で、あっしが立会人に頼まれやして今夜出かけたという訳です」

「仕様のねえ野郎だナ。そういう詰まらねえ事にかかり合うなって、あれほど云ってるのに、前から分ってたろうに、手前黙って行きやがったナ」

「マ、先生、お叱言《こごと》は山猫、あとからとっくり伺《うかが》えやすから……実は昨日《きのう》のうちにあっしが双方へ場所を言い渡して、今夜の十二時と決めてやったんで……先生に言うと止められるから、黙って行きやした。先方では是非先生に立ち会ってもれえてえという話だったんですが、先生はそういう事はお嫌《きれ》えだから……」

「当りめえヨ。そんな馬鹿野郎どもの喧嘩なぞにかかり合っていられるか」

「でげしょう。ですから、あっしが代理を引きうけやしたので。……もっとも、あっしも鞍馬には『そんな大人げねえ事はするな』と諫めてみたんだが、何しろ事の起りが鞍馬の女房の、有名な『とんぼ夫人』ときてるんで、奴《やっこ》さん、どうしても承知しねえ」

「ナニ、『とんぼ夫人』?」

「へえ。……先生御存知で?」

「その人は、目の大きな……そうよなあ、譬えば黒い夜の湖のような感じのする目を持った……」

「そうそう、いかにも『とんぼ』という感じのする、きれいな人です。お俠《きゃん》で、気さくできかぬ気で……」

「ああ、やっぱりそうか……じゃあ、あの人に違いない!」

「驚いたなあ。先生も隅におけねえネ。『とんぼ夫人』とお知合いだったんで?」

「イヤ、ナニ、知合いという訳でもないが、昔ちょっとナ……つまり、ソノ、筒井筒ふり分け髪の幼な友達といった所だ。で、その『とんぼ夫人』が事の起りとは?」

「急に膝を乗り出しやしたネ……ナアニ、その河原崎という二枚目野郎と出来たんで……色男め、あっさり詫《あやま》っちゃえばいいのに、そこがソレ、そうも行かねえもんで、とうとう行く処まで行っちまったという次第で、何しろブルドックの鞍馬と言やあ、拳銃《パチンコ》でも刃物でも腕ずくでも、何でもござれの名の売れた悪《わる》で、あの優男にゃあ相手にならねえ事は、始めから分ってるんだが……何でも鞍馬が例の酒癖で『とんぼ夫人』を虐待するのを、見るに見かねて河原崎が慰めてるうちに、ついモタモタとなったらしいんで……

もっとも、本当は二人とも何の関係もねえ清い仲だという噂もあるんで……、要するに、鞍馬の嫉妬から生み出した、ありもしねえ言い掛りだというんで……あっしもどうもそれが本当らしいと思うんです。が、若え二人も肚ン中じゃア、ほんとは思い合ってたらしいんで、鞍馬の言い掛りを否定する事も出来ねえという気持で、甘んじて受けたという所が真相らしいんです」

「フーン……それで、とうとう今夜の決闘という所まで行っちまったんだナ」

3　決闘場の怪異

時刻は真夜中の十二時。場所は人っ子一人いない大森海岸の、もと三本煙突の立っていた堀永工場あとの、たった一本残った高い煙突の下の広場。登場人物は山猫を中心に、ブルドックの鞍馬とその附添人、二枚目の河原崎とその附添人――都合五人。さすがに悪びれず、潔い態度で目的地に進んだ。月さえない暗い夜。曇っているので、星影さえ見えない真の闇。明りと言えば山猫の持つ懐中電燈ただ一つ……

それで足許を照らしながら、やっと煙突の下の所定の場所に着くと、思いがけず、そこには「とんぼ夫人」が五人を待っていた。彼女は五人に向って、「事の起りは自分だから、自分は今ここで身の始末をつけるから、どうか決闘はやめてくれ」と決死の面持で懇願した。しかし、鞍馬はどうしても承知しなかった。

山猫は仕方なしに、双方の間に立って、懐中電燈を地面におき、用意の短刀《ドス》を二人に渡した。人目を忍ぶお互同志だから、音をたてる事を恐れて、拳銃《パチンコ》はやめたのだ。それに山猫の考えでは、一方の絶命にまで至らなくとも、一太刀浴びせれば気が済むだろうという肚もあって短刀にしたのだ。

しかし、ここに及んで、鞍馬の殺気の凄さに山猫はせっかくの苦心も無駄であった事を悟らねばならなかった。「もうこりゃ駄目だ!」――山猫は観念した。河原崎の方は、最後を潔くしようという肚らしく、さっぱりとした態度は立派なものだが、これは一太刀でも相手に酬いようという執念がなく、却ってどちらか一方が残って「とんぼ夫人」を世話しなければならない――と思ってるらしいのが、山猫の頭にピンと来た。山猫はこんな一方的な殺意で殺《ばら》し合いをさせるのは、どうにも気が進まないが、今更どうしようもない。

二人は山猫の命令で、背をくっつけ合って立ち、それから三歩ずつ歩き出した。そこで止まって、グルリと向き合った。二人の附添人は山猫の両側にくっついて立った。山猫が手を振り上げ、「開始！」の合図にそれを振り下ろそうとした瞬間――「とんぼ夫人」が急に山猫に飛びついて「待って下さい！」と金切り声をあげた。そして、「一言鞍馬に言わして下さい」というので、山猫はこれを許した。

「とんぼ夫人」は鞍馬をつれて、懐中電燈の光芒と反対の方向へ――山猫ら三人と河原崎の後ろ側へ引ッ張って行った。彼女が男の胸にすがりついて掻き口説いてる様子なので、山猫らはわざと後ろを振り向かなかった。が男は女の必死の懇願をすげなく撥ねつけてるらしい気配が、はっきりと察せられた。

と、突然「ウーウッ」という呻き声に、山猫ら四人がハッとして振り向くと、男の大きな身体がサーッと地上から飛び立って行く所だった！

山猫が気がついて懐中電燈を拾い上げて振り上げた時には、それはもうかなり高い所を襟首を掴まれた仔猫のように、手足をバタバタやりながらスーッと舞い上って行った。丁度、糸の切れた風船玉のように、それは軽々と宙に上って行くのだった！……それはまことに嘘のような話だが、「とんぼ夫人」と山猫と河原崎と二人の附添人と、都合五人の人間が斉《ひと》しく認めた間違いのない事実だった。

「煙突の上に人でもいて、綱で引ッ張り上げたんじゃねえのか」

「先生、そりゃ不可《いけ》ねえ。凄い暗い晩だったけれど、煙突は黒々と見えていやした。そして、煙突の上にそんな人影など見えやせんでした。第一、釣り上げるなんて、そんな生ぬるいもんじゃねえ。ススーッとふっ飛んでっちまったんだからねえ。羅生門の鬼か何かでなきゃ、ああ速くは舞上れねえ」

五人とも、この怪異にゾーッとして言葉も出せず、薄気味悪さに膝をガタガタ慄わせて、ただ見上げているばかりだった。

と、鞍馬は高い煙突の天辺まで上ると、そこで突き放されたように落下し始め、五人の目の前の地面へギャッとめり込んで死んでしまった。首の骨の折れる音がボリボリッとしたが、その上に、持っていた短刀が胸に突きささって鮮血がほとばしり出た！

呆然としていた山猫らは、取り乱した「とんぼ夫人」が鞍馬の胸に抱きついて揺すぶっていたのが、胸に突きささった短刀を抜き取ると、いきなり自分の胸に突き立てようとしたので、ハッと我に帰って押し止めるのに大骨を折った。

それらと山猫は鞍馬の附添人の提議によって、どうも不思議だと煙突の周りを調べて歩いたが、何らの発見もなかったので、とにかく明日明るくなってから、もう一度ここを検分に来ようと相談をきめ人目につかぬ中にと、急いで流れた血痕に土をかぶせ、鞍馬をかついで、早々にその場を立ち去った。

「その鞍馬の昇天の時にだナ、二人の附添人はちゃんと手前のそばに居たか？」

「へえ、居りやした」

「河原崎は一人で立っていたのだナ？」

「へえ、左様で」

「ほかに、人のひそんで居た気配はなかったか」

「そりゃあもう決して！」

「じゃあ、その時あ、鞍馬のそばに居たなあ『とんぼ夫人』だけだナ？」

「へえ……まあ……そういう事になりやすナ」

「何だ、いやに渋るじゃねえか……すると、こいつあ……羅生門の鬼ってなア、ひょっとすると……手前たち明日というか、もう今日といった方がいいのかも知れねえが——夜が明けたら、すぐ検分に行く事になってる、と言ったナ」

「へえ」

「そうか……、フーム……マ、まあ、いいや、まだ夜が明けるまでにゃ時間がある。ともかく、一ねむりしろ」

ウイスキーに酔った山猫が、忽ちかき出した鼾《いびき》を聞きながら、鯱《しゃち》先生はひどく深い物思いに沈んでいる様子です……。

4 とんぼ夫人の告白

「とんぼさん——と呼ばして下さい。『とんぼ夫人』が昔の『とんぼさん』だろうという僕の勘が当ったのは愉快でした。……時に、御気分はいかがですか」

「ああ、鯱先生、鯱先生があなただったとは意外だわ。いいえ、嬉しいわ。今ごろ、小学校時代のお友達にお会いするなんて……でも、とんだ事でとんだ御厄介になってしまって……けれど、わたし本当は死なせて下さった方が、有りがたかったのよ」

「オヤオヤ、解毒剤をのませたり、御身柄を拙宅へ引き取って看病に大骨を折った上に、お叱言《こごと》を頂戴するとは！　……でも、あなたはもう死ぬ気にはならないでしょうネ」

「ええ、こんなに何度も失敗しては、自分で死ぬ気力はなくなってしまったわ……ねえ、鯱先生、わたし先生に聞いて頂きたい事があるの。……わたしは夫に死なれて取り乱して自殺しようとしたのではないのです。わたしは先生も御想像もつかないような恐ろしい罪を犯した女なんです。その償いに死のうと思ったのです。……いいえ、自分で死ななくたって、絞首台に上されて殺されなければならないのです。……鯱先生、聞いて下さい。わたしは夫を殺したのです！」

鯱先生は悲しげな顔をして、じっと女の夜の湖のように大きな黒い目を凝視《みつ》め、その手を両掌《りょうて》に握ってやって、静かな声で呟いた。

「……ええ、僕は知っています」

女は急に激しく頭を振った。

「いいえ、御存知ないんだわ。知っていらしたら、わたしが死ぬのを妨げたりなさるはずはないわ。どっちみち助からないわたしを！」

「いいえ、あなたは死ななくてもいいのですヨ。あなたは鞍馬が無理な言い掛りをつけて河原崎君を殺そうとするのを、どうしても防がなければならないと考えたんでしょう？」

「そうなんです。そうなんです。わたし達は――わたしと河原崎は、そりゃ心の中じゃお互に愛し合っていたかも知れないけれど、そんなこと口に出した事もありませんのよ。それを鞍馬は肚の中を見抜いての言い掛りなんです。あの人の腕力じゃ、河原崎はとても逃れっこありません。ライオンに見込まれた兎のようなものです。決闘とは名ばかりの殺人です。わたしはそれを妨げてあげなければならない、と決心したのです！

わたしと河原崎とは、清い中でした。愛を語った事だって、なかったのですわ。そりゃ、お腹の中ではお互に愛し合ってる事を、よく知っていましたけれど……それを責められれば、仕方がありませんけれど……鞍馬が言ったような身体の関係なぞありはしなかったのです。それがあったら、わたしも鞍馬を殺す事は出来なかったと思うわ……先生、わたしの言うこと信じて頂ける？」

「ええ。信じますとも。……あなたの言う事なら、何でも」

「ありがとう。で、わたし鞍馬に決闘をやめてくれるように、命がけで懇願したのですが、どうしても駄目だったので、この上は河原崎を殺させないためには鞍馬を殺すほかはない、と最後の決心を致しました。さて殺すと決まっても、あの人は強くて悪がしこくて油断がないときてるんですから、大抵の事では殺せません。そこで考えぬいた末、決闘場が大森の一本煙突の下と一昨日《おととい》決まったので、わたしは一昨夜、一晩かかって一人であの飛んでもない殺人の機構《からくり》をしかけておいたのです。

やっと担げるような大石を担いで、三個まで高い高い煙突の天辺まで運ぶのは、わたしには死ぬより苦しい事でした。この三つの大石を長い黒い綱の端に結びつけて、煙突の頂上の穴に支《つ》っかえ棒をして大石をのせ、綱を煙突の外へ垂らしました。下からちょっと引ッ張れば、突ッかい棒が外れて、大石が穴の中へ落ちて行くように仕掛けておいたのです。綱の端は輪にして、煙突の陰に隠しておき、昨夜《ゆうべ》も最後までこの非常手段を用いずに、鞍馬の気持を翻えさせようと努力しましたが、どうしても駄目だったのです。最後に決闘の始まる寸前に、また鞍馬を煙突のそばにさそい出して、最後の懇願をしましたが、どうしても聞かないので、わたしはいきなり隠し持っていた綱の端の輪を彼の頸にかけ、綱を引ッ張りました。突っかい棒が外れて大石は煙突の中を落下し、鞍馬の身体は宙に舞い上りました。

鞍馬の身体は煙突の中へ飛び込まずに、天辺の所で綱を外れて落ちて来ました。わたしは鞍馬を殺して自分も死のうと決心していたので、毒を懐ろに用意していたのですが、鞍馬が落ちて来たので、その短刀《ドス》で胸を突いて死のうとしましたが、それは皆に妨げられてしまったのです。

昨夜はそのまま鞍馬の身体を担いで引き揚げましたが、鞍馬の附添人の申出で、今日山猫さん達はあの不思議な宙釣りの秘密を探りに出かけましたから、きっと今頃は、あの羅生門の鬼の機構《からくり》は見抜かれていると思いますわ。そして、誰がその恐ろしい鬼であるかも、もう気がついてるだろうと思います」

5　鯱先生のトリック

「よく話してくれました。僕はその機構《からくり》は、あなたから聞かないでも分っていましたが、あなたの口から懺悔して頂きたかったのです。……しかし、安心なさい。山猫たちにはあの機構《からくり》は分りっこありませんヨ。煙突の中へ入って行ったって、大石が三つゴロゴロしているだけでは、奴《やっこ》さんらにこの素晴らしいトリックは、見当が附きませんヨ」

「そんな事ありませんわ。誰だって、大石があって、長い綱が結びついていて、その端が丁度頸をひっかける位の輪になっていれば」

「ところが、その綱がなくなっていてはねえ！」

こう言って、鯱先生は戸棚の戸を開けると、中から端が輪になった、長い長い黒色の綱を引きずり出した。

「ハハハハ、とんぼさん、僕は今朝山猫からその話を聞いて、早速夜の明けない中に大森まで自動車をぶっ飛ばしたんです。そして、その綱だけ失敬して帰ったんですヨ。大石の方は重いので、敬遠しました。ナアニ、綱さえなきゃ、どんな名探偵だってあの機構《からくり》は想像もつきませんヨ。山猫の奴も初めから渡辺の綱だなんて洒落た事を抜かしてやがったんだが、『綱』にトリックがあったとは気がつくめえ。可哀そうに……ハッハッハ」

雪達磨と殺人

一

「オイ。山猫。あれが北アルプスだ。ほんとに雪のびょうぶだナ……ホラ、あすこにとんがってるのが槍だ……どうだ、すばらしい眺めじゃねえか」

「へえ」

「下のゲレンデで滑ってる連中が、まるで蟻のように見えるなあ」

「へえ……」

「何だ、何を浮かぬ顔をしてるのだ。疲れが出たか」

「ナアニ、あっしゃあ、先生のようにはねまわらねえから、別に疲れもしねえが……雪の上を滑るなんて子供ッぽい遊びは、元来あまり向きやせんので」

「情けねえ野郎だナ。若えくせに……手めえは何でも口さきばかりで、実際にやらしてみると何にも出来ねえ。出来るのはダンスと女の尻を追いまわすぐれえなものだ」

「先生こんな所へ来てまでお小言はねえでしょう。……ようがす。滑りやすヨ。滑りゃいいんでしょう、滑りゃ。……ドッコイショと。こんな不恰好なものを履いてると、立ち上がるのも容易じゃねえ。誰がこんなもの発明しやがったんだ」

「フフッ、ちょっと刺戟すると、すぐそうむきになって元気を出す所が、手前の唯一の取り柄だ。じゃあ下のゲレンデまで直滑降で一気に吹ッ飛ばし、今日は手前も疲れてるようだから、そのままホテルへ引きあげて、湯に入って一杯やることにしよう」

「ありがてえ。そう聞いたら、シンから元気が出て来た。さあ、行きやしょう……先生、あっしを先に立たしておくんなせえ。どうも、先生が先だと、一人でふっ飛んでっちまうから、心細くていけねえ。それでついころんじまうんだ。大体、直滑降ってなあ速えばかりで芸がねえ、あっしあ斜めに行きやすからネ」

「フフフ、こわけりゃ、斜めでも何でもいいから、早く行きねえ。……オヤッ、もうころびやがった。仕様がねえナ。オイオイ、しっかりしろ。どうだ、顔までまッ白にしやがって。顔で滑るのは聞いたことがねえ。幸い、手前の顔は厚く出来てるからいいようなもんだが……」

「ホッホッホッ！」

突然嬌笑を響かせて、雪けぶりをあげて二人のそばを滑降して行く女！……続いて、それを追って行く男……見る見るスラリとした長身の二人の姿は小さくなって……見事なフォームで、下の蟻の仲間へと突進して行く……

それを見下ろして、あっけに取られてる形の鯱先生主従——

「あの女、あっしを笑いやがったナ」

「あたりめえヨ。そんな粉屋の小僧みてえな、おかしな顔をしてりゃあ、誰だって笑いたくならあ」

「覚えてやがれ。この挨拶は必ずしてやるから」

「覚えてやがれったって、間に合わねえヨ。もうどっかへ行っちまった」

「なあに、顔を知ってまさあ。オヤ、先生、御存知ねえんですか。……同じSホテルに一人でとまってる女ですヨ。湯にへえる時なんか、時々廊下で出会いやすんで……ゾッするようないい女だ」

「この野郎、女に目をつけることだけは一人前だ」

「へへ、おほめにあずかりやして……ついでに、女は浜のパンパンだってことまで、すでに嗅ぎ出しておりやすんで。冬はこんな所へ出張するんですナ」

「何だ、話が急に下落しやがったナ……オイ、早く行こう」

「チョ、ちょっと待って下さい。これから先がかんじんの話なんで……というのは、奴さんが手にはめてる指輪のダイヤなんですが、こいつが何でも物凄えシロモノだということで……いずれあまり表てむきには出来ねえような手段で手に入れたんだろうが……とにかく、コチトラの職業的関心をそそるだけのねうちはありそうなシロモノです」

「何を言やあがる。遊びに来てるのに、商売の話はよせ。頭が休まらねえ。……ソレッ、一気にホテルまで吹ッ飛ばすゾ。あとからついて来い」

「ア、マ、マ、待ってえ！」

それから二十分後に、二人はSホテルについた。細い流れにかかった三メートルぐらいの橋をわたる。入口で塀の前に立っている大きな雪だるまを見ながら、

「先生、いくら雪がたっぷりあるとは言いながら、やけに大きなものを作りやがったネ。この雪だるまあ、いつ解けるんでしょう」

「もうころがる坂がねえとなると、すぐむだ口を利き出しやがる。こんな雪だるまあ、春になるまで解けやしねえヨ。だんだん雪がつもって、大きくならあ」

二

「先生、これです」

「オヤ、この野郎、とうとう盗っちまやがった。仕様のねえ奴だ。……だが、こいつあ、すばらしいもんだなあ」

「へへ、このくれえのものなら、遊びに来て盗ったって悪くはねえでしょう。先生御自ら手を下してお盗りんなってもいいくれえなシロモノでげしょう」

「ウーム……だが、手めえどうして手に入れた?」

「へえ、彼女は湯に行く時だけ、こいつをはずして、彼女がマスコットにしてるこけし人形の、首を抜けるようにしてそこをくり広げた所へそれを入れて、何気なく床の間へおいて出てくんです。誰にも目につきやすい場所が、誰も気のつかねえ隠し場所だ――ってえ訳でござんすネ。そいつをあっしはのぞいて調べておきやしたから、今彼女が湯に行ったすきに盗ってめえりやしたんで」

「そうか。……だが、手前これをどうするつもりだ?」

「どうするつもりだとは?……いやですねえ、先生。今さらどうするもこうするもねえ。あっしどもは泥棒じゃござんせんか」

「バカ野郎、自慢そうに泥棒、泥棒って大きな声で言うねえ。……そりゃあ分ってるが、このままで手めえふところに入れて持ってるつもりかってんだ」

「アッ、そうか」

「何が『アッ、そうか』だ。女あ湯から上がって、すぐにこけしの胸の中をさぐる。すぐ盗られたことに気がつき、騒ぎ出す。警察へ電話をかける。巡査とホテルの支配人と女と同道で、各部屋をしらべまわりゃあ、すぐばれちまわあ」

「こりゃあ困った」

「ナニ、困りゃあしねえ。こいつがなけりゃ文句はあるめえ」

「じゃ、捨てちまうんで?」

「バカ野郎、そんなもったいねえことが出来るか。俺がうめえ所へ隠してやろう。誰も気のつかねえ、家さがしをされても、身体検査をされても、見つからねえ所へナ」

「そりゃ一体どこです」

「ウン、教えてもいいが、手前のような脳の足りん野郎にうっかり教えると、警察へ教えるようなもんだからナ。教えねえ方が手めえのためだ。俺にまかしときな。絶対安全、火事にも焼けねえ上等な金庫にしまっといてやる」

「へええ、それじゃあおまかせいたしやす」

鯱先生はダイヤの指輪をていねいに紙にくるむと、大事そうにふところに入れて部屋を出て行った。

果して、それから一時間後、ホテル内に何か色めき立ったざわめきが起こったと思ってると、鯱先生主従の部屋も、駐在の老巡査と、ホテルの支配人と、あの女との見舞いを受けた。鯱先生は進んで部屋をしらべてもらった。女はすっかり顚倒して、礼儀も何も忘れて部屋中を引ッ掻きまわしてしらべた。よほど高価なものに違いない――と、山猫はほくそ笑んだ。


「あの女、どうかしてやすネ、先生、今、女中に聞いたんですがネ。人形なぞ見つけると、すっかり着物をはいで、目茶苦茶にしちまうそうですぜ。こけしなぞ持ってようもんなら、首をひんもぎってたたきつけて、こわしちまうんですって……こけしから盗み出して、こけしに隠す馬鹿もねえもんだが、女めすっかり血迷ってやがるもんだから……みんな疑ぐられるのが厭だから、気のすむようにさせてるが、女連は『あの女、殺してやる!』と言って怒ってるそうですぜ」

×　　×　　×

「オイ、起きろ、起きろ。とうとうあの女、殺されちまったゾ。オイッ」

「ウ、ウーム……眠いなあ。……オヤ、先生。バカに早えですネ……何ですか、一体、朝っぱらから騒々しい」

「俺の口まねをしてやがる。それどころじゃねえんだ。早く起きろ。手めえから預かったダイヤの指輪もなくなっちまった」

「ええッ! そりゃ大変だ」

「呆れた現金な野郎だ。人が殺されたと言っても驚かねえくせに、手前の指輪がなくなったと言ったら飛び起きやがった」

「なあんだ。冗談だったんですか」

「冗談じゃあねえ。どちらも本当なんだ。……まず俺の考えじゃあ、あの女が殺されたのに違えねえ。まだ一人も気のついた奴はいねえのだ。……殺した野郎の外にはナ」

三

「先生、たしかに先生の言うとおりかも知れねえ。あの女、おりやせんヨ。ベッドも冷めたくなってる」

「そうか。……じゃあ、やっぱりあの女、殺されたか。可哀そうに……」

「だが、先生、……あの女のこった。自分の部屋にいねえからって、そうせっかちに殺されたとも決められやせんぜ。……どっかの部屋で、男に抱かれていい気持で寝てるかも知れねえ。……ところで、あっしの——ってえ事もねえが——あの女の持ってた『ダイヤの指輪』はどうなりやしたんで?」

「待て待て。そいつをさがしてやるから、まず俺の言うことに答えろ。……昨日、いっしょに滑ってた野郎があの女の情夫か」

「そうですねえ。別に情夫ってほどのこともねえでしょう。いずれもここへ彼女が出張して来てから、出来た仲らしいから」

「何だ、いずれもってえと、ほかにもなじみがいるのか?」

「へえ、昨夜の事件で、このホテルん中で、あの女の所へ訪問したり、されたりした男が六人分っちまったんで……あっしが指輪を盗ったばかりにネ。罪なことをいたしやした」

「変な所で後悔してやがる。だから、盗るなと言ったのに。……しかし、手めえがその六人の中にあげられなかったのは幸いだった」

「イ、いやな事を言わないで下せえ。……先生、あっしあ今考えついたんですがネ。あの女、昨夜あんな騒ぎをやらかしちゃったんで、気まりが悪くなって逃げ出しちゃったのかも知れやせんネ。ついでに、宿賃もふみ倒してネ……」

「そうだ。そう思われやすいところを、犯人は利用したかも知れんナ。女を殺しといて、夜逃げをしたと思わせ、自分は何食わぬ顔をして、翌朝――つまり今朝だナ――ちゃんと勘定をすまして出立する。こりゃなかなかうまい方法だ。今朝出立する奴が殺人犯だ！」

「すっかり殺人に決めちゃってるんだから、驚いたもんだ。……まあしかし、そりゃあ先生の勝手かも知らねえが、今朝出立する奴が犯人だてえのは、いけやせんネ。なぜってえと、色男連中、六人が六人とも、飛んだ恥をかかされたてえんで、今朝早々にこの宿を出ると、昨夜のうちに女中に宣言してるんで……六人だけじゃねえ、外にも昨夜の事件に憤慨して、今朝この宿を引きあげる連中は沢山いるでしょう。だから、先生のやり方じゃあ、犯人を決めることは出来ねえ」

「なるほどナ、こりゃ一理ある。負うた子に浅瀬を教わると言うが、山猫でも時にはいい事を言うナ」

「先生にほめられると、何だか薄気味が悪いネ。やっぱり先生にゃあ、小言を言われる方が気が楽だ」

「変な事を言うな。……ところで、俺はどうしてもその殺人犯人を摑まえてえのだ。今朝何人出立するか知らねえが、その中から犯人を決めればいい訳だナ。……もっとも、考えようによっちゃあ、真犯人はずうずうしく後に残るってえ事も考えられねえことはねえが……まあ、人を殺してるんだ。早くずらかりてえのが人情だろう。……そこでト、どうして真犯人を見つけ出すかダ。……そうだ！　うまい事を考えついた。少し寒くて気の毒だが、手めえこれからホテルの入口の橋のそばに立って、今朝出立する野郎どもを一人一人ようく見張っててくれねえか」

「ホーラ、おいでなすった……いえ、ナニ、先生の仰せなら、寒いぐれえは厭いはしやせんがネ。あっしが見張ってるぐれえで、犯人が分ればいいが……あっしも、それほど『勘』のいい方でもありやせんから」

「あたりめえヨ。誰が手めえの『勘』で見つけろと言った？　手めえのような節穴同然の目で見ても分るような仕掛けをするんだ」

「ああ、そうですか。よく分りやした。……節穴同然の目で。ようく見張りやしょう」

「ふくれるない。さあ、それじゃあ、出かけようか」

「先生、まだ飯を食ってやせんが」

「分ってらい、あとから持ってってやらあ。少し早過ぎるが、殺人犯人が逃げ出しちゃうといけねえからナ」

「あっしあ正直のところ、先生ほど『殺人』ってえ気がしねえんで、したがってあんまり気が乗らねえんだが、どうも仕方がねえ。……時に、『ダイヤ』の方はどうなりやしたんですかネ？」

「アッ、そうか。手めえは『殺人』よりダイヤの方が心配だったんだっけナ。……そのダイヤも殺人犯人を摑まえさえすりゃあ、取り返せるんだ」

「ソ、そうだったんですか。そいつが『ダイヤ』を盗りやがったのか、畜生ッ！」

「いや、そいつが盗ったという訳でもないのだがナ。そいつを摑まえればダイヤも手に入るはずなのだ。それからなぜ俺がひとりで殺人、殺人と言ってるか、そのわけも同時に分るはずだ」

四

ホテルの入口、細い流れにかかった橋を渡る前に、塀の前に立っている大きな雪だるまのそばへ近よると、鯱先生はあたりの雪を丸めて何か作りはじめた。

「先生、どうしたんです？　早く行きやしょう」

「待て待て、手めえも手伝え」

「ナ、何を手伝うんで？」

「見たら分るだろう。俺が何をこしらえてると思う？」

「ハアテネ、こりゃ難問だ。何だか長っ細いものが出来やしたネ。雪ののりまきのお化見てえだナ」

「この野郎、手前は何でも食い物に見立てたがるからいけねえ。人間の腕には見えねえかヨ？」

「ナ、なある……すると、この先のこぶのように太くなってる所が手か……驚くべき傑作ですねえ」

「妙なほめ方をしてねえで、手めえも一本作れ」

「へえ、へえ、かしこまりやした。あっしも前世の因縁と諦めて、こぶのような腕の傑作を作りやしょう」

「オイ、ちょっと見ろ。こんな工合でどうだろう」

「アレッ、雪だるまの肩の所へ腕を生やすんですか……悪趣味だねえ、先生もろくなことはしねえな」

「グズグズ言ってねえで、手めえのも早くつけろ。……ウム。なかなかよろしい」

「ちっとも、よろしかあねえネ。キューピーじゃあるめえし、両手をあげて万歳をしてる雪だるまなんて、あんまりゾッとしねえネ」

「ところが、これでゾッとする奴があるのだ。さあ、そこの大きな栂《とが》の木の蔭に隠れろ」

「あーッ、じゃあ、これが犯人を見破る仕掛けなんですか……冗談じゃねえ。子供じゃあるめえし、こんな事で……」

「いいって事ヨ。これでいいわけがあるのだ。じゃ、よく見張ってるんだゾ。じきに食べ物を持って来てやるからナ」

鯱先生はホテルの中へはいって行った。だんだん明るくなって来る。まだ一人も出て来ない。一時間ぐらいたった。

「ハックション！」

山猫は大きなくしゃみをした。ちょうどそこへ鯱先生が出て来た。

「仕様のねえ野郎だナ。いくら出物、はれ物とは言いながら、あんまり遠慮なしにくしゃみをするねえ。雪だるまがくしゃみをしたかと思わあ。……やっと飯が出来た。握り飯にしてきた。さあ、食え」

「ありがてえ。先生、こんなうめえ物は初めて食った」

「プフッ、早起きのお蔭だい。……そろそろ奴らも飯を食って出て来るゾ。今度はいっしょに見張っていよう……ウン、手めえ、寒けりゃあ、部屋へ入っててもいいゾ。俺だけでもたくさんだ」

「可哀そうな事を言いっこなし。……せっかく今まで寒いのを我慢してがんばってたのに、『もうそろそろ奴らが出る頃だからもういいゾ』ってえ手はねえですヨ。一つお手々を生やした雪だるまに、殺人犯人がどんな反応を示すか示さねえか。最後まで見とどけさして下せえ」

「そうか、そうか。それじゃあ、二人でこの木の蔭にかくれて、門から出て来て雪だるまにぶつかる奴らの顔を、じっくりと見物することにしよう。シーッ……そらそら、来るゾ」

玄関から雪を踏んで来る足音が聞こえてきた。やがて、スキーをかついだ男が一人門から出て来たが、手を生やした雪だるまを見ると、クスリと笑って、そのまま、橋を渡って行ってしまった。

五分ばかりして、今度は二人連れが出て来た。

「何だ、こりゃあ。雪だるまに手をくっつけやがった。バカ野郎」

一人がこう罵ると、もう一人は、

「ワッハッハ」

と豪傑笑いをして橋を渡ってしまった。

「みんな例の六人のうちらしいナ」

「そうでしょう。みんな鼻の下が長え、バカ野郎」

山猫の方でも罵り返す。

ザックザック……四人目の男が出て来た。これは雪だるまを見ても、何の表情も動かさずに、至極あたり前のような顔をして橋へかかってしまった。

「いやな野郎だナ、雪だるまの手が目にへえらねえような面あしてやがる」

「シーッ」

鯱先生が山猫を制すると、五人目の男が顔を出した。これは手を生やした雪だるまを見ると、ギョッとした風情で思わず立ちどまりかけたが、思いなおして歩き出した。あとからすぐ、六人目の男が出て来たためらしい。これで最後だ――と思うと、鯱先生も緊張したが、六人目の男は雪だるまを見ると、ハッとした様子を示したが、すぐプフッとふき出して、そのまま渡りはじめた。

前の五人目の男は橋を渡り終えた所で、スキーを道のわきの積雪の上につき立て、しゃがんで靴紐をいじくった。六人目がそのわきをザックザックと通り過ぎると、五人目の男はそれをやり過しておいて、ツと立ち上がった。そして、あたりを見まわし、急ぎ足で橋の上を戻って来て、雪だるまのそばに駆けよると、両手をのばしてその肩から生えた二本の腕をもぎ取り、パッと流れに投げ棄て、急いでまた橋を渡りにかかった。

「ソレッ！」

とばかり、鯱先生と山猫とが木の蔭からおどり出した。

男はギクリとして、振り向いた。

橋の上で三人は半メートルの距離に迫って睨み合った。

鯱先生は、

「アッ」

と叫んだ。その男の顔に見覚えがあったのである。昨日、山の上から下りる時に、ひっくり返った山猫を笑って行った女のあとから、女を追って行った長身の男――チラリと見たその男の顔が、今目の前に立っている男の顔なのだ！

「貴様だナ、あの女を殺したのは！……トボけるな。こいつ……あの女、あの雪だるまの胴の中にはいってる女のことだ。来いッ、雪だるまをこわして、貴様の殺した女を見せてやるッ！」

鯱先生は、雪だるまの胴体に手を突ッ込んでくずしにかかった。

男は目をむき出し、顔を土気色にして顔からあぶら汗をタラタラたらして、ジッとこらえようと歯を食いしばっていたが、雪だるまの胴の中から、女の緑《グリーン》のスーツの裾と、あぐらを組ませたまッ白な下肢が現われると、クラクラと目まいがしたようにその場へくずおれて、雪の上に身もだえして爪を立てながら、

「アアアッ……もう……もう勘弁して下さいッ……。私が殺しました。……いいえ、殺す気じゃなかったのだ。……つい殺してしまったのだ。……ウ、ウーム」

と、そこへ悶絶してしまった。

五

ホテルの鯱先生の部屋。

「私はあの女とは、ここへ来てからの知り合いです。昨夜あの女は入浴中に『ダイヤの指輪』を盗られたというので、あの通りの騒ぎを引き起こして、皆さんに迷惑をかけたのですが、あの後で私の部屋へ来て、『あのダイヤの指輪を返せ』と言うのです。あれをこけし人形の胸の中に隠すことを知ってるのは、私のほかにはないと言うのです。

しかし、私はそれは知ってましたけれど、ダイヤを盗りなぞはしないのです。……いいえ、これは絶対に本当なのです。信じていただけないでしょうか」

鯱先生は深くうなずいて見せ、

「いいえ、信じますヨ。すると、あなたいがいの何者かがそれを盗ったのですネ。ひどい奴があるものだなあ」

こう言いながら、チラと山猫の顔を眺めた。山猫は恨めしそうに先生を見返して、苦笑いしている。

「それで?」

「あれはひどく興奮していて、大きな声を出すので、私はもて余してそとへ連れ出し、あの塀のそとの雪だるまのそばであれに釈明したのです。が、あれはどうしても聞き入れず、しまいに私を『泥棒!』と言ってくやしがって私ののどを絞めにかかりました。

私はうっかりしていたので、危うく息が止まりかけました。そして夢中で争っているうちに、やっと呼吸が楽になったのですが、気がついてみると、私は争ってるうちにあれをあべこべに絞め殺してしまったのです。

私はどうしたらいいかと途方に暮れましたが、幸い誰も気がつかないようですから、何とかして私は『殺人』を隠したいと考え、ちょうどそばに立ってる大きな雪だ

るまを見て、ハッと気がつき、あれの死体を丸めて、幸い雪が降ったばかりですから死体を雪の上にころがし、大きな雪のかたまりにして、雪だるまの胴体を取り換えてしまったのです。頭の方はもとの奴をそのままのっけました。

私は恐ろしくて眠るどころではありませんでしたが、夜中に逃げ出してはかえって怪しまれますから、じっと我慢して今朝飯を食うと早々に逃げ出した訳です。幸い誰も気がつかない様子なので、このまま逃げて東京へ帰ってしまえば大丈夫だ、と思いました。

あれは朝寝坊ですから、女中があれのいないことにはなかなか気がつかないでしょうし、部屋にいないことが分っても、あれはそう心配されるはずもないのですから、その点は、好都合でした。その上、本当にあれのいないことが分っても、昨夜の事がありますから、恥じて逃げ出したんだとか何とか考えてくれるかも知れませんし……死体の方は、春になるまで雪だるまの腹の中で冷凍されてるのですから、安全至極です。誰にも目について、誰も気のつかない理想的な隠し場所！　というわけです。

宿帳にはいつもでたらめな名前を書くことにしてるので、ちょうど幸いでした。何もかも工合よく行ってるので、私はこれならうまく逃がれられる！　――と思いました。

で、一刻も早く宿から逃げ出したい気持を、一生懸命押さえつけて、やっと朝食を食べ終ると、もう矢も楯もたまらず飛び出してしまいました。

で、ホテルの門を出た時は、思わずホーッとため息をつきました。ところが、その瞬間に私はそこに私の最大の難関が立ってる事に気がつきました。私の殺した女の死体がはいってる雪だるまがそこに立ってるのです！

私は雪だるまを見ないで通り過ぎようと思いました。しかし、私は見ずにはいられませんでした。いいえ、私のまっ正面でどうしても目が合うというためではありません。たとえ、私の後ろにあれが立っていたとしても、私は振り向いて見ずにはいられなかったでしょう。

私は雪だるまを見ました。私の恐ろしい罪悪を隠した雪だるまを……あの情熱的に私の頸を巻いた腕、私の足にからみついた足、――それを丸めて胴体に隠し持った、恐ろしい雪だるまを！　……

すると、おお！　私はよくその場にぶっ倒れなかったと思います。雪だるまはその肩から両腕を空ざまに突き出しているではありませんか。……私は一瞬、あれが雪の中から腕を差し伸ばしたのかと思いました！……

しかし、私はその時、後ろから来る足音に正気を取りもどして、ふらふらと橋を渡り出しました。しかし、橋を渡りながら、私は頭が現実にもどると、なお一層の恐怖に戦慄しました。

あれはいずれ子供か何かのいたずらに違いあるまいが、あんなに腕を肩から生やしていては、人の注意をひくばかりです。どんな事で、あの雪だるまの中に死体が隠されてやしないか、と気のつく人が出ないとも限りません。あの腕を取り除かなくてはならぬ！……私は、とっさにそう決心すると、後ろから来た人をやり過ごし、誰もいないのを見さだめて、橋を駆けもどり、雪だるまの肩から生えた二本の腕をもぎ取りました！……

そこへあなたがたが飛び出して来られた、という、次第です。

ですが、どうして、あなたがたは雪だるまの胴の中にあれの死体が入ってることがお分りになったのでしょう？」

六

「それにお答えする前に、こちらの質問に答えて下さい。あなたは雪だるまのもとの胴体をどうしましたか」

「ああ、それは前の流れにころがし込みました。どんどん水に溶けて行きましたヨ」

「ソ、そうですか。オイ、山猫。手めえすぐに行って、あの雪だるまの立ってる前の所の流れの中をさがして来い。たぶん流れずに、石の間にはさまってるに違いない。……何をボンヤリしてやがんだ。手めえが『殺人』より心配してた『ダイヤの指輪』をさがして来い、ってんだヨ！」

「アッ、ソ、そうですか！」

山猫は部屋から飛び出して行った。

「ダイヤの指輪？」

殺人者は怪訝そうな顔つきで、鯱先生の顔をうかがった。

「ハッハッハ、あの女の『ダイヤの指輪』ですヨ。……お話しいたしましょう。

実は昨夜私の子分の山猫——今ここにいた男ですが——あいつがあの女の部屋へはいって、彼女が入浴してるるすにこけし人形の胸から『ダイヤの指輪』を盗って来たのです」

「ええッ、ソ、それでは、あなたがたは泥棒……」

「ハハハハ、驚きましたか。あまり大きな声はお出しにならんように。お互のためになりませんからナ。……しかし、仰せの通り私どもは泥棒です。私は『鯱先生』というケチな泥棒です」

「アッ、鯱先生！」

「オヤ、御存知でしたか。それはうれしいですナ。……私どもは泥棒で、警察官じゃないのですから、あなたを摑まえてどうこうしようというはらはないのです。ですから、あなたは御自由なんですヨ。今おっしゃったような事情なら、逃げ隠れせずに自首して出て、すっかり申し立てられたら、罪は案外軽くて済むでしょうから、その方が一生良心に責められるより、気が楽じゃないかと思いますがねえ……

あなたの殺人も、私の子分の物盗りに原因があるんだから、結局は私の責任ですから、あなたが逃げたいとお考えなら、私は責任を以て逃がして上げますがネ。だから、さっきもあなたが殺人をお認めになるや否や、私はすぐ雪だるまの胴体をもとの通り雪で隠してしまったのですヨ。人に『殺人』を感づかれないようにネ……

春になって、雪だるまが解けて、その中から美しい女の死体が現われるというところを想像するのも、なかなかスリルがあって面白いじゃありませんか。

ああ、山猫か？　あったのか？……ドレドレ……フム、よかったなあ、手めえから無理に取り上げて預かったのに、なくなっちゃったら、どうしようかと思ったヨ、ほんとに。……じゃあ、返すゾ。大事にしまっとけ。……そうだ、手めえもいっしょに聞いてろ。

では、先ほどの御質問にお答えして、お別れすることにいたしましょう。どうして私が、あの雪だるまの中にあの女の死体が隠されてることを知ったか——という御質問でしたネ？

さっき話しかけたように、昨夜こいつがこの『ダイヤの指輪』を盗って来たので、私は取調べがあることを予想して、『家さがしをされても、身体検査をされても見つからない、火にも焼けない上等の金庫』にしまっといてやろう、と言って『ダイヤ』を預かりました。その『金庫』というのが、あの雪だるまだったのです。私は人の目につかないように、後ろへまわって背中から手を突っ込んで『ダイヤ』を雪だるまの胴体へしまってきたのです。

ところが、けさ早くそれを取り出しに行って見ると、『ダイヤ』がないのです。で、手を深く突ッ込んでさがしてると、グニャリとしたものが手にさわったじゃありませんか。びっくりしましたヨ、私も『ダイヤ』がいつの間にか『死体』になっちまったのにはねえ……

そこで、『ダイヤ』のなくなったのは、雪だるまの胴体が取り換えられたのだと気がつき、その胴体を取り換えた殺人犯人を取ッ摑まえなきゃあ、子分からの預かり物を見つけ出すことが出来ねえ——と考えついたので、雪だるまに手を生やさしたりして、殺人犯人を摑まえることに全力をふるった、という次第ですヨ。ハッハッハ……」

死の脅迫状

1 「楊貴妃の眼」

「真冬のお濠ばたは寒くてやり切れねえネ……オッと、先生よく見て下さいヨ。向うから来る黒い外套の背《せい》の高い御婦人ネ、あれが有名な飯島博士の未亡人です。未亡人といったって、まだ二十八か九。残んの色香どころか、花も盛りの……シーッ、ホラホラすれ違った。むっちりと、盛り上った、温かそうな胸のふくらみ、すらりと伸びた肢《あし》の恰好のよさ！　ああ胸のすくような美人ってな、ああいうのを言うのでしょうネ。男と生れた、甲斐には、あんなのを一分間でもいいから、キュッと抱きしめてみてえものだ」

「馬鹿野郎、下品な言い方をするな。いつまでも見送ってねえで、さっさと歩け、泥棒の乾児《こぶん》のくせに、目をつけるのは女ばかり。ガサツでオッチョコチョイなのは御愛嬌《ごあいきょう》としても、女せえ見りゃあ、目尻を下げやがって、甘郎《あまやろう》よろしくってな面《つら》でニヤニヤするなあ、見っともなくって仕方がねえ、泥棒の乾児なら泥棒の乾児らしく、もう少し気のきいた所へ目をつけろい」

「へえ、どうも相済みません。……ですがネ、鯱《しゃち》先生、今の女はコチトラの稼業《しょうばい》に関係のねえわけではねえんですがネ」

「ナニ？　……そりゃどういう訳だ？」

「どういう訳だって、先生御存知ねえんですか。ありゃワッチら泥棒仲間じゃ相当有名な御婦人なんですが」

「フーン、知らねえナ。そんな有名な女賊が出てきたのか」

「ジョ、冗談言っちゃ不可《いけ》ねえ。女賊じゃあありやせん。お客さんの方なんで……だが、誰が盗りに行っても、目的が達せられねえので有名なんで……が、銀行に預けてるとか何とかではなく、彼女の身のまわりにある事は確かなんだが、それでいてどうしても盗れねえらしいんで」

「何だ、その品物は？」

「へえ、世界的な凄《すげ》え宝石なんだそうで……彼女の死んだ御亭主が巴里《パリ》で買って来たという……そうだ『楊貴妃の眼』とかいう大きなダイヤモンドだそうです」

「ナニ『楊貴妃の眼』だと？　バ、馬鹿野郎。何故それを早く言わねえんだ。それじゃあ今のが飯島京子夫人だったのか」

「オヤ、御存知なんで？」

「当り前《めえ》ヨ。東洋の『楊貴妃の眼』といやあ、ヨーロッパの『クレオパトラの眼』とならべて、好事家《こうずか》の間じゃあ世界の双璧《そうへき》と称されてる稀代の名宝だ。俺はその『クレオパトラ』の方は半年ばかり前に手に入れたので、『楊貴妃』の方も揃えてえとは思ってたんだが、何しろ所有者《もちぬし》が御婦人なんでつい後廻しにしていたんだ……だが、そんなに皆が狙って盗れねえと聞くと、久しぶりで鯱先生の腕を揮《ふる》ってみたくなった。ようし、必ず『楊貴妃の眼』を手に入れて見せるゾ！」

「ア、先生、待って下せえヨ。気が短けえネ先生も。そんなに慌てて追っかけなくたって大丈夫ですヨ。あっしゃあ、ちゃあんと彼女のうちを知ってやすからネ。察する所、彼女は御帰館の途中だ。ここから十五分ぐらいで彼女のお邸です。ゆるゆると行きやしょう。……ねえ、先生、山猫もたまにゃあいい所へ目をつけるでしょう」

「フフフ、愚図々々言ってねえで、さっさと歩け……で、彼女の邸の用心ぶりはどんな工合なんだ」

「へえ、まず物凄えシェパードがいやす。こいつがどうにもならねえシロモノなんで……それから、彼女の甥という若造がいやす。ちょっと見るとノッペリした優男だが、こいつがまた苦手なんで、物凄え度胸のいい手の早え野郎なんで」

「フーン、そいつは彼女の燕か？」

「とんでもねえ。彼女の肉親の甥なんで……彼女のたった一人の血縁だそうです」

「そうか。そりゃあ、いい護衛だナ。その外には？」

「その甥野郎の友達で、柔道五段の男と、剣道三段の男が、書生兼用心棒で居りやす、外には女中が二人に下男が一人……何しろ、そういう宝物だから、向うもそれだけの用心はしてまさあ」

「なら、忍び込みゃあ、いいじゃねえか」

「ところが駄目なんで、先生も御存知の忍込《ノビ》の名人『鼠』の野郎が、苦心の結果彼女の寝室まで忍び込んで、一晩中探し廻ったが、とうとうダイヤを見附ける事が出来ずに、ゲッソリして引き上げたという事です……鯱先生の忍術でも駄目かも知れねえネ」

「何を言やあがる。そうとなりゃあ、それに応じて頭を働かすのが忍術だ。彼女の方から『ここにございます』と在所《ありか》を教えずにはいられねえように仕向けるのだ。まず彼女に近附いて邸内の検分をするとしよう。それには、ト……そうだ。手前さっき一分間でもいいから彼女をキュッと抱きしめてみてえ、と言ったナ」

「へえ……そりゃあ申しやしたがネ、またお叱言《こごと》の蒸し返しは御勘弁にあずかりてえネ」

「そうじゃあねえ、手前の望みを叶えさしてやろうてんだ……さあ、急げ。彼女に追いつくんだ」

2　乱暴なお近づき

飯島博士未亡人京子夫人が自邸の近くへさしかかった時、いきなり物蔭から現われた一人の怪漢が「アッ」という間もなく彼女に飛びついてキュッと抱きしめた不意のことで、夫人は避ける暇もなくモロに抱きしめられて、気を失いかけた。

所へ、もう一人の怪人物が現われて、怪漢の腕に手をかけたかと思うと、女を抱擁する腕を引ッぱがし、それを肩にかけて美事な背負投《しょいな》げ！　怪漢は、二三間《げん》さきに抛り出されたが、起き上ると一目散に逃出した……言わずと知れた鯱先生と乾児山猫の、馴れ合いのお芝居。

そうとは知らないから、危い所を助けられた当の京子夫人はもとより、甥の飯島猛をはじめ、用心棒の柔道氏、剣道氏から下男女中に至るまで、皆この怪紳士を下へもおかず歓待した。

鯱先生は他意のない親切そうな様子でお饒舌《しゃべり》をしながら、間取りから人物の観察に抜かりなく目を光らしている。下男や女中は言うまでもない事だが、用心棒の書生二人も強いばかりで取るに足らぬ事をたちまち見て取った。ただ優男の甥、飯島猛の眼だけが少し邪魔だ、と思った。油断ならない――という感じを受けた。

広間の暖炉の前の長椅子《ソファ》によりかかった夫人と、やっと二人きりになった鯱先生は、先ほどの恐怖からだんだん元気を恢復して頬に血の上ってくる女の顔を美しいと感じた。その感じは次第に彼を圧倒して来て、ともすれば、このまま綺麗事で引き揚げて行きたいという気持に駆り立てられるのだった。

しかし、彼は危い所で自分を取り戻した。「稼業《しょうばい》、稼業！」——彼はこう口の中で呟やきながら、あの「楊貴妃の眼」が隠されているのは彼女の寝室に違いないから、何とかして彼女の寝室を観察する工夫はないだろうかと考えた。

「奥さん、今日は偶然の事でお近づきする事が出来ましたが、私はこういう変った職業《しょうばい》をしております者で……何かまたお役に立てるような事がございましたら、精々お力になりたいと存じます」

こう言って、鯱先生は名刺入れから一枚を選び出して夫人に差し出した。それは、

私立探偵
尾形幸彦

とあるやつだった。そして、彼は効果如何と夫人の顔色を窺った。

「まあ、私立探偵でいらっしゃるのですか」

果して、夫人の顔には喜びの色が浮かび上った。

「実は、私……」

と、夫人は饒舌り出した。が、急に黙ってしまった。やはり、初めて会ったばかりの人に——と思い直したのであろう。

3 脅迫状現わる

鯱先生はがっかりした。なあに、今夜こっそり忍び込んで寝室を探し廻るぐらいは訳のない事なのだが、その隠し場所が面倒らしいので何とか夫人を暗示にかけてそれを知りたいと思うのだ。

が、慎重な夫人をそこまで持って行くには、さっきのお芝居だけではまだ足りないのだ、という事を鯱先生は知らなければならなかった。もっとグッと彼女を脅かして、こちらへ頼りたく思わせなければならないのだ。

鯱先生は物思いに沈んでいたようだったが、とうとう諦めた様子で立ち上った。夫人も立ち上って、礼を述べた。と、その時、鯱先生は「オヤ」というような眼で、夫人の緑色《グリーン》のスーツのポケットに目を注いだ。それに釣られて京子夫人も目を落すと、そこに白い洋封筒が入っているのだった。

夫人はハッとした様子で、それをつまみ出すと、表には夫人の宛名はあるが、裏には差出人の署名はない。夫

人はちょっとためらったが、鯱先生が目で早速開けなさい――と促がしたので、思い切って封を破った。

今夜、「楊貴妃の眼」を頂戴に上る。広間の暖炉の上の置時計の後へおいとけ。この命令に背いたり、警察に訴えたりしたら、たちどころに貴女の命はなくなるものと思え。

鯱先生

卒倒しそうになった夫人を、鯱先生は抱きとめて、ソファにかけさせた。彼自身少からず、吃驚《びっくり》した表情で、

「奥さん、私は職業柄、鯱先生については相当詳しく知ってる積りですが、この、脅迫状にはちと薄気味の悪い所がある……ハアテナ」

鯱先生は暫らく沈思黙考の態よろしくあって、やがて決断のついた様子だ。

「奥さん、貴女のお命はこの尾形が必ず護って差しあげます。それは私の職業意識からではなく、貴女のお美しさにすっかり魅せられてしまった私の騎士精神《ナイトシップ》からです。……ところでト、差し当って、どう対処すべきかナ……そうだ。奥さん、これは相当用心深くかからないと不可ないと思いますネ。私の考では、一応『楊貴妃の眼』は、この脅迫状の指定通り暖炉の上において奴の手に渡した方がいいと思います。貴女のお命には代えられませんからネ」

夫人は頷きそうにしたが、急に蒼ざめた顔を烈しく横にふって、自分に言いきかせるように言った。

「いいえ、そんな事は出来ませんわ。それは私の夫の形見ですもの。たとえ命を取られたって賊に渡す事は出来ません」

鯱先生は女の強情にいささか呆れたが、

「いや、そうじゃないんですヨ。一旦奴に渡して、私がそれを取り返して上げようというのですヨ。それでもお厭ですか、まあ、晩までまだ時間があるから、考えといて下さい。しかし、警察に訴える事は止した方がいいですね。鯱先生は警察の警戒なぞ平気で突破してしまうし……私は何か危険が感じられてならないのです。ああ、私は本気で貴女のお命を護って上げたいのです。貴女はこの私の気持を信じられないでしょうか」

鯱先生はじっと美しい夫人の眼を凝視《みつ》めた。夫人はそこに何を感じたのか、急に動揺の色を浮べ、

「いいえ、信じます。……どうか私の命を護って下さい」

こう言って、彼女はポケットから鍵を取り出してそっと彼の手に握らせた。それは寝室の鍵に違いなかった。

鯱先生はひどく感動した表情で、

「では、今夜誰にも気附かれぬように護衛を致します。ところで謀計《はかりごと》は密なるを要す。敵を欺くには味方から、と言う事がありますから、この脅迫状の事は誰にも仰言《おっしゃ》らぬ方が宜しいと思います。あの用心棒氏なぞは犯人を摑まえるのに邪魔になればって、何のたしにもなりませんからネ。それから、あの甥御さんにもネ」

4　真夜の惨劇

その夜は忍び込みには持ってこいの、月のない暗い晩だった。飯島博士邸の高い石塀を乗り越える一人の男、……言わずと知れた鯱先生だ。この忍術の達人には、猛犬も用心棒も問題にはならないらしい。三十分の後には首尾よく建物の中へ入り、昼間入った広間へこっそりと忍び込んだ。暗闇でも眼の利く鯱先生は、懐中電燈もつけず、猫のように足音もなくスルスルと部屋を横切って、暖炉に近づいた。

置時計の裏側に手をやる――何もない。鯱先生はニヤリと笑った。とうとう夫人は「楊貴妃の眼」を泥棒に渡す決心がつかなかったと見える。

鯱先生は夫人の寝室の前に立った。二十分ぐらいも時間をかけて、音もなく鍵を開けスルリと、煙のように中に入って、再び鍵をかけた。ここにも暖炉があってその前に夫人の寝台《ベッド》がある。夫人の顔が鯱先生の眼には仄白くそれと窺われる。耳をこらすと、スヤスヤと寝息が聞こえる。緊張して待っていたに違いないが、いつかウトウトと眠りに陥った所だろう。

この間にと、鯱先生は壁を手探りに伝いながら、隠し戸棚の発見に取りかかった。とうとう夫人の枕許に近よった。丁度夫人の頭の所に、暖炉の上に大きな青銅の花瓶がのっている。それを手で触りながら、鯱先生はオヤと思った。

その花瓶の面《おもて》に細い凹凸《おうとつ》を感じたのだ。「ハテナ」彼が小さい豆ランプを点して検べて見ると、それは紐だった。花瓶の口に釣針のような小さな鉤かかかって、それから紐が花瓶の表面に貼りつけられ、ちょっと見ても分らないようになっている。紐は暖炉の棚の下で暖炉の金具にひっかけて棚の下を這い、更に壁を伝わって端の窓まで行っていた。この窓の硝子《ガラス》戸の下がほんの少し空いていて、そこから紐は外へ出ている。窓には鎧戸がしまってるので、それから先は分らない。

「ハアテナ」

鯱先生がそう呟やいた時、彼の鍛え上げた聴覚は窓外の庭を忍び足で近づいて来る怪しい跫音《あしおと》を聞き止めた。

京子夫人の寝室の窓に近よる怪しい黒い影……影は壁に取りつくと、気ぜわしく何かを捜している様子だ。とうとう探し出せた。紐だ、窓のふちから出ている紐だ。

彼はそれを左手に摑むと、右手に懐中電燈を持って鎧戸の空《す》き間から光線を部屋の中へ注ぎ込み、顔をくっつけて細いすき間から覗き込んだ。

弱い光線ではあるが、向うむきに寝ている夫人の頭髪が仄かにそれと認められる。その真上に暖炉棚の上に大きな青銅の花瓶がのっている……彼は用心深く夫人の頭から眼を離さずに、グイと紐を引っぱった。

重い花瓶は忽ち顚落してグシャッと夫人の頭を押し潰した。彼はそれまで瞬きもせずに見届けると、急いで懐中電燈をポケットに押し込み、それから慄える手で紐を手繰《たぐ》りよせた。鉤は花瓶が倒れると、すぐ口から外れて、紐はズルズルと彼の手に手繰りよせられた。彼はそれをポケットに収めると、悠々と辺りを見廻しながら、こっそりと窓を離れた。

ああ、何という、巧みな完全犯罪、彼はこんな新手《あらて》な密室殺人のトリックを考えついて、予め鯱先生の名で脅迫状を送り「楊貴妃の眼」を盗ろうとして、それが失敗したので予告通り夫人の命を奪ったのだ。

しかも鯱先生の脅迫状は夫人の手許にあるに違いない。それに、この完全な密室の殺人！……ああ、鯱先生でなくて誰がこの密室に忍び込む事が出来よう。疑いは完全に鯱先生にかかるのだ。

5　幽霊夫人

しかし、犯人は窓から三歩と歩むことは出来なかった。ガチャガチャと窓が開けられると、パッと鯱先生が飛び出して犯人に飛びかかり、引倒し、殴りつけた。

彼は、それが夫人の甥、優男の飯島猛である事を知ると、怒り心頭《しんとう》に発して目茶苦茶に殴りつけ、さすがの猛《も》者《さ》も手も足も出ない中に、完全に伸されてしまった。

しかしこの騒ぎは無言の中に素速くなされたので、誰の耳にもまだ入らない。猛犬のシェパードだけが早くも異変を嗅ぎつけて近よったが昼間からお馴染であり、たった今も牛肉《ロース》をふんだんに御馳走してくれた鯱先生には吠えかかろうともしなかった。

鯱先生の怒りはまだ納まらない。

「この野郎、よくも鯱先生の名を騙《かた》りやがったナ、太《ふて》え野郎だ。それにしても宝石のために伯母さんを殺すとは何事だ。実の伯母さんじゃねえか、何で伯母さんを殺しやがった？　さあ、その理由《わけ》を言え、言わねえか」

鯱先生の煉瓦でも平気で叩き割る固い拳骨が、感情に駆られてポカポカと雨のように来るのだから堪まらない。それでも、甥は組み敷かれながら、

「ラ、乱暴するな、そういう貴様こそ、俺の伯母を殺したのだろう。あんな所から飛び出しやがって、警察へ突き出してやる。俺は昼間から貴様を疑っていたんだゾ」

と悪態をついた。鯱先生これを聞くと、

「この野郎ッ！」

と怒り狂って、拳骨を雨霰《あめあられ》とふらせたので、とうとう甥は「ウーム」と唸って卒倒しそうになったが、あくまで、頑強に犯行を言おうとしない。却って、怪しまれるのは鯱先生の方だと考えているのだろう。

が、この時、どうしたのか、飯島はブルブルッと身を慄わして半身を起こそうとした。窓の方に目を剝き出しているのだ。鯱先生も思わず振り返ると、そこに——今鯱先生の飛び出した窓の所に、ボーッと白い影が浮かんでいるではないか。

髪をふり乱した、それはおぼろな女の姿だ。それがジーッとこっちを見下ろしている。飯島は恐怖に髪を逆立て、

「オ、伯母さん、勘弁して下さい。私が悪うございました」

と言って、そこへ身もだえして俯伏してしまった。

飯島猛は京子夫人の気に入らない情人を持っていて、それと結婚したいために、どうしても纏まった金が手に入れたかったのだ。それで、ひそかに「楊貴妃の眼」を盗み出して売り飛ばそうと思ったが、どうしても、その、隠し場所が分らなかった。それで、仕方なしに、伯母の生命保険の受取人が自分になっているのを利用して伯母を殺してその保険金を取る事に方針を変えた。

で、予め鯱先生の名で脅迫状を送り、宝石を出さなければ殺すゾと嚇かして、宝石を出したらばそれでいいし、もし出さなかったら、密室の殺人をやって罪を鯱先生になすり附けようと考えたのだった。

その脅迫状を外出する夫人のポケットに投入した日に、丁度、鯱先生主従が夫人に濠ばたで出会《でくわ》したというのは偶然の事であるが、天網恢々疎にして漏らさず、という所であろう。

6　トリックを破るトリック

「なあんだ。あんまり都合よく脅迫状が現われたんで、あっしゃあ先生が夫人のポケットに入れたもんだとばかり思ってやした。うまく騙されちゃった」

「フフフ。だが、俺が入れたなんて一言も言やあしなかったぜ。第一俺はあの部屋へ入ってから、暖炉だなに置時計だののある事を初めて知ったんじゃねえか、予めそんな脅迫状を書いておける訳はねえのだ」

「なるほど」

「いや、俺自身、鯱先生の署名のある脅迫状が現われた時にゃあ吃驚したヨ。もっとも、そのお蔭で夫人の気持がグーッと俺の方に傾いてきたんだから、俺は贋の鯱先生に感謝してえような気もしたがネ。

だが、あの脅迫状には正直の所、何か薄気味の悪いものを感じた。だから、俺は本気で夫人の命を護ってやりてえと考え出したんだ。本物の鯱先生なら、人殺しをするはずはねえが、贋者となると何をするか分ったものじゃねえ」

「だが、その鯱先生がついていながら、あんな綺麗な御婦人をその贋者にムザムザ殺さしちまったのはだらしがねえネ。そりゃ探偵小説なら名探偵が見張ってながら、その目の前で後から後から平気で何人もバタバタ殺されてくのを、名探偵は恬然《てんぜん》として悠々とパイプをくゆらして考え込んでるのが、普通だが、あっしゃあ、あんなもなあ名探偵だとは思わねえネ。犯罪を何とか食い止めるのが名探偵というものじゃねえかネ。もっとも、先生は泥棒で、探偵じゃあねえけれど……」

「周章《あわ》てるナ。まだ話は終らねえ、よく聞け……鯱先生があんな綺麗な夫人をムザムザ殺させるかい。

さっき、夫人の寝室へ忍び込んで、枕許の花瓶に紐がかけられてる事を発見したと言ったじゃねえか、鯱先生はこのトリックを見て、そのままにしておくかってんだ。

吾輩は早速夫人を起して寝台から下ろし、毛布をまるめて夫人の身体《からだ》のふくらみのように見せかけ、黒い風呂敷を夜具の襟からのぞかせて即席の案山子《かかし》をこしらえたのだ、窓からじゃ、遠い寝台の上の仄かな夫人の寝姿は、かすかにそこにいるという事ぐらいしか見えやしねえからナ。

こうして、犯人は鯱先生の逆トリックにひっかかって、美事に夫人を殺したつもりで逃げ出したのだ。その間、こう言っちゃ手前にゃ気の毒だが、寒さと怖さに慄える夫人を俺はキュッと抱きしめて、部屋の隅の寝台の蔭に小さくなって隠れていたのだ。それから、ドサリと花瓶が夫人の案山子を押し潰したので、慌てて窓を開けて飛び出し、犯人を取っ摑まえた、という訳サ。

え？　宝石はどうしたかって？　フン、これがそれだ」

鯱先生はポケットから、宝石筥《ケース》を取り出した。

「どうだ、美事なものだなあ『楊貴妃の眼』と、いうやつは！」

「へええ、とうとう初志を貫徹して手に入れやしたネ。どうして見附けやした？　さすがは鯱先生だ」

するると、鯱先生はポッと顔を染めて言った。

「ウン……イヤ……ソノ……これは夫人からの贈り物なんだ。どうも物盗りでなくて、申訳ねえような次第だがナ……」

犯罪の足跡

1　令嬢の消失

　この物語りは、その問題の夜の十時半頃、新たに積った雪の上に鮮かな二条のシュプールを引いて猪狩《いがり》青年が桜山別荘の玄関《ポーチ》に立った所から始まる。

　彼——長身のがっしりした体格の、藤原義江ばりに顎《あご》のはった三十才の猪狩青年は、スーッと玄関の戸をあけると、玄関わきの部屋で炬燵《こたつ》に入って寝酒をチビチビやっている下男の爺《じい》や小林正吉の部屋の障子をハタハタとたたいた。

「じいさん……じいさん……」

　耳の遠い爺やはそれでも気がつかないので、青年は障子をスーッとあけた。

「誰だ、誰だ」

　爺やが驚いて咎めると、猪狩青年は、

「僕だヨ。美耶《みや》さんは——お嬢さんはいるかい？」

「ああ、いなさるが」

「ちょっと呼んで来てもらえんかネ」

　爺やは暖かい炬燵からぬけ出すのが臆劫《おっくう》なので、腹立たしげに、

「こんなに晩《おそ》く何事ですか。明日《あした》にしたら、どうですかネ」

　というと、青年は声を荒くして、

「ナニ？　……用があるから言うんだ。横着言わずに呼んで来い。お嬢さんは今夜僕の所へ来る約束になってたんだ。それが来ないから、見に来たんだ」

　というので、爺やも負けずに、

「何言いなさる。お嬢さんがどんな約束なさったか知らねえが、止める気になってお寝《やす》みになっちまったんなら、仕様がねえでしょう。第一、お嬢さんが夜お出かけになるなんて約束をなさるかどうか……」

「オヤ、嘘だと言うのか。ちょっと玄関の前に出て見ろ。美耶さんは出かけるように、ちゃんとスキーを出してあるゾ」

「馬鹿なことを」

爺やは仕方なしに玄関の戸をあけて見ると、なるほど美耶お嬢さんの細いヒッコリーの生肌《きはだ》のスキーと、銀色の柄のストックが玄関前の壁に立てかけてある。そばに、今猪狩青年のはいて来た桜の黒塗り、巾の広い頑丈な重そうなスキーが雪まみれになって立ててある。

爺やは、ともかく、女中の雪江と芳枝に相談してみることにした。すると、年上の雪江が、

「じゃあ、芳枝さん、ちょっと美耶お嬢さんにそう言ってきてあげなさいヨ」

というので、若い芳枝は寝間着の上に着物をひっかけながら、二階へ上って行って、美耶の寝室の扉《ドア》をそっと叩いた。

しかし、何の返事もない。把手《ハンドル》をまわそうとすると、鍵がかかっていて開かない。思わずドンドン叩くと、廊下の向い側の二つの部屋の扉があいて、

「何だ?」

「どうしたの?」

といって、美耶の父桜山健蔵氏のスターリン髭のいかめしい顔と、妹娘の茉莉《まり》の花びらのように美しい顔が現われた。

そこで三人で扉をドンドン叩き、美耶の名を呼んだ。が、返事がない……

私は寝られぬままに、先ほどからの騒ぎに何事かと耳をそばだてていたのだが、慌てて上衣をひっかけて部屋を飛び出すと、隣室から同時に尾形先生が飛び出した。この人も起きていたのか。

二人は階段にかけつける。猪狩青年、雪江、爺やが階段を駆け上るあとから、私と尾形先生も駆け上った。

健蔵氏が自室から持ち出してきた合鍵で、やっと美耶の寝室の扉が開くと、そこには誰もが予期したかも知れない彼女の惨殺死体もなく彼女の寝台《ベッド》はカラッポだった。

尾形先生はキラリと目を光らせると、窓という窓を厳重に調べた。私たちも手伝ったが、窓はすっかり止め金がかかっていた。

「天井にも床にも壁にも抜け道はなし、と……まるで探偵小説のようですナ。美耶さんは密室の中で消失してしまった」

健蔵氏はいかめしい顔を蒼くして、

「じゃ、美耶は……美耶は消失! ……」

と言ったので、尾形先生はワッハッハと笑い出して、

「冗談ですヨ、桜山さん。扉の鍵が内側から掛けられ

た、と仮定すれば——と言うんですヨ。なあに、美耶さんは部屋から出て、扉に鍵をかけて行ったんですヨ」

尾形先生は事もなげにこう言ったが、実際はそう簡単に事は解決されないことがすぐに判明した。

一同で建物の内部を隈なく探し廻ったが、美耶の姿はどこにもなかった。それから建物の外部を探すことになったが、幸い、円い月が天頂に近く上って、雪の上は青白く明るかった。この時尾形先生の注意で、まず雪をふみ荒らさないように警告が発せられた。

玄関から家のまわりを、尾形先生を先頭に、桜山氏、茉莉、私、猪狩青年の順で、建物に沿うて一周して見たが、門から玄関へ入ってきた猪狩青年のスキーのシュプール二条の外には、何一つ新しい雪の上に印されたものはなかった。

「探偵小説だと、スキーの跡や足跡がなくても、竹馬に乗ってってたりするから、よく気をつけて見て下さいヨ。それから、電線をつたわって塀の外へ出たりする、飛んでもない事を考える人もあるが、電線にはみんな雪が積ってるから、その心配もありませんナ」

ふざけてるのか、真面目なのか、見当もつかない調子で、尾形先生はこんな事を言いながら、玄関前《ポーチ》に戻って皆の顔を見廻した。彼はいつの間にか、名探偵よろしくの態度で、期せずして皆を指導する地位を獲得してしまっていた。

「ここに玄関の前に美耶さんのスキーがおいてある。玄関の戸は爺やがいつものように内側から閂《かんぬき》をかけたというのに、それは外れていた。すると、美耶さんは、玄関を出て、ここからスキーに乗って出ようとした所で、ふわりと天人のように空に舞い上ってしまったか、あるいはスーッと煙のように消失してしまった——ということになりそうだなあ」

こう言って彼は玄関前《ポーチ》に立って、雲の中を走るように見える円い月を物思わしげにふり仰いだ。

2　不思議なエロティシズム

ここに述べようとする広義の密室殺人事件は、令嬢の消失という怪談じみた色彩を持って開幕されたが、もとより犯人の巧妙なトリックによってそう見えただけのことで、実は現実そのもの、頭のいい読者なら、読んで行くうちに必ずその謎を解明出来る、本格の探偵小説的事件である。

　ここで、この物語りの舞台と登場人物について、ちょっと説明を加えておこう。

　舞台はスキー場として有名なS高原にある前大蔵大臣桜山健蔵氏の別荘。その桜山氏には美耶（二八）と茉莉（二五）という二人の美しい令嬢がいることは、婦人雑誌の口絵などで知る人も多いだろうが、この物語りの女主人公《ヒロイン》の消失令嬢というのが、その姉娘の美耶さんなのである。

　美耶さん――と私は不用意にもさん附けしてしまったが、まあそれも仕方があるまい。彼女は私にとっては忘れがたい恋人だったのだから。彼女は閨秀《けいしゅう》作家として世に知られた人だが、大学を出たばかりの一介のなすなき文学青年に過ぎない私が、何でそんな彼女とそんな関係になったかと言うと、それは去年の冬、私がこのS高原へスキーに来て、足くびを捻挫して困っている彼女を、親切に助けて別荘まで送り届けてやったことに始まる。それから……いや、そんな経緯《いきさつ》を述べていたのではただの小説になってしまうから、それは一切省略することにするが、彼女の父の政治的・経済的地位勢力を利用しようとする野心を、彼女の名声と美貌に対する憧れでカモフラージュしてるような狼どもに対して、常に身にも心にも鎧《よろい》を着ていなければならなかった彼女にとって、私のような、アプレ青年らしくない、金や名前に超越してる変り者の、純情一途な思慕というものは、彼女のような利口な人間には一層めずらしかったのに相違なく、少くとも私は彼女にとって、彼女の虚勢を脱ぎすてた女性としての彼女を曝け出して見せる事の出来る唯一の窓であったろう、という事だけを付け加えておこう。

　この年上の閨秀作家は、二人きりになると、私の前でわざと書生のように乱暴にふるまって、やかんの口に口をつけて水をのんで見せたりして私を驚かし、

「ねえ、坊や。わたしもあなたが好きよ。だけど、結婚したいなんて言い出しちゃ駄目よ。あなたは可愛らしいけど、たよりないんだもの」

　などと高飛車な事を言って、私をがっかりさせ、

「いいえ、それは冗談だけど、わたしは男なんて嫌いなのよ……お父さんだって、その事でわたしを持て余してるの。ある意味で、お父さんはわたしを邪魔者だと思ってるのよ。早く死んじゃえばいいと思ってるかも知れないわ」

「そんな馬鹿なこと！」

「いいえ、ほんとよ。わたしとお母さんと、うまく行かないもんだから……わたしのお母さんと茉莉ちゃんのお母さんとは違うのよ。気がつかなかった？　わたしのお母さん死んじゃったのよ。わたしの赤ん坊の時に……でも、いいわ、そんな事。あなたに話しても分らない……だけど、ほんとにあなた茉莉ちゃんを愛してやってよ。ね、あの子は温和しくて、家庭的で、いいお嫁さんになるわ。あなたにはお似合いよ。年もあなたには丁度いいし……オヤ、どうしてそんな変な顔するの？　あの子、あなたが好きなのよ！」

なるほど、茉莉は姉に劣らない美貌の持主で――いや、普通の意味の女性らしい可愛らしさという点から言えば、彼女の方が優っているのだろう。それに、彼女が私を見る眼の中に、美耶が言うまでもなく、私は彼女の気持を察しない訳ではなかった。が、美耶の持つ不思議なエロティシズムに捕えられてしまった私には、この可憐な妹娘の単なる普通の女らしい美しさは、少しも私の注意をひくに値しなかったのであった。

「だから、あの子もわたしが居なくなればいい、と思ってるかも知れないわ。いいえ、きっとそうよ……わたしはいつか誰かに殺されちゃうかも知れないわ」

「フフ、被害妄想狂だネ」

私は笑ったが、その被害妄想狂の彼女が消失するという不思議な事件の起ったこの冬、彼女の別荘に泊っていたものは、彼女ら姉妹《きょうだい》と、年配のくせにスキーの好きな彼女らの父の桜山氏と、かく言う私との四人の外には、雪江と芳枝という二人の女中と、小林正吉という下男の爺やだけだった。

ところが、この事件の起る夜の前日、もう一人不思議な客人がこの別荘に来ていたのである。それは彼女らの遠縁の親戚になるという事だったが、美耶たちは「尾形先生、尾形先生」と親しげに呼んでいた。「G大学の教授よ」と美耶は彼を私に紹介した。三十七八の瀟洒《しょうしゃ》たる服装の紳士で、背のスラリとした肩はばの広い、スポーツマンらしい体格の、頼もしげな型《タイプ》の人物である。眼が射るような光を持っていて、鋭ど過ぎる感じがしたが、頗る優しい表情で初対面の私の手を握った。そんな気障《きざ》っぽい礼儀が、この人には少しも不自然でなく、なにかピタリと似合った感じを与える――そういうハイカラな紳士だった。

恋する若者には、必要以上に敏感な神経が働くものだ。私には「ハハア、この人はひょっとしたら、美耶が思ってる人ではないのだろうか」という事がピンときた。こんな瀟洒たる紳士が、スキー場では素晴らしいフォームで私たちを指導するのだから、私は「全く敵わぬ」という感じで圧倒された事を、正直に告白しておこう。

この尾形先生が来た日の夜、美耶の消失――実は殺害――という事件が起ったのは、偶然であったろうか。

これで、事件の当夜居合わせた登場人物の説明は済んだわけであるが――いや、もう一人居た。冒頭に出て来た猪狩青年だ。彼はこの別荘から一粁《キロ》ばかり川下に別荘を持っている、桜山氏の親友の息子で、美耶たちとはお友達の関係にあった。もとは互によく往き来した仲らしいが、私が美耶と親しくなってからはそうしばしば現われなくなったというのが、この青年は美耶に関心を持っていたらしく、美耶に私というものが出来て以来、彼の方は自然と遠くなったという、極めて問題になり得る間柄の男である。……こうして並べて見ると、女中や下男を除いては、令嬢美耶の周りにいた者は、どれもこれも――勿論、私自身をも敢えて除外はしないが――悉く怪しげな疑惑を抱かれる資格を充分に備えている人物ばかりであることに気がつくであろう。

3　寝室の密会

月を仰ぎ見ていた尾形先生は、ふっと現実に戻った顔つきで、

「雪の上には猪狩青年のスキーのシュプールの外には少しも足跡がない。すると、雪がやんでからは、美耶さんは建物を出ていないという事が分りますネ。彼女が空へ舞い上ったのでもなく、消失したのでもないとすれば、彼女は雪のやむ前に建物から出たと、考えなければなりません。……ところで、エエと、今日は四時頃から雪が降り出して、止んだのは九時頃でしたネ。美耶さんは夕食に出て居られたから、七時までは確かに家に居られた。七時から九時までの間に建物から出られた事になる」

「ド、どこへ行ったのだ、美耶は？」

桜山氏は取り乱して、玄関から門の方を睨んで、今にも駆け出しそうな気配を示した。

「いや、必ずしも門から外へ出て行ったとばかりは限りませんヨ。裏庭の方からも外へ出られるし、……そうだ、裏庭の亭家《あずまや》の前は、すごい断崖で下は川でしたネ」

尾形先生の言葉の内容の薄気味悪さに、サーッと顔を蒼ざめさせたのは、桜山氏だけではなかった。

「誰か七時から九時までの間に、美耶さんの姿を見かけませんでしたかねえ」

尾形先生はこう言って、二人の女中と下男の爺やの方を見返った。

女中二人は首をかしげたが、黙って頭をふった。爺やは聞こえたのか聞こえなかったのか、ボンヤリと空《くう》を見つめていたが、口をモグモグして何か言い出しそうな気配を示した。

私は急に気がついて言い出した。

「尾形先生、うっかりしてましたが、私は美耶さんが九時頃まで——いや、雪がやむまで確かに家の中にいた事を知ってます」

「ええッ」

尾形先生はギョッとしたように、私の顔を見つめた。

「ソ、そりゃ本当ですか、春夫君……そうすると、えらい事になるゾ。美耶さんが九時まで家の中に居たとなると、それから後で外へ出れば、新しい雪の上にスキーのシュプールか足跡がつき、もう雪はやんでるから、それが残ってなければならないはずだ。ところが、そんな跡は一つもない。……とすると、彼女は建物の中に居なければならない。が、居ない。……すれば、美耶さんは本当に消失してしまったことになる！」

広間に入って、ストーヴをおこし、皆はそれを囲んで適当な位置に椅子へかけた。女中二人と爺やは、遠慮して隅の方に立っている。

尾形先生は黙って煙草をふかしていたが、急に猪狩青年に向い、

「美耶さんは何時に貴方の家へ行く約束をしていましたか」

「エ……いや……別に時間はきめませんでした。……夕食後ということだったのです」

「ところが、雪が降るので彼女は出かけるのを止した、という訳ですネ」

「ええ、そうでしょう。ところが、雪がやんだので待ってみましたが、来ないので、見に来たわけです」

「何かそんなに今日会わなければならないような急ぎの用事があったのですか」

すると、青年はドギマギして、

「イ、いいえ、……別にそういう訳ではありませんが……ひどく会いたかったもんで……」

尾形先生は、ここでいきなり私の方に向き直った。

「春夫君、先ほどの九時まで美耶さんが家の中に居たのを貴方が知っておられる、という点ですネ、あれは非常に重大ですから、確実にしておきたいんですが、どういう風にして知っておられるのですか。彼女の姿を見かけたのですか」

「いいえ、……美耶さんと一緒にいたのです」

「なるほど。……そういえば、私は八時ちょっと前に、夕食の時に貴方に話してた詰将棋の詰め方を思いついて、貴方のお部屋の扉を叩いたのでしたが、貴方はいらっしゃいませんでした」

私は何という事なしにギョッとした。

「で、貴方はどこで彼女と一緒だったのですか」

桜山氏と猪狩青年とが、目を丸くして私の顔を見つめている。私は顔が赤くなるのを感じた。

「ソ、それは……」

「彼女の寝室ですか」

「ソ、そうです」

「そこで九時まで、彼女と一緒にいたのですか」

桜山氏はそばで溜息をついた。

「ええ、時計を見たわけではありませんが、雪がやんで月が出たことを知っています。電燈を消していたので、月が出て彼女の顔を明るくしたので、よく憶えているのです」

尾形先生の顔には、嬉しそうな明るさが漂った。

「フーン、確からしいですナ……すると、彼女は雪のやむまで、家の中にいた事は確実になってきましたネ……だが、待てヨ。そうすると、いよいよ彼女の消失という不可能事を、認めなきゃならん事になるのだナ。こりゃ困った」

尾形先生は困惑そのもののような表情になった。

4　危機！

この時、下男の小林正吉じいさんが、急に決心がついたように、咳払いをして饒舌《しゃべ》り出した。

「セ、先生、わしはお嬢さんが雪の降ってる中を、亭家《あずまや》の方へ出て行かれるのを見ました」

「えッ、ソ、それは何時頃だったネ？」

「そう……夕飯後じきでしたネ。七時半頃でしょうかネ」

「フーン……で、美耶さんは一人だったのかネ？」

「いいえ……」

爺やはここで不安そうに顔をあげて、私の顔をチラリと見てから、

「春夫さんと御一緒のように思いましたが……」

私は私の顔からサーッと血がひいて行くのを感じた。爺やの姿はチラッと見たが、向うでも気がついていたのか！

「春夫君、爺やの言うのは本当ですか」

「え……ホ、本当です……夕食後、私は美耶さんと一緒にいつも行くことにしてる亭家へ行きました。しかし、雪がひどく降ってるので、彼女の寝室へ行ったのです。そして、雪のやむまでそこで話をして、私は自分の寝室へ帰りました。これは先ほどお話しした通りです……亭家へ行った事は、別に隠すつもりはなかったのですが……。さっきはそういうお訊ねではなかったので……」

「いや、いいですヨ。だんだん事情がはっきりしてきました。……ところで、貴方が亭家で美耶さんと会った所までは、目撃者がいるから確実になったが、それから寝室で九時まで時間を過ごされた事は、貴方と美耶さんのお二人の外には誰も知らない訳ですネ。部屋へ入って行かれたのも、そっと行かれたのでしょうからねえ……無論、私も気がつかなかったのですが……何しろ密会だから仕方がありませんが……」

私は何か莫然とした恐怖に、戦慄が背筋を走るのを感じた。

「すると……するとですネ……こういう仮定に対して、貴方は弁明する方法はお持ちにならない訳ですネ。たとえば――たとえば、ですヨ。貴方は美耶さんをあの亭家の前の断崖へ突き落して、そっと自分の部屋へ帰って行ったのではないか……というような疑いですネ」

私は尾形先生の鋭い眼光に射すくめられて、ブルブルと身体が慄えた。

「マ、まさか、あなたは、……ボ、僕が美耶さんを殺したなどと……」

「いいや、仮定ですヨ。あらゆる可能《プロバブル》な場合《ケース》を考えてみよう、というだけですヨ……だから、これと同じ重さ《ウエイト》で、彼女が自分から断崖へ飛び込んだ、という事も考えられるし……それから、その場合にも、自殺でなくて過失で断崖へ落ち込んだ、という事もあり得ない事ではない。あるいはもっと捻って考えれば、貴方意外の彼女の命を狙う者が、一人亭家に残った彼女を断崖から突き落

とした——という場合だって考えられぬ事はない」

こう言って、尾形先生は意味ありげに桜山氏の顔をじっと凝視《みつ》め、それから茉莉の顔を眺めた。

桜山氏は急に気がついたように椅子から飛び上り、

「もし美耶が裏の崖から落っこったとすれば……」

と慌て出すのを、尾形先生は押し止めて、

「まあ、落ちついて下さい、いずれにしても、彼女が断崖から川へ落ちたとすれば、もう助かりませんヨ。第一、死体はとうに川下へ流れてしまっていますヨ。いずれ明朝あたり、川下で死体が発見されるでしょう。……ああ、猪狩君の別荘は川下の方でしたネ?」

尾形先生に急にこう訊ねられて、猪狩青年は慌てて「ソ、そうです」と返事をしたが、

「いや、先生が今仰言《おっしゃ》った、美耶さんが亭家の前の崖から落ちた、という場合は僕にも大いにあり得そうな感じが致しますネ」と、先生の説に賛意を表した。「そう考えれば、美耶さんが消失したなんて不可能事を考えないでも済む訳ですからネ」

「そうです、そうです。その方がよっぽど納得し易い考え方ですヨ……どうです、春夫君はまだ消失説の方に賛成ですか。貴方は亭家で彼女と別れて、一人で先に帰ったのじゃないんですか?」

私は私のまわりに危険な陥し穴がポッカリと口をあけてるような気がした。うっかりすれば、その深い深い陥《かん》穽《せい》にズルズルと辷り込んで行きそうな危険を感じた。何とかして、この蟻地獄から逃げ出さなければ! ……私はとうとう思い切って言い出した。

「先生……それじゃ先生は、僕が美耶さんと九時まで一緒にいたという事実は、認めて下さらないのですか……僕だって消失なんて怪談じみた不可能説に賛成する訳ではありませんが、僕の言った今の事はどうしても本当なんだから、仕様がありません。

では、信用して頂けるかどうか分らないけれど、二人きりでいたあの時の事を、も少し詳しくお話ししてみましょう。僕はいつも夕食後亭家で美耶さんと会っていたのですが、今日は雪がひどいので、彼女の寝室へ行ったのです。そこで色々話をしていた——という事は先ほど話しましたが、僕は初めて彼女の寝室へ入ったので、昂奮のあまり、彼女のブラウスの胸をひろげて、『オッパイを見せて!』と子供のようにせがみました。彼女の乳房はふっくらと空ざまに盛り上って、乳くびが小豆のように可愛く突起していました。

『可愛いオッパイ！』

こう言いながら、僕は夢中で彼女の乳をすいました。

電燈を消していたので、僕はスタンドの方に手を伸ばそうとすると、彼女が僕の手を押さえました。その時、雲間から月がもれ出《い》て、薄いカーテンを通して部屋の中に月光がさし込み、僕が見たいと思った彼女の乳房を、ポッカリとほの白く浮き上らせたのです」

「いつの間にか雪はやんでいた、という訳ですネ。それから？」

「それで、おしまいです。彼女は明るくなったので、慌てて僕を突き放し、僕は部屋へ帰りました」

「フーム、……貴方の話はさっきよりも大分実感が出てきましたヨ」と、尾形先生は思わず冷やかしてしまって、「いや、御免なさい。そんなに正直に告白して下さった事を感謝しなければなりません。私は貴方のお話を、今度は本当に信じたいと思う位ですヨ。……ですが、貴方が美耶さんと寝室で九時まで一緒に過されたという事実を信じようとしたら、どういう考え方をしたら、いいんでしょうネ？　雪がやんでから、彼女は居なくなった、足跡を少しも残さずに――という不可能事をねえ……ハアテナ……一つその可能性を考えてみましょうかねえ。貴方のために……というのは貴方は頗る危険な立場に追い込まれてしまってる訳ですからねえ」

尾形先生はこう言って、皮肉な悪戯《いたずら》っぽい眼で、私の顔をジッと凝視めたが、どういう意味か頭を横に激しくふると、椅子に深く身を沈めて、目をつぶって考え込んでしまった。そして、長い間ただやたらに煙草をふかすばかりで、物も言わない。すっかり尾形先生に指導権を握られてしまった私たちは、そういう先生の思索を乱すのを恐れるように、皆ジッと押し黙ってストーヴを見詰めながら、不安な気持を押さえつけてきた。

5　唯一の可能性

三十分ばかり、そのままの不安な沈黙が続いた後、尾形先生は急にパッと目を開いた。その眼は鋭い光を帯びて、闘志満々といった気勢に輝いて見えた。そして、独り言のように呟いた。

「そうだ。やっぱり可能性はただ一つしかない。その唯一の可能性をも少し突ッ込んでみる外はない」

桜山氏はさっきから待ち兼ねていたように、

「先生、娘の失踪を警察へ知らせて、捜索してもらおうと思いますが、どうでしょう」

と言い出した。

「ウム。そうして下さい。……しかし、これから誰かを警察へやったところで、捜索に取りかかるのは明朝になってしまうでしょう。私はそれより早く謎を解明するつもりです。美耶さんは果して生きていてくれるかどうか分らないが、とにかく、この謎を解かない事にはどうにもならないのです。一刻も早く謎を解いて、美耶さんの行方を捜索しなければなりません。

私はあと一時間以内に、謎を解いて見せられると信じていますヨ」

こういう尾形先生の態度は極めて自信に満ちていたので、桜山氏もそれに従う気になった様子である。

「じゃ、先生、謎は解けそうなのですネ?」

「サ、それですがね……」

尾形先生は立ち上って、猪狩青年の肩をたたき、部屋の隅へ連れて行って、声を低めて話し出した。しかし、異常に緊張している私の耳はどんな低声《こごえ》をも聞きもらすはずはなかった。

「猪狩君、ちょっと実験してみたい事があるんですが、君、協力してもらえんですかネ? ……なあに、簡単な事なんですヨ。ここの家でやってもいいんだが、ちょっと都合の悪い事があるんでネ」

こう言って、先生はチラと私の方に流し目をくれて、

「で、どうだろう、君の家はここから一粁《キロ》ばかりだと言いましたネ。すると、二十分ぐらいあれば行けますネ? ……じゃ、ちょっと君の家の一部屋を貸してくれませんか。大変押しつけがましくて悪いけど……」

猪狩青年が一も二もなく承知すると、尾形先生は、私に向って言った。

「春夫君、ちょっと私と一緒に行って下さい……それから、桜山さんも、何なら茉莉さんもいらしてもいいですヨ」

こう言われては、茉莉さんだって辞退する気にはなれなかった。私たち五人はスキーをはいて、雪の道を進んで行った。

雪の上には、先ほど猪狩青年が歩いて来たただ二条のシュプールが長々と続いてるだけだ。あとは犬の足跡一つない新雪だった。

やがて、シュプールは道から外れて、月光に青白く光る広い原の中を走っていた。道に沿うて行くより原を横

切った方が、青年の別荘へ行くには近いのであろう。なるほど、その方向に窓をもる灯りが見えてきた。

二条のシュプールはまっすぐに窓灯りの方へ続いている。そのまわりを私たち五人のスキーが滅茶目茶《めちゃめちゃ》に新雪を踏みにじりながら進んで行くのだった。

と、ある地点で、急にシュプールは左に曲って、森の方に近づいて行った。そして、木のある所まで達すると、そこからまた急に引ッ返すように戻って、灯りの方に進んでいた。

尾形先生は先頭に立って、わざわざこのシュプールの寄り道の通りについて行って、

「いやに無駄足をしてるナ。一体こりゃどうしたんです」

と猪狩青年に訊いた。先生は、こんな分り切った事を、わざとこんな風に訊いてみたい皮肉な人なのだろうか。猪狩青年は、先生の隣りに歩いていたので、仕方なしに、怒ったようにブスッとした調子で、

「用をたしに木かげに寄ったんですヨ」

と答えた。先生はそれを聞くと、

「ハッハッハ、そうですか」

と言ったが、まだ口の中で、

「フーム、そうか、そうか……」

なぞと言ってもっともらしく頷いたりしている。おかしな人だ。

それから五分ほどで一行は猪狩青年の別荘についた。それはたった一軒、山小屋のように孤立して立っているのだった。猪狩青年は一人だけで滞在しているらしく、暖炉の火も消えかかってるのを彼は急いで火をかき立てて生木《なまき》をほうり込むと、

「さあ、ともかく、あたって下さい」

といった。尾形先生はいかにも愉快そうに、

「ありがとう……さて、諸君」

と教壇の人のように演説口調で饒舌り始めた。

「私はさっき考えついた唯一の可能性について、道々も考えながら来たんだが、いよいよそれに確信を得たヨ」

そう言って、得意げに身体をそらして、皆の顔を睥睨《へいげい》した。

「と言って、私は決して諸君の知らない事実を発見して、こっそり自分の考え方を確かめてる訳では決してない。その唯一の可能性というのも、諸君が皆見てる所のものから考えついた事で、今途中でそれに確信を得させ

た事実というのも、諸君が皆見てる所のものなんだ。データは諸君と全く同じなんだヨ。どうだネ、諸君、私より先に真相を見抜いた人はいないかネ？　誰でもいい、一つ私より先に、美耶さんを消失さした犯人を指摘してみないかネ、ええ？」

桜山氏は待ち切れずに、

「先生、ム、娘はどこに……」

というのを押さえて、尾形先生は、

「桜山さん、どうもお気の毒ですが、美耶さんの命はもうないようですナ。諦めて下さい……じゃ、もう五六分待って下さい。犯人を指摘してお目にかけますから。それから直ちに死体の捜索に取り掛りましょう。どうだネ、春夫君は？　分らんかネ？」

私は黙って頸をすくめた。

「猪狩君は？　……」

猪狩青年も首をふった。

「茉莉さんはどうですか？」

「分りゃしませんわ、先生。早く教えて下さい……誰ですか、犯人は？　……犯人はこの部屋の中にいるのですか？」

「勿論います。我々の中にネ……今、『この人！』と指摘してお目にかけます。驚かないで下さいヨ」

こう言いながら、尾形先生は私たち四人の顔を順々に睨《ね》め廻した。

私は何とも知れぬ薄気味悪さに、背筋がゾーッと寒くなって、顔色がサーッと蒼ざめて行くのが自分でも分るような気がした。しかし、それは私一人ではなかった。ほかの三人――桜山氏も、茉莉も、猪狩青年も、同じように蒼白な顔で、ジイッと尾形先生の顔を見つめるのだった。

6　トリックの暴露

「諸君、私は先ほどから大変出しゃばって、今はとうとう美耶さん殺害の犯人を指摘しようとしているのですが、諸君はあるいは私を、出しゃばりな怪しい人間だとお疑いになってるかも知れません。で、私は犯人を指摘する前に、私が何でこういう探偵じみた事に興味を持っているのか、その御不審を霽《は》らすために、私自身を御紹介しておくことにしましょう。これはまだ美耶さんにも、桜山さんにも茉莉さんにも話してない事で、今日初めて打明ける、いわば私の秘密に属する事ですから、どうかここだけの話にしておいて頂きたいのですが、私は実は……何を隠しましょう、この頃紳士盗賊として世間に評判の『鯱先生』というのが、実はこの私なんですヨ」

「アッ！」

四人の口から異口同音にこの叫びがもれた。

「鯱先生！」

私は心から驚きの声をあげた。

「諸君、御存知でしたか。これは光栄の至り、ハハハ……ところで、その鯱先生が今夜は図らずも、物盗りならぬ探偵劇の一幕ということになりました。では、前置きはこの位にして、早速お待ちかねの結論を申し上げましょう。

私がさっきから考えていた唯一の可能性というのは、雪がやんでから美耶さんはあの別荘を出られて、この猪狩君の別荘へ来た――という事だったのです。

それが、今確認されました。御覧なさい。ここに――この椅子の下に、美耶さんの頸巻《マフラー》が落ちているじゃありませんか」

鯱先生は手品のように、猪狩君の椅子の下から紅い頸巻を取り出した。

「アッ、それは……」

と、猪狩青年が叫んだ。

「ネ、茉莉さん。これはお姉さんの頸巻でしょう?」

「エ……タ、確かに姉さんの頸巻です！」

「シ、しまった、どうしてそんな物が……」

顔を土気色にし、身体をガタガタ慄わせながら、凄まじく目をむき出して、鯱先生を睨みつけている猪狩青年に、鯱先生は静かな声で言った。

「猪狩君、もう駄目だヨ。蛇《じゃ》の道はへび、というが、小へびのやる事は大蛇にはすっかり分ってしまうのサ。君のやった事は私にはもうすっかり分ってしまったんだヨ。君が美耶さんを殺して、美耶さんが君の所へ来たスキーのシュプールを消すために、その上を君の太いスキーで踏んで美耶さんの別荘まで歩いて行った、素晴らしい苦心のトリックもネ！」

「アアッ！」

猪狩青年は蒼白な額から膏汗《あぶらあせ》をたらして、フラフラと立っていたがドカリと倒れるように腰をおとし、頭をかかえて俯むいてしまった。

鯱先生はその肩に手をかけ、優しい声で言った。

「さあ、君、すっかり告白し給え。君はどうして美耶さんを殺したのだ？　あんな美しい人を……」

青年は顔をあげて、鯱先生の眼と眼を合わせると、ポロポロと泪が頰の上を流れたが、

「僕は……僕は……どうしても美耶さんに未練が断ち切れなかったのです。あの人は女らしくない、などとよく人は言うけれど、僕にはあの人は女性の中で最も女性的なんです。僕はあの人に愛想尽かしされたけど、どうしてもあの人を諦める事は出来なかったのです。あの人を外の奴に奪《と》られる位なら、殺してしまおうと決心したのです。

で、今年もここへ春夫君らとスキーに来たというのを聞いて、僕は一人でこっそり後を追って来たのです。

今日は午後から雪が降り出して、今夜はやまぬというラジオの予報だったので、僕はいよいよ僕の計画を実行しようと決心しました。

そして今日スキー場でひそかに美耶さんに出会い、『今夜九時頃僕の別荘へ来てくれ。話し合って清く別れたいから』と言ったのですが、彼女はそれを拒絶しました。そこで僕は『では、君の可愛がってる春夫君の身の上に、どんな不慮の事件が起るか分らないヨ』と言って脅迫したのです。すると、彼女は暫くじっと目をつぶって考えていましたが、『それなら、行く』と答えました。

彼女は誰にも言わずに、こっそり家を出るに違いない。そして、雪が彼女が僕の別荘まで来た証拠をすっかり消してしまってくれる——僕はそういう計算だったのです。

美耶さんは九時半頃やって来ました。僕は彼女の前に膝まずいて、『昔の関係を恢復してくれ』とせがみました。しかし、僕を軽蔑し切ってる彼女は、すげなく拒絶いたしました。

そこで、僕はかねての計画を実行する外はないと決め、用意しておいた大石を布袋にくるんだやつを振って、彼女の後頭部へ叩きつけ、その場へ昏倒したのを、裏の断崖へ運んで行って、川の中へ投げ込んでしまいました。

こうしておけば、彼女はどこかで過って川へ落ち込んだ事になるだろう、と考えたのです。頭を打ってますが、これは川へ落ちる時にぶつかったものと思われるでしょうから、大丈夫です。

こうして周到に計画してやった犯罪でしたが、彼女を断崖から投げ込んでしまってから、僕は初めて雪が降ってない事に気がついたのです。そんな事にそれまで気がつかなかったほど、僕はすっかり上っていたのですネ。

『これは大変な事になった』と部屋へ入って頭をかか

えて考えこみました。

もう殺してしまったのですから、どう仕様もありません。ともかく、彼女の別荘から僕の別荘まで、彼女の細身のスキーのシュプールがハッキリと二条ついていたんでは、彼女が僕の家へ来たことはすぐ分ってしまいます。彼女と僕との仲は彼女の家族にはすっかり知られてますから、僕はすぐ疑われてしまいます。僕は何はおいても、彼女のシュプールを消してしまわなければならぬ――と結論を下しました。

そこで、僕は僕のスキーをはいて彼女の細いスキーのシュプールを踏んで丁寧に消して行ったのです。

初めは、それからどうしようという考えもなかったのですが、うまく彼女の別荘の玄関まで、完全に彼女のシュプールを消し終えた時に『さて……』と考えました。彼女の細いシュプールはなくなったけれど、新しい雪の上にただ二条、僕の太いシュプールが彼女の別荘と僕の別荘とを連ねているのです。彼女の失踪はやがて家の人が気づいて騒ぎ出すでしょう。そうすれば直ちにこのただ二条のシュプールによって、僕の姿が皆の頭に浮ぶでしょう。その時に、僕がここへ何しに来たか、皆が納得するでしょうか?

そう考えた僕は、幸いにも彼女のスキーとストックを持ってきていたので、それをそっと玄関前の壁に立てかけ、僕はとっさに居直って、『美耶さんが僕の所へ来ることになってたのに来ないから、迎えに来た』というお芝居をうつ事に決心しました。あとは御存知の通りです。怪談説になったり、春夫君が疑われたりしましたが、鯱先生さえいらっしゃらなかったら、あのシュプールを消したトリックは誰も気がつかなかったでしょうから、結局有耶無耶《うやむや》に終る所じゃなかったでしょうかネ。ほかには何の摑まれる証拠も残さなかった積りでした……だが、実際は美耶さんの紅い頸巻が残ってたんですねえ。僕もトンマだなあ。……ああ、喉が乾いた」

青年はそばの水入れからコップに水を満たして、うまそうにガブリと飲みほしたが、

「それじゃあ、鯱先生、僕は絞首台で恥をさらすのは厭だから、一足おさきに失礼さして頂きますヨ」

その言葉が終らぬ中に、猪狩青年は「ウ、ウーム」と呻いて、喉をかきむしって、椅子から床へ崩れ落ちた。

7　エピローグ

「しまった。毒をのんだナ……が、まあ、犯罪がばれた以上、どっち道助からないんだから、仕方がないだろう」

鯱先生は青年の手頸の脈を見ながら、

「だが、猪狩君、そう早く死んじまったんじゃ、私が返事をする暇がないじゃないか。……君は決してトンマじゃなかった事だけは、教えて上げたかったネ。

美耶さんの紅い頸巻といったのは、茉莉さんが今巻いてきた頸巻だったんだヨ。二人はお揃いの頸巻だったんでネ。……私は私の結論に確信がついたので、犯人に止めを刺すために、ちょっとトリッキーだったが、ここの玄関口で茉莉さんから頸巻を拝借して、最後のきめ手として用いた、という次第サ。

ところで、シュプールのトリックには私も危うく騙される所だったヨ。春夫君が美耶さんの寝室へ入って、美耶さんのオッパイを月光で眺めたりして、雪のやむまで美耶さんが家にいた事を確認しなかったら、このトリックは永久にばれなかったかも知れないネ。私は春夫君に感謝するヨ」

私は羞かしさに顔がポーッと赤くなるのを感じた。

「春夫君のお蔭で、美耶さんは雪がやんでから家を出た事が確かになった。しかも、雪の上には一つも足跡がない――この怪談じみた令嬢消失事件を、私に怪談でなく解決する方法は、たった一つしかない事に気がつくのに三十分もかかってしまった。気がついてみれば簡単すぎる位、簡単なことなのにネ。シュプールが重なったというだけの事なんだからねえ、ハッハハハ。

それから猪狩君のシュプールについて、この別荘へ来る途中で、用をたす為にシュプールがグーッと左へ曲って木かげに寄ってる所があったネ。

あれで、私は確信を得たんだヨ。

『こりゃ女のシュプールだ！』

とネ。こんな顎のはった青年が、あんな無駄道をして木かげまで用をたしに行くって事は、考えられんじゃないか。それから、あすこからこの別荘までは五分ぐらいしかなかった。いいかい。桜山別荘からこっちへ来たんなら、あすこで用をたしても不思議はないが、猪狩青年はここから、桜山別荘へ行った訳なんだぜ。

ここを出て五分位で用をたすんなら、ちゃんと家でして行くはずじゃないか……オヤオヤどうも話が下ってしまって失礼！

じゃ、この辺で話は打切りにして、桜山さん、温かい物でも飲んでから、一つ皆で川下の方へ美耶さんの死体を捜しに行こうではありませんか。茉莉さん、一つ手伝って下さい……。

だが、このシュプールのトリックは美事だったなア。新しく積った雪の上に、美耶さんの出て行った跡がないと言いながら、実はそれを踏み消した太いシュプールが二条、玄関から門の方へ誰の目にもあざやかに、これ見よがしについていたんだからねえ……」

獺《かわうそ》の女

1　ルビー「獺の眼」

「先生、鯱《しゃち》先生……」

「おう山猫か。どこへ行っていた？　この頃いやに一人でぶらぶらっと出かけるようだな」

「いえ、なに、ソノ……」

柄にもなく山猫はドギマギして、ポッと顔を赤くした。

「なにね、ソノ……ついふらふらと散歩をしたくなっちまってね……山の温泉もいいね、先生」

「そうか、そんなに山の温泉が気に入ったか、それはよかった……どこまで散歩に行くのかね？」

山猫は何か話をそらしたいらしい風情で、

「へえ、いや……時に、先生、何かしきりに御覧になって、ためつすがめつしていらっしゃるようですが……一体、何ですね？」

「これか、ルビーさ」

鯱先生は右の指で支えていたものを、左の掌《てのひら》の上にのせ、山猫の鼻先きへ突き出した。山の端に沈む夕日の赤さを、凝り固めたかと思われる、血のしたたるような赤い明るい小さな塊まり！

「ああ、ルビーか」

「オイオイ、簡単に言うなよ。ルビーでも、これほどの大きさと色を持ったものは、そうやたらにはないのだ。宝石の好きなものなら、『あああれか』とすぐ分る、世に知られた逸品の一つなのだ。『獺の眼』という名前でな」

「『獺の眼』奇妙な名前ですね……何ですか、先生、獺の眼ってもな、赤えもんかね」

「さあ、それは知らんが、とにかく、このルビーの赤い色を凝視《みつ》めていると、何となく獺の眼を連想させる」

「へええ、知らねえもんでも、何となく連想させるとは、偉いもんだな。あっしなざ『獺』ってえと、こんなものより、何かこう……キューッと抱きしめようとすると、スルリと摺り抜けてしまう、身体《からだ》のしいなしなした、ほっそりと肉のしまった、活きのいい悪戯《いたずら》っぽい美しい女を連想しちゃうね」

「ホホウ、山猫にしちゃあ、馬鹿に長々と形容詞を並べたもんだな。情熱的で、いやに実感がこもってたぞ」

山猫は、ますますあわてて顔をまっ赤にした。鯱先生もようやく気がついて、

「オヤ、お前、どうも近頃ソワソワしてると思ったが、何かあったな。フン、よし、そのお前の『獺』を連想させる女というのは、どこにいるのだ?」

「恐れ入りやした。どうも先生にあっちゃ、かなわねえ。何でも見抜かれちゃうんだから。……照れ臭くて、お話しにくいんだが、せっかくだから、已《や》むを得ずお話し申し上げやしょう。実はね――」

実は、訊ねられなくても、言い出したくて堪まらなかった所なので、山猫は嬉しそうに身体を乗り出して、

「実はね。その『獺の女』は、ここから目と鼻の間にいるんで……この宿屋の別館……ホラ、向うの建物の、ここと同じ二階の、左の端から三つ目の部屋……ソラ、見えるでしょう。あすこに居るんですよ。先生、この手すりの所まで来て御覧なさい。ホラ、斜《はす》向うに……」

「ドレドレ、フーン、驚いたな、あんな所に、そんな獺に似た美人がいたのか」

「――とはさすがの鯱先生も、気がつきませんでしたな」

山猫は得意げに鼻をうごめかす。

「障子が開いているから、きっと部屋に居るんでしょう。ちょっと、呼んでみましょうか」

山猫は口の両側に両手を当てがって、深く息を吸いこみ、大声を出そうとするから、鯱先生は驚いた。

「おい、よせよせ。冗談をするな」

と言ったが、間に合わなかった。

「ミ、チ、ヨ、さーん、……ミ、チ、ヨ、さーん……」

山猫の胴間声は、山の湯宿の、夕方の空気をふるわして鳴り響いた。

と、その問題の部屋の開いた障子のポッカリとした暗闇を背景にして、ゆらりと女の姿が浮かんだ。紫がかった着物をつけた白い顔の、さらりとした女の姿だ。

女はこちらを見て、山猫の顔を認めたらしく、白い歯を見せた。それから鯱先生の方を見て、ニッコリ頰笑んで軽く会釈をした。それからちょっとの間、手すりに摑まってこちらを見て佇んでいたが、とても話の出来る距離ではないので、やがて、片手をあげてニッコリ笑いな

がら奥へ引っ込んだ。夕闇に浮いた女の美しい笑い顔と、片手をあげた時に二の腕まで見えた、その腕の白さとが、快い印象で鯱先生の瞼に残った。

「どうです。先生、獺に似た美人——ではありませんか」

「ウーム、たしかに、あれは美人だな、美しいよ。獺にも似てるかも知れん」

鯱先生は、いつもに似げなく素直に山猫の言う所に賛成した。よほど、女の美しさに感心したらしい、それから、急に気が付いたようにわめき立てた。

「オイ、こら、山猫。あれは、一体どういう素性の女で、お前、今あの女の名を呼んでいたが、お前はどうしてあの女と近づきになったのだ？　どういう切っかけから、口をきくようになったのだ？　早くそれを話せ」

2　岩屋風呂で

それは一昨日《おととい》の夜のことであった。

山猫は夜中にふと目がさめてしまった。寝つかれなくなってしまったので、湯を浴びて来ようと浴場へ下りて行った。この建物と向うの別館の建物との間にある浴場へ、渡り廊下を渡って行き、普通の浴室へ入ろうとして急に気が変り天然の岩風呂へ入って行った。

湯につかって、いい気持になってウトウトしかけているとそこへあの女が入ってきたのだ。

山猫は岩かげに隠れるような恰好になっていたので、女の方は初めは気がつかなかったらしいが、やがて湯気の中に爛々と光る山猫の眼光を肌に感じたのか、ふとこちらに目を向けると、「キャーッ」と声を立てそうになった。が、危うくそれを呑み込もうと努力してる様子だ。

山猫はあわてて「やあ——」とか何とか、訳の分らない声を出した。すると、女の方はやっと落ち着きを取り戻した顔色で、「あら、御免なさいね」と向うであやまってる。

それから山猫の声をしげしげと眺める様子だったが、急にニコニコして、

「あら、あなた、本館の二階にいらっしゃる方ね。わたし知ってるのよ。いつも手すりにつかまって、頬杖をついてボンヤリ外を眺めたりしてる……ホホホ、わたしの部屋から見えるのよ」

山猫は顔を赤くした。実は、ここへ着いた日から彼は、

別館のこの女に気がついて、いつもこの女の姿を人知れず見惚れていたのだ。それが、女の話によると、どうやら初めから女の方では気がついていたらしい。

「あら、逃げ出さなくてもいいのよ。わたしちっとも構わないのよ。構わないどころかわたし一人っきりでしょ？　だから、退屈で困ってるのよ。誰か人間《ひと》と話したくて仕様がなかったの。ね、あなた、もう少し話しててよ。ね、おいや」

女は、山猫のそばに身体を寄せてきて、悪戯っぽく目をクリクリさせて、山猫の眼の中をのぞき込む。

「ウン、いや……いいやだなんて事あねえですが……」

女の顔があまり近いので、山猫は照れて後ろの岩の上に這い上った。すると、女はすぐあとからザーッと身体を起こして、山猫のすぐわきの所へ上って来た。桃色に上気した色白の美しい豊かな肉付きの女の身体が、いやでも山猫の眼の中に入って来る。山猫は眼のやり場に困っている。

女は歌うような美しい甘い声で話しかける。

「あなたあ、隣りの部屋の方と御一緒なの？　あの方、どういう人なの？　始終、本ばかり読んでるらしいわね。……あんた方、一体どういう間柄なの？　……お友達？

……でもないわね、一体どういう関係なの？」

女ののんきな質問に、山猫もつい釣り込まれて、

「いや、あっしの親分……（と言いかけて、あわてて口の中でムニャムニャとごまかし）ッ、つまり、あれはあっしの先生なんですよ」

「まあ、先生なの？　そう言えば、あの方どうも学者らしいと思ったわ。あなたあの人の生徒だったのね。すると、あなたも学者の卵？」

「プフッ、飛んでもねえ。あっしが学者の卵だなんて、笑わしちゃいけません」

山猫はあわてて否定した。

「が先生といってもね、あれは実は、泥棒の大先生で、物盗りの名人という訳なんですよ。あっしあその一の乾児《こぶん》という訳なんで……」

と説明したいのだが、そうも行かないから口惜しそうにただ目をパチクリさしている。そのトボけた顔つきを、女は見上げて笑い出しながら、

「あんた、ほんとにいい方らしいわね。お願い、これからお友達になってね。あたし、退屈で死にそうなの」

そういって、女は身体をしなしなとよじって見せた。それから、急に目を輝かして、

「まあ、あんた、男らしいいい身体をしてるわね。強そうね」

と言って、無遠慮にジロジロと山猫の身体を睨《ね》め廻わす。それから、深い眼付きでジーッと山猫の眼の中を覗き込むようにして、

「ねえ、あなた、お友達になったお印しに、肩を流して上げるわ」

というと、ツッと立ち上って、山猫の後ろに廻わった。山猫があわてて、逃げ出そうとするとその肩さきを女はその柔らかい両手でピタッと押さえつけた。

「ストップ！　そこで、ちょっと止《や》めろ」

山猫のお喋《しゃべ》りを聞いていた鯱先生が、急に手をあげて制した。

「どうも大変御馳走様なお話だが、時節柄、それ以上の描写は、ちっと官能的になるから遠慮してもらおう。さて、それでお前があの御婦人と、湯殿で打ち解けたお友達になった、という事が分ればそれで、いいんだろ」

「へえ、まあ早く言えば、そんなもんですかな」

「ところでだ、それから、昨日、今日と、お前は俺と部屋を別に取ってやったのをいい事にして、部屋をあけてばかりいた訳だな、ふらふら散歩してたなぞと言ってたが、あの女の部屋に入りびたりだったんだろう。散歩してる暇なぞはあるまいて」

「いいえ、そうでもありやせん。あの女の部屋に入りびたりと限った訳でもありません。たまには、ふらふらと散歩もして歩きやした。但し、あの女と二人でお手々をつないでね」

「この野郎、殴るぞ、親分の——いや、先生の前でのろける奴があるか。……だが、オイ、山猫お前らは、ほんとに打ち解けたいいお友達——という範囲は越したんじゃあるまいな。まさか山猫が恋愛してる訳じゃなかろうな」

「ト、ところが、どうも先生の前で何ですが、どうやらちとそのけがありやすんで……」

「ナニ？　お前がその女に惚れた、というのか？」

「へえ……どちらもほの字なんで……互に惚れつ惚れられつ……」

「馬鹿野郎、ふざけるな。しかし、ありがたいもんだなあ、さっきの女、なかなかいい女だったが、手前《てめえ》にほの字とは、なかなか奇特な女だ」

「え」

「いや、物好きな女もあるもんだ、ということさ、ハハハハハ」

3　あなたの身代りに

翌日の夕方、山猫は相変らず手すりにつかまって頬杖をついてはいるが、甚だ浮かない顔つきをしている。というのは、さっきからあのはす向いの別館の女の姿が見えないのだ。

「オイ、山猫俺はちょっと散歩に出るが、一緒に行かないか」

「へえ、行きやしょう」

つい今しがた激しい夕立のあった後なので、山の空気は凄く爽やかだ。二人は湯元への道を辿って行く。所々に土産物店がある。右側の渓間には霧がたちこめている。

「オヤ、あれは『獺の女』じゃねえか?」

鯱先生の言葉に、山猫はびっくりして、

「あッ、そうだ！　後ろ姿だが、はっきり分る。あの女に違いありません」

「だが、見ろ。誰か連れがあるぞ」

「あッ、本当だ。一体ありゃ誰だ?」

「誰だか知らねえが、ああして仲よくピッタリ寄り添って行くからは、どういう関係の人かは分り過ぎるほど分るな」

「オ、おかしいなあ……」

山猫は薄闇の中で目の色を変えて前方を凝視めている。

「や、男が女の方に顔を向けて何か話してる。横顔だがキリッとしたいい男らしいな」

「ヘッ、痩せ犬め！」

「ああいうのは、痩せてるというより、スマートと言うものだな。美男美女で似合いの連れだ。昨夜《ゆうべ》の手前の話より、よっぽどこの方がまともだ。どうも昨夜はちと話がおかしいと思ったんだ」

「いや、そんな……ハアテね」

湯元の大きな黒い岩のある、その陰の暗がりの中へ二人の姿は消えて行った。ここはもう灯りもなく、木立ちが繁っているので、あたりはひどく暗い。散歩客は大抵ここまで来ないで、所々に電灯のついてる散歩路だけで引ッ返してしまうのだ。

「オヤ、奴らは、あの暗がりのベンチに腰かけて何か話し込んでるぞ。ひとつ立ち聞きしてやろう」

「へえ」

山猫も気色ばんで二人はそっと相手に気づかれぬように木立から木立へ身を隠しながら、音も立てずに二人に近づいて行った。


「いいえ、本当よ。大神田《おおかんだ》はあなたの事を感づいたのよ。そりゃ、あの人はこわいんだから、……あなた当分わたしに近よっちゃ駄目よ。命がないわよ」

「ブルル……そう嚇かさないでくれよ。こっちは、ああいう炭坑夫あがりのボスとは違って、至って気の小さい方なんだからな。……いや、しかし、美智代さん、うまい事を言ってそろそろ僕を邪魔にして遠ざけよう、ってんじゃないのかい？　いいえ、僕は知ってるんだよ。君はあの本館の山猫とかいう妙な男と、近頃大分親しくしてるようじゃないか」

「あら、冬樹さん、変な誤解しないでよ。実は、その山猫の事で今夜はあなたに話があって、こうしてわざわざ人のいない淋しい所へ出て来てもらったのよ。実はね、あの山猫という男はね、わたし、あなたの身代りに使おうと思って、手馴ずけてるのよ」

「僕の身代り？」

「そうよ、大神田の乾児の一人が、わたしにそっと知らせてくれたんだけどね……大神田は、明日《あす》の晩あなたを殺す計画を立ててるのよ」

「ええッ、ホ、ほんとかい、そりゃあ？」

「冗談にこんな事言わないわよ。大神田は、わたしとあなたが一日おきに、あすこの祠《ほこら》で逢い引きしてる事を嗅ぎつけちゃったのよ。で、明日わたし達が逢ってる所へ、いきなり大神田がやって来て、あなたを匕首《あいくち》で一刺しに刺し殺してしまうんだって……いいえ、あの人はほんとにそういう事をやり兼ねない人なのよ。それに、後始末は遊人同志の仲間喧嘩ってことにしちゃえば、大したことないし、あの人の代りに罪をかぶって刑務所入りをする希望者はいくらでもいるんだし……わたしこの殺人の話、本当だと思うのよ」

冬樹は、ゾーッとして、首をすくめ、

「いやだなあ、……ド、どうしたら、いいんだ？　僕あ逃げ出すよ」

「だからさ、あなたは明日は逃げててくれればいいのよ。わたし、明日の晩は、あの山猫を祠に誘い出して、あなたの身代りに大神田に殺させちゃう積りなの。大神田はあなたの顔を知ってる訳じゃないから、大丈夫なの。

ね、なかなかうまい計画でしょ？」

「ウン、そりゃいい考えだ。じゃあ、うまくやり給え。僕は明日は祠へは近寄らないようにしよう……。だが何だか、面白そうだな。その僕の身代りの甘ちゃんが、刺し殺される所を見物に行くかも知れないよ」

「駄目よ、駄目よ。危ないから、決して明日は来ちゃいけませんよ」

「よし、よし、冗談だよ、……だが、うまくその山猫って男が、祠までのこのこ誘い出されてくれるかなあ……」

「そりゃあ、大丈夫、わたしがちょいと色仕掛けで、最後のものを提供するように匂わせりゃ、尻ッ尾を振って飛びついて来るわ、そりゃ、あの男、騙まし易い甘ちゃんなんだからフッフッフ……」

「チ、畜生ッ……」

拳をふるわして、山猫は飛び出そうとする。それを押し止め、相手の二人に気づかれぬようにそっと立ち聞きの場から待避して行くのに、鯱先生は大骨を折らなければならなかった。

4　宝石の交換

「もう寝ろよ、山猫、そう口惜しがるな。今夜あんな立ち聞きをしたから、手前は危うい命を助かったんじゃねえか。命冥加《いのちみょうが》を感謝して寝ろ」

「いえ、先生、あっしゃあ、どうしてもこのまま黙って引ッ込む気にゃなれねえ。あの憎い女、たたっ殺してやります」

「馬鹿。むだな骨折りはやめろ。あんな詰まらねえ女、たたっ切った所で、どうなるものか。それより蠅でも叩ッ殺した方がよッぽどましだ……オヤ手前泣いているのか？……ウムそんなに口惜しいか」

鯱先生はちょっと口を噤《つぐ》んで考え込んでいたが、

「よしッ、俺だって、可愛い乾児をこんな目に合わされて、口惜しくねえ事はねえんだ。ただあんな者相手にするのが馬鹿々々しいから、と思ったんだが、……よしそんなら、一つあの太《ふて》え女に吠え面《づら》かかしてやるか。だが、叩ッ殺すのは、いけねえ。俺はうまい事を思いついた。この『獺の眼』をあの女に見せびらかして、大金を巻き上げてやろうじゃねえか……あの女、宝石に興味を持ってるか?」

「え、そりゃもう大変興味を持ってますよ。自分でも『わたしは宝石気狂《きちが》いよ』なんて言ってる位ですからね。なかなかいい物も持ってるらしい、ボスの大神田から手練手管で捲き上げたもんでしょうが……中でも、何とかいう素晴らしい大きなダイヤを持ってて、これは命から二番目に大切なもんだとか言って、あっしにも何度も見せてくれやしたが……ええこれだけはどんな所へ行く時でも、肌身離さず持って歩くんだとかいう話なんで」

鯱先生の目がキラリと光った。

「そうか、それは耳よりだ。じゃあ、こういう事にしよう」

それから十分後、別館の女の部屋に灯りがついた。女は帰ったらしい。山猫は鯱先生から授けられた秘策を胸に収めて女の部屋を訪れた。

「まあ、山猫さん、よく来てくれたわ。会いたくて堪まらなかったのよ」

女はいつものように愛嬌《あいきょう》よく迎える。が、山猫の方はいつもとは違う。

「あら、どうして黙ってるの? 何だか顔色が悪いわ。どうかした?」

「ええ、実は……あっしは重大な決心をしました。美智代さん、あっしと二人でどっかへ逃げて下さい」

「まあ、籔から棒に、何を言うの、ホッホッホッ……」

女は笑い飛ばそうとしたが、途中で何を思いついたか、急に気を変えて、

「いいえ笑い事じゃないわ。ほんとに、わたしもそうしたいわ。ええ、いいわ。あなたの言う通りにします。じゃ、明日温泉神社の裏手の森の中に古い祠があるのよ。そこへ来て下さい。そうね、夕飯を食べたらじきにね。そこで一晩明かして、翌《あ》くる朝早く駆け落ちする事にしましょうね」

「ありがとう。美智代さん、その時、あっしはあなたに世界でも珍らしい素晴らしいルビーをプレゼントしますよ。『獺の眼』っていうルビーをね」

「えエッ、『獺の眼』ですって……」

「その代りに、あなたが肌身離さず持ってる、あのダイヤをあっしにプレゼントしてくれませんか」

「そりゃあね『獺の眼』と交換なら、あんなもの三つも四つも上げなくちゃならない位のもんですわ。ですけ

ど、ホホホ山猫さん、からかっちゃいけません。『獺の眼』なんてそうやたらな人が持ってるはずはありませんわ。あなた、どうして、手に入れたの？　うまく騙まされたんじゃないの」

「いいえ、その『獺の眼』を持ってるのは、あっしじゃねえんで……お隣りの先生なんですよ。で、お隣りの先生というのが、今まで隠してて済まなかったけど、実はただの人じゃねえんで、……あの有名な『鯱先生』という人なんで」

「えエッ、『鯱先生』ですって……あの物盗りの名人の……」

「まあね、早く言やあ、泥棒の大先生……」

美智代は目を輝やかして、

「まあ、驚いたわねえ、……でも『鯱先生』なら『獺の眼』を持ってらしても、おかしくはないわ。でも、鯱先生のものじゃ、あなたどうしてわたしにプレゼント出来るの？」

「そりゃあね……つまり、先生の物をあっしが盗って、それから、あなたにプレゼントしようと……」

「だって、そんな事したら、あなた鯱先生に怒られるわ」

「いえ、……もう、その鯱先生とあっしは縁を切ろうと決心したんです。あなたと一緒になるためにね」

「まあ……」

「せっかく、鯱先生のお弟子にしてもらって、立派な大泥棒になろうと将来を楽しみにしていたのに、まことに残念な次第ですが……」

「ホッホホ……いいえ、よく決心してくれたわ。わたし嬉しい！」

女は感きわまって山猫の頸に腕を捲いて身体を投げかけた。夢にも思わなかった「獺の眼」が手に入りそうになったので、ほんとうに嬉しくて感きわまった訳だ。

「じゃ、明日の晩、間違いなく祠へ行って下さいね。そして『獺の眼』を忘れないようにね！」

5　本物では？

「ああ、山猫さん、やっぱりあなたは親切ないい人ね。ちゃんと昨夜の約束を守って、来て下すったわ、ありがとう、嬉しいわ」

美智代は山猫の頸に腕をまわして、上ずった声で饒舌《しゃべ》り続ける。

「それで、あれは……あれも持って来てくれたわね？」

「ウ、ウ『獺の眼』かね？　持って来やした。今出しやす」

美智代は気がついて、腕をほどき、山猫の身体を自由にしてやる。山猫は紺色の背広の内ポケットから宝石ケースを取り出した。女はそれをパチッと開け、

「まあッ！　……」

といって、うっとりと、ほのかな月明りをうけて明るく輝やく鮮やかな赤色に見とれてしまう。

「気に入りましたか？」

「え？　ええ、気に入るにも、何にも……素晴らしくって、わたし気が遠くなりそうだわ……わたし、宝石には目が高いのよ。これはほんとに素晴らしいもんだわ。イミテーションなぞじゃない。本物だわ。本当の『獺の眼』だわ！　……」

「では、それはあなたにプレゼントしますから、あなたの方のダイヤを……」

「あら、わたし、すっかりぼんやりしちゃって御免なさい。じゃあ、これ、わたしの大事な大事なダイヤ、わたし達の初めての夜の記念のために、山猫さんにプレゼントします！」

山猫は宝石の鑑定なぞ出来ないが、これは何度も見せられるので、見憶えがあった。

「ありがとう。じゃ、もらっときます」

山猫はダイヤのケースを閉じて、上衣の内ポケットにしまい込んだ。

〝これでよし。さあ、後はうまく逃《ずら》かるだけだ〟

山猫がそう考えた時、祠の裏手の方で、何かコンと石ころでも羽目板にぶつかったような音がした。

美智代は耳ざとく聞きつけて、

「山猫さん、ちょっと待っててね。あたしちょっと……」

といって、用を達《た》しに行く、とでもいった恰好に見せて、小走りに祠の裏手へ入った。

すると、そこに仄かな月の光を浴びて水色の背広を着たスラリとした姿――

「あ、冬樹さん！」

美智代は驚いて目を瞠った。

「あなた、ド、どうして……こんな所へ来たの？　あれほど来ちゃいけないと言ったのに……もうじき大神田が来る時刻なのよ。駄目ねえ、危ないじゃないの」

「だが、君のことが心配でね……」

「まあ……ありがとう。わたしは大丈夫、大神田が来てあのあなたの身代りの山猫をとっ摑まえるまでここで頑張るわ、いいえ、大神田はわたしにゃ手を出しっこないから、大丈夫。わたしの事は心配しないで、早く帰ってよ」

「ウン……『獺の眼』はどうした」

「手に入ったわ」

「本物かね？」

「そりゃあね。わたしの眼は胡麻化《ごまか》せないわ。正真正銘、本物の『獺の眼』よ。ホラ、これ」

「なるほど……こりゃ、本物だ。で、こっちからやったダイヤは、イミテーションをやったのかね？」

「いいえ、こんな温泉場で、急にイミテーションも手に入らないもの。……それに、山猫にゃあれを何度か見せてるのでね。本物を渡したわ。なあに、本物と本物の取り換えっこでも、こっちの方が段違いの大儲けなのさ。……それにね。山猫はすぐ殺《や》られちまうんだから、そしたら、ダイヤも取り返せるんだから、こっちはまる儲けなのさ」

「フフ……オヤ、足音が聞こえて来る。大神田が来たらしい。じゃ、僕は逃げ出すよ。この『獺の眼』は、そっちへ返しとこう。しまっとけよ」

「はい、じゃあ、早くお逃げになって……早く！」

「ウム」

男は身をひるがえして走り去ろうとする。と、女が男の肱をつかんで引きもどした。

「あなた、いつもの、忘れたの！」

そういって美智代は男の方へ唇を突き出した。

「あ、そうか……」

男はあわてて戻って、女の肩をキュッと抱きかかえて気せわしく顔を近づけた。それから、男はパッと駆け出した。


「チェッ、馬鹿にしてやがる……」

二人の話を祠の横手に身をひそめて、すっかり立ち聞きしていた山猫は、あわててもとの祠の前面に戻って待ってると美智代も何かソワソワした様子で戻って来た、大神田がもうすぐここに現われ、大惨劇が展開されるのだと思うと、さすがの彼女も気持が落ち着かぬらしい。

山猫も愚図々々してて大神田に取っ摑まっては大変だから、

「ウ、ウーッ……オッ、急にお腹が痛くなりやがった。美智代さん、ちょっと失礼」

と言って祠の裏手の方へ駆け込んだ。そして、そのまま山猫はトットと走って逃げ出した。

〝しかし。おかしいなあ、美智代の奴も本気で本物だと思ってるらしいし、今の冬樹って野郎も、本当に分るのかわからねえのか知らねえが「本物だ」とぬかしやがった。こいつだけがどうも、俺には腑に落ちねえ……〟

山猫の考えでは、本物の「獺の眼」と女のダイヤを取り換えたんじゃ、割が合わない話だから、そんな事を鯱先生がするはずはない。鯱先生が彼に渡してくれたルビーは贋物でなければならない——そう思っていたのだが、その考えが、今の美智代や冬樹の話でグラつき出したのだ。

6　蛇に見込まれた蛙

すぐにも現われるかと思った大神田は、なかなか現われない。

〝冬樹さんは「足音がする」なんて言ったけど、空耳だったのかも知れないわ……冬樹さん、憶病もんだからねえ……〟

それにしても、山猫も祠の裏に入ったまま出て来ない。覗くのも、と思って遠慮していたが、あまり長いので美智代はソーッと祠の横を廻って見た。

どこにも山猫の姿は見えない。森の木立をもれる月光だから、物の見分けが定かではないが、いくら目を凝らして見ても、どこにも人のしゃがんでる姿は見えない。

「ハテナ……」

彼女が一抹の疑惑を心に抱いた時、こんどは確実に遠くから人の足音がしてきて、やがて月光を浴びた大神田の巨《おお》きな姿が近づいて来るのが見えた。

山猫に逃げられた——と彼女はこの時、初めてはっきり気がついて、ハッとした。そして、あわてて彼女自身も姿を隠そうとしたが、もう間に合わなかった。

「オイ、美智代、どこへ行く、儂《わし》の姿を見かけて逃げんでもいいじゃないか。それとも、男と逢い引きの最中だ、とでも言うのかね？」

大神田は田舎相撲の大関を取ったことがある。その巨きな身体でノッシノッシと近づいて来て、口も利けずに身をすくませている美智代の姿を尻目にかけ、あたりをキョロキョロ見廻し、それから祠の戸をあけて中を覗いて見たりした。
それから〃ハテナ……〃という風に太い首をひねった。
〃逢い引きの相手はどうしたのかな？……まだ来てないのかな……〃
彼は、彼の方を恐怖に慄えて眺めている美智代の姿を見ると、ひょっこりといつものサド的欲望が頭を抬《もた》げた。彼は女の細腕を大きな手でムンズと鷲摑みにすると、つまみ上げるようにして、女を祠の中へ引き摺り込み、祠の格子戸を閉めた。
女は蛇に見込まれた蛙のように身をすくめて慄えながら、闇の中に冬樹の美しい顔を思い浮かべ、細いスラリとした、その瘠弾力性のある身体を、なつかしく思い浮かべた。そして、
〃山猫に逃げられたのは残念だけれど、冬樹さんが、この巨大なけだものに摑まえられなかったのは幸せだったわ〃
と思った。

7　一体いつそれを

「先生、どうもあっしあ分らねえ。あの、あっしが持ってってたルビーは、本物の『獺の眼』だったんですか」

「そりゃ、そうさ。あの女は自分で『宝石気狂い』って言うくらい、宝石に執心のある女だ。贋物で胡麻化すことは到底出来んと思ったから、本物をお前に渡してやったのさ」

「なあんだ、そうですか。あっしゃあ、贋物のガラス細工だとばかり思ってやしたんで、彼女や冬樹が『本物だ』と感心してるので、どうも不思議で仕様がなかったんだ、……だが先生、それじゃあ、こんなダイヤをせしめて来たって大変な損害じゃあねえですか？」

「フッフフ、心配するな山猫。『獺の眼』はちゃんとここにあるわ」

鯱先生の掌の上に、夕日の光を凝り固めたような、美しい明るい透明な赤色の血の滴り！

「あッ、これは……」

「お前がさっき女に渡した『獺の眼』だよ。もったい

ないからすぐ取り返して来たのだ」

「ソ、それにしても、一体いつそれを……」

「お前が女にこいつを渡してから、じきに冬樹が現われたろう。そして、冬樹は女から『獺の眼』を見せてもらったりした」

「そして、『本物だ』とぬかした」

「ウム、それは嘘じゃなかった。あの時はまだ本物だったのだからな。そして、冬樹は女と何か饒舌りながら、ためつすがめつ『獺の眼』を眺めていた。そこへ大神田の足音が聞こえて来た」

「——と、冬樹の奴がぬかした。それであっしも急いで逃《ずら》かることにしたんだ」

「ウム、ところが、それは冬樹の嘘だった。実際はまだ大神田は来なかったのだ」

「ナ、何でそんな嘘をつきやがったのだろう?」

「それはナ、美智代をあわてさして、再び『獺の眼』をじっくり眺める余裕を与えぬためだ。というのは、この時もう『獺の眼』はイミテーションの硝子《ガラス》玉と摺り替えられちまったのでな」

「ええッ、では、あの冬樹が……」

「そうさ。あの冬樹が、この鯱先生だったのさ。俺は、昨夜お前を美智代の所へ『獺の眼』と女のダイヤの交換を申し込ませにやった。それから、女を監視していると、女は今日冬樹と会って、その宝石の交換の話をした。冬樹の奴は憶病者だから、自宅に引き籠ってひっそりしている。それで俺は冬樹の所へ行って、「美智代さんからの言伝《ことづて》だが、身代りに着せるのだから、あなたの背広を借してくれという事だ」と申し込んだ。冬樹はなるほどと思って、あの水色の服をよこした。俺はそいつを着込んで、お前の後からそっと跟《つ》いて行ったのだ。仄かな月の光だし、興奮してる時だし、とうとう美智代も俺の変装を見破ることは出来なかった」

「それから、先生は——」

「もう用が済んだから、そのままさっさとここへ帰って来た。お前より一足さきにな。だから、お前は俺がズーッとここにいたと思ったのだろう」

「ナ、なあるほど、それですっかり分りやした。あの水色の服を着た冬樹野郎が、先生の化けたのだとは気がつかなかったな。うまく化けたもんですね。……でも、先生、あの時……そら、大神田の足音が聞こえて来た、なんて言って、うまく逃げ出そうとした時、先生が行っちまおうとしたら、あの『獺の女』美智代が先生の洋服の肱をつかんで、『あなた、いつもの忘れたの？』と言って唇を突き出しやしたね。あの時は、さすがの先生もギョッとしたようでしたね」

「そうさ。人に化けるという事は、実はああいう詰まらんところが一番むずかしい所なんだな」

といってから、鯱先生は急に気がついて、ポッと顔を赤らめながら、

「や、手前そこまで見ていたのか！」

「へえ、すっかり拝見しちゃいやした。御馳走様でした」

それから二人は顔を見交わして、

「ハッハハッ……」

と腹をゆすって大声で笑い出した。

天の邪鬼

一

把手《ハンドル》の廻転がカタカタという震動を競走路《レースコース》に与えて、競走馬は一斉に鼻先を揃えて出発《スタート》した。十二頭の馬は先を争って緑色の競走路を、カタカタという震動につれて一糎《センチ》ぐらいずつ小刻みに滑り進む。最初の一米《メートル》ばかりは何の障碍もない坦々《たんたん》たる競走路で、大した出入りもできないが、後半の一米ばかりは真鍮の鋲《びょう》が沢山競走路の布についているので前方に伸ばした蹄《ひづめ》の先が突き当ると、はずみでピクッと一糎ばかり後へ撥ねかえされる。慌てて次の震動に乗ってまた鋲の間を進んで行くが、二糎置きぐらいに鋲があるので、運の悪い馬は何度も突き当って撥ね反される。そうして運よく鋲の間をすれすれに擦り抜けて行った馬は、早くも決勝線に迫る。一着、二着、三着……巾三十糎の布の競走路を走る玩具《おもちゃ》の競走馬とは思われないスリルが醸《かも》し出されるから不思議だ。

四十七を越した俊介さえ、一枚張っているからかも知れないが、思わずハラハラさせられたから、十一歳の文彦が、

「ワーッ、お兄ちゃんが一着だッ！」

と絶叫を上げて、狭苦しい屋台小屋の中にギッシリ詰まった見物人をドッと失笑させたのも無理はない。文彦は俊介の長男で小学校四年生。内では妹達の前で自分のことを「お兄ちゃん、お兄ちゃん」と自称しているのだが、今昂奮の余りその「お兄ちゃん」が出たものと見える。

「フーちゃんが二着だ！」

これは妹の冨士子で九つ。兄貴と二つ違いの小学校二年生だ。

「チャーちゃん、三着！」

「ほんとかい」

俊介は目を丸くして見直した。

チャーちゃんというのは次女の桜子で、来年から学校へ上ろうという七歳だ。

俊介の馬が鋲の間で四苦八苦してる間に、三人の馬は十二頭の中から馳け抜けて、一二三等を占めてしまったのだ。

一等は三枚、二等は二枚、三等は一枚になる。一枚というのは、賭札がそのまま残塁ということだ。あとは四等以下十二等までの賭札が皆アロハ襯衣《シャツ》の競馬屋の親爺《おやじ》の懐に入る。

「アーちゃんは？」

「カーちゃんは？」

と、競走路の手前の手摺に掴まってやっと首だけ出して競走を見ていた昭子と和子が叫んだ。――これは何れも当年五歳の双児《ふたご》だ。

「アーちゃんもカーちゃんも駄目。アーちゃんは六等、カーちゃんは八等だヨ」

と、一着の文彦が説明してやった。

「お父さんの馬は何等でしたの？」

と、初めこんな所へ入るのを厭がっていた妻のとし子が、今の競走《レース》に昂奮して、若々しく弾んだ声で俊介に訊く。

「ハハ、俺のはあれさ。あすこに引掛ってる青い騎手の奴だ。後から三等ぐらいだな。お前のはあれだぜ」

「あら、私のも張ったの？　どれ？」

と、妻が人を押し分けて前へ乗り出そうとした時、アロハ襯衣の親爺が、馬をピョイピョイとつまみ上げて、出発点へ持って行ってしまった。

いよいよ次の競走だ。

「お父さん、お母さん、どれにする？」

「フン、お父さんに貸してくれるのかい？」

「ウン、一着で三枚になっちゃったからね。ねえ、どれにする？　僕は赤だ。お父さんは？」

あまり息子の声が大きいので、俊介は照れて、

「ウン、どれでもいい。お前の所へ入れときな」

「じゃ、僕と同じ所に入れとくよ。お母さんは？」

「どれでもいいわ。じゃ、お父さんと同じところ」

競走馬の騎手の襯衣の色が、赤・黄・白・緑・青・桃色・黒・褐色・紫……とあって、それぞれの色を塗った枡がズラリと手摺の所に並べてある。

「フーちゃんはどれにしようかな。紫にしようっと。一枚余ってるから――」

と、二着になって一枚儲けた冨士子は、一枚を昭子か和子にやろうとしたが、忽ちこの双児は争い始めたので、

「じゃ、これはまりちゃんにやろう。姉ちゃんの所へ

入れとくよ」

妻の背中にいる今年生れたばかりのまり子に、一枚進呈しよう、と言うのだ。

桜子は黄色の枡へ札を移した。

「いいかね。みんな張ったかね。さあさあ、張った、張った」

と、アロハ襯衣が吼鳴る。

「さあ、行くぞ!」

親爺が把手《ハンドル》を廻し始めた。

カタカタ、カタカタ
震動につれて十二頭の競走馬は一斉に鼻先を揃えて出発《スタート》した。人いきれでムンムンする狭い小屋の中で、俊介夫妻と六人の子供は、見物人に揉まれながら、十六個の眼をカッと見開いて、坦々たる緑の競走路を、カタカタと一糎ぐらいずつ滑って行く競走馬の動作をジッと見守った……

二

「子供が六人もあっちゃ大変でしょう」

と、人は同情してくれる。

「小学校の先生じゃ、なかなか楽じゃないでしょうね」

と、誰も同情してくれる。

それが俊介には堪らない。

俊介は反撥する。

「しろがねも、こがねも玉も、何せむに、ですよ。ねえ、万葉集にあるじゃありませんか。勝れる宝子に如《し》かめやも、ってね。子宝って言葉があったはずだが、この頃じゃ皆忘れてしまったらしいな。可愛いもんだぜ、君、子供ってものは」

そう言っても、相手はフフンと鼻の先で笑うだけで相手にしない。

俊介はそれが情ない。

何ということだ。誰も彼も僅かばかりの子供を、皆重荷にして大変だ大変だと言っている。自分の子を重荷にしてるだけならいいが人の子供まで重荷にして、大変でしょう、大変でしょう、と同情してくれる。

そして、二言目にはと言いたいが、一言目から「生活、生活」と言っている。

俊介と同じ仲間の先生達でさえそれだ。年中話す事といえば、生活の苦しさばかりだ。男子たるものが、昼食の時間に配給物の話や沢庵《たくわん》の値段の話ばかりしている。子供の教育について、次代の日本を背負う子供の教育について、彼等は何を考えているのだろう。

「小学校の先生は俸給が低いと言うがね。そりゃ実際低いことは低いさ。人間らしい生活をしてくにゃちょっと足りそうもないがね。だが、そうだからって僕等は心を改めて闇屋になる事も出来んじゃないか。それのやれる人はやったがいいさ。僕等は自ら選んでこの聖職に就いたのじゃなかったかね。職業それ自体から慰めを得られる聖職だから、報酬が薄いのはむしろ当然さ。そう考えれば、俸給の低いのはかえって僕等の職業の尊さを実証してるようなものなんだぜ」

ここに到っては、どんな相手でも、何をか言わんや、という顔をして呆れて俊介の顔を改めて見直すばかりである。中には、いい身分だなあ、そんな事を言ってられるのは、と皮肉を言ったり、ほんとうにそう思って羨ましがったりする者もある。

そんなところから一部では、俊介が大層な資産家の息子なんだ、という真《まこと》しやかなデマが伝えられた事があって、若い教師の間では今でもほんとうにそう思ってる者があるらしい。

そういう人には、俊介の六畳の間一つの小さな家に、十一を頭《かしら》に、九つ、七つ、五つ、五つ——これは誤植ではないので、五つの双児だ——それから一つと、六人の子供を抱えて総勢八人で棲息している俊介夫妻の、実際の生活を見せてやりたい。

彼等がそこでどう思うかが問題だ。大抵は、

「なあんだ、やっぱり我々と変りないじゃないか」

と、俊介を改めて軽蔑するくらいが関の山だろう。ああ、誰か俊介の悲壮な理想主義に、共鳴しないまでも驚歎してやる者はないであろうか。

俊介はこの一人当りの畳数〇・七五という狭い杉皮葺《すぎかわぶき》の壁もない簡易住宅で、昔は俊介の恋人であった事のある妻のとし子さんを摑まえて、現代の政治家の腐敗を論じて、

「全くああいう連中が出るんで困ってしまうね。純真な子供らに、どんなに悪い影響を与えることか。今日も

社会科の時間に、先生、賄賂をもらっても、個人でもらったんなら罪にはならないんですか、って質問されたよ。仕方がないから、罪にはならないんですか、って、悪い事には違いないんだ、と言っといたがね。すると、悪い事をしても罪にならないんですか。それじゃ、家が貧しくて闇のお米が買えない人が、田舎へ行って、おさつを安く買って来て、お巡《まわ》りさんに摑まえられるのはどういう訳ですか、と言うんだ。子供は真剣なんだからね。こっちは返事に困るのさ。あまりほんとうの事を言って聞かせれば、今の政治家の後継者は出来るかも知れんが、それじゃ教育も何もあったもんじゃないからね。そうかと言って、それじゃ一体、こういう場合どう返事のしようがあるかね？　お前だったらどうするかね？」

と、子供のように純真に、妻に質問を浴びせるのだから、とし子さんも面食わざるを得ないだろう。

「職員室でもその問題で花が咲いてね。F先生っていう、今年師範を出たばかりの若い女教師だが、ああいう梨穂さんや、古巣さんのような問題が起ると、私達はどうしていいか分らなくなる、って言ってたよ。そこで僕は言ってやった。貴女の言う通りだ、ってね。だが、こう考えたらどうだろう、今の政治家がどんなに腐敗していようと、そいつを清め澄まして行くのが僕等教育者の役目じゃないだろうか、ってね」

「まあ」

と、細君は、文彦、冨士子、桜子、昭子、和子と、赤坊を除いた五人の子供が、一枚の蒲団に横に列んで目刺のようになって寝ている襟元を、寒くないように叩いてやりながら目を輝かして夫の顔を見た。さすがに俊介の昔の恋人だけあって、とし子さんも純情で理想主義である。

「そしたらね。F先生を始め、皆感心してた様子だったんだが、そこへ復員したばかりのKって先生が、『緒方先生の話しぶりだと、政治家なんかより我々の方が偉そうに聞こえますね』

と言うのだ。こういう先生がいるんだから情ないよ。『そうさ。それに違いないじゃないか』

って言ってやったら、

『その政治家のドっ端《ぱ》の方の一睨みで、こちとらの所《とこ》の大将などの笠の台が飛んじまうんだからなあ』

と言ったんで、皆大笑いになっちゃって、それで何もかもおしまいさ。

俺は口惜しかった。あれで皆済ましているんだからな」

「ほんとにねえ」

と、とし子さんは答えて溜息《ためいき》を漏らした。しかし、この溜息には意外に複雑な感慨が籠められていた。

こうして無けなしの着物を片端から売って辛うじてその日を生き抜いて行く生活――誰か一度病気にでもなれば、それで忽《たちまち》ドカッと崩壊してしまうに違いない自分達の生活を思うと、個人的な賄賂か何か取っても、立派な政治家として人の上に立って行ける男――人が賄賂を持って来てくれるような、少くともそれだけの働きのある男――あるいは、そんな偉い政治家達さえ迷うような、どえらい賄賂を持って行く事の出来る、更に働きのある男――そういう男達がこの同じ世の中に幅を利かして生きているのだ――そういう男達を一概に口汚く罵っている夫が、かえってヒョロヒョロと痩せこけて青い顔をして気焔を上げているのが、何かひどく影の薄いものに思われて、胸が詰まってしまった。

三

「学」という字を黒板に書いて、

「さあ、この字が読めますか」

と言うと、案外大勢が手を上げたので、俊介はびっくりした。何か心嬉しい気持になって、自然とニコニコしながら、

「花田さん、花田みつ枝さん」

と、一番前にいる小さな可愛い子が、一所懸命手を上げてるのを、指してやった。

みつ枝は、いそいそと立ち上って、可愛い声を上げて、

「ガッです」

と言った。

俊介は、知らずに用意していた「そうです」という言葉を、思わず出してしまって、慌て言い直した。

「え、そ、そうですか？　待って下さい。香山君は？」

その男の子も勢よく答えた。

「ガッです」

「オヤ、では宇田川君」

級長のその子は、ゆっくり立ち上ってしっかりした声で答えた。

「ガツです」

俊介は面食《めんくら》った。どうして「ガツ、ガツ」と言うのだろう。

「誰か、誰か外の読み方をする人は?」

誰もいなかった。

「こりゃ驚いた。では教えましょう。『ガク』と読むのです。いいですか。ガツじゃありませんよ」

すると級長の宇田川が、ハイッと勢よく手を上げて、怒ったような顔をして質問した。

「どうしてガクと言うんですか。『がっこう』のガツじゃありませんか」

すると皆口々に、「そうだ、そうだ」「ガツだ、ガツだ」「ガクなんて音が出るはずがない」「そうだとも。ガツだ、ガツだ」という騒ぎだ。

職員室へ帰って、俊介はその話を皆にした。

話してるうちに、俊介は、この間長女の冨士子に「へ」をどうして「え」と読むのか、と質問された事を思い出した。


要するに、何もかも不徹底なのだ。

俊介は子供の頃十ばかり上の兄が使っていた古い教科書が、大掃除の時に出て来たのを見た事があった。それには「どうする、こうする」という所を「どーする、こーする」と書いてあった。それは上田万年博士の新しい仮名遣法だったのだ。ところが森鷗外という偉い文学者が出て「そもそもあれが文字と言えるか」という、どえらい一喝を食わして、この棒引きの表現法を一挙に葬り去ってしまった。

俊介が師範へ通ってる頃、文部省の仮名遣改革案というものが出た事があった。それは例えば「ず、づ」の二字は「ず」一字に統一する、というような極めて進歩的なものだった。が、これも当時流行の文学者芥川龍之介に、「筒のつつが、茶筒と続いて濁音になったためにずつになるとは! これ我等の理性の尊厳を冒瀆するものである!」という彼一流の気取った名文によって、これも腰砕けに終ってしまった。

その影響が今日にも残っているのか、今度の文部省の新仮名遣法も、延音《えんおん》はうとし、茶筒はやはり茶づつと書くようになってる。甚だ不徹底極まる改革案になっている。

俊介は「どーする」や「茶ずつ」にするのがいいんだ、と言った。が、職員室の空気は俊介の主張を一笑に附してしまった。俊介はどうして自分の考が皆に理解されないのか、もどかしかった。

俊介の考では、つつが濁ってづつとなるという考に拘泥してるのが、そもそもいけないので、つの濁音は直ちにずだと考えれば、茶のつつが続けば茶ずつになって、一向可笑《おか》しくない、と言うのだが、誰も賛成者はなかった。と言うより、俊介の考がなかなか相手の頭に伝わって行かないのだ。俊介は焦っていよいよ、しどろもどろに喚き立てたが、結局「可笑しくない、と言うのが可笑しい」と言って、俊介を酔っぱらいかキ印に譬えて、職員室中の大笑いになってしまった……

俊介は日暮の道をトボトボと歩きながら、今日の二年生の国語の時間のことを思い返していた。それから職員室での、あの後味の悪い議論を反芻していた。

焼跡には道路に沿うて、八百屋だの酒屋だの古着屋だの雑貨屋だの、賑やかに立並んだが、その裏側はまるで焼野原で、家庭菜園の大根や菜っ葉が青々として、田園のような風景を呈していた。どの家も安普請で、強い風でも吹いたら、バラバラと板が剝がれて飛んで行ってしまいそうな心細さだ。それでも子供達は元気よく、乞食の子と区別のつかないようなボロボロな着物を着て、道路で跳んだり撥ねたりして騒いでいる。

——正しい主張が、力のある者や、声の大きな者によって葬り去られ、不徹底な愚論が滔々として世に行われる。その流れに反抗しようとしても、俊介のような力弱き者には、人は一顧も与えようとはしない。

——では、どうすればいいのか。力を持たなければばいけないのだ。大きな声を持たなければならないのだ。

——そのためには、どうすればいいのだ。

俊介には、手の出しようのない固い壁がそこに突っ立っていた。

俊介は、いよいよ焦々《いらいら》してきた。

四

道路の右側が窪地になっていた。この窪地の底に、マッチ箱のようなペラペラな簡易住宅が一かたまり並んでいる。その中の一つが俊介の家であった。

俊介は細い急な坂道を身体をガクガクさせながら下りると、焦々した気持で、我が家の玄関でもあり、裏口でもある板戸をガタピシと開けた。

暗い土間で長男の文彦が、干うどんを盆から釜へ入れていた。一摑み握っては、少しずつ湯の中へ落していくのが面白くて、父親が帰って来たのに「お帰んなさい！」を言うのをつい忘れていた。

機嫌の悪い父親は、じっと文彦の後に黙って立った。それでも、湯の中に入れると、湿って柔かになって行くうどんに気を取られて、知らずにいる息子に、俊介は、

「オイ、『お帰んなさい』を言わないのか」

と言うと、文彦はびっくりして、

「あ、お帰んなさい！」

と言った。

「何、黙ってやがんだ」

と言うと、急に俊介は兇暴な怒りに駆られて、いきなり、ピシャリと息子の頭を張りつけた。息子はワーッと言って、よろけて倒れそうになった。

そこへ、井戸から水を運んで来た妻のとし子が、

「まあ、どうしたの？」

と言って、頭を抱えてシクシク泣いてる文彦を庇うように抱き寄せるのを見て、

「此奴《こいつ》は、またお帰んなさいをしないんだ。この間も一遍こんな事があったんだ。今度やったら、酷い目に合わせるぞ。いいか」

呶鳴りながら、ハアハア荒い呼吸遣《いきづか》いをして、靴を脱いで上る。

妻の顔には明らかに手荒な夫に対する非難の色があった。俊介自身も、可哀そうだった、と思う。あんなにしなくても、と後悔する。どうにもならない兇暴な衝動なのだ。「怒りを移さず」という言葉が頭に浮かんだ。学校ではこの言葉が守れた。ずいぶんむしゃくしゃしてる時でも、そのために子供を叱りつける事は慎んだ。それが家庭では、うっかり出るものらしかった。俊介はそういう自分を反省すると同時に、あんなつまらぬ事で自分に乱暴を働かせた息子が、一層腹立たしくなってきた。

部屋で着物に着換え、ちゃぶ台を部屋の真中に出して、読みかけの雑誌を開いた。

冨士子と桜子が、何か喚きながら、ドンドン入って来た。桜子はまり子を抱いていた。冨士子にそれを押し附けようとしているのだった。あとから昭子と和子が二人とも座蒲団を背中に負ぶって入って来た。皆、父親の顔

を見ると「お帰んなさい！」と叫ぶ。

冨士子は漫画の本を出して、俊介の向う側に坐った。子供が部屋に入ると、忽ちガヤガヤしてしまって、俊介は何度も同じ行を繰返して読み直さなければならなかった。

桜子はまり子を何とかして姉に押し附けようとして、無理に姉の膝の上に乗せたが、冨士子は漫画を見ていてそれを受附けなかったので、赤ん坊は滑ってガチャンとちゃぶ台の縁に頭をぶつけて、ドシンと畳の上にひっくり返った。

雑誌に読み耽っていた俊介は、この物音に跳び上って、

「此奴ら、何をしてんだ！」

と、大声で叫ぶと同時にもう二つ三つ、拳骨で力一杯、桜子と冨士子の頭を殴りつけていた。

「赤ん坊を抛り出して、どうするんだ！」

二人とも一瞬呆気に取られて声も出なかったがそれから急に泣き出した。冨士子の方はよほど痛かったと見え、頭を抱えてヒーッと言って、上唇を尖らし、顔を土色にして身体を屈め、目も見えないように、フラフラと台所の方へ行こうとするので、俊介は引き附けでもするんじゃないかとギョッとした。

気がつくと俊介の左手の薬指の関節が、紫色に脹れ上っている。これで冨士子の頭をぶったんだ。よほど痛かったに違いない。可哀そうだったな、と思うと一層俊介は焦々してまるで気が狂ったように大声で、

「此奴ら、赤ん坊を酷い目に合わせると、誰でもぶん殴っちまうぞ」

と、呶鳴り出したので、桜子は泣きながら、慌て台所の方へ駈け出した。

昭子や和子まで、ワーッと泣き出して、お母さんの方へ逃げて行った。

俊介は、まり子を抱いてやろうとしたが、赤ん坊は火のついたようにワーワー泣き叫んで、お襁褓《むつ》も取れてしまった両足を、バタバタさして手のつけようがなかった。

五

翌日、俊介は授業をしながら、左手の薬指が紫色に脹れてズキズキ痛むのが、気になって仕方がなかった。

冨士子は幸に何事もなかったらしく、夕食の後では漫画なぞ出して俊介に読ませたりしていたが、俊介の心は

なかなかそう簡単に晴れるものではなかった。

――俺はどうかしてるぞ。これで子供を教える資格があるだろうか。

一日それで気持が鬱々としていた。

冨士子は赤ん坊の時、母親が脚気《かっけ》の気味で母乳にヴィタミンが足りなかったので、よく「虫」を起こす子だった。三つか四つの時、お腹に蛔虫《かいちゅう》がいて、続けざまに三度も引つけて両親を驚かした。唇を紫色にして歯を食いしばり、手足を突っ張った。癇癪持になるのじゃないか、と心配したくらいだ。それで、この子には特に俊介も意を用いて、母親が「冨士子は少し我儘になっちゃった」と言うくらい大事にした。で、長男の文彦などは父親の拳骨の味をよく知ってるが、冨士子は父に叩かれた事は無かった。それで昨夜《ゆうべ》は、実際に痛かったにも違いあるまいが、驚きの方も大きかったのに違いない。

俊介はふだん人には子宝とか何とか言ってながら、自分は果して子供を可愛がってるかどうか、と反省した。

――子供達は果して幸せだろうか。

あんな狭い六畳一間に押し詰められて、寝返りも打てないように一枚の蒲団に五人も寝かされて、気むずかしい父親に呶鳴られてばかりいて……

「可哀そうだなあ」

と、俊介は職員室で休憩時間を、煙草を吹かしながら物思いに沈んでいた。

子供等は毎月雑誌を欲しがった。しかし買ってやるとなると、文彦、冨士子、桜子と三冊は買わなければならなかった。一冊十八円から二十円もするのを三冊買うのは、俊介にとっては痛かった。で、俊介は半年に一度位ずつ買ってやった。子供等はたまに買ってもらうと、続き物を見たがって、また来月も買ってね、と言った。俊介はウンよしよし、とその場では雑誌位毎月買ってやろう、と決心するのだったが、実際にその約束を果すまでには半年ばかりの時間が経過した。

子供等は餅菓子が好きだった。たまに買って帰ると、子供等は喚声をあげて喜んだ。しかしそれは、一番安い一個五円のあまり甘くないのを七個買って帰るのが、一年に一度か二度だった。

子供が学校へ行くのに、ボロを下げないだけで、継ぎだらけの着物を着せてやるのを、妻は恥ずかしがっていた。

そのとし子自身だって、昔のあの美しかった面影は留めながら、痩せてコチコチになって、とげとげしい感じが表情の基調をなしてしまっている。あの優しかった、少女の頃のふっくりした頬は、可愛らしい笑顔は、どこへ行ってしまったのだろう。まだ妻は三十を越えたばかりだ。普通なら、これから脂《あぶら》の乗る年増《としま》盛りだ。着物だって欲しかろう。それに簡単服の生地一つ買ってやれない俊介の収入に対して、愚痴一つこぼさずに、黙々と遠くの井戸へ水を汲みに行き、大きな鉈《なた》を振上げて薪を割っている。新宿の盛り場のすぐ傍に住んでいながら、映画一つ見るでもなく……

ああ！　たまには一家揃って温泉へでも連れてってやりたいものだ！……それでなければ、あの狭い六畳の間に一家八人、虫の蠢《うご》めくような生活を続けて、徒《いたず》らに老い朽ちさせてしまうのでは、あまりに可哀そうではないか。

俊介は、しまいには自分自身まで可哀そうになってきた。授業にも身が入らず、沈んだ気持で帰って来た。

夕飯が案外早く終ったので、

「そうだ、今日は土曜日だったね。どうだ、新宿へでも出てみようか」

と、俊介が言うと、

「ワー、行こう、行こう。新宿、いいな、新宿」

と、文彦も冨士子も桜子も、踊り出した。

昭子や和子まで、

「チンジク、チンジク」

と、真似をして騒ぎ出した。

俊介はちょっと言ってみたのが、意外な反響を呼んで面食らった。今更、面倒だから止そう、と言う訳にも行かなくなって、

「どうだ、お前も行ってみないかね」

と言うと、妻は、終戦後二三年夫と一緒に外へ出た事もなかったので、この珍らしい俊介の提案に、浮き浮きした顔附で、

「そうね。行ってみましょうか」

ときたので、俊介はいよいよ引込みがつかなくなった。

「じゃ行ってみよう」

というので、こんな近い所で始終来てもよさそうな新宿の盛り場へ、ブラブラ歩いて行ってみると、賑やかな明るい街路は、一体何でこんなにブラブラしてる人があるのか、と思うくらい身体を押し合う雑踏だ。

「たまにゃあ、こういう所へ出るのもいいねえ」

俊介は妻と共にこんな夜店を冷やかして歩くのは何年ぶりだろう、と思った。

「いいわねえ」

東京生まれの二人は、こういう雑踏の中へ出ると、ほんとうの自分に帰ったような、何ともいえない楽しさを覚えるのだった。

が、俊介はじきに後悔した。露店には、子供の欲しいものばかり並んでいた。ゴムまり、万年筆、セルロイドの筆入れ、革の靴、バンド……

それから菓子屋の陳列棚には、一個二十円もする特製の大福や、テラテラ光ってる開花饅頭、大きなドウナツ、ふかふかしたカステラ、葛饅頭、栗羊羹……と、美味《うま》そうな、いい色艶をして並んでいて、大人の俊介さえ食慾を唆られた。

「どこかへ入って、ちょっとお茶でも飲んで行きましょうか」

とし子が、こんな気の大きな事を言い出したので、俊介はいよいよ慌てた。昔はよく恋人のとし子を誘って、新宿や銀座でちょっとお茶など飲んだものだが、今ここらへちょっと入ったら、コーヒー一杯で三十円か五十円。それにお菓子でも一皿ずつ取ってやったら忽ち五百円は吹っ飛んでしまう。生憎《あいにく》俊介の懐には、百円札が一枚しかないのだ。

で、俊介は、せっかくの妻の希望をも満たしてやり、かつ財政の破綻も来さないようにしたいと考えて、どこか格安な店でと、飲食店の飾り棚の正札をキッと睨みながら、子供達に取り巻かれてブラリブラリと新宿駅の方へ雑踏の中を歩いて行ったのである。

そうして駅の手前から左へ曲って行くと、裏通りに、これはまた大変賑やかな所があるのを発見した。おでん屋、今川焼屋、支那そば屋……が軒を並べ、油でジュウジュウ物を揚げる音が聞こえ、美味そうな匂がプンプン流れて来た。これはえらい所へ来た、と思ってると、子供等がヤアと喚声をあげて飛んで行った。そこは食物屋ではなくて、小さな屋台の中に人が一杯たかって何か騒いでいた。カタカタという軽快な音が聞こえて来る。

俊介は、これが音に聞くでん助博打《ばくち》かと思ったが、そうではなかった。その辺一帯が、そういう遊び場だったのだ。子供等の後から俊介夫妻が顔を出して見ると、それは玩具の競馬の遊戯だった。一枚十円の賭札を買ってそれを張って勝負するのだった。二三回見てると、いかにも面白そうで、しかもインチキはなさそうなので、俊介は懐から取っときの百円札を出して札を七枚買った。その木札を子供等に一枚ずつやって、好きな所へ張らせた。そして自分と妻の分を、それぞれ青と紫の枡へ張った……

六

カタカタと馬が馳け出して、第一回目は文彦が一着、冨士子が二着、桜子が三着という好成績を示したが、昭子、和子、俊介夫妻が札を失ったので全体としては一枚の損失だった。

俊介としては、たった一回やってみようというだけの肚だったが、三人の子供の好成績のお蔭で、二回目もスリルが味わえる事になった訳だ。

ところが二回目は、冨士子が一着、文彦が二着、桜子が三着となって、冨士子が二枚、文彦が三枚、桜子が一枚張っていたので、冨士子が六枚、文彦が六枚、桜子が一枚で、全部で十三枚に殖えた。

五六回やってるうちに、どうも冨士子は不思議に一着を占める数が多かった。それで子供達は皆外《ほか》へ張るのを止めて、冨士子の所へ一緒に張るようになった。すると札の殖え方は見る見る速力を増した。

俊介は不思議な事だと思った。競馬屋の親爺も、周りの客達も、この不思議な「当り屋」の子供に注意し始めた。

「お姉ちゃん、よく当るねえ。今度は小父さんも、お姉ちゃんの所へお招伴《しょうばん》さしておくれよ」

などと言って、冨士子のところへ一緒に張る人が出来た。するとその人も一着の余栄を蒙《こうむ》ったりした。

一着なら一回に三倍になるのだから、札の殖え方は意外に速かった。忽ち札は、枡に盛り切れないくらいになった。

俊介も興を唆られて、いつの間にか、すっかり乗り出して、賭札を冨士子の指図であっちへやりこっちへやりする役を買って出ていた。

いよいよ札は枡に盛りきれなくなったのでアロハの親爺は百枚分の大きな木札と代えてくれた。

俊介は妻と顔を見合わせた。百枚といえば一枚十円だから千円に相当する訳だ。

暫らくカタカタが繰返されるうちに、今度は百円分の札が殖え出して行った。

賭札が溜ると煙草と代えてくれることになっているのだが、それをお金で引取るという事になってるので、今冨士子が持ってる札だけでも大変なお金になる訳だ。

アロハの親爺の顔が渋り始めた。

初めのうちは、「ホラ、これで百枚分だから千円だよ、お姉ちゃん、しっかりおやり」と言ったり、「ホラ、これで百枚分が五枚になったから五千円だ、儲かったね」などと大声で叫んだりしてたが、

「ホラ、これで一万円」

と言った時には、俊介の気のせいか、声が慄えを帯びてるようだった。

「よく当るお子さんだねえ」

と言ったが、その顔は決して喜んでる顔ではなかった。

全く不思議なようだった。周りの人達も、驚歎の眼を見張っていた。文彦も桜子も、夢中になって冨士子の札を動かしていた。妻のとし子も昂奮して、頰を上気させ、札を動かすのを手伝った。そして一勝負終ると、

「冨士子ちゃん、今度はどれ?」

と、切ない声を出して聞いた。

冨士子自身は、神憑《かみがか》りのしたような青白い顔で、じっと宙を見詰めるような眼をして、確信ありげに「ここ」と赤の枡を指したり、次には黄を指したりした。すると赤が一着になり、次の回には黄が一着になった。

それでも俊介は大事を取って、半分を冨士子の指し示す枡に入れ、半分を方々へ分けて入れた。そのお蔭で、冨士子の勘もさすがに時々外れる事はあったが、元も子も無くなってしまう事を免かれ、すぐに盛り返すことが出来た。

七

が、「これで一万円」と言う競馬屋の親爺の声を聞いた時、俊介はハッと思った。

――こりゃ、俺の月給の二タ月分だ。俺が毎朝六時から起きてコツコツ二ケ月間働いて得られる金が、たった一時間ほどのこんな遊戯でやすやすと手に入れられるとは!

俊介は忽ち陶酔から覚めた。今までの自分の昂奮していた狂態が恥ずかしくなった。妻の昂奮して上気してる顔が恥ずかしい。文彦や冨士子や桜子の熱中してる様子が恥ずかしい。何も分らぬ昭子や和子まで、釣り込まれて何か騒いでいるのが、見ていられない。

俊介は、「こりゃいかん」と呟いた。こんな事は教育

的でない、と思った。こんな金を家へ持って帰っちゃ、子供等の将来のためによくない、と思った。こんな僥倖は、忽ちに崩壊して元の無一文になることを、子供等に示す必要がある、と考えた。

俊介が、次の張り手を躊躇しているのを見て、アロハの親爺は、

「さあ、どうしたね。ハハア、さてはこの辺で勝ち逃げをしたくなったかね。臆病風が吹いてきたかな」

と、あざ笑った。

俊介はじっと目を据えて、どうしたらこの勝ち運を負けることが出来るだろうか、と考えた。

「ハハア、旦那、御心配は御無用に願いますぜ。現ナマは幾らでもあるんだ。十万やそこらで破算するような商売はしてねえよ。ホレ」

と言って、アロハ親爺は足許に転がしてあった大きな革鞄《かばん》を開け、その中から一束の百円札を掴み出して棚の上に乗せた。

「ホラ、十万円。もう一つ乗せとこうか」

親爺は鞄の中から、もう一束出して、棚に並べた。

客達は「ウーム」と唸った。「えれえもんだ」と妙な褒め方をする爺さんもいた。フーッと溜息をつく主婦さんもいた。

俊介は親爺の勘違いを苦笑した。

が、思いついて、今度は冨士子の指した棚へ、賭札を全部集めて入れた。

冨士子は四五回に一回の割で外れた。だからこうして一箇所に賭けておれば、今から四五回のうちには、きっと等外に外れて、文無しの元の木阿弥に帰ることが出来よう！

「あなた、大丈夫？」

妻のとし子が心配そうに、俊介の耳に囁いた。

俊介は浅ましくて答える気も起らない。早く外れてくれればいい！　妻よ、子供達よ、こんな浅ましい狂熱から早く覚めてくれよ！

カタカタと競走馬は、鼻先を揃えて出発《スタート》した。

屋台の中は、不思議な昂奮の熱気が、目に見えない渦を巻いていた。俊介が賭札を一箇所に集めたのが、一層の昂奮を煽ったのだ。今や競馬屋の親爺と俊介との一騎打という観があった。

親爺は顔を真赤にして、この寒いのに額から汗をタラタラ垂らしていた。

俊介だけが、この昂奮から逃れ出ているただ一人と言

ってよかった。ああ、馬鹿々々しい昂奮！　そんな事を考えている俊介の顔は、小面憎《こづらにく》いほど冷静な、場馴れた賭事師の頼もしさを湛えていた。

が、勝負の運というものは何と不思議なものであろう。今度も、冨士子の馬が、鋲の間を巧みに馳け抜けて、一回も躓かずに、ツッツッ、と進んで一着を占めてしまった。

「ワーッ」

と、一座がどよめいた。

「三万円！」

皆が呟いた。

「凄い子だ！」

妻が俊介の手を摑んだ。

「あなた！」

と言って、後は物も言えないくらい昂奮している。

厭だ、厭だ。早くこの麻酔を覚まさなければ！

今度こそ狐を落としてやろう。

俊介は冷淡な気持で「今度はどれだ」と聞くと、冨士子はニッコリ笑って目をつぶった。何だ、此奴！　変な芝居をしやがって、困った奴だ。

今度こそ外れてくれますように！　――俊介は心からそう願った。

ところが、何という天《あま》の邪鬼《じゃく》な運命か、今度もまた一着だった。

俊介はがっかりしてしまった。

「九万円！」

「ウーム」

皆が唸った。

あっちでもこっちでも、有金をはたいて賭札を買って、

「お姉ちゃん、今度はどれだね」

と、冨士子に聞いてる。

俊介は困ったことになった、と思った。今度勝ったら、三、九、二十七万円だ！

アロハの親爺は、鞄の中からもう一束取り出して棚に並べた。そして俊介に向って、

「お客さん、どこのお方か知りませんが、済まねえが今日はこれだけしきゃ持って来てねえ。小銭はあるが、幾らにもなるめえ。後一回でこの三束差上げやすから、それで勝負を止めてくんなさらねえか」

と、とうとう親爺は悲鳴を上げた。

八

「さあ、今度はどれだね」

と言いながら、俊介は何だか、今度も勝ってしまいそうだな、と思った。こりゃ子供のためによくない、何とかして今度こそ負けたいもんだ、と思った。が、そう思う一方で、棚に乗ってる三十万円の札束が、もう自分の懐へ入ってしまったような気がして、あれだけあったら子供等に好きな雑誌を毎月取ってやれる。――自分も好きな書物を惜しげもなく買うことが出来る。――子供等に大福やカステラを、腹一杯食わしてやることもできる。――子供等にも少し綺麗な着物を着せてやりたい。――そうだ、とし子にも洋服を作ってやろう。――家中でこの冬休みに伊香保へでも行ってみようか――そう思うと、後たった一回だ。これが当れば、俊介は急に勝ちたくなってしまった。で、

「さあ、冨士子、今度はどれだ?」

と言う声も、今までの冷淡さとは打って変って熱を帯びて来た。

その気持は、敏感に冨士子に通じたと見えて、冨士子は戸まどいしたような眼の色を見せて、急に乗気になってきた父親の顔を見上げた。

「冨士子ちゃん、落着いてね」

とし子も傍から上ずった声で声援した。

冨士子は今度は珍らしく長く考えている。考が定まらないらしい。が、とうとう「ここ」と紫の棚を指した。

カタカタ、カタカタ……

親爺の廻す把手の震動につれて十二頭の競走馬は鼻面を揃えて、最後の競走の火蓋を切った。

俊介ととし子の燃えるような眼が、向うから五番目の紫色の騎手を乗せた馬の動きに、焼きつくように注がれた。

文彦や桜子は、もう疲れてぼんやりしていた。昭子や和子は、さっきから母親の手に掴まってウツラウツラしている。

今や俊介ととし子は、子供等の存在も忘れて、ギラギラと異常な昂奮に眼を光らして、カタカタと進む紫の競走馬を見詰めていた。

紫の競走馬は、平坦路を進むうちにも、グングン他を抜いて優に一糎は先へ出ていた。鋲の生えてる障碍路へ

入っても、グングン突進した。他の馬が、一つ一つ鋲に蹴躓いて退いた。躓かないのは、一番先頭の紫の馬に続く、白、赤、黄の三頭だけだった。

「ああ、今度も一着だ！」

誰かが叫んだ。

俊介は息がつまりそうになった。掌がべっとり脂汗をかいた。

今は、ただ、勝ってくれ、勝ってくれ！　と大声で祈りたいような気持で、俊介は胸が切なくなってきた。

妻の身体がよろめいて、俊介に寄っかかって来た。妻も昂奮で堪えられないのだろう。だが、妻の方を見やる余裕もなかった。

最後の鋲を越す時、先頭を切っていた紫の馬は、つッとそれに蹴躓いて、ピクリと一糎ばかり撥ね反された。

カタカタ、カタカタ……

白、赤、黄、の順で決勝線に入った。紫は後から追いかけたが、ついに決勝線の手前で、カタカタの音は止んだ。

ああ、ついに紫が負けたのだ！

★

俊介は懐をさぐると、さっき競馬屋の親爺からもらった賭札のお釣りが三十円出てきた。妻の懐からは四十円出てきた。妻は明日のお粉の配給があるから、と言いかけたが、夫の顔を見ると考え直して素直に夫に手渡した。俊介は電車通りの菓子屋で一個十円の大福を七個買った。そして子供に一つずつ与えた。最後に妻に一つ、それから自分も一つ。まり子はどうせ食べられないのだからいい。

十円の大福はさすがに甘い。

文彦も冨士子も「美味しい、美味しい」と言って踊り出した。

昭子や和子まで「ダイフク、オイチイ」「ダイフク、オイチイ」と言って真似をして踊り出した。

「馬鹿だなあ、これ位でそんなに喜ぶ奴があるかい」

俊介は苦笑した。

「三十万円もらったら、どうするんだ」

と言おうとして、止めた。

言わなくても妻にはその心が通じたと見えて、とし子はキラリと眼を光らして俊介の顔を見た。

賑やかな通りから、淋しい焼跡へ曲って行く。

空には月が出て、足許にはくっきり影が出来た。

文彦が先頭に立ち、冨士子と桜子は、俊介の右手と左手につかまって歩いた。昭子と和子とは、母親の両手につかまって、ヨチヨチ後から歩いて行く。

誰の胸にも斉《ひと》しく一杯になってるに違いない事柄について、誰もそれを口にしようとはしなかった。

やがて俊介は、右手につかまって歩いてる冨士子がシクシク泣いてるのに気がついた。

「どうしたんだ?」

と聞いても、何とも言わない。

「泣くんじゃないよ」

と、優しく慰めてやると、暫く行ってからふと、

「お父ちゃん、御免ね」

と言い出した。

「何がさ?」

と言うと、またちょっと黙っていたが、

「お父さん、どうして紫が蹴躓いたんだろうねえ」

そう言うとまた悲しくなったのか、再び泣きじゃくり始めたが、それは忽ち手もつけられないほどな、激しい号泣に変って行った。

地獄の一瞥

一

――え？　五湖めぐりをして来たんですって？　……それはよかったですねえ……裾野をすっかり見てきたって言うんですね……青木ヶ原の樹海は素敵だったでしょう……ええ、私も若い頃、そうですネ、丁度貴方がたと同じ大学生の頃です、富士が好きでしてネ。いいえ、山へ登るのなんか御免ですが、あの裾野を歩くのが好きでしてネ。行った事があるんですよ……えっ？　鳴沢《なるさわ》の風穴を見てきた、と言うのですか？　……ああ、これが風穴の写真ですね。昔と変らないなァ……中へお入りになりましたか？

え？　中になんか入れるのか、ですって？　入れますとも……いや、しかし、お入りにならない方がよかったですよ……ハハ、いや、別にどうって訳もないのですが……

ナニ？　私の顔色が変ったって？

そうですか。……実はねえ、あの風穴には、私は一生忘れる事の出来ない思い出があるのです……え？　何か悲しい恋の思い出でもあるのかって言うんですか？

……いいえ、そんなのならいいんですが……

え？　それを是非話せって？　困りましたネ。これはまだ誰にも話した事のない秘密なんです……もっとも、私もお話ししたくない事もないいんですが……それでは一つ思い切ってお話し致しましょうか。

しかし、あんまり明るいお話じゃありませんよ。風穴だから、という悪い洒落じゃありませんが、暗い、冷めたい――殺人事件なのです。……まあ、お茶でも飲みながら、ゆっくり聞いて下さい。

もう夜分になると、めっきり冷えてきますネ……この話も丁度こんな、何となく人恋しくなるような晩秋の出来事なんです……私は毎年秋になって紅葉《もみじ》を見ると、あの風穴の底の氷の上に流れていた、頭を割られて死んだ友達の、真赤な血潮を思い出して、ゾーッと背筋が寒くなるような気がするんです。

えッ？　私が殺したんじゃないかって言うんですか？

……どうしてそんな事をお考えになったのです？　……え？　ただ何となくそんな気がしたって？　厭ですねえ……薄無味の悪い事を言わないで下さいよ……

まあ、ともかくも、それでは話を始めましょう……

この事件の登場人物は、そうですネ、まず何と言っても第一に、私達の血みどろな恋の渦巻の中心になった、当時十七歳の、富士の裾野に生い立った、その名も山の名を取った御社《みやしろ》富士子を御紹介しなければならないでしょうね。

え？　ヤッぱり悲しき恋の思い出らしいって？　……その少女に私が恋をした、と言うのですね？　……ソ、そうなんです……確かに、その通りなんです……

ああ、今でも私はこうして眼をつぶると、あの時の御社富士子の清らかな――それでいてひどく蠱惑《こわく》的な――不思議な魅力を持った美しい笑顔が、瞼の裏にありありと浮かんで来るのです……

二

……ああ、美しい御社富士子！　この日本一の美しい名を冒しても、少しも冒瀆とは思われないほど美しい富士子。この美しい清らかな乙女のために、親友二人が、あの万葉集にある葦屋《あしのや》の菟原処女《うないおとめ》を争った血沼壮士《ちぬおとこ》と菟原壮士《うないおとこ》のように、若い誇に賭けて、その友情を忘れて反目し合ったとしても、私にはあながち無理とも思われなかった。いや、そう言う私自身、その血腥《ちなまぐさ》い恋の渦から立ち離れては居られなかったのだ。索莫とした目的のない人生に二十三歳の青春を持て扱っていた私が、同じT大に通ってる高校以来の友花山実に誘われて、彼と中学時代の同窓生だったというギスケ――即ち川島儀助を訪ねて、この富士山麓の鳴沢村に来てこの美少女を一目見た瞬間から、急に我が命というものに希望を見出したような気がしてきた位なのだから……

私達が文科の学生の呑気さに、学校を休んで裾の秋を探りにここへ来る気になったのも、儀助が切に花山を誘ったからであるが――その儀助は、絶えて久しく逢わなかった中学時代の旧友に、自分の美しい愛人を見せたかったために、あんなに熱心に花山を誘ったのに違いない、と私は思った。そう邪推したくなる位、紹介された美少女は余りに魅力的であったのだ。彼女が何の変哲もない百姓青年の儀助に独占される運命にある、という事をこのずんぐりした儀助からむっつりした口調で——しかし、得意げに、仄めかされた時には、実の所花山も私も少からずがっかりしてしまったのである。

花山も私も、女さえ見れば心を動かす種類の男ではなかった。が、そう思ってる私達が、今言ったように、がっかりするほど心を動かされたと言うのは、それほどこのたおやかな少女の、冷めたい中に燃ゆる炎を抱いた、その不思議な魅力に、生まれて初めての——否、恐らく普通の人はその一生にも出会う瞬間のないような、強い感銘を与えられたからなのである。何百年の後まで世に伝えられる恋の悲劇などの起るのは、こういう幸福——あるいは、不幸な——瞬間に恵まれた者の、避け難き運命だったのではあるまいか……そんな風に、運命的な事まで私は考えさせられた位なのである。

私の恋は——人の思いの掛った女に対して、こんな言葉を使うのは穏かでないが、敢えて私はこの語を用いよう——私の恋は、しかし、諦念的で、人の女をと、溜息《ためいき》を突いて心の底へ押し沈めてしまう方向を取ったが、外向性の我が友、花山実の場合は、それが旧友の女を奪う背徳を冒す事になっても顧みておられぬ、一途な方向へ向ってしまった訳であった。

見た目も、新劇の俳優のような優雅な所と、根強い意志的な情熱を潜めた男前は、そのすらりとした長身と共に、女の心を蕩《とろ》かすに足る魅力は持っていながら、花山は案外軽薄な動きをしない男で、その点で私などと深い友情を持ち合う間柄にもなれた訳であったが、その花山が今度のような動きをするようになろうとは——私はやッぱり、彼女の魅力がそれほど大きかったのだ、と思わざるを得ない。ああ、それはしかし、もとより富士子さんの罪ではない。ただ、美しい女というものは、自分では知らぬ間にそういう罪を犯しているものである——という事は言えるかも知れない。

彼女は、その御社という奇妙な姓でも分るように、この鳴沢村の村社浅間社の神官の一人娘だった。その黒目勝な、澄み切った、山の湖のような、深い引き込むような眼でじっと見詰められると、十七歳の汚れない少女自身には何の他意もないはずなのに、見られた男の心はブルブルと魂の底まで慄えさせられた。それは余りに美しいものを見た時の、人間の遣瀬《やるせ》ない郷愁に似たものであったかも知れない。

彼女の卵形の美しい輪廓の顔と、真白な額にかかる豊かな黒髪は、ちょっと平安朝時代の姫君達を思わせる、古典的な美しさがあったが、そのほっそりと高い、形のいい鼻、智的な潑剌とした輝きを持った黒い瞳、パッと花咲いたような明るさをその表情に添える、濡れた可愛い唇は、薔薇の花びらのように香《かぐ》わしく、柔かく――もう一歩で男心を邪悪な情欲の淵に誘い込むような、最も近代的な、蠱惑的な魅力を湛えていた。

彼女はその名の通り、富士の精のようであった。白い冷めたい雪の底に、千年の思を秘めて、真赤な火が燃えている、富士の美しさと哀しさとを、人間にしたような感じであった。まことに、その魅力に捕われたものは、かの樹海と称される、青木ヶ原の原始林の中に彷徨《さまよ》い込んで道を失い、海辺の白砂のようなその人跡未踏の白い砂の上に遺骨を晒す動物達のように、再び理智の世界に立戻れぬ、一種の魔力に呪縛されてしまう――と言っても過言ではないような、不思議な、男心を深淵に誘い込む美しさを持った少女だった。

しかし、私は徒《いたず》らに彼女の美を讃歎している事は慎しもう。

ただ、この山麓へ私達二人が来てから最初の一週間の間に、我が友花山の悲しいほど一途な恋は、遂に彼女に胸の思を訴えずにいられない所まで進んでしまった事を、述べておけば宜かろう。もともと儀助と富士子さんの間も、それほどしっかりしたものがあった訳ではないらしかった。だが、儀助自身は、そうは思っていなかったのだろうから、この親友の背信はどんなに彼を悲しませ、憤らせ、焦々《いらいら》させた事であろう。それを口に出しては言わないだけに、私には彼川島儀助の内心の瞋恚《しんい》が、恐ろしいまでに身に迫って感じられるのである。

私は不吉な運命をひしひしと感じ、ともかくも一日も早く、花山を促して東京に引上げる事を図った。が、花山は、どんな運命が待っていようと、行く所まで行かなければ、この樹海の原始林の呪縛から解き放されそうもなかった。

私はもともと儀助とは、花山を通じて知合いになっただけの事で、そう親しい間柄でもなかったので、その花山と儀助とが斯様な反目に陥ってしまっては、私が一番途方にくれなければならなかった。が、私はここを見捨てて、一人で東京へ引上げる事は出来なかった。それは――あるいは、私自身も富士子さんの魅力に捕われてしまったためかも知れないが――ともかく、私としては、花山を一人で死地に置いて行く事は出来ぬ、と考えたのであった。死地！　そうだ、私はそう考えたのだ。何か不吉な運命が、大きな暗い翼を拡げて私達の前に立ち塞がっているような気がしたのであった。

　そうした時に、たまたま儀助が、風穴へ案内しよう、と言って私達を誘い出したのだった。

　風穴というのは、話には聞いていたし、私も今度裾野へ来るについては、是非それを見てきたいと思って出て来たのではあったが、ここへ来て以来の不思議な人間的葛藤で、そんな事はすっかり忘れていたのだった。今更風穴見物でもないような気もしたが、こんな事で何とか気を変えたいと思ってるのかも知れないと、儀助の気持を忖度《そんたく》してみたりして、私は賛成したのだった。が、その晩ふと妙な事を考え附いて、私は寝床の中でハッとした。

「ひょっとしたら、儀助は……」

　後は考えるのも恐ろしいような想像で、私はそれから睡むれなくなってしまった。

　隣りの寝床では、花山が――私のその時の疑心からは――「明日の自分の運命も知らずに」気持好さそうにスヤスヤと軽い鼾《いびき》さえ立てているのが、私を妙にいらいらさせるのだった……

三

　風穴の入口に立った時、私は何とも言いようのない不吉な予感に、背筋が水を浴びせられたようにゾーッと寒くなった。

　裾野の明るい秋の真昼は、何か無気味な、白々しい、うつろな空しさを湛えて、ひそと静まり返っていた。ポッカリ口を明けた風穴は、墓場の穴のように、その暗い内側へ私達を誘い込もうと待ち構えているようだった。いよいよここを入ったら、ふたたび三人無事に出ては来られないのだ！　……そんな臆病じみた妄想が、しつこく私の心を引ッ摑んで離れなかった……

　私はどうにも足が進まなかった……否、私だけではなかったのだ。三人とも、じっと佇んで動かなかったのだから。穴からは、地獄の底から吹いて来るような冷めたい風が、啾々《しゅうしゅう》と吹き出していて、私達の身体をしっとりと冷やした……

「入りたくねえな」――私がそう言おうとした瞬間、花山は一人ツカツカと……それは強いて平気を装おったわざとらしさがはっきり動作に現われたぎごちない歩き方だったが……とにかく一人で穴の中に入って行ってしまったのだ。

儀助はちょっと躊躇して、私と顔を見合わせ、「仕方がない。入ろう」という表情をして見せた。私は「ああ、今ならまだ止められるんだ！」と思いながら……やッぱり今更ら「止そう」と言う事も出来なかった。

儀助はわざわざ持って来たザイルを、入口のそばの栂《とが》の木の枝に引掛けた。それは風穴の中を「探険」するためにに持ってきたザイルだったから、それを穴の中に持ち込まないのは、探険を決行しない意志を彼が表示した事になる。私はそれを見てホッとして、

「それがいいね、儀助君」

と、むっつりした彼の肩を叩いて賛成の意を表してやった。

洞穴《ほらあな》の中は薄暗くて、足許には石ころがゴロゴロしているので、私は懐中電燈を出した。

先に入った花山も、薄気味悪いのか、鹿のようにすんなりした長身を、闇の中にのっそりと浮き上がらせて私達を待っていた。やはり案内を知った儀助が先に立たなければ、どうにもならない。私は素早く花山の脇を擦り抜けて、がっちりした儀助のすぐ後に蹤《つ》いて、花山の前に立った。私一人が懐中電燈を持っていたので、私が殿《しんがり》になるよりこの方が都合がいい訳だが、実は、それよりも私は儀助と花山とを出来るだけ隔てておきたかったのだ。風穴というのはどんな事になってるのか、私は初めてだから見当も附かないが、ちょっとよろけた風をして突き当り、相手を地獄の底へ葬り去ってしまう事が出来るような、そんな風なものであるかも知れない。とすると、私はどうしても儀助と花山とを食ッ附けておきたくなかったのだ。

「何だ、ザイルを持って来なかったのか」

後の花山が、気が附いて不服そうな次中音《テノール》を響かした。

「ウン、止めた。縦穴へ入って見たって仕様がないからナ」

前の儀助が、冷淡な低音《バス》で答えた。

「何だい。是非入ってみよう、と言ってた癖に。怖くなったのか？」

花山の声は、刺々《とげとげ》しく、嘲りを含んで響いた。

私はその声に思わず身体が慄えた。そして、ザイルを入口に置いてきた儀助を、改めて讃歎したいような気になった。持って来れば、二人は必ず張り合って、どんな危険な事になるか知れたものではない。それもただの冒険なら、私といえども敢えて恐れはしないのだが……

洞穴は殆んど水平に二十米《メートル》位歩いたような気がした。くねくねと曲っているので、入口の明りはもう全然差し込まない。懐中電燈の光は洞穴の中をおどろおどろしく照らして、光の届かぬ暗闇に素早く魑魅魍魎《ちみもうりょう》の影が駆け込む姿が見えるような気がして、薄気味悪かった。皆知らぬ間に、按摩のように両手を差し出して、空間を手探るような恰好で、屁っぴり腰で歩いていた。

と、突当りに行止まりの壁が現われた。その前が大きな口を開いて、そこから垂直な縦穴になっているのだった。私は、突然立ち止まった儀助の幅の広い身体にぶつかりそうになって、すぐ足許にポッカリと口を開けてる、深さ七・八米位、直径三米位の、大きな地獄の穴の縁に立ってる自分を発見して、ビクッとした。

穴の壁は、大きな石の肌だが、水分が凍結して滑らかに厚い氷が被っている。縁の所までツルツルに凍っていて、うっかりするとツルリと滑り込んでしまいそうで、気持が悪い。

「これが縦穴か」

花山の次中音《テノール》も先刻《さっき》より張りがなくなっている。些か暗闇の恐怖に圧倒されてる感じがあった。

「もう行かれないんだネ」

私は早くこんな所から出て、明るい世界へ帰りたい気持でそう言った。暗闇の中では、何か身体中が押さえ附けられるようで息苦しかった。

「ウン、普通は先刻の入口から覗いて、帰っちまうのサ。ここまで入って来るのは、余りいないネ。よほどの物好きでない限り」

儀助は例のもそもそした口調で答えた。

私は懐中電燈で氷った天井を見廻し、それからしゃがんで穴の中を覗き込んだ。底の方までは明るさが弱くなってしまってはっきり分らないが、やはり、壁と同様に氷が張って光ってるようである。

「オイ、儀助、ここでお仕舞なのか?」

花山が訊いた。儀助も坐り込んで、

「ウ、この穴がカネ? いや、それは分らないんだよ。入って行った物好きも居たって話なんだがネ。帰って来た奴が居ないんでネ。どこまで続いてるのか分らないんだ。うちの祖父《じじい》なぞは、この穴は伊豆の大島まで通じてるって話を信じていたがネ」

「えッ、本当かい？」

と、私は驚きの叫びを上げた。が、そう言われてみると、そんな話も聞いた事があるような気がしてきた。

「どうだかネ。伝説だろうよ。もっとも、富士火山脈はあっちの方へ通じてるんだから、その話も一概に嘘だとも言い切れないがネ」

花山はこう言って私から懐中電燈を取って、穴の縁に寝そべって身体を乗り出すようにして、底の方を覗こうとした。

「すると、この底のどこかに更に穴が開いてる訳だナ。どうもよく見えないナ。畜生、入って見てえなア」

花山は、ザイルを取って来て穴に降りてみたい衝動に駆られてるのに違いない。それをはぐらかすように、私は、

「もう沢山だよ。僕は寒くって慄えちゃった」

と、悲鳴を上げて見せた。この悲鳴は、かなり私の本心でもあったのだ。しかし、私が慄えたのは、必ずしもこの地下の洞穴の、墓場の底のような薄気味の悪い寒さのためばかりではなかった。

「オイ花山、そんなに乗り出すと危ないゾ。滑るから気を附けろよ。落ちたら、それっ限《き》りだからナ」

儀助の低音《バス》が、何か脅かすように空洞に響いた。私はブルブルッと身慄いを感じたが、強いてそれを気《け》取られないように、

「ソ、そうだろうなア。これじゃ、落ちたら助からないだろうなア」

と言ってみた。

「まず、ネ」

儀助はニヤリと笑った。私はゾクゾクッとした。もっとも、本当に儀助がニヤリと笑ったのかどうか、それは分らない。そんな風に私には感じられたのだ。

と、儀助が言い出した。

「オイ花山、大層この穴が気に入ったようだネ。そんなに入りたければ、お前が死んだら、ここへ葬ってやる事にしようか」

私は、ああ、いよいよいけない！　と思った。

花山も、挑戦されたように、

「いいね。気に入ったよ。だが儀助、お前にも似合いの墓場だぜ、こりゃ。暗くって、陰気で……フフ、何な

ら、譲ってもいいぜ」

と言い返した。

暗闇でなかったら、私の顔は真蒼になっていたろう。否、暗闇の中で、私の点けっ放しの懐中電燈の頼りない反射で、彼等の顔は死人のように蒼白く、恐ろしい殺気を帯びているのを私は感じた。

私はもう我慢が出来なかった。ともかく、早く明るい外へ出なければ——

「どうだい、もう出ようじゃないか」

私が堪まらなくなってそう言った時、儀助が、

「まあ、そう急ぐなよ。二度と、来られないかも知れない。ゆっくり見物してけよ」

と言った。そう言われると、私の言葉に腰を浮かし掛けていた花山も、意地になって、

「そうだ、そうだ。まあ、も少し、この静かな冷めたい墓場の空気を味わって行こうや。岡田、水筒を貸せ」

私はがっかりして、肩から水筒を外して渡した。

私は花山と儀助の間に陣取って、二人の形に現われない激しい闘争を、煩わしく厭わしく思った。と、そんな事でやきもき気を使ってる自分が馬鹿々々しくなり、そんなら一層《いっそ》二人に思うさま嚙み合わさしてやろうか。そして、二人ともこの地獄の穴にでも落っこってしまえば——と考え出した。その瞬間、私の瞼の裏には、あの不思議な魅力を持った美少女御社富士子の、蠱惑的な笑顔が、ちらと浮かび上ったのであった……

四

花山が水を飲んで私に水筒を返して寄越したので、私も喉の乾いていた事に気が附いて、ゴクゴクと飲んだ。その僅かの暇だった。水筒の蓋をして肩に掛けながら、ふと気が附くと、儀助の姿が見えなくなっていたのだ。

私は、地面へ置いといた懐中電燈を取り上げて、今儀助がその陰へ入って行った岩の方を照らして見た。が、そこには人一人隠れている余地はなかった。私は、彼が今その岩の向うへ立って行った事を感じてはいたが水を飲む方に気を取られていて別に注意もしなかったのだ。が、こうして懐中電燈でマザマザと照らして見て、はっきりそこに人の居ない事を知ると、私はギョッとして花山を振り返った。サーッと顔から血の引いて行くのを感じた。

私は二人の間に陣取っていてよかった。儀助がもし花山と同じ側に居て、急に消えてなくなったら、この暗闇でどんな事が行われなかったものでもないと、私はあらぬ疑を花山に掛けなければならなかったかも知れない。

私は懐中電燈を穴の中に差し出して覗き込んだ。その弱い光芒が微かに底を撫でた時に、ああ！　私は危うく穴の中へ滑り落ちそうになった。そこに儀助の身体が横たわっているではないか！

花山と私は、同時に、

「儀助エッ、儀助エッ」

「しっかりしろッ、儀助君ッ」

と呶鳴った。

儀助は、しかし、幸いにも生きているらしく、僅かに右手を動かして「ウーン、ウーン」と呻いている。

「何か言ってるゾ」

花山が、優美な細い眉毛を寄せて、叱るような声で私に言った。

私は自分の心臓の音もうるさいと思うほど、耳を澄まして儀助の苦しげな訴えを聞こうと努力した。

やっと、その声が聞えてきた。

「オカダクン、オカダクン……ザイル、ザイル……」

私はハッと気が附いて、跳び上った。そうだ、彼を救け出さなければならない！

私は懐中電燈を持ったまま駆け出そうとして、ふと後が真暗になってしまう事に気が附き、花山の顔を見ると、花山もそれを悟ったとみえ、

「いいよ、いいよ、マッチがあるから」

と言って、ポケットから燐寸《マッチ》を取り出した。そして、鼻紙を捻って、即製の紙燭《しそく》を拵えるらしい。

私が急いで石ころに躓いて転がりながら、走って最初の角を曲ろうとする時、花山が燐寸を擦って、パッと洞穴の中が地獄の底のような赤い火に照らし出されたのを、私は認めた。——ああ、しかし、私が入口まで行って、先刻儀助が掛けて行った栂の木の枝からザイルを取り、周章《あわ》てふためいて、また転がりながら縦穴の口へ戻った時には、もう再び花山の姿をそこに見出す事は出来なかったのだ！

私はブルブル慄えながら、また懐中電燈を穴の中に差し向けて、覗き込んだ。

ああ、そこには——深い縦穴の底の氷の上に、花山のすんなりした身体が、手足を拡げて押しひしがれたように伸びているではないか！

私は「花山は死んだ」と直覚した——それは身体の恰好から受けた感じだったろう。その傍で儀助は——この椿事でさぞ吃驚《びっくり》した事だろうと思うが——先刻より激しく右手を振って、動けぬ身体で何か頻りに訴えようとしてやきもきしている様子だ。

私は急いでそこらを見廻したが、先刻の大きな岩の根元にザイルを結び附け、縄の端を身体に縛り附けて、ツルツルな足の掛け場もない氷の壁を滑りながら、この大きな地獄の井戸の底へ、ズルズルと縄に縋って降りて行った。

気の遠くなるような時間——実際には、短い時間なのだろうが——の後に、私は底の氷の上に立った。儀助は花山の頭の方へいざり寄って、呻き声を上げていた。花山は真逆様に顛落したらしく、頭が割れて氷の上に血が溢れ流れていた。それはどす黒く見えたが、懐中電燈を差し附けると、驚くほど鮮やかな真紅だった。

私が抱き附くようにして、顔を寄せ、身体を揺すぶると、ああ、彼はまだ命を止《とど》めていたのだ！　その貴族的な美しい顔を苦痛に顰めて、口をもぐもぐさせた。私は彼の口許へ耳を押附けるようにして、彼の最後の言葉を聞き取ろうと焦った。

「……ギスケ……ギスケ……」

ああ、花山は最後まで儀助の事を心配しているのだ！　私は感動した。あんなに激しい愛慾の葛藤に鎬《しのぎ》を削った二人だったが、やはりそれは自分等にはどうしようもない、悲しい人間に負わされた宿命なのであって、二人の間にはもともと別に憎しみも怨みもあった訳ではないのだから、相手が地獄の底へ落ちて瀕死の状態になれば、敵意も反感も消え去って、自分も暗闇の中で足を踏み外して顛落し、瀕死の状態に陥りながら、最後まで旧友の身の上を心配しているのだ。

「儀助君かい？　儀助君はネ、大丈夫だよ。……いや、お前だって大丈夫だ。しっかりしろよ」

私はそう言ったが、もう花山はガックリしてしまって、何と言っても返事をしなかった。また口の中で何か言ってやしないかと、私は再び耳を彼の口許に食ッ附けて、長いこと彼を呼んだり、さすったりしたが、もう駄目だった。ああ、花山は死んだのだ。死んでしまったのだ！

やっと私は気が附いて、ともかくも、生きている儀助から救い出して介抱しなければならぬと、彼の様子を調べると、彼は見える所には傷はしていなかった。うまく、花山のように頭を打たなかったから、助かったのだろう。

しかし、腰をひどく打っているらしくて、動けない。

私は非常な骨折りで彼を背負い、縄で私の身体にグルグル離れぬように捲き附けて、縄を手繰《たぐ》ってツルツルな氷の壁へ足を直角に突ッ張りながら、死に者狂いで穴の口へ攀《よ》じ登った。私はやっと縁まで這い上ると、そのまま危なっかしいツルツルなその縁に這いつくばってしまい、ハアハア言いながら――もう一息で安全な場所へ行ける事が分ってるのに、どうにも動けず、暫くじっと呼吸《いき》を静めなければならなかった。

が、ともかくこうして儀助を救い出す事が出来た私は、もう一度穴へ入って花山の死体を担ぎ上げなければならないのかと思うとうんざりしてしまった。血腥い花山の死体を取りにたった一人で穴の底へもぐるのが、急に薄気味悪くなってきた。

それに、花山の死体を担ぎ上げてみた所で、村まで私一人の力でどうして二人を担いで行けよう。それより、命を取り止めた儀助に、少しでも早く手当をしてやる事が大切ではあるまいか。儀助だって、まだどうなるか分ったものじゃないんだ――そう思うと、私は決心が附いて、花山の死体は後からすぐ取りに来る事にして、とにかく儀助を負ぶって村へ戻る事にした。それだけでも容易な業ではないのだ!

風穴の入口へ出た時、既に傾きかけている秋の日の、赤っ茶けた明るさの中で、私は先刻三人でこの入口を入る時、私の感じた不吉な予感を思い出してゾーッとした。――私の予想したような、殺人という形式ではなかったけれど、やッぱり三人の中の一人が命を失う事になってしまったではないか。しかも、もう一人がこのような瀕死の重傷を負って……

五

「俺は二三日前から俺の計画を実行する場所を風穴と定め、その手筈の研究に何度も穴に入った。

初めは、縦穴よりもっと奥に入った所で、何とかならないかと考えた。勿論、そこには、知らぬ間に突き落としてしまうのに恰好な穴は沢山あった。が、それでは、俺は岡田の隙を見てパッと花山を突き落としてしまわなければならぬ。それは不可能ではない。が、それではやはり、俺はどんなに岡田に気附かれないようにうまくやった所で、ともかく、結果からみて、俺と花山との争いをよく知っている岡田は、必ず俺に深い疑を掛けてくるだろう。疑われた所で、実際にはどうしようもないのだから、構わないようなものだが、どうも厭だ。というのは、その疑惑が富士子に伝えられた結果を恐れるのだ。それが厭なのだ。

傍に居る岡田が少しも俺を疑う余地のない、そういう殺人方法はないだろうか。そうしてあわよくば、岡田が却って俺の無罪を証明してくれる役目を果してくれるような……

俺は風穴の中で、いつか探偵小説好きな岡田が話していた、完全犯罪というのを考えてみた。何とか工夫がありそうなものだ——俺は凄い地獄の口を開けてる縦穴の縁に坐り込んで、こんな事を考えながら、時の経つのも忘れていた。

幸い、肌寒い秋の今頃、こんな所へ誰も来る者はない。来たって、入口からちょっと首を突込んで覗く位で、暗闇の洞穴の中へ入って来る奴はない。それに、来たら俺はちょっと隠れるばかりだ。この何処にも身の隠し所のないような洞穴の中で、旨い隠れ場所が一つあるのだ。それを俺はここで考え事を始めた最初の日に発見した。それは、縦穴の縁に立ってる岩の陰に当る壁の地面と接する所に、丁度スッポリともぐれる位の細い縦穴があるのだ。それが床石が壁に接してる所で、ちょっと低くなってるので、壁の所まで行って見ないと、その小穴のある事に気が附かないのだ。

昨日、俺はふとその小穴がどこまで行ってるかと思って、縦穴の縁の岩に結んだザイルに摑まってズルズルと滑りながら入って行ってみた。やッぱりこの穴も水分が凍結して、氷が張っているのだ。と、ヒョイと広い所へ出たと思ったら、それは大きな縦穴の底だった。小穴は縦穴の底へ通じていたのだ。穴の縁に置いてきた俺の自転車用のランプの光が、ボーッと遥かの天井の氷を照らしていた。

再び小穴からザイルを手繰って攀じ登り、縦穴の縁へ戻って来た時に、俺は、これは何とか利用出来そうだゾ、と思った。

ああでもない、こうでもない、と色々考えた末、とうとううまい事を考え附いた。そして小穴の口からちょっと入った所に丁度うまい突起した岩があるので、それにザイルを掛け替えて——つまり外から見えないようにして、それから俺は何度もその小穴を縄に縋って滑り下りたり、攀じ登ったりする練習をした。

そこで早速昨夜《ゆうべ》、俺は、『風穴に案内しよう』と花山と岡田を誘った。前から彼等は行きたがっていたのだが、岡田は俺と花山の間の暗闘に気附いてるものだから、危険な場所へ行くのを厭がっていたが、花山は痩せ我慢をして、怖いのを承知で『行こう』と言い出した。

風穴の底へ降りるために、もう一つ別なザイルを持って出掛けた。が、風穴の入口の所で、俺はわざわざ持ってったザイルを、穴へ持込むのを止めて、傍の栂の木の枝に引っ掛けた。それは岡田だけが見ていた。

穴へ入って行って、縦穴の縁へ坐り込んで話をしてる中に俺は隙を見て、縁の岩の陰から姿を消し、例の小穴から、昨日から仕掛けておいたザイルに縋って滑り降り、縦穴の底へ出て、そこへ転がって呻き声を上げた。

岡田と花山がやっと気が附いて、穴を覗き込む。俺は岡田の名を呼んで『ザイル、ザイル』と言ってやる。あのぼんやりは、そこまで言ってやらなければ動かないのだから、世話が焼ける。

そこで、岡田が周章ててザイルを取りに飛び出す——岡田を飛び出させるために、わざとザイルを外へ置いてきたのだ。それも、岡田だけの見てる所で。さもないと、花山に飛び出されたんじゃ、俺の計画が水泡に帰するから。

俺はスルスルと縄を手繰って、小穴から上へ飛び出すと、紙燭の火を見詰めてぼんやりしてる花山の後から、俺はいきなり片手でドンと突いた。それは本当に片手で済んだ。奴はギャッと言って、一たまりもなく地獄へ続く空間へ飛び出してしまった。

その瞬間、逆様になった奴の顔が、俺の顔を見てアッと驚いていた。俺は、奴に顔を見られたって、恐れはしなかった。奴は一秒と経たない中に、頭を粉砕して死んでしまうに違いないからだ。俺はむしろ奴に、誰に殺されたかをはっきり知っておいてもらいたかった!

岡田がザイルを取って駆け戻って来るまでに、俺は悠々と、小穴からザイルに縋って滑り降り、——そのザイルは端を結えて輪にして掛けておいたので、下で結び目をほどいて、ズルズルと手繰り下ろし、底穴の一つから涯も知れぬ奈落へ落としてしまった。これで俺の悪魔の遊行の証跡は、完全に消えてなくなったのだ。

そしてまた、冷めたい縦穴の底に身を横たえて、花山の様子を窺うと、花山は思い通り頭を粉砕して完全に伸びていた。もしもの時には、俺は底に転がってる大石で頭を打ち砕いてやる積りだったのだが、その必要のなかったのは幸だった。

その時岡田が縦穴の縁へ戻って来て、仰天した声を上げた。

暫くして、岡田がザイルを下ろして、それに摑まって降りて来た。

万事俺の計画通りだった。

ところが、ここで吃驚させられたのは、岡田が花山の死骸に取組って揺すぶった時に、花山がまだ生きていて、呻き声を出した事だ。そして低い声で『ギスケ……ギスケ……』と言ったのには驚いた。人の一心というものは恐ろしいものだ。こんな事で俺の計画が破れようとは思わなかった。俺はギョッとして、ブルブル慄えながら、岡田の出方を見守った。

岡田の出方次第では、直ちに次の行動に移る必要があったのだ。

ところが、岡田の奴は——彼のために幸だった事には——ふだん探偵小説通を誇って、そんな話ばかりしてる癖に、肝心の時に、親友の花山が死力を奮って殺人犯人の名を告げたのを、花山が俺の事を心配してるんだと勘違いして、『儀助君は大丈夫だ』と言ったのだから笑わせる。——もっとも、瀕死で動けぬこの俺が、ツルツルな氷の壁を攀じ登って、花山を突き落とそうなどとは、たとえ岡田が探偵小説に出て来るような名探偵でも、ちょっと想像が附きにくいであろうが……

そうだ、俺は人のいい岡田を悪く言っては済まない。彼は、どこも悪くない、俺の重たい身体を担いで、ロック・クライミングの実演をやり、それから五粁《キロ》の道をトボトボと俺を負ぶって、家まで運んで来てくれたのだから。そして家へ帰るや、早速、俺に頼まれて富士子の所へ事情を——花山が縦穴に落ちて死んだ事情を——彼の口から彼の見た通り、詳しく述べ立てに行ってくれたのだから。

俺は寝床の中に、瀕死（？）の身体を横たえながら、万事計画通り滞りなく進行した事を思い返してみて、心から喜んだ。先刻、死んだと思った花山が生きていて『ギスケ……ギスケ』と言った時は驚いたが——これだけが計算外の突発事故だったが——幸にも、岡田のメイ探偵ぶりで何事もなく終った。

俺は、たった一人のお袋が、息子の重傷に気も顚倒して、医者を呼びに行ったり、俺の嫌いなお粥を拵えてくれたり、眼の色を変えてオロオロしてるのは気の毒で仕方がないが、これで友を裏切った憎い花山も片附き、岡田もやがて花山の遺骨でも持ってここを立ち去れば、またここには平和な、富士子と俺だけの愛の世界が展開されるばかりだ――と、寝床の中で北叟笑《ほくそえ》んだ。

腰が立たない積りなので、藪医者の命令で便器など使わせられるのは気持が悪いが、まあ、この位の事は我慢しなければなるまい。

俺は、俺の『完全犯罪』に微笑んだ。もう花山も完全に死んでしまったから、殺人者の名を発《あば》く事も出来まい。小穴を上り下りしたザイルは、それこそ絶対に手の届かぬ奈落の底へ落としてしまったし、たとえ死体を解剖に附してみた所で、毒も何も飲ませた訳じゃないんだから、絶対に心配なしだ。そういう安心があるから、こないだ岡田の話してたような、気の弱い犯罪者が、せっかく何の証跡も残さずに美事な犯罪をやってのけながら、犯罪の発覚を恐れるあまりに、ビクビクして自分から犯罪を言い立ててしまうという――あんなだらしのない羽目に陥る気遣いもない。

これこそ、完全犯罪の殺人事件だ！　岡田のメイ探偵に、このカラクリを話してやったら、目を廻して驚くんだろうが、それの出来ないのだけが残念だ。

『ハハハハハ』――俺は寝床の中に、瀕死の身体を横たえながら、心から愉快になって、起ってそこらを跳び廻りたい衝動を押さえ附けるのに骨が折れた。

それで、こんな手記を書いて、やっと気を鎮める事が出来た。

六

夜になって、もう九時過だったが、富士子が見舞に来てくれた。岡田も一緒に部屋に入って来た。岡田は死体の方は家の下男《しもおとこ》達に任せて、家に残ったのだ。さすがに草臥《くたび》れたのだろう。

富士子は、

『小母様、あまり御心配なさらないように。小母様が御病気にでもなったら、大変ですから。私達が暫く見て上げますから、ちょっとでもお休みになって下さい』

と言って、お袋が、

『なあに、これ位平気ですとも、ちっとも疲れやしません』

と頑張るのを、強《た》って言うので、お袋も、

『そうですか』

と言って不承不承、無理に追い立てられるようにして、部屋から出て行った。

富士子は、俺の枕許へ寄って来て、

『どうして、あんな所へ落っこちたの？』

と言って、俺の額を撫でてくれた。ところが、何という偶然だろう、彼女の柔かい、温かい手が俺の額に触れた瞬間、

『ウワアッ、地震だ、地震だッ』

彼女は金切声を上げて、跳び上った。

岡田も、

『地震だあッ』

と言って、跳び上って、富士子の跡を追って部屋を出ようと駆け出した。

俺もうっかりしてパッと上半身を起してしまったが、気が附いて蒲団を被った。

部屋から飛び出そうと、障子を開け掛って、ペタリとそこへしゃがんでしまった富士子は、やがて羞ずかしそうにして戻って来て、また俺の枕許へ坐ると、暫く気を静めるように黙ってじっと俺の顔を眺めていた。それから、突然彼女は言い出した。

『ねえ、岡田さん。今日の事件に、（彼女は事件という言葉を使った！）犯罪の匂をお感じにならない？　探偵小説的に見て、少し怪しいとお思いにならない？』

これはしかし、俺達が岡田を揶揄《からか》ういつもの癖なので、別に不思議ではないのだが、場合が場合だから、俺は何か心の中を脅かされるものを感じて、ソッと彼女の様子を窺った。

岡田も、さすがにこんな時にこんな事を言うのは厭なのだろう、いつもは探偵小説と言えば、眼の色を変えて飛び附いてくるのだが、今夜ばかりはこの彼女の向けた水にも、容易に乗り出そうとはしなかった。

俺は、俺の『完全犯罪』を披露したい衝動に駆られたが、それを辛うじて押さえ附けると、ふとうまい事を考え附いた。

『富士子さん、そんな事を言うもんじゃないよ。花山の過失死は明瞭じゃないか。犯罪だなんて言い出すもんじゃないよ。まるで誰かが突き落とした、とでも言うように聞こえるよ。岡田君が迷惑するじゃないか』

あの場合、花山を突き落とした者があるとすれば、俺は穴の底で身動きも出来ずにウンウン唸っていた訳だから、岡田の外にはあり得ない。岡田は勿論、俺を救けるためにザイルを取りに、花山を穴の縁に残して飛び出し

て行った、という訳だが、ひょっとして花山を突き落としてから飛び出して行ったのかも知れないし、あるいは、ザイルを取って戻って来てから、突き落とす事だって、考えられない事はない。——その位の事は、富士子だって考え附くだろう。

俺は、岡田を庇うような口ぶりをしながら、その実、岡田を窮地に追い込んだ事になる。岡田には少し気の毒だが、富士子の心を完全に俺一人に向わせるためには已むを得ない。富士子も、俺の言葉の意味が分ったか、複雑な感慨を籠めた眼差《まなざし》で、俺の顔をじいっと見詰めた。

岡田も、その事に気が附いたか、急にハッとした表情で俺の顔を見、それから富士子の顔を見た。何と気の毒なメイ探偵！

富士子は、岡田の周章てた様子に、いよいよ疑惑を深めた様子で、俺に向って『ウンウン』と言うように頷いて見せた。ひょっとすると、彼女は初めから少しはそんな疑を持っていて、冗談に紛らして『犯罪の匂』なんて言って岡田を突ついてみたのかも知れぬ——と、俺はそんな気さえしてきた。

まあ、それはともかくとして、俺は俺の言葉の、予想以上に大きな効果を齎《もた》らした事に、満足し北叟笑んだ。花山が死んだ今となっては、岡田だけが唯一の俺の競争者であり、そしてこれが案外強敵であったかも知れなかったからだ。その岡田も、今や完全に競争場裡から敗退した！

ところがその時、富士子の意外な言葉が、有頂天になっていた俺をいきなり地獄の底へ突き落とした。

『いいえ、怪しいのは岡田さんじゃありません。そう言う貴方です。儀助さんです。儀助さん、貴方が花山さんを殺したんです！』

俺はあまりの事に思わずギョッとして顔色を変えたが、なあに、これ位の事に驚いたりビクビクしたりして堪まるものか。

『フッフフ。縦穴の底にウンウン唸ってた俺が、穴の外に立ってる花山を突き落とした、と言うのかネ？』

『そうです。縦穴の底に、身動きも出来ずに倒れていいた貴方が、です。……さっき「地震だ」と言ったのは、その貴方の嘘を発《あば》き立てるためのお芝居だったのです。まだお気が附かなかったの？　案外暢気《のんき》ねえ。花山さんは貴方に突き落とされたのです。死際に「ギスケ……ギスケ……」と、岡田さんに言ったそうですね。それは、自分を殺した犯人を教えたのです。……いいえ、証拠のない事は言いません』

こう言って、富士子は懐から手帳を取り出した。

『これは花山さんの手帳です。ここに鉛筆で「ギスケニコロサレタ」と、はっきり書いてあります。死際にやっと書いて、岡田さんに渡したのです』

『エエッ!』

俺は思わず声を立ててしまった。そして、岡田の方を見ると、岡田は『もう仕様がないよ』と言うような、気の毒そうな顔をして、俺の顔を見返して頷いて見せた。

ああ、万事休す!

あの花山の死際に、岡田は厭に死人に食ッ附いていたっけが、そんな物を死人から受け取っていたのか……それなのに、今までとぼけていやがって……探偵小説狂も油断のならないものだ。お蔭で俺の『完全犯罪』も、完全に覆えされてしまった!

富士子は総べてを明瞭にさせてから、

『儀助さん、私はしかし、幼馴染の貴方を、その筋に訴えようとか、貴方に自決を奨めようとか、そんな事をする気はありません。安心して下さい。唯一の証拠物件は、こうしてしまいます』

と言って、手帳のその一頁《ページ》を破って、燐寸で火を附けてメラメラと燃やし、火鉢の中へ捨ててしまった。

『私は真実を明らかにしたかっただけです。とかく真実が曖昧になってると、先刻も貴方が仰言《おっしゃ》ったように、飛んでもない人が、飛んでもない迷惑を蒙ったりしますからね』

そう言って、富士子はさっさと帰ってしまった。

岡田も慌てて彼女の跡を追って行った。

俺はそのまま茫然としていた。お袋が入ってきたので、『少し静かに睡むりたいから』と言って、出て行ってもらった。

それからどの位、ただ一人天井を眺めて茫然としていたことだろう……俺の知らぬ間に、俺の意志に反して涙が止め度もなく溢れ出てきて、いつの間にか俺は子供のように激しい泣きじゃくりに陥っていた……

ああ、富士子は行ってしまった。岡田もあれ限《き》り帰って来ない。富士子の所へ行って、何を話しているのか……

しかし、もうそんな事はどうでもいい。俺は総べてが終った事を知った。もともと俺がこんな事を思い立ったのも、富士子をしっかりと俺の手に摑みたいからだった。ああ、その富士子が完全に俺から離れて、飛び去って行ってしまった今、どうして俺は辱《はじ》を忍んでこの世に生を貪る理由があろう。

俺は潔く総べてをこの手記に告白して、昆虫剝製用の青酸加里に、この親友を屠った、罪深い身の始末を托する事にする」

七

私は驚いた。

あの、一見、何の犯罪の匂も嗅ぎ付ける余地の見出されぬ、風穴内の事故が、恐るべき計画的な殺人事件であった事は、勿論驚くべき事であったが、それよりも私は、第一に、富士子さんの直観力の鋭いのに驚いた。第二に、富士子さんの――富士子さんにばかり驚いていて恐縮だが、第二には、富士子さんの出鱈目に度胆を抜かれたのである。

私が儀助に頼まれて、花山の死を、彼女に告げに行った時に、私に詳しく情況を饒舌《しゃべ》らせた後で、富士子さんは、

「死ぬ時に『ギスケ……ギスケ……』と言ったのですね」

と言って、じっと私の顔を見詰めた。

彼女の黒目勝の澄んだ瞳は、ますます冴えて不思議な光を帯びているように思われ、私は何か心の中にブルブルと慄えるものを感じた。

それから彼女は暫く黙って考え込んでいた。

木立の深い浅間社の境内は、凄いばかりの静けさで晩秋の風に散る木の葉が庭の土の上をカサコソと走り廻る音が、私の耳に聞こえてきた。

富士子さんは私の存在を忘れてしまったように、いつまでも黙って考え込んでるので、私は手持無沙汰になり、暇を告げて帰ろうとすると、彼女はハッと気が附いたように「後で、お見舞に上りますから、岡田さんも家に居て下さいね」と言った。

遅い夕食を済まして、また儀助の部屋へ行って彼の容態を見舞ってから、自分の部屋へ帰って、富士子さんは先刻「後で見舞に行く」と言ったが、こう遅くなってはもう今夜は来ない積りだろう。こんな事なら、私も花山の死体を取りに行くんだったのに――と、怨めしく思っ

たりしながら――思えば、今度の旅行はえらい結果になってしまったものだなぞと、そんな事を茫然と考えていると、突然障子が開いて富士子さんが顔を覗かせた。

富士子さんは、儀助を見舞に来たが、私にも一緒に彼の部屋へ行ってくれ、と言う。それで、私が廊下へ出て行くと、彼女は背伸びをして私の耳に口を附けるようにして、

「これから私が儀助さんの部屋でする事に、何でも調子を合わせて下さいね」

と言うのだ。

何の事か分らぬが、私は、ともかく、愛する女の言う事に、殊にこんなに肩に摑まって、耳の傍へ顔を持ってきて、温かい息が私の頰に掛るようにして囁かれた言葉に、反対する理由のあろうはずはなかった。

儀助の部屋へ入ると、まず、彼女の「地震だッ」という言葉に、調子を合わせなければならなかった。彼女がウィンクをして、私を促したからである。

それから後は、儀助の遺書にある通りだ。勿論、花山の手帳なんていうのも、富士子さんの出鱈目だ。何か彼女の机の抽出しからでも探して来たのだろう。私が呆れていると、また彼女のウィンクが来たので、私は周章てて、もっともらしい顔をして調子を合わせたが、この時は既に私は、彼女の凄い慧眼に内心舌を捲いていた所だった。

彼女は、花山の最後の言葉の「ギスケ……ギスケ……」というのを聞いて、最初に疑を抱いた、という事だった。それでも、半信半疑だったので、あんなあられもない「地震」のお芝居をやってみたのだ、と後で語った。それで儀助が釣り込まれて、うっかり起き上り掛けて、気が附いて周章てて寝床にもぐり込んだのを見て、彼女は彼の犯罪を確信し、次の手帳の強行手段にまで進んで、最後の止めを刺したのだった。

ああ、それにしても、彼女の慧眼がなかったならば、目の前で親友を殺されて気の附かなかった私は、死力を奮って私の耳に殺人犯人の名を囁いた、我が友花山実の最後の努力まで、むざむざと無駄にしてしまう所だった！――何という、羞ずかしい迂闊さであろう。

もしも、あの時あのまま犯罪が発覚しなかったら、どうであったろう。どんなに複雑な運命が、私達の間に渦巻いた事であろう。それは陰惨な――疑いなく不幸なものであったに違いない。富士子さんのためにも、私のためにも、そして川島儀助自身のためにも……

あれ以来、私の探偵小説への打ち込み方は、今までとは趣を変えた、真剣なものになりました。私が探偵小説家の端くれに名を列ねるような事になったのも、こんな事が原因になっているのです。

——え？　私の家内の名前をお訊きになるんですか？　ハハハ、お分りになりましたか。そうです。お察しの通り、あの時の御社富士子が、今の私の家内なんです。

獺《かわうそ》峠の殺人

（作中でヴァン・ダイン『グリーン家殺人事件』の犯人に言及しています。未読の方は御注意下さい）

第一部

一

尾形幸彦の告白

「探偵小説家は、変った人殺しの仕方ばかり考えてる訳じゃないか。だから俺は好かん」

と言い出したのは、駆け出し肉体文学者の花口三吾。

「馬鹿言え。探偵小説家は殺人犯罪を発《あば》き出す、探偵の方法を考えるんだよ。だから『探偵』小説と言うのだ」

と弁解するのは、かく言う私、尾形幸彦、探偵小説家の卵という所だ。

「だが『完全犯罪』なんて言って有難がってるじゃないか」

わきから横槍を入れるのは、これも洋画家の卵、高沢啓介……大学は同じ文科をやったのに、絵の方に身が入り過ぎて、そっちで身を立てようとしている変り者だ。

「ウム、そりゃネ、単純な掻ッ払いや、当り前の強盗殺人じゃお話にならないから、犯罪の方も進んでるほどいい、という事は言える。それだけ探偵のし甲斐がある、というものだからナ。どんなに巧みな犯罪でも、しまいには必ず探偵に看破されるか、あるいは犯罪の完遂直前に思い掛けないしくじりで、せっかくの苦心が水泡に帰する事になっている」

「しかし、探偵に看破されたり、しくじったりするようなのは、ほんとの『完全犯罪』じゃあるまい」

高沢洋画氏はなかなか鋭く突ッ込んで来る。

「ウム、そりゃそうだ……だから、たまには、遂に発かれずに終る本当の『完全犯罪』もある」

「そりゃあいかんナ。そりゃ道義に反する。だから、俺も探偵小説はチライだ」

と、東北弁丸出しで抗議を挟んだのは、これから一生文部省のお役人で送ろうという、奇特な心掛けの――いや、これだけが一番まともな商売なんだろうが、軌道外れな他の連中の中では、とかく真面目過ぎて揶揄《やゆ》の焦点になり勝ちな、法科出身の木村鉄造だ。

「しかしネ、そういう発かれない『完全犯罪』でも、犯人が大抵自ら責めて自殺するか何かして始末を附ける。犯罪成功、めでたしめでたしで終る小説はない。そして、大抵その遺書によって、殺人犯罪だった事が分るような仕組みにしてある」

「そうでもしないと、本当の『完全犯罪』なら『完全犯罪』だった事さえ分らないはずだからネ。それでは、小説が出来上らない」

と、高沢洋画家の卵氏が今度は私の説を敷衍してくれる。すると、花口肉体文学氏は、フフフと冷笑して、

「そんな事があるもんか。そんな事しなくたって、犯人自身が小説を書けばいい訳じゃないか」

と言い出した。

「ウム、探偵小説家自身が殺人をした場合なら、そんな事も出来るかも知れない。しかし、そいつを発表したら、途端に作者が絞首台の上に上らなければならない訳だから、書いても時効になるまでは発表が出来ない事になる……だから、俺はまだ探偵小説家が殺人をしたって探偵小説にはお目に掛ったことがない」

「そんなら、尾形幸彦、そう言うお前が一つそいつを書いてみろ。独創的《オリジナル》な探偵小説が書けるゾ。それに、想像だけじゃ駄目だ。どうだ、思い切って、一つ殺人をやってみろ」

肉体文学氏は飛んでもない事をけしかける。

「冗談言っちゃいけない。いくら独創的な探偵小説が書きたいからって、殺人をするのは御免だ」

上野発信越線の夜行列車の中で、こんな不思議な気焔を上げているのは、四人が四人とも今年の春学校を出たばかりの、皆まだ孵化しない卵ばかり。抱負ばかりは一人前以上でも、まだ一年足らずという所だから、四人とも今年の春学校を出て
尻に殻を附けて駆け出したのが肉体文学の花口一人で、従って彼は鼻息が一番荒い。辛うじて孵化して、草の濛々たる煙が、電燈の光をいとど暗くしながら、汽車は夜の闇の中を単調な轣轆《れきろく》の音を響かせつつひた走りに走り続ける……。

二

「鯨井《くじらい》の奴、何だってあんな田舎に引ッ込んでやがんだろうナ。東京へ出て来りゃいいのに」

探偵談が一段落して少し顎《あご》が草臥《くたび》れた頃、木村小役人氏が厭にしんみりとこんな事を言い出した。これで、皆の気持は一遍にこれから行く先の雪の深いK駅から更に二里《り》も山に入ったM村の――今も恐らく降り積った雪に閉じ籠められているのであろう――鯨井邸へと吹ッ飛んで行った。

「奴も学校を出たばかりで、いくら親爺《おやじ》が死んだからって、あんな山ん中に引ッ込んじまわなくたってよさそうなもんじゃないか。見てる方が厭んなっちゃう。どうかしてるんじゃないのか」

花口肉体氏は、誰でもこき下ろせばいいと思っている。

「だって、そのお蔭でこうして今年もスキーに行かれると思や、有りがたい仕合せじゃないか」

と、高沢洋画氏はわざと狡猾そうな事を言ってみたいらしい。

「だが、鯨井自身はいいとしても、妹の桜子さんが可哀そうじゃないか」

と木村が言うと、

「オイオイ、木村は兄貴より妹の方を心配してるらしいナ、お前、桜子にホの字だったのか」

花口はすぐ肉体文学氏らしい露骨な事を言い出す。

木村は律気《りちぎ》に赤くなって、

「ナニ、ソそんな訳じゃ……何も、ア、あんな子供に……」

「ハハ、あんな子供に、と言うが、もう――そうだ、去年十六だったたから、今年は十七。もう立派な一個の『女』だぜ、オイ」

私は去年の冬、初めて皆で鯨井の家を訪問して以来、私の心の中で秘かに心から愛している桜子が、こんな風に話題に上せられるのは不愉快だった。

すると、高沢まで、

「そうだなあ。去年はあんな子供々々した子だったが、変ったろうなア」

と、感慨深そうな声を出した。

「いいなあ、あの子は、俺は一度あの子を描いてみたい。ノーブルだよ、あの顔は……」

すると、忽ち傍から花口が、また破廉恥《はれんち》な事を言い出した。

「顔なんかどうでもいい。お前、あの子の裸体を描けよ。モデルに頼めば、あの子の裸が見られる。俺はあの子を裸にして見たい！」

木村は青ぶくれの顔を硬ばらせ、頬をピクピク慄わせた。私も高沢も不愉快な気持を隠すために、やけに煙草を吹かし始めた。皆の不自然な沈黙の中に、汽車は相変らずゴトゴトと単調な音を響かせて、闇の中を無心に進行している。私はその単調な響きに耳を傾けながら、何か向うで厭な事が起こらなければいいが――と不吉な予感に身体が寒くなるような気がした……。

三

去年はまだ幼い固い蕾《つぼみ》であった桜子が、僅か一年の間にこんなにも美事な開花をしようとは！――造花の妙、自然の恵みというものを、私は今更ら、讃歎したい気持で一杯だった。白い顔を運動にポッと火照《ほて》らせて、彼女はその名の桜の花びらのような美しさだった。青春の息吹を匂わしく発散させる撓《しな》やかな身体は、見ているだけで、こっちの胸が膨らむような嬉しさを感じさせる。その吐く温かい息に触れ、むっちりと毛糸のスウェーターを盛り上らせている彼女の胸を、ギュッと抱き締めたら！――私はスキーで快く疲労した身体を温かい蒲団にもぐらせて、肉体文学氏そこのけの甘美な空想に耽ったりした……。

着いてから三日目の晩の賑やかな夕食の時、鯨井が明日は獺峠《かわうそとうげ》へ行ってみないか、と言い出したがあんな悲劇の発端となろうとは、誰が予想し得たろうか。

距離も聞かずに「よし行こう」と賛成したのが花口肉体氏だったのだから、運命はこの時からもう定《き》まっていたのかも知れない。

何でも、ここから獺峠の頂上までは三時間の行程だから、皆の足でも四時間とみればよかろう、と鯨井は言った。帰りに獺温泉へ下り、そこの宿屋へ一泊して次の日に一日がかりでゆっくりその辺を遊びながら帰って来よう、という計画だった。

誰にも異存のあろうはずはなかった。

明日は飲めないかも知れないから、と言うので、余計お酒が出たのがいけなかった。あとを引いて「ええい、飲め飲め」という事になって期せずしてお酒盛が始まってしまった。

毎日の運動と御馳走と睡眠だけのいわば単調な生活に鬱積したエネルギーが、若い私達の血をむずむずさせていたのが、今夜ははけ口を見出して歌う舞うの騒ぎになった。桜子も一緒に独唱をやって聞かせてくれたりしたので、一層私達の血は昂奮してしまったのだろう。

が、だんだん酒が廻って、皆の運動もだんだん鈍くなり、皆寄り集まって妙に懐かしげにゴソゴソ話をしたりしてる中に、悪酔した花口肉体氏が木村小役人氏に向って絡み始めたのだ。そして、遂に、

「オイ、チムラ、チムラ」

と叫んだので、私も高沢も鯨井もハッとして花口の顔を振り返ったと言うのは「チムラ」は我々の間の禁句だったのだ。東北弁の木村は入学当初の級会《クラスかい》で自己紹介をする時に、自ら「チムラ」と名乗って、忽ち「チムラ」という渾名《あだな》を附けられたが、その渾名を最初に木村の面前で使った学生は、忽ち彼にぶちのめされて鼻軟骨を曲げられ、その曲った鼻を直すためには、二週間学校を休んで病院通いしなければならなかった。二度目に「チムラ」を口にした友達は前歯を二本砕かれて、まるで血へどを吐いたようになった。三度「チムラ」を木村の前で口にする者は居なかった。「チムラ」はよほどこの鈍重な青ぶくれ氏の痛に触るものがあるらしいのである。今その禁句を愛する女の前で口にされたのだから、私も高沢も鯨井も、どんな事になるかとドーッと鳥肌が立ったのも、無理はあるまい。

花口は酔ってあくどくなっていたのだろう。それに、女の前で虚勢を張りたい気持もあったのだろう。わざと大声をあげて嗤笑《あざわら》いながら、

「アハハハ、口惜しいか、チムラ……アハハハ、チムラ、チムラ、チムラ！」

と狂ったように叫び続けた。

木村もさすがに今日はよく堪らえた。しかし、私は彼が顔を真蒼にし、唇をブルブル慄わせて「ユ、ユ、許しがたい！」と口の中で呟やいているのを聞いた。

花口の狂態はますます募って行った。そして、酔眼に今度は桜子の顔をジロジロと凝視《みつ》めて何か言っていたが、急に感に絶えなくなったように我々が呆気に取られて止める暇もない中に、いきなり桜子に飛び掛ると、アッと言う間もなく接吻を盗んでしまったのである。

桜子は真赤になって怒ったが、彼を突き飛ばすとパッ

と身を翻えして逃げ出してしまった。

花口は忽ち、私達の鉄拳の雨を浴びようとしたが、鯨井が身を以て花口を蔽い庇ったので、危うく難を免れたのであった。が、彼はそれも知らぬ気に喚き散らしたのである。

「ハッハハハ、諸君、桜子の接吻はええぞ、ええぞ……何だ、お前ら羨ましくて堪らんのだろう。意気地なし奴《め》らが……見てろ、今日は接吻だけにしとくが、明日は桜子の身体を頂戴してやるからナ。あのムッチリした体をキュッと抱き締めて、あの雪のような真ッ白い柔肌の熱き血汐に触れてやるのだ。ああ、ああ！ ……」

四

昨夜《ゆうべ》夜更かしをしたために、今朝は起きるのが遅く、従って出発が遅れて、皆疲れてもいたし、いっそ中止すればよかったのだが何故か中止もせずに出発した訳だった。スキーの上手な鯨井兄妹《きょうだい》が先頭と殿《しんが》りを引受けて、その間に私、花口、木村、高沢の順で登って行った。皆昨夜の不快な事件を忘れる事が出来ないらしく、誰も彼も何か暗鬱な顔色を隠すのに骨を折っている事は、お互にはっきり感じられるのだった。それを強いて我慢して黙々と歩いて行くのだった。私はだんだんとその暗黙の争剋の息苦しさにあえぎ出し、形のない恐怖に戦慄を禁じ得なくなってきた。遂に私の恐怖は、午後になって形を現わした。即ち、頂上から獺温泉まで下る一時間の行程の間に、花口肉体氏の姿が我々の間から消えてしまったのである。

花口は私のあとを走っていたわけだが、遂に皆が獺温泉の宿に着いた後にも、彼の姿は現われなかったのである。頂上で休んでる中に、急に空模様が怪しくなってきたのだが、それが忽ち二三米《メートル》先も見えない位な猛吹雪になってしまったのが最も大きな不幸の原因だったろう。獺峠の頂上から獺温泉までのコースが、目も眩むような危険極まりない断崖の道であった事が、命を狙う悪魔の乗ずる隙であったのだろう。

吹雪のためにお互の距離が伸びて離れ離れになり、私は荒れ狂う白魔の中をただ一人、夢の中を走るような気持で走り続けたのだった。途中で私は一回だけ立ち停った。そこは道が急に彎曲してる所だった。そこで私は危うく谷底へ飛び込みそうになり、やっとカーヴを切った。

そして、ホッと胸を撫で下ろし、立ち止まってこわごわ獺谷を覗いて見た。フーッと下から雪が吹き上げたが、その隙に見ると、下は何十米いや、何百米という高さで、屛風のように切り立った崖だった。ただもう、茫々たる白い空間があるばかりで、吹雪に底は見えぬが、晴れていたら目の覚めるような凄い景色であるのに違いない。遥かの底の方に、わずかに獺川の瀬音が聞こえるような気がしたが、忽ち吹雪の音に紛れてしまった。私がそうして吹雪の中に茫然として立っていた時、後ろからかすかにシューッというスキーの音が聞こえてきた。……

一本道で迷う心配はない。ということだったが、余り遠いので私は心配になって、寒いのに身体がビッショリ汗ばんでしまった時、漸く道が急に右側の谷に下って、そこに吹雪の中からヒョッコリ宿屋が目の前に現われた。私はホッとして、ヘタヘタと玄関にへたり込んでしまった。それほど疲労を感じたのだ。先着の鯨井が飛び出して来て、

「オイ、随分遅かったナ。あんまり遅いから、迎えに行こうかと思ってた所だ。無事だったのか……早く入って当れよ。うんと火がおきてるから……みんなは未《ま》だか？」

などと嬉しそうに言ってくれるのだが、私は何を言われても口も利けず、鯨井に手伝ってもらってやっとスキーを脱ぎ、赤々と火のおこってる囲炉裏《いろり》へ這い寄って、グッタリと赤茶けた畳の上にぶっ倒れてしまった。

私は鯨井の注いでくれた葡萄酒を飲んで、そのまま雪を被ったウインドヤッケを脱ぐ気さえ起らず、古ぼけた畳に打伏して、メラメラと燃える赤い火を夢うつつで凝視めてる中に、高沢が私と大差ないへたり方で辿り着いた。それから暫くして、殿《しんが》りの桜子が、木村の尻を押すようにして入って来た。すると、

「オイ、花口はどうした？」

と、鯨井が驚いた声で訊いた。

「え、花口さんまだ来ないの？」

桜子の方も吃驚《びっくり》した声で訊き返した。

花口三吾はこうして、獺峠の頂上を出発してから獺温泉に至る途中で、忽然としてその姿を消してしまったのである。

五

私達は桜子だけを宿に残して、疲れた身体で花口捜索に、吹雪の中を崖道を上って行ったが、半道も行かぬ中にすっかり暗くなってしまって、どうにも仕様がなくなり、明日明るくなってからでなければ手の施しようがないと諦めて宿に引ッ返した。

獺温泉はたった一軒の宿屋があるだけだったが、大きな古ぼけたその宿屋は、何か古寺のような妖怪じみた感じがあった。谷底だけに吹雪の音は嘘のように静かになり、その代り先ほど遥かの谷底に聞いた獺川の瀬の音が、つい庭先に聞えるのだった。冬の間は老人の夫婦だけで客の世話をしているのだったが、我々の外には今頃こんな所を訪れる物好きな客は居ないらしかった。

どうやきもきしてみた所で心配してみた所で、明日の朝になるまではどう仕様もないのだ、と私達も漸く観念して、進められるままに湯に入ることにした。昔獺が傷を癒しに入っていた所から発見されたという温泉は、熱くて気持がよかった。夕食に老人の出してくれた濁酒《どぶろく》が湯に温まった疲れた身体によく効いた。そして、私達は何故かこんな場合にも拘わらず、吹雪に閉じ籠められた湯の宿で、酔に乗じてひどくはしゃぎ出してしまったのである。

何か心に鬱屈したものが、はけ口を求めて発散したがってるような、変に浮き浮きした気持があった。どうも何か妙なものに憑かれてはしゃいでいるような——後から考えると、何か薄気味の悪い感じがあった。獺か狐か、そんなものに魅入られていたのかも知れぬ。

話は昨夜はあんなに皆の憎しみを煽ったあの花口が、今日は突然こうして崖から落ちてあっけなく死んでしまう儚《はか》なさに纏わり附いていたのだが、

「あんな殺しても死なないような男が、こんなにあっさり死んでしまうとは、どうも不思議だなア」

と鯨井が言った時、どうした加減か、日頃はさっぱりした高沢が、

「オヤ、鯨井、貴様妙な事を言うナ、じゃ、お前は奴の死因に疑を抱くのかネ？　過失死じゃない、とでも言うのかネ？」

と絡み出した事から、話がこじれ始めた。私は話が変にこじれ出す事を心配して、高沢を窘《たし》なめに掛ったのだ

が、こっちも酔っているものだから、それが却って彼を刺戟するような事になってしまったのだから仕方がない。

「よせ、よせ、高沢。馬鹿だナ、貴様、誰も過失死でないと言ってやしないじゃないか。お前どうかしてるナ、そんな事を言うと、お前が奴を殺したのかと疑いたくなるゾ」

するとと、高沢はむきになって、

「ナニ、お前までそんな事を言うのか。コラ尾形。俺が花口を殺したって言うなら、お前だって怪しいぞ。花口を殺す理由は、お前が一番持ってるはずじゃないか……フフフ、隠したって駄目だ。俺はお前が桜子さんを恋してる事を知ってるんだ」

私は、こんな相手になりたくなかった。しかし、彼にこんな事を言わして黙っている訳にも行かなかった。私は覚悟を決めて、

「お前だって、その点は同じじゃないか」

と言い返すと、そばから木村が宥《なだ》める積りで、

「よせよ、馬鹿ども！　お前達、詰まらん事を言うもんじゃない。誰も花口を殺しやしないんだ。そんな事を二人で争ってると、お前達二人が疑われるだけだゾ。何しろ、お前達二人が、花口の前後に居たんだからナ」

高沢はあの最後のコースの時、わざわざ木村の前に出て、花口の次ぎになったのだった。高沢はそれを言われると、ますますいきり立った。

「ナニ、俺達二人が怪しくて、お前だけ怪しくないと言うのか？」

私も一緒になって、

「昨夜チムラ、チムラと言われて、口惜しがっていたのは誰だっけナ」

と、二人で木村を極め附けると、この「チムラ」という一言に木村は忽ちたけり立ってしまった。

「ソ、それじゃ、お前達は俺が殺したと言うのか。俺の前に高沢が居たのに、どうして、俺に花口が殺せる？　花口を殺したのは、お前達二人の中の一人に違いない！」

こうして三人が激昂の頂点に登り詰めた時、ミシリと妙な音がして私達の胆を冷やした。

「アハハ、雪の重みで柱が鳴るんだよ」

と鯨井が教えてくれたが、一度脅やかされた三人の気持は、もうすっかり怯《おじ》気《け》附いてしまった。そして、鯨井兄妹の前で詰まらぬ事で昂奮して馬鹿な言い合いをした事が気まり悪くなり、皆顔を見合せて黙り込んでしまっ

た。

　そこへ宿の老人が顔を出して、

「それじゃ皆さん、廊下の向う側にお寝間をお二人ずつ用意しておきましたから、いつでもお寝《やす》みになって下さい。ナアに、部屋が沢山空いとりますのでネ……いいえ、寒い事はございません。お蒲団にはお炬燵《こた》が入ってますから、もう温たまっておりましょう。では私共お先に寝《やす》まして頂きます」

　と律気な挨拶を述べて、階段を下りて行く跫音《あしおと》が消えると、あとは、つい庭先を流れる瀬川の瀬の音が、まるで家の中を流れてるように耳につき出した。

六

「じゃ、もう寝ようか」

　と鯨井が言い出した。ここで寝てしまえば、無事だったかも知れないのだ。が、私は妙に物足りない気持がして、憑かれたように思い掛けもしなかった事を喋舌《しゃべ》り出してしまったのである。

「まあ、待てよ、もう少し話そうじゃないか。俺は何だか、ひどく話したくて堪らないんだ。……だが、花口が殺されたなんて、全く馬鹿な事を考えたもんだなア。あいつは崖道の途中で過って墜落したのに定まってるじゃないか。実際危ない所があったぜ。俺だってもう少しで落っこちる所だった。ホラ、あの、急な曲り角の所サ……俺はあすこで立ち停って下を覗いて見たがネ……こんな所でヒョイと突つかれたら、それっきりだと思ったら、ゾッとしたネ……ハハハ、実際人を殺すにゃ、持って来いの所だったぜ。俺はここで奴を待ち受けて、突き落としてやろうか、と思った位だよ、正直に告白するとネ……いやひょっとすると、俺の第二人格があのままあすこに残って奴を待ち伏せてパッと突き落として殺してしまったのかも知れんナ……あすこなら、所謂『完全犯罪』が出来るからナ。誰にも見られず、何の証拠も残さずにネ……。

　フフフ、第二人格を俟《ま》つまでもない、この俺自身だってやり兼ねんナ……ええ、諸君、諸君は、奴は殺されるに値する奴だとは思わんかネ。俺は……俺は、桜子さんをあの卑しむべき肉体文学者のどん婪《らん》な慾望の犠《いけにえ》にする事を防ぐためなら、花口の二人や三人殺すことは敢えて辞さんゾ」

そう言うと、高沢も負けずに、

「いや、俺だって桜子さんのためなら、命を投げ出す事を吝《お》《し》みはせん」

と言い出した。

「ナニ、それは尾形や高沢に限らん。俺だって桜子さんのためなら、花口ぐらい殺せるゾ。睡眠薬でも飲ましてネ……」

木村まで飛んだ所で飛んだ熱情を発揮して見せた。たかしに、皆普通ではなかった。私は、いい気持になって、

「ホラホラ、素人はこれだから困る。そんなもの飲ませたんじゃ駄目なんだよ。死体を解剖すれば、すぐ毒殺だという事が分ってしまうじゃないか。俺が言ったように、何の技巧もこらさずに突き落とすのに限るんだ。これなら、いくら怪しんで解剖してみたって、殺人の証拠は摑めない。いくら動機があり、情況が怪しくたって、証拠がなくちゃ罪に問う事は出来ないからネ。犯人が平気で皆の前で『俺がやったのかも知れんよ』と吹聴していても、どうする事も出来ないのサ。フフフ。これが『完全犯罪』の『完全犯罪』たる所以サ」

調子に乗り過ぎた私を、鯨井がギョロリと目を光らして睨み附けたが、妙に昂奮した私は自分でも「こりゃいかんナ」と思いながら、何故かお喋舌りを中止することが出来なくなり、鯨井の非難の眼差《まなざし》に却って反撥するように、

「ハハハハ、いいかネ、諸君。諸君はさっきから頻りに花口殺人犯人を志願しているようだが、犯人容疑者の栄誉を我々三人で独占しようと言うのは、ちとどうかと思うよ。例えばだ、我々の桜子さんのために命を惜しまぬ護衛者の栄誉は、桜子さんの兄貴たる鯨井虎男にも頒《わか》つべきものと思うが、どうだろう」

と、私は冷静な傍観者を無理矢理一座の昂奮の中に引き摺り込もうとした。

「尾形、もう分った。分ったから、もういい加減にして寝ようじゃないか。あまり夜遅くまでそんな変梃子《へんてこ》な犯罪談義ばかりしてると、裏の獺川から獺が飛び出して来るかも知れんよ」

こう言う鯨井に、私は嵩《かさ》にかかって、

「駄目、駄目、そんな事を言って誤魔化そうとする所を見ると、どうも鯨井は少し臭いゾ」

と言い募るのを、木村がそれでも傍から窘《たしな》めた。

「馬鹿、詰まらん事を言うなよ、尾形、鯨井には花口を殺す動機がないじゃないか、我々と違って……」

「ナニ、動機がない？」私は忽ち木村に食ってかかる。「素人はすぐそういう風に簡単に片附けようとするから、大切な犯人を取り逃がしてしまうのだ。お前が我々と違って鯨井には花口殺害の動機がないと言うのは、我々のように桜子さんに恋愛を感ずる位置に居ないという事だろうが、そんな事ばかりが動機じゃない。妹の貞操を守る——これは立派な殺人の動機になる！」

鯨井の顔色がサッと変った。

七

妙な空気が流れた。気のいい木村が、それを取りなすように、

「ハハハ、すると怪しくないのは桜子さんただ一人か、よし分った。それじゃ、今夜の犯罪論はこれを以て閉会と致します。どうも皆様、御苦労様でした」

と、小役人氏にしては一世一代の名司会ぶりでその場を納めようとした。が、私は自分でもどうにもならない不思議な執拗さで、それを遮った。

「オイ木村、閉会の辞はもう少し待ってくれ、まだ言って聞かせる事がある……ええと、何だったかナ……ア、そうそう。怪しくないのは桜子さんただ一人だ、という説だがネ」

こう言うて見廻すと、当の桜子の姿が見えない。呆れて、もう寝てしまったのだろう。

「ソ、その説はだネ……物語りの可憐なる女主人公がダ……いいかネ殺人鬼に脅かされる、風にも堪えぬ風情のたおやかなる少女だがヨ、豈図《あに》らんや、彼女自身がその殺人鬼だったというような話は、有名なヴァン・ダインの『グリーン家殺人事件』というのを見ても、例のない事ではない。エ？　動機？　あの無礼なる肉体文学者をこの世から消滅さすのに、誰か動機に事欠こうぞ。昨夜のあの乱暴だけで、地獄へ突き落とされるには充分ではないか！」

すると、高沢卯画伯が怒り出した。

「キ、貴様、花口殺人の嫌疑を桜子さんに掛けよう、ってのか？」

彼は血相変えて私に詰め寄った。

「違う、違う。狼狽《あわ》てるな。俺はただ君達が少しも疑えないと思ってる桜子さんだって、こんな風に疑われる理由は無い事はない、という事を教えてやっただけだ。

勿論、俺は桜子さんがやった、と言やしない。また、本当に、やったとは思わないよ。やったのは——この桜子さんの純潔を護るための完全犯罪遂行の栄誉を担うものはダ——憚りながら、探偵小説家の卵、尾形幸彦を措いて他にありとは思われぬ！」

私はいよいよ得意になって、憑かれたように、神を畏《おそ》れぬ冒瀆の完全犯罪論を喚き立てたのである。

しかし、意志のない自然の無心な悪戯は、時に巧緻を極めた悪辣な人智の裏を掻くことがある。この時も、私達の下らぬ饒舌の間に、その自然の偉大なる摂理が動いていなかったとどうして言えよう。

突然階下《した》の玄関の方で、誰かが戸に身体をぶつけたような大きな物音がして、またしても私達をびっくり飛び上らせた。

「なあに、あれは屋根の雪が落ちたんだよ」

こう言って、鯨井は立って部屋から出て行ったが、それきりいくら待っても戻って来なかった。取り残された私達三人は、一きわ耳につきだした獺川の瀬音に耳を傾けながら、崖上の道に荒れ狂う吹雪に思いを馳せて、何か背筋が寒くなるような、薄気味の悪い沈黙に陥ってしまった。何かが——何かえたいの知れぬものが、私達の智識の及ばぬ所で、私達に反逆を企てるような予感があったのかも知れぬ……。

長い時間の後、ミシミシと階段を急いで昇って来る跫音がして再び廊下の障子が開けられた時、そこには緊張に硬ばった、蒼白な鯨井の顔が私達を脅かすように——否、明らかに彼自身も怯えて唇を慄わせているのだったが——私達を気味悪くギロギロと睨み付けていた。と、彼はつかつかと私のそばへ歩み寄ったかと思うと、突然低いおどろおどろしい声をあげたのである。

「オイ、尾形……どんなに証拠を残さぬ完全犯罪をやった積りでも、神は殺人者を許し給うはずはないのだよ。ああ、何という奇蹟か！　獺峠の断崖から千仞の谷底へ突き落とされた花口の身体が獺川の流れに運ばれ、この庭先の曲り角で、岩にでもぶつかってか正気附いて、今ここの玄関へ辿り着いたのだ。何の証拠も残さぬ完全犯罪の、たった一人の目撃者——突き落とされた被害者の花口自身が殺人者の名を言いに……ただその目的のために死に切れずに、生きて帰ったのだ！」

「ええッ」万事休す！　——私は私の完全犯罪の堅塁が蜃気楼《しんきろう》のようにふわふわとゆるぎ崩れるのを感じた。私の頭の中は急速に空ッぽになって行った。その途中で、木村が「そんなはずはない。そんなはずはない！」と叫んでいるのを夢うつつの間に聞きながら私は意識を失ってしまったのである……

八

以上、私は探偵小説めかしく叙述してきたが、これは最早言うまでもなく、私の告白であり、私の遺書である。ああ、私はこの旅行の初めに、汽車の中で花口から冗談に注文されたように、遂に作者が殺人を犯してしまったのだ！

私は何の証拠も残さぬように、花口三吾を吹雪の獺峠の断崖から地獄の谷底へ葬むり去ることに成功した。何人にも見咎められず、誰にも怪しまれず――もっとも、どんなに怪しまれたところで、私は尻ッぽを摑まれる心配はなかった。死体を解剖してみた所で、毒物を検出されたり創跡《きずあと》を見附けられたりする気遣いはないのだから。何故ならそんな犯跡を残すような毒物や刃物銃器を使うような、間抜けな真似はしていないのだから……私はおこがましくも皆に誇ったように、何の遺漏もない完全犯罪を遂行したのだ。それ故にこそ、あんな馬鹿な気狂《きちが》いじみた犯罪の自慢話もしてしまった訳なのだ。

ところが、ああ！……犯罪の唯一の目撃者たる被害者自身が生きて帰ったのでは、どうにも仕様がない。どんな周到な完全犯罪も水の泡だ。私は完全に敗北した。

もっとも、私の完全犯罪が失敗に終った代り、ひょっとして花口がこのまま命を取りとめたら、私は殺人者にならなくて済む訳だから、犯罪が暴露した所で、あるいは絞首台には上らなくても済むかも知れない。だが、あの千仞の崖から突き落とされたのだから、恐らく花口は恢復はしまい。殺人者の名前を言うだけがせいぜいだったのに違いあるまい……いやいや、そんな事は問題ではない。どっちにした所で、私は私の恥ずかしい犯罪が暴露された以上、のめのめと私の友人達の前に――そして、その人のために殺人をさえ犯そうとした、愛する人の前に――私は顔を晒す勇気はない。私は永久に諸君の、前から姿を消す。この探偵小説家の卯尾形幸彦の、探偵小説家らしい古今未曾有の、探偵小説の形式を取った遺書を残して……

そうだ、私は最後に私の犯罪の状況を詳しく描写して、私の処女作たる、遺書の探偵小説『獺峠の殺人』を完結する事にしよう。

私は獺峠の頂上から獺温泉に下る途中の、断崖の道の曲り角で谷底を覗いた時に、昨夜から迷い抜いていた花口殺害の決心がきっぱり附いたのだ。ここなら完全犯罪の殺人が遂行出来る！……丁度その時吹雪の中から彼花口の姿が私の目の前に現われてきたのだ。が、彼はいつものような颯爽とした滑走ぶりでなく、何かひどく疲れた様子でフラフラとやって来た。

彼は私の姿を認め、狭い崖道に私と並んで崖側に立ち止まった。崖側に立ち止まらせるように、私はあらかじめ道の山側に陣取っていた訳だ。私は彼に「マッチ、マッチ」と言って、手を出しながら身体を摺り寄せた。彼は「何だ、そんな事か」という顔をしたが、そこは煙草好きのお互で、その辺の気持は通じると見えて彼はウインドヤッケの内側に手を入れてマッチを取り出そうとした。マッチを取り出した所で、この吹雪の中で火の点けられようはずはないのだが、そんな事は私の問う所でない、ただ自然に彼の体は接近するための咄嗟の口実に過ぎなかったのだから。ところが、どうしたのか、彼はひどくだるそうな様子で、そのマッチがなかなか取り出せないのだ。

私が「何だ、どうかしたのか」と言うと、

「ウン、疲れたのかナ、睡くて仕様がない」

と彼は言った。私は肩をドンと叩いて、

「オイ、しっかりしろ。こんな所で睡むったら、死んでしまうゾ」

と言ってやると、彼はハッと目を醒ました様子で、腰の水筒を取り上げ、それを口へ持って行った。マッチの事なんか忘れてしまっている。よほど疲れているらしい。私もマッチなぞどうでもいいのだから、この分なら何の抵抗もなく突落せると思って改めて前後を見廻した。

うっかり自分も引込まれないように、私はぐっと腰を落して一歩彼ににじり寄った。と、花口は水筒の栓をしながら、ガックリとして私の方へ凭れ掛ってきた。絶好のチャンス！——私は彼の身体を支えるように、両手を拡げて抱えると見せて、グワンと力一杯突き飛ばした。彼は一たまりもなく、スキーの裏を見せて真逆様に、獺峠の断崖から底知れぬ真ッ白い空間の中を墜落して行った……。

第二部

鯨井虎男手記（I）

　あの吹雪に閉じ籠められた獺温泉の宿で尾形たちの怪しげな犯罪論に悩まされた翌朝、俺は目が醒めると、昨夜の事を思い出して急に心配になり、狼狽てて尾形の部屋を覗いて見るとそこには彼の姿はなくて、床の間の上に物言いたげな大学ノートが一冊置かれてあった。それが、彼尾形幸彦の俺達に遺した唯一の形見――「獺峠の殺人」と題する彼の探偵小説的遺書だったのだ。

　俺は俺のちょっとした悪戯が、飛んだ結果を惹き起した事に仰天した。と言うのは、昨夜尾形に「花口が生きて帰った」と言ったのは、俺のほんの造り事だったのだ。出鱈目だったのだ。皆が余り犯罪話に夢中になって、しまいには尾形が俺や妹の事まで言い出して執拗《しつこ》く絡み出してきたので、俺も腹が立って、一矢《いっし》酬いざるべからずと思ってる所へ、丁度玄関口で雪崩《なだ》れがあって誰か戸口にぶつかったような音がしたので、急に思い附いてあんなお芝居を打ってみただけだったのだ。即ち、尾形たちを早く寝かせるために、裏の獺川から獺を一匹飛び出させてみた訳だった。ところが、本当に花口を崖から突き落としていた尾形には、俺のお芝居が薬が効き過ぎて、飛んでもない事になってしまったのだ。それでも昨夜は、酔っているというのは仕方のないもので、俺は尾形の奴また例のお芝居で、俺のお芝居に調子を合わせるのだ位に思って、皆で彼を蒲団の中へ寝かし附けて、平気で俺達もそれぞれの部屋へ入って寝てしまったのだ。

　その尾形がこんなにして遺書を残して吹雪の中に出て行ってしまったのだ！　俺があんなお芝居さえしなかったら……そうだ、彼は吹雪の中へ出て行かなくてもよかったのだ！　俺のお芝居が彼を追い出したのだ。俺が彼を吹雪の中へ追い出したのだ！

　ああ、尾形が花口を殺したとて、俺はどうして彼を責める気になろう。彼は俺の妹桜子のために殺人を犯したのではないか。俺は彼を庇えばとて、彼の罪を発くなんて気にはなれない。それを幾ら酔っていたからとて、幾らお芝居だからとて、あんな残酷に彼の犯罪を発いてしまったとは！

俺は顛倒して、境の襖を押し開けて、隣の木村の部屋へ転げ込み、頭から蒲団を被って寝ている木村を揺り起した。

が、その手応えが妙なので、パッと掛蒲団をめくって見ると、木村はその青ぶくれた顔に紫色の斑点を浮かべ、醜く顔をしかめて死んでいた。

ここに、木村の枕許においてあった、彼の遺書を挿んでおく……

木村鉄造の遺書

鯨井君――

君の明察には恐れ入った。さっきの君のお芝居――花口が生きて帰った、と言って尾形を責め立てたお芝居、いや、それよりも芝居ッ気の多い尾形が即座にお調子を合わせて「ウーム」と言って卒倒する真似をして見せたのは、驚くべき名演技だった。正直な僕は呆気に取られて見ていたのだが、その時、花口が生きて帰って来るはずのない事に気の附いた僕が「そんなはずはない。そんなはずはない！」と叫んでしまったのは、僕の千慮の一失だった。

僕は獺峠の頂上から最後のコースへ出発する時、花口がまた僕に強壮剤の蝮《まむし》の粉をよこせと強要するので、この機会を待ち構えていた僕は常用の睡眠薬を極量以上にまぜて昨夜から用意しておいたのを、渡して飲ましてやった。で、十分以内にそれは効いてくるはずだから、僕は彼の後から蹤《つ》いて行って、彼が崖から落っこちるか、落っこちなくても彼がぶっ倒れたら、崖下へ突き落として雪の中へ葬むってやろうと監視して行く積りだった。

ところが、出発の時、ふいに高沢の奴が僕の計画を邪魔するように、急に飛び出して僕の前に立って滑り出しちゃったのだ。彼の方では別に何の気もなかったのだろうが、こっちは気が気じゃない。僕は是が非でも高沢を追い越して先へ出なければならない。で、一生懸命スピードを上げようとしたんだが、あの吹雪の中で僕の技術で、そしてあの危険な崖道ときてはさっぱりスピードが出せない。もう今頃は花口がぶっ倒れるんだと思うと、僕は気が気でない。今にも、花口のぶっ倒れた身体を介抱してる高沢の姿が吹雪の中から現われるか、と僕は恐怖に蒼くなりながら滑って行った。

やがて、急な曲り角の所で、シュプールが一組行き止まりになってるのを発見した。ああ、ここで花口は睡くなって崖から落ちてしまったんだナ――そう思ってホッと安心すると共に、とうとう人を殺してしまった！――という観念がはっきり頭に浮かんできて、僕はゾーッと総毛立った。夢を見ていたのが、急に醒めた気持だった。ああ、何だって僕はこんな飛んでもない事をしてしまったんだろう――僕はガタガタ慄え出し、もう少しで彼の跡を追って断崖から飛び込む所だった。

所へ、あとからシューッとスキーの音が微かに響いてきた。それが「桜子さんだ！」と思うと、僕は急に死の淵から引き戻されたような気持で無意識の中にスタートを切っていた……

この獺温泉での昨夜の尾形の巫山戯《ふざけ》た「犯罪論」は聞くに堪えなかった。罪なき者が、この陰険なる殺人者の犯罪を知って、責めさいなんでいるとしか思われなかった。僕は早く「犯罪論」が終ってくれればいいと思ったが、それを止めさせる事は出来なかった。止めさせようとすれば、僕は余計疑を受ける恐れがあったからだ。僕は内心の恐怖に慄えながら、表面は平然として尾形の「犯罪論」と闘わなければならなかった。僕は気が遠くなりそうだった。僕は「言ってはならぬ言ってはならぬ」と思ってる中に、いつか睡眠薬の事なぞ口にしてる自分を発見して、愕然としたりした。

その中に「犯罪論」はますますひどくなって、君や桜子さんにまで変な言い掛りをして、いよいよこのあくどい悪巫戯《わるふざけ》が頂点に達した時、屋根の雪が戸口にドサリと落ちる音がしてやっと「犯罪論」も終りになった。「早く懺悔しろ、早く懺悔しろ」という内心の声と闘いながら、やっとここまで堪え抜いた事にホーッと溜息をついた僕だった。

その時が、君のあの花口生還のお芝居だった。尾形が、「ウーム」と唸って卒倒して見せる――これで総てはお仕舞になるはずだったのに僕はうっかり飛んでもない事を口走ってしまったのだ「そんなはずはない！」――ああ、致死量の睡眠薬を飲まされて断崖から墜落した花口が生きて帰るはずのない事を知っているのは、僕だけではないか！

僕は自分の言葉にハッとした。ゾッと蒼ざめる気持で君の顔を窺うと、君は僕の言葉にニヤリと笑った。ああ、そのニヤリが僕には百雷の怒号よりも恐ろしかった。君は総てを見抜いたのだ！……いや、ひょっとすると、あの花口生還のお芝居からして、ただの冗談ではなくして犯罪を発き立てるためのトリックであったのかも知れない。

ああ、しかし、君はこの親友を屠り去った陰険な殺人者を、君の手で裁くことはしなかった。尾形を僕達が皆で寝床に運んでやると（芝居ッ気たっぷりの尾形は、最後まで白を切ってお芝居をし通した！）、

「さあ、もう、みんな詰まらん話はこの位にして、寝よう、寝よう。……ええ？　花口はどこに居るかって？　ハッハッハ、とぼけるなよ生きて帰るもんか。あれは俺の冗談サ。生きて帰るはずのない事は、君達は先刻御承知のはずじゃないのかネ」

こう言って、君は俺の顔をジロリと睨んだ。

ああ、それで沢山だ。それ以上、何も言わない君に、僕は心から感謝を捧げる。僕は人を殺したけれど、恥は知る積りだ。僕は自分の身の始末ぐらいは自分で附けられる。幸いに、睡眠薬の残りがまだ人一人永遠に睡むらせるに足るだけは残っている。

では、鯨井君——左様なら。僕の命を賭けて心から愛した、僕の恋人（と呼ぶ事を許してもらえるだろうか？）桜子さんの幸福を祈りつつ……

鯨井虎男手記（Ⅱ）

ああ、これは一体どういう事になるのであろう。木村は致死量の睡眠薬を飲ませて殺した、と言ってる。尾形は断崖から突き落として殺したと言ってる。尾形の遺書によれば、花口は尾形に突き落とされる前に、確かに睡眠薬の効き目が現われ始めてる事が分る。すると、一体どちらが花口を殺した事になるのであろう。

両方とも、道徳的に言えば、同じように殺人罪に問われる価値はあろう。だが、実際の法律ではどうなるのであろう。木村が、未遂で尾形が、既遂という事になるのだろうか。尾形の腕の中に凭れかかってきた時に、花口が死んだのだとすれば、木村が殺人で、尾形は死体隠匿とでもいう事になるのだろうか。……そんな事を言い出すと、突き落とされても断崖を落ちて行く途中では死なないはずだから、下へ落ちて岩にぶつかって命を失うまで生きていたとすれば、尾形の殺人が成立するし、墜落の途中で睡眠薬のために絶命したとすれば、木村のために殺されたという事になるのかも知れない……

いやいや、そんな事より、俺はどうなのだ？……尾形といい、木村といい、俺のちょっとした冗談や、俺の何気ない一瞥で、いかに脛に傷持つためとは言いながら、我と我が罪に怯えて死を急いでしまった。俺は俺の悪戯のために、二人の親友を失った——いや、殺してしまったのだ。もっとも俺のあのお芝居がなかったとしたら、彼等二人の犯罪は永久に知られなかったかも知れないから、俺の馬鹿げた冗談のお蔭で、犯罪の真相が暴露された事になる訳で、探偵小説的に言えば、怪我の功名ではあるけれども、とにかく俺の功績は相当大きく評価されてもいいのかも知れない。

しかし、彼等二人の犯罪の動機を考える時、俺は彼等に感謝したくこそなれ、彼等の罪を憎む気にはなれぬ。実際、尾形の言い種《ぐさ》ではないが、俺自身だって一昨日《おととい》の花口の乱暴には、妹の純潔を護るために奴をぶち殺してやりたく思った事は否定出来ない。いわば、彼等は俺に代って、花口を殺してくれたようなものなのだ……その彼等を俺は、悪気からではなかったが、俺の詰まらぬ冗談から死に追いやってしまったのだ！……俺は胸の潰れる思いだった。

俺はせめてもの気持で、捜索隊を作り、花口の死体を探し出し、火葬に附して——うまく警察の目からだけは、犯罪を隠し終わせた。彼等は既に自決してしまったとは言え、その上に殺人の汚名を被《き》せたくはなかったからである。しかし俺が秘かに期待していた尾形の死体は遂に発見する事が出来なかった。

冬が過ぎて、春が来た。銀座のアンデパンダン展に出した、高沢啓介の「獺峠の思出」という絵は、期せずして満都の耳目を聳動せしめた。それは本当に傑作だった。高沢の畢生の傑作（——そうだ、文字通りの畢生の傑作だったのだ！）として、無名の画家には予想も出来ないほどの好評だったが、あの事件以後俺の邸内に閉じ籠ったきり、俺の妹の桜子をモデルにして、狂おしい位の情熱を注いだ、本当に寝食を忘れたといった感じの、彼の精進ぶりを知っている俺には、その賞讃も決して大き過ぎるとは思えなかった。

画面一杯に桜の花を撒き散らし、その真中に、高貴《ノーブル》にして蠱惑的な崇高にして情熱的な少女の顔を描いた——何の奇もない平凡な図柄なのに見ていると狂おしいばかりの愛の歓喜に誘われる、不思議な迫力を持ったその絵を見ると、俺は高沢の桜子に対する愛の深さと純粋さに感動せずにはいられなかった。

新聞雑誌は、高沢画伯（ああ、彼はとうとう「卵」ではなくなったらしい）とモデルの桜子との恋物語を真《まこと》しやかに書き立てた。が、彼の涙ぐましいばかりの努力と共に、モデルに対する潔癖性というのか、彼が桜子に対して心を動かしている事は俺にもよく分るほどなのに、決してそういう動きをしようとしない、彼の意外なほどの純潔さに、実は俺は少々驚かされていた所だったからこの世間の無責任な風評には少からず腹が立った。

俺は彼の絵の成功を祝福するために、妹の桜子を連れて上京することにした。改めて、展覧会に飾られた、あの懐かしい絵を見る事を楽しみにしながら……

ところが、その俺達を待っていたものは、この世にも、て囃された新進の洋画家の、あまりにも意外な自殺の悲報であろうとは！　ああ、俺は半年にも満たぬ間に、三度親友の遺書を読まなければならなくなったのである……

高沢啓介の遺書

ああ、予は生への誘惑に負けそうだ。予はとうに自決して果つべきであった命を姑《しばら》く長らえて、画家としての一期《ご》の思出に、愛する桜子をモデルに、文字通り心血を注いで描いた絵が、図らず画壇及び一般世間に名声を博し、傑作と称えられて、愛する彼女の美を永劫に遺し得る事になった事を予は衷心より喜ぶ。

が、予は絵の完成と同時にこの世を去る積りであったのに、未だ恋々として生に執着している予自身を発見して愕然として、ああ、桜子桜子……御身は何故にかくも美しく、かくも可憐であるのか！　御身を見棄てて死の世界に去るには、あまりに御身は美し過ぎる。いとし過ぎる。予は予の描きたる御身の写し絵を見るのみですら、断ち難き生への誘惑に悩まされる。況んや、正身《まさみ》の桜子を再びこの眼に見ん時は予は恐る、予の抑えに抑えたる情熱の、狂気の如く奔騰せんことを……

しかしながら、ああ予は予の罪に汚れたる手を純潔なる桜子の上に差し伸べる事は出来ぬ。予は予の理性が予の情熱に打負かされない中に予の生命を予の手で断ち切らなければならぬ。

友情厚き鯨井君、我が愛する桜子さん――予は死を決した今、漸く予の犯罪を告白する勇気が出た。どうか驚かないでくれ給え、去年の暮、あの吹雪の獺峠の断崖の道で花口を殺したのは、尾形でもなかった、木村でもなかった。ああ、それはこの高沢啓介だったのだ！

今こそ、予はあの「獺峠の殺人」の真相を君達に打明けよう。

予は殺人の動機については、今更述べ立てる必要を感じない。あの惨劇の日の前夜の彼の卑しむべき破廉恥漢の行動は、予に愛する少女の純潔を護るために、彼を地上から抹殺する事を決心させるに充分過ぎるものだった。これは期せずして、尾形や木村も予と同様であった事が後から分った。そして、この事に関する限り、予は今でも予の執った行為を悔いていない。ただ予は神でもないのに、人間が勝手に人間を裁いてその命を奪った。その責任を感ずる故に、今予の命を自ら屠って、その出過ぎた行為の償いをしようと思うだけだ。更に尾形や木村という犠牲者が出た事は、何としても予の命の代償を求めて止まぬ。予はそれだけでも、既に罪万死に値するのだ。

尾形は花口を断崖から突き落とし、木村はその前に花口に致死量の睡眠薬を飲ませて、何れも花口を殺害したと信じていた。しかし、真相は更にそのもう一つ奥があったのだ。それを君達の納得の行くように、ここに詳しく述べておく事にする。

あの獺峠の頂上から獺温泉への断崖の道へ出発する時、予は予の計画に従って、木村の順序を奪って、花口の後に蹤いて出発した。予は吹雪の中を懸命にスピードをあげて花口に追い附き、

「オイ、花口、喉が乾いちゃったんだ。水を飲ましてくれ」

こう言うと、花口は面倒臭そうに黙って水筒を外して寄越した。何だかひどく不機嫌な様子だったが、後から木村の遺書によって見ればこの不機嫌らしく見えたのは、かの睡眠薬が効き目を現わし始めていたためだったのだろう。が、予はそんな事に構っている余裕は勿論なかった。予は水を一口飲み、栓をするために左手に水筒を持ち替え、身体の陰にして、用意しておいた商売用の青酸加里を手早く水筒に入れると栓をする前に、

「君も飲むかい？」

と言って、彼の顔の前に水筒を差し出した。

予は固唾を飲んだ——が、花口は退儀そうに頭を振ったので、予は仕方なしに栓をして水筒を返した。

今は飲ませ損なったが、彼はやがて必ず飲むに違いない。飲めば一瞬にして——と思うと、予は嬉しいはずであるのに、実際はひどく心が重く、足がフラフラして、ともするとぶっ倒れそうな位、気が顚動《てんどう》していた。そのせいか、後から来るスキーの下手な木村に追い附かれそうになるほど、遅れてしまったらしい。予は木村に追い越されないように走るのが、精一杯だった。追い越されては困るのだ。いつ花口がぶっ倒れるか分らないのだから。ぶっ倒れてうまく崖から落っこってくれればいいが、そうでなく道に倒れていたら、予はこれを誰にも気附かれぬ中に、崖下に突き落としてしまわなければならない……

しかし、とうとう予は花口の死体にぶつからずに、吹雪の街道を獺温泉まで着いてしまった。予は、花口はうまく崖から落っこってしまったんだろう、と考えた。

が、あとで尾形の遺書によって、花口は尾形に崖から突き落とされた事が分ったが、その時、花口は睡むそうな顔をして、水筒の水を飲み、彼の腕の中へ凭れかかった、と書いてあった。木村が飲ました睡眠薬は効き始めていた事は確かだが、それはそう早く命を奪うものではない。それに反し、青酸加里は速効的だ。花口が尾形の腕の中へ凭れ掛ったというのは、本当は倒れ掛ったのに違いない。その時が、即ち、彼の命が予のために断ち切られた時だったのだ!

鯨井虎男手記(Ⅲ)

何という恐ろしい間違いだろう。花口三吾を殺したのは、尾形幸彦でも、木村鉄造でもなく、高沢啓介だったと言うではないか。

してみると、尾形や木村は死ななくてもよかった訳だ。その尾形や木村を死なせたのは、外でもない、この俺の詰まらぬ冗談が原因だったのだ。俺は俺の冗談から、尾形や木村を徒《いたず》らに死なせてしまったのだ、いや、殺してしまったのだ。

そして、尾形や木村が死ななかったら、あるいは高沢も死ななかったのではあるまいか。彼は花口を殺した事はそう心に咎めていない様子だから。してみると、高沢を死なせたのも——いや、殺したのも俺だ、という事になるのではあるまいか。

ああ、俺は更めて俺の軽率な冗談を、血の出る思いで悔いる。

あの晩うるさく「犯罪論」で絡み附く尾形を、早く黙らせようとしただけのちょっとしたお芝居が三人の親友の命を奪うような、こんな恐ろしい結果を惹き起こそうとは！

俺はもう一度三人と会って話をしたい。そして、心から俺の罪を詫びたい。三人とも、自分の命を捨てるほど、俺の妹を思っていてくれたのに！　……その三人とも、俺や妹から手の届かぬ遠い所へ行ってしまった。

が、……が、……俺には、たった一つ希望がある。いや、未練——と言った方がいいのかも知れぬ。それは、尾形君なのだ。ああ、尾形君……君だけは……君だけは……俺はまだ死骸を見ていない君だけは、ひょっとしたらどこかに生きていてくれやしないかと——そんな儚ない希望をつないでいるのだ。

ああ、尾形君！　……もし君が生きていてくれたら、もう一度俺達兄妹の前に現われて俺の、呪うべき軽率な過ちを、死ぬより辛い思いで悔いている俺に、一言「許す」という言葉を聞かせてくれないだろうか。それを聞くまでは、俺は死ぬにも死ねない気持なのだ。

尾形君！　……俺はその後、妹から妹は君が一番好きだったという事を聞いた。君よ、ほんとにもし生きていてくれたら、今でも温かい腕を拡げて君の帰ってきてくれる事を待っている妹のために、もう一度俺達の前に姿を現わしてくれないか。

俺がここに、君の遺書の探偵小説「獺峠の殺人」と、木村や高沢の遺書を中心にその後日譚を綴った俺の「手記」とを一緒にまとめて誰が殺したかの真相を探偵小説めかしく世間に発表する事にしたのも君がひょっとして生きていて、どこかでこれに目を止め俺達の前に再び帰ってきてくれる事がありはしないかと——ただそれのみに縋り附く俺達兄妹の切ない願望に外ならない……

解題

横井司

1

『源氏物語』の世界に舞台を採り、清少納言に挑戦された紫式部が、薫大将のモデルとなった貴公子にかけられた容疑を晴らすために、探偵として捜査に乗り出すという王朝ミステリ『薫大将と匂の宮』（一九五五。別題「源氏物語殺人事件」）で、日本ミステリ史にその名を残す岡田鯱彦《しゃちひこ》は、本名を藤吉といい、一九〇七（明治四〇）年十二月二十八日、東京の浅草で生まれた。東京府立第三中学校（現・東京都立両国高等学校）から東京物理学校（現・東京理科大学）に進み、物理化学を専攻したが、その傍ら文学に傾倒し、私淑する先生の許で『源氏物語』の講義を受けていたという（仁賀克雄「源氏物語とロマンと」『薫大将と匂の宮』国書刊行会、九三・六）。後に東京第一高等学校に再入学し、そこから東京帝国大学・文学部国文学科に進んだ。一九三八（昭和一三）年、帝大を卒業後、東京高等農林学校、東京府立第十二中学校、名古屋陸軍幼年学校の教官を歴任し、四五年には東京師範学校の教授に就任する。幼年学校時代、自宅の庭からは名古屋城の金の鯱《しゃちほこ》がよく見えていたそうで、後年、鯱彦というペンネームを付けるのは、この時の思い出に由来するという（山村正夫「解説」『源氏物語殺人事件』旺文社文庫、八〇・七）。

最初に感銘を受けた小説として記憶しているのは、雑誌『太陽』に再録された矢野龍渓の『浮城《うきしろ》物語』で（一八九七（明治三〇）年六月一五日号掲載）、「まあ単純な冒険小説だが、文章が仲々面白かったので、小学五年生だった」岡田は「夢中になって読んだ記憶がある」という（仁賀克雄、前掲解説）。それから「中学二年生のときに」「友達に好きなのがいて」「はじめて、ルブランやなんかを読みはじめ」て（「宝石エンマ庁／自己批判座談会」『宝石』五二・六）、江戸川乱歩の作品と出会った。後年になって乱歩作品との出会いを次のように回想している。

私が乱歩江戸川先生の作品に初めて接したのは「二廃人」であつた。それも雑誌で読んだ記憶があるから、新青年の原版で読んだのに違いないと思うのである。が、実際にその出た時に読んだものか、後になつてそれを手にしたものか、そこの所はよく分らない。

それはとに角、私はこの作品で非常な感銘をうけた。谷崎潤一郎の「私」や「途上」を読んだのは、たしかそれから後《あと》だつたと思う。これらも大きな感銘をうけた。「二廃人」を読んだ時の感動は、これらを読んだ時の感動と同じものであつた。（「心ばかりの花束」『別冊宝石』五四・一一）

『新青年』の愛読者となり、乱歩の他にも、「大下宇陀児、木々高太郎、海野十三、甲賀三郎を乱読し、外国物ではチェスタートン、ビーストン、ルヴェルの短編を好み、クイーンやカーの長編も読んでいた」岡田は、探偵小説の面白さに惹かれ、「趣味を生かして探偵小説を書きたいという意欲はあったが、戦時中のことであり、教職も忙しく書く余裕などなかった」と仁賀克雄は前掲解説で伝えている。前掲「宝石エンマ庁／自己批判座談会」では岡田自身、「書こうという気は全然なかつたな。終戦後ですね、書く気になつたのは……」と話しているが、『講談倶楽部』四四年一二月号に掲載された「第九回懸賞小説入選発表」の「佳作篇」五編の中には岡田鯱彦の名前が見られる。探偵小説かどうかははっきりしないが、これが同ペンネームの別人でなければ、この頃には懸賞小説の募集に応じていたことになる。

前掲の「宝石エンマ庁／自己批判座談会」で、執筆の動機を聞かれた岡田は次のように答えている。

そうですね。大体ね、僕は学校の先生でしよう。学校の先生しててね。幼年学校で軍人を養成しておつた。そいつがなくなつちやつたでしよう。そして今度の教育というのはアメリカ主義なんだね。それで教育の方に何というかなあ、非常に失望を感じてね。そこで自分の理想というか、何ていうか、やつてゆく張合いがなくなつちやつたんだね。それで癪だから自分の好きなことをやつてやれというのでね。一番好きなことは、探偵小説ですから……。それで書けるか書けないか知らないけれどもね。そういうところですよ。

ここで述べられているような屈託は、『日本ユーモア』の「大衆文芸募集」（四八年七月に告知）に投じた「天の邪鬼」（四九）に描かれた教員の想いに投影されているのかもしれない。

ところで活字になったのはその「天の邪鬼」が最初だが、それ以前に、『宝石』が主催していた「探偵小説募集」の第三回（四八年四月に告知）に投じるために、「妖鬼の呪言」の執筆に取りかかっていたようである。「『樹海の殺人』その他」（『幻影城』七八・二）に拠れば、一九四八年八月三一日に脱稿。続いて同年十月に「天の邪鬼」を制作ということになるらしい。

「第三回探偵小説募集」は当選作がなく選外佳作六編が選ばれるという結果だったが、その選外佳作六編の内に岡田の「妖鬼の呪言」も含まれていた。同作品は他の五編と共に、一九四九年の五月に刊行された『別冊宝石』に掲載された。その際、一般読者の投票によって優秀作を決定するという「六万円懸賞新人コンクール」が行なわれ、見事、岡田の「妖鬼の呪言」が一等に選ばれたのであった（二等は岡村雄輔の「紅鱒館の惨劇」である）。続いて「四月馬鹿《エイプリル・フール》の悲劇」（四九）の執筆に取りかかった岡田は、並行して『ロック』が開催する「十万円懸賞／探偵懸賞募集」（四八年一一月に告知）に「噴火口上の殺人」を投じ、こちらは一席入選を果たした。ただし、この結果が発表された四九年八月発行の別冊を最後に、探偵小説専門誌としての『ロック』は事実上の終刊を迎えたため、以後は『宝石』や『探偵倶楽部』をホーム・マガジンとして作品を発表していくことになる。

一九五〇年四月には王朝ミステリとして名高い長編「薫大将と匂の宮」が『宝石』に掲載され、大きな話題を呼んだ。その同じ月に出た『別冊宝石』には、「『百万円懸賞』探偵小説募集」のA級（長編部門）の最終候補作として、中川透（鮎川哲也）「ペトロフ事件」、大河内常平《つねひら》「松葉杖の音」、島久平「硝子《ガラス》の家」と共に、「紅い頸巻《マフラー》」（別題「黒い疑惑」、「恐怖の影」）が掲載されている。

そしてやはり同年同月の『新青年』には、木々高太郎邸の新年会に招かれた、木々と若手探偵作家との話をまとめた「探偵作家抜打《ぬきうち》座談会」が掲載された。この座談会については、翌月すぐ江戸川乱歩が「『抜打座談会』を評す」を『宝石』に寄稿するといった反応を見せ、探偵文壇を本格派と文学派とに分断する事態を招くこととなった。当時、木々高太郎は文学派の総帥のように目されていたが、そこに集った若手作家たち——大坪砂男、永瀬三吾、氷川瓏《ろう》、宮野叢子《むらこ》、岡田鯱彦、本間田麻誉《たまよ》といった面々の中では、岡田鯱彦が本格派と目されている。そのため、後年になって「木々先生をはじめとする文学派の諸作家に、本格派の岡田鯱彦氏が、立ちむかって孤軍奮闘しているのがよくわかる」（山村正夫『推理文壇戦後史』双葉社、七三）というような感想も出てくるわけだが、同じころ書き下ろされた「薫大将と匂の宮」や「紅い頸巻《マフラー》」は、時期的には「探偵作家抜打座談会」に先行して書き上げられたものだが、いずれも、木々高太郎が「探偵作家抜打座談会」で述べている「探偵小説芸術論」すなわち「『本格』でありながらしかも『純文学』であるというものが出来る筈た《ママ》という激しい主張」に呼応して書かれたものといわれても違和感がない。ただし、当時の本格ミステリの傾向として、輪郭のくっきりとした、型としての本格が主流であったため、「探偵作家抜打座談会」を契機として探偵文壇が両派に分裂した事態は、本格派でありながら文学派でもあり得るという可能性を秘めた岡田作品にとっては不幸なことであった。

しかし、五〇年四月以降の岡田の軌跡は、そうした分裂とは関係がないといいたげに、多彩な作品を発表していく。まず、五〇年六月からは、和製アルセーヌ・ルパンともいわれる怪盗・鯱先生を主人公とする連作が、『怪奇探偵クラブ』（後に『探偵クラブ』、さらに『探偵倶楽部』と誌名を変更）で開始される。また同年一二月には、上田秋成の『雨月物語』に想を得て現代的にアレンジしてみせた「妖鬼の鯉魚」を発表し、怪奇幻想小説の分野にも筆が立つことを示してみせた。鼠小僧を題材とする「変身術」（五二）では時代小説に挑戦。本格ミステリの執筆も「幽溟荘の殺人」（五二。別題「黒い断崖」）や『樹海の殺人』（五七。別題「樹海殺人事件」）などの長編を始め、中短編でも意欲的にこなし、その他、犯罪小説やエロティック・ミステリなど、様々なジャンルに手を染めている。

その傍ら、一九四九年に東京学芸大学教授に就任し、定年後も聖徳学園短期大学の教授に就任して、教員生活を続けていたのだから、まさに八面六臂の活躍だったといっていいだろう。

　六二年に「吹雪の中の殺人」を『推理ストーリー』に発表して後は、いったん筆を断っているが、七三年に時代ミステリ「『六条の御息所』誕生」を『小説推理』に発表して復活。それ以後は、散発的に短編を発表するのみで、最後の作品は『小説ロマン』に連載された「駒形堂の藤吉親分捕物帳」というシリーズの一編だった（なお、駒形は岡田の生地であり、藤吉は本名である）。

　一九九三（平成五）年に国書刊行会の叢書「探偵クラブ」の一冊として『薫大将と匂の宮』が久しぶりに刊行された。それに寄せた解説「源氏物語とロマンと」で仁賀克雄は「悠々自適の毎日だが、今でも創作意欲は旺盛で、探偵小説への情熱は衰えていない」と伝えていたが、同書が刊行された同じ年の八月四日に亡くなった。享年八十七歳。

　論創ミステリ叢書に岡田鯱彦作品を収めるにあたって、代表作とはいえ、何度も再刊されて比較的入手しやすい「薫大将と匂の宮」や「噴火口上の殺人」といった有名作はあえて避け、いわゆる本格ものを中心に二巻に構成した。

　以下、本書に収録した各編について解題を付しておく。作品によっては内容に踏み込んでいる場合があるので、未読の方はご注意されたい。

2

「紅い頸巻《マフラー》」は、一九五〇年四月二〇日発行の『別冊宝石』八号（三巻二号）に掲載された後、一九五五年八月に東方社から単行本として刊行された。その後、五九年に、『黒い疑惑』と改題の上、同光社から再刊。さらに六三年になって、『恐怖の影』と改題して、青樹社から再刊された。論創ミステリ叢書版は『別冊宝石』掲載のテクストを底本としている。

　本作品は『宝石』が行なった「『百万円懸賞』探偵小説募集」、通称「百万円コンクール」のA級の長編部門に投じられ、最終選考に通過したが、残念ながら入選には至らなかった。一等入選作は中川透（後の鮎川哲也）の「ペトロフ事件」、二等入選作は遠藤桂子（後の藤雪夫）の「渦潮」、三等入選作は島久平「硝子《ガラス》の家」であり、これに加え、岡村雄輔の「加里岬の踊子」なども選を競った。
本作品について岡田は後にエッセイ「『噴火口上の殺人』前後」（『幻影城』七五・一二）において次のように書いている。

「紅い頸巻」は、書いていていてひどく感動した、感動しながら書いた、不思議な作品である。いや、そう言ってはいけないのかも知れない。感動しないで書く方が不思議であろう。この作品は、書きながら、胸がつまって泣きそうになった、ということである。こういう経験は、あとにもさきにも、この作品ただ一つである。——というのは、まことにお恥かしい次第である。

岡田鯱彦の作品においては、本書にも収録した「獺《かわうそ》峠の殺人」のように、登場人物が語る探偵小説論が、当該テクストの探偵小説的テーマを示していることが多い。本作品についていえば、たとえば第一章第三節に掲げられている中御門紅子の手紙中の次のような箇所。

私は犯人の性格なぞお構いなしに、トリックばかり拈ればいい、と言う訳じゃないのよ。寧ろその反対よ。人間の犯罪なんですからネ。人間が生きてなければ、詰まらないわ。だから、性格の描写こそ大切だと思うの。それを最初に並べて、手の中《うち》を見せて貰いたいわ。そこにこそ、フエアの問題があるんだと思うわ。そして、そこにこそトリックがあり得ると言うものよ……

右は、S・S・ヴァン・ダインS. S. Van Dine（一八八七〜一九三九、米）の『グリーン家殺人事件』*The Greene Murder Case*（一九二八）は、名探偵が犯人の「先天的犯罪性」という性格を最後の最後になって調べている点を問題にした上での言葉で、明らかに本作品の狙いを示している場面であろう。つまり本作品は、まずひとつには、ヴァン・ダイン型の本格ミステリに対する挑戦なのである。登場人物の性格描写をするというだけでなく、そこにトリックの余地があるとしているところが、当時の本格派・文学派の対立とは別のスタンスに立っていたことをよく示しているように思われる。
また、第二章第三節における完全犯罪論もまた、本作品のテーマにあたるといえよう。そこで本作品の探偵役であり、テクストの構成者であり、語り手でもある「先生」が、第一の事件について次のように述べている。

然し、若し犯罪だとしたら、巧妙だと言うべきですネ、全然摑み所がないと言うのは。それに、此の犯罪の特徴は、犯人が平気でその場に顔を曝して居る事ですネ。なまじ犯人が姿を晦まそうとしたりすると、アリバイを作る為に苦心したり何かして、余計な事をして却つて、そこから割れてしまうと言う事にもなるんだけれど……（略）決して尻尾を摑まれない様に出来てる。彼等のその時の心の中を解剖して見せる事が出来ない限り、何とも責め様がありませんからネ。殺された公臣君が生き返つて来たつて、犯跡を挙げる事は出来ないかも知れませんよ。いや、恐らく殺された事も知らんのじやないかナ。神様だけが知つてる、と言う奴ですネ（略）密室殺人とか不可能犯罪とか言うものの方が、まだ始末がいゝですよ。どんなにやゝこしくたつて、兎に角、犯罪の行われてる事は明らかなんだから、犯人を見附け出しさえすればいゝんですからネ……所が、我々の場合、犯罪そのものの有無がはつきりしないんだから、厭んなつちやう……

このように疑惑だけあって、犯罪の証拠はいっさいない、というタイプのプロットは、海外に作例はあっても、第二次大戦後の日本の本格ミステリでは珍しい。ここで語り手が言う「密室殺人とか不可能犯罪とか言うもの」は、戦後デビューの新人が書く作品に典型なものであり、また、いわゆる本格ものと呼ばれるタイプの作品に典型的のものであった。そうした作品群に対する、いわば戦後本格に対する挑戦ともいうべき作品が、「紅い頸巻《マフラー》」だといっても良いだろう。

ところで最後に明らかになる狼峠の犯行では、被害者はまったく被害者であることを知らずに死んでいくのだと真犯人によって告白されるのだが、そのとき読者はまた、疑惑に怯えるヒロインと彼女を守らんとする探偵の物語という物語パターンに則って読まされていたことに気づかされる。そうした物語パターンに与っているのが、第二章第四節の語り手の述懐である。

第二章第四節の最後で「お前の仕事は探偵ではないか。探偵に恋愛は禁物だ。犯罪に関係ある者の性格の闡明こそは必要であるが、探偵自身の恋愛は一向犯罪の究明に役に立たぬ。役に立たぬばかりか、往々にして重大な誤りを犯させる事になる」という語り手の独白は、S・S・ヴァン・ダインの有名な「推理小説作法の二十則」'Twenty Rules for Writing Detective Stories（一八）を連想させずにはいられまい。「役に立たぬばかりか、往々にして重大な誤りを犯させる事になる」というのは単なる決まり文句《クリシエ》ではなく、まさに本作品のプロットのキモでもあり、読者に対するミスディレクションとしても働いている。本作品を読み終えた後で、第一章第一節の文章を読み直すと、中御門紅子が「雄々しく悪人共と苦闘の末、遂に若い命を散らして行つた」という語りの巧妙さに驚かされるだろう。

ちなみに、『宝石』五〇年一二月号に「百万円懸賞A級入選発表」が掲載され、木村登の「最後の岩谷大学」という選評が掲載されている。そこで木村は次のように述べている。

「紅い頸巻」（岡田鯱彦）これを最初にあげたのは、この作品を一番推したからではない。鯱彦の作品の基調をなすものは、非常なるセンティメンタアリッシュな精神である。これが鯱彦の作品がいつも女学生にもてる所以なのであるが、鯱彦はこれでいつも損をしていることに気がつかない。主人公の紅子が問題の頸巻を取換えたために逆に犯人を殺す結果になる。この殺人という結果が、女主人公の悪への潔癖性から彼女を自殺に走らすという、この自殺の動機が実に薄弱なのである。ところが鯱彦のモラールではこれは決して薄弱ではないのである。鯱彦は知性の上よりも感性の上に立つているからである。ここに貴公子岡田の弱さがある。僕は最初の例の得意のサスペンスなど非常に面白かつた。それだけに岡田君のこんごの健闘を祈つてやまない。

岡田作品の特徴を「非常なるセンティメンタアリッシュな精神」と規定しているのは達見なのだが、ミステリとしての仕掛けをまったく拾えていないように思えるのが残念である。紅子の「悪への潔癖性」は紅子のキャラクターというところまで迫らないのは、あるいは岡田の意余って力足らずといえなくもないが、登場人物の性格にトリックを仕掛けるタイプの、ある意味、繊細なといっていいプロットは、「ペトロフ事件」や「渦潮」、「硝子の家」など、犯罪であることが明々白々で、謎の対象がはっきりしている作品と比べると、ミステリとしての魅力に乏しいと見なされてしまうのは当然であったろうし、岡田作品にとっては不幸なことであった。かえって現在の読者の方が、本作品の本格ミステリとしての魅力を見出せるのではないかと考える。

以下、「クレオパトラの眼」から「獺《かわうそ》の女」までは、「鯱先生」と呼ばれる侠盗を主人公とした連作をすべて収録した。この連作は、一編を除いて、初出時に「鯱先生物盗り帳」というシリーズ名が冠されていた。東方社からこのシリーズ名を総タイトルとした本が一九五五年一二月に刊行されたと作者自身が記している（『宝石』五六年一月号掲載のアンケート「歳末と新年」）が、現物を確認できなかった。一九五八年になって和同出版社から一冊にまとめられた際は『地獄の追跡』という総タイトルだった。ユーモア味の強い連作にそぐわない総題が付けられた理由は不詳。

「クレオパトラの眼」は、一九五〇年六月二五日発行の『オール読切』別冊『怪奇探偵クラブ』第二号に掲載された後、「クレオパトラの目」と改題の上、前掲『地獄の追跡』に第一エピソードとして収録された。

初出時の本文には「『鯱先生』物盗り帳」と角書きされていたが、目次では「鯱先生の明朗大捕物帳」と紹介されている。また本文タイトル・ページには次のような惹句が掲載されていた。署名はないが編集部によるものだろう。鯱先生シリーズ執筆の背景を示す資料としても興味深いので次に再録しておく。

江戸川乱歩先生が、日本には、ルブランのルパン物のやうな探偵小説は生れないと云はれた。それに挑戦して新進気鋭の作者が、ルパンの上を行く怪盗を現代に横行させてやらうと、甚だ物騒な考へを起して、こゝに登場したのが、『鯱先生物捕《ママ》り帳』の快作!!

「不可能犯罪」は、『怪奇探偵クラブ』一九五〇年九月号（一巻一号、通巻三号）に掲載された後、前掲『地獄の追跡』に第三エピソードとして収録された。

初出時の本文には「鯱先生物盗り帳」と角書きされていた。目次では「鯱先生物捕帳」と角書きされている。タイトル・ページの惹句は以下の通り。

大好評の和製ルパン物語!!
新型の義賊物語であり、白浪物でもある、この面白さを味ひ給へ。

男ツぷりは日本一、盗みはすれど非道はせず、おまけにフエミニストである鯱先生。痛快無類の活躍は、本誌ならでは絶対に読めぬといふ、極めつきの十八番物捕《ママ》帳!!

本作品から、鯱先生の子分「山猫」こと山下実が登場。以後の作品で、鯱先生と軽妙なやりとりを交わすコメディ・リリーフ的存在となる。あたかも岡っ引きの子分のようなキャラクターである。

なお、事件関係者であり、恋人を容疑者として捕らえられたヒロインが、鯱先生なら無実を晴らしてくれると期待することから、シリーズ二作目でありながら、鯱先生が名探偵としても世間に認知されていることが分かる。単行本収録の際、第三エピソードに回されたのは、そこが不自然だと考えられたものだろう。

「密室の殺人」は、『怪奇探偵クラブ』一九五〇年一〇月号（一巻二号、通巻四号）に掲載された後、前掲『地獄の追跡』に第二エピソードとして収録された。その後、ミステリー文学資料館編『甦る推理雑誌⑦／「探偵倶楽部」傑作選』（光文社文庫、二〇〇二）に採録された。

初出時の本文には「鯱先生物盗り帳」と角書きされていた。目次の題名は「鯱先生物盗帳」となっており「怪盗出没」と角書きされている。また、本文巻末には以下のような惹句が掲載されていた。

日本に、アルセーヌ・ルパン現はる!!

本誌に、鯱先生が登場して以来、どこでも大評判。新しい型の怪盗伝、ゆかいな俠盗物語として、早くも映画化の申込もあります。次号には又、いかなる活躍を演ずるか。どうかおたのしみに、お待ち下さい。

実際に映画化されたのかどうかは不詳。

タイトルで密室殺人を謳っているが、真正面から密室トリックに挑戦したというより、そのパロディを狙ったような作品であることは、盗難事件の犯人による以下の言葉からも分かる。

『私は何も「密室の殺人」にする積りはなかつたんで……大体こう申しちや何ですが、物好きな探偵小説家か気狂《きちがい》でもない限り、わざ〱神秘的な「密室の殺人」なぞ拵える馬鹿は居りませんヨ。わざ〱人の注意をそこに集めるばかりですからネ。秘密を発《あば》いて貰いたい特別な望みがあれば別ですがネ……』」

「平沢事件の松井名刺」とあるのは、一九四八年一月に発生した帝銀事件の類似事件である安田銀行荏原支店で起きた毒殺未遂事件（前年の十月に発生）で使われた名刺が、被疑者・平沢貞通が逮捕されるきっかけとなったことを踏まえている。

「光頭連盟」は、『探偵クラブ』一九五〇年一一月号（一巻三号、通巻五号）に掲載された後、前掲『地獄の追跡』に第五エピソードとして収録された。

初出時の本文には「鯱先生物盗り帳」と角書きされていた。目次の角書きは「鯱先生物捕帳」。

作中にも書かれている通り、コナン・ドイル Arthur Conan Doyle（一八五九～一九三〇、英）の「赤毛連盟」The Red-headed League（一八九一）を踏まえた一編。

「生不動《いきふどう》ズボン」は、『探偵クラブ』一九五〇年一二月号（一巻四号）に掲載された後、「生き不動ズボン」と改題の上、前掲『地獄の追跡』に第六エピソードとして収録された。

初出時の本文には「鯱先生物盗り帳」と角書きされていた。目次の角書きは「鯱先生物捕帳」。

タイトルだけ見たのでは、意味がよく分からないが、ズボンが自然発火して生きたまま炎に包まれるさまを不動明王と見立てたもの。現在なら、人体自然発火現象を扱ったオカルト・ミステリ仕立てになるだろうか。

「羅生門の鬼」は、『探偵クラブ』一九五一年一月号（二巻一号）に掲載された後、前掲『地獄の追跡』に第七エピソードとして収録された。

初出時の本文には「鯱先生物盗り帳」と角書きされていた。目次の角書きは「鯱先生物捕帳」。

こちらは、平安時代中期の武将・渡辺綱《わたなべのつな》が京都・一条戻橋で鬼の腕を切り落としたという逸話に基づく謡曲「羅生門」が踏まえられたタイトル。山猫の言う『綱館』は同じ題材による長唄のタイトルである。

トリック自体は他愛ないものだが、鯱先生の「小学校時代のお友達」の危難を救うというあたりは、シリーズものとしての読みどころだろう。

「雪達磨と殺人」は初出不詳。一九五一年になって『オール読切』に掲載されたと思われる。後に「殺人と雪だるま」と改題の上、前掲『地獄の追跡』に第九エピソードとして収録された。本書収録のテキストはそちらを底本としている。本作品だけ、各章題が欠けているのはそのためである。

本書で第七エピソードとして収録したのは、島崎博編「岡田鯱彦書誌」（『別冊幻影城』七八・一）の通し番号に従ったものである。初出タイトルが「雪達磨と殺人」であることも同書誌に拠った。

「**死の脅迫状**」は、『探偵クラブ』一九五一年四月号（二巻三号）に掲載された後、前掲『地獄の追跡』に第八エピソードとして収録された。

初出時は本文・目次ともに「鯱先生物盗帳」と角書きされていた。また、タイトル・ページには「日本ルパン大活躍‼」という惹句が載っている。

本作品で鯱先生は「私立探偵／尾形幸彦」という偽名を使用しているが、続く「犯罪の足跡」では、G大学の教授としての通り名となっている。

「**犯罪の足跡**」は、『富士』一九五一年六月号（四巻六号）に掲載された後、前掲『地獄の追跡』に第十エピソードとして収録された。

初出時の角書きは本文・目次ともに「探偵小説」だった。

第二章の冒頭で「こゝに述べようとする広義の密室殺人事件は、令嬢の消失という怪談じみた色彩を持つて開幕されたが、もとより犯人の巧妙なトリックによつてそう見えただけのことで、実は現実そのもの、頭のいゝ読者なら、読んで行くうちに必ずその謎を解明出来る、本格の探偵小説的事件である」と書かれ、第五章の最後で「犯人はこの部屋の中にいるのですか？」と聞かれた鯱先生が「勿論います。我々の中にネ……今、『この人！』と指摘してお目にかけます。驚かないで下さいヨ」と答えるあたり、読者への挑戦意識の強い構成になっている点が注目される。

先にも述べた通り、鯱先生は前大蔵大臣の遠縁に当たるG大学教授・尾形幸彦として登場している。尾形教授は、岡田鯱彦の別作品でシリーズ探偵を務めており、当然そちらとは別キャラクターと考えるべきか。岡田作品では雑誌に発表された作品が単行本に収められる際、キャラクターが変更される場合があり、初出に拠るか単行本に拠るかで、シリーズものの総数が異動する。シャーロキアン的読者には頭痛のタネを提供しているといったところか。

「**獺の女**」は、『探偵倶楽部』一九五五年一〇月号（九巻一〇号）に掲載された後、前掲『地獄の追跡』に第四エピソードとして収録された。

初出時の本文には「鯱先生物盗り帳」と角書きされていた。目次の角書きは不詳。

「光頭連盟」に通じる山猫受難のプロット。もっとも遅く発表されながら、『地獄の追跡』で第四エピソードに配されたのは、そのためであろう。

以下に収めた三編は、初めて活字になって雑誌に載った幻のデビュー作に、初期岡田作品の特徴をよく示す中短編を配したものである。

「天の邪鬼」は、『日本ユーモア』一九四九年四月号（四巻二号）に掲載された。単行本に収められるのは、今回が初めてである。

『日本ユーモア』は日本ユーモア社発行の雑誌で、一九四八年七月五日発行の『日本ユーモア別冊／恋愛怪奇冒険傑作集』誌上において「大衆文芸募集」が告知された。本作品はそれに応じて、次席に当選したもの。初出時には「大衆文芸当選発表」と題して、右に掲げるような選評が掲載されていた（執筆者署名なし）。

実生活からにじみ出た好感の持てる作品である。多くの子供を抱えた貧しい教員生活の表裏がよく描かれている。最後の新宿裏での競馬の賭の場面では、手に汗を握らせるようなスリルさえ覚ゆる。

「地獄の一瞥」は、『宝石』一九五〇年二月号（五巻二号）に掲載された。単行本に収められるのは、今回が初めてである。

前掲のエッセイ「『樹海の殺人』その他」において、岡田は本作品の冒頭段落を引用したあとに、次のように書いている。

このように、私は学生時代から、一高・東大と山中湖に寮があったせいもあるが、富士が好きで、それも山麓の風景、五湖、樹海、風穴、氷穴、そういうものが好きで、もう暇さえあれば富士山麓に入りびたっていたのである。そして「樹海」はそれらを代表するものとして、或いはそれらを蔽うものとして、常に私の脳裏にあったのである。

この後に書かれたのが長編『樹海の殺人』（五七）であり、本短編はそうした岡田の樹海趣味ともいうべきものが先駆的に描かれた一編である。

ある。

一人の女性をめぐって複数の男性が反目し、悲劇が起こるというプロットや、完全犯罪の追究、作者自身を思わせる語り手の設定など、「噴火口上の殺人」以来のパターンが典型的に現われているという点でも見逃せまい。

「獺峠の殺人」は、一九五〇年五月二五日発行の『オール読切』別冊『怪奇探偵クラブ』第一号に掲載された。単行本に収められるのは、今回が初めてである。

鯱先生シリーズの「犯罪の足跡」でG大学教授として登場した尾形幸彦は、こちらでは新進探偵作家として登場している点が目を引く。

一人の女性をめぐって複数の男性が反目し、悲劇が起こるというプロットや完全犯罪の追究などは、先にも述べた通り「噴火口上の殺人」以来の、岡田好みの設定だが、本作品の場合、冒頭の探偵小説談義で披露されている「探偵小説家が殺人をしたつて探偵小説」という趣向をめぐる課題小説という趣きがある点が目新しい。それだけでなく、一人の悪人に対して三者三様にトリックを仕掛けるという複数犯人パターンで、しつこいくらいのドンデン返しを狙い、最終的にはテクスト全体が発表される必然性にまで目を配っているあたりが読みどころといえよう。初期岡田ミステリの特徴をよく示した一編である。

本書を編纂するにあたり、星野和彦氏に資料を提供していただきました。記して感謝いたします。

［解題］**横井 司**（よこい つかさ）
1962年、石川県金沢市に生まれる。大東文化大学文学部日本文学科卒業。専修大学大学院文学研究科博士後期課程修了。95年、戦前の探偵小説に関する論考で、博士（文学）学位取得。共著に『本格ミステリ・ベスト100』（東京創元社、1997）、『日本ミステリー事典』（新潮社、2000）、『本格ミステリ・フラッシュバック』（東京創元社、2008）、『本格ミステリ・ディケイド300』（原書房、2012）など。現在、専修大学人文科学研究所特別研究員。日本推理作家協会・本格ミステリ作家クラブ会員。

岡《おか》田《だ》鯱《しゃち》彦《ひこ》探《たん》偵《てい》小《しょう》説《せつ》選《せん》Ⅰ　〔論創ミステリ叢書77〕

2014年7月20日　初版第1刷印刷
2014年7月30日　初版第1刷発行

著　者　岡田鯱彦
監　修　横井　司
装　訂　栗原裕孝
発行人　森下紀夫
発行所　論 創 社
〒101-0051 東京都千代田区神田神保町2-23 北井ビル
電話 03-3264-5254　振替口座 00160-1-155266
http://www.ronso.co.jp/

印刷・製本　中央精版印刷

Printed in Japan　ISBN978-4-8460-1340-0

論創ミステリ叢書

①平林初之輔Ⅰ
②平林初之輔Ⅱ
③甲賀三郎
④松本泰Ⅰ
⑤松本泰Ⅱ
⑥浜尾四郎
⑦松本恵子
⑧小酒井不木
⑨久山秀子Ⅰ
⑩久山秀子Ⅱ
⑪橋本五郎Ⅰ
⑫橋本五郎Ⅱ
⑬徳冨蘆花
⑭山本禾太郎Ⅰ
⑮山本禾太郎Ⅱ
⑯久山秀子Ⅲ
⑰久山秀子Ⅳ
⑱黒岩涙香Ⅰ
⑲黒岩涙香Ⅱ
⑳中村美与子
㉑大庭武年Ⅰ
㉒大庭武年Ⅱ
㉓西尾正Ⅰ
㉔西尾正Ⅱ
㉕戸田巽Ⅰ
㉖戸田巽Ⅱ
㉗山下利三郎Ⅰ
㉘山下利三郎Ⅱ
㉙林不忘
㉚牧逸馬
㉛風間光枝探偵日記
㉜延原謙
㉝森下雨村
㉞酒井嘉七
㉟横溝正史Ⅰ
㊱横溝正史Ⅱ
㊲横溝正史Ⅲ
㊳宮野村子Ⅰ
㊴宮野村子Ⅱ
㊵三遊亭円朝
㊶角田喜久雄
㊷瀬下耽
㊸高木彬光
㊹狩久
㊺大阪圭吉
㊻木々高太郎
㊼水谷準
㊽宮原龍雄
㊾大倉燁子
㊿戦前探偵小説四人集
(別)怪盗対名探偵初期翻案集
(51)守友恒
(52)大下宇陀児Ⅰ
(53)大下宇陀児Ⅱ
(54)蒼井雄
(55)妹尾アキ夫
(56)正木不如丘Ⅰ
(57)正木不如丘Ⅱ
(58)葛山二郎
(59)蘭郁二郎Ⅰ
(60)蘭郁二郎Ⅱ
(61)岡村雄輔Ⅰ
(62)岡村雄輔Ⅱ
(63)菊池幽芳
(64)水上幻一郎
(65)吉野賛十
(66)北洋
(67)光石介太郎
(68)坪田宏
(69)丘美丈二郎Ⅰ
(70)丘美丈二郎Ⅱ
(71)新羽精之Ⅰ
(72)新羽精之Ⅱ
(73)本田緒生Ⅰ
(74)本田緒生Ⅱ
(75)桜田十九郎
(76)金来成
(77)岡田鯱彦Ⅰ

論創社